थमेगा नहीं विद्रोह

वाणी प्रकाशन
21-ए, दरियागंज, नयी दिल्ली-110002
फोन : 011-23273167, 23275710
फैक्स : 011-23275710
e-mail : vaniprakashan@gmail.com
website : www.vaniprakashan.com

थमेगा नहीं विद्रोह

उमराव सिंह जाटव

वाणी प्रकाशन का 'लोगो'
विख्यात चित्रकार मक़बूल फ़िदा हुसेन की
कूची से

ISBN : 978-81-8143-742-6

वाणी प्रकाशन
21-ए, दरियागंज, नयी दिल्ली-110002
द्वारा प्रकाशित
प्रथम संस्करण : 2008

मूल्य : 395.00
आवरण : वाणी चित्रांकन
जय भारत प्रिंटिंग प्रेस, शाहदरा, दिल्ली-110032
द्वारा मुद्रित

THAMEGA NAHIN VIDROH
by : Umrav Singh Jatav

समर्पण

माँ सरूपी, पिता रामचंदर, अग्रज अत्तरसिंह को यथार्थ की धरती पर उगी यह कथा और इसके पात्र पूर्णतः काल्पनिक हैं तथा किसी भी वास्तविक व्यक्ति और स्थान से साम्य केवल संयोग है।

कथाकार की अपनी बात

अमर उजाला 15

...गढ़, रविवार, 20 अगस्त, 2006

दलितों को शौच जाने पर लगाई पाबंदी

बुढलाडा (मानसा)। गांव दातेवास में अमीर लोगों का लिखित बोर्ड लगाकर दलितों का खेतों में शौचालय आदि जाने पर पाबंदी लगाकर उनका सामूहिक बायकाट करने पर समूह दलित भाईचारे में भारी रोष फैल गया है। मजदूर मुक्ति मोर्चा ने बायकाट करने वालों के खिलाफ कार्रवाई करने को पुलिस को भी लिखा है। इसके विरोध में रोष रैली भी निकाली गई।

अमीरजादों ने मजदूरों की मांग मजदूरी बढ़ाने के लिए कहा जिसमें मजदूरी ... के विरोध में यह बायकाट किया था। इसको लेकर दलित मोर्चा में काफी रोष पाया जा रहा है। मोर्चा ने घोषणा की कि अगर आरोपियों के खिलाफ कोई कार्रवाई नहीं की गई तो संगठन 21 अगस्त को बुढलाडा थाने के समक्ष धरना देगा। रैली को संबोधित करते हुए मोर्चा के प्रांतीय सचिव भगवंत सिंह समाओं ने कहा कि एक तरफ तो देश में हर जगह आजादी के जश्न मनाए जा रहे हैं और दूसरी ओर ग्रामीण अमीरजादे अपनी दलित वर्ग का बायकाट कर रहा है।

यही नहीं खेतों में उनका शौचालय नहीं जाने को लेकर बोर्ड लगाए जा रहे हैं। इससे उनके समुदाय में रोष है। इसका जमकर विरोध किया जा रहा है। पुलिस को लिखा गया है। अगर प्रशासन ने कोई कार्रवाई नहीं की तो आंदोलन तेज करेंगे। दलित समस्याओं ... गांवों में मजदूर आंदोलन का निर्माण करेगा।

भ्रूण

नर्सिंग

दर्ज कर

निविदा सूच

पशु व्यापारियों

सुधीपाठक कृपा कर ऊपर दर्शित फोटो को एक बार ग़ौर से देखें, अखबार की इस कटिंग की तारीख और स्थान पर भी गौर फर्माएँ। मानसा पंजाब राज्य का एक जिला है और पंजाब के बारे में सारे देश को यह गलतफहमी है कि इस राज्य में दलितों की स्थिति पूरे देश में सबसे ठीक-ठाक है। गुरुओं का आदेश भी तो अंकित है—'एक पिता एकस के हम बारिक', 'माणस की जात सबै एकै पहिचनबो' तथा दशमगुरु गोविंदसिंह ने सभी सिक्खों को फरमान भी जारी किया हुआ है—'आज्ञा भई अकाल की तभी

चलायो पंथ सब सिक्खन को हुकम है गुरु मानियो ग्रंथ।' उसी पंजाब में दलितों को आज भी किस प्रकार पैरों तले कुचल कर रखा जाता है उसी घटना की उपरोक्त कटिंग है। अनुमान लगा कर देखें कि इस कथा में वर्णित घटनाक्रम जो आज से लगभग पचास वर्ष पूर्व के उत्तरप्रदेश का है तब दलितों के विरुद्ध कैसे दमनकारी हालात रहे होंगे।

खैर, दरियापुर के जाटव तो आप से रूबरू हैं ही और वे अपनी बात आपके सामने तफसील में रखेंगे भी परंतु वे अपनी बात आप के सम्मुख रखें उससे पहले मैं अपनी बात आपके सम्मुख रखूँ ऐसी आवश्यकता मैं महसूस करता हूँ।

आज तक पर्याप्त दलित साहित्य लिखा जा चुका है। दलित साहित्यकारों का स्थान अब गौण भी नहीं रह गया है। वे न केवल उच्चकोटि का साहित्य लिख रहे हैं बल्कि कई मायनों में उनका साहित्य अधिक प्रामाणिक है इसलिए कि वे भोगे हुए यथार्थ लिखते हैं। सोफे-गद्दों, वातानुकूलित कक्षों में बैठ कर, कारों में यात्राएँ करते हुए उन्होंने साहित्य नहीं रचा है, न ही वे इन सुख-सुविधाओं को जुटाने में समर्थ ही हैं. अधिकांश दलित चिंतक और लेखक अभावों की चक्की में पिसते हुए ही साहित्य सृजन कर रहे हैं।

अब यह कोई दबा छुपा तथ्य इस देश में नहीं रह गया है कि दलितों पर शास्त्रों का सहारा लेकर कितने अत्याचार, उत्पीड़न हज़ारों वर्षों से किये जाते रहे हैं और भी हो रहे हैं।

तथाकथित सवर्ण समाज ने जो कुछ किया सो किया तथा उसका फल वे भुगतेंगे, लेकिन अत्याचार और दलन भी अनंत युगों तक नहीं जारी रह सकता है। इसका अंत करने के लिए किसी अवतार की आवश्यकता अब दलितसमाज को नहीं है। आज का दलित सिर झुका कर अब और इन अत्याचारों को सहन नहीं कर सकता है। अत्याचारियों से दो-दो हाथ करने की कला और क्षमता अब उसके पास भी है। कई दलित जातियाँ हैं जो दलितों को मिलने वाली चुटकी भर सुविधा का उपभोग करने के लिए दलित वर्ग में हैं अन्यथा तो वे भी उनके दलित उत्पीड़न षंड्यंत्र में उनके साथ संविलयित हैं। जिस दिन भी वे मन से दलितों के साथ जुड़ जाएँगे, बस, उसी दिन उत्पीड़कों को पश्चात्ताप होगा। बाबासाहेब आंबेडकर के दिए मूल मंत्र-संगठित हो, शिक्षित हो, संघर्ष करो में से बाकी दो को तो अपना लिया है इन्होंने, बस, 'संगठित हो' को भूल गये हैं।

यहाँ विचार करना परमआवश्यक है कि दलित साहित्य का अर्थ क्या है? क्या इसका अर्थ यह है कि जितना अधिक से अधिक दीन-हीन, गंदे, जुगुप्सा उत्पन्न करते, अश्लील भाषा बोलते चरित्रों को जो जितना दर्शित कर सके वही सही मायने में दलित साहित्य है। कदाचित यही समुत्तर हो भी सकता है सिक्के के इस ओर के पहलू पर हजारों वर्षों से जबरन छाप दी गई इबारत का लेकिन विश्वास कीजिए कि इस सिक्के का दूसरा एक पहलू भी अब ढल कर तैयार हो चुका है, उस पर लिखी इबारत को भी

अब ढोल बजा कर, मुनादी करके सर्वदलित जातियों तथा पूरे समाज के सम्मुख रखने की आवश्यकता है कि आज के दलित अत्याचार का न केवल विरोध करने में अपितु प्रतिकार करने में भी सक्षम हो रहे हैं। दलन और अत्याचार का विरोध करते, टुकड़ा-टुकड़ा जुड़ कर अत्याचार की आँधी के प्रति उत्तर में महाअंधड़ बनते दलितों की कथा को बखानने का समय भी अब आ गया है। साथ ही यह भी कि ये जुगुप्सा उत्पन्न करते अवैध तथा जारसंबंध, अश्लील भाषा के साथ एक दूसरी की चोटी खींचती औरतें, दारू के नशे में ज़िंदगी गारत करते लोग किस जाति और समूह में नहीं हैं! सर्वाधिक पढ़ी जानेवाली सत्यकथा जैसी किसी पत्रिका को उठा लें, वह समाज के हर वर्ग की असलियत उजागर करती नजर आती है। लेकिन एक कहावत है कि– 'यदि आप मांस खाते हैं तो खाने के बाद हड्डियों की माला बनाकर गले में नहीं पहनते हैं, उन्हें दूर घूरे पर फेंका जाता है।' तथाकथित सवर्ण समाज इन हड्डियों को ठीक ही घूरे पर फेंकता है, गले में माला बनाकर पहनने की हठधर्मी नहीं करता है।

और एक बात। मेरे एक मित्र, जो बाबा साहेब के अनन्य भक्त हैं और उच्चकोटि के कथाकार हैं उन्होंने इस कथा के एक पात्र के विषय में अपनी राय देते हुए बताया था कि अमुक पात्र में नया कुछ नहीं हैं क्योंकि स्वर्गीय अमृतलाल नागर के समान आप भी अमुक जाति के अमुक मुहल्ले में घूमते रहे इतना ही नहीं बल्कि यह पात्र तो सीधे-सीधे 'नाच्यो बहुत गोपाल' की निरगुन ही है। लेकिन एक बात नागरजी को करबद्ध प्रणाम के साथ निवेदन है कि 'नाच्यो बहुत गोपाल' उपन्यास वाल्मीकियों में तो उपजा नहीं था। निरगुनिया नाम की पात्र को भी भरे-पूरे वृक्ष के समान उस समाज में से उखाड़कर वाल्मीकियों में अप्राकृतिक तौर पर रोपने का प्रयत्न किया गया था. पूरे उपन्यास में निरगुन अपने आपको ब्राह्मण सिद्ध करने का प्रयत्न ही करती रही, लेखक ने चाहे जितना उसे भंगी बनते दिखाया हो, यथार्थ में तो उस समाज से उसे नियति ने, उसकी उद्दाम, प्रचंड, अतृप्त सैक्स इच्छा और कथाकार की विचित्र कल्पना ने वाल्मीकि समाज में ला पटका था। निर्गुन प्रेमवश, जाति समभाव, आदर्श के कारण मोहनभंगी के आलिंगन में नहीं बँधी थी। उद्दाम, प्रचंड, अतृप्त सैक्स इच्छा की मारी स्वेच्छाचारी एक औरत को नियति ने भी नहीं बल्कि उसके अमर्यादित चरित्र ने ही भंगियों में ला पटका था। ऐसे एक पात्र की तुलना चावली से? वही चावली भंगियों में अंकुर सी उपज कर पुष्प बन पल्लवित हुई, समझदार तथा विद्रोही विचारों की परिपक्वता पाई। श्रद्धेय अमृतलाल नागर ने तो बार-बार, अवसर निकाल-निकाल कर यह बताने में कोई कोर-कसर नहीं छोड़ी कि कैसे निरगुन मंत्रों का जाप करती थी, कैसे उसका रहन-सहन, चरित्र बाकी भंगी स्त्रियों से बीस था। ऐसी एक औरत जो अपने मर्द को छोड़ कर भाग आई थी, की तुलना चावली से तो नहीं हो सकती। कल्पना की उड़ान के लिए तो बहुत अच्छा प्लाट था, लेकिन यह भी तो कल्पना कर के देखिए कि जब आज इस देश में भंगी

की तो बात ही क्या, राजपूत-बामण, बनिया-राजपूत, यादव-मल्लाह इत्यादि में यदि अंतरजातीय विवाह हो जाते हैं तो न केवल खून खराबा होता है बल्कि अधिकांश मामलों में लड़की-लड़के को जान गंवानी पड़ती है, तो उस समय जब अंग्रेजों और सवर्णों की दोतरफा दासता सहने को जो समाज अभिशप्त भी था, बाध्य भी था, वहाँ बामण कुल की लड़की कैसे सकुशल रह कर बस सकती थी। वह भी बिना किसी भूचाल के आए क्योंकि निर्गुन तो यदा-कदा अपने ब्राहमणपने को जब जहाँ अवसर मिला, प्रचारित भी करती रही थी।

एकाजतिर्द्विजातीस्तु वाचा दारुण या क्षिपन्।
जिव्हायाः प्रापनुयाच्छेदं जघन्यप्रभवो हि सः।।

प्रकरण 8-269 मनुस्मृति

(शूद्र यदि द्विजातियों को अपशब्द कहे तो उसकी जिह्वा काट दो।)

नामजातिग्रहं त्वेषामभिद्रोहेण कुर्वतः।
निक्षेप्यो योमयःशंकुर्ज्वन्नास्ये दशांगुलः।।

प्रकरण 8-270 मनुस्मृति

(शूद्र यदि अहंकार में द्विजातियों की जाति और नाम का उपहास भर भी करे तो दस अंगुल लंबी लोहे की आग में तपा कर लाल की हुई छड़ उसके मुँह में डाल दो)

पाणिमुद्यम्य दण्डम वा पाणिच्छेदनमर्हति।
पादेन प्रहरन्कोपात्पादच्छेदनमर्हति।।

प्रकरण 8-279 मनुस्मृति

(शूद्र द्विजातियों पर हाथ अथवा लाठी से प्रहार करे तो उसके हाथ काट दो, क्रोधित हो कर यदि अपने पैर का प्रहार करे तो शूद्र का पैर काट दो), वाला यह समाज अंग्रेजों के उस कालखंड में इतना सहृदय, सहिष्णु तथा उदार हो गया था कि ब्राह्मण औरत भंगी के साथ न केवल भाग गई बल्कि उसके साथ अपनी गृहस्थी जमा कर भी बैठ गई, सुखपूर्वक उस गृहस्थी के सुख को जीवित रह कर भोगती भी रही, अविश्वसनीय है। यह समाज यदि ऐसा ही होता तो क्या हज़ार बरस तक मुसलमान, डेढ़ सौ बरसों तक अंग्रेज ईसाई शासन कर पाते? ऐसी काल्पनिक कथाएँ, कल्पित पात्रों के सहारे जब कुछ सचनुमा कहने का प्रयास करती हैं तब ऐसी ही कथाएं उपजती हैं। मेरे इस उपन्यास के एक पात्र दल्ले जैसे गपोड़ी भी शरमा जाएँ इस लंबी छोड़ी गई कथा की उड़ान पर। बस, इतनी ही तो कसर रह गई थी इस गप्पकथा में कि बेटा-बेटी के जन्म पर निर्गुन के पीछे छूट गये माँ-बाप, नाते-रिश्तेदार छोछक; (बच्चे के जन्म पर रिवाज़ है कि बेटी के माता-पिता, वे ना हों तो भाई, वे भी न हों तो रिश्ते के अन्य भाई लगते संबंधी मिष्ठान्न, बच्चे के लिए छोटा-मोटा सोने-चाँदी का ज़ेवर भेंट स्वरूप ले कर बेटी के ससुराल आते हैं) लेकर भंगी बस्ती में नहीं आए, जब लंबी ही छोड़नी थी तब इससे

ही क्यों परहेज़ किया!

निरगुन की अतार्किक तुलना चावली के साथ करना कितना अन्यायपूर्ण होगा, उसके लिए श्रद्धेय अमृतलाल नागर के इस उपन्यास से बस दो पँक्तियां उद्धृत करना भर पर्याप्त होगा जो सब कुछ स्पष्ट कर देगा, मुलाहिज़ा फरमाएँ—

मैंने हँस कर कहा : "आपने अगर अपनी मर्जी से जाति बदली है तो और कोई अपनी मर्जी से अपने आपको क्यों नहीं बदल सकता है?"

"निर्गुनियाँ जी हँसने लगीं, फिर कहा : "मेरी जात तो कामदेव की ज्वाला में भसम हो गई शर्माजी। मैंने छोड़ी कहाँ? वह तो अपने आप ही छूट गई।"

अछूतपन के दंश को सही मायने में दर्शाती, समाज की अछूतों के प्रति पत्थरदिली, एक सवर्ण की अछूत के प्रति सच्ची संवेदना और सहानुभूति को भी ईमानदारी से दर्शाती बिमल राय की फिल्म 'सुजाता' तो श्रद्धेय अमृतलाल नागर के जीवन काल में ही प्रदर्शित हो गई थी!

अब कुछ चावली की बात। चावली नाम के पात्र की महानता के सामने निरगुन नाम का पात्र पासंग भी नहीं है केवल इतने भर से कि न तो चावली कल्पना की उड़ान में उपजा पात्र है, न कहीं बाहर से उखाड़ कर भंगियों के आँगन में जबरन रोपा गया-थोपा गया पात्र है। अंकुर बन भंगियों में उपजा, पोषित, पल्लवित पूरा का पूरा भंगी पात्र है जिसे अपने आपको श्रेष्ठ सिद्ध करने के लिए अवसर तलाश कर औंधे-सूधे, उल्टे-पुल्टे मंत्रों का कीर्तन करने की आवश्यकता नहीं है। न वह अपनी उच्छृंखल, उद्दाम। अमर्यादित, अतृप्त सैक्स इच्छा की दासी है। एक अदद सौत को पाकर भी अपने पति के साथ गुजारा करती है, फिर भी धर्म से, समाज से विद्रोह करने की सामर्थ्य है उसमें है।

मैं अपने उपरोक्त परमआदरणीय, निकटतम मनीषी मित्र का अहसानमंद हूँ कि चावली को उन्होंने एक बार और जाँचा-परखा तथा मुझे क्षमादान देकर कृतार्थ कर दिया यह मानकर कि दोनों पात्र भिन्न हैं।

इस उपन्यास को लिखने के क्रम में, कथा की सच्चाई को जाँचने-परखने के क्रम में, अभी तक जीवित पात्रों की खोज-खबर में भटकने के क्रम में, वास्तविक सरीखे दिखते दरियापुर के गली-गलियारों में घूमने के लोभ में दिल्ली से दरियापुर-दरियापुर से दिल्ली शटल-रेलगाड़ी सा आने-जाने के क्रम में, अपने लिखे को कई सारे गुणीजनों को सुनाने और उनकी राय लेने के क्रम में बहुत सारे मित्रों, गुणीजनों ने, बालसखाओं ने अपनी अमूल्य-राय, मार्गदर्शन, आलोचना का प्रसाद यदि मुझे न दिया होता तो संभवतः इस उपन्यास को न लिख पाता अथवा इस प्रकार न लिख पाता।

अपनी इलाहाबाद तैनाती के दौरान के.रि.पु.बल के सहायक कमांडेंट श्री सतबीर वर्मा जिन्होंने शुरू के लगभग पचास पृष्ठों को पढ़कर अपनी राय दी एवं मुझे प्रोत्साहित

किया। श्रीमती उषा मौर्य एवं श्री धर्मपाल मौर्य जिन्होंने शुरू के लगभग सौ पृष्ठों पर न केवल अपनी राय देकर मुझे प्रोत्साहित किया बल्कि दरियापुर की जांच-पड़ताल तथा छानबीन करने में कितनी ही बार मेरे साथ यहाँ-वहाँ भटके। श्रीमति उषा मौर्य ने तो कृपा कर दरियापुर क्षेत्र में प्रचलित सावन के दो लोकगीत भी खोज कर मुझे दिए, जिन्हें उपन्यास की पात्र, मेरी वह अभागिन बहिन, भागो सचमुच में ही सावन के झूलों पर बैठ कर गाया करती थी और मेरी स्मृति से वे विस्मृत हो गये थे। चंडीगढ़ के श्री रतनसिंह तथा श्री राजेश कमल ने न केवल उपन्यास को पढ़ा बल्कि कितनी ही बार इस पर चर्चा करके अपनी अमूल्य राय भी दी, विशेषतः श्री राजेश कमल जो ठेठ-शहरी होकर भी गांव से मन की गहराइयों तक जुड़े हैं। अपनी मुंबई तैनाती के दौरान श्रीमती रागिनी माथुर एवं श्री अतुल कुमार माथुर ने बहुत मनोबल बढ़ाया. होशियारपुर पंजाब के प्रोफेसर सत्यपाल भंडारी, श्री मदनलाल 'तायर' और श्री द्वारका भारती जी के साथ तो अनगिनत बार इस उपन्यास, इसकी कहानी तथा पात्रों पर चर्चा की, उन्होंने बार-बार इसे पढ़ा और अपनी अमूल्य राय मुझे दी। श्री सूरजपाल चौहान तथा श्री अजय नावरिया जी ने उत्साहवर्धन तो किया ही कभी-कभार मेरी कविताओं को भी बर्दाश्त किया जो उपन्यास के ऊपर चर्चा में अचानक उपज आती थीं।

मुझ जैसे अकिंचन कथाकार के पास उपरोक्त सभी को असंख्य धन्यवाद के सिवाय सच्ची हिताकांक्षा और आभार के अलावा कुछ भी नहीं है।

वर्ष 2008 जनवरी

उमरावसिंह जाटव
के.रि.पु.बल उत्तरी अंचल
हल्लोमाजरा चंडीगढ़

72-बी यी. डी.डी.ए. फ्लैट्स
ई.डी. पीतमपुरा
नई दिल्ली

1

साँच कहौं तो मारन धावै, झूठे को पतियानी
कहैं कबीर कहाँ लग वरणों, अद्भुत कथा बखानी

—कबीर

पहले सोचा था कि कथा-कहानियाँ लिखना कौन-सा बड़ा कठिन काम है। लिखना जो प्रारंभ करूँगा तो बस एक सिरे से लिखते चला जाऊंगा। कोई हाड़-तोड़ काम तो है नहीं, थोड़ा-सा सच, थोड़ा-सा झूठ और बोरा-भर कल्पना, एकाँत की सुविधा और कागज़-कलम। शुभारंभ के लिए इतना-भर पर्याप्त है। जैसे-जैसे कथा आगे बढ़ती जाएगी, सुविधानुसार जहाँ-तहाँ आश्चर्यों-विरोधाभासों, अविश्वसनीय घटनाओं के मिर्च मसाले का छौंक लगाते जाओ। दस-पाँच पृष्ठों के बाद अल्पविराम सा कुछ, जिस में बैठकर सोचो कि किस चरित्र को कब तक जीना है, कब मरना है, या उसके मरने से पूर्व कौन से हालात उत्पन्न करने हैं। किसको कहाँ सुख के सागर में गोते लगवाना है, और किसके ऊपर कहाँ और कैसे मुसीबत के पहाड़ तोड़ने हैं। कई सारे फारमूले हैं। दर्जनों कारण हो सकते हैं।

आज जब लिखने बैठा हूँ तो सारे के सारे फारमूले मानो फेल हो गए हैं। सबसे पहले तो इसलिए कि बतर्ज—'खुदा को हाज़िर-नाज़िर जान कर कहता हूँ कि जो कहूँगा सच कहूँगा और सच के सिवा कुछ न कहूँगा' को निभाना मेरे वश से बाहर की बात है। दूसरे कल्पना के नायक-नायिकाएं वह कह भी नहीं पा रहे हैं जो मैं चाहता हूँ कि वे कहें. अब या तो मैं ही असमर्थ हूँ उनकी बात समझने में या फिर वे ही मेरी बात अनसुनी कर रहे हैं, और मैं मानता हूँ कि दोनों ही कथा के साथ न्याय नहीं कर पाएंगे। तीसरे इसलिए भी कि कल्पना के कथा नायक-नायिकाओं को सँभालना, उन्हें नियंत्रित

तरीके से, सहज भाव से कहानी में पनपने देना मेरे बूते से बाहर की बात है क्योंकि वे प्रायः ही बेकाबू, बेतरतीब हो नियंत्रण से बाहर हो जाते हैं। उनमें हेर-फेर, जोड़-तोड़ करने की खुली छूट और असीम संभावनाएँ लेखक के पास होती है। हाड़-माँस के जीते जागते पात्रों में यह छूट नहीं है, सो लेखक भी अनर्गल कथा बुनने से बचा रहता है। लेकिन ऐसा करना खतरों से खाली भी तो नहीं है।

यह भी सोचकर, हलाकान होकर देख लिया कि न सही कल्पना के कथा नायक-नायिकाएँ, जीवन में घटित, देखे-सुने, भुगते-भोगे चरित्रों और अपने आपको भी लेकर कथा बुनने बैठूँ तो कैसा रहे? लेकिन पाता हूँ कि आखिर मेरे जीवन में भी भला ऐसा क्या घटा है जिसे लिखा जाए, या कि ऐसा क्या घटा है कि जिसे न लिखा जाए! ईसाई अध्यापक श्रद्धेय मास्टर पीटर गणित में जब पढ़ाया करते थे कि कैसे जमा + नफी = नफी हो जाता है अर्थात कैसे धन को ऋण से जोड़ने पर उत्पाद ऋण हो जाता है तो कभी समझ नहीं पाता था। आज जो जीवन की छोटी-बड़ी घटनाओं का हिसाब जोड़ने बैठा हूँ तो पाता हूँ कि इस किस्सा ऐ ज़िंदगानी में सब कुछ केवल ऋण में ही है। कहाँ बिसर गए, विस्मत हो गए वे सब, जिन्हें जीवन-भर की थाती समझ, सँजोकर हृदय में बसाए रहा, और अब मुड़कर देखता हूँ तो इस जीवन की बाट में नितांत अकेला खड़ा पाता हूँ. इस लंबी डगर पर न कारवां न पथिक, बस दूर तक फैला सूनापन, खालीपन. नहीं पाता हूँ ऐसा कुछ कि जिसे किसी कथा कहानी में सहेज कर रखने लायक जमा पूँजी कह सकूँ। बहुत खोज करने पर भी नहीं पाता हूँ ऐसी कोई घटनाविशेष, अथवा कहानी, होनी-अनहोनी कि उसका सूत्र पकड़कर आगे बढ़ चलूं।

कई बार सोचता हूँ कि जीवन के इस गोरखधंधे के स्त्रीपात्रों को एक बार उलट-पलट, खँगाल कर देख लुँ कि कहीं कोई प्रेम कहानी वगैरह किसी कोने में मिले कदाचित! बीत गए जीवन में, यूँ छोटी मोटी तो कई एक सुनी थीं लेकिन अफवाह-भर। रस लेकर कही जाने लायक नहीं। बेरस प्रेमकहानी न कहने लायक होती है न सुनने लायक।

इस प्रकार हारकर, झख मारकर लगभग बिना मेरे अनुमोदन-आग्रह के यह तय हो गया लगता है कि जीते-जागते पात्रों को लेकर ही कथा बुनने का दुस्साहस किया जाए।

2

दास्तान ए दरियापुर

गाँव का अपाहिज हुकमसिंह जो कभी ब्रिटिश जमाने की भारतीय फौज का जांबाज सिपाही था, उस जमाने में भी वह जाटवों में से होकर भी फौज में था!

अंग्रेजी दासता के उस दौर में, धुआँ उड़ाती अपनी गति और वनराज से भी अधिक दिल दहलाती आवाज़ में गुर्राती मोटरगाड़ी को दौड़ाते चालक का सम्मान और गुमान उतना ही था जो आज के युग में वायुयान उड़ाने वाले छैलछबीले पायलटों का है। मोटरगाड़ी चालकों के लिए गाती रहतीं–

'गाडी हौले हाँक रे डलेबर,
म्हारो जियो धड़के'

गोरी रंगत, बिल्लौरी कंजी आँखों और चढ़ती जवानी के नशे में चूर हुकमसिंह फौजी, द्विवतीय विश्वयुद्ध में इटली, फ्रांस, टर्की और मिस्र इत्यादि देशों में लड़ाई लड़ चुका था। उसकी बहादुरी के कई सारे किस्से फिजाओं में अब भी तैरते रहते हैं। युद्ध के घमासान में जब दो ओर से शत्रु की गोलियों की बारिश में फँस गए अपने अंग्रेज अधिकारी को बचाते-बचाते उसकी गाड़ी उलट गई थी। उसी दुर्घटना के चलते वह कमर से नीचे अपाहिज हो गया. आज पाखाना-पेशाब के लिए भी दूसरों के आसरे है. लेकिन अपने लिए सहायता के लिए रिरियाते हुकमसिंह की आँखें आज भी गर्व से चमक उठती हैं कि उसने कैसे अपने उस अंग्रेज अधिकारी को बचा लिया था। वह भी दौर था जब हुकमसिंह दुश्मनों से लड़ते हुए अपनी 'रैफल' लेकर दुश्मन की खंदकों में कूद जाता था। वीरता के लिए अंग्रेज बहादुर ने उसे कितने तमगे दिए थे, अपने दोनों हाथों को दो गज बराबर चौड़ाई में फैलाते हुए वह बताते नहीं थकता है। इटली 'मुलक' किस प्रकार पूरा

का पूरा गोरी 'मेमों' से भरा पड़ा है और उनके लाल सुर्ख़ गालों की रंगत बताने के लिए उसके पास शब्दों और भाषा का मानो टोटा पड़ जाता है, और यह सब बताते-बताते शर्म से स्वयं उसके गाल इस उम्र में भी लाल हो जाते हैं। मुहल्ले के रंगीन मिजाज़ लोग अक़ेले में उसे घेर कर, फुसफुसाहट में पूछते नहीं थकते हैं कि इटली की उन गोरी 'मेमों' से कभी उसका सीधा साबका पड़ा या नहीं।

हुकमसिंह फौजी की पत्नी गूजरों के खेतों में जब मजदूरी करने चली जाती है और वह घर में अकेला रह जाता है तब गाँव के 'खाती' द्वारा बनाए निहायत अनगढ़ लकड़ी के ठेले में बैठा वह आते जातों की खुशामद करता दिख जाता है—''रे भाई ...रे भाई..., जंगल पाणी करवा दे,...रे भाई, तनकेक (तनिक)''। लकड़ी के इस ठेले में एक मोटा रस्सा बँधा है हुकमसिंह फौजी को जब टट्टी-पेशाब की हाजत महसूस होती है तब उसकी पत्नी हुकमसिंह को इस ठेले पर बैठाकर खींचती हुई घूरे के ढेर तक ले जाती है।

सरकार से उसे पर्याप्त पेंशन मिल जाती है, लेकिन इतनी-भर कि पेट-भर रोटी मिलती रहे। लेकिन पेट की क्षुधा-भर मिट जाने से तो घर और समाज की सारी आवश्यकताएँ पूरी हो नहीं जाती हैं सो उसकी पत्नी यदा-कदा गूजरों के खेतों में मजदूरी कर लेती है। दो बेटे और एक बेटी है। बेटी तो ब्याह कर ससम्मान दूसरे घर की हो गई है, दोनों बेटे भी घरबारवाले और बाल बच्चेदार हैं लेकिन दोनों ही दिल्ली स्थित एक कपड़ासिलाई कंपनी में नौकरी करते हैं तथा वहीं रहते हैं. इस प्रकार जटवाड़े में हुकमसिंह रिटायर फौजी का घर और रहनसहन मध्यम दर्जे का है। हुकमसिंह का नाम भर हुकमसिंह है लेकिन वह हुकम देता नहीं किसी को। वह एक सहृदय मनुष्य है अपनी तमाम अपंगता के बावजूद। एक खोट है उसमें भी। वह मुहल्ले की जुआ मंडली का कर्ता-धर्ता भी है. मुहल्ले-भर के जुआरी उसी के घर के आँगन में दो भारी भरकम नीम के वृक्षों की छाँव में जुटते हैं। नए, युवा हो रहे जुआरिओं के प्रशिक्षण का पटुशिक्षक भी वही है तथा नए युवा हो रहे और होने जा रहे बच्चों के माता-पिता उसे जी-भर गालियां देते हैं। मगर हुकमसिंह करे तो क्या करे। अकेलापन और अपाहिज स्थिति उसे सदैव लोगों से घिरे रहने के लिए प्रेरित करती है। और इसके लिए वह और कोई युक्ति नहीं खोज पाता है। यह और बात है कि उसके पोते-पोती बरस में जब भी एक बार आते हैं तो वह अपनी इन हरकतों पर विराम लगा देता है और अपने घर खुशियां बटोरता दिखता है। लेकिन जुआ की हुड़क में अजब बेचैनी में समय काटता है। जुआ के संगी-साथी इन दिनों उसके घर की मुँडेर के पीछे से ताँक-झाँक करते हैं। इशारों-इशारों में उनके साथ हुकमसिंह अगली बैठक कब होगी तय कर देता है और घर आए पोते-पोतीयों को भनक भी नहीं लगने देता। अपनी इस जुआमंडली में लेकिन वह उन्हीं युवाओं को फाँसता है जो पहले से ही हद दर्जे के लुंच्चे-लफंगे हो चुके होते हैं। नई

फसल के पढ़ाकू बच्चों को सख्ती से उसके घर की देहरी लाँघने की इजाजत नहीं है। यदि कोई विद्यार्थी भूले भटके वहाँ आ जाए तो उसे हुकमसिंह के डंडे से जूझना होगा लिहाजा, एक साथ उसका सम्मान भी और तिरस्कार भी।

और वह काणा इंदर जो अंग्रेजीराज में कैसे एक आँख का होकर भी, अपनी चतुरता के चलते फौज में भर्ती हो गया था और छहह महीने में ही जिसे फौज से निकाल भी दिया गया था, अब ठाठ से रिटायर होकर पेंशन पा रहा है। पूरी तरह काणा नहीं था, बस, एक आँख को आधा ही खोल पाता था लेकिन देखता पूरा था और पहले दर्जे का काइयां था इसलिए गाँव-भर ने उसे काणे के 'बाँक' से (चिढ़ाने के लिए उपनाम) नवाज़ा हुआ था। मुहल्ले-भर की जुआमंडली का सबसे निर्धन जुआरी था बेचारा इंदर, जिसके दाँव कभी भी दुअन्नी से अधिक न होते थे। इसी एक वजह से वह जुआरियों हेय दृष्टि से देखा जाता था। उसकी हार-जीत चार आना-आठ आना से अधिक न होती थी। इस सीमा पर पहुँचते ही वह फड़ छोड़कर उठ जाता था। मुहल्ले के धाकड़ जुआरी जो पाँच-पाँच रुपया की हार-जीत तक भी फड़ न छोड़ते थे उससे किसी सीमा तक घृणा भी करते थे। इन जुआरियों की मेहनत-मजदूरी से कमाई गई मासिक आय उन दिनों कोई तीसेक रुपया होती थी, उसमें से जुआ की एक बैठक में पाँच रुपया हारने अथवा जीतने का उनकी घर-गृहस्थी पर सीधा असर पड़ता। ऐसे धाकड़ जुआरी जब उक्त रकम को जीत कर घर जाते थे तो वह उनकी जेब में न हो कर शराब की बोतल और मसालेदार माँस में परिवर्तित होकर उनके पेट में होती थी और हारकर घर गए तो पत्नी के साथ अगले कई घंटों का महायुद्ध, जिसमें वे प्रायः ही पत्नियों को पीटकर हार की झेंप मिटाते थे और कभी-कभार पत्नियों का हाथ भी जब इन पर उठ जाता तो भाग्य को कोसते पड़ोस-भर को अपने कुभाग्य का रोना रोकर सुनाते।

काणा इंदर निस्संतान था। उसकी पत्नी महीने-भर, तीसों दिन 'मजूरी' में खट कर घर चलाने का जुगाड़ करती थी तब जाकर दोनों प्राणियों के पेट भरने लायक जुगाड़ हो पाता था। इंदर की तथाकथित पेंशन बस नाम-भर की थी और उसी में से वह जुआ में अपनी हार जीत को संतुलन के 'जुए' (बैलों के कंधे पर, उन्हें नियंत्रण में बाँधे रखने के लिए, लकड़ी का लट्ठा) में बाँधे रखता था। अन्य कोई काम-धंधा न करता था, निकम्मा, आलसी और कामचोर था तथा पत्नी की मजूरी (मजदूरी) के बल पर दोनों वक़्त रूखी-सूखी से पेट-भर कर ऐश करता था, इंदर नाम-भर होने से जुआरी समूह भी तथा जाटव मुहल्ला भी उसे व्यंग, परिहास, छेड़ और मज़ाक में राजा इंदर भी पुकारता था। गारे-मिट्टी की दीवारों पर थमी छत का, बिना खिड़की दरवाजे का, एक कोठा और उसकी मुँडेर पर पड़े ओसारे (छप्पर) में उसका राजमहल था जो अब गिरा तब गिरा की दयनीय स्थिति में था।

मनबरदयाल गूजर उर्फ मनबर उर्फ बाबू जी, हूबहू हिंदी फिल्मों के चरित्र जैसा सूदखोर, जिसके पंजे में एक बार जो फँसा-सो फ़ँसा। काम धंधे के नाम पर बस एक धंधा उसने अख्तियार किया हुआ है—जाटवों को कर्ज उधार देना और इस जुगाड़ में दिन, महीने और बरस खपाना कि कर्ज़दार के सिर से कर्ज़ का बोझ किसी भी प्रकार उतरने न पाए। निर्धन जाटव यों भी अपने कर्ज़ के बोझ को ब्याह-शादियों, खप गए बड़े-बूढ़े के रोटी-भोज कर स्वयं ही बढ़ाते रहते हैं, बाकी और कई सारे सुझाव बाबूजी गाहे बगाहे उन्हें परोसते रहते हैं।

लेकिन यही बाबूजी, स्नेही तथा स्वभाव से हिंदूधर्म में व्याप्त कुरीतियों के प्रति विद्रोही इतने कि दरियापुर गाँव के जाटव मुहल्ले के विद्यार्थियों के प्रेरणास्रोत बन गए! वे अधिकांशतः नए असामियों की खोज में, नए पढ़ाकू बच्चों को प्रेरणाप्रद उपदेश देने के इरादे से जाटव मुहल्ले के गलियारों में दिखाई पड़ जाते हैं। जाटवों के साथ मिल-बाँट कर बीड़ी पीने में भी उन्हें कोई गुरेज नहीं है। तकरीबन पचपन बरस के इस बूढ़े को उसके चेहरे पर उगी बेतरतीब झबरी मूँछों के नीचे अविच्छिन्न और निरंतर छाई मुस्कुराहट के बिना कल्पना करना लगभग असंभव है। अंग्रेजों के ज़माने का मैट्रिक फेल है और उस ज़माने में मैट्रिक फेल व्यक्ति की भी समाज में बड़ी पूछ थी। साफ, धुला कुर्ता धोती पहने बिना घर से बाहर न निकलता था। मैट्रिक फेल तो था ही इसलिए बाबूजी के बाँक से गाँव ने उसे नवाज़ा हुआ है। ऊपर से शहर की अबे तबे की बोली भी बोलता है। बिना भेदभाव निस्संकोच जाटवों के साथ उनकी खाट पर बैठकर उनके दुख-सुख सुनता और शामिल होता है, बस कर्ज उगाही में कोई दया, करुणा, ममता उसके हृदय में नहीं है। दिए गए कर्ज की उगाही के लिए किसी भी सीमा तक जा सकता है। अपना दिया गया कर्ज बेरहमी से उगाहता तो है लेकिन मार पीट और दमन से नहीं। बंदे के पीछे जोंक की नांई पड़ जाता है, सुबह हो कि शाम, रात हो कि दिन। अपनी मूँछों में मुस्कुराते ऐसे ऐसे ताने कर्ज़दार को देता है कि बस, तथा ऊपर से पूरे-पूरे दिन उसी के घर जमे रहकर, उसी की बीड़ियाँ पी-पी कर जो ताने परोसता है कर्ज़दार को कि बेशर्म से बेशर्म कर्ज़दार भी उसका कर्ज़ उतारने में ही अपनी भलाई समझता है।

कोई भी कहानी मौसम की तरह होती है जिसमें मिजाज भी होता है और पात्र भी। मौसम एक साथ सबको लपेटे रहता है। ऐसे ही एक पात्र हैं ईसाई मास्टर स्नेहशील, दयालु, शायरमिजाज, केवल उर्दू और थोड़ा बहुत कामचलाऊ हिंदी जानने वाले, अपनी झबरीली मूँछों के नीचे से मुस्कुराते रहने वाले ईसाई मास्टर। और दूसरी हैं मास्टरनी। गहरे श्यामवर्ण, हाथों में सात-आठ नीम की पतली हरी और ताजा संटीयों को लहराती, बात-बेबात पर विद्यार्थियों को पीटने के फ़िराक में फिरती कसाई मास्टरनी लेकिन दरियापुर के जाटवों में शिक्षा का जो सैलाब उमड़ा है उसके लिए जाटवों में उन ईसाई

दंपति के प्रति कितना स्नेह और सम्मान है यह उस दिन देखने को मिला जब, यद्यपि मास्टर जी की मृत्यु तो दिल्ली में हुई लेकिन जाटव मुहल्ले का प्रत्येक जन अपने प्रिय मास्टर की मृत देह को उनके बचेखुचे संबंधियों के विरोध के उपरांत भी, दफनाने के लिए दरियापुर लेकर आया था। उससे भी पूर्व मास्टरनी की जब मृत्यु हुई थी और उन्हें इसी दरियापुर में दफनाया गया तब मास्टर जी ने मुहल्ले-भर से अनुनय के साथ वचन ले लिया था, "मुहल्ले वालो, जिस प्रकार मेरी मास्टरनी को तुमने सम्मान और स्नेह के साथ इस गाँव में दफनाया है, मैं मरूँ तो ठीक मास्टरनी के बगल में मुझे सुलाना। मुझे वचन दो सब।" और मुहल्ले ने अपने उस वचन को भरपूर निभाया। मास्टर जी की मृत देह को दिल्ली से जब लाए थे तब तक उन्हें वहीं दफ़नाने के लिए कब्र तक खोदी जा चुकी थी

कवि हृदय और रसिक ईसाई मास्टर के, मुसलमान मुहल्ले की इशरत खातून के साथ रेशमी संबंध थे। ये और बात है कि ये कभी साबित नहीं हुए। इसके अनेक किस्सों के बावजूद भी मास्टरजी का सम्मान कभी कम नहीं हुआ।

दरियापुर के इस जाटव मुहल्ले में शिक्षा के लिए जो कुछ भी हुआ उन्हीं के द्वारा किया गया। हर घर में पढ़ाई की लालटेन इसी दंपत्ति की देन है।

इन ईसाई दंपति की तीन बेटियाँ हैं, बेटा नहीं है। जब इस गाँव में अध्यापन का संकल्प लेकर आए थे तब उनकी दो सयानी और विवाहित बेटियाँ थीं, ग्लोरिया और मैरी तथा मैरी को मुहल्लावासी मैरी न पुकार कर 'मेरी' पुकारते थे और परिहास में 'मेरी है मेरी है' की रट लगाकर मास्टर को कभी-कभार चिढ़ाते थे। सुना ऐसा गया है कि ये दोनों बेटियाँ मास्टर की पिछली दो पत्नियों से थीं और अभी जो यह कसाई मास्टरनी उनके साथ बँधी है उनकी चौथी पत्नी है। अब चौथी है कि तीसरी है इस का भेद तो वही जानें लेकिन यह सबको पता है कि गहरे श्यामवर्ण की यह कसाईन उनकी पहली पत्नी तो कतई नहीं है और उसकी भी एक बेटी है—मारग्रेट, मास्टर के गोरे रंग और मास्टरनी के गहरे श्यामवर्ण के घालमेल की प्रतिकृति है रंग में भी और बर्ताव में भी।

कसाई मास्टरनी लेकिन थी नारियल जैसी। बाहर से सख्त और भीतर से नर्म। तनिक सी भी त्रुटि पर जो मास्टरनी फूल से कोमल बच्चों को नीम की संटियों से धुनने में एक क्षण भी सोच विचार न करती है उसी बच्चे को स्कूल की समाप्ति पर अपने हाथ से 'पोडर मिल्क' से दूध बनाकर पिलाते भी देखा जा सकता है।

किसकी कथा कहने का दुस्साहस करूँ मैं? क्या मैं हमीद लुहार की बात करूँ जो दराँती, खुरपों की अपनी दुनिया में इतना रम गया था कि परिवार के प्रति अपनी जिम्मेदारियों को ही भूल गया था और उसकी उस भूल के त्रासद परिणाम हुए।

क्या मैं बशीर 'सक्का' की कहानी लिखूँ जो अपने बराबर की मशक कमर पर लादे

मेलों-ठेलों में पानी पिलाता फिरता जोकर सा दीखता था?

क्या पत्नी की बेवफाई से पगलाए चंदर की कथा लिखूँ। आर्यसमाजी महाशय देशराज की व्यथा लिखूँ, या रामपत समाजी की मिठाई सी मीठी आवाज़ और उससे भी मीठे उसके होली गीतों की चाशनी में डुबोऊँ!

या कि पाँच फुटे दौजी की कथा कहूँ जो फुसफुसाकर कानों में रहस्य की पर्तें खोलकर बताता कि कैसे प्रेत आकर, उसके बाल उखाड़ जाते हैं।

छह फुटे रामकरन पहलवान की हास्यास्पद परिणति लिखूँ जो अपनी सारी ज़मीन 'सपनों का सौदागर' फिल्म में नई-नई अवतरित हेमा मालिनी के चुंबन पर लुटाना चाहता था, या कि किस प्रकार पत्नी के साथ नए आसन के चक्कर में अपनी मूँछे जला बैठा था, और गाँव-भर के उपहास का पात्र बना।

क्या रामचंदर की कथा लिखूँ जिसे किस्से-कहानियाँ कहने के लिए दूर-दूर से बुलावे आते थे और उसका एक-एक किस्सा कम से कम एक पूरी रात से लेकर कई-कई दिनों तक फैल सकता था। क्या मैं सरूपी की कथा लिखूँ जो, तेरह की उम्र में ब्याही गई, तंबू जितने लंबे घूँघट में फेरे भी लिए और उसी तंबू जितने लंबे घूँघट में छिपी रहकर ससुराल होकर भी आ गई और पति का मुख भी न देखा था कि महीने भर में ही विधवा हो गई और फिर, दुहेजवां रामचंदर से ब्याही गई। धनपत की बात कहूँ जिसके षड्यंत्र और खुराफातें और उसका दुश्चरित्र मुहल्ले की लगभग सभी महाभारतों की जड़ हुआ करते थे।

क्या मैं भागमली की कथा कहने की हिमाकत करूँ जो सावन के महीने में किन-मिन बरसती बारिश में झूले पर बैठ सती होती 'कंवर निहालदे' की टीस को गीतों में भर कर कोयल से भी मीठी आवाज में यों उतारती थी कि कंवर निहालदे के दुख में रोने को मन करे।

कथा, किस्से, कहानियों में प्रायः देखता हूँ कि एक अदद नायक-नायिका और एक खलनायक उसकी आवश्यकता हुआ करते हैं, जिनके कारण ही कहानी आगे बढ़ती है, रुकती है, स्थिर होती है और अपने अंत को भी पहुँचती है। यहाँ पाता हूँ कि इतने सारे चरित्र बखानने को हैं तथा सबके सब प्रिय और आत्मीय! किसे तो खलनायक बनाकर प्रस्तुत करूँ और किसे नायक? ये सबके सब गरीब-गुरबा, दबे-कुचले, सताये हुए, सीधे-सादे लोग, जो थोड़ा-सा मिल जाने पर पर्व मनाते हैं, हँसते हैं, नाचते गाते हैं और उस थोड़े से के खो जाने-भर से पस्त हो टूट जाते हैं। पाता हूँ कि ये सभी तो केवल नायक-भर हैं, खलनायक के लिए जिस खुर्राट, षडयंत्रकारी जीव की आवश्यकता होती है वह यहाँ नदारद है.

यह भी सोचता हूँ कि कथा कहानियाँ कहना चाहे मेरी क्षमता से बाहर की बात हो फिर भी सभी चरित्रों के साथ बारी-बारी से अपने मानस में एक बार मिल बैठूँगा और

उनकी कथा ईमानदारी से कहने का प्रयत्न तो करूँगा ही, इस कथा के लिए एक अदद नायक-नायिका-खलनायक की मेरी खोज पूरी हो जाए बस!

एक ख़ब्ती ख़याल मेरे मन में जाग उठा है, कि यह गाँव 'दरियापुर' जिसका नाम है, और जिसमें उपरोक्त वर्णित व्यक्ति तथा अन्य बहुतेरे व्यक्ति बसते हैं, नायक, नायिका, खलनायक अपने आप में स्वयं ही हैं।

यह माँ की सी ममता लुटाता, यह पिता के वरदहस्त सा माथे को सहलाता, महबूबा जैसी कोमलता से बार-बार बुलाता, यह निष्ठुर खलनायक सा बहू-बेटियों की इज्ज़त को तार-तार होते देखता, गरीब-गुरबा जाटवों का दमन होते देखता, दमनकारी गूजरों द्वारा पद दलित होकर भी जाटवों के उत्थान का साक्षी, मामूली सा एक गाँव है। इस गाँव को ही मेरी इस कथा का नायक, खलनायक, बनना होगा, इसके अलावा अन्य कोई चारा नहीं दिखता मुझे। अब चाहे तो पाठक या चाहे यह गाँव मुझे ख़ब्ती कहें, सो कहें!

३

अंततः चिरप्रतीक्षित मेरी खोज पूरी हुई, इसलिए अब इस गाँव के नाक-नक्श, डील-डौल, चाल-ढाल, तौर-तरीकों का बखान आवश्यक है। कथा कालखंड नये-नये स्वतंत्र होने को आते भारत, और उसके कोई बीसेक बरस बाद की अवधि के मध्य का काल। वैसे सुविधानुसार कुछ भी समझ लें, अनुकूल ही बैठेगा।

यह कथाव्यथा आख्यान, व्याख्यान, किस्सागोई नहीं है, जीते-जागते, साँस लेते, कष्ट में कराहते, आनंद में उत्सव मनाते पात्रों की कथा है यह। इसलिए पात्र और चरित्र अपनी कथा कहने को, अपनी मर्जी से जब जहाँ, जैसे चाहे आएँगे जाएँगे, अलबत्ता यह दरियापुर गाँव प्रत्येक पात्र और चरित्र के साथ अनिवार्य रूप में स्थिरीकारक सा अवश्य उपस्थित रहेगा तथा कभी-कभार विवशता में सूत्रधार की भूमिका भी मेरे गले आ पड़ेगी इसे मैं जानता हूँ। कारण मैं पहले ही निवेदन कर चुका हूँ।

और इस नायक-खलनायक गाँव का नाक-नक्श, डील-डौल, चाल-ढाल?

तो सबसे पहले तो जान लें कि इसके ठीक बीचोंबीच पूरब से पश्चिम को इस के हृदय को जैसे चीरती हुई यह कोलतार पुती सड़क गुज़रती है, जिस पर दिन-रात बसों, ट्रकों का अनियंत्रित रेला गर्दो गुबार और धुएँ का ज़हर इसकी नस-नाड़ियों में पैवस्त करता रहता है। पूर्व में गाँव की सीमा से सटा, मानो गाँव के घावों पर मरहम लगाता सा एक 'राजबाहा' है जिसे गाँववासी नहर कहते हैं, यह घरों को सहलाता उत्तर से दक्षिण को बहता है। इस नहर के बहाव के विरुद्ध बस कोई आधा कोस चलें तो गाँव का शमशान है, जिसे गाँव वाले 'चिवाणे' कहते हैं. गाँव की पश्चिम सीमा से सटा उत्तर से दक्षिण को लंबाई में आधे कोस बराबर और चौड़ाई में कोई पाँच सौ गज बराबर, प्रत्यंचा चढ़े धनुष

की आकृति सा तालाब है 'मुकन्ना'। मुकन्ना की भी पश्चिमी सीमा का परिसीमन करता बेनाम एक बरसाती नाला है, इतना क्षुद्र कि पाँचफुटा दौजी अपने विशेष अंदाज़ में बताता है—'मूत देओ तो बाढ़ आ जाय।' गाँव की सीमा से थोड़ी दूरी पर, पश्चिम में एक छोटा तालाब है 'सियाकी' और विचित्र रूप में ठीक जाटवमुहल्ला, जिसे गूजर चमरवाड़ा पुकारते हैं। इसी के बीचोंबीच है एक जोहड़ 'गूहली'।

पश्चिम में कोई कोस-भर पर 'दादरी' कस्बा है जो स्वयं एक बड़ा गाँव-भर है. दरियापुर नाम इसका कैसे और क्यों पड़ा नहीं जानता, गाँव के बड़े-बूढ़ों से दरियाफ्त करने पर भी कुछ हासिल न हुआ। अलबत्ता गाँव को जैसे चारों दिशाओं से घेरे हुए कोई छह तालाब, जोहड़ और तलइयूया अवश्य हैं।

दरियापुर गाँव को इंसानी रिहाइश के अनुसार तीन बड़े भागों में बाँटा जा सकता है। इसके तीन चौथाई भाग में गूजर बसते हैं और सीमा निर्धारण के लिए कहें तो गाँव का पूरा उत्तर, पूरा पूर्व तथा आधा पश्चिम में। गाँव के दक्षिण और आधे पश्चिम पर जाटवों का कब्जा है। गूजरों के आधे पश्चिम और जाटवों के आधे पश्चिम के बीच में 'चाखी' में 'फाने' (आटा पीसने वाली हाथ चक्की में दोनों पाटों के बीच के अंतराल को नियंत्रित रखने के लिए लकड़ी का टुकड़ा) जैसे ठूँके हैं मुसलमान, जिनमें एक घर लुहार, एक घर सक्का और बाकी के तीन घर खाती-बढ़इयों के हैं।

इस गाँव में हिंदी तीन तरह से बोली जाती है।

उदाहरण के लिए 'कहाँ' जैसे शब्द को जाटव उच्चारित करते हैं 'कहाँ' और गूजर उच्चारित करते हैं 'कौंहौं' कौन को कूण, डरौ को डर्‌यौ, पानी को पौणी, इत्यादि उच्चारण करते हैं। बेहद साधारण से वाक्य 'कहाँ जा रहे हो' को जाटव उच्चारित करते हैं 'कहाँ जा रहयो है', और गूजर उच्चारित करते हैं 'रै, कौंहौं जा रहयौ है'। इस 'रै' में उनकी सारी उद्‌दंडता छिपी है इसलिए हर दूसरे-तीसरे वाक्य में उसे आवश्यक अनावश्यक रूप से जोड़ दिया जाता है। दरियापुर और आसपास के कितने ही गाँवों के जाटवों में एक प्रथा सदियों से प्रचलित है. वे कहते हैं बेटी ब्याहेंगे पछाँह में और बेटा पूरब में। अर्थात बहू ब्याह कर लाएँगे अलीगढ़, पूर्वी बुलंदशहर से ही जहाँ ब्रजभाषा बोली जाती है। इस प्रकार बुलंदशहर और अलीगढ़ की बेटी जब ब्याह कर दरियापुर आती है तो जब तक वह पुरानी होकर दो-चार बच्चों की माँ बनती है तब तक अपनी ब्रजभाषा को आदतन प्रयुक्त करती है। धीरे-धीरे पछाँह की इस लट्‌ठमार दरियापुरीभाषा का रंग उस पर चढ़ते-चढ़ते बरसों लग जाते हैं। उधर गूजर पूरब में बेटा ब्याहने जैसा कोई दुराग्रह नहीं पालते हैं बल्कि वे बेटों के ब्याह दरियापुर के दो-चार कोस आसपास के गाँवों में निबटा लेते हैं, इसलिए भाषा का यह घालमेल उनमें नहीं होता है। दरियापुर की इस कथा में अचानक जाटव मुहल्ले अर्थात जटवाड़े की बहुएँ यदि बार बार अपनी भाषा को बदलें तो चौंकिएगा नहीं।

दरियापुर वासियों की भूषा भी भाषा के समान ही तीन प्रकार की है लेकिन वेशभूषा की यह भिन्नता केवल स्त्रियों तक ही सीमित है। अलबत्ता गूजरों की बहुएँ बीस-बीस गज के घाघरे और मर्दाना कमीज पहनती हैं। जाटवों की बहुएँ भाषा के समान ही अपने पीहरों से साड़ियाँ भर संदूकचियों समेत जब इस दरियापुर में ब्याह कर आती हैं, तो ठीक ब्रजभाषा की तर्ज़ पर दो-चार बच्चों की माँएँ बनने तक साड़ियों में लिपटी रहती हैं और जिस प्रकार ब्रजभाषा का दरियापुर की लट्ठमारभाषा में पारगमन धीरे-धीरे होता है उसी के समान ये बहुएँ भी साड़ियों से बीस गज के लहंगा-घाघरे पर धीरे-धीरे आ जाती हैं। इस प्रकार जाटवों के मुहल्ले में नई बहुएँ तो साड़ियों में लिपटी मिलेंगी और पुरानी हो चुकी बहुएँ और ठेठ बुढ़ियाएँ बीस-बीस गज के घाघरों में भी दिख जाएँगी। मर्द, गूजर और जाटव दोनों ही, कुर्ता, कमीज, पजामा, धोती में।

गूजरों की धींगामस्ती, जोर-जबरदस्ती, अत्याचार-अनाचार के सहारे इस गाँव की साँसें चलती और रुकती हैं। अपने अस्तित्व और गरिमा को अक्षुण्ण रखने की जद्दोजहद में जाटव अलबत्ता गूजरों से झड़पने में परहेज़ नहीं करते हैं और प्रायः ही उनके हाथों पिटते रहते हैं तथा कभी-कभार गूजरों को जमकर पीट भी देते हैं... ताकत में ये गूजरों के सामने उन्नीस नहीं बल्कि अठारह पड़ते हैं, लेकिन शिक्षा में ये मीलों आगे हैं। शिक्षा के प्रति इनमें यह जागृति स्वर्गीय बाबासाहब भीमराव अंबेडकर के द्वारा दिए गए अमोघ मंत्र 'शिक्षित बनो, संगठित हो, संघर्ष करो' के कारण है।

जाटवमुहल्ला अर्थात जटवाड़ा भी, जिसमें जाटव बसते हैं, चार मुहल्लों में बँटा है। है तो जटवाड़ा किंतु गूजर पुकारते हैं इसे चमरवाड़ा। चार मुहल्लों 'सामलीजौम', 'बिलौटाजौम', 'कल्लूजौम', 'मंगलापाड़ा' में बँटा है जटवाड़ा और इन चारों मुहल्लों में मुकदमेबाजी, जूतमपैजार, सिर फुटौव्वल चलती ही रहती है। बाबासाहब के मूल मंत्र 'संघर्ष करो' का इन्होंने यही अर्थ निकाला है! आओ हम आपस में ही संघर्ष करे, मरें-कटें.

यद्यपि न तो इनके मुहल्ले में कोई बौद्ध मंदिर-विहार ही है और न ही किसी बौद्ध भंते ने इनको बुद्धधर्म की दीक्षा ही दी है, ये लोग क्योंकि बाबासाहब के अनुयायी हैं, सो बुद्ध धर्म के भी अनुयायी भी स्वतः ही हो गए हैं, लेकिन पूजापाठ करते हैं अनगिनत हिंदू देवी-देवताओं की ही। ये शीतलामाता को 'धोक' लगाते हैं, 'भुमियांमाई' अहोइमाई, छट के व्रत रखते हैं, पीर और नौगजापीर को चढ़ावे चढ़ाते हैं, चामुंडामाई के 'थान' पर माथा टिकाते हैं, 'लांगुरिया' के गीत गाते ज्वालाजी और हिंगलाज देवी की जात लगाते सैकड़ों कोस भटकते हैं।... नहीं था, लेकिन मैं हिंदू मरूँगा नहीं, इस पर मेरा वश है।''

खैर! यह चर्चा अभी रहे यहीं। अपने नायक इस 'दरियापुर' गाँव की खबर ली जाए अब।

4

दरियापुर में बैसाख-जेठ का महीना आ धमका है. बेहद गर्म मौसम है, पंखा झलते उस की डंडी से कमर खुजाते और मुहल्ले के कुँए की 'मन' पर 'डोल' भर पानी की धारों तले राहत की थोड़ी बहुत साँस लेते लोग कह रहे हैं कि इतनी गर्मी उन्होंने पिछले पचास वर्षों में नहीं झेली है। पिछले कई सप्ताह से पारा 48 से भी ऊपर पहुँचकर वहीं टिका हुआ है। धरती मानो कुम्हार की भट्ठी से साँसें उधार लेकर दरियापुरवासियों को तपा रही है। लू के प्रकोप के आगे इंसान और जानवर-ढोर-डंगर सब त्रस्त हैं। लेकिन गतसंध्या चली तेज रेत भरी आँधी के कारण पारा काफी नीचे आया है. घर आँगन, कपड़े-लत्ते सब रेत से भर गए हैं। लेकिन परवाह नहीं! आँधी से आई थोड़ी बहुत ठंडक के कारण दरियापुर सप्ताहों बाद चैन की नींद सोया है। इंसान और जानवर, सब पर हफ्तों बाद चैन भरी नींद की खुमारी है।

हाथों में लोटा, गडुआ, बोतल थामे मर्द खेतों की ओर भागते नज़र आएँगे तथा गाँव की स्त्रियाँ ऐसी कवायद अँधेरे में ही कर चुकी होती हैं। रात के नीम-अँधेरे में, घरों के पिछवाड़ों को छूते खेतों में जब नित्यक्रिया में जुटी, गाँव-भर की सलोनी बहू-बेटियाँ, लगभग मुँह से मुँह जोड़े जब अपनी सासों की बुराइयाँ करती हैं अथवा किसका किसके साथ क्या चल रहा है, इत्यादि की चर्चा करती हैं तो आधा गाँव उसे आसानी से सुनता है। कारण बेहद साधारण है, गाँवों में कहावत है—'तेरौ मुँह दीखै ना मेरौ-सब सू भलौ अँधेरौ' का लाभ उठाकर ये, यह कार्य गाँव की परिसीमा को छूते खेतों में, घरों के पिछवाड़े ही में कर गुजरने में कोई हिचक महसूस नहीं करती हैं, यद्यपि होते वे भी खेत ही हैं लेकिन घरों से सटे हुए। कई बार रात के इन नित्यक्रिया जमघट, जमाव-जुड़ाव में परनिंदा के चलते इन सुघड़ सलोनी गृहि हणियों-बेटियों में मार-कुटम्मस भी हो जाती

है, लेकिन उनके नित्यक्रिया नैरंतर्य में कोई व्यवधान उत्पन्न नहीं होता है, सब कुछ साथ-साथ चलता है। इस नित्यक्रिया पंचायत में ये पिछले कई झगड़ों को आराम से निपटा लेती हैं और पचासों नये झगड़ों को जन्म दे कर, संतुष्ट घर लौट आती हैं, इसलिए कि कल जब ये फिर नित्यक्रिया की अँधेरी पंचायत में जुटेंगी तो मुँह बंद रखने की बोरियत से बच पाएँगी।

आश्चर्यचकित न हों, यह 'दरियापुर' की दुनिया है, और देश के लगभग हर गाँव-देहात की दुनिया भी ऐसी ही है।

5

गाँव के खेतों में फसल पक कर तैयार है। सुनहले गेहूँ, जौ, मटर की चमक आँखों को चौंधियाने लगी हैं। फसल कटाई का समय आ पहुँचा है तथा अब एक दिन की भी देरी नुकसान का कारण होगी।

लगभग सभी खेतों के मालिक गूजर हैं और सोच-सोच कर परेशान हैं कि बरस के केवल इस खंड में कटाई के लिए मजदूर कम पड़ जाते हैं। भोर होने से पूर्व ही जाटवों को पकड़ना पड़ेगा। वैसे लगभग हर गूजर किसान के पास पूर्णकालिक जाटव मजदूर हैं. लेकिन इस महीने की बात ही कुछ और है। समय रहते जाटवों को हाँककर न लाए तो दूसरे ले जाएँगे। गूजरों के मुहल्ले में इसी को लेकर बेचैनी है। बूढ़े गूजर अपने जवान बेटे, पोतों को नींद से उठा रहे हैं—'उठो-उठो 'मजूर' घेर कर खेतों में पहुँचो'।

इन दिनों बारिश आकर भी इनके आधे बरस की मेहनत को मिट्टी में मिला सकती है, सो उसकी चिंता अलग से है।

हरकेस गूजर को लेकिन फसल इत्यादि की कोई चिंता नहीं है। गाँववासी कहते हैं, कि बुड्ढे का दिमाग खिसक गया है। हरकेस बुड्ढा है भी कुछ ठरकीम। सत्तर के लगभग उम्र हो चली है, संतान के नाम पर उसकी एक बेटी है केवल, जो शादीशुदा, बालबच्चेदार है, और अपने पिता से जबर्दस्त घृणा करती है! कारण, कि बड्ढे ने अपनी सारी जमीन गाँव के मंदिर को दान दे दी है जिस पर बेटी का हक था। गाँव कभी-कभार आती है तो पिता को हजार कोसने कोस वापस चली जाती है.

वही हरकेस गूजर 'मुकन्ना' के किनारे नित्यक्रिया से निवृत्त होने की अंतिम स्थिति में धोती की 'लांग' खोले उकड़ूँ बैठा मानो 'मुकन्ना' को खाली करने की ज़िद किए बैठा है। हरकेस प्रतिदिन बिना नागा मुँह अँधेरे ही नित्यक्रिया के लिए गाँव से काफी दूर 'ढक़िया' माने ढाक (पलाश) के घने जंगल की ओर निकल जाता है, और फिर निवृत्त

हो, धोती की लांग खुली छोड़, उसे रेत मिट्टी में घसीटता लौट कर आता है 'मुकन्ना' के किनारे! याद है न, गाँव की पश्चिमी सीमा से एकदम सटा हुआ प्रत्यंचा चढ़े धनुष सी आकृति का तालाब! और फिर प्रारंभ होता है उसका घंटों लंबा प्रक्षालन।

और भी एक गूजर है, अनपढ़ अधेड़ गूजर बेदराम। रोज के अव्यवधानित क्रम में प्रतिदिन की भाँति मुँह अँधेरे ही लोटा उठाये—'चरखा, चर, खा, चर, खा' का जाप जपता हुआ 'मुकन्ना' की ओर जा रहा है। बेदराम के अनुसार उसने एक बहुत भारी खोज ही कर डाली है, सो इतिहास में उसका महत्त्वपूर्ण स्थान सुरक्षित है, इसलिए जो भी बंदा पकड़ में आ जाए उसे वह बेहद गंभीर भाव से समझाता भी है कि कैसे—

अपनी इस खोज को वह समझाता है इस प्रकार, आप भी समझ लें, सुविधा रहेगी—'चरखा—अर्थात चरखा, यानी सूत कातने का चर्खा' और 'चर' माने चर, यानी कि चर, जो पशु चरते हैं—और 'खा', खा माने खा, यानी कि जो मनुष्य खाते हैं. इस प्रकार चर्खा का अर्थ क्या हुआ? अर्थ हुआ 'चर' 'खा'। किसी के 'पल्ले' यद्यपि कुछ नहीं पड़ता, लेकिन आपका उससे सहमत होना नितांत आवश्यक है, यदि आप अपना दिन झगड़े से प्रारंभ नहीं करना चाहते हैं तो! बाकी आपकी मजी। असहमत होकर चाहें तो उसके साथ दिन-भर के शास्त्रार्थ में उसके 'चरखा, चरखा' में पूरा दिन खर्च करें और हार जाएँ क्योंकि जीत कर तो वह आपको जाने देने वाला नहीं है, और आज तक उससे जीत कर गया भी कौन है जो वह आपको जाने दे। इसलिए अधिक संभावना तो इस बात की है कि आप उसका 'चर्खा' मंत्र सुनते ही सिर पर पैर रख कर भागेंगे। बेदराम के सामने पड़ते ही गाँव का हर समझदार आदमी यही करता है।

अब आप कहेंगे कि बेदराम के घरवाले आखिर उसके इस 'चरखा' राग से कैसे बचते हैं? आपकी शंका यद्यपि उचित है लेकिन बेदराम अपनी सीमाएँ बखूबी पहचानता है, और उससे इसकी पहचान स्वयं उसके बड़े बेटे ने ही कराई है। पहले तो उसने पिता को समझाया कि "चरखा' और चर...खा...में कुछ नहीं धरा है, बापू! खेतों में हल चला, भैंसों, बैलों को सानी-पानी कर, दूध दूह, घी दूध खा, मौज कर"। बेद राम लेकिन फिर भी न माना और उसने अपने चर्खा राग को विराम न दिया। बस बिना किसी हिचक और देर के बेटे ने जो 'गुद्दी' पर चार 'हत्थी' जमायीं कि बेदराम को तुरंत ज्ञान की प्राप्ति हो गई। तब से बेदराम अपने इस महामंत्र का जाप भूल कर भी घर में नहीं करता है।

रामकरन, यानी बेदराम का बड़ा बेटा गाँव का माना हुआ पहलवान है, दूर दूर तक के गाँवों में कुश्ती लड़ने जाता है। अब बेदराम को चाहे कोई कितना भी अपनढ़-गंवार और खब्ती कहे लेकिन इतना ज्ञान उसे अवश्य है कि नामी पहलवान के दो हाथ गुद्दी पर, माने गर्दन पर, पड़ने के क्या घातक परिणाम हो सकते हैं। इसलिए घर में अपने इस चर्खा, चर...खा...को लेकर वह बहुत सावधानी बरतता है, लेकिन अपने इसी बेटे की

पहलवानी की धौंस के चलते वह बाकी गाँव पर अपने 'चरखा, चर...खा...' की ज़ोर जबरदस्ती करने में किसी को नहीं बख्शता है। हाँ, उसकी जोड़ का एक ख़ब्ती, जाटवमुहल्ले जटवाड़े में भी है—नाम है दल्ले। उसका रंग गेहुआँ है, बड़ी-बड़ी मूँछें हैं जो उसके बार-बार ऊपर की ओर रखने के आदेश-निर्देश और प्रयत्नों के उपरांत भी चरम अनुशासनहीनता को दर्शाती नीचे की ओर ही लटकी रहती हैं। उस के चेहरे पर तथा हाथों पर सफेद दाग हैं जो कि त्वचा की रंजकहीनता का धवलचर्म रोग है. लेकिन प्रायः ही लंबी भूमिका बांध कर बताता है कि नाम तो उसका है—दलजीत सिंह, दलबहादुर सिंह, दलेर सिंह और कि, उसके चेहरे और शरीर पर जो सफेद दाग हैं किसी रोग के कारण नहीं हैं, हाथी की फुंकार के हैं। क्या है कि, असम के जंगलों में हाथी पकड़ा करता था, एक दिन एक 'मखना' हाथी ने फुंकार मार दी थी, बस। ऐसा उसका कहना है, अलबत्ता असम का नाम तक उसने मुहल्ले के नये पढ़ाकू आठवीं कक्षा के बच्चों से बस कुछ ही दिन पूर्व सुना है। मुहल्ले वाले उसके इस नाम पुराण के कारण उसे दलदल भी पुकारते हैं कभी-कभार। पहले दर्जे का निठल्ला है। उसके कुनबे को दोनों वक्त का भोजन भी प्रतिदिन मयस्सर हो जाए तो गनीमत है। अपनी लंबी हाँकने और सच्ची-झूठी कहानियाँ गढ़ने के कौशल के कारण मुहल्ले-भर के घरों में उसका दिल खोल कर स्वागत होता है, अंधिकांशतः तो कौतूहल के कारण कि देखें आज क्या लंबी हाँकेगा! सारा-सारा वर्ष वह गाँव में निठल्ला पड़ा रहता है, लेकिन अपनी कहानियों में चीन और इराक तक घूम आता है। इराक, ईरान और मिस्र में उसके घूमने के प्रेरणास्रोत होते हैं कई-कई दिन तक चलने वाले रामचंदर के किस्सा गुल सनोबर, किस्सा गुल बकावली, किस्सा चार दर्वेश इत्यादि तथा चीन, जापान में उसका घूमना हो जाता है नवीं-दसवीं कक्षा के बच्चों की भूगोल की पुस्तक से, जिसे वह अक्षर-अक्षर जोड़ कर अपने घंटों के प्रयास में पढ़ लेता है।

दल्ले बहुत लंबी हाँकने वाला बंदा है। उसके अनुसार दरियापुर गाँव की 'बसापत' (बसाया) तक उसके लक्कड़दादा ने की थी! लेकिन यह रहे अभी। उससे आपकी मुलाकात भी होगी अवश्य ही। अपनी कथा कहने को स्वयं ही आपको पकड़ लेगा, इस दरियापुर की कथा में कहीं न कहीं।

6

अगहन माह में जो गेहूँ, मटर, जौ, चना किसानों ने बोया था उसे पालते-पोसते, सहेजते, संरक्षा में रखते, सरसों के साग और मटर के 'पंडला' (जिसमें अभी बीज भी न आए हों) के तीमन के चटखारों के साथ फागुन कब आ गया पता ही न चला दरियापुर को। फागुन की मस्ती और रंग अभी उतरा भी नहीं कि खेतो में गेहूँ-जौ की फसल ने निष्कपट सी दिखती अपनी हरी चुनरिया को, मानों चैत के वातावरण में आ पसरी गर्मी को भाँप कर, हौले से अपना सुनहरा बदन अनावृत्त करने के लिए कसमसाना शुरू कर दिया है। किसान और जाटव खेतों में पसरी इस स्वर्णसुंदरी की काया पलट पर मानो सम्मोहन में जकड़े मंत्रमुग्ध हो भविष्य के सपने बुनने में व्यस्त हो गए हैं।

और इन हालात में दरियापुर में भोर होने को है। जाटवों के मुहल्ले 'जटवाड़े' में हलचल हो चुकी है। उनका यह वार्षिक धनार्जन-अन्नार्जन पर्व है, और बरस-भर की लगभग आधी आवश्यकता के लिए अन्न की कमाई इसी समय की जाती है। उनकी स्त्रियाँ भोर से भी पूर्व उनींदी आँखों से उठकर आकाश में उगते 'सूक़' तारे को देख चुकी होंगी, बल्कि कुछ तो उससे भी पूर्व आकाश में उभर आये नक्षत्रों के एक समूह 'तीन हिरनियों' को देख चुकी होंगी और 'चाखी' पर 'बेझड़ नाज' (मोटा अनाज) पीसने बैठ जाएगी। 'चाखी' की निरंतर घर्र...घर्र...घर्र...की आवाज़ जैसे पुनः तंद्रा का आमंत्रण देती हुई उन्हें थोड़ा-बहुत अलसाने को ललचाएगी; लेकिन अंततः वे आज का 'चून' पीस कर उठ खड़ी होंगी। आँगन के ही एक कोने में भूख से बेचैन और खूँटा तुड़ाने को तत्पर भैंस को, उसके सिर पर भरोसे का हाथ फेरकर, शांत कराएँगी कि उसका भोजन बस 'नांद' में परोसा ही जाने वाला है। तब तक मुहल्ले-भर के जाटव भी 'गँडासे' से हरा चारा या

सूखी कुट्टी भैंसों के लिए काट चुके होंगे. स्त्रियाँ दूध दूह कर, उबालकर जमने के लिए रख चुकी होंगी।

एक मशीनी प्रक्रिया में बँधा सब कुछ प्रतिदिन ऐसे ही घटता है। आज लेकिन उनकी लगभग मशीनी नित्य की प्रक्रिया में कुछ नया और उत्साह भरा भी है। किसानों के खेतों में फसल के पक कर सुनहरा हो जाने के स्पष्ट अर्थ हैं। 'पूस और माह' महीने 'फाके' करते गुज़रे हैं और खाली पेट की क्षुधा सरसों-बथुआ के साग से शांत करते-करते आखिरकार बहुप्रतीक्षित अन्नार्जन आ पहुँचा है। अब घर में 'रिजक' आएगा। भर पेट भोजन की तन और मन को संतुष्ट करती डकारों का मौसम आ गया है।

हमीद लुहार के कुशल हाथों से सँवरकर नई-पुरानी दराँतियाँ आ चुकी हैं, हाथ उन्हें लेकर सुनहले गेहूँ-जौ-मटर के खेतों में उतर पड़ने को मचल रहे हैं। गेहूँ-जौ को तो काट कर पूलियों के गठ्ठरों में बाँधना-भर होता है और हर बीस 'पूलियों' पर एक 'पूली' काटने वाले मजदूर को मिलती है, लेकिन मटर की बेतरतीब झाड़ीनुमा फैली फसल को पूलियों में बनाना सहज नहीं है और उन्हें छोटी-छोटी ढेरियों में बदलना-भर होता है। जितना शीघ्र मुँह अँधेरे ही काम पर निकल चलें उतना ही अच्छा है। अधिक मात्रा में 'पूलियों' की कटाई का अर्थ है अधिक अन्नार्जन। जाटवों का इन दिनों पूरा मुहल्ला ही जैसे खाली हो जाता है, गाँव में या तो खाँसते-खँखारते बूढ़े झटोला हुई खाटों पर हुक्का गुड़गुड़ाते मिलेंगे या बहुत छोटे बच्चे ठीकरों-कंचों से खेलते, या गाँव से सटे तालाब में डुबकी लगाते 'लाल बहौड़िया' खेलते नज़र आएँगे। औरतें-लड़कियाँ हाथों में दराँती और कमर में 'नातने' (मोटे वस्त्र से फाड़ कर बनाया गया रूमालनुमा बड़ा टुकड़ा) में बँधी चार मोटी-झोटी रोटियाँ और प्याज के गंठे लटकाए, पैरों के छन्न बजाती, समवेत स्वरों में न जाने किन राजकुमार-राजकुमारियों के गीत गाती खेतों की ओर निकल पड़ेंगी

सुबह से रात झुक आने तक अनवरत फसल कटाई का संग्राम। बीच में, बस कुछ देर के लिए, जब सूरज एकदम सिर पर आ खड़ा होगा और अपनी तपन से धरती को भट्ठी सा तपा देगा, और जब पशु और पक्षी तक पेड़ों की छाँव में बेहोश से पड़े नज़र आएँगे, बस केवल तब ही ये 'पूलियों' के ढेर लगाना कुछ समय के लिए स्थगित करेंगे। किसी निकटस्थ वृक्ष-झाड़ की छाँव में अपने दो 'बिलांद' भर के मोटे, गन्दे कपड़े के 'नातने' को खोल, मोटी-सूखी रोटियाँ निकाल, प्याज के गंठे को दोनों हथेलियों में रख एक ही बार में भींचकर प्याज का दम निकाल और रोटी और प्याज को उदरस्त करने में बस कुछ ही क्षण लगाएँगे। उसके पश्चात् कोई आधे-एक घंटे का बेहोशी जैसे आलम में विश्राम! पसीने के बीच गुनगुनाती ये दोपहरें। लौटते हुए अपने परिश्रम की पाँच-छह पूलियों का भार सिर पर लादे घर पहुँचती हैं और चूल्हा जलाकर टिक्कड़ सेंकने में निमग्न! सब्जी-तीमन-तरकारी के लिए अलबत्ता कोई फुरसत अब नहीं। भैंस को

सानी-पानी परोसने, दूह कर दूध उबालने और जमने के लिए रखने जैसे सारे कार्य जैसे थकान और उनींदी बेहोशी में ही इन दिनों किए जाते हैं। नहाने धोने के लिए अब इस माह कोई फुर्सत किसी के पास नहीं है. खटास भरी पसीने की बदबू इनके शरीर में रच बस जाएगी। सो बस जाए, परवाह नहीं! यह अन्नार्जन पर्व है, नहाने-धोने को भूलना होगा। खाट पर पड़ते ही एक गहरी बेहोशी भरी नींद और भोर से भी पहले, शुक्र तारे के उगते ही फिर वही मशीनी प्रक्रिया इस पूरे महीने-भर तारी रहेगी।

7

दरियापुर की खाला

उधर मुसलमानों के मुहल्ले में भी हलचल है। मुहल्ला भी क्या, पाँच ही तो घर हैं मुसलमानों के, लेकिन गूजरों, जाटवों के इस अन्नार्जन पर्व के साथ उनका भी अन्नार्जन जुड़ा है। जाटवों के लिए यह पूर्णकालिक मजदूरी का मौसम है। खेतों में फसल पककर तैयार है। अब गाँव के जाटव, फसल कटाई के लिए, अपनी दराँतियाँ लेकर पगलाये से खेतों की ओर दौड़ेंगे। लेकिन उससे भी पहले इन्हें आवश्यकता होगी दराँतियों की। पुरानी घर में पड़ी हैं तो भी, उनमें नये दाँत बनवाने होंगे, अन्यथा नई खरीदनी होंगी और वह भी हमीद लुहार से। सो कई दिनों से जाटवों की भी, गूजरों की भी, भीड़ हमीद के घर पर जुट रही है। और हमीद लुहार को इन दिनों दम लेने की भी फुर्सत नहीं है। सुबह से लेकर देर रात तक वह ठोक-पीट कर दराँतियों के ढेर लगा रहा है।

हमीद को लेकिन इस समय व्यवधानित न करना ही उचित है। हमीद की बहन की खोज खबर बेशक ली जा सकती है, जो सारे गाँव की खोज खबर लेकर अभी-अभी लौटी है।

हमीद की बहन जो सारे गाँव की खाला है और इतनी लंबी कि सारे गाँव को उसकी लंबाई को लेकर मखौल करने का जैसे अलिखित अधिकार प्राप्त है लेकिन खाला किसी का बुरा नहीं मानती और प्रायः ही हँसकर उलटे दुआएँ देती है। बच्चों को तो उसके साथ चुहल करने की पूरी स्वतंत्रता है ही। खाला को भी बच्चों का उसके प्रति शरारत करने का जैसे इंतजार ही रहता है।

हमीद ताऊ, हमीद लुहार या सिर्फ हमीद, कुछ भी कह लें, हर समय जैसे घर के आँगन के कोने में बनी भट्ठी पर ही बैठा रहता है, और कोई भी आए, काम से अथवा

बिना काम, बस ठक से उसे धौंकनी चलाने को थमा देता है। अब लगे रहो, और सुनो हमीद ताऊ के रसीले-मजेदार किस्से कहानियाँ जो मानो कभी खत्म होने का नाम ही न लेते हैं! खत्म भी कैसे हों! उन कहानियों के इंदरजाल में फँस कर ही तो बंदा धौंकनी फूँकने के बेगार में फँसता है। हमीद ताऊ दराँती, खुरपों का जैसे माहिर है। फसल पकाव पर आई नहीं कि दराँतियों की माँग बढ़ जाती और ताऊ को धौंकनी की बेगारी के लिए कथा-किस्से-कहानियों की आवश्यकता नहीं रह जाती है। यहाँ तो स्थिति यह हो जाती है कि हर ग्राहक शीघ्र से शीघ्र अपना काम कराने को जैसे घोड़े पर सवार ही आता है, और कैसी भी बेगारी करने को स्वयं ही तत्पर रहता है। हमीद ताऊ के पास भी दम मारने को फुरसत नहीं। किस्से-कहानियों की कौन कहे। दराँतियों की लाइन लगी होती है और सबको शीघ्रता होती है, ऐसे में वह ग्राहक को धौंकनी के अलावा दूसरे काम भी थमा देता है. धौंकनी की हवा फूँकने से भट्ठी में कोयला और दराँती दोनों तपकर लाल सुर्ख हो जाते हैं और ताऊ उसका एक छोर सँड़सी से पकड़कर दूसरे छोर पर हथौड़े से दे धमा-धम पीटता है। इसमें बस कुछ ही क्षण लगते हैं लेकिन दराँती सही आकार में आ जाती है और ताऊ के चेहरे पर हल्की सी मुस्कान उभर आती है। उसके काले चेहरे पर सफेद मूँछें उसके मुस्कुराने से ज़रा सी ऊपर उठ जाती हैं, और उसकी मुखाकृति कुछ और खुरदरी और खौफनाक दिखती है। अपनी बेतरतीब झाड़ीनुमा मूँछों को वह बेअख्तियार बीच-बीच में उमेठता रहता है। देर से ठंडे पड़े हुक्के में अचानक इतने जोर से कश खींचता कि उसके खाँसने का एक लंबा दौर प्रारंभ हो जाता। खाँसते-खाँसते वह बेदम और निढ़ाल हो जाता है। थोड़ा होश ठिकाने आते ही एक लंबी सी साँस खींचकर वह दराँती को पानी के हौज़ में डुबाता और फिर पालथी मारकर बैठ जाता है उसमें दाँत काढ़ने के लिए। उन तन्मयता के क्षणों में उससे बात करने तक की मनाही है। दोनों पैरों के बीच में दराँती को ऐसे कसकर, दबोच कर बैठता है मानो बबरशेर अपने शिकार को दबोचे बैठा हो, और उसके हाथों में दाँत काढ़ती 'रेती' खस्सर-खस्स...खस्सर-खस्स...खस्सर-खस्स ऐसे चलती कि बस काम पूरा होने पर ही रुकती है। एक-एक दाँत को वह निपुण कलाकार की नाज़ुक उँगलियों से काढ़ता है। ऐसे में न वह किसी से बात करता और न सुनता है। उसके हाथ बिजली की गति से चलते हैं, कोई दाँत अपने स्थान से न इधर-न उधर, न टेढ़ा, न उलटा। दराँती में पूरे दाँत बन जाने पर ताऊ गर्दन ऊपर उठाता, दराँती को ठीक आँखों के सामने लाता और एक दक्ष सर्जन की निगाह से जाँच पड़ताल के पश्चात् संतुष्ट भाव से ऐसे देखता मानो बच्चे को नहला-धुलाकर माँ पाठशाला को भेज रही हो, कि अब ये दराँती पूरे मौसम खच-खच-खच गेहूँ , जौ, मटर की पकी हुई फसल को परास्त कर देगी और सुनहले गेहूँ-जौ के पौधे इसके छूने-भर से कतार के कतार धराशायी हो जाएँगे। हमीद लुहार के सुघड़ हाथों से तैयार और निरीक्षण के पश्चात् यह दराँतियाँ जटवाड़े के जाटव और

उनकी लुगाइयों को जैसे सम्मोहन में जकड़ सुनहले गेहूँ-जौ-मटर भरे खेतों की ओर दौड़ा देंगी।

विक्षिप्त और उन्मादी सी हालत रहेगी जाटवों की इस फसल के मौसम में। नहाना-धोना, सजना-सँवरना जैसे पिछले जन्म की बिसर गई यादें हो जाएँगी इनके लिए, इस पूरे माह-भर। अन्नार्जन...अन्नार्जन...फसल कटाई...घर आता अंन...और फसल कटाई...और अन्नार्जन...काटो...काटो...काटो।

हमीद यह सब जानता है। एक लंबी साँस लेकर वह दूसरी दराँती पर लग जाता है। सुबह से शाम तक साँस लेने की फुरसत नहीं उसे भी। उसके लिए भी यह अन्नार्जन पर्व है। बीच-बीच में हमीद ताऊ की प्रौढ़ा किंतु खूबसूरत बीवी कई बार आकर पानी दे जाती है, हुक्का भरने, उसे ठंडा करने और चिलम खाली करने का काम भी कर जाती है लेकिन सीजन के इन फुरसतविहीन क्षणों में प्रायः ग्राहक भी यह काम सुलटा देते हैं।

८

खाला इस बीच पूरे गाँव-भर का दौरा कर लौट आई। खाला हमीद से बड़ी है या छोटी कहना मुमकिन नहीं है। इस एक तथ्य को कोई नहीं जानता है, न किसी को जानने की उत्सुकता है। असामान्य रूप से लंबी खाला पैरों से चिपके अपने सुथन्ने और अपनी सारस जैसी लंबी टाँगों में और भी लंबी लगती है और अपने गोरे रंग के बावजूद बहुत सूखी और मरियल सी दिखती है। न वह जवान लगती है, न बूढ़ी लगती है। पाँच बरस का बच्चा भी उसे खाला पुकारता है और पचास बरस का बूढ़ा भी। सारे गाँव-भर की वह खाला है, लेकिन लगभग सारे ही गाँव को खाला का अर्थ मालूम नहीं। गाँव-भर में मुसलमानों के केवल पाँच घर हैं और क्योंकि गाँव के बाकी मुसलमान उसे खाला पुकारते हैं, सो सारा गाँव भी वही पुकारता हैं। किसी को अर्थ से कोई मतलब नहीं है, सारे गाँव के उपहास की पात्र होने पर भी वह सब की सम्माननीय है, सब के स्नेह की पात्र है, हर घर का दरवाजा उसके लिए स्वागत के साथ हर समय खुला है। हिंदू-मुसलमान की कोई बात नहीं!

खाला के पहुँचते ही हमीद ताऊ ने हाथ का काम एक ओर रख दिया। वह बखूबी जानता है कि खाला का प्रतिदिन का लगा बँधा कार्यक्रम बस प्रारंभ होने ही वाला है और किसी के रोके रुकने वाला भी न था।

हाथ नचा-नचा कर खाला ने बिना किसी भूमिका अथवा अनुरोध के पूरे गाँव-भर की खबर सुनाना प्रारंभ कर दिया कि किसके घर पर क्या बना है, किसकी लौंडिया के लिए लड़का देखा जा रहा है, किसकी बहू ने किस सास का झोंटा पकड़कर चित्त कर दिया है और कि कैसे चेता बुढ़ऊ की आज मुहल्ले-भर की औरतों ने जम कर पिटाई की है। सबसे सनसनीख़ेज़ खबर को खाला बिलकुल आख़िर के लिए बचा कर रखती और

प्रभाव जोरदार हो इसका ध्यान रखती। यद्यपि खाला से गाँव का कुछ छुपा नहीं है और वह बखूबी जानती है कि किसकी लड़की का किसके लड़के के साथ लफड़ा चल रहा है लेकिन वह इन खबरों को साफ़ सेंसर कर जाती।

चेता बुढ़ऊ की खबर का सुनने वालों के ऊपर आश्चर्य का बम फूटना ही था। क्या हुआ-क्यों हुआ के सवाल दगने ही थे, सो दगे।

खाला वैसे भी अपनी सनसनीख़ेज़ खबरों के लिए आल इंडिया रेडियो के नाम से नवाज़ी जाती थी लेकिन आज की ख़बर ने तो जैसे हर सुनने वाले के सिर पर बम ही फोड़ दिया था। खाला ने उन बमफोड़ू क्षणों का पहले खूब जी-भर आनंद लिया और फिर जैसे तृप्त होकर मुँह बाये दर्शकों पर दृष्टि डालकर देखा कि इच्छानुसार प्रभाव हुआ कि नहीं और पाया कि प्रभाव अपेक्षा से कुछ अधिक ही दृष्टिगोचर था। आज का मामला सनसनीख़ेज तो था किंतु अपेक्षा से अधिक क्यों-कैसे के सन्नाटे को महसूस कर खाला ने मन ही मन तय किया कि आज असली घटना मैं कुछ मिर्च-मसाला जोड़ने की आवश्यकता आन पड़ी है, ऐसा सोचते हुए खाला ने कहा।

"अय हय, अल्ला भला करे चेता जनमजले का, रोजीना की तरियों अपने 'घेर' में खाट पै हुक्के सै चिपटा पड़ा, खाँस रिया था। अब तुम जानो उस बेगैरत को शरम का तो नामो निशान हयूयैगा नईं मरे को। सारे दिन खाट पै पड़ा, खुदा गारत करै मरे कू, महल्ले की बहू-बेटियों को बुरी नजर सै देखता हैगा। दसोंदी की बहू कुएँ सै पानी ले कै आ रई थी, तुम जानो। आगै जो सुनोगे तो गश खा कै गिरोगे, अल्ला कसम!"

अपेक्षानुसार, सुनने वालों की गर्दनें और लंबी हुई। खाला संतुष्ट हो आगे बढ़ चलीं–

"अब तुम जानो दसोंदी की बहू खपसूरत तो वैसैइ हैगी ऊपर सै सिर पै दो-दो घड़े धरे आ रही थी, मरी, खचर-मचर, खचर-मचर और दोनों हाथ ऊपर! तुम समझो बुड्ढा खूसट चेता, अल्ला गारत करै मरे कू, हाँक लगा कै बोला–'कैसी जावै है, तू आगै कै मैं आगै'।"

खाला ने अपने दरबारियों का तनिक सा जायजा लेकर जहाँ छोड़ा था वहाँ से बात को पुनः पकड़ा, "अब तुम जानो मैं औरत जात ठहरी, खुल कै न कै सकूँ और जादा। अब तुम समझो दोनों हाथ ऊपर। हैं, जी! खुदा झूठ ना बुलवावे, बहू ने घड़े तो धरे एक तरफ कू और जो चप्पल लिकाल कै पीटा हैगा मरे कू! अब और लो! बहू ने पीटा सो पीटा, सोर अलग सै मचा दिया, महल्ले-भर की औरतें इकट्ठी हो गईं। बहू सै सुनतैइ बाकी कसर उनौंने लिकाल ली, खुदा कसम!"

कुछ को समझ आया कुछ को नहीं, लेकिन समझने वाले भी अंदाज-भर लगा पाये। औरतजात खाला से और कुछ दरयाफ्त करना मुनासिब न था अलबत्ता निराशा सबके चेहरे से ज़ाहिर थी, सोचा था कि खाला की आज की ख़बर ऐटम बम साबित होगी

लेकिन हुआ उल्टा। एकदम फुस्स, दिवाली का जला बिन फटा पटाखा। आखिर चेता ने ऐसा क्या कह दिया। आल इंडिया भी आखिर भुस्सी की अम्मा ही साबित हुई जो सारे मुहल्ले में बेमतलब, बेसिरपैर इधर की उधर लगाकर अपना टाइम पास करने को मशहूर थी और जिसकी वजह से कितने ही घरों में महाभारत हो चुकी थीं। खाला की ख़बरें लेकिन बिलकुल प्रामाणिक मानी जाती थीं। आख़िरकार खाला से भी चूक हो ही गई और अपना दैनिक कोटा पूरा करने के लिए खाला को बेस्वाद कहानी गढ़नी पड़ी। अब इसका क्या मतलब है कि 'तू आगे कि मैं'!

खाला भी इस बात को भाँप गई, कहा, "खुदा कसम, औरत जात हूँ इस लियों मेरा मुँह बंद हैगा। कल चेता सैइ सुन लैना। खुदा जन्नत नसीब न करै जो झूठ बोला हो। आज तक इस महल्ले में किसी का बुरा चाया हैगा क्या मैंने?"

बात भी सच थी। खाला गाँव को कभी गाँव नहीं कहती थी, हमेशा महल्ला ही कहती और किसी का बुरा करने की तो बात तो दूर किसी का बुरा भी न सोचती थीं, गलती से भी कुछ ऐसा कह जातीं कि संदेह हो कि सामने वाले का कुछ अशुभ होने का अंदेशा है तो कान पकड़कर कहतीं—"या खुदा, गलती हो गई, मुझे जन्नत न नसीब हो, अल्ला मियाँ, खता माफ कर, मेरे सवाब भी इनको अता फर्मा, खुदाबंद। ये फलें फूलें खुश रहे।"

ऐसे में खाला से गलती या झूठ की गुंजाइश नहीं थी लेकिन कोई कुछ समझ नहीं पा रहा था और ऊपर से खाला अपने औरतजात होने का तुरुप का पत्ता पहले ही फेंक चुकी थीं। खाला झूठ कहें या किसी का अशुभ सोचें सो अचिंत्य और असंभव था. कई बार खाला के सब के दुख-दर्द में शामिल होने से विकट परिस्थिति भी खड़ी हो जाती थी। पूरे गाँव-भर में किसी को बुखार भी हो तो खाला हाजिर। गाँव-भर में कोई जचगी हो तो खाला हाजिर। कोई मौत भी हो जाए तो भी खाला हाजिर। मइयत में भी शामिल और अंतिम संस्कार में भी। हिंदुओं के अंतिम संस्कार में मुसलमान! हिंदुओं को भी बुरा लगे मुसलमानों को भी। खाला लेकिन खाला हैं, बेअसर कहतीं "सब अल्ला के बंदे हैं। मुझसै तो किसी का दुख ना देखा जावे है।"

उनका तकिया कलाम—'अल्ला मुझे जन्नत नसीब ना करै किसी का बुरा करूँ या सोचूँ तो', खूब चर्चा का विषय रहता कि आखिर जन्नत है क्या? गाँव के गरीब मजदूरों के लिए जन्नत कोई विशेष महत्त्व की वस्तु न थी। जहाँ दोनों वक्त के खाने के ही लाले पड़े रहते हों उनको कैसा दोजख और कैसा जन्नत! दो वक्त की रोटी, सब्जी-तीमन-तरकारी के साथ खाने को मिल गई, कभी-कभार 'गोस' का बुरका, छठे चौमासे तीज-त्योहारों, ब्याह-शादियों में पूड़ी पराँठे खाने को मिल गये तो जन्नत वर्ना सारी उम्र न खत्म होने

वाला जहन्नुम। फिर भी, हमीद से पूछो तो मजहब का सवाल, जिससे सब बचना चाहते थे ऊपर से खाला से जवाब-तलबी।

अंततः मुहल्ले के बच्चों ने ही हिम्मत की और एक दिन खाला को खूब अच्छे मूड में देख इस बात का बेहद साधारण सा बंपर फेंका कि—'खाला, जन्नत क्या होती है?'

खाला वैसे भी खूब हँसती मुस्कुराती थीं लेकिन उस दिन उनकी मुस्कुराहट और मृदु हो गई, किसी संत महात्मा, पीर-पैगंबर जैसी।

अथ खाला पुनः उवाच—

"जन्नत! सुनो, अल्ला सातवें आसमान पर रहता हैगा और मरने के बाद कयामत के रोज़ 'सूर' बजेगा तो सब मुरदे कबरों सै लिकल कै उठ खड़े होंगे, तब हर इंसान को उसके सामने पेश किया जाता हैगा। उसके बाद अल्ला कहता है अय इंसान! देख, तूने जितने बुरे काम किए हैं वो सब तो हमको मालूम हैं, अब तू बोल तूने कुछ अच्छा भी किया हैगा कि नईं? अल्ला उसके बाद बंदे के अच्छे और बुरे कामों को तोलता हैगा। जो बुरे काम करैं हैंगे उन्हें तो भेजै हैगा जहन्नम में और जो अच्छे काम करैं हैंगे उन्हें भेजता हैगा जन्नत में।"

जहन्नुम क्या है और जन्नत क्या है किसी के भेजे में अब भी नहीं घुस पाता, इसलिए पुनः खाला उवाच—

"जन्नत में तो सब कुछ अच्छा ई अच्छा हैगा और जहन्नुम में तो कहवें हैंगे कि हर तरियों का अजाब इंसान पै बरसता हैगा।"

सब उल्लुओं की तरह खाला की तरफ देखते रह गए, कुछ भी तो समझ में नहीं आया और कुछ बात बनी नहीं कि आखिर ऐसा क्या है कि खाला अपनी तनिक सी गलती पर जन्नत को कुर्बान कर देतीं हैं। ज़ाहिर था कि खाला को स्वयं स्पष्ट मालूम नहीं था कि जन्नत आखिर है क्या, बस इतना स्पष्ट था कि कुछ अत्यंत बहुमूल्य चीज़ अवश्य है और इतना समझ पाये कि जन्नत है मजेदार जगह। सो अगले दिन कई सारे बच्चे अपना प्रतिनिधि-मंडल लेकर, छेड़ने-भर के अभिप्राय से खाला के पास गए कि—'खाला, हमें आज जन्नत भेजने का इंतजाम करो।' बस मानो आसमान ही फट पड़ा। बोलीं—"अय मरो! खुदा तुम्हें लंबी उमर दे। अभी जन्नत-वन्नत नहीं। खूब जियो मेरे बच्चो, खूब खाओ पियो। अरे, नासपीटो ऐसी बात खुदा के नाम पै अब मत लिकालना आगै सै।" और उन सब में कोई भी मुसलमान नहीं था। उस दिन समझ पाये कि यह लगभग छह फुट की काया केवल इंसान थी, वह हिंदू-मुसलमान-ईसाइयत से परे थी, इन सबसे बहुत-बहुत-बहुत ऊँची थी।

गाँव में कई बार जब बेवकूफी भरे कारणों से हिंदू-मुसलमानों में, इस मुहल्ले का उस मुहल्ले से, इस जाति का उस जाति से झगड़ा फसाद हो जाता तो खाला गिरती

पड़ती, हाँफती पहुँच जातीं और सबको फटकारतीं कि "अरे मरो! ये मेरा भतीजा, ये मेरा पोता, वह मेरा भाँजा" और न जाने क्या-क्या रिश्ते निकालतीं दोनों फिरकों में कि सब शर्मिंदा हो पूँछ दबा, भागते नज़र आते।

खैर!, चेता वाले किस्से को जाने बिन किसी को चैन न था। गाँव वालों को लेकिन रहस्य की पर्त खोलने के लिए कुछ भी न करना पड़ा। गाँव-भर की लुगाइयों ने गाँव-भर के मर्दों को घर पहुँचते ही बता दिया कि–'तू आगे कि मैं आगे' का क्या अर्थ था, और कि चेता की पिटाई ठीक ही हुई थी, और खाला खुलकर क्यों नहीं बता पा रही थीं। बताया गया कि दो घड़े सिर पर रखे जब दसोंदी की बहू अपनी हथिनी जैसी मस्त चाल से अपने भारीभरकम कद्दू जैसे स्तनों को हिलाती चली आ रही थी तब उन्हीं को इंगित करके चेता ने कहा था–'तू आगे कि मैं'। चेता लेकिन बेशर्म बंदा। उसकी सेहत पर इसका कुछ असर न था। वह फिर से अपनी उसी झटोला हुई खाट पर हुक्के से चिपटा आती-जाती बहू-बेटियों को दीदे फाड़-फाड़कर देखने में व्यस्त रहने लगा।

खाला का पति लेकिन कौन था, कहाँ था, बस यही एक दुखती रग थी जिससे खाला भी डरती थी, बचती थी। कोई नहीं जानता था कि खाला की शादी हुई भी थी कि नहीं और पूरे गाँव के ये जगत मौसा आखिर हैं कौन, और कहाँ हैं? हमीद की यह बहन हैं भी कि नहीं, इसको भी कोई ठीक से नहीं जानता था, बस सनातन सत्य सी खाला गाँव में उपस्थित थी। खाला सब का दुख जानती थीं, सबके दुख में शामिल थीं, खाला को क्या दुःख है कोई नहीं जानता था। एक बार अफवाह अवश्य उडी़ थी कि लंबा तड़ंगा, काला कलूटा सा जो एक फ़कीर-अल्ला हू...अल्ला हू का अलख लगाता, बार-बार गाँव के चक्कर लगाता, पागलों जैसा जो भटकता है, उससे खाला का कुछ तो है। खाला ने लेकिन इस पर पूर्णविराम लगा दिया यह कहकर कि अल्ला का बंदा है उस पर ऐसे इल्जाम न धरो।

इस फ़कीर का गाँव का भी क्या चक्कर लगाना, पाँच घर ही तो गिनती के थे गाँव में मुसलमानों के. ये पाँच घर मुसलमान भी उसे कुछ विशेष तरजीह न देते थे। विक्षिप्त-सा वह दो-चार चक्कर मुसलमानों के घरों के लगाता, फिर जैसे बाकी गाँव की खबर लेने निकल पड़ता, तब तक गाँव-भर के आवारा कुत्ते उससे न जाने कहाँ का रिश्ता स्थापित कर उसके सुर में सुर मिलाने की कवायद में उसके पीछे-पीछे फौजी परेड की झाँकी प्रस्तुत करते नज़र आते। अधिकांशतः तो वह अपने झोले में रूखा सूखा कुछ लेकर ही आता था लेकिन कोई उसे कुछ खाने को दे तो अस्वीकार न करता था।

गाँव-भर की अजीब मान्यताएँ कि–'जितना अधिक गंदा, मैला-कुचैला

साधु-फकीर उतना ही सिद्ध, पहुँचा हुआ, के फारमूले के कारण गाँव की औरतें पुत्र पाने की आशा में उसके पैरों में लोटती नज़र आतीं, वे भी जिनके पहले से ही एक-दो पुत्र हो चुके होते। जब भी वह फकीर गाँव में आता खाला अपने आपको घर में बंद कर लेतीं। उन दिनों खाला के आल इंडिया रेडियो के बुलेटिन भी बंद रहते। सारे गाँव में अजीब सी बे-रौनकी तारी रहती। गाँव वाले कहते—'खाला की बातें बस खाला ही जाने'। वह मुस्टंडा फकीर चला जाता तो एक आध दिन में खाला फिर वही पुरानी खाला बन सारे गाँव की खबर लेने निकल पड़तीं, तब जाकर गाँव के जान में जान आती। गाँव को बिन खाला के चैन नहीं, खाला को गाँव की खबर लिए बिन चैन नहीं।

9

जाटव मुहल्ले का सौनपाल जब मरा तो उसे छूने को भी कोई तैयार नहीं। दुनिया-भर की बीमारियाँ थीं उसे। तपेदिक, रतिज रोग, शराबी, जुआरी और भी न जाने क्या-क्या, ऊपर से चोरी चकारी तो करता ही था। 'न जोरू न जाता-अल्ला मियाँ से नाता', वाली बात तो न थी क्योंकि ऐसा कोई बुरे से बुरा खोट न था कि जो उसके चरित्र में न हो। लेकिन न बीवी न बच्चे, न माँ-बाप, न भाई-बहन। सारा जीवन कहाँ-कहाँ भटकता रहा कोई नही जानता था। कभी-कभार आता था लौटकर गाँव में, तब शराब पीकर पड़ा रहता अपने खंडहर हो चुके कच्ची दीवारों, कच्ची छत के मकान में. छत टूट-फूट चुकी थी और धूप उसमें से छनकर आती और उस भुतहे घर में थोड़ा-बहुत प्रकाश कर देती, अन्यथा वह प्रेत-सा उसमें पड़ा रहता। कभी-कभार पीकर हुड़दंग मचाता तो मुहल्ले वाले पीट-पाट कर ठीक कर देते थे। शराब के नशे में कभी-कभार आधी रात को उठ चिल्लाने लगता—'जीत गया मैं...जीत गया...जीत गया'। इस बार लेकिन वह हार गया था, शराब से, तपेदिक से, रतिज रोग से, मौत से। उस दिन जब वह मरा तो उसकी लाश आँगन में पड़ी रही, मखियाँ भिनकती रहीं लाश पर, आवारा वुत्ते डरते काँपते से उसे सूँघते और मौत की महक पाकर किंकियाते भाग जाते। मुहल्ले का कोई उसे छूने को तैयार नहीं, मरघट तक ले जाने की कौन कहे। खाला लेकिन पहुंच गई। सोच कर सनाका खा गई कि औरत जात, मर्दमुर्दे को कैसे हाथ लगाये, कैसे श्मशान पहुँचाये? सोचती रही कि इसकी बीवी होती तो क्या ऐसे ही लावारिस पड़ा रहता और फिर अपनी सोच पर पशेमान हो चिल्ला-चिल्ला कर सारे गाँव को वो खरी खोटी सुनाई कि बस हो गई। इतनी गंदी-गंदी गालियाँ कि सब हैरान कि खाला और ऐसी भाषा? मानो प्रलय ही आने वाली हो। सारा मुहल्ला बाहर निकल आया घरों से। दुआएँ बरसाने वाली खाला के मुँह से बद्दुआएं! हे भगवान क्षमा कर, अल्ला बख्श दे। आखिर सौनपाल को 'अंजल-मंजल' कर मुहल्ले ने चैन की साँस ली।

10

दरियापुर गाँव में नवंबर के अंतिम सप्ताह की ठंड उतर आई थी, और लोगों ने बक्सों, पिटारों से रजाई, कंबल, लिहाफ इत्यादि निकालकर धूप में फैला दिये थे।

काला-कलूटा, लंबा-तड़ंगा मुस्टंडा फकीर फिर से आ फटका था। इस बार लेकिन वो कुछ बुझा-बुझा सा था। अल्ला हू की रट भी वो पहले जैसी नहीं थी, न उसके अल्ला हू कहने में वो उन्माद था, न वो लगन थी। वह टूटा-थका साधारण-सा इंसान दिखता था इस बार। सारा दिन वह यहाँ-वहाँ कहीं भी गाँव के बाहर भीतर पड़ा रहता। न खाता-न पीता, देने पर भी नहीं। खाला उसके आते ही अपने कोपभवन, कि जाने शोकभवन में प्रवेश कर चुकी थी। हल्की ठंड का मौसम आ ही चुका था। फकीर पहले की भाँति इस बार लंबे समय तक अल्ला हू-अल्ला हू न चिल्लाता था, और कुछ अनहोनी सी सूँघ कर इस बार कुत्ते भी वह पहले वाली परेड उसके पीछे न कर रहे थे। लेकिन रात होते ही वे फकीर के पास जुट जाते और वह उनके बीच में घुसकर सो रहता। पहले आता था तब चार-छह दिन अल्ला...हू अल्ला...हू चिल्लाकर गाँव से रुखसत हो जाता था लेकिन इस बार उसे आए दस दिन हो चुके थे और गाँव से उसकी रूखसतगी के कोई आसार दृष्टिगत न हो रहे थे। बेहद कमजोर और बीमार सा दिखाई देता वह गाँव के गली-गलियारों की खाक फाँकता जब वह हमीद के घर के सामने से गुजरता तब टकटकी लगाए कई लंबे क्षणों तक हमीद के दरो-दीवारों को यूँ ताकता मानो उस पार के सच को खोजने का प्रयत्न कर रहा हो। अगले ही क्षण उसकी आँखों में असमंजस के भाव तैरने लगते. दुःख उसकी आँखों में स्पष्ट झलकने लगता। आँखों में आँसू की बूँद भी एक-आध बार लोगों ने देख ली थी लेकिन पीर-फकीरों की दुनिया ही विचित्र होती है कि जिस बात पर सब

हँसें उस पर रो दें और जिस पर सब रोएँ उस पर हँस दें। फकीर की माया फकीर ही जाने, सोचकर किसी ने ध्यान ही न दिया। अधमरा सा वह कई लंबे दिनों तक दरियापुर की गलियों को नाप कर अंततः गाँव-भर के कुत्तों की संगत में जहाँ-तहाँ कहीं भी पड़ रहता। पिछले कई दिनों से उसका खाना-पीना भी छूट गया था। मुहल्लावासी सोचते फकीर ने किसी गहन-गंभीर तपस्या के चलते और गाँव का भला करने की नीयत से 'चिल्ला' खींच कर खाने-पीने का परित्याग कर दिया है। गाँववासियों की श्रद्धा उसके प्रति इस बार कुछ और बढ़ गई।

तथाकथित चिल्ला खींचे उसे पंद्रह दिन हो गए थे कि गाँव वालों ने एक सुबह उसे मरा पाया। वह मुसलमानों के कब्रिस्तान में, जो लगभग घरों से लगता हुआ गाँव के दक्षिण छोर पर है, बरगद के पेड़ के नीचे पड़ा था। मुहल्ले-भर के कुत्ते उसके समीप ही झुंडों में बैठे थे जिनमें से एकाध उठकर डरता-खिसियाता सा उसे सूँघ लेता और फिर मानो घबराकर पूँछ दबाएँ भाग कर अपने झुंड में आ बैठता। आग के समान गाँव में उसकी मृत्यु की खबर फैल गई। मुसलमान था इसलिए मुसलमानों के मुहल्ले में सूचना भिजवाई गई लेकिन गाँव के मुसलमानों ने अपने कब्रिस्तान में दफनाने से इनकार कर दिया। ऐसे में गाँव वाले करें तो क्या करें! बगल के कस्बे दादरी में भी मुसलमानों को खबर करायी गई।

और तब बिलकुल अप्रत्याशित रूप से खाला अपने कोप भवन से निकल आई। बरगद के वृक्ष के नीचे कुत्तों की जमात से घिरे फकीर के मृत शरीर के सामने खड़े होकर वह कभी ऊपर आकाश को ताकती और कभी निष्प्राण पड़े फकीर को। बाल खुले हुए, आँखें रो-रोकर लाल-सुर्ख़। छाती पीट-पीट कर रोने लगीं बिना एक भी शब्द मुँह से निकाले। आर्तनाद था बिना शब्दों का। खाला रो रही थीं लेकिन शब्द नहीं थे। वह छाती पीट रहीं थीं, अपने कपड़े फाड़ रहीं थीं। अपना सिर पीट रही थीं। आँखों में उपालंभ लिए बार-बार आकाश की ओर हाथ उठाए कुछ पूछती सी वह अपना सिर धुनने लगतीं। पागलपन का मानो दौरा पड़ गया था खाला पर। आसमान की ओर दोनों हाथ उठाए उस सातवें आसमान पर विराजमान अल्ला से कुछ गिला-शिकायत सी करती दिखतीं। शब्दहीन शिकायतें। क्यों, किसके लिए? कोई न जानता था।

लोगों ने पहले सोचा खाला का क्या है, खाला तो सबके लिए ही रोती है, लेकिन फिर महसूस किया कि यह रोना तो वह रोना न था। सबके दुःख में खाला रोती अवश्य थी लेकिन उस रोने में दुःख ही दुःख झलकता था, उद्दाम-जुनून, पागलपन, उन्माद नहीं होता था। खाला को ढाढस बँधाने की किसी में हिम्मत न थी। यह काम तो सब के लिए खाला किया करती थी। बगल के कस्बे से आये मुसलमान फकीर की लाश को उठा ले गए। अपने सिर में खाक झोंकती खाला

वापस अपने घर आ गई। आकर अपने उस कोप-भवन के अंधकार में गुम हो गई। उसके बाद खाला को लोगों ने गाँव के गली-गलियारों में भटकते हुए फिर न देखा। खाला वह आल इंडिया रेडियो प्रसारण बंद हो गया। गाँव में ग़म हो, खुशी हो खाला लेकिन अब अपने घर के अँधेरे-कोने में पड़ी रहती। कोई कहता सौनपाल के मुर्दे से बीमारी लग गई है, कोई कहता भूत-प्रेत-जिन्नात का साया खाला पर है।

जो खाला पहले दूसरों की खबर लेने में गाँव-भर की खाक छानती थी, जिसके अनुलाप मुहल्लेवालों की बोलती बंद कर देते थे, जिस खाला की कैंची जैसी चलती जुबान चीरने की क्षमता तो रखती थी लेकिन वही जुबान सत्यम होते हुए भी शिवम के धागे से उन्हें प्रेम और एकता के धागे से सिलती भी रहती थी वही खाला पहले तो स्तब्ध होकर मूक हो गई और फिर अचानक अपने आप से ही बातें करने लगी। खाला के एकालाप को गाँववासियों ने कोई विशेष तरजीह न दी यह सोचकर कि सौनपाल के मुर्दे को हाथ लगाने से उसके मस्तिष्क पर असर हुआ है जो चार-छह दिन में अपने आप क्षीण हो जाएगा। या किसी जिन्न-प्रेत का साया खाला पर है। नजदीक से मृत्यु को देखने पर भी कई लोगों पर ऐसा प्रभाव देखा जाता है। लेकिन खाला को पूरे-पूरे दिन 'तेईया बुखार' में तपते रोगी समान बड़बड़ाते देख लोगों ने खाला से पूछ-गछ की तब वह भावशून्य आँखों से आकाश ताकती हुई कहती—"कहता था तेरे बिना एक दिन भी न जीऊँगा लेकिन देख लो मेरे जिंदा रहते ही मर गया! वायदा तोड़ कर चला गया। मेरा इंतजार भी न किया...कहता था...अल्ला...खुदा...भगवान...परमात्मा सब झूठे हैं...नसरीन बस तू सच्ची है..., और देख लिया वह खुद कितना झूठा था। एक बार साथ देने के लिए कहता तो सही।" आसमान की ओर दोनों हाथ उठा कर आगे बड़बड़ाती—"तू देखना मैं तेरा पीछा वहाँ भी छोड़नेवाली नहीं हूँ। ...मैं आऊँगी तब पूछूँगी।"

सुनकर गाँववासी सहम जाते। सोचते खाला सौनपाल के बारे में कह रही है। सौनपाल के मुर्दे को हाथ लगाने के बाद ही खाला की यह हालत हुई थी। खुसर-फुसर शुरू हो गई गाँव-भर में। स्त्रियाँ नाक पर हाथ रखकर हाय-हाय कर कहने लगीं—" ल्यो बताओ, खाला जैसी भली औरत का आँख-मटक्का सौनपाल की गैल था! बड़ी तेज निकली खाला, किसी को उम्र-भर पता ही न चलने दिया कि सौनपाल के साथ उसका क्या खेल चल रहा था।" उसके आगे दूसरी को टहोका देते हुए, आँखों में शरारती मुस्कान बिखेरते हुए पूछतीं—"अरी भैना, वा बास मारते सौनपाल में खाला को पता नहीं कौन सौ खजानौ मिल गयौ, पर कहावत भी तो है कि—'दिल लगे पीछे कुछ ना सूझै।' जभी तो कहें कि जिस

सौनपाल की लोथ को हाथ लगाने में सारा मुहल्ला भय खा रहा था उसी से अकेली 'बैयरबानी' खाला जाके चिपट गई, भला क्यूँ?''

कानाफूसी में शुरू हुई खाला की बदनामी धीरे-धीरे मुखर होकर खाला, हमीद और उसकी पत्नी तक भी पहुँच ही गई। हमीद और उसकी पत्नी क्योंकि खाला और उस फकीर की सत्यता को जानते थे इसलिए जटवाड़े को गालियों से नवाजने के सिवा कुछ न किया। हमीद ही क्या बल्कि गाँव का हर मुसलमान घर खाला और उस मृत फकीर के बारे में कुछ न कुछ जानता था। लेकिन खाला के मुँह पर भी जब मुहल्ले की लुगाइयों ने सौनपाल का स्यापा निकालना शुरू किया तब प्रतिक्रिया में खाला का बड़बड़ाना और बढ़ गया। उसकी आँखों में खालीपन विस्तार पाकर चेहरे पर व्याप्त हो गया। खाना-पीना सब छूट गया उसका। अब वह घर की कोठरी के सबसे अँधेरे कोने में सिमटी बैठी रहने लगी। हमीद जानता था कि खाला किस के दुःख में पागल हो गई थी और जानती थी उसकी पत्नी भी। पुराने जख्म नासूर बनकर अचानक प्रकट हो रहे थे इसलिए खाला के विलाप पर भी, उसके बड़बड़ाने पर भी हमीद मुँह बिचकाकर लेकिन लगभग फुसफुसाहट में खाला को सुना कर कहता—''मरे तो जान छूटे।'' खाला लेकिन मानो उस सबको अनसुनी करती हुई अपने एकालाप में बड़बड़ाती रहती। हमीद की पत्नी बेशक उसकी कभी-कभार खुशामदें करती—''नसरीन बी, खाने से क्या दुश्मनी निभानी, कुछ खा-पी लो। जिससे दुश्मनी निभानी चाहिए थी वह तो 'अधभर' में छोड़कर चला गया। मर्द सब एक जैसे ही होते हैं नसरीन। अखीरत के दिन मैं तो अल्ला से यह नहीं पूछूँगी कि मुझे जन्नत में जगह दे रहा है कि जहन्नुम में बल्कि यह सवाल करूँगी कि मुझे औरत क्यों बनाया था। कसम से कह रही हूँ नसरीन बी, औरत बनकर जमीन पर पैदा होना अपने आप में जहन्नुम ही है इसलिए उस सातवें आसमान वाले जहन्नुम का मुझे तो जरा सा भी डर-भय नहीं है। जितना यहाँ ज़िल्लत भोग रही हूँ उससे ज्यादह तो वहाँ होने से रहा.''

सुनकर खाला थोड़ा-बहुत होश की बातें हमीद की पत्नी के साथ करने लगती—''हाँ, तू ठीक कहवे है भाभी, मैं मर्द होती तो क्या तब भी सौ बंदिशों में डाल कर मुझे मजबूर करते, क्या यहाँ-वहाँ छुपाते फिरते? मर्दों को तो चार शादियाँ तक करने की छूट है और औरत 'जनमजलियों' के भाग में ताउम्र रोने, सिसकने, तड़पने का लेखा!'' थोड़ी देर चुप रहकर उसके ऊपर पुनः वही प्रलाप का दौरा पड़ जाता—''संत, अखीरत के दिन जब फैसले का वक्त आएगा तब खुदा तुझसे भी वजह पूछेगा जरूर कि क्यों तू मुझे यों अकेला छोड़कर भाग गया। महीना-पंदरह दिन में आता रहता था तो उसकी अल्ला...अल्ला...की पुकार सुनकर ही मन में ठंडक पड़ जाती थी। आश्वस्त हो जाती थी कि अभी भी वह मेरा ही

है, मैं उसकी ही हूँ, हमीद और उसके जैसे मर्दों ने बेशक अलग कर दिया था। अब मुझे छोड़कर न जाने कौन सी दुनिया में चला गया।" अचानक उसकी आँसुओं से भरी आँखों में चमक सी आ जाती तब वह पुनः थोड़ा-बहुत सामान्य सी होती हुई हमीद की पत्नी से पूछ बैठती—" भाभी, क्या हिंदू भी कयामत के दिन अल्ला के सामने पेश किए जाएँगे?"

"पता नहीं बाजी, लेकिन हिंदुओं का तो अलग खुदा है, उसी के सामने पेश होंगे कदाचित।"

"नहीं भाभी, मुझे तो पूरा विश्वास है कि हिंदू भी सबके साथ ही पेश होंगे। सारी कायनात को अल्ला ने ही तो बनाया है जिसमें हिंदू भी हैं मुसलमान भी।"

"नसरीन बी, अपने आपको सँभालो। मरने के बाद किसने देखा है कि कयामत का दिन आएगा भी कि नहीं और आएगा भी तो हम औरतों के साथ कैसा न्याय होगा। बहन सब मिथ्या है, आज मरे कल प्रलय है।"

लेकिन खाला दूसरा ही किस्सा ले बैठती—"अच्छा हुआ संत को दफना दिया, जलाया नहीं। कहीं ये हिंदू असलियत जानकर उसे जला देते तो कयामत के दिन के लिए उसका निशान तक न बचता उस वक्त के लिए जब फैसले के दिन कब्रों में से सब मुर्दे उठ खड़े होंगे।" कानों पर हाथ रखकर और संतोष की गहरी साँस लेकर आगे कहती—"अल्ला बड़ा कारसाज़ है, वह सब जानता है। उसने मेरे दिल से उठी दुआ सुन ली।"

"नसरीन बी, इन बातों को खुदा के लिए दूसरों के सामने मत कह बैठना। और मैं तो कहती हूँ कि अब तो वह इस दुनिया से भी कूच कर गया है तब क्यों व्यर्थ में आँसू बहाती हो?"

"भाभी जब जिंदा था तब तो परिवार, कुनबा, मजहब के सम्मान की रक्षा में होंठ सी लिए थे, अब जब वह खाक में जा मिला है क्या अब भी कुनबा के सम्मान को खतरा है?"

कानों को हाथ लगाती और तौबा करती हमीद की पत्नी कहती—"तौबा-तौबा नसरीन बी, कुफ्र मत बोलो।" खाला की आँखों में आँखें डालकर आगे पूछा—"अच्छा नसरीन, वह संतोष क्या सचमुच में ही मुसलमान बन गया था?"

"पता नहीं, लेकिन कहा करता था कि मेरे लिए मुसलमान तो क्या कुछ भी बनने को तैयार है। कहा करता था—'तेरी रुसवाई न बन जाए कहीं मौत मेरी। आज मेरे लिए हरगिज़ न परेशान होना।"

"तो जब मुसलमान बन ही गया था तब शादी का पैगाम लेकर क्यों नहीं आया? खुलेआम तुम्हारा हाथ माँग सकता था।"

"क्या कहकर माँगता कि मुसलमान तो है लेकिन है वही" बात को बीच में

ही छोड़कर वह बेबसी की छाप मुख पर लिए भाभी की ओर देखने लगती।

हमीद की पत्नी अचानक सब कुछ समझ गई। इसे वह पहले से ही जानती थी लेकिन कदाचित नसरीन के मुख से सुनकर आश्वस्त होना चाहती थी। जो बाकी बचा था वह भी उसने नसरीन से पूछ ही लिया—"नसरीन, यह बड़बड़ाना, यह सन्निपात के रोगी के समान प्रलाप सब तुम्हारा अनुभाव ही है ना? तुम उसके लिए आत्महत्या ही कर रही हो ना खाना-पीना छोड़कर। शीघ्र से शीघ्र उससे जा मिलना चाहती हो। यही सच है ना?"

"तो और कैसे पूछूँ उससे, मुझे अकेले छोड़कर चला ही गया ना! उसने भी तो खुदकुशी ही की है, इसे तुम भी जानती हो। तुम कदाचित नहीं जानतीं लेकिन मैं जानती हूँ कि वह अल्ला...अल्ला...करते-करते थक गया था। सोचता होगा ऐसा करने से नसरीन मिल जाएगी। जब इसमें भी नहीं मिली तो खुदकुशी कर ली। उसने भी तो खान-पीना छोड़ दिया था मरने के लिए।"

एक लंबा और गहरा निश्वास छोड़ते हुए तल्खी भरे शब्दों में हमीद की पत्नी ने कहा—"तो मरो नसरीन। हिंदुओं में तो सती होने के किस्से सुने हैं, तुम भी सती हो जाओ। तुम्हें अब कोई नहीं बचा सकता नसरीन।" और पांव पटकती हुई वह उठकर बाहर चली गई।

खाला ने खाना-पीना बिल्कुल त्याग दिया। उसका बड़बड़ाना दोगुना-तिगुना-चौगुना होता हुआ पागलों के समान होता चला गया। पहले छुपकर बड़बड़ाती थी अब अंदर-बाहर सब जगह उसके प्रलाप की निरंतरता सीमाहीन हो गई. कमजोरी के कारण चलना-फिरना दुष्कर हो गया। असहाय सी हमीद की पत्नी प्रतिदिन घड़ी-दो घड़ी उसके पास आँखों में आंसू लिए बैठ लेती। न नसरीन कुछ कहती और न हमीद की पत्नी। दोनों ही बिना कहे-सुने सब कुछ समझ रही थीं। खाला की गिरती हालत को देखकर हमीद मुँह फेर कर चला जाता क्योंकि वह भी जानता था कि क्या हो रहा है. जानता था कि नसरीन किसके लिए अपने आपको शनैः शनैः समाप्त कर रही थी। सोच कर उसका मुँह कड़ुआहट से भर जाता—"स्साले काफिर... के लिए जान दिये दे रही है... अपने मजहब का होता तब भी कोई बात थी। स्साला नकटा मुसलमान बना गाँव के चक्कर लगाता था। खुदा की मार स्साले कमीने पर।"

धीरे-धीरे कपड़े-लत्ते तक की सुध भी खाला को न रहने लगी। खाट पर पड़ी-पड़ी वह गुनगुनाया करती—

"क़िरतास लो, क़लम लो और लिख ही दो फ़साना
किस तरह दो दिलों के बीच आ गया ज़माना"

उम्रदराज खाला के मुख से यह सब सुनकर हंसने को दिल करता लेकिन

उसकी शिद्दत को महसूस करके हमीद भी और हमीद की पत्नी भी सहम जाते और कुछ न कह पाते थे। हमीद की पत्नी कई बार नसरीन की हालत पर तरस खा उसे गोद में खींचकर उसके बालों में ममत्व से हाथ फिराती हुई, उसकी आँखों में झाँकती हुई शब्दहीन प्रश्न करती तब और एक बार उसी शेअर को दोहराकर अपनी गर्दन स्वीकृति में हिलाती हुई खाला बताती–'हाँ, उसीने। बहुत खूबसूरत शेअर याद थे उसे'' सुनकर हमीद की पत्नी की आँखों से आँसू झरने लगते। हमीद की पत्नी के असंख्य निवेदनों को ठुकराती हुई खाला का स्वास्थ्य गिरता ही चला गया। खाला कोठरी के अँधेरे से भी अँधेरे कोने में
सिमटती गई और हमीद बाहर होता-होता धोंकनी-लोहा-दराँती-खुरपियों के सान्नध्य में बसता चला गया। खाला की बिगड़ती हालत देखकर जितना हमीद का बाहर की ओर पलायन हुआ हमीद की पत्नी की घृणा पति के प्रति उतनी ही बढ़ती गई। वह भी अपने आप में सिमटती रही। वह भी अपने चेहरे में नसरीन को ही देखने लगी। सब कुछ समान। सब कुछ अपने आपको दोहराता हुआ सा। सारे मर्द एक जैसे, सारी स्त्रियों का दुःख-दर्द एक जैसा, एक जैसी मजबूरियाँ। मजहबों की सख्त बंदिशों की मुश्क में जकड़ी औरतें। सारे नियम-कायदे औरतों के लिए। सारे मजहब मर्दों की हिमायत में खड़े हुए। तिल-तिल क्षय होती हुई, तिल-तिल मरती हुई नसरीन की आँखों में झलकता निस्सीम प्रेम, उस एक शख्स के लिए जो कायर बना अपनी पलायनवादी सोच के साथ नसरीन के लिए कुर्बान हो गया। उस आदमी के प्रति क्रोध की बाढ़ उसकी सोच को झकझोरने लगती–क्यों नहीं आगे बढ़कर छीना उसने नसरीन को? कर लेता तो दो व्यक्तियों को आत्महत्या करने की आवश्यकता तो न पड़ती। एक ने आत्महत्या करके दुखों से छुटकारा पा लिया दूसरी उसके कदमों के निशान तलाशती उसी राह पर बढ़ गई है।

नसरीन का मतिभ्रम दिनों-दिन बढ़ता ही चला गया। संतोष को वह अपने सामने खड़ा देखने लगी, बैठा देखने लगी, उसके साथ वह बातें करने लगी। फिर भी वह सावधानी बरतती कि अपने मानस में घटती संत के साथ उसकी मुलाकातों का सिलसिला नितांत उसके एकांत क्षणों का ही सहभागी रहे। अपनी सहृदय भाभी को वह कभी-कभार बताने लगती–" देखो संत बैठा है। देखो वह मुझे देखकर मुस्कुरा रहा है।"

उसकी खराब होती हालत पर आँखों में आँसू लिए भाभी कहती–"नसरीन, वह अब दुनिया मैं नहीं है... नहीं है। तुमने बहुत तप कर लिया, तुमने जो चिल्ला खींचा हुआ है उसे अब तोड़ दो। खाना खाओ, पानी पिओ। अपने तन को सुखाने से जानेवाले कभी लौट कर नहीं आते हैं।" उसे आश्वस्त करती हुई वह आगे कहती–"बी नसरीन, कसम उस खुदा पाक की, वह कयामत के दिन तुम दोनों

को अवश्य आमने-सामने करेगा। अब तुम अपनी जिद छोड़ दो। जानेवालों के साथ कोई नहीं जाया करता है। अल्ला की दी हुई जिंदगी को बेकार ज़ाया करने से पाप लगता है।''

हमीद के बच्चे लेकिन कुछ भी न समझ पा रहे थे कि रात-दिन चटर-पटर करने वाली उनकी फूफी को अचानक क्या हो गया था कि रात-दिन अपने आप से ही बातें करने लग गई थी और उन बातों का अर्थ उनकी समझ से परे था। वे देखकर हैरान रह जाते जब उनकी 'फुफूफू' आसमान को ताकती न जाने किस से गिले-शिकवे करती रहती। ना उनकी समझ में यह आ रहा था कि 'फुफूफू' ने खाना-पीना क्यों छोड़ा हुआ था। संभावना ही थी कि उनकी प्यारी 'फुफूफू' बीमार थी लेकिन तब उनके अब्बा-अम्मी उसका इलाज क्यों नहीं करा रहे थे। वे यह भी न समझ पा रहे थे कि पहले सारा-सारा दिन गाँव-मुहल्ले के गली-गलियारों को नापने वाली उनकी फूफी अब कोठरी के अँधेरे कोने में ही बैठी क्यों बड़बड़ाती रहती है। कई बार जब उनकी अम्मी और फूफी गले लगकर रोती हैं तब भी वे कुछ न समझ पाते हैं कि दोनों को क्या दुःख है। हमीद की सबसे बड़ी बेटी जुलैखा की आँखों में अवश्य तरलता उतर आती अम्मी और फूफी को रोते देखकर।

और फिर महीने के भीतर ही खाला मर गई। बड़ों की बड़े जानें। लेकिन बच्चे खाला के बारे में प्रायः तर्क-वितर्क करते कि खाला क्या अब जन्नत में होगी और वहाँ क्या करती होगी क्योंकि यहाँ बेशक उसने अचानक चुप्पी का लबादा ओढ़ कर दुनिया से रुखसती ले ली थी लेकिन वहाँ ऊपर चुप बैठने वालों में खाला नहीं थी.

दरियापुर गाँव खाला के जाने से एक अजीब मनहूसियत के साये तले जैसे मुर्झा गया था। वह लगभग छह फुटी काया उस अजीब से सुथन्ने में अब गली-मुहल्ले की खबर लेते नहीं दिखती थी.

दरियापुर को खाला की आदत हो गई थी। खाला की कमी सब को खल रही थी. खाला मर गई, बल्कि जैसा कि गाँव के मुलसमान कहते 'फौत' हो गई थी। अब दोनों में क्या अतंर था यह तो वही जानें लेकिन खाला की कहानी का मरने पर भी अंत न हुआ। लोग घरों मे, खेतों में और शादी-ब्याह में उसकी अनुपस्थिति को शिद्दत से महसूस कर उसकी बातें करते रहे। खाला की बेतुकी लंबाई की, उसके बेलाग आल इंडिया रेडियो बुलेटिनों की, उसकी हर घर में आवाजाही की और उस काले भुसंड-मुस्टंडे, लंबे-चौड़े फकीर की और खाला के उस विचित्र विलाप की चर्चा गाहे बगाहे गाँव में होती रही।

कई बार लोग कहते कि खाला भूत-प्रेत बन गई है, कई कहते कि खाला जिन्न बन गई है और अकेले इंसान को कभी-कभार दिख जाती है। गाँव के मुसलमान खाला के भूत-प्रेत बनने को तो लगभग स्वीकार कर लेते लेकिन खाला के जिन्न बनने की बात पर भड़क जाते।

11

हमीद पर लेकिन खाला के गुज़र जाने का कोई विशेष असर दिखाई नहीं दिया। वह उसी तन्मयता और बेफिक्री से लोहा पीटकर दराँती, दराँत, खुरपा इत्यादि बनाता रहता। एक अंतर लेकिन हमीद में भी स्पष्ट दीखता था, अब हमीद अपने किस्सों के इंदरजाल में फाँसकर ग्राहकों से बेगारी कराने से बचता था। कारण भी स्पष्ट था कि ग्राहक प्रायः ही उसकी बेगारी में जुते होकर खाला का किस्सा छेड़ देते। खाला का संदर्भ आते ही वह एकदम अनमना सा हो जाता, हुक्के से उतारकर चिलम को उल्टी कर देता, चेहरे पर घृणा के भाव स्पष्ट उभर आते, होंठ थरथराने लगते और पिच्च से खूब बड़ा थूक का एक लौंदा सीधे भट्ठी में ही थूक देता। हाथ के काम को बंद कर ग्राहक को भगा देता। इसके बाद सारे घर में अंट-शंट बकता फिरता, अकारण बीवी को गालियाँ बकता और कभी-कभार एक आध झापड़ भी रसीद कर देता। अपने दो बड़े बेटों और सबसे छोटे बेटे को घर से बाहर निकाल देता, चिल्लाता, "भागो, स्साले सूअर की औलादो"। उसकी दोनों बेटियाँ डर के मारे घर की अंतिम गहराई में घुस कर सुबकने लगतीं। किसी की कुछ समझ में नहीं आ रहा था कि हमीद को आखिर क्या हो गया था। एक आध ग्राहक ने कसम उठाकर अपने खास करीबियों को बताया कि हमीद खाला के बारे में कुछ अनर्गल-सी बातें बकता है, उस फकीर को लेकर।

गाँव-भर में केवल एक ही लुहार था—हमीद, इसलिए उसके ग्राहकों में तो कोई कमी न हुई लेकिन अब वह बहुत बेमन से काम करता था। अब वह तपते लाल सुर्ख लोहे को धमा-धम न पीटता था, बस पिट-पिट की सी मरियल सी आवाज में लंबे समय तक पीटता रहता। पहले समान चार चोट में अब वह दराँती को ठीक आकार में न ला पाता, न वह दराँती में दाँत निकालने के पश्चात् उसका पहले जैसे निरीक्षण करता, बस काम पूरा होते ही दराँतियों के ढेर में पटकता जाता था।

पाँच फुट के दौजी ने, जिसके बाल उसके कथनानुसार प्रेत आकर उसके लिए उखाड़े जाते हैं, जब एक दिन हमीद के सामने अपनी मिमियाती सी आवाज़ में ज़िक्र छेड़ दिया कि–

"हमीद भैया, खाला क्या प्रेत बन गई है?", तो हमीद ने अनमने भाव से केवल इतना-भर कहा–'खुदा जाने'। लेकिन जब दौजी ने थोड़ी और हिम्मत दिखाकर कहा कि "वह काला भुसंड फकीर तो अवश्य ही प्रेत बन गया होगा, जिंदा था तब भी तो प्रेत जैसा ही दिखता था।" सुनते ही हमीद जैसे पागल हो गया। पाँच फुटे बेचारे दौजी को गर्दन से पकड़कर लगभग हवा में ही लटका दिया और लटकाए लटकाए बोला– "अबे! स्साले...चमार...खून कर दूँगा तेरा, अगर दोबारा उस बज्जात, हरामी, कमीने, काफिर का ज़िकर भी किया तो।"

दौजी को जमीन पर पटक, हमीद घर में घुस गया और वही किया जो इन दिनों वह खाला का जिक्र आते ही करने लगा था। इस बार उसने लेकिन कोई गोपनीयता न बरती और लगभग सारे मुहल्ले को ही सुना-सुना कर खाला के बारे में अंट-शंट बकने लगा, "हरामजादी, कमजात..."

दौजी हवा में टँगे रहने के बाद जो धड़ाम से जमीन पर गिरा तो जैसे बेहोश ही हो गया लेकिन फिर जान को खतरा जान जो सिर पर पैर रखकर भागा, तो सीधे अपने घर पर जाकर ही दम लिया।

मुहल्ले-भर ने लेकिन हमीद का वह विचित्र प्रलाप सुना. खाला जो सारे गाँव की प्रिय थी, जो गाँव-घर की खुशी और ग़म में सनातन सत्य सी शामिल रहती थी, जो सबकी खबर लेती थी और जो सबको खबर देती थी–लड़के-लड़कियों के लफड़ों को सेंसर करके, और जिसके लिए गाँव-भर उसका अहसानमंद था, उसके लिए हमीद ऐसे भद्दे-अपमानजनक शब्दों का प्रयोग क्यों कर रहा था। मुहल्ले के दो-तीन लोगों ने आख़िरकार हमीद के घर जाकर उसे खूब खरी-खोटी सुनाई। हमीद लेकिन चुपचाप सुनता रहा, न कोई प्रतिवाद किया न स्पष्टीकरण दिया। घर में घुसकर न बीवी को पीटा न बच्चों को गालियाँ दीं। घर के अँधेरे कोने में चारपाई पर पड़ा वह रोता रहा, बेआवाज। बीवी बच्चों ने भी कोई तरजीह न दी। घंटों रोकर वह उठा और जंगल-पानी करने के लिए खेतों में चला गया और लौटकर चुपचाप सो गया।

12

दूसरे दिन हमीद लेकिन फिर वही पुराना हमीद नज़र आया. भट्ठी पर बैठा वह उसी तन्मयता लेकिन अनमने मन से दराँती, खुरपों, फावड़ों से युद्धरत था।

बीवी ने उसके हुक्के पर से ठंडी चिलम उठाकर भट्ठी के मुहाने पर उलट दी और सधे हाथों से तमाखू की 'गुल' बनाई, चिलम में ठीकरे का टुकड़ा रखा कि गुल चिलम से होकर 'नेहचा' में न जा गिरे। बडी ही नज़ाकत से गुल को रखा और भट्ठी से एक-एक अंगार निकालकर चिलम में सजाने लगी। उसके हाव भाव से स्पष्ट था कि आज वह पति से कुछ महत्त्वपूर्ण चर्चा करना चाह रही थी। हमीद जो आजकल दिन-भर का अधिकतर समय भट्ठी और दराँतियों के सान्निध्य में ही गुजारता था और बीवी-बच्चों के साथ उसका मेल-मुलाकात कभी-कभार का ही था, भी भाँप चुंका था कि समस्याओं का कोई नागराज अपना फन फैलाये उसके सम्मुख प्रस्तुत होने को है।

समस्याओं से सदैव ही वह घबराता रहा है। शुतुरमुर्ग की भाँति समस्याओं के आने की आशंका-भर से दराँती-खुरपों के रेत में सिर घुसाकर वह समस्याओं से भागने का यत्न करता रहा है। एक घोर निराशावादी व्यक्तित्व से ग्रस्त वह किसी प्रकार जीवन के पहियों को खींचता रहा है। अपनी सुंदर पत्नी के साथ अपने काले, खुरदरे, सूखे चेहरे के बेमेलपन पर खीजता रहा है। सुंदर पत्नी पाने पर उसने कभी संतुष्टि और शांति का अनुभव नहीं किया। पत्नी के चरित्र को लेकर भी संदेह के बवंडर उठाने में उसने कभी कोई कमी-कोताही नहीं की। न पत्नी को प्यार दिया, न पाया। न उसने कभी बच्चों को लाड़-दुलार किया, उन्हें एक के बाद एक पैदा अवश्य करता रहा।

हमीद ने अपने हावभाव, मनोदशा और मिजाज से बिना कुछ कहे ही पत्नी को बताने का बहुतेरा प्रयत्न किया कि इस समय वह किसी भी प्रकार के विचार-विमर्श के

मूड में नहीं है लेकिन उसकी पत्नी ने उसके मिजाज को तनिक सी भी तरजीह न देते हुए कहा–

"जुलैखा को मैंने कल रात इमरत नाई के बेटे सुमरत के साथ गंदी हरकत में मुबतिला होते देखा है। तुम्हें इन दराँती फावड़ों के अलावा भी कुछ होश है कि नहीं! बेटी नाक कटा देगी क्या तभी होश में आओगे? अपनी और मेरी जिंदगी तो हलाकान करके रखी हुई है, क्या बच्चों के लिए भी अभी से ही इस रोग का इंतजाम करके छोड़ोगे? गैरों के तो लड़की जाएगी ही जाएगी, क्या जात कुजात का भी ख्याल न करोगे? मजहब से बाहर लड़की चली जाएगी तो क्या मुँह दिखाओगे बिरादरी को और क्या मुँह ले के जाओगे अल्ला के सामने?"

हमीद का दिल बैठने लगा। मन ही मन सोचने लगा, 'या खुदा, मेरी ज़िंदगी में चैन नाम की कोई चीज कभी रहेगी भी कि नहीं! औरतों के हाथों मेरी ज़िंदगी क्या ज़लालत के बोझ तले दब कर ही एक दिन ख़त्म होगी? पहले बीवी, फिर नसरीन और अब यह जुलैखा! पत्नी, मामूजाद बहन और अब यह उसका खून, उसकी अपनी बेटी! और खुदा जाने उसका खून है भी कि नहीं। और वह नसरीन, जिसे सारा गाँव खाला खाला कहकर अपना गला सुखाता रहा है! औरत जात के छलछंदों की कोई इन्तहा है?, या अभी और भी कुछ है जो देखने को बचा है।'

पत्नी उसे चुप और घुन्नी साधे बैठे देख अपना आपा खोते हुए बोली, "अरे, अब मट्टी के माधो बने धूनी रमाये ही बैठे रहोगे कि सिर पै पड़ी इस विपदा से आँखें दो चार करोगे?"

"क्या करूँ, बोलो?"

"तो अब यह भी मैं ही बोलूँगी कि क्या करोगे? बच्चों को पैदा करते टैम पै ना सोचा था कै क्या करना पड़ता हैगा बच्चों के लियों। तुम्हारे माता-पिता ने क्या किया था तुम्हारे लियों, उसे भी भूल गए कि याद है थोड़ा भौत? स्यानी लड़की घर में बैठी है और नवाब साहब कह रहे हैं कि क्या करूँ!" अपने तानों पर विष की एक खूब गहरी सान चढ़ाकर उसने कहा।

इसके पश्चात् पुनः वह एकालाप में रत हो, आँखों में आँसू भर अपने माता-पिता, भाइयों का सरापा निकालने लगी–

"इस निकम्मे आदमी के साथ जानवरों की तरह बाँधने सै तो गैरों के हियाँ ही ब्याह देते। कुआँ खाई में ढकेल देते। मेरी जिनगी को दोजख कर कै क्या मिला हैगा तुम लोगों को. यह आदमी तो तुम्हारे अपनों में सै होवै था फिर भी इसकी फितरत न समझ पाये तुम लोग। लेकिन तुम्हारी भी क्या गलती, सगा फूफाजाद था यह कसाई मेरा, जब मैं ही न समझ पायी तो मेरे सीधे-सादे माता-पिता भला क्या समझते?"

सुनकर हमीद ने कोई प्रतिक्रिया अपनी मुखाकृति पर प्रकट न होने दी लेकिन मन

ही मन सोचा, 'मैं ही कहाँ तुम्हें समझ पाया था? मामूजाद बहन थी इसीलिए तो सब कुछ जानते हुए भी निकाह कर लिया था। पिता ने परिवार के सम्मान और प्रतिष्ठा का वास्ता देकर वचनों में बाँध दिया था। उसकी इस मामूजाद बहन के रंगीन किस्से जब सारे गाँव में चर्चा का विषय हो गए तभी तो पूरा परिवार मसूदाबाद छोड़ कर भागा था और इस गाँव में आकर गैरों के बीच में शरणार्थियों जैसे आकर पड़े थे। जग दिखाई को बरात लेकर ब्याहने भी गया था हमीद लेकिन असलियत तो यह थी कि स्वयं इस औरत को भी साथ ही लेकर मुँह छुपाते हुए भागा था पूरा कुनबा मसूदाबाद से। मसूदाबाद में जुम्मा तेली के रशीद के साथ स्वयं मामू ने ही पकड़ लिया था इस बदजात औरत को। घर में तब खिड़की दरवाजे बंद करके पूरे घर के मर्दों की पंचायत जुटी तो सबने सहमत होकर एक सुर में कहा था कि घर में जनमे इस गंदे खून को उस तेली बच्चे से ही ब्याह करके चलता करो। कुनबा की नाक कटाने वाली ऐसी बेटी से तो अच्छा है कि यह तेलियों में ही रहे। मामू लेकिन अड़ गया कि तेली को दामाद कहने से बेहतर तो वह खुदकुशी कर लेगा। गैर भी और तेली भी! उस तेली के बच्चे को दामाद बनाने से पहले ही मैं किसी कुआँ खाई में जा मरूँगा।

तैश में आकर हमीद के पिता ने मामू को वहीं और उसी वक्त इस औरत के लिए पैग़ाम दे दिया था। हमीद की आँखों में हीला हवाला के चिह्न देख पिता ने कुनबा के सम्मान, और कि अपने कुनबा की लड़की गैरों में क्यों जाए, की दुहाई देकर वायदा ले लिया था हमीद से। और अब उसकी अपनी बेटी! या खुदा!

"जो चाहे करो। तुम्हारे साथ बँधकर क्या तो मेरी और क्या बच्चों की दुर्गति हो रही है, अल्ला सब देख रहा है। जब कुछ ऊँच-नीच हो जाएगी तो सिर पकड़कर रोते रहना। मेरा और तुम्हारा अल्ला ही इंसाफ करेगा अखीरत के रोज़।" और वह भुनभुनाती वहाँ से चली गई।

हमीद हाथों में अपना सिर थामे मन ही मन खुदा को याद कर फरयाद करने लगा, "या खुदा, परवरदिगार, तू रहीम है, तू करीम है, तू बड़ा कारसाज़ हैं रहम कर मेरे ऊपर मेरे खुदाया रहम कर। अल्लाह इर रहमानुर रहीम।"

दुआ माँगने के लिए हाथ ऊपर उठा ही रहा था कि आँखों से हाथ छू गए। आँसू थे। वह कब रोने लगा था इसका उसे भान ही न हो पाया था। अल्ला अगर रहीम है, करीम है तो उसे उसके ऊपर रहम क्यों नहीं आया। उसने तो कोई गुनाह किया नहीं अपने जानते, तब उसे किस बात की सज़ा अल्ला दे रहा है। हमीद को अपने पिता पर भी बेहद क्रोध हो आया। नसरीन भी जब उस हिंदू लौंडे के साथ भाग गई थी तब भी अब्बा ने उसी को कुर्बानी पर चढ़ाया था। किस प्रकार वह नसरीन को उस हिंदू के चंगुल से छुड़ाकर लाया था उसे केवल वही जानता है। खून खराबा भी हो गया था

जिसमें उस साले हिंदू लौंडे को... उसकी इस बीवी के कारण तो मसूदाबाद छोड़कर भागा ही था पूरा कुनबा, नसरीन के कारण भी और कोई रास्ता ही न बचा रह गया था। पूरी बिरादरी में फैल गई थी बात। गैर जात भी, गैर मजहब भी। बहुत समझाया था सबने मिलकर नसरीन को, माँ ने, बाप ने, स्वयं उसने, निकट संबंधियों ने—"गैर मजहब के आदमी के साथ विवाह करने से कितनी जग हँसाई होगी।" लेकिन बेगैरत नसरीन पर कोई असर ही नहीं, कहती थी, "काहे की जग हंसाई? उससे ब्याह करके मैं अब हिंदू हो गई हूँ। तुम्हारे कुनबा की, बिरादरी की मैं अब कहाँ रही? मुझे अपने पति के घर जाने दो।"

बहुत मारपीट के बाद कहीं जाकर नसरीन ने उस काफिर का साथ छोड़ा लेकिन और एक विवाह से साफ इंकार कर दिया। कहती थी—"जोर जबरदस्ती करोगे तो फिर से भागकर उसी के पास चली जाऊँगी।"

इस प्रकार अन्सारी से लुहार बन गया था हमीद। मसूदाबाद में थे तब उसके पिता कितने फख़्र से बताया करते थे कि किस प्रकार उनके पूर्वज अन्सार कबीले से थे तथा रसूलपाक से उनका सीधा जुड़ाव था और कहाँ अब यहाँ दरियापुर में लुहार बने लोहा पीट कर गुजारा करते है।

13

दरियापुर आकर बसे हमीद और उसके कुनबा को पच्चीस बरस तो हो ही गए हैं. इतने दिनों के अंतराल पर? हमीद को सहसा विश्वास ही नहीं हो रहा है। किसी को किसी से इतनी मुहब्बत भी हो सकती है? जुनून की हद तक! उन्मादी प्रेम! निस्सीम प्रेम! मुसलमान तो बन ही गया, पच्चीस बरस तक नसरीन को खोजता रहा। खोज ही लिया और मरा भी तो यहाँ आकर। आज न जाने क्यों हमीद न तो नसरीन को ही कोस पा रहा है और ना ही उसे जो प्रेम में पागल होकर अल्ला हू...अल्लाहू...की रट लगाता मर गया। उसे कदाचित अल्ला से कुछ लेना-देना न था, नसरीन...नसरीन... तो पुकार नहीं सकता था, सो अल्ला में ही नसरीन को पा लिया था। मुहब्बत की ऐसी दास्तान उसने नहीं सुनी कभी। दोनों ओर से एकदम खामोश मुहब्बत! क्या कोई किसी को इतना प्रेम कर सकता है? अथाह...अनन्त...असीम। नसरीन भी उसके नाम, उसकी स्मृतियों के सहारे पूरा जीवन ही खर्च करके गुज़र गई। और उसकी अपनी पत्नी? हमीद के मुँह में बेहद कड़वाहट उतर आई। सोचा था मसूदाबाद को जिस प्रकार त्याग दिया था, भुला दिया था वैसे ही वहाँ बने संबंध भी भुला दिये होंगे उसकी पत्नी ने। निकाह करके जब लाया था तब सोचा था इतनी सुंदर पत्नी में तनिक सा दाग ही तो है, धीरे-धीरे उसके प्रेम के रंग में वह दिखाई तक न देगा। लेकिन यहाँ, इस्माइल बढ़ई और उसकी पत्नी...। इसके भी खूब चर्चे हुए हैं दरियापुर में। और अब उसकी बेटी। नहीं उसकी बेटी नहीं हो सकती जुलैखा! हमीद अपनी उंगलियों पर मन ही मन हिसाब लगाने लगा—बैसाख का महीन... ईद को अभी महीना-भर बचा था...उस पूरे महीने वह मेरठ में था...बस एक दिन के लिए आया था...उसे ठीक से याद नहीं आ रहा है कि उस दिन...

14

हमीद की पत्नी जिस एक अंदेशे में सूखी जा रही थी, कि उसकी बेटी गैर जात और गैर मजहब के सुमरत के साथ भाग न जाए, उसे बिलकुल ही झुठलाकर जुलैखा अपने ही मजहब के, रिश्ते में बहनोई लगते तीन बच्चों के बाप सुलैमान के साथ भाग गई। बमुश्किल सोलह बरस की जुलैखा चालीस बरस के मर्द के साथ भाग गई.

हमीद अँधेरे कोठे में बैठा जब अपना सिर दीवार से टकराकर फोड़ रहा था तब पत्नी ने आकर कहा, "हुआ तो भौत बुरा, पर कम से कम सुमरत नाई के साथ तो नाक नहीं कटाई खुदा खुदा करो। चालीस का ही सही लेकिन मजहब में चार शादियाँ करने की इजाज़त मर्द को खुदा ने दे रखी है। भलाई इसी में है कि सुलैमान से पैग़ाम मँगाओ।"

हमीद फटी फटी आँखों से पत्नी को देखता रहा। स्त्रियाँ कितनी सहजता से पाला बदल लेती हैं। सुमरत के साथ न सही सुलैमान के साथ ही सही। न तो बेटी और न ही माँ के चेहरे पर शिकन! कहती है—"हुआ तो भौत बुरा, पर कम से कम सुमरत नाई के साथ तो नाक नहीं कटाई..." अर्थात हो तो सब कुछ गया है लेकिन जग हँसाई और नाक नहीं कटी। सब कुछ करो, बस दबा ढंका रखकर। अब उसकी बेटी भी नहाई धोई, स्वच्छ और एकदम नई निकोर...

"अब जादे घुन्ने बने रहने की जरूरत नहीं है। बात फैले उससे पहले ही कुछ करना होगा।", हमीद को चुप्पी साधे देख वह उस पर मानों टूट पड़ी।

"हूँ..."

"यह हूँ हाँ छोड़ो, कुछ करो।"

"करता हूँ कुछ।" ज़ाहिरा तौर पर उसने कहा, लेकिन मन ही मन उसने

सोचा-'अब कुछ करना ही होगा। बरदाश्त की सभी हदें टूट चुकी हैं. परवरदिगार हिम्मत अता फरमा मुझे. निश्चय कहीं टूट न जाय, विश्वास डगमगा न जाय. इरादे की डोर दुर्बल न साबित हो जाय. लेकिन पूछेगा वह भी कयामत के दिन. सवाल उठाएगा वह भी. उसे अपनी टूटी फूटी उर्दू और जवाब देती स्मृतियों के साथ किसी शायर का एक शेर याद हो आया–

'चमन के रंगो बू ने इस कदर धोखे दिये मुझको
कि मैंने शौक ए गुलबोसी में काँटों पे जुबां रख दी'

''आज ही चले जाओ, सुलैमान का गाँव, जारचा कौन-सा दूर है, अभी चलोगे तो घंटा-भर में पहुँच जाओगे।'' हमीद की विचार श्रृंखला को छिन्न-भिन्न करते हुए पत्नी ने फिर से कोंचते हुए हड़काया।

''ठीक है, जाता हूँ।''

''वहाँ पहुँचकर बेटी को मत ताँसने लगना। हिम्मत बँधाना उसकी,'' कहकर घर के कामों में लग गई।

'या खुदा! हिम्मत उसकी बंधाने की आवश्यकता है कि पूरे परिवार को। बेटी ने तो जो कुछ करना था डंके की चोट कर दिया।'

15

दरियापुर में अचानक पुलिस की आमद से सब भौचक हैं। गूजर जाटवों का घमासान भी नहीं हुआ है, तब थानेदार चार सिपाहियों के साथ क्यों गाँव में डेरा डाले है? गाँव का चौकीदार नरपत भी अपनी फटी मिर्जई और बदरंग धोती पर चमड़े की पेटी और सिर पर सुर्ख लाल पगड़ी बाँधे यहाँ वहाँ भागा फिर रहा है। थानेदार के कान में कुछ फुसफुसाकर गाँव से बाहर की ओर संकेत कर रहा है।

थानेदार ने अँगड़ाई तोड़कर अपनी सुस्ती दूर की। चौकीदार को पास बुलाकर कहा, "चलो, दिखाओ कहाँ है?"

बस उसके पश्चात् बहुत देर नहीं लगी। आगे-आगे चौकीदार, उसके पीछे थानेदार तथा सिपाही तथा उनके पीछे पूरा गाँव। गाँव की सीमा से ही सटे सरनी गूजर के खेत में कुआँ। उसमें हमीद की लाश। खींचकर बाहर निकाला तो पाया गले में कोई दस किलो लगभग वजन का पत्थर बँधा था। जंगल पानी के लिए सुबह-सवेरे चौकीदार कुआँ तक आया तो हमीद की जूतियाँ और पगड्यी कुआँ के मन पर पड़ी देखी थीं, देखते ही पहचान गया था। कुआँ में झाँककर देखा तो सात आठ हाथ गहरे स्वच्छ जल में कुछ था पानी उतना गहरा न था तथा हमीद औंधे मुँह पड़ा था फिर भी उसने तुरंत पहचान लिया। दौड़ा दौड़ा थाने गया।

हमीद की लाश लेकर जब गाँव की ओर लोग लौटने लगे तब सरनी गूजर पीछे छूटकर अपने कुआँ में झांककर अपने आपसे ही बुदबुदाया—"कटुआ नै गंदौ कर दियौ कुआँ। अब सफाई करवानी पड़ैगी।"

घर के आँगन में खाट पर चादर से ढकी लाश से अपना सिर टकराकर हमीद की पत्नी बेहोश होने के लाख प्रयत्न कर रही थी—

"हाय, अल्ला, मुझे किसके सहारे छोड़ के चले गए। अब मैं ना जीने...की अब मैं ना जीने की...रोकियो मत कोई मुझे...अब...मैं...ना...जीने की।"

इस्माइल बढ़ई दीवार से सटकर खड़ा नीम के तिनके से दाँत कुरेद रहा था। सुन कर हल्की सी एक मुस्कुराहट उसके मुख पर परछाईं सी आकर गुज़र गई। दौजी जाटव ने बहुत ही धीरे और फुसफुसाहट में अपने आप से ही कहा—"सहारों की भली कही, सहारे ही सहारे हैं। एक सहारा तो यहीं दीवार से लगकर खड़ा दाँत कुरेद रहा है।"

थानेदार गाँव वालों की इस बात से सहमत हो गया कि आत्महत्या ही है, सो छोड़ो, क्यों पोस्टमार्टम कराकर देह की दुगिती करानी, चलो दफनाओ।

बेचारा हमीद! आह, हमीद! आह, नसरीन, आह, वह काला भुसंड फकीर!

16

जाटवों का कुआँ

गाँव में गूजरों, जाटवों, मुसलमानों का अन्नोत्सव समाप्ति पर है, फसल कटाई लगभग समाप्त हो गई है। गेहूँ, जौ, मटर की पूलियों से जाटवों के घर-आँगन भर गए हैं। इस बरस अच्छी कमाई हुई है। अब इन कमाई हुई पूलियों को 'गहाना' होगा, लेकिन उससे भी पूर्व अपने इस श्रमफल को ढोकर गाँव से बाहर 'लाँक' लगाना होगा, फिर किसानों से एक आध दिन के लिए बैल उधार लेकर उसके ऊपर 'दाँय' चलाना होगा, तब कहीं जाकर घर में 'रिजक' आयेगा। अभी फिलहाल तो किसान भी अपने-अपने 'लाँक' की 'गहाई' में जुटे हैं, इसलिए केवल प्रतीक्षा के और कोई काम नहीं है। जिन्होंने कुछ कम कमाई की है और 'लाँक' उतना नहीं है कि अलग से विधिवत 'गहाई' की जाए, उन्होंने अपनी भैंस, कटिया, कटड़ा इत्यादि को 'लाँक' पर हाँकना शुरू भी कर दिया है तथा बच्चे, अपने भी पड़ोस के भी, मस्ती में खेल में, उनके पीछे दौड़ रहे हैं, 'लाँक' पर लोट-पोट हो रहे हैं। शीघ्र ही उनका यह लांक सुनहरे गेहूँ-जौ में परिवर्तित हो जाएगा।

महीने-भर के तन-मन पर जम गए पसीने और मैल को छुड़ाने का अवसर भी आ गया है। इसलिए मुहल्ले के कुआँ पर बच्चे, युवा, बूढों का जमघट है.।'डोल' 'प्लॉप' करके कुआँ में गिरते हैं और श्रम से परिवर्धित गठीले बाजू, पानी भरे डोल को दो तीन झटकों में ही ऊपर 'मन' पर खींच धर रहे हैं। कुएँ की कोख से निकलता है एकदम शीतल जल, इतनी गर्मी में भी जो फुरफुरी छुड़ा दे। हरी...ओम... और पूरा डोल-भर पानी सिर पर। कंपकंपी आ जाती है।

कुएँ की 'मन' पर पाँव धरने तक के लिए स्थान नहीं है। अपनी बारी की प्रतीक्षा में लोग खड़े-खड़े अपनी इस बरस की कमाई की, मुहल्ले में शीघ्र ही होने वाले विवाहों की चर्चा कर समय काटते हैं।

स्त्रियाँ अलबत्ता घरों की गोपनीयता में ही स्नान करती हैं, लेकिन गोपनीयता भी क्या, एक खाट खड़ी कर, उस पर साड़ी लहँगा वगैरह फैलाकर और उसके पीछे छुप-छुपा कर किसी तरह महीने-भर के मैल-पसीने से छुटकारा पाएँगी बेचारी।

लेकिन बच्चों के लिए तो जैसे मेले का ही अवसर आ गया है और वे कुआँ की बगल में 'नैंहची' (गड्ढा) में पड़े पुराने बेकार रहट के 'चक्कर' पर झूलकर प्रसन्न हैं और उसके मुकाबले में स्नान में उन्हें कोई विशेष रुचि नहीं है। बड़ों को उन्हें पकड़ कर, जोर जबरदस्ती से ही नहलाना पड़ेगा उन्हें।

इस कुएँ के स्वामित्व को लेकर गूजरों और जाटवों में काफी खूनखराबा और मुकदमेबाजी हो चुकी है तथा जाटवों के गूजरों के विरुद्ध एकजुट होने में इसकी अहम भूमिका रही है। जाटवों के एकजुट होने में, उनके उत्थान में इस कुएँ का बेहद अहम स्थान है। गूजरों ने इसे हथियाने के हर हथकंडे जाटवों के खिलाफ अपनाये हैं, लेकिन हार गए, कोर्ट-कचहरी में भी और समाज में भी। इस कुएँ पर जोर जबरदस्ती से कब्जा कर गूजरों ने इस पर 'हरट' माने रहट स्थापित की और जाटवों का पानी भरना यहाँ से बंद कर दिया। चौबीसों घंटों गूजर लाठी, बल्लम, बूड़ी लेकर कुएँ पर पहरा देते। जाटवों की बहन-बेटियों के 'माँट' माने मटकों को फोड़कर भगा देते, उनके प्रति अश्लील इशारे करते।

मर्दों का 'माँट' सिर पर रखकर पानी भरने जाना यद्यपि एक हास्यास्पद दृश्य उपस्थित करता था किंतु जाटवों ने अपनी बहू-बेटियों को इस अवमानना से बचाने के लिए यह भी किया। गूजरों ने लाठियां पटकायीं, सिर फोड़े। जाटवों ने घरों के छप्परों से बाँस खींच निकाले और प्रतिकार स्वरूप गूजरों को पीटा।

गूजरों के लेकिन अहं को अधिक ठेस लगी थी, तन को कम। गूजरों ने अपने मुहल्ले में और जाटवों ने अपने मुहल्ले में पंचायत की। जाटवों ने इस डर में कि गूजरों का अगला हमला क्या होगा, गूजरों ने इसलिए कि सदियों से गूजरों के पैरों की जूती रहे जाटवों को कौन-सा सबक सिखाया जाए कि भविष्य में अपनी औकात में रहें।

स्नान की अपनी बारी की प्रतीक्षा में दल्ले इसी कथा को कहकर बच्चों और युवाओं का ध्यान इस कुएँ के इतिहास की ओर आकर्षित करना चाह रहा था। आज वह झूठी कथा न गढ़ रहा था। बड़ों को तो खैर सब कुछ ज्ञात ही था, उनका स्वयं का भोगा सत्य था, नये-नये युवा हो रहे बच्चों में लेकिन खासा उत्साह था सुनने को। लंबी हाँकने की अपनी 'हुड़क' को किसी प्रकार दबाकर दल्ले कुआँ कथा सुनाकर अपनी बारी की प्रतीक्षा कर रहा था। मानो जीवनपर्यंत पोषित मिथ्याभाषण का पश्चात्ताप कर रहा हो।

17

अब से सैकड़ों वर्ष पूर्व बंजारों की एक बस्ती यहाँ हुआ करती थी। बड़े बुजुर्ग तो कहते हैं कि कदाचित मुगलों के समय में बंजारों ने यहाँ पड़ाव डाला था। बंजारे थे, लेकिन आखिरकार उन्हें भी तो कभी-कभार एक स्थान पर सोने बैठने के सुख-साधन की आवश्यकता होती ही होगी, सो यहाँ उन्होंने पहले तो अपने तंबू खड़े किए, फिर धीरे-धीरे कच्चे मकानों की दीवारें उठीं, बस्ती ने शक्ल ली और फिर निर्मित हुआ यह कुआँ। बड़े-बड़े अच्छी तरह गढ़े गए पत्थरों की दीवारों का यह अठारह हाथ गहरा कुआँ उन्होंने खोदा और बनाया था। दूर-दूर तक तब यहाँ कोई बस्ती-गाँव न था। न गूजर थे न जाटव थे।

बंजारे मेलों ठेलों में करतब दिखाते, गाँव-गाँव फिरते, अमीर असामियों की 'सूह' निकालते और अपनी इस बस्ती में लौट आते। फिर योजनाएँ बनतीं, पूर्वाभ्यास होते और सफलता के लिए शुभघड़ी विचार कर, बीस-बीस कोस दूर तक डाके डालते, चोरियाँ करते, अपहरण करते, हत्याएँ करने से भी न हिचकते और रातों-रात वापस भी पलट पड़ते अपनी इसी बस्ती को। सफल हुए तो अपनी आराध्यदेवी काली को भेंट पूजा अर्पण करते, बकरे कटते, नशे में धुत होकर रात रात-भर नाचते गाते। बाहरी किसी को कानों-कान खबर तक न होती। नजदीकी गाँवों में वे लेकिन अपनी कुदृष्टि डालने से परहेज रखते। दिन में उनकी बस्ती में औरतें मूंज और सन के 'बान' बटतीं, मिट्टी, कपड़े और लकड़ी के मेल से सुंदर खिलौने बनातीं और उन्हें गाँव-गाँव घूमकर बेचतीं। मर्द विविध व्यायाम और कर्तबों का अभ्यास करते। किसी काज के लिए यदि निकले तो रात में उनकी यह बस्ती काया पलटकर दूसरा रूप धारण कर लेती, मर्दों से रहित इस बस्ती में तब केवल औरतें रह जातीं। उनमें से कुछ मर्दों का भेस धरे रहतीं कि कोई

यदि अनायास आ ही धमके तो रात के धुँधलके में वे पुरुष बन दृष्टिभ्रम बनाए रखें। इस प्रकार कितने ही लंबे बरसों तक निर्बाध रूप से यह कारोबार चलता रहा।

किंवदंतियों में ऐसा कहा जाता रहा है, कि अंततः उनके पाप का घड़ा अंग्रेजों के आगमन पर भरा जब स्लीमैन ने पिंडारियों का दमन किया तो इनका भी अंत हुआ। अंग्रेजों ने उनकी पूरी बस्ती में आग लगा दी। अधिकांश बंजारे मारे गए लेकिन कुछ माल-असबाब छोड़ बाल-बच्चों समेत कहाँ भाग गए कोई नहीं जानता। पचासों बरसों तक अंग्रेजों ने इस स्थान पर किसी को नहीं बसने दिया. बस्ती का तो अंग्रेजों ने नामो-निशान ही मिटा दिया था, यह कुआँ लेकिन बचा रहा उनकी गवाही देता सा। कोई आधी सदी तक अप्रयोज्य पड़े रहकर कहीं इसके दिन फिरे, लेकिन तब तक कुआँ के नाम पर यह केवल एक झाड़ झंखाड़ से पटा गहरा गढा-भर रह गया था। और फिर बरसों बाद पहले तो आकर बसे यहाँ गूजर और फिर आए लगभग साथ-साथ ही जाटव। जाटवों की अपनी कोई जमीन तो थी नहीं बसने को, सो बिलकुल खनखनाते चाँदी के रुपयों के बदले गूजरों से खरीदे उन्होंने उनके खेत, बसने के लिए।

कहते हैं कि जाटवों के चार कुनबे दूर के गाँवों से यहाँ आकर बसे थे, वहाँ के जाटों की प्रताड़ना और अत्याचारों से बचने के लिए। लेकिन नहीं जानते थे कि खाई से निकलकर कुआँ में गिरेंगे। दसेक कोस दूरी पर बसे बनचावली गाँव से बिलौटाजौम कुनबा का पलायन तो लगभग सिद्ध ही है क्योंकि बनचावली में भी इस से संबंध में ऐसी ही एक कथा प्रचलित है।

यह कुआँ जाटवों के हिस्से में इसी प्रकार आया क्योंकि जो जमीन गूजरों ने जाटवों को बेची उसी में था यह कुआँ, पूर्णतः जीर्णशीर्ण, क्षीण एक गहरे अँधेरे गढे जैसा। जाटवों ने जब अपनी बस्ती बसाई और उनके हिस्से में यह आया तो उन्होंने इसकी मरम्मत की, सँवारा और इसके अमृततुल्य जल से उनकी पीढ़ियाँ दर पीढ़ियाँ सिंचित हो जवान होती रहीं। लेकिन जटवाड़े के ठीक भीतर यह कुआँ तब भी न था, थोड़ा सा, यही कोई सौ गज मुहल्ले से बाहर था।

अठारह हाथ की गहराई पर तो था जल स्तर, स्वयं पानी कितना गहरा था इसे प्रायः ही जस्सू छह फुटा जब तब इसमें गोता लगा नापता रहता था, और बताता था कि कोई पंद्रह हाथ गहरा पानी था उसमें। पनिहारिनों में वह खासा लोकप्रिय था। डोल-बाल्टी उनकी कुएँ में गिर जाती तो उसी की खोज पुकार होती। जस्सू आता, एक डोल की रस्सी कुआँ की मन से बांधता और क्षण-भर में ही कुआँ में धड़ाम से कूद जाता। देखने वालों की साँस रुक जाती। जस्सू लेकिन केवल इतने-भर के लिए पनिहारिनों में लोकप्रिय न था, ऊपर से जो वह कूदता तो कुआँ की गहराई में वेग के कारण चला जाता और अगले ही क्षण पुनः जल के ऊपर दीखता. यह उसका अगला

कारनामा था जो स्त्रियों में उसकी लोकप्रियता और मर्दों में ईर्ष्या का जनक था। कुआँ के भीतर से, वह गर्व से, ऊपर मुँडेर से झाँक रही स्त्रियों को एक नज़र देख, एक लंबी साँस छाती में भर गहरी डुबकी कुआँ में लगाता। कई लंबे मिनटों तक वह पानी के भीतर रहता, कई बार देखने वालों को लगता कि उसे डुबकी मारे घंटों हो गए हैं, देखने वालों में बेचैनी और घबराहट बढ़ जाती। कई बार आशंका होती कि इस बार कदाचित वह अनहोनी न घट गई हो जिसको सोचकर सबकी साँसें रुक रही थीं। जस्सू तब मानो उनकी घबराहट को समझ कुआँ की अतल गहराई में गिरी बाल्टी अथवा डोल के साथ दरियाई घोड़े जैसा पानी से ऊपर आ, छाती में भरी हवा की एक लंबी फुंकार छोड़ता। एक नट की सी फुर्ती से कुआँ की मन में बंधी रस्सी पकड़ क्षण-भर में वह कुएँ से बाहर होता। मुहल्ले की युवा हो रही लड़कियों और विशेषतः रिश्ते की भाभियों पर प्रभाव के लिए कई एक उभरते युवाओं ने यही कारनामा करने के कितने ही प्रयत्न किए लेकिन जस्सू अजेय ही रहा।

खैर, गूजरों को अचानक भान हुआ कि जाटवों के पीने के जल की आपूर्ति से कहीं अधिक इस कुआँ की आवश्यकता उन्हें है, उनके खेतों की प्यास बुझाने को। एक दिन मुँह अँधेरे ही जब जाटव पनिहारिनें कुएँ से मटके भर भर पानी लाने गईं तो पाया कि बीसियों गूजर लाठी-बल्लम लिए कुआँ घेरकर खड़े हैं। जाटवों के मुहल्ले में हल्ला हो गया। बड़े-बूढे, मुहल्ले के जाटव पंच भागे भागे गए। गूजरों की चिरौरी की, विनती की, एक आध ने बूढ़े होते हुए भी लाठी थामे जवान गूजरों के 'गोडे' थामे कि नंबरदार ऐसा जुल्म न करो।

गाँव में कुल मिलाकर और दो कुएँ थे, दोनों गूजरों के मुहल्ले में। उनसे तो जाटवों का पानी भरना अचिंत्य था ही। गूजर लेकिन न पसीजे।

जाटवों के घरों में उस दिन किसी प्रकार पिछले दिन के रहे पानी से काम चलाया गया। जाटवों का एक प्रतिनिधिमंडल गूजरों के मुहल्ले के असरदार तथा किसी सीमा तक जाटवों के प्रति सहानुभूति रखने वाले गूजर चंदा से मिला अपनी समस्याओं को लेकर, लेकिन गूजरों ने इस नाटक की अपनी पटकथा पक्की स्याही से पहले ही लिख छोड़ी थी। इसलिए चंदा ने कठोर और रूखे शब्दों में बता दिया कि 'औकात में रहो, गूजर मालिक हैं और जाटव प्रजा। इसलिए शासकों के द्वारा पारित आदेश की खिलाफत हुई तो घरों से निकाल-निकालकर जाटवों को पीटा जाएगा। जाटवों की बहू-बेटियाँ भी सुरक्षित न रह पाऐंगी। यह भी बता दिया कि वे अपने जवान लड़कों को नियंत्रित रख पाने की स्थिति में न तो हैं और न ऐसी इच्छा रखते हैं।'

'नंबरदार रहम..., नंबरदार रहम...' की गुहार करते जाटव अपने मुहल्ले लौट आए।

वह आज का जमाना न था कि थाने कचहरी जाना आसान होता। जो बर्ताव गाँव में गूजरों का जाटवों के प्रति था वही थाने कचहरी में भी उनके प्रति था। जाटवों की फिर से पंचायत बैठी तथा बस ऐसे ही समय गँवाने की 'कतर ब्योंत' चलती रही।

यह गाँव, कथा-कहानियों, किस्सों का चित्रसदृश पहाड़ी गाँव न था जहाँ कुदरत के दिये अनगिनत नदी नाले और पहाड़ी झरने होते हैं, जिसमें यहाँ से पानी न भरा तो दूसरे झरने से भर लिया। यह एक मैदानी गाँव है। यह सुभीता यहाँ नहीं है। तय किया गया कि एक बार और गूजरों के पाँव पड़ा जाए। पुनः एक प्रतिनिधिमंडल गूजरों के पास गया। फरयाद की, कि माई-बाप हमें कहीं और किसी कुएँ से पानी भरने दिया जाए। परिणति पहले से भी बुरी हुई। गूजरों के बारह-चौदह वर्ष के लड़कों ने जाटवों के सबसे बुजुर्ग और सम्मानित मुथरा को जूतों से पीटा, लठियों के 'ठुड्ड' मारे और हड़का दिया यह कहकर कि, ''चमट्टा..., अगली बेर आयौ तौ...''।

बहुत अपमानित हो जब जाटवों का प्रतिनिधिमंडल जटवाड़े में आया, मुहल्ले में सन्नाटा था। बिन पानी कैसे जिंदा रहेंगे, पशुओं के लिए तो 'गूहली' थी, लेकिन इंसान, उनको तो जीने के लिए पानी की आवश्यकता थी। पुनः पंचायत करते-करते साँझ हो आई। रात झुकने लगी। सौनपाल जो सुबह से ही पीकर टुन्न था, ने सुझाया कि कुआँ पर पहरा दे रहे गूजर रात में कभी न कभी तो सोएँगे ही, सो मुहल्ले के युवाओं का एक जासूस दल बनाया जाए जो छुपकर इन पर दृष्टि रखे। इधर वे सोये नहीं कि झटाझट मर्द पानी भरें। किसी को लेकिन उसकी तज़वीज़ पसंद न आई। एक दिन इस प्रकार चल जाएगा, लेकिन उसके बाद? घरों में पानी नहीं है, भोजन कैसे पकेगा?

'मुकन्ना' के गंदे बदबू मारते पानी को उबाल छानकर किसी प्रकार उस रात जाटवों के घरों में भोजन बना। जटवाड़ा तो सो गया किंतु बिलकुल छोटे बच्चों का एक गिरोह जागता रहा। छदाम के नेतृत्व में उन्होंने सुनियोजित प्रकार से रात-भर कुआँ पर पहरा दे रहे गूजरों पर 'ढैम' माने ढेले फेंक कर मारे।

पणिामतः सुबह होते ही जटवाड़े के कई बुजुर्गों को गूजरों ने पकड़ मँगवाया और उन्हें जूतों से पीटा गया, 'लाठी गोला' (रस्सी से हाथ पैरों को इस प्रकार बाँधना कि उनके बीच में लाठी फँसाने के बाद हिला भी न जा सके) लगा कर तपती धूप में घंटों डाले रखा कि क्यों वे अपने बच्चों को काबू में नहीं रख रहे हैं। जाटवों ने जटवाड़े में वापस आकर खीज में यद्यपि अपने ही बच्चों को पीटा लेकिन अचानक बच्चों के उस कृत्य ने ही कुआँ समस्या समाधान के लिए उत्प्रेरक का कार्य किया।

18

पंचायत हुई जटवाड़े में, और तुरत-फुरत हुई। सिबकला के कोठे में छुपकर पंचायत की गई। यह निर्णय लिया गया कि किसी एक बजुर्ग को नेता बनाया जाए, जिसका आदेश, बिना हिचक के सर्वमान्य हो, भला हो बुरा हो जैसा भी हो, अंतिम हो। बुजुर्गवार मुथरा को चुन लिया गया। फैसला सुनते ही मुथरा को कँपकँपी छुट गई। बहुत हीला हवाला किया मुथरा ने, लेकिन किसी ने उसकी न सुनी। मुथरा ने भी आदेश को अपरिहार्य और अपरिवर्तनीय जान सिर ओखल में डालना स्वीकार कर लिया। मन ही मन मुथरा जान चुका था कि आज के इसी क्षण से न उसका जीवन सुरक्षित था, न मान-सम्मान। गूजरों के हाथों उसका मानमर्दन अब भविष्य में जब तब होते रहना निश्चित था। मन ही मन उसने दृढ़ निश्चय किया कि जो जिम्मेदारी उसके गले आ पड़ी है, या कि ससम्मान उसे सौंपी गई है उससे वह मुँह न फेरेगा।

मुथरा ने पहला आदेश तो यह पारित किया कि सब शपथ लें कि चाहे जो हो जाए, परिणाम चाहे जो भी हो, उसके द्वारा दिए गए आदेश का कोई भी जटवाड़ावासी उल्लंघन नहीं करेगा। सबने हाथ उठाकर सहमति प्रकट कर दी। मुथरा ने दूसरा आदेश यह पारित किया कि अब क्योंकि लड़ना मरना होगा इसलिए बहुओं-बेटियों को अपनी-अपनी रिश्तेदारियों में भेज दिया जाए। इसका भी सभी ने हाथ उठाकर अनुमोदन कर दिया। एक दो जो बिना अपनी लुगाइयों को साथ लिए सोने की कल्पना से विचलित दिखायी दिए, उन्हें घुड़क दिया गया। थाने में रपट लिखाई जाए, 'बिलनसैर' (बुलंदशहर) कचहरी में भी केस किया जाए। पीने का पानी कोस-भर दूर दादरी से जटवाड़े के जवान और जवान होते लड़के ढोकर लाएँ, वहाँ जाटवों के मुहल्ले में हाथ से चलने वाला नलका लगा है। और अंतिम आदेश उस दिन मुथरा ने यह पारित किया कि अब चाहे जो हो,

मरें कि जियें लेकिन कुआँ के ऊपर जाटवों के पूर्णस्वामित्व के अलावा अन्य कोई विचार भी आज से ही उनके मन में न हो। पंचायत समाप्त हो गई।

दूसरे दिन ही मुहल्ले की बच्चियां, जवान लड़कियाँ, बहुएँ गाँव से मानो अदृश्य हो गईं। रह गईं बुढ़ियाएं, बड्ढे और बाकी पूरा जटवाड़ा।

19

सदियों से पद दलित जाटवों को गूजरों ने ही अनजाने में एकजुट होने का साहस और लड़-मरने का मूल मंत्र दे दिया था, जो चमारों को जाटवों में बदलने जा रहा था।

मरना यदि सुनिश्चित ही हो जाए तब मनुष्य के मन से मरने का भय निकल जाता है। यही वह क्षण है जहाँ से शोषणबंद हो जाता है और सभ्यताएँ नई जमीन तैयार करती है।

आज भी गुपचुप पंचायत हुई, तय किया गया कि जटवाड़े के हर घर से चंदा उगाही की जाए जिससे कि निकट भविष्य में मुकदमेबाजी के व्यय के लिए आवश्यक जमा पूँजी का इंतजाम हो सके। साथ ही यह भी तय किया गया कि 'नलका' माने 'बरमा' माने हैंड पंप बैठाने का प्रबंध मुहल्ले में आज ही किया जाए।

यह कालखंड उस समय का है जब देश में हैंडपंप गाँवों में देखने तक को नहीं मिलते थे, यह सुविधा केवल शहरों में थी। गूजरों के मुहल्ले में भी बरमा न था। ज़रूरत भी न थी।

जल के बिना जीवन संभव नहीं है इसे किसी को ज़ोर देकर समझाने की आवश्यकता नहीं है। पैम, सूका, छदाम और बुद्धन दादरी गए। डरते-काँपते थाने में रपट दर्ज कराने का बहुतेरा प्रयत्न किया लेकिन बात न बनी, थाने के दीवान जी ने ही हड़काकर भगा दिया। रपट तो न लिखा पाए लेकिन बरमा लगाने के लिए पाइप, बैठाने के लिए बरमा तथा अन्य कुछ आवश्यक सामान लेकर मुहल्ले में लौटे तो उनका विजयी सेनानायकों जैसा स्वागत हुआम् पैम जो यहाँ-वहाँ मजदूरी करता फिरता था थोड़ा बहुत नल बैठाने के बारे में जानता था, उसके नेतृत्व में अगले दिन ही हैंडपंप लग गया। पहले

गँदला पानी आया, लेकिन जब मुहल्ले-भर के लड़के नल चलाने को खेल समझ जो उसके पीछे हाथ धोकर पड़े तो कुछ ही घंटों में स्वच्छ, शुद्ध, शीतल जल की धार बह निकली। पूरे मुहल्ले-भर के लिए एक बरमा पर्याप्त न था लेकिन न होने से अच्छा था।

मुथरा अपने साथ कोई पाँचेक अंय को ले 'बिलनसैर' जिला मुख्यालय को प्रस्थान कर गया. बतर्ज कम लिखे को ज्यादह समझें—'कचहरी में केस दायर कर दिया कि गूजरों ने जाटवों के 'दादालाई' (पुरखों से प्राप्त स्वामित्व) कुआँ पर न सिर्फ कब्जा कर लिया है बल्कि उन्हें कुआँ से पानी भी नहीं भरने दिया जा रहा है। कुआँ जाटवों की संपत्ति है, फिर भी उन्हें पीटा गया, उनकी बहन-बेटियों को अपमानित किया गया।'

इस पर न्यायालय ने अगले आदेश तक जब तक कि कोई निर्णय न हो जाए, गूजरों के द्वारा उसके प्रयोग पर रोक लगा दी और आदेश दे दिया कि तब तक यथास्थिति के अनुसार जाटवों को कुआँ से पानी भरने का हक रहेगा।

आंशिक जीत तो हुई लेकिन इसका एक दूसरा पहलू भी सामने आया कि जाटवों ने अचानक महसूस किया कि कुआँ से मटके भर-भर जल संग्रहण से हैंडपंप कहीं अधिक सुविधाजनक हालाँकि महँगा था लेकिन दस-पाँच घरों के सहयोग से सहजता से लगाया जा सकता था। इस प्रकार इस पहले ऐतिहासिक हैंडपंप के लगते ही जटवाड़े में हैंडपंपों की मानो बाढ़ ही आ गई। हर गली का, हर मुहल्ले का, हर घर का इत्यादि नाम से जिधर देखो उधर हैंडपंप ही हैंडपंप नज़र आने लगे। हैंडपंप का घर के आँगन में होना प्रतिष्ठा की निशानी हो गया। मुहल्ले का कुआँ अब उजाड़ रहने लगा। कुआँ के मन पर अब स्नान करने वालों की वो भीड़ और गप्पबाजी अत्यंत छिदरी हो गई। कुआँ का स्वामित्व लेकिन जाटवों के अस्तित्व और मान सम्मान का विषय बन गया था।

उधर बहुत ही अप्रत्याशित रूप से गूजरों ने बिना किसी हील हुज्जत के कचहरी का आदेश मान कुएँ के ऊपर से न केवल अपने लठैतों की चौकीदारी को उठा दिया बल्कि स्वयं अपने श्रम से उन्होंने कुआँ के ऊपर जबरन डाली गई 'हरट' को भी उठा कर, खींचकर बगल में 'नहची' में डाल भी गए, इस कार्य के लिए जाटवों को बेगार के लिए न पकड़ा।

गूजरों के इस सद्कार्य से प्रभावित और पूर्व की अपनी अवमानना को भूल, मुथरा ने एक पंचायत बुलाकर प्रस्ताव पारित किया कि गूजरों के सम्मुख स्वयं प्रस्तुत होकर उन्हें धन्यवाद देना चाहिए। लेकिन उसके कार्यान्वयन की आवश्यकता ही न पड़ी। गूजरों द्वारा कुएँ का कब्जा इस प्रकार सहजता से छोड़े जाने पर जाटवों को समझ जाना चाहिए था। कुआँ प्रकरण में गूजरों और जाटवों के बीच हुई मार-पीट से गूजरों का अहं तन से कहीं अधिक आहत हुआ था, और वे उसे सहज ही भूलने वाले न थे। कारण और अकारण गूजरों के द्वारा जाटवों का अपमानित होना, पिटना उनके लिए एक अत्यंत ही मामूली और सहज घटना थी, दुर्घटना तक भी नहीं, लेकिन जाटव पलटकर वार करें

यह गूजरों के लिए अनहोनी से कम वारदात न थी। जाटव थाने-कचहरी तक जाने की हिम्मत जुटा ही चुके थे, सो मार-पीट की नीति को, कुछ समय के लिए ही सही, परहेजपूर्वक प्रयोग करने की आवश्यकता थी।

दूसरे दिन 'सूक' तारा अपने निर्धारित समय पर ही उगा, एक मशीनी प्रक्रिया में बँधी जटवाड़े की मुहल्ले में बची रह गई बुड्ढी ठुड्ढी स्त्रियाँ जब सूक तारे को देख, भैंसों को नाँद में चारा डाल, 'खुटफावड़ी' से रात-भर का गोबर एक तरफ ढेर कर जब 'जंगल पानी' के लिए गईं तो वहाँ कुछ लोग लाठियां लिए खड़े थे। उन्होंने न केवल भद्दे इशारे किए, बल्कि गालियाँ भी दीं–

''अपणे खसम को बुला के ल्या ना अब! कचहरी में मुकदमौ कर म्हारे खिलाफ''

औरतें बेचारी कहती हुई भाग खड़ी हुईं–''नास जाए। कीड़े पड़ें मरेन के।''

अप्रत्याशित परेशानी और कुछ न कर सकने की कसमसाहट आदमी को पलायन करने को विवश कर देती है। यही वे कर भी रही थीं।

20

पानी आप दादरी से भर कर ला सकते हैं, घर में ही बरमा, नलका लगा सकते हैं, बहू-बेटियों को रिश्तेदारियों में भेज सकते हैं, कुआँ के 'दादालाई' हक को प्राप्त करने के लिए लाठी लेकर लड़ सकते हैं, कोर्ट-कचहरी में गुहार कर सकते हैं, गूजरों के संभावित हमलों से निपटने के लिए रात-रात भर पहरा दे सकते हैं लेकिन गूजरों से बिना लड़े शौच की समस्या से निपटा नहीं जा सकता।

समस्या के समाधान का कहीं कोई निस्तारण नहीं दिख रहा था। तुरंत ही कुछ करने का समय आ पहुँचा था, इसमें किसी की दो राय न थीं।

'कारनैट' बाजे वाले सुरजन ने सुझाया कि 'नंबरदार...नंबरदार की गुहार एक बार और गूजरों के सामने रखी जाए' लेकिन हमेशा शांत रहने वाले, गूजरों के बारह-चौदह बरस के लड़कों से ठुड्डे खाकर भी गूजरों की चिरौरी करने वाले मुथरा की मुखाकृति क्रोध, क्षोभ और घृणा से जैसे विकृत हो गई। खड़े-खड़े ही पंचायत हुई। कोई प्रस्ताव न रखा गया न पारित हुआ।

मुथरा ने केवल अपना आदेश सुनाया, "खेत गूजरों के हैं, ये सच है. अपने खेतों पर उनका मालिकाना हक है। हमें वे जंगल पानी के लिए अपने खेतों का प्रयोग करने दें या नहीं इसमें हम लोगों की दखलंदाज़ी नहीं हो सकती। इस मामले में हम कोर्ट-कचहरी नहीं जा सकते.हैं, यह भी सही है।"

खड़े लोगों का उसने तनिक सा जायजा लिया और बाकी बात पूरी की, "पानी सिर से ऊपर होकर गुज़र रहा है, हम यदि ये सोचकर बैठे रहेंगे कि दलन, अपमान, अत्याचार, अनाचार रूपी पानी का यह ज्वार देर सबेर उतर जाएगा और हम ताजा हवा में साँस ले पाएँगे तो ये सोच हमारी मूर्खता होगी। कुआँ का हक हमने कचहरी में जाकर

माँगा है तो केवल इसलिए कि उस पर हमारा 'दादालाई' का हक है, और कि हमारे पास पानी के लिए कोई अन्य विकल्प भी नहीं है, और कि हमें विकल्प रूप में किसी और कुएँ से पानी की भी उन्होंने इजाजत नहीं दी क्या हम जानवर, ढोरों के समान जोहड़-पोखरों से पानी पिएँगे? अच्छी प्रकार से हमें अब यह समझ लेना होगा कि गूजरों का यह कृत्य केवल हम दलितों का दलन ही नहीं है, बल्कि उनका इरादा अब हम को इंसान भी नहीं रहने देने का है। उनके खेतों में कुत्ते, बिल्ली और सूअर घूम सकते हैं, हम नहीं।''

उसके पश्चात् मुथरा ने एक गहरी साँस ली, मानो तौल रहा हो कि आगे वह जो कुछ कहने जा रहा है, उसे कहे भी कि नहीं। अंततः उसने कहा, ''गूजरों के पास खेत हैं, लेकिन उन खेतों तक पहुँचने के लिए रास्ता जाता है जटवाड़े से, उनकी बैल गाड़ियों के लिए रास्ता केवल हमारे मुहल्ले से होकर ही है। हम भी सिर पर 'तये' बाँधकर और लाठी लेकर खड़े हो जाएँगे।''

शरुआती सन्नाटा केवल कुछ ही क्षण रहा, उसके पश्चात् सबकी समझ में आ गया कि मुथरा उनसे क्या अविश्वसनीय करने को कह रहा था। अन्य कोई विकल्प भी न बचा था, इसे भी वे समझ चुके थे।

''जंगल-पानी के लिए कहाँ जाएँ? और हमारे पशु, ढोर-डंगर उनके लिए कहाँ से चारा लाएँ? उनके लिए चारे का प्रबंध तो हम गूजरों के खेतों से घास-फूस उखाड़कर करते हैं, क्या उन्हें भी स्त्रियों के समान कहीं इधर-उधर भेजें? भेजें तो कहाँ भेंजें?'' उदयचंद ने पूछा।

''मुकन्ना पूरे गाँव की शामलात जोहड़ है, उसके पश्चिमी किनारे पर ढ़ेरों खाली जमीन है, पंचायती भी और शामलात की भी। उसी में जाओ सब। ढोर-डंगरों के लिए चारा भी मुकन्ना के किनारे से इकट्ठा करो, गाँव के चारों ओर कम से कम चार ढकिया जंगल हैं—सब पंचायती शामलात की जमीन पर, वहाँ से करो। दूरी पर हैं, सो, होने दो। भाइयो, बस, और कुछ मत पूछो अब।''

लगभग सभी की सहमति इस बात पर बनी कि कल प्रातः से इस पर अमल किया जाए, लेकिन मुथरा ने कहा, ''जो कुछ करना है आज ही से करो। मानव मन को बदलने और भय से सामना होने पर बिदकने में क्षण-भर के ही मोहलत की आवश्यकता होती है।''

जंगल पानी की समस्या से उत्पन्न आसन्न विपत्ति का सामना जाटवों ने कैसे किया उस दिन, उसे न पूछना ही उचित है। बस इतना जान लें कि आनन-फानन में लगभग सारे ही वयस्क और अधेड़ जाटवों ने चूल्हों से उतारकर तवों को सिर पर बाँध, लाठियाँ सभाँल मुहल्ले की गली को घेर लिया। अवश्यंभावी खून-खराबे को समझ बीसियों कायर और डरपोक जवान-जहान जाटव गाँव छोड़कर भाग गए।

गूजरों की प्रतिक्रिया वैसी ही हुई जैसी संभावना थी। पहले तो गूजरों ने आकर जाटवों को माँ-बहन की गालियों से नवाज़ा, टाँगे तोड़ देने की धमकियाँ दीं, जाटवों की बहन-बेटियों से अश्लील रिश्ते जोड़े।

मुथरा ने तब भी हाथ जोड़कर उनसे विनती कर कहा, "नंबरदार, आपने अपने खेतों पर हम लोगों का गुज़रना तक बंद कर दिया है, केवल इसलिए कि वे आपकी संपत्ति है। माई बाप! ये गली हमारी भी संपत्ति है, हम भी जिसे चाहेंगे प्रयोग करने देंगे। अपनी संपत्ति के प्रयोग का अधिकार भी हमें है कि नहीं।"

बमुश्किल सोलह-सत्तरह बरस के एक गूजर बच्चे ने जिसकी रेख भी अभी नहीं उभरी थीं ने, पहले तो बुज़ुर्ग मुथरा की माँ के साथ अश्लील रिश्ता जोड़ा और उसके साथ ही साथ मुथरा के मुँह पर एक थप्पड़ भी जड़ दिया।

उसके पश्चात् जो कुछ हुआ वह संभावित संग्राम जैसा तो नहीं था लेकिन जाटवों और गूजरों के बीच धौलधप्पा, खींचातानी, मुक्का-थप्पड़ और कपड़े फाड़ने जैसे कृत्य अलबत्ता जम कर हुए।

फनफनाये हुए गूजर अपने मुहल्लों को भाग गए और बस कुछ ही देर में गूजर पुनः बड़ा गोल बाँधकर और लाठी, बल्लम, बुड़ी, गुप्ती और न जाने और कितने ही हथियारों के साथ जटवाड़े पर चढ़ दौड़े। लेकिन तब तक बहुत ही विचित्र रूप में, अव्याख्येय कारणों से, गूजरों से उस गुत्थमगुत्था, धौलधप्पा, मुक्का-थप्पड़ में अचानक जाटवों को अवर्णनीय रोमाँच का अनुभव हुआ, और अब वे स्वयं ही गूजरों के लौटने की प्रतीक्षा में थे। जिन्हें थोड़ा-बहुत डर था, निकल चुका था। गूजरों ने आते ही लाठियाँ भांजनी प्रारंभ कर दीं। इस बार गूजरों और जाटवों में जमकर युद्ध हुआ। बीसियों जाटवों के सिर फूटे। दसोंदी को इतनी गहरी चोट आई कि वह बेहोश होकर गिर पड़ा और फिर न उठ सका। कुछ ही क्षणों में उसका प्राणांत हो गया। गूजरों में से भी दसियों सिर फुड़ाकर और लहूलुहान होकर अपने मुहल्ले को भागे। जाटवों ने पहिली बार विजेता नहीं तो कम से कम बराबर होने का सुख चखा।

इस बार पुलिस थाने में रिपोर्ट दर्ज कराने के लिए किसी को भागदौड़ करने की आवश्यकता न हुई। आधे कोस पर ही तो दादरी है, सो थानेदार स्वयं अपनी लाल पगड़ी में उपस्थित हो गया, साथ में चार-छह सिपाही भी। दसोंदी की लाश तो उठा ही ले गया, दोनों ओर के दस-दस आदमियों को भी कमर में रस्सा बाँध ले गया। घोड़े ताँगे में लादकर दसोंदी की लाश जब सिकंदराबाद के 'चीरघर' से लौटकर आई और अंतिम संस्कार के लिए सजाई जाने लगी, तब दसोंदी की पत्नी का विलाप मुहल्ले-भर के लोगों का हृदय चीर गया।

"मेरे राज! अब मेरे सूरज को कौन लाड लडावैगौ? मेरे राज! सूरज अब किसै बाबा कह कै बुलावैगौ? मेरी माँ अब किसै 'सामैंई' बैठा कै जिमावैगी? मेरे राज! अब मोहै कौन लाड लडावैगौ?"

मुहल्ले-भर की स्त्रियाँ भी कभी चमेली को ढाढस बँधाने का प्रयत्न करतीं कभी स्वयं अपने ही गुजर गए निकट संबंधियों को याद कर 'बैन' करने लगतीं। ऐसा 'रोआंराट' मचा कि बड़े बूढ़ों की आँखें भी भर आईं।

मुथरा ने आँखें पोंछते हुए कहा—"अब 'अंजल मंजल' करो दसोंदी की। रोने के लिए तो पूरी जिंदगी पड़ी है। मुहल्ले के दस आदमी थाने में बंद पड़े हैं, उन्हें भी छुड़ाना है। कुआँ के साथ-साथ अब एक यह मुकदमा भी भुगतना होगा। उठो बहुत हुआ रोना ध़ोना। गूजरों से जंग ठानी है तो और कई ऐसे दृश्य देखने होंगे।"

"ताऊ! बस लड़ ली लड़ाई हमने गूजरों से, और मुकदमेबाजी भी बहुत हो ली. अपने भाग पर छोड़ो अपने आपको और गूजरों से चलकर माफी माँगो कि जैसे वे चाहेंगे वैसे रहेंगे। आज दसोंदी की जान गई है कल को किसकी जाएगी?" सूका जो अपने आपको पहलवान से कम नहीं समझता था, ने कहा।

"तो मरो सुसरो, सब मरो, गूजरों के जूते चाट कर मरो, जोहड़ तालाब का पानी पीकर मरो, अपनी बहू-बेटियों की इज्जत लुटाकर मरो" मुथरा मारे क्रोध के काँपने लगा। "मेरी उमर सत्तर साल है, जितनी जीनी थी जी चुका। मैं लड़ूँगा अकेले इस गूजर 'राकछस' से, इस उमर में भी लड़ूँगा। 'बड़' जाओ सब अपनी लुगाइन के घाघरे में। मर जाऊँ तो मेरी 'ल्हास' बी ले जाकै फूँक दीजों 'चिवाणेन' में।" उसने एकत्रित जटवाड़े की ओर तिरस्कार भरी दृष्टि से एक बार देखा।

चुपचाप दसोंदी को अर्थी पर उठाये लगभग पूरा जटवाड़ा ठीक गाँव के बीच से, ठीक गूजरों के घरों के सामने से, राम नाम सत्त कहता हुआ सुनारों की गली से होता हुआ जब सड़क पर पहुँचा तो बिना किसी तय कार्यक्रम के दसोंदी की लाश को विधिविधान के विरुद्ध, सड़क पर रखकर खड़े हो गए। क्यों? कोई भी न जानता था। एक अव्याख्येय हठ और ज़िद में कदाचित! गूजर जाटवों की इस अजब धृष्टता को हैरत भरी नज़रों से अपने घरों से निकल, देखते रहे। इससे पूर्व तो जाटव अपने मुर्दों को गाँव के बाहर-बाहर नहर वाले रास्ते से लेकर जाते थे। इस अनहोनी को देख वे हतप्रभ थे। जाटव, गूजरों के अवश्यंभावी आक्रमण के लिए तैयार भी थे और सहमे भी थे। गूजरों ने लेकिन आशा के विपरीत वैसा कुछ न किया तो जाटव दसोंदी को 'चिवाणे' में अंतिम क्रिया के लिए ले गए।

गाँव का श्मशान जिसे गाँव में चिवाणे कहा जाता है, कोई 300 × 300 गज वर्गाकार एक भूखंड है और पूर्णतः कल्लर भूमि है जिसमें घास का एक तिनका भी नहीं उगता।

उपलों से दसोंदी के लिए चिता जब सज गई और दसोंदी के एक वर्षीय पुत्र की खोज खबर की जाने लगी कि मुखाग्नि दे दसोंदी को, तब लोगों की दृष्टि एकदम सटी हुई एक पुरानी पड़ गई चिता पर गई।

हर समय मसखरों जैसी सूरत और व्यंग का पुट देकर बातें करने वाले रौतास ने उस पुरानी हो चुकी चिता को लोगों को दिखाते हुए कहा, ''अरे! सौनपाल तो अब तक यहईं पड़ौ है।'' और फिर सौनपाल की बिखरी अस्थियों को संबोधित करके कहा, ''सौनपाल भैया, तू तो अबी तक यहूईं सोयो पड़ो है। अरे! भइया तौहै तो हम कोई बरस-भर पहलै यहूयां छोड कै गए हे जी।''

सौनपाल जिसके आगे-पीछे कोई नहीं था, लुच्चा-लफंगा तो था ही तपेदिक, रतिज रोग और भी न जाने कितने रोगों को भोग कर मरा था और मुहल्ले-भर ने उस के मृत शरीर को हाथ लगाने से भी परहेज़ कर लिया था, कोई बरस-भर पूर्व इस चिवाणे में लाया गया था। आगे-पीछे कोई नहीं था, उसी एक कारण से बेचारे के फुँक गए तन के बचे रह गए चिहून 'कल्लर' से भी अधिक धौली हो गई उसकी हड्डीयों के रूप में छितराये पड़े थे। उसकी खोपड़ी टूटकर दो टुकड़ों में बँट गई थी तथा 'कल्लर' से भी धवल दाँतों के साथ खिलखिलाती सी दिख रही थी। उसके हाथ और पैर किसी पशु के उसके ऊपर से गुजर जाने के कारण कई टुकड़ों में टूटकर थोड़ी दूरी पर पड़े थे। दसोंदी के अंतिम संस्कार में आये कई सारे लोग उसे देखकर सिहर उठे।

''च्च...च्च..., बेचारे का कोई आगे-पीछे तो था नहीं इसलिए इस अभागे के फूल भी कोई चुनकर नहीं ले गया है!'' मुथरा ताऊ ने जैसे अपने आपसे ही कहा।

''ऐसे सुसरे की तो यही गति होनी ही चाहिए थी। इस में च्च...च्च... करने की क्या बात है ताऊ?'' हरकिसन ने कहा।

''बेटा, ऐसे नहीं कहते हैं। अरे! आदमी तो था यह लफंगा भी। इसके फूल भी उठा ले चलो वापस लौटती बेर।''

''अजी, वापस फिरते टैम कहा, मैं याहै अबी समेटे लैऊँ, ताऊ।'' रौतास ने सभी को सुनाकर कहा।

फिर रौतास ने अपने अँगोछा में सौनपाल की बिखर गई अस्थियों को समेटते हुए सौनपाल की खोपड़ी को इंगित कर कहा, ''देख लियौ भैया सौनपाल, बुरे करमन कौ बुरौ नतीजौ। साल-भर सू यंहूयाँ इकलौ (अकेला) आसमान की ओड़ मुँह फाड़े पड़ौ है।'' उसके पश्चात् उसने सौनपाल की खोपड़ी को संबोधित करते कहा, "अब कै जनम मिलै तौ कुछ अच्छे करम करियो, भइयूया। या जाटव की जूण में मत पड़ियो''

उसने सौनपाल की अस्थियों को समेटा और अँगोछा में गाँठ लगाते हुए ताऊ मुथरा को संबोधित कर कहा।

''ताऊ, इंसान और आदमीन की तम ने भली कही, जी। अब देखो तनकेक या चिवाणे की ओऱ, मर कै बी हम तौ आदमी कहाँ रहे, जाटव रहे. या बिलांद-भर की जमीन में गूजर तौ फुकै हैं वा कौणे में, जाटव या कौणे में और बालमीकी ओ... वा सू बी दूर के कौणे में। खाती और नाईन कौ कोई कौणौ ही ना है सो कहीं बी अपणे मरेन

नै फूंक देवैं हैं लेस्त्रियाँकिन जाटव और बालमीकीन सू फेर बी दूर। मर कै बी आदमी कहाँ बण सकैं हैं हम।''

उसके पश्चात अँगोछा में बाँधी गाँठ को और एक बार कसते हुए और सौनपाल को मानो सहलाते हुए एक बार पुनः कहा, ''चल भैया सौनपाल, अब किसी अच्छी जूण में पड़ीयो, जाटवन की जूण में मत पड़ीयो नहीं तो मैं तोहै अबी फिर सू यहीं बिखेर दैऊँगौ।''

ताऊ मुथरा ने उस मसखरे के एकालाप में व्यवधान देकर कहा, ''इस पागल ने बहुत गहरी और मर्म की बात कह दी है, लेकिन इस समय तो दसोंदी को सौंपो अगनी को।''

दसौंदी का एक वर्ष का बेटा इस सारी गहन-गंभीर चर्चा से अनभिज्ञ कल्लर (बंजर धरती जो कपड़ा धोने के कास्टिक सोडा जैसे दिखते रेत से आवृत होती है) में फैली धवल 'रेह' (कास्टिक सोडा जैसे दिखते रेत) में लोटपोट हो, खेल रहा था।

उस दुधमुँहे बच्चे के हाथ से जब मुखाग्नि दिलाई गई और चिता धू-धू जलने लगी तो वहाँ उपस्थित मुहल्ले ने उच्छ्वास भर कहा, ''जाओ, दसोंदी भैया। अब तुम्हारी कुर्बानी ही हमें और अधिक जोश से लड़ने और मरने की प्रेरणा देगी।''

श्मशान से लौटते जाटवों के उस मुहल्ले ने एक बार फिर बीच सड़क पर बैठ कर अपनी हिमाकत और धृष्टता गूजरों को दिखाई। गूजरों ने इसे समझ भी लिया और मन ही उन्होंने प्रण किया कि इस बार कोई और तरकीब इन पर आजमाई जाएगी, क्योंकि पूरी तरह कुचले बिना, इनको सबक सिखाना अब असंभव ही दिखता है।

21

दसोंदी का अंतिम संस्कार उस दिन का अंतिम कार्य न था जिसे पूरा करके जटवाड़ा संतोष की गहरी साँस लेता, एक और पंचायत की आवश्यकता जटवाड़े को आन पड़ी थी। गूजरों के साथ गुत्थमगुत्था, लाठी-बल्लम युद्ध, गाली-गुफ्तार, अवज्ञा तथा बीच सड़क पर दसोंदी की लाश रखने की धृष्टता तो हो चुकी। अब? अब आगे क्या? गूजरों ने जितनी नीचता, जितनी पत्थरदिली दिखानी थी दिखा चुके थे किंतु अब आगे और किस प्रकार का उत्पीड़न? जटवाड़ा उस आगत संकट का सामना किस प्रकार करे? यही बहुत सारे प्रश्न थे जिन पर तुरंत विचार की आवश्यकता थी। दसोंदी के दुख को भूलकर, उसकी पत्नी की दिल हिला देने वाली चीखें जो अब पहले से भी अधिक तेज़ होकर मुहल्ले-भर को रुला रही थीं, इन्हें भी भूलकर, विचार करना होगा गूजरों के आगामी हमलों को कैसे कुंद किया जाय। पूरे जटवाड़े का जन-बच्चा, स्त्री-पुरुष जंगल पानी के लिए आधा कोस दूर मुकन्ना के विस्तृत मैदान में जा रहे हैं कुआँ प्रकरण में हुई आंशिक जीत के बाद से, जिसमें अदालत ने गूजरों के द्वारा कुआँ के प्रयोग पर रोक तथा जाटवों के लिए यथास्थिति प्रदान की थी।

इस प्रकार दरियापुर के दोनों ही हिस्सों में उस दिन पंचायत हुई, गूजरों ने अपने मुहल्ले में तथा जाटवों ने छिद्दा के 'घेर' में पंचायत को सरअंजाम किया। गूजरों की पंचायत की बात लेकिन थोड़ी देर बाद की जाए तो कोई मुजायका नहीं क्योंकि छिद्दा के घेर (ढोर-डंगरों को रखने का बाड़ा जैसा स्थान जिसमें बाड़े के साथ-साथ एक कमरे का कच्चा कोठा अथवा छप्पर पड़ा ओसारा) में पंचायत जोड़ने के लिए जब श्मशान से लौटे लोग दस्तूर के अनुसार उसके घर हाथ-मुँह धोकर लौट रहे थे तब छिद्दा तथा ननकू की पत्नी एक-दूसरे का झोंटा खींचती उन्हें 'घेर' के बाहर ही मिल गईं। दोनों

बुढ़ापे की दहलीज पर कदम रख चुकीं थीं तथा अन्य बुढ़ियाओं के रेवड़ का हिस्सा बनकर मुहल्ले में ही जमी थीं, अन्य युवा स्त्रियों तथा बहन-बेटियों के समान मुहल्ले से पलायन नहीं कर गईं थीं। विचित्र दृश्य था। दसोंदी की मौत से दुःखी ताऊ मुथरा भी तथा अन्य मुहलेवासी भी उस दृश्य को देखकर हँसे बिना न रह सके, लेकिन तुरंत ही उनकी मूढ़ता को कोसते ताऊ मुथरा ने उन्हें सख्ती से डाँट दिया, "अरी बिरचो..., तुम्हें थोड़ी बहुत लाज-लिहाज है कि नहीं? पूरे मुहल्ले में दसोंदी की मौत से सोग फैला है और तुम लोग... । बंद करो यह डिरामा नहीं तो मुह छेतेंगे (चाँटे मारना) छिद्‌दा और ननकू तुम्हारा।"

दोनों अपने लहँगा सँभालती, घूँघट का बुक्कल मारतीं, अपनी चढ़ी साँसों पर काबू पाने का प्रयत्न करतीं वहाँ से प्रस्थान कर गईं, लेकिन जो दृश्य उन्होंने उपस्थित किया था उसे स्मरण कर वहाँ उपस्थित सभी की हँसी उस दुख भरे माहौल में भी रुक न पा रही थीं। एक प्रकार से, विमर्श के लिए दुख के सागर से थोड़ी देर के लिए, छिद्‌दा तथा ननकू की पत्नियों ने उन्हें जो राहत प्रदान की थी उसने गहन-गंभीर चर्चा के लिए माहौल तैयार कर दिया था। मसखरा रौतास लेकिन अपनी हँसी न रोक पा रहा था।

"हा...हा...हो...हो..., ताऊ, देख ल्यो, यू है थारो मुहल्लौ। अगली बिरियाँ गूजरन सू मुठभेड़ होवै तो ऐसी ही चार-पाँच लुगाईन की फौज उनके सामैंई कर दीजों, साळे ऐसौ मैदान छोड़ कर भागेंगे कि... ।"

ताऊ मुथरा भी बहुत कठिनाई से अपनी हँसी को रोककर अपनी बुजुर्गियत को सँभाले थे लेकिन अंततः उसने भी एक लंबा ठहाका लगाकर कहा, "गूजरों को छोड़ो और चार-छह ऐसी ही लुगाई अपने मुहल्ले में हो गईं तो, बेटा, सबसे पहले तो हमें यह मुहल्ला छोड़कर भागना होगा।"

जिस एक प्रसंग के कारण मुहल्ले-भर का हँसी के मारे बुरा हाल था तथा मुथरा जैसा धीर-गंभीर व्यक्ति भी हो...हो...हो करके, ठहाके मारके हँस रहा था उसमें छिद्‌दा और ननकू की पत्नियाँ गुत्थमगुत्था तो हो ही रही थीं तथा किसी अच्छे-भले पहलवानी दंगल का दृश्य प्रस्तुत कर रही थीं जो अपने आप में हँसी का कारण था, लेकिन अधिक हास्य का कारण यह था—

ननकू की पत्नी अगहनिया छिद्‌दा की पत्नी लखेन्द्री को नीचे गिरा उसकी छाती पर बैठी उसकी चोटी को खींच रही थी तथा नीचे दबी लखेन्द्री चीख-चीखकर अगहनिया के अगले पिछलों की शान में कसीदे तो काढ़ ही रही थी साथ ही उसे चेतावनी भी दे रही थी अपनी मेरठी बोली में—"दिखिये, अगहनिया...खसमखानी...दिखिये...कीड़े पड़ेंगे ते...। दिखिये, मेरा आदमी ऐसी नौकरी पै हैगा, कि फाँसी पै चढ़ता होवै कोई तै चढ़ते-चढ़ते नै तार देवै अर कोई उतर रया होवै तै उन्नै फाँसी पै चढ़ा देवै। आण दे अपने यार नै छुट्टी पै अब की बेर, ना तेरी..." इत्यादि इत्यादि। पूरे गाँव में अकेली

छिद्दा की पत्नी ही थी जो पूरब से ब्याह कर न आई थी, अपवाद सी मेरठ से लगते गाँव हसनपुर की थी इसलिए दरियापुर की लट्ठमार बोली भी उसकी विचित्र सी लगती 'भालामार' बोली के सामने गुड़ की डली जैसी लगती थी—'दिखिये...कीजे...करिये... बोल्ली...आड़े आज्जा...'

उसका वह घरवाला, जिसकी अपार, उग्र एवं खतरनाक शक्तियों की जो धमकी वह अगहनिया को दे रही थी कि 'उतरते आदमी को तो चढ़ा दे फाँसी पर और फाँसी चढ़ते को उतार दे', वह छिद्दा, पाँचवीं कक्षा तक पढ़ा-लिखा महाज्ञानी है तथा, बस, यही कोई वर्ष-भर पूर्व दिल्ली के एक सरकारी प्राइमरी स्कूल में चौकीदार की नौकरी पर तैनात हुआ था। इसमें संदेह की पूरी संभावनाएँ थीं कि छिद्दा को स्वयं अपनी इन अपार शक्तियों का कोई ज्ञान नहीं था। छिद्दा बेचारा तो उस प्राइमरी स्कूल में फटी जूती, कमीज और पजामे में दो हाथ का एक डंडा लिए दिन भर तो कुत्तों को भगाता रहता है तथा रात में अपने हाथ से स्कूल के ही किसी कोने में रोटी-दाल बना-खा सो रहता है। अपनी अपार शक्तियों का ज्ञान यदि उसे हो जाय तो संभावना इसी की अधिक है कि उनका प्रयोग वह सबसे पहले अपनी इस खूँखार पत्नी पर ही करेगा।

खैर, हुक्का-पानी से लैस होकर, मूँछों पर हाथ फिराते पंच जब चारपाइयों पर जमकर बैठ गए तब मुथरा ने गला साफ करते हुए पंचायत को संबोधित करते हुए कहा—"पंचो, केवल दो बिंदुओं पर हम बात करेंगे। मेरा निवेदन है सब भाइयों से कि इन दो बिंदुओं के सिवाय और किसी मुद्दे को उठाकर समय न बर्बाद किया जाए। आप सब इस पर सहमत हैं तो मैं वे मुद्दे आपके सामने रखूँ।"

सबने हाथ उठाकर सहमति प्रकट कर दी। क्षण-भर पहले जो छिद्दा की पत्नी के कारण परिहास का वातावरण बन गया था, मुथरा की दो पंक्तियों ने उसे गहन-गंभीर करने में बस पल-भर ही लगाया। सभी के मुख पर चिंता, दुख, विषाद तथा क्रोध की रेखाएं छप गईं। सब जानते थे कि मुथरा के प्रस्तुत किए जाने वाले दो बिंदु कौन से होंगे। उन दो बिंदुओं से कौन सी नई मुसीबतें उपजेंगी, बस, इतनी-भर गोपनीयता बची थी तथा उसी का उजागर होना शेष था। ततैया के छत्ते में हाथ डालकर जितना-भर डंक खाना था, खा चुके थे तथा उसके दर्द से कराहते अब यह सोचना तथा तय करना था कि आगामी दंशों से बचते हुए किस प्रकार इस छत्ते को तहस-नहस यदि न भी किया जा सके तो कैसे 'नाथा' जाए। अथवा ततैया-रूपी इन आततायी गूजरों को कैसे यह बताया जाए कि सहअस्तित्व, उनके लिए भी कल्याणकारी है।

मुथरा ने और एक बार गला साफ करते हुए कहा—"पंचो, पहला मुद्दा तो यह है कि घर में छुपे रहने के बदले हमें ही आगे बढ़कर अगला कदम उठाना होगा। कुआँ के स्वामित्व के झगड़े में हम देख चुके हैं कि किस प्रकार गूजरों ने हमारे कुआँ पर रातों-रात

कब्जा किया था। हम उसके विरोध में पुलिस में गये लेकिन किसी ने हमारी बात नहीं सुनी। हम आगे बढ़कर कचहरी में गये और अदालत ने हमारी सुनी। हमें कुआँ के प्रयोग की अनुमति दी। गूजरों का जबरन कब्जा उसके ऊपर से हटाया। लेकिन कुआँ के ऊपर हमारा पुनः प्रयोग तथा गूजरों का कब्जा हटना दोनो ही अस्थाई हैं, अदालत के अंतिम आदेश तक। गरीब तथा अनपढ़-गँवार होकर भी हम आसानी से समझ गए हैं कि अदालत जाकर लड़ना अधिक सुरक्षित और सहज है। गूजर भी अदालत की शक्ति को समझ गये हैं। गूजर यह भी समझ गये हैं कि जाटव अब अदालत जाने से नहीं हिचकेंगे। पुलिस में जाने से भी नहीं हिचकेंगे इसे भी वे समझ गए हैं। दादरी की पुलिस भी समझ गई है कि दरियापुर के जाटव अदालत तक जा सकते हैं। बस, हम भी वही करेंगे जो गूजरों ने किया है। बोलो भाइयो, आप सब साथ हैं?''

इसकी किसी को उम्मीद नहीं थी, किसी की समझ में भी नहीं आया कि ताऊ मुथरा कहना क्या चाह रहा था। डल्लू कबीरपंथी के समान कबीर की उलटबांसियों में बातें करने की आदत भी मुथरा को नहीं थी, लेकिन जो अभी उसने कहा वह कबीर की उलटबांसी से भी दुरूह दिख रहा था। गूजरों के विरुद्ध आगे बढ़कर जाटव भला क्या कर सकते थे? उनके आक्रमण के विरुद्ध अवश्य एकजुट हो प्रतिआक्रमण कर सकते थे। कर भी चुके थे। ताऊ मुथरा के द्वारा संभावित और सुझाए जा रहे मुद्दे में दूर से ही उन्हें और एक बार सिर पर तवा बाँधकर लड़-मरने की बू अवश्य आ रही थी। इसे सोचकर कच्चे दिलवाले जाटव मन ही मन काँपने लगे।

''तो, पंचो क्या मैं आगे कहूँ?''

सब जानते थे कि सर्वप्रथम तो मुथरा को अविवाद्य तथा असीमित अधिकार सर्वसम्मति से उन्होंने ही गूजरों से लड़ने के लिए दिये हैं, दूसरे यह भी सच है कि सहमति में मुंडी हिलाने के सिवाय अन्य कोई रास्ता भी नहीं बचा है अब। सो, सबने हाथ उठाकर सहमति प्रकट कर दी। पंचायत में पूर्ण नीरवता का घनघोर सन्नाटा छा गया, बस, मसखरा रौतास अपना सिर खुजा रहा था, लेकिन जानता था कि आज की इस पंचायत में उसके मसखरेपन की कत्तई गुंजाइश न थी सो सिर खुजाने के अलावा अन्य कुछ किया भी नहीं जा सकता था।

''जटवाड़े का जन-बच्चा जंगल-पानी के लिए महीना-भर से भी अधिक समय से आधाकोस दूर मुकन्ना के किनारे जा रहा है.'' मुथरा ने कहा।

सब पंचों ने मुंडी हिलाई।

''पंचो मेरा पहला मुद्दा और आदेश यह है कि अब हम मुकन्ना के किनारे जंगल पानी के लिए नहीं जाएँगे।''

"तब, कहाँ जाएँगे?" लगभग सभी ने मुंडी ऊपर उठा कर पूछा।

''गूजरों के खेतों में जाएँगे हम।'' मुथरा ने अपना बम फोड़ते हुए कहा।

आश्चर्य से सभी की आंखें फट गईं।

''गूजर लाठी-बल्लम लेकर खेतों की रखवाली करेंगे, कर चुके हैं भूत में, तब?'' बीसियों मुखों से एक साथ ही निकला।

''हम भी लाठी-बल्लम लेकर जंगल-पानी को जाएँगे।''

''खून-खराबा होगा!''

''होगा, अवश्य होगा। बिना इसके भी हो चुका है।''

''दरोगा-पुलिस आयेंगे।''

''यही मैं चाहता हूँ, कोर्ट-कचहरी भी होगी—यही मैं चाहता हूँ। आइए, यह भी तो देख लें कि इस विषय में कचहरी क्या कहती है? कुआँ पर जबरन कब्जे में कचहरी ने यह सोचकर ही तो फैसला दिया है कि पानी आदमी की मूलभूत आवश्यकता है तथा इसे केवल इतने भर पर अवरोधित नहीं किया जा सकता कि उस पर आधिपत्य किसका है। सो, इस पर भी अदालत ही फैसला दे कि जिंदा रहने के लिए जिस प्रकार प्रतिदिन भोजन अनिवार्य है तथा संविधान के अनुसार जीने का अधिकार प्रत्येक देशवासी को है, उसी प्रकार इसे भी अदालत ही तय करे कि हम लोग शौच के लिए कहाँ जाएँ।''

आश्चर्य के मारे पंचों की आँखें फटी की फटी रह गईं। आज तक किसी ने न ऐसा कभी सुना था न देखा था।

मसखरे रौतास ने पूछ ही लिया—''ताऊ, हमने तो आज तक कभी ऐसी बात नहीं सुनी!''

''रौतास बेटा, जो गूजरों ने हमें अपने खेतों में जंगल-पानी जाने से रोका वह भी तो तुमने पहले न तो सुना था और न ही देखा था। जो कुछ मैं सुझा रहा हूँ वे सब बातें सिर पर आ पड़ने से सब सूझ जाती हैं, आश्चर्य से मुँह फाड़े मेरी ओर देखते रहने के बदले में आगे बात करने की आवश्यकता है।''

''गूजर कोर्ट-कचहरी करेंगे?''

''अवश्य करेंगे। न करेंगे तो हम उन्हें उकसाएँगे करने के लिए.''

''गूजरों ने हमें गाँव की गलियों में चलने से भी रोक दिया तो?''

''इतनी अकल उनमें है कि किस हद तक अनीति की जाए।''

''और वह दूसरा मुद्दा?''

''इस पहले पर तो मोहर लगाओ।''

सभी ने हाँ में सिर हिलाकर सहमति की मोहर लगा दी।

''और वह दूसरा मुद्दा?'' हरकिसन ने पुनः वही बात उछाली।

ताऊ मुथरा ने उन्हें और अधिक दुस्साहस के लिए तैयार करने का इरादा तर्क करते हुए कहा—''पंचो, हमने इतना भी कर लिया तो किला फतह समझो। हाँ, इससे हमारा काम न बना तो दूसरा मुद्दा भी आपके सामने प्रस्तुत करूँगा। आओ, अब इस

पर बात कर लें कि जिस पर हम अभी सहमत हुए हैं, उसे किया कैसे जाए?"

"ताऊ, आप तो बस, आदेश करो जी।" लगभग सभी ने कहा।

तय किया गया कि कल सवेरे से मुहल्ले से लगते आठ-दस खेतों को मुहल्ले के नौजवान लाठी-बल्लम लेकर घेर कर सुरक्षित रखेंगे जिससे सवेरे के चार बजे से लेकर पाँच बजे तक मुहल्ले की महिलाएँ जंगल-पानी से निवृत्त हों। अवश्य, थोड़ी बहुत असहजता मर्दों की उपस्थिति में स्त्रियाँ महसूस करेंगी, सो होने दो। अपने-अपने घर जाकर इसे औरतों को समझाओ। छह बजे से सात बजे तक मर्द जंगल-पानी को जाएँ। कोई बीस नौजवानों का एक दस्ता लाठी-बल्लम के साथ मर्दों की भी रक्षा करे। चारों मुहल्ले अपने-अपने नौजवानों के दस्ते तैयार करें। जंगल-पानी भी अपने-अपने मुहल्ले के समूह में जाएँ। कल से जो कोई भी लाठी-बल्लम की सुरक्षा से बाहर मुकन्ना के किनारे जंगल-पानी को जाए उस पर दंड रखा जाए।"

"और वह दूसरा मुद्‌दा?" मसखरे रौतास ने पूछा जिसे अपने लिए इस विमर्श में कुछ हासिल न हुआ था.

ताऊ मुथरा जानता था कि यह बावला मसखरा उसे यों सस्ते में छोड़ने वाला न था साथ ही उसे अन्य एक बहुत ही महत्त्वपूर्ण बात याद हो आई, सो, उसी पर चर्चा कर लेना ठीक समझते हुए कहा—"पंचो और एक बात मैं पंचायत के सामने रखना चाहता हूँ, जो वैसे तो बहुत मामूली है क्योंकि हर समाज में ऐसे लोग होते ही हैं जिनका इधर की उधर लगाये बिना भोजन नहीं पचता है लेकिन हमारे मुहल्ले में ऐसा कोई हो वह दुख की बात है क्योंकि हम तो अपनी इज्जत और अस्मिता की लड़ाई लड़ रहे हैं।"

"कौन है वह और किसके साथ 'मिस्कोट' (गुप्त मंत्रणा) करता है वह?"

"अब, यह तो नहीं ज्ञात, लेकिन इतना समझ लो कि जटवाड़े की एक-एक बात गूजरों तक पहुँच रही है। मैं तुमसे शर्त बदकर कह सकता हूँ कि आज की इस पंचायत की भी हर बात उन तक बस रात होते न होते पहुँच जाएगी."

"अजी ताऊ, पहुँचा दैन देओ सुसरे है। जब गूजरन सू गुत्थमगुत्था कर लई है तो ऐसे सू कहा डरनौ!" कहते हुए रौतास ने अंततः अपनी भड़ास निकाल ही ली।

दोनों की ही बात सुनकर करनसिंग अपराधबोध सा अनुभव कर मन ही मन अपने को लानतें भेजने लगा। मन ही मन उसने तय किया कि अब आगे से मुहल्ले की एक भी बात गूजरों को न बताकर अवश्य वह अपने पाप धोएगा।

किसी ने लेकिन उसका अपराधबोध से ग्रस्त चेहरा न देखा। सब अपने-अपने तरीके से उस अपराधी का अनुमान लगाने में व्यस्त थे।

आज की पंचायत में विमर्श करते संध्या हो गई थी, रात झुक आने को हो रही थी इसलिए 'राम राम जी' कहते हुए लोग विदा लेने लगे जिस पर जयचंद ने अलग से और चिल्लाकर सबको नमस्ते कही। अपने-अपने घरों को जाते हुए छोटे समूहों में अगले कदम की चर्चा करते हुए लोगों ने प्रस्थान किया।

करनसिंग ने घर पहुँचकर थोड़ी प्रतीक्षा की कि अंधेरा तनिक ठीक से उतर आए। हल्का-सा अंधेरा होते ही वह गूजरों के गढ़पुरियामुहल्ले में चंदा गूजर को आज की इस पंचायत की सूचना देने निकल गया। इस सूचना के बदले में आज वह पूरे बीस रुपये और अंग्रेजी की एक बोतल चंदा से माँगेगा। जाटव स्वयं से आगे बढ़कर गूजरों से सींग भिड़ाने की योजना बना रहे हैं, यह कोई छोटी-मोटी सूचना न थी. अभी तक तो केवल चार-पाँच रुपया में ही वह यहाँ की वहाँ खबर पहुँचाता रहा था लेकिन इस बार की सूचना विशेष है इसलिए पुरस्कार भी विशेष होना ही चाहिए। रास्ते-भर वह इस सोच-विचार में गुम रहा कि इस विशेष सूचना के बदले में बीस रुपया पर्याप्त रहेंगे या उसे अपनी माँग कुछ बढ़ा देनी चाहिए। अंततः उसने बीस पर ही संतुष्ट रहना ठीक समझा। गूजरों का कोई भरोसा नहीं किया जा सकता इसे वह खूब जानता है।

22

दरियापुर गाँव के चारों जाटव मुहल्लों में अगले दिन सवेरा बहुत ही विचित्र प्रकार से हुआ. सवेरे के चार बजे का भी इंतजार न करके जाटव युवा तीन बजते न बजते बणी के खेतों से लगते चार-पाँच खेतों को लाठी-बल्लमों से घेर कर खड़े हो गए। असहज अनुभव करती स्त्रियाँ जंगल-पानी के लिए घरों से निकलने का नाम न ले रही थीं। जब सुबह के पाँच भी बज गये और स्त्रियों में कोई हलचल न हुई तब बड़े-बूढ़ों ने घर-घर जाकर स्वयं शर्माते-हकलाते, आवाज लगाई—''अरी लाली, जंगल-पानी हो आओ, तावळी-तावळी (शीघ्र)।'' स्त्रियाँ सुरक्षित किए गये खेतों में पहुँच भी गईं लेकिन दूर खड़े मर्दों को देखकर बैठा ही न जाए।

उस दिन सुबह-सवेरे का आश्चर्य स्त्रियों का जंगल-पानी के लिए न निकल पाना नहीं था। आश्चर्य यह था कि जाटवों द्वारा खुले आम गूजरों के आदेश की अवहेलना पर गूजरों ने न तो कुछ प्रतिक्रिया प्रकट की और न ही उनके लठैत उन्हें रोकने खेतों में पहुँचे। उससे एक दिन पहले तक प्रतिदिन उनके लठैत खेतों में पहरा देते थे। जाटव मारे आश्चर्य के एक-दूसरे का मुँह देख रहे थे। किसी की कुछ समझ में ही नहीं आ रहा था, लेकिन कुआँ पर अदालत द्वारा कब्जा छोड़ने के आदेश पर जिस प्रकार गूजरों ने बिना विरोध के कब्जा छोड़ कर अगले दिन अपने लठैत खेतों पर लगाये थे उसे वे देख चुके थे इसलिए सबका एक मत से यही विचार था कि कुछ गंभीर दलनचक्र अभी गूजरों द्वारा और होना बाकी बाकी था। क्या और कब, बस यही सामने आना शेष था।

अगले दिन भी जाटवों ने व्यर्थ ही अपने लठैत खेतों की पहरेदारी पर लगाए। उसके अगले दिन भी और उसके भी अगले दिन। न गूजर न गूजरबच्चा! यह अचानक क्या हो गया था गूजरों को? लंगड़ उतार फेंका था उन्होंने? आगे बढ़कर सींग लड़ाने

की ताऊ मुथरा की योजना विफल हो गई यहाँ तक तो ठीक था लेकिन गूजरों की अपनी आगे की क्या योजना थी वह समझ न आ रही थी। इस गतिभंग पर जाटव आश्चर्यचकित थे।

जाटव लेकिन नहीं जानते थे कि गूजरों के मुहल्ले में भी उस रात जाटवों की पंचायत के तुरंत बाद एक पंचायत हुई थी। गूजर बहुत तेजी से अक्लमंद होते जा रहे थे। उनकी उस पंचायत में इसी पर विमर्श हुआ था। गूजरों के द्वारा उनके खेतों में जाटवों का मजदूरी-बहिष्कार से जितना नुकसान जाटवों को हो रहा था उससे दसियों गुना गूजरों को हो रहा था। अपने घरों से बाहर न निकलने वाली गूजरियों पर खेतों में खटने की बेगारी आकर पड़ी तो वे विद्रोह करने पर आमादा थीं। खड़ी फसल बर्बाद होने जा रही थी। इन हालात में जाटवों से कहीं अधिक उनमें भुखमरी फैलने के आसार अधिक थे। कोई बहुत बड़े जमींदार-जागीरदार न थे वे भी। अच्छी तरह जान गये थे कि व्यर्थ की हेकड़ी में दोनों के बेहोश होने के आसार अधिक थे। लेकिन सभी गूजरों की सोच एक जैसी न थी। बिना किसी दृश्यप्रस्ताव के अनदेखे-अनकहे ही गूजरों के एक वर्ग ने फैसला ले लिया कि चमारों को कैसे अंतिम एक झटका दिया जाए कि वे हमेशा के लिए समझ जाएँ कि चमार प्रजा हैं और गूजर राजा।

इधर जाटवों ने खेतों पर लठैतों की इस व्यर्थ पहरेदारी को चार दिन बाद उठा दिया।

23

जाटवों की जवान बहू-बेटियाँ गाँव में न थी। केवल बूढ़ी तथा बुढ़ापे को छूती स्त्रियाँ ही जाटव मुहल्ले में रह गई थीं। काम के नाम पर उनके पास बस ढोर-डंगरों के लिए मुकन्ना के किनारे से घास उखाड़ लाना, ढकिया जंगल से घास-फूस उखाड़ लाना बचा था। बाकी बचा दिन वे एक-दूसरे की तारीफ करने पर प्रारंभ करतीं और संध्या होते न होते एक-दूसरे की चोटी खींचने, एक-दूसरे के अगले-पिछलों की शान में गंदी से भी गंदी गालियाँ निकालकर उनका क्रियाकर्म करने में गुजारती थीं। अब न गूजरों के खेतों में मजदूरी थी और न घरों में बहुएँ थीं। दिन कैसे कटे, सुबह चारपाई से उठते ही यह प्रश्न उनके सामने आकर खड़ा हो जाता था। मुहल्ले-भर की बहुओं की उनकी अनुपस्थिति में बुराई करके वे न केवल थक चुकी थीं, बल्कि बोर हो चुकी थीं। घर में काम भी कुछ विशेष न बचा था। इस बोरियत से बचने के लिए, कई स्त्रियाँ जो बुढ़ापे की सीमा को बस छूने को थीं घर में ढोर-डंगर न होते हुए भी, केवल समय काटने को अन्य उन स्त्रियों के साथ ढकिया जंगल में चली जाती थीं, जिन्हें प्रतिदिन चारे का जुगाड़ पशुओं के लिए करना होता था। गंगाराम की पत्नी जो वैसे तो चालीस वर्ष की थी लेकिन अपने आप को बुढ़ियाओं में गिनाने में उसे विशेष आनंद आता था। उसकी बातें, कार्य-कलाप सब बुढ़ियाओं जैसा ही था। बेहद कम उम्र में शादी होने के कारण तीन बेटों तथा एक बेटी की माँ थी तथा सबसे बड़े बेटे की उम्र तेईस बरस थी और उसके अपने बेटे की उम्र चार बरस थी। केवल सत्तरह बरस की कम उम्र में माँ बन गई थी रामबती, लेकिन उन दिनों तो लगभग सभी लड़कियां इसी उम्र में माँ बन जाती थीं। इन हालात में देखा जाए तो गंगाराम की पत्नी रामबती ठीक ही बूढ़ी महसूस करती थी। जिसके अपने बेटे-बेटी जवान हों, शादी-शुदा हों, एक पौत्र भी हो उसे तो बूढ़ा होना ही चाहिए। तन से बूढ़ी न भी हो मन से बूढ़ी हो जाना चाहिए।

गंगाराम ने पिछले कोई चार-पाँच बरस से मुहल्ले में दर्जी का काम शुरू कर लिया था। गूजरों के खेतों में न तो वह और न उसकी पत्नी मजदूरी करती थी। गंगाराम के बेटे-बहू अवश्य यह कार्य करते थे। दो बेटे ऐसे नालायक निकले कि दर्जी का काम सीखने में कोई रूचि न दिखाई। थक-हार कर गंगाराम नै दोनों बेटों को कहा—'मरो, सुसरो गूजरों की गुलामी में ही जाकर।' बस उसके बाद से गंगाराम की अपने बेटों से बोलचाल न थी। गंगाराम लखपति-करोड़पति होता तो कहा जाता—'पिता ने बेटों को अपनी जमीन-जायदाद, संपत्ति से बेदखल कर दिया था।' लेकिन वह बेचारा गरीब जाटव दर्जी था इसलिए इतना भर कहकर उसने वही बेदखली वाली बात कर दी थी. रामबती पति और बेटों के बीच में पुल बनी कभी-कभार थोड़ी-बहुत बोलचाल करा देती थी। चार बरस का पोता भी पिता-पुत्रों में थोड़ा-बहुत जुड़ाव का कारण यदा-कदा बनता रहता था। रामबती का तीसरा बेटा अभी छोटा था—बारह बरस का तथा बेटी पंदरह बरस की। इस प्रकार रामबती को बूढ़ी होना ही था। रामबती हर कोशिश करके बूढ़ी होती जा रही थी।

रामबती की पड़ोसन बलदेई जो सचमुच की बूढ़ी थी, बीमार हो गई थी। उसे कई दिनों से हल्का-हल्का बुखार था लेकिन अपनी भैंस के लिए चारे का इंतजाम करने के लिए उसे मुकन्ना और ढकिया के जंगल के बीच घास उखाड़ते हुए भटकना ही पड़ता था। रामबती ने माथे पर हाथ रखकर देखा, गर्म तवे जैसा तप रहा था माथा। बलदेई जब अपना खुरपा थामे जाने के लिए खड़ी हुई तो चक्कर आ गया उसे। रामबती ने बलदेई को बड़ी मिन्नत के साथ मनाया कि आज वह चुपचाप खाट पर पड़ी रहे, भैंस के लिए घास वह लाकर दे देगी।

इसे रामबती का दुर्भाग्य न कहा जाए तो क्या कहा जाय कि बलदेई को उसी दिन बीमार पड़ना था, गूजरों के एक वर्ग ने भी उसी दिन यह तय करना था कि चमारों को एक अंतिम संदेश और सबक देने की आवश्यकता है, जाटव मुहल्ले की अन्य स्त्रियों को भी उसी दिन ढकिया के जंगल में न जाकर मुकन्ना के पश्चिमी छोर पर के विशाल घास के मैदान से घास निकालना था।

गाँव के दक्षिण कोने पर कोई कोस भर दूर है यह ढ़किया वाला जंगल। उसके चारों ओर हरियाले खेत हैं गूजरों के और उनके मध्य में कोई पाँच सौ गज गुणा पाँच सौ गज का द्वीप जैसा—टापू जैसा खजूर के घने जंगल का क्षेत्र जिसमें ढाक वृक्षों की भी भरमार है, दूब घास के साथ-साथ कांस घास के कंधों से भी ऊँचे-ऊँचे पैबंद। इस जंगल के कई हिस्सों में दिन में भी अँधेरा जैसा भास होता है।

दुर्भाग्य की मारी रामबती उसी ढकिया वाले जंगल में घास निकालने पहुँच गई थी। चार-पाँच गूजर लड़के वहीं प्रतीक्षा कर रहे थे अपने शिकार का। बेचारी रामबती।

जो रामबती अपने आपको बुढ़िया दिखाने के न जाने कितने प्रयत्न करती थी,

जिसके अपने जवान बेटे थे, जिस रामबती का अपना चार बरस का पौत्र था, जिस रामबती का पूरा जाटव मुहल्ला सम्मान करता था वही रामबती बुढ़ापे में गूजरों के सत्तरह-अठारह बरस के लड़कों के हाथों इज्जत गँवाकर रोती-चिल्लाती, भागती हुई जाटव मुहल्ले में आ रही थी। उसके रोने, चीखने, चिल्लाने में गालियाँ तो थीं लेकिन वह उससे न कहा जा रहा था जो उसके साथ हो गया था। कैसे कहे उस त्रासदी को, किन शब्दों में कहे। जवान बेटों की माँ से, चार बरस के पोते की दादी से कहा नहीं जा रहा था। क्या इसके बाद अपने बेटों-बहू और उससे भी बढ़कर अपनी पंदरह बरस की बेटी से आँख मिला पाएगी वह।

गाँव समीप आते ही रामबती ने रोना बंद कर दिया। आँखें जो आँसुओं से भरी थीं उन्हें पल्लू से पोंछ लिया।

बलदेई अभी भी बहुत तेज़ बुखार में तप रही थी। लेकिन उम्र में उससे काफी बड़ी होकर भी वही उसकी सबसे निकटतम और प्रिय सखी थी। रामबती ने बलदेई को सब कुछ ज्यों का त्यों पूरा हादसा बता दिया। बलदेई ने उसे सलाह दी कि इस समय जब जाटव और गूजर पहले ही मर-कट रहे हैं, चुप रहना ही ठीक रहेगा।

बलदेई से सहमत होकर रामबती अपने घर आ गई। उसे अपना बूढ़ा शरीर बहुत गंदा महसूस हो रहा था। सोचा स्नान करे। लेकिन उसने अपना इरादा तर्क कर दिया। उसके बड़े बेटे के घर और उसके अपने घर के मध्य केवल चार हाथ ऊँची मिट्टी-गारे की दीवार है, उसी के उस ओर से उसके प्रिय पोते के खिलखिलाने की आवाज़ आ रही थी। रामबती की बहू उसे किसी बात पर डाँट रही थी और वह खिलखिलाकर हँस रहा था।

घर में अन्य कोई न था। पति गंगाराम बिलौटा मुहल्ले में अपनी दर्जी की दुकान में था। डोल (कुआँ से पानी भरने के लिए प्रयुक्त लोहे की बाल्टी) में बँधी रस्सी साँप जैसी कुंडली मारे आँगन में पड़ी थी। कोठे में गर्मियों में रजाई टाँगने के लिए छत में लोहे का कुंडा था।

24

गंगाराम पूरे दिन अपनी सिलाई मशीन पर कपड़े सिल कर ढ़ेर लगाता रहा। बलदेई गर्म तवे-सी तपती बुखार में अंट-शंट बड़बड़ाती रही। पड़ोस में बहू अपने बेटे की शरारतों पर खीजती-रीझती रही। बूढ़े और युवा जाटव गूजरों से दो-दो हाथ करने के नये मंसूबे बनाते रहे। गूजरों के मुहल्ले में कुछ गूजर जाटवों की प्रतिक्रिया की प्रतीक्षा में कान चमारों के मुहल्ले की ओर लगाए बैठे रहे। और रामबती की लाश पूरे दिन उसकी छत के कुंडे से लटकी रही।

रात झुक आने पर भी जब रामबती के घर में कोई हलचल न दिखी तब उसकी बहू ने आकर देखा।

रामबती की लाश को पुलिस के आने तक नीचे न उतारने की सलाह बुजुर्ग मुथरा ने दी। रातों-रात संदेशवाहक रामबती के भाइयों, गंगाराम के रिश्तेदारों को सूचना देने दौड़ाये गये।

भागे-भागे गये कई जटवाड़ेवासी और पुलिस में रिपोर्ट दर्ज कराई। इस बार दरोगा कई सिपाहियों को लेकर तुरंत हाजिर हो गया, किसी षड्यंत्र की बू भाँपता हुआ लेकिन आत्महत्या पाकर चुप रह गया। मुहल्लेवालों ने बहुत मिन्नत की कि लाश की चीर-फाड़ करके दुर्गति न की जाए लेकिन दरोगा न माना। इस प्रकार रामबती की लाश उसी समय सिकंदराबाद को रवाना कर दी गई। मुहल्ले के रामपाल ने नया-नया घोड़ेतागे का धंधा शुरू किया था, उसने अपने ताँगे को प्रस्तुत कर दिया थानेदार के सामने जिससे लाश सिकंदराबाद ले जाकर शीघ्रातिशीघ्र वहाँ से लाई जा सके।

सिकंदराबाद से रामबती की लाश दोपहर बाद आई तो मुहल्ले भर में सन्नाटा छा

गया। उसके पश्चात् रोआंराट मच गया। रामबती के बेटे-बेटी माँ की लाश से चिपट कर रोते-रोते बेहोश होने लगे। बलदेई पड़ोस के घर में उठते रोआंराट को बुखार की अधिकता में समझ ही न पा रही थी।

रात हो गई थी, इसलिए भी तथा रामबती के दोनों भाई अभी तक पहुँचे नहीं थे इसलिए भी, अंतिम संस्कार अगले दिन के लिए टाल दिया गया। भीषण गर्मी का मौसम होने के कारण लाश में से बदबू आने लगी थी तथा ज्यादा देर तक कोई टिक नहीं पा रहा था। गंगाराम पूरी रात भर पत्नी का हाथ अपने हाथ में थामे बैठा रहा। बड़े-बूढ़ों ने बहुतेरा समझाया कि मुर्दा शरीर को इस प्रकार रात-भर थाम कर नहीं बैठा जाता है। लेकिन गंगाराम बुत बना अनसुनी करके अपनी मृत रामबती का हाथ थामे रहा। ऊपरी तौर पर मुहल्ले की औरतों ने भी खूब एतराज़ किया कि स्त्री मृत शरीर के पास केवल स्त्रियाँ ही बैठ सकती हैं लेकिन पथराई आँखों से वह केवल रामबती को ही देखता रहा। उसने रामबती का हाथ तभी छोड़ा जब स्त्रियाँ रामबती को स्नान कराने लगीं।

दूसरे दिन सुबह होते ही रामबती को श्मशान के लिए सजा दिया तब तक भी बलदेई बुखार की बेहोशी में बड़बड़ाती रही।

लोग अंतिम संस्कार करके लौट आये।

25

रामबती को मरे कोई दस दिन हो गये। चंदा गूजर ने जटवाड़े में खबर भिजवायी कि गूजरों-जाटवों की एक संयुक्त पंचायत बैठाने का इरादा गूजरों ने सर्वसम्मति से किया है। मुथरा ने सुनते ही इसे खारिज कर दिया। गूजरों की ओर से पुनः बुलावा आया जिस पर जटवाड़े में अपनी एक पंचायत जुटी। अधिकांश का मत था कि गूजरों की बात को मान लिया जाए। ताऊ मुथरा लेकिन अपनी बात पर अड़ा रहा कि गूजरों से केवल कोर्ट-कचहरी में ही बात की जाए। मुथरा ने बहुतेरा समझाने का प्रयत्न किया कि गूजर विश्वास के योग्य नहीं हैं। जटवाड़े के दो-चार को छोड़कर अन्य सभी ने, उस मुथरा को जिसको उन्होंने ही असीमित शक्तियाँ दी थीं की अवहेलना करके, गूजरों का प्रस्ताव स्वीकार कर लिया।

चंदा गूजर के घेर में विशाल पंचायत जुटी। जो कुछ तय करना था, गूजरों ने ही तय कर दिया। तय किया गया कि दोनों ओर से दायर किए गए मुकदमे, पुलिस केस वापस लिए जाएँ। जाटवों का खेतों में मजदूरी का बहिष्कार समाप्त किया जाता है। जाटवों का कुआँ जाटवों का ही है, उन्हीं का रहेगा, इसमें कोई शक की गुंजाइश नहीं है। किसी जाटव को जबरन गूजरों के खेतों में मजदूरी के लिए मजबूर नहीं किया जाएगा।

दरियापुर के जाटवों का विद्रोह लेकिन फिर सुलगेगा। भूमिकाएँ धीरे-धीरे बदलने लगी हैं। अपने लिए नई भूमिका दरियापुर के जाटवों ने लिख ली है तथा उसकी तहरीर दरियापुर के गूजरों को थमा दी है। गूजर भी अब समझ गये हैं कि थमाई गई तहरीर की यह केवल पहली किश्त है। जाटवों का पढ़ा-लिखा लंढेर; 'लंढेर' अर्थात गाँव की

भाषा में उपहास, कटाक्ष और ताने मारने के लिए कहा जाता है, लुच्चे-लफंगे अवयस्कों को कभी-कभार स्नेहवश भी) तबका और एक नई तहरीर लिखने में तनिक सी भी देर अब न करेगा।

इस बार चाहे उसकी पूछ न हुई हो लेकिन ताऊ मुथरा पूर्णतः अप्रासंगिक नहीं हुआ है। ताऊ मुथरा को पूर्ण विश्वास है कि थमेगा नहीं विद्रोह। इस आग को चिनगारी नहीं बनने देना है कभी भी, इसे दावानल बनाना होगा।

26

बड़े भागोंवाली भागो

दरियापुर में गर्मी अब ढलान पर है। वर्षा की आहट बस आने को है। उमस भरे दिन और रातें हैं। कई-कई बार नहाने पर भी पसीने से राहत नहीं है। मच्छर, 'ईत' (मच्छर जैसा लेकिन अतिसूक्ष्म कीट) और घमौरियों ने जीना दूभर कर दिया है। ढोरों को 'डाँस' (घरेलू मक्खी से आकार में तीन गुना तथा केवल पशुओं को काटने वाला कीट) नहीं जीने दे रहे, पशु बेचारे उनके डंकों से बचने को पूँछ से पंखा झलते, पैर पटकते नृत्य जैसी भंगिमा में कूदफाँद करते समय काट रहे हैं। गर्मी की तपिश तो कम हो गई, लेकिन लगभग आधा गाँव मलेरिया, दस्त, मियादी बुखार से ग्रस्त है। बाकी का बचा आधा गाँव खुजली, फोड़े, फुंसी, कनफैड़े से त्रस्त हो गंधक और सरसों के तेल का लेप लपेटे खुजाता फिर रहा है। कोई घर ऐसा नहीं जिसका कोई सदस्य किसी न किसी बीमारी से खाट पर लंबा न पड़ा हो। एक बीमारी से उठे नहीं कि दूसरी बीमारी फिर खटिया पर पटक देती है। गाँव वालों को इसकी आदत है। यह भी एक वार्षिक समारोह जैसा ही है किंतु उत्सुकता से कोई इस की प्रतीक्षा नहीं करता है। इस मौसम में लोग बीमार होते ही हैं, स्वस्थ होते हैं, फिर बीमार होते हैं। कई मर-खप भी जाते हैं। बस, प्रति वर्ष इसी प्रकार यह मौसम गुजर जाता है, लेकिन तब तक गाँव का वजनआधा हो जाता है।

जहाँ मेरा घर है, ये मजदूर-गरीब जाटवों के मुहल्ले में स्थिति, महत्त्व और प्रतिष्ठा के लिहाज से मध्यवर्गीय जाटवों के घर हैं। माटी की ईंट के घर, दीवार, छत हैं जो बरस-भर में होली-दीवाली और अनिवार्यतः जेठ-आषाढ़ के महीनों में, इससे पूर्व कि भादों आकर अपना पानी का कुलाबा दुर्बल मकानों के ऊपर खुला छोड़े, 'मुकन्ना' की काली चिकनी मिट्टी के गारे और भूसे के मिश्रण से ल्हिसाई और फिर उसके ऊपर भैंस

के गोबर और लाल मिट्टी के गारे से लीपे जाते हैं, कि मिट्टी की कच्ची दीवारों और छतों को इतनी शक्ति दिलाई जा सके कि भादों महीने की दानवी वर्षा से लड़ सकें.

जेठ-आषाढ़ के इस वार्षिक आयोजन से मैं विशेष तौर से घबराता था, सोचने-भर से ही मेरी रूह फना होने लगती थी। दीवारों और छत के पहले पलस्तर के लिए आधाकोस दूर 'मुकन्ना' तालाब से चिकनी काली मिट्टी टोकरों में भर, सिर पर ढोकर लानी होती थी। चूंकि पूरा मुहल्ला ही क्या गाँव-भर कच्चे घरों का था इसलिए लिपाई-ल्हिसाई एक बृहद आयोजन की तरह होती थी। मुहल्ले-भर की स्त्रियाँ और हम जैसे 'अधभरिया' जो न जवान थे न बच्चे, सारा-सारा दिन इस कार्य में जुते रहते थे। स्त्रियाँ सिर पर गारा उठाए गीत गातीं, ठिठोलियाँ करती पूरे दिन शटल रेलगाड़ी सी इधर से उधर-उधर से इधर आती-जाती थीं। इस कृत्य में उनके पाँव के रमझोल समवेत स्वरों में बजते तो लगता जैसै अच्छी तरह रिहर्सल किया बैले नृत्य हो रहा हो।

गाँव के रिश्ते भी कई बार अजब होते हैं! यहाँ बिना रिश्ते के कोई जुड़ाव ही नहीं होता, हर कोई हर किसी का कुछ न कुछ अवश्य होता है। पचास वर्षीय भमनी जब दस वर्षीय को देवर जी कह कर पुकारती तो बहुत असहज लगता और उससे विकट तो तब हो जाता जब बीस बरस की नई नवेली बहू बारह वर्षीय को ससुर जी कहकर घूँघट निकालती। पूछने पर माँ ने एक बार बताया था कि कैसे हमारी 'सै' ऊँची है लेकिन कुछ पल्ले नहीं पड़ता था अपने। और तो और अपने भी कई सारे तीन-चार वर्षीय 'रैंट' सुड़कते चाचा थे। निश्चित ही यहाँ हमारी 'सै' नीची पड़ जाती थी।

यहाँ तक सब कुछ ठीक-ठाक था। लेकिन इन वार्षिक पर्वों से दहशत खाने की मेरी वजह दूसरी थी।

इन वार्षिक लिपाई-ल्हिसाई पर्वों के दौरान 'सै' और रिश्ते सब गड़बड़ा जाते थे। नई नवेली बहुएँ विशेष रूप से इस गड़बड़झाला का खूब फायदा उठातीं और ताजा-ताजा बचपन की कैद से छूटे ससुरों से इन दिनों देवर का रिश्ता रखना अधिक सुभीताजनक महसूस करती थीं और इस मामूली सी फेरबदल और छूट के बदले में हमसे अपने हिस्से की माटी की ढुलाई कराती थीं। यहाँ तक कि चाची-ताई तक अवसर मिलने पर हम 'अधभरियों' को गधों की तरह लादने में कोई संकोच नहीं करती थीं। अब हालात कुछ इस प्रकार के होते कि, क्योंकि गीली चिकनी माटी तालाब में घुसकर, घुटनों से भी ऊपर को आती कीचड़ में घुसकर निकालनी होती, सो सब के लिए माटी निकालने की बेगार तो हमें वैसे भी स्वीकार्य थी लेकिन उनके इस नये स्थापित रिश्ते के कारण, कई गधों के बोझ बराबर माटी उनके घर तक पहुँचाना भी हमारे जिम्मे आ पड़ता था। आधा कोस की दूरी मानो योजन-भर हो जाती, 'नाड़' (गर्दन) ऐंठ जाती बोझ तले, लेकिन गाँव की सुंदर-सलोनी बहुओं द्वारा पहली बार जवानीयत के अनुमोदन के छाये नशे के खुमार

में सब भुगत जाते थे। लेकिन यह गधों के बोझ बराबर माटीढोऊ पर्व कोई एक आध दिन की बात तो थी नहीं, पूरे महीने-भर इस पर्व को चलना होता था, इसलिए इस पर्व के चलते इसमें हमारे बाजुओं पर डौले उभर आते और पेट पिचक कर कमर से लग जाता था, वजन में आधे हो जाते थे। सावन के आते-आते यह वार्षिक पर्व अपने समापन को पहुँचता था.

नई नवेली बहुओं द्वारा जोड़े गए इस सरस रिश्ते के चलते, उनके सान्निध्य में उनके सुकोमल शरीरों से यदा-कदा की छुअन से पगलाए तथा गधों बराबर बोझ के तले त्रस्त हम 'अधभरिये' मन ही मन दो प्रार्थनाएँ एक साथ करते थे।

प्रथम–'काश! नई नवेली, सुकोमल बहुओं के साप्निध्य में जेठ-आषाढ़ का यह पर्व अनंत-अनवरत यूँ ही चलता रहे' तथा द्वितीय,–'गधों बराबर बोझ तले जो हमारी दुर्गति हो रही है उसका अंत शीघ्र करो हे अंतरयामी! सुनते हैं कि द्रौपदी ने जब गुहार लगाई थी तो कृष्ण अपना सब काम-धंधा त्यागकर सीधे उसका कष्ट हरने के लिए पहुँच गए थे, यहाँ मुहल्ले-भर की बहुओं के द्वारा जो हमारा अनवरत शोषण हो रहा है वह चीरहरण से कम कष्टदायी है क्या? प्रभो!'

हम अधभरियों की यह प्रार्थना लेकिन न कभी सुनी गई न फलीभूत हुई। हमारा और उसके पश्चात् आगे आने वाले अधभरियों का नई नवेली बहुओं द्वारा अनवरत यूँ ही शोषण होता रहा, जो तब जाकर छूटा जब गाँव के लगभग शतप्रतिशत घर पक्के हो गए तथा 'मुकन्ना' से मिट्टी निकालने, उससे घरों-दीवारों और छतों की लिपाई-ल्हिसाई की आवश्यकता ही न रही। लेकिन आज के अधभरिये सचमुच न जान पाएँगे कि वे क्या कुछ अमूल्य खो चुके हैं–''कहैं कबीर गूँगे की सैना, जिन जानी उन मानी'' इस गूँगे के गुड़ को जिसने खाया, केवल वही समझ पाया।

यह लेकिन रहे अभी। यह तो हर बरस का मेला है, और कहने को अभी बहुत संमय है।

27

दरियापुर गाँव में सावन का आवन हो चुका है, सो गली-मुहल्लों में जितने भी नीम के भारी-भरकम और युवा वृक्ष हैं उन पर झूले पड़ चुके हैं। खेतों में ज्वार, बाजरा, मक्का और चरी की बुवाई बस कोई माह-डेढ़ माह पूर्व की गई थी और अच्छी प्रकार जुताई, गुड़ाई और सिंचाई की गई धरती की छाती से कब अंकुर फूटे, कब सुकोमल सुकुमार से दिखते, अपने नन्हे-नन्हे सिरों को तनिक सी भी हवा के डोलने पर हिलाते कब इतने बड़े हो गए कि पूरा अंचल जहाँ तक दृष्टि जाए कामिनी की हरी चुनरिया सा फहराता-लहराता दिख पड़े, पता ही न चला। इस बीच बादलों-घटाओं की सवारी गाँठते वरुणदेव कभी-कभार इन खेतों में अपनी झारी से पानी उलीचते, उँड़ेलते आते जाते रहे हैं। अब लेकिन भूले-बिसरे पाहुन सदृश कभी-कभार की रट को भूल बादलों के रथ पर सवार इंद्रदेव की कमान में कड़कती बिजलियों की चाबुक फटकारते वरुण देव लगभग प्रतिदिन ही आ धमकने लगे हैं। मुकन्ना की दिशा से हलकी, मामूली और बेहद कमजोर सी दिखती गहरे काले रंगत की घटाएँ, एक पल तो यों ही चहलकदमी करती सी दिखती हैं कि दूसरे ही कुछ पलों में धड़धड़ाती पूरे दरियापुर को घेर ऐसी बरसती हैं कि जल-जंगल हो जाता है, गली गलियारे कीचड़ से भर जाते हैं। मच्छर, मक्खियों की फौज में 'गिझाईयां' (केवल वर्षा ऋतु में अचानक धरती के गर्भ से रातों रात उत्पन्न हो जाने वाली पचासों पैरों तथा कनखजूरे सदृश लेकिन अत्यंत निरीह जीव) भी अपना हिस्सा माँगकर गलियों खेतों में लोगों का चलना दूभर कर देती हैं। बहू-बेटियों को अपनी अँधेरी पंचायतों के लिए जगह ढूँढ़ने में दिक्कतें आ जाती हैं। और इस प्रकार सावन के इस माह का आवन पक्का हो चुका है।

मुझे भागमली की याद शिद्दत से आ रही है और उसकी व्यथा-कथा कहे बिन चैन भी

न आएगा मुझे। भागमली के एकदम पड़ोस में घर था मेरा। दरवाजे लगभग आमने-सामने थे। पाँचेक बरस उम्र में मुझसे बड़ी थी, और उसी के बल पर अपने रौब में रखती थी मुझे। सावन के झूले पड़े नहीं कि 'झोटा' देने की मेरी बेगारी वह तय कर रखती थी। सगे छोटे भाई से भी अधिक स्नेह पाता उससे लेकिन रौब-दाब में वह कोई ढील न आने देती थी। यदा-कदा जताती भी रहती थी कि बॉस कौन है जिससे गफलत में हुकुम अदूली की बात सोचने से भी परहेज रखूँ। वैसे भी मेरी कोई बहन न थी, इस लिए भी कदाचित मेरा लगाव उससे अधिक था। कैसी भी परेशानी में मेरा आश्रय-स्थल उसका आँचल होता था। पतली, लंबी, खपच्ची-सी, सूखे कटूठा की टहनी जैसी थी वह। रूखे-खुरदुरे बालों में वह कभी तेल लगाती भी थी कि नहीं, नहीं जानता। न वह कभी बनती-सँवरती थी, न मेलों-ठेलों में जाती थी। स्वास्थ्य औसत दर्जे का था, निरोगी थी लेकिन बुझी-बुझी सी। हमउम्र लड़कियों में उसका घुलना-मिलना नहीं था। वास्तव में गाँव की बाकी हमउम्र लड़कियां ही उससे दूर का रिश्ता रखती थी। उसकी छोटी बहन अलबत्ता सुंदर थी और प्रायः भागो को चिढ़ाया करती कि उसे 'गूहली' से काका उठा लाया था, इस प्रकार वह उसकी बहन न थी। मैं अपनी माँ की साँवली रंगत पर और मेरे बाकी दोनों भाई पिता के गोरे रंग पर गए थे। मुझे मेरा अपना छोटा भाई, मेरी साँवली रंगत को इंगित कर चिढ़ाता था कि चाचा माने हमारा पिता मुझे किसी काली नदी से उठाकर लाया था, तथा इस प्रकार मैं इस परिवार का न था। माँ की गोद में छुपकर कितनी ही बार मैं रोया, लेकिन सबसे छोटा होने के कारण वह माता-पिता दोनों का प्यारा था इसलिए मुझे समझाने के अलावा माँ ने और कुछ न किया। धीरे-धीरे न जाने क्यों और कब मुझे भी लगने लगा कि वह कदाचित ठीक ही कहता था। इसलिए, भागो के लिए भी मेरे साथ सम्बन्ध 'तो को और, ना मो को ठौर' वाली स्थिति थी, और मेरे लिए भी।

भागमली। है न विचित्र नाम! वह स्वयं भी यही कहती प्रायः। कहती, "यह भी कोई नाम हुआ भला," कई बार अपने नाम को लेकर वह अपने पर ही विद्रूप भरी हँसी हँसती तो मैं डर जाता था। उस समय वह मुझे बिलकुल भी अच्छी न लगती थी लेकिन कुछ कह न पाता था। वह बॉस थी, इसलिए।

फिर भी डरते हुए एक दिन मैंने पूछ ही लिया—"भागो! हँसती क्यों हो?"

उसने जो कुछ कहा, आज इतने दिनों बाद भी मुझे ज्यों का त्यों याद है। मैं उसे भागो ही पुकारता था। दीदी, बहन इत्यादि पुकारने का रिवाज़ उन दिनों गाँव में न था, बहुत हुआ तो बीबी और उम्र कोई भी हो सीधे नाम से ही पुकारा जाता था। उसे मैं बीबी भागो भी न पुकारता था।

खैर! भागो बोली, "रब्बल! तेरे को पता है, काका ने मेरा नाम भागमली क्यों रखा?"

सारे गाँव में केवल वह और धनवंती ताई ही मुझे रब्बल कहकर पुकारती थीं, जो कि मेरा नाम न था। धनवंती ताई और भागो ने ही मुझे यह नाम दिया था। क्यों दिया था वह फिर कभी।

"न," मैंने इनकार में सिर हिलाकर उत्तर दिया। वह सब जानने की मेरी उम्र भी न थी, और न गाँव में कोई इन बातों में सिर खपाता था। किसी का कुछ भी नाम हो इससे किसी के व्यक्तित्व अथवा प्रतिष्ठा, वैभव, पद इत्यादि का कुछ लेना-देना गाँव में न होता था। जाटव मुहल्ले के सबसे बड़े रसूख और पैसे वाले, बड़ी-बड़ी मूँछों और हर समय कैंची मार्का सिगरेट मुँह में दबाये, पैरों में बाटा के जूते पहने, खाये-पिये, रौबदार आदमी का नाम 'कूड़े' है। मरियल से पाँच फुट के निहायत गरीब, मजदूरी करके परिवार के लिए दो वक्त के भोजन का भी इंतजाम जो न कर पाता है, उसका नाम नरपत माने 'नरपति' है। मरे जानवरों की खाल उतार दो जून की रोटी का जुगाड़ करने वाले का नाम लखपत अर्थात लखपति है। और मेरा ही 'रब्बल' नाम भागो और ताई धनवंती ने जो रख छोड़ा है उसका ही क्या कोई अर्थ है, या मेरी इस शक्ल-सूरत से ही क्या इस नाम का कोई सामंजस्य है! बाद में माँ ने पूछने पर जब बताया कि एक किस्से में 'रम्मल' नाम के एक शहज़ादे का ज़िक्र है, तो बड़ी शर्मिंदगी-सी महसूस हुई थी। प्रसन्नता न हुई।

गाँवों में ये 'बांक' माने उपनाम प्रायः ही शरीर की किसी कमी विशेष, आदत विशेष के कारण रख दिए जाते हैं तथा कोई भी व्यक्ति इन नामों को क्यों पसंद करेगा भला! प्रायः ही ये उपनाम व्यक्ति को छेड़ने, उकसाने के ही काम में लाये जाते हैं। मुहल्ले में जगसैन का 'बांक' फटैला, केवल का घोड़ा, करन सिंह का टूणी, बेद का टूंडला, गोपाल का छंगा, सालिक राम का ढोर, किसनू का बकरा और दरियाव का रब्बल। ताई धनवंती जब भी मुझे रब्बल कहकर पुकारती, मेरे तन मन में आग लग जाती। चाहे वह कितने भी स्नेह से मुझे रब्बल कहकर पुकारे, मुझे लगता कि चिढ़ाने-भर के लिए रब्बल नाम से पुकारा गया है। भागो ने कितनी ही बार समझाया कि, 'बावले, क्या मैं भी तेरे को चिढ़ाने के लिए रब्बल कहकर पुकारती हूँ?' जो भी हो इस रब्बल को मेरे मन ने कभी स्वीकार न किया।

लेकिन भागमली अपने नाम को लेकर जो प्रायः कहती थी कि यह भी कोई नाम है भला, सो आज समझ आया।

बोली, "जब मेरा जन्म हुआ और नाम रखने का अवसर आया तो माँ ने कहा, 'लौंडिया ही तो है कुछ भी नाम रख दो। सुझा भी दिया—बुध को पैदा हुई है, बुद्धो नाम रख दो'।

काका माने उसके पिता लेकिन बोले—'न, बड़े भाग लेकर पैदा हुई है, इसलिए इसका नाम रखेंगे भागवाली भागो', माँ ने मुझे यह सब बताया है। काका को मेरे जन्म

होते ही लगी-बँधी मजदूरी मिल गई थी, नत्थन गूजर के खेतों में काम करने के लिए। नाम मजदूरी था लेकिन थी उम्र-भर की बेगारी और गुलामी, कोई वेतन भी तय न था। दिन-भर उसके खेतों और घर में काम के बदले में दोनों वक्त की रोटी, और रोटी भी क्या–उसके घर की बचीखुची रोटियाँ और दो गंठे प्याज, चटनी के साथ, कभी-कभार 'बुसे' बचे तीमन के साथ भी। फसल कटाई पर तीन मन 'नाज' और नत्थन के खेतों से हमारी भैंस के लिए घास निकाल लेने की अनुमति। यह था जो भाग लेकर मैं उत्पन्न हुई थी।'', इसके बाद भागो पर हंसी का एक दौरा जैसा पड़ गया।

थोड़ा सहज होकर बोली, ''क्यों रे! यह कैसा भाग था जो मैं लेकर पैदा हुई थी? लगी–बँधी मजदूरी मिलते ही काका ने सोचा कि सब कष्टों से मानो छुटकारा ही मिल गया हो। सोचा माँ अलग से मजदूरी करेगी ही, खाने-भर के लिए नाज नत्थन से मिल जाएगा और माँ की मजदूरी से तीज-त्योहार निबट जाएँगे। काका पर देवी की जात लगाने की भी धुन सवार हुई, सो नत्थन से हजार रुपया का कर्ज ले लिया जो आज तक नहीं उतरा है। उस एक हजार को काका ने महीने-भर में ही खर्च कर दिया। माँ बताती है कि कैसे 'हिंगलाज' की जात लगाने मुझे गोद में उठाए, हमारा पूरा कुनबा पीले कपड़े रंगाकर और 'लांगुरिया के गीत गाते हुए हिंगलाज, ज्वाला जी, चिंतपूर्णी बसों, रेलगाड़ियों तथा पैदल यात्रा कर जब दर्शन और 'धोक' लगाकर गाँव लौटा तब तक पूरा वह एक हजार स्वाहा हो चुका था। काका को लेकिन इसका कोई मलाल न था।''

अपना प्रवचन रोककर अचानक भागो ने मुझसे पूछा, ''क्यों रे, रब्बल! मेरी उम्र कितनी होगी, बता तो?''

लेकिन बिना मेरे उत्तर की प्रतीक्षा किए स्वयं ही बोली, ''मैं अठारह की हो गई हूँ, माँ बताती है कि मैं 'मारसल्ला' के साल पैदा हुई थी। इस प्रकार दस बरस हो गए काका को नत्थन के यहाँ बेगारी करते, कर्ज अभी भी ज्यों का त्यों है। नत्थन अब फसल पर 'नाज' भी नहीं देता, कहता है 'कर्ज उतार पहले'। बस दो वक्त की रोटी देता है, उसी में काका पिछले दस बरसों से बेगारी कर रहा है।"

एक बार और संदेह भरी नज़रों से मुझे ताकती हुई कि ध्यान दे रहा हूँ कि नहीं उसने कहना ज़ारी रखा–

''मेरे काका को देखता है तू? तन सूख कर चौथाई हो गया है, आँखें कोटर में इतनी धंस गई हैं कि संशय होता है, आँखें हैं भी कि नहीं। मेरे बाद से मेरी तीन और बहनें भाग लेकर पैदा हो गई हैं, तथा दो भाई भी, जिन्हें मैंने जोड़ा ही नहीं है। यह मैं कैसा भाग लेकर पैदा हुई थी रे!''

बहुत अनमनी और उदास हो वह नीचे धरती में नजरें गड़ाये देर तक जाने क्या सोचती रही, फिर मेरी ओर भावशून्य आँखों से देखकर बोली, ''तेरी कुछ समझ में आता भी है, जो मैं कह रही हूँ?''

"आता है," बस ऐसे ही कह दिया भागो का मन रखने को, समझ में तो कुछ न आ रहा था।

"ना भी समझ में आए तब भी आज कहूँगी ही। तू सामने बैठा है इसलिए कहूँगी। अकेले-अकेले अपने आपसे कहूँगी तो सब मुझे पागल समझेंगे। तू सुनता जा बस, कुछ समझने की आवश्यकता नहीं है।"

सहमति में सिर हिलाकर मैंने कहा, "हूँ!"

भागमली ने अपने एकालाप को पुनः वहीं से आगे बढ़ाया जहाँ छोड़ा था।

"यह कैसा भाग लेकर मैं पैदा हुई थी रे!, ऐसा भाग्य जिस पर काका ने खुशियाँ मनाई थीं कि हम लोगों के पेट के गर्त में दो वक्त की रोटी पड़ती रहे, कि शरीर में साँसों की डोर उतनी-भर मजबूत रहे कि बस जिंदा रहें, कि तन में इतनी-भर शक्ति रहे कि गूजरों के खेतों में हम बेगारी करते रहें, कि मेरी माँ, और मेरी ही क्या जटवाड़े की औरतें बच्चे जनती रहें, कि हर जन्मे बच्चे को माँ उन्हें अपने कलेजे का दूध पिला कर, अपने पेट की रोटी देकर जवान करे कि वह गूजरों के खेत-घर में एक अच्छा कमाऊ बेगारी करने वाला मजदूर बने, कि बेगारी करते-करते वह तपेदिक का रोगी होकर मर जाए, और मरने से पूर्व चार-छह और मजदूर पैदा कर जाए।"

मेरी उम्र कम अवश्य थी लेकिन इतनी कम भी नहीं कि जो कुछ भागो कह रही थी, वह बिलकुल भी समझ में न आए। भागो की बातें सुनकर जैसे अचानक मेरी उम्र तेजी से बढ़ गई थी। कुछ समझ में आ भी रहा था, कुछ नहीं भी आ रहा था। और यह भी समझ में आ रहा था कि, अनपढ़, ठेठ गँवार भागमली जो एकालाप कर रही थी वह उस सब से अलग था जो गाँव की उस उम्र की अन्य लड़कियाँ करती थीं। वे सब तो 'झांझी', 'लांगुरिया', 'खोइया' के गीत और न जाने क्या-क्या अल्लम-गल्लम, चटर-पटर करने में समय नष्ट करती थीं। उनकी तो भाषा भी इस प्रकार की न थी, या कहें कि भागमली तो और ही भाषा का प्रयोग कर रही थी. इस भागमली का उस भागमली से कोई मेल दृष्टिगत नहीं हो रहा था, जो सावन में झूले पर बैठ कोयल से भी मीठे स्वरों में 'कंवर निहाल दे' के दुखों का बखान गीतों में भर कर करती थी। वह कोमल भावनाओं वाली भागमली आज कहीं खो गई थी जैसे। मुझे उसकी बातें सुन-सुनकर बड़ा डर लगने लगा था। यह दुःखी भागमली मुझे कत्तई पसंद न आई। मैं वापस उसी पुरानी भागमली को चाहता था। यह भागमली मुझे बड़ी अजनबी सी लगी। डर लगा कि पहले वाली भागमली मुझसे कहीं खो न जाए।

थोड़ी देर बाद वह बोली, "मेरी माँ को देखता है, पैंतालिस बरस की है, साठ की दिखती है," उसने महसूस किया कि उसका एकालाप प्रवचन मेरे सिर के ऊपर से जा रहा है सो मेरे ऊपर तरस खा कर कहा, "अच्छा जा, भाग जा।"

मैं लेकिन जाना न चाह रहा था। आज की इस असहाय सी दिख रही भागो के

पास बैठ मैं उसे सांत्वना देना चाह रहा था। मैं अचानक जैसे बड़ा हो गया था या कदाचित यह मेरे भीतर का प्रकृति प्रदत्त मर्द था जो उसे अपनी सुरक्षा में लेना चाहता था। इसका उम्र से कुछ लेना-देना न था, प्रकृति ने मर्द को इसी तरह गढ़ा है कदाचित। मैं स्वयं जानता भी न था कि मैं आखिरकार उसके लिए कर भी क्या सकता था।

वह मुझसे बड़ी थी, उसका अनुभव मुझसे बड़ा था। मेरे बिना कुछ कहे ही वह सब समझ गई। मुझे उसने बैठने दिया, भगाया नहीं।

28

उस दिन उसे मेरे ऊपर तरस आ गया था। मुझे लगा, कि वह फिर से मेरी वही पुरानी भागो बन गई।

नीम का जो बहुत भारी वृक्ष हमारे आँगन में है, उस पर झूला डाला हुआ था, और उस पर मुहल्ले-भर की लड़कियां दिन-भर झूलती थीं। यद्यपि अधिकांश युवा बहुएँ सावन के महीने में अपने पीहर में होती हैं, लेकिन कुछ हैं बेचारी, जो अभी भी प्रतीक्षा में हैं कि कब उनका कोई भाई भतीजा 'सिन्दारा' लेकर आए तो वे जाएँ। गाँव में प्रति दिन टोकरे भर भर 'सिन्दारे' अब भी सुबह से शाम तक आ रहे हैं। स्नेहमयी माँएँ अपनी बेटियों के ससुराल उसके भाइयों-भतीजों के सिर पर मीठी पूड़ियों से भरे टोकरे धर, बेटियों को पीहर बुलाने के संदेशे भेज रही हैं। ये टोकरे भर मीठी पूड़ियाँ फिर बाँटी जाती हैं पूरे मुहल्ले-भर, कि सब को खबर हो, कि माता-पिता अपनी बेटी के ससुराल को कितना सम्मान और बेटी को कितना प्यार करते हैं। भाइयों-भतीजों के सिर पर 'सिन्दारों' का बोझ देखते ही बहुएँ गर्व से भर उठती हैं, इस आशंका में थोड़ा घबराती भी हैं कि गरीब माँ का भेजा 'सिन्दारा' कहीं कम तो न पड़ जाएगा बाँटने के लिए, जिससे सास को ताने मारने का एक और कारण मिल जाएगा। झूले पर बैठ सावन के गीत गाकर अपने भाइयों को, बाबुल को संदेशे भेजती हैं कि, अच्छा-सा 'सिंदारा' लेकर तुम आते क्यों नहीं मेरे 'भैया'।

**"मैया मेरे बाबुल को भेजो जी,
के सावन आयो।
हरियालो सावन आ गयो जी,
मैया मेरे बीरा को भेजो जी,
के सावन आयो।**

अंततः सावन का महीना बीतते-बीतते गाँव-भर की लगभग सभी बहुएँ अपने पीहर सिधार चुकी होती हैं, जहाँ पहले तो वे अपने पिता, माँ, भाई-भतीजों से गले लग रोने का जब जी-भर कार्यक्रम पूरा कर चुकेंगी, तब भागेंगी सखी-सहेलियों के पास।

भागो प्रतीक्षा में रहती की कब झूला अकेले में खाली मिले। इस प्रकार जब लड़कियां बहुएँ झूल-झाल कर अपने घरों को चली गईं, तब उसने मुझे पकड़ा।

झूले पर बैठ, दोनों पैरों को आगे लटकाकर कुछ क्षणों तक वह आँखें बंद किए चुपचाप बैठी न जाने क्या सोचती रही, कि कौन जाने सावन का कोई गीत विशेष याद करती रही, फिर अचानक बोली—

"चल, दे झोटा"

बॉस थी वह, यह पहले ही अर्ज़ कर चुका हूँ। कई लम्बे क्षणों तक आँखें बंद किए वह झूलती रही, फिर अचानक पहले बहुत मंद स्वरों में उसने आँखे बंद किए ही गीत उठाया—

> **"भाई के आया 'राज' भानजा,**
> **अरे भानजे मेरे 'लीली' घोड़ी 'असवार',**
> **'हजारी' झुक आई हो 'राज' देस में"**
>
> ....

इसके बाद दसेक झोटाओं की चुप्पी। आँखें बंद किए वह झूलती रही। गीत का बाकी भाग कोयल से भी मीठी आवाज़ में उसने फिर उठाया—

> **"लीली तो बाँधो 'राज' नीम से,**
> **अरे भंन्जे मेरे, तुम बैठो चौपाल,**
> **'हजारी' झुक आई हो 'राज' देस में"**
>
> ....

पुनः आठ-दसेक झोटाओं की चुप्पी।

> **"सासल बूझन 'राज' हम चले जी,**
> **अच्छी सासल क्या रे करूँ 'जौनार',**
> **'हजारी' झुक आई हो 'राज' देस में"**
>
> ....

फिर वही दसेक झोटाओं का अंतराल

> **"जो थारे 'राज' लाडले, जी,**
> **अच्छी 'बउअल' भर भर मोती 'रंःध',**
> **'हजारी' झुक आई हो 'राज' देस में"**
>
> ....

आँखें बंद किए भागो, कई लंबे क्षणों तक झूलती रही, निश्चल। न जाने किस देस के, किस राजकुमार की कल्पना में वह विचरती रही। लंबे समय तक वह कल्पना के 'राज', देस, सासल, भानजे और नीली घोड़ी के दृश्यों को मन के भीतर ही भीतर, आत्मसात करती रही। उसके होठों पर आई हलकी सी मुस्कान बता रही थी कि अंततः वह भी एक सामान्य लड़की ही थी, जो अपने काल्पनिक 'राज' माने राजकुमार, अर्थात उस होने वाले, प्राप्त होने वाले मजदूर राजकुमार को अपने अंतर्मन में देख, मुस्कुरा रही थी, सुखी हो रही थी।

उसके मुख पर दर्शित यह सुख और मुस्कुराहट बहुत भली लगी। वह झूलती रही निश्चल, अपने काल्पनिक संसार का वह जी-भर आस्वादन करती रही।

बहुत लंबे क्षणों के पश्चात उसने एक और गीत उठाया–

"चूड़ा तो मेरी जान,
चूड़ा तो पहरूँ हाथी दाँत का
काली चूड़ी तो रे मनरा ना पहरूँ,
अरे मनरा
काले मेरे राजा जी के बाल, महाराजा जी के बाल,
चूड़ा तो मेरी जान,
चूड़ा तो पहरूं हाथी दाँत का
.... हरी चूड़ी तो रे मनरा ना पहरूं,
हरे मेरे राजा जी के खेत, महाराजा जी के खेत,
चूड़ा तो मेरी जान,
चूड़ा तो पहरूँ हाथी दाँत का
... लाल चूड़ी तो रे मनरा ना पहरूं,
अरे मनरा
लाल मेरे राजा जी का घोड़ा,
... चूड़ा तो मेरी जान,
चूड़ा तो पहरूँ हाथी दाँत का

एक लंबे अंतराल के बाद, अपने काल्पनिक राजा जी को संबोधित कर वह, 'मनिहार' से कई सारे शिकवे करती रही, गाती रही, झूलती रही। न जाने क्यों और कैसे, मैं अपने मन में प्रार्थना करता रहा कि उसकी कल्पना का राजकुमार उसे मिल जाए मिल जाए मिल जाए।

उसके काका का दिन-भर की बेगारी के बाद घर लौटने का समय हो गया था। बहुत धीरे और मृदुता के साथ झूले से वह उतरी कि मानो उसके कल्पना के संसार को जिसे उसने अभी-अभी भोगा था, टूटने, छिन्न-भिन्न होने का अंदेशा हो। अपने कल्पना

के संसार के राजकुमार को मन में सँजोये वह चली गई, अपने घर।

देर तक खड़ा मैं सोचता रहा कि कल्पना के संसार का उसका वह राजकुमार तो, खैर! समझ में आता था, किंतु उन गीतों में प्रयुक्त कई सारे शब्द मेरी समझ से परे थे, इसलिए सोच रख छोड़ा कि कल अवश्य पूछूँगा उससे।

दूसरे दिन जब उसने मुझे पकड़ा, तब मैंने उससे पूछा।

''तुम जो अपने गीतों में गाती हो, 'हजारी झुक आई' का अर्थ क्या है?''

''ठीक से तो मुझे भी नहीं मालूम, लेकिन जब मैं गाती हूँ तो न जाने क्यों मुझे ऐसा महसूस होता है जैसे भादों के महीने में, बहुत ही घनी काली डरावनी घटाओं ने पूरे आकाश को ढाँप लिया हो, चारों ओर अँधेरा छा रहा हो जैसे और घटाएं बस बरसने ही वाली हों। यह जो 'हजारी' शब्द है इस गीत में, हो सकता है यह हजारी न होकर अँधियारी शब्द हो। गीत लेकिन मैंने माँ से सीखा है, वह भी इसे ऐसे ही गाती थी। लेकिन तू इसके लिए क्यों परेशान है, तू तो लड़की है नहीं, तुझे कौन सा गीत गाने हैं!''

''बस ऐसे ही, और यह जो तुम गाती हो, 'भर भर मोती राँध'।''

''यह तो खैर! मामूली बात है, सास कह रही है कि मेरी अच्छी बहू मेरा बेटा हजारों में एक है, इसलिए मोतियों का तीमन बना।'' फिर एक प्रश्न किया उसने, ''अब बता मोती से भी कोई कीमती वस्तु है दुनिया में?''

''तुमने मोती देखे हैं?''

''अरे पगले! न तो मोतियों का तीमन राँधा जा सकता है और न मैंने मोती देखे हैं। ये सब गीतों की बातें हैं बस। गरीब-गुरबाओं को मोती की नहीं, उन्हें इज्जत की ज़िंदगी और दो 'टैम' तीमन तरकारी के साथ पेट भरने को रोटी मिल जाए तो भी गनीमत है।'' लंबी एक उसाँस छोड़ते हुए उसने उत्तर दिया।

भागो पर परसों वाला प्रवचन का दौरा पड़ चुका था, या बस पड़ने ही वाला था, यह मैं समझ गया और उसके लिए तैयार न था, सो बोला, ''झोटा दूँ क्या?''

वह भी समझ गई।

झूले पर बैठ कर बोली, ''हाँ, दे झोटा'।

29

सावन, भादों, क्वार, कार्तिक कब के पीछे खिसक गए। फागुन की आहट है। दरियापुर गाँव में फागुन का आगमन गाजे-बाजे, धूम-धमाके के साथ चाहे न भी आया हो लेकिन उसकी आहट सहज ही महसूस की जा सकती है। हाड़ कँपाती ठंड की विदाई लगभग हो चुकी है, और कोई सप्ताह-भर बेहद तेज़ ठंडी हवाएँ, जिन्हें गाँव के गूजर 'चमरबावले', कहते हैं, अब शांत हो चुकी हैं, और धूप में तन को गर्माती, मन को भाती सेंक विद्यमान है। और एक बात समझ लें कि दरियापुर गाँव तथा इस क्षेत्र में 'ल' को 'ळ' उच्चारित किया जाता है, उदाहरण के लिए आलू को 'आळू', गोला को 'गोळा' सो इस प्रकार चमरबावले को 'चमरबावळे' उच्चारण किया जाता है।

गाँव-भर के आवारा कुत्ते जो अब तक कड़ाके की ठंड में, सिर को पेट में घुसाये, गोलमोल सी आकृति बनाये पड़े रहते थे, अब अचानक रोमाँस के मूड में आ चुके हैं। गलियों चौराहों पर उनके इस खुल्लमखुल्ला रोमाँस के तरीकों के कारण कई बार हास्यास्पद स्थिति हो जाती है।

गूजरों के मुहल्लों में, कोल्हूओं में गन्ने की पिराई चल रही है। कंधे पर के 'जुआ' में बंधे बैल कोल्हू को घुमाने के लिए सुबह, शाम, रात गोल-गोल खींच रहे हैं, और कोल्हू की भट्ठी में जाटव मजदूर ईख की सूखी 'पाती' और 'खोई' झोंक रहे है, जो कड़ाह में चढ़े रस को खौला रहा है। धीरे-धीरे कड़ाह का यह रस गुड़, शक्कर, राब में परिवर्तित हो जाएगा।

कड़ाहों से उड़ रही मीठी खुशबू पूरे गाँव में तैरती फिर रही है। तन को सुहाती गुलाबी धूप, कड़ाहों से मीठी खुशबुओं के बवंडर उठाती हवाएँ और फागुन की आहट दरियापुरवासियों को मानो बौराने पर तुल गई है, औरतों को भी मर्दों को भी। गाँव में

कहावत है, 'फागुन में ससुर देवर लागें' सो उसका भी इस पगलाहट के पीछे हाथ अवश्य है ही। अब चाहे यह कहावत, घूँघट में घुटते तन और मन को पगलाने-बौराने वाले मौसम का जमकर मजा लूटने के मंतव्य से, स्त्रियों ने अपनी सुभीता के लिए गढ़ी हो, लेकिन बूढ़े खुर्राट ससुर-जेठों का रसिक मन भी इसके लपेटे में आ ही जाता है। सोचते हैं कौन-सा फागुन रोज-रोज का त्योहार है, एक बार ही तो बरस में आता है, लेकिन आता खूब है, पूरे महीने-भर के लिए।

आर्यसमाजी रामपत महाशय जो बरस-भर तो क्षेत्र के गाँवों-देहात-भर में स्वामी दयानंद सरस्वती और आर्यसमाज की वंदना भजनों में भर कर गाता है, 'छड़ा' बंदा है, शादी ब्याह के टंटे से बचा हुआ है। 'न जो जोरू न जाता, आर्यसमाज और स्वामी दयानंद से नाता'। पचास को छूती हुई उम्र है तथा गाँव-देहात में आर्यसमाज का प्रचार ही उसके जीवन का उद्‌देश्य है. उम्रपर्यन्त ब्रह्मचर्य की शपथ ली हुई है। भजन गाते समय स्वयं ही हारमोनियम भी बजाता है, और जितना सुरीला उसका गला है उतनी ही सुरीली धुनें हारमोनियम पर निकालता है, तथा हारमोनियम को पुकारता है—'हरमुनिया'। एकदम अनपढ़, अपने धौले 'भक्क' धोती-कुर्ता मृदु वाणी, सच्चरित्रता और बहुओं-बेटियों को भी उसके माता संबोधन के लिए वह कौतुक और सम्मान का विषय तो है लेकिन यह फागुन है, जो रामपत समाजी को भी चाहे न बौराता हो, उससे भजनों को छीन, उसे होली गीतों में लपेट अवश्य देता है। बरस-भर में केवल इस महीने-भर, वह भजनों को अपने मन की किसी भीतरी कोठरी में सहेज कर रख लेता है, और होली के रसीले तथा कई बार कुछ सीमा तक अश्लीलता की सीमा को छूते गीतों, रसियाओं की मदहोश कर देने वाली मदिरा गाँव-भर को निःशुल्क परोसता है। गाँव-देहात में व्याप्त राधा-कृष्ण प्रेम के बहाने गढ़े गए भौंड़े लोकगीतों से लेकिन वह बचता है। इस पगलाने वाले माह में भी वह कभी अमर्यादित नहीं होता है रिश्तों को लेकर। गाँव की बहू-बेटियाँ फागुन में भी उसकी माताएँ हैं।

फागुन के मौसम में पगलाये-बौराये दरियापुर के इस माहौल में आज एक तो बशीर सक्का की विधवा बहन अजीजन स्थायीतौर पर बशीर के घर बसने आ गई है, दूसरे महाशय डालचंद आर्य जो व्यवसाय से जाटवों के नाई भी हैं और शादी ब्याह के लिए उनके पंडित भी हैं। वे आर्यसमाज के प्रचारक हैं और अपने साथ पास के दादरी कस्बे के महाशय रेवतीप्रसाद शर्मा आर्य को लेकर पधार चुके हैं और तीसरे हरदेवा जाटव के घर एक ईसाई दंपति आकर ठहर चुके हैं। तीनों व्यक्ति अलग-अलग प्रकार से लेकिन लगभग साथ-साथ ही गाँव में बहुत बड़े बदलाव के कारक होंगे। महाशय डालचंद आर्य का आना तो कोई घटना विशेष नहीं है, क्योंकि वे तो गाँव में आते ही रहते हैं, घटना विशेष है उनके साथ महाशय रेवतीप्रसाद शर्मा आर्य का आना।

लेकिन उससे भी पूर्व महाशय डालचंद आर्य के विषय में कुछ जानना आवश्यक होगा। डालचंद बगल के कस्बे दादरी के रहने वाले हैं, जाटव हैं, पेशे से हज्जाम हैं जाटवों के, लेकिन कोई दुकान लगाकर नहीं बैठते हैं, इसका कारण उनकी मजबूरी भी है और शुद्ध व्यवसायिक सुविधा भी। मजबूरी तो इसलिए कि उनके जजमानों में केवल जाटव ही हैं, अन्य कोई जाति उनसे सिर मुंडाने को तैयार नहीं है, सुविधा इसलिए कि उनके सिर मूंडने के औजारों में है ही क्या, एक अदद कैंची, उस्तरा, अंग्रेजी काट के लिए मशीन और आधी कटी सूखी आम की गुठली। अपनी साइकिल पर पूरी दुकान लेकर क्षेत्र के आठ-दस गाँवों में घूम-घूम कर जाटवों के बाल काटा करते हैं।

आम की गुठली का औजारों में होना आपको अवश्य आश्चर्यचकित कर सकता है, किन्तु सिर मुंड़ाई के पश्चात् महाशय डालचंद आर्य जब जजमान की खोपड़ी पर इस की घिसाई करते हैं, तब जो स्वर्गिक आनंद जजमान को प्राप्त होता है, उसे बखानने के लिए शब्द अपर्याप्त हैं। गुठली दूसरे एक कारण से भी जजमानों में सर्वप्रिय है क्योंकि सिर पर इसकी घुटाई से महीनों की जमी 'फ्यास' माने सिर की भूसी उतर कर सामने आ गिरती है, सिर की खुजली भी मिट जाती है। श्रमफल के रूप में महाशय जी को जजमान से आधा सेर या सेर-भर अनाज मिल जाता है। महाशय जी के पास जजमानों को आकर्षित तथा बाँधे रखे रखने के लिए कई सारे नवीनतम प्रकार के बालों की कटाई के प्रकार हैं—'पान', 'सड़क', 'कद्दरा', आर्यसमाजी चोटी, और इंगलिश कट। पान का अर्थ है सारा सिर सफाचट्ट लेकिन खोपड़ी के ठीक बीचो-बीच पान के आकार में छोड़े गए बाल, सड़क का अर्थ है ठीक माथे के बीच से लेकर पीछे ग्रीवा तक कोई दो इंच चौड़ी बालों की पट्टी को छोड़ बाकी सिर घोटम घोट। कद्दरा का अर्थ है उस्तरा से मिनटों में पूरे सिर की खेती का सफाया, ऐसा कि धूप में सिर दर्पण सदृश चमके। आर्यसमाजी का अर्थ है कि सारा सिर तो कद्दरा लेकिन खोपड़ी के ऐन केन्द्र में एक बड़ी और मोटी सी चोटी। इंगलिश बिलकुल नवीनतम स्टाइल है, हाथ की कच कच कच चलने वाली मशीन द्वारा कानों और गुद्दी (ग्रीवा) से प्रारंभ करके ऊपर आधी खोपड़ी तक लगभग कद्दरा और उससे ऊपर खजूर की फुनगियों सा छोड़ा गया सिर। गाँव में आजकल, विशेषतः युवाओं में यही लोकप्रिय है। महाशय जी इसका चार्ज करते हैं एक सेर अनाज तथा बाकी का लेते हैं आधा सेर।

महाशय जी इस सिर घुटाई कार्यक्रम के साथ ही यह भी पड़ताल करते चलते हैं कि मुहल्ले में किसी घर में कोई ब्याह-बरात तो नहीं है। जाटवों के इकलौते पंडित होने के कारण अधिकांशतः तो जवान हो रही बेटियों के माता-पिता स्वयं ही उनसे संबंध साधे रहते हैं, लेकिन महाशय जी स्वयं भी इस विषय में पूछ-गछ करने में कोई संकोच न करते हैं। गाँव में तीन घर बामणों के हैं लेकिन वे जाटवों के ब्याह काज में मंतर पढ़ना गँवारा न करते हैं। महाशय जी उसी कमी को पूरा करते हैं। नितांत अनपढ़

हैं, लेकिन आर्यसमाज मंदिर में रटाया हुआ गायत्री मंत्र उन्हें याद है। अब चाहे तो लड़की की लगन भेजी जा रही हो अथवा ब्याह में फेरे पड़ रहे हों, महाशय जी हर अवसर पर गायत्री मंत्र ही पढ़ते हैं। पढ़ाई-लिखाई और संस्कृत के नाम पर उन्हें आता भी केवल उतना-भर ही है। मुहल्ले वालों को संस्कृत से दूर का नाता है, इसलिए किसी को कोई अंतर नहीं पड़ता।

महाशय डालचंद आर्य का आना तो खैर! अभी-अभी प्रारंभ हुआ है अन्यथा, जाटवों के बड़े बूढ़े ही सात फेरे पड़वा देते थे, न कोई मंतर न विधान। महाशय डालचंद आर्य लेकिन पूरे विधान के साथ और संस्कृत में पक्का ब्याह कराते हैं, इस लिए खर्चा पानी भी थोड़ा अधिक लेते हैं।

"कन्या को वेदी पर बैठाओ,...ऊं भूं भुव स्वः"

"वर को कन्या के सूदे हात पै बैठाओ,...तत्सवितु वर्णेयम"

"कन्या का हाथ वर के सूदे हात पै धरो,...भर्गो देवस्य धीमही धियो"

"पिता अब कन्यादान करै,...यो नः प्रचोदयात"

हो गया शुभ विवाह संपूर्ण। अगले दिन बेटी की विदाई की तैयारी हो जाती।

लगन लिखने-बाँचने में भी, बच्चे के नामकरण में भी उनका गायत्री मंत्र काम आ जाता था।

30

आज महाशय डालचंद आर्य जब हेतराम अर्थात भागो के पिता माने काका के सिर का कद्दरा बनाने के पश्चात् उसके सिर पर सूखे आम की गुठली का रोडरोलर चला रहे थे, और हेतराम जब उस स्वर्गिक आनंद से तृप्त हो सिर खुजा कर उसका पटाक्षेप करने ही वाला था, कि महाशय जी ने पूछ लिया,

"भागवंती बेटी के ब्याह के बारे में कुछ सोच रहे हो कि नहीं?"

"अजी, सोचणौ कहा है, हम कौण से राजा रजवाड़ेन में लौंडिया ब्याहवेंगे, कोई सच्चे-सूदे हाथ-पाँव कौ लौंडा मिल जावै तो लौंडिया के हाथ पेले कर द्यूं। थारी नजर में कोई होय तो बतइयों।"

"ना, हेतराम, लड़की को इस प्रकार अंधे कुएँ में मत धकेलो। कोई अच्छा घर देखो भले मानस। आर्यसमाज में बेटी को देवी का दर्जा दिया गया है। मैं नजर में रखूँगा, तुम चिंता न करो।"

"महासे जी, मैं किस किसै कुआँ खाई सू बचाऊँ, चार चार हैं ब्याहनें के लियों। दो बेटा हैं, वे तो अपने आप कमा खावंगे, बस बेटी धरी हैं सिर पै बोझ सी। देखो, लगावंगे पार भगवान।"

"लेकिन भागवंती सोलह सत्तरह की तो हो ही गई होगी, सो अब और देर ना कर, शीघ्र हाथ पीले कर दे।" महाशय डालचंद आर्य अनपढ़ अवश्य थे किंतु कस्बे में बसने के कारण और आर्यसमाजियों में उठ-बैठ के कारण अच्छी-खासी शहरी बोली बोलते थे।

इसके पश्चात् महाशय जी तो चले गए दूसरे सिरों की तलाश में लेकिन हेतराम को महाशय डालचंद आर्य अच्छी खासी चिंता में डाल गए। हेतराम ने सोचा, महाशय जी

का कहना सच ही था, बेटी को और घर बैठाये रखना अब उचित न था. रात-दिन इसी उधेड़-बुन में काका के दिन कटने लगे—बेटियाँ देवी होती हैं, ऐसा आर्यसमाजी कहते हैं, अच्छा घर तलाश करना, ऐसा महाशय डालचंद आर्य कह गए हैं। लेकिन अर्थाभाव? उसका क्या करे हेतराम? हजार रुपया जो कर्ज लिया था नत्थन से उसके एवज में तो बेगारी कर रहा है हेतराम। बेटी के बोझ से 'नाड़' ऐंठी जा रही है, तथा तीन और हैं भागो के बाद भी। कुछ करना होगा शीघ्र ही। महाशय डालचंद आर्य का कहना सच है, सोलह आने सच है।

"हे भगवान! लगइयो पार।" आसमान की ओर ताकते हुए तथा जैसे कराहते हुए उसने बुदबुदाते हुए, 'गोडों' पर हाथ रखकर स्वयं को उठाया।

हेतराम ने उसी संध्या अपनी पत्नी और बड़े भाई से चर्चा की। तय हुआ कि हेतराम लड़का तलाशने कल ही निकल जाए बिरादरी में। कोई एक सप्ताह बिरादरी के गाँवों मे भटकने के बाद जब हेतराम लौटा, मुँह सूखा हुआ था, अर्थात काम न हुआ था। घर में एक बार फिर चर्चा हुई कि काम क्यों नहीं हुआ था। वैसे तो गरीब-गुरबाओं की शादी ब्याह में खर्च भी क्या होता है लेकिन जितना होता है हेतराम के पास उतने तक का भी बंदोबस्त न था। चार-चार बेटियाँ थीं ब्याहने को। हेतराम के बड़े भाई ने अलबत्ता इस परेशानी का तोड़ तलाश करके बताया तो घर-भर में सन्नाटा छा गया। बताया कि उसकी बेटी धानो का देवर ब्याह जोग था और उसके अनुसार भागो के लिए ठीक बैठता था। अपनी रिश्तेदारी में ही लड़का था, इसलिए कुछ लुकाछुपा भी न था। सबको ज्ञात था कि वह तपेदिक का मरीज था और वह भी लगभग अंतिम अवस्था का रोगी। उन दिनों की बात है यह, जब तपेदिक लगभग लाइलाज ही था। हेतराम भी इसे जानता था, उसकी पत्नी भी। हेतराम को लेकिन महाशय डालचंद आर्य की एक ही बात कलेजे को लग गई थी, "भागवंती अब सोलह-सत्तरह की तो हो ही गई होगी, सो अब और देर शादी में न करना।" यह तो महाशय डालचंद आर्य का अनुमान था, लेकिन वह जानता है भागो सोलह-सत्तरह की नहीं अठारह की हो गई थी, और गाँव में तो चौदह-पंद्रह की होते ही ब्याह कर देने का रिवाज़ है बिरादरी में। अब और देर नहीं करेगा वह, इसके बाद तीन-तीन बेटियाँ और हैं। तय हो गया कि उसी लड़के को 'घेरने' अर्थात टीका करने के लिए हेतराम और उसका बड़ा भाई कल ही चले जाएँगे।

सोना, हेतराम की पत्नी कोठरी के एक अँधेरे कोने में रोने और अपना सिर खाट के पाये पर मार-मार कर फोड़ने लगी—

“अरी, मेरी लाडो, मैंने तेरौ नाम तौ धरौ भागो, पर तेरी किसमत में हमने ही पत्थर लिख दिये री। अरी, मेरी लाडो, तेरे माँ बाप ही तेरे बैरी हो गए री। अरी, मैंने तोय काहा-काहा लाड लडाये री, मेरी लाडो।”

बेदराम ने सुना तो धड़धड़ाता हुआ कोठरी में घुसा और दो-तीन चपेड़ लगाकर सोना को चुप कर दिया, “लौंडिया ही लौंडियान की लैन लगा दी जन जन कै, जब ना सोची ही यू बात, कै इनकौ ब्याह भी करनौ पड़ैगौ। चुप्प हरामजादी जो एक बी सबद मुं सू लिकाड़ौ तौ।”

31

दूसरे ही दिन दोनों भाई नौबतपुर गाँव चले गए लड़का रोकने। भागो को भी बात का पता चल गया लेकिन वह ज़माना आज का न था, चुपचाप माता-पिता की आज्ञा को शिरोधार्य करना ही बेटी का धर्म था उन दिनों। विद्रोह करके भी, भागो क्या कर लेती? एक-एक बाल कर्ज़ में बिंधे पिता से वह क्या कहकर विरोध करती। एक मजदूर ही तो भाग्य में था सो मिल रहा था, अंतर केवल इतना था कि स्वस्थ न था, तपेदिक का रोगी था, सावन के झूलों पर देखा कल्पना का राजकुमार न था। वह राजकुमार न था जिसके साथ वह हँसती मुस्कुराती, अठखेलियाँ करती मजदूरी के लिए जाती।

मेरे घर में भी चर्चा हुई और कम उम्र हो कर भी इतना तो मैं भी समझता ही था कि तपेदिक का अर्थ था लंबे समय तक खाँसते-खाँसते, खून थूकते, दुख भोगकर मृत्यु. तपेदिक के मरीज के साथ उठने-बैठने का अर्थ उन दिनों था तपेदिक से छूत लग कर मौत। सौनपाल की मौत मैं देख चुका था। इस तपेदिक के अंतिम अवस्था के रोगी के साथ भागो के ब्याह की बात सोचते ही सिहरन सी हो आती, कल्पना कर करके मुझे मानो बेहोशी सी आने लगती, कि भागो का चेहरा भी क्या सौनपाल जैसा सूखा, निर्जीव और डरावना हो जाएगा। क्या वह भी चुल्लू भर-भर खून थूकेगी? क्या मरने पर उसकी लाश को भी कोई हाथ न लगाएगा। क्या सौनपाल की तरह उसकी लाश पर भी मक्खियाँ भिनकती रहेंगी, और कुत्ते उसकी लाश को सूँघकर किंकियाते भाग जाएँगे। मुझे बहुत जोरों की उबकायी आ गई और खाया-पिया सब उलट दिया। सारी रात मैं सोचता रहा, भागो को कैसे इस मुसीबत से बचाया जाए। प्रकृति प्रदत्त मर्द फिर जाग गया था मेरे भीतर। सारी रात सोचते बीती कि, धानो के देवर को यदि मार दूँ तो? पूरी रात योजनाएँ बनाते जागता रहा। सवेरे माँ जब सूक तारा देखने उठी तो मुझे नींद आई।

बड़े ही डरावने सपने देखता रहा। कभी देखता कि भागो का चेहरा धीरे-धीरे सौनपाल के चेहरे में बदल गया है और वह मुझसे कह रहा है–'झोटा दे, झोटा दे, झोटा दे', फिर देखता हूँ कि सौनपाल बनी भागो को मैं झूले पर झोटा दे रहा हूँ लेकिन इतना भारी हो गया है झूला कि हिलाये नहीं हिला पा रहा हूँ। देखता हूँ कि भागो की लाश उसके घर के आँगन में पड़ी है और उस पर मक्खियाँ भिनभिना रही हैं, तभी अचानक भागो आँख खोल कर मुझसे कहती है, "इन्हें उड़ा, इन्हें उड़ा, इन्हें उड़ा," फिर देखा कि मैं धानो के देवर को मारने के लिए उसके पीछे दौड़ रहा हूँ कि अचानक उसने पलट कर मेरा गला पकड़ लिया है और मेरी साँस बंद हो रही है।

देर तक जब सोकर न उठा तो माँ ने उठाया, तब देखा कि बुखार में तप रहा था मैं, बिस्तर गीला कर दिया था। शर्म के मारे मैं माँ से आंखें भी न मिला पाया। दो दिन तक बुखार में पड़ा रहा, तीसरे दिन अपने आप बुखार उतर गया।

लड़का रोककर हेतराम लौट आया। अगले ही महीने पंदरह दिन की लगन भेजी जाएगी, और उसके पंदरह दिन बाद ब्याह। बेदराम ने अपने सिर के बोझ को उतारने का पक्का इंतजाम कर दिया था।

३२

इस दुखियारी भागो की कथा लेकिन रहे अभी। अभी तो आज घटी तीन घटनाओं विशेष पर नजर डाली जाए। जो प्रायः ही साइकिल पर अपनी हज्जामगीरी की दुकान लादे अकेले ही गाँवों का चक्कर काटा करते हैं, वही महाशय डालचंद आर्य लेकिन अकेले दरियापुर नहीं आये हैं, उनके साथ आये हैं महाशय रेवतीप्रसाद शर्मा आर्य। महाशय रेवतीप्रसाद शर्मा आर्य निकट के कस्बे दादरी के आर्यवैदिक प्राथमिक कन्यापाठशाला के प्राचार्य हैं। संस्कृत के प्रकांड विद्वान हैं, ऐसा आर्य बिरादरी कहती है। वैदिक कर्मकांड के ज्ञाता और गुणी हैं। दादरी कस्बे के आर्य मंदिर के मुख्य पुजारी भी हैं। आर्यवीर नाम से जो मासिक पत्रिका छपती है, उसके प्रधान संपादक भी। वे गूजरों का मुहल्ला छोड़ सीधे आए जटवाड़े में। कहीं से उनको भनक लग चुकी थी कि जटवाड़े में ईसाई मिशनरी एक दंपति का पदार्पण हो चुका है इसलिए उन्हें अचानक हिंदूधर्म के प्रति अपने दायित्व का भी भान हो उठा, इसीलिए शूद्रोत्थान का जज़्बा उनमें इस प्रचंड वेग से जागा है कि वे सीधे दादरी से यहाँ धाये हैं। गूजरों के मुहल्ले में वे महाशय देशराज आर्य के पास भी नहीं रुके हैं। दुबले पतले, आँखों पर काफी मोटे फ्रेम का चश्मा, दाहिने कंधे पर मोटे 'खेस' का झोला लटकाये सीधे मुथरा बुजुर्गवार के घर पधारे, क्योंकि उनका पुत्र आधा आर्यसमाजी तो वैसे ही है, आज कदाचित उसी संपूर्णता की बारी है। कन्हैया माने मुथरा का सुपुत्र और उनका पड़ोसी डालू यद्यपि मुहल्ले के हद दर्जे के निकम्मे और जाहिलों में गिने जाते हैं, लेकिन महाशय रेवतीप्रसाद शर्मा आर्य के विशेष कृपा पात्रों में से हैं। दोनों सारा-सारा दिन महाशय रामपत आर्य के घर पड़े रहते हैं। सीखने के लिए कन्हैया तो हाथ धोकर महाशय रामपत आर्य की हरमुनिया के पीछे पड़ा है और डालू जो पहले से ही ढोलक बजाने में सिद्धहस्त है, दोनों के ही संगत में बजाता है।

महाशय रेवतीप्रसाद शर्मा आर्य के पीछे रेलगाड़ी के डब्बे से बँधे और लगभग उनके पीछे घिसटते से, हाँफते हाँफते महाशय डालचंद आर्य अपनी धोती की लांग बार-बार सँभालते जब तक मुथरा के घर पहुँचते तब तक आधा जटवाड़ा मुथरा के घर पर एकत्रित हो चुका था, और गाँव-भर के कुत्ते दोनों आगंतुक आर्य महाशयों के पीछे सस्वर संगति देते अभिगमन करते चले आ रहे थे। यद्यपि जटवाड़ा गूजरों के मुहल्ले से सफाई और स्वच्छता के लिहाज से बेहतर था, लेकिन जैसे ही महाशय रेवतीप्रसाद शर्मा आर्य ने जटवाड़े की सीमा में अपने चरणकमल रखे, उन्होंने मोटे गंदे कपड़े का तौलिया जैसा उत्तरीय अपने मुँह पर दबा लिया तथा मुँह की ऐसी भाव भंगिमा ओढ़ ली कि मानो कच्चा करेला चबा गए हों। केवल गाँव के कुत्ते, जो उनका पीछा कर रहे थे और महाशय डालचंद आर्य पर जटवाड़े में घुसने का कोई विपरीत प्रभाव दिखाई न दिया।

महाशय डालचंद आर्य और कुत्तों में क्या समानता थी नहीं मालूम, या कि महाशय डालचंद आर्य और महाशय रेवतीप्रसाद शर्मा आर्य में क्या असामनता थी नहीं मालूम, या कि कदाचित महाशय रेवतीप्रसाद शर्मा आर्य जो गुणी और ज्ञानी थे उस अंतर और समानता को जानते थे। आगमन की उद्घोषणा, कुत्तों द्वारा की जा रही शोभायात्रा की सस्वर संस्तुति के द्वारा हो ही चुकी थी, इसलिए मुथरा ने घर की सबसे ठीक ठाक खाट आँगन में बिछाकर उस पर पहले दरी बिछाई और ऊपर से एक खेस भी डाल दिया।

मुहल्ले की एकत्रित हो चुकी भीड़ में से रास्ता बनाते हुए महाशय डालचंद आर्य ने उन्हें खाट पर सुस्थापित करने से पूर्व छोटा-सा भाषण दिया कि किस प्रकार और कितना कष्ट उठाकर महाशय रेवतीप्रसाद शर्मा आर्य यहाँ पहुँचे हैं, और कि किस प्रकार आर्यसमाज में ऊँच-नीच के लिए कोई स्थान नहीं है, कि किस प्रकार आर्य समाज में सब बंधु हैं। और कि अब महाशय रेवतीप्रसादशर्मा आर्य आपको वेदों की गरिमा और ज्ञान से परिचित कराएँगे।

महाशय रेवतीप्रसाद शर्मा आर्य ने खाट पर आसन जमाकर आर्य समाज का, वेदों का बखान और वर्णन इस प्रकार किया–"बंधुजन, मेरे संज्ञान में आया है कि आपके मुहल्ले में मलेच्छ ईसाइयों का आगमन हुआ है, इस महान हिंदू धर्म की रक्षा, सुरक्षा और संरक्षण का उत्तरदायित्व यद्यपि प्रत्येक भारतीय पर है, लेकिन धर्म की हानि होने पर सक्षम को स्वयं आगे बढ़कर यह पुनीत कार्य करने का जिम्मा लेना चाहिए।"

इस प्रकार महान ज्ञान प्रवचन अपनी समाप्ति पर पहुँचा। मुथरा ने माँज कर शुद्ध किए गए पीतल के लोटा से 'फूल' गिलास (कलई किया हुआ) में पानी ढाल कर प्रस्तुत किया किंतु महाशय रेवतीप्रसाद शर्मा आर्य का उस दिन निर्जला उपवास होने के कारण वे उसे स्वीकार न कर सके। उन्होंने एक बार फिर इस बात को जोर देकर समझाया कि किस प्रकार आर्य समाज में सब बंधुगण समान हैं, कि किस प्रकार आर्य समाज में कोई ऊँच-नीच, छुआछूत नहीं है। उसके पश्चात् वे प्रस्थान कर गए।

भागते-भागते महाशय डालचंद आर्य ने मंतर पढ़ा-ओम शान्तिः...शान्तिः ...शान्तिः।

दर्शकों की भीड़ में सबसे पीछे हल्का-सा घूँघट ताने हरचंद की घरवाली, सान्ती खड़ी थी, उस पर मंतर का ऐसा जोरदार असर हुआ कि गज-भर का घूँघट निकाल भाग गई, बाकी दर्शकों का हंसी के मारे बुरा हाल।

दर्शक जब बिखरने लगे तो खूबचंद ने मुथरा से कहा, "ताऊ, महासे जी कहा कह गए, पल्ले तौ कुछ पड़ौ ना जी?"

मुथरा ताऊ के स्वयं कुछ पल्ले न पड़ा था, सो बोला, "बड़े आदमीन की बड़ी बात, अपणौ काम देख बेटा।"

33

गाँव में रात झुक आई, घरों में दिए जल गए, कोठे-कोठरियों से छन कर तीमन-तरकारी की भूख भड़काने वाली महक गली-गलियारों में तैरने लगी। आवारा कुत्ते रोटी-टुकड़ा के लिए घरों के चक्कर काटने लगे तथा मुहल्ले-भर के लड़के, जो 'मुकन्ना' के किनारे गिल्ली-डंडा खेल रहे थे और अँधेरा झुक आने पर भी घर वापसी का इरादा न रखते थे, उनके पिता मुहल्ले के किनारे खड़े हो 'मुकन्ना' की तरफ मुँह करके गला फाड़ कर चिल्ला रहे थे—'अरे, ओ...राम सिंग, अरे, ओ...चरन सिंग..., 'तावली' (शीघ्र) आ रे ओ. ..राम सिंग

अँधेरा खूब गहरा हो गया, भोजन से तृप्त हो, लंबी-लंबी डकारें मार कर बड्ढे ठुड्डे हुक्का ले खटियाओं पर जा पड़े, नये-नये युवा हुए लड़के अँधेरी गलियों में खड़े हो फुसफुसाहट-भरी सरगोशियों में मुहल्ले-भर की जवान हो रही 'लौंडियाओं' के अंगप्रत्यंगों का तुलनात्मक वर्णन करने लगे और गाँव-भर की बहू-बेटियाँ खा-पीकर खेतों में अपनी दैनिक अँधेरी पंचायत में सिर से सिर जोड़े खुसरपुसर करने लगीं तब अचानक हरदेवा के घर से एक स्त्री और एक पुरुष के स्वरों में मुहल्ले में एक गीत गूँज उठा—

'राजा ईशू आया...राजा ईशू आया। शैतान को जीतने के लिए, राजा ईशू आया। हैली लूइयूया...हैली लूइयूया'।

हरदयाल के घर पर ईसाई दंपति आकर ठहरे हुए थे। 'देबी' की जात लगाने के समय गाँव की औरतें 'लांगुरिया' के गीत गाती रही हैं, इसलिए रात झुक आने पर गाँव की फिज़ा में गीत कोई नई बात न थी, यह लेकिन उससे एकदम भिन्न प्रकार का कुछ था सो कौतूहलवश पास-पड़ोस के लोग हरदेवा के घर ताँक-झाँक करने लगे। गोरे रंग, बड़ी-बड़ी मूँछों और अविच्छिन्न मुस्कुराहट वाले ईसाई सज्जन ने उन्हें झाँकते पाया तो

गीत बंद करके बाहर आ गए और अनुनय करके कई को भीतर बुला ले गए। गहरे श्यामवर्ण की ईसायन और गौरवर्ण के ईसाई सज्जन का यह जोड़ा नंगी धरती पर पालथी मारे बैठा हस्तलिखित एक कागज़ के पन्ने को सामने धरे तन्मयता से गा रहा था–

'राजा ईशू आया...राजा ईशू आया। शैतान को जीतने के लिए, राजा ईशू आया। हैली लूइयूया...हैली लूइयूया'।

हरदयाल ने केवल अपना कोठा-भर ही तो ईसाइयों को रहने के लिए दिया था, इसलिए वह भी कोने में बैठा आश्चर्यचकित सा ईसाई दंपति को मुँह बाये देखे जा रहा था। जब दसेक पड़ोसी जमघट लगाकर बैठ गए तो ईसाई दंपति ने पुनः अपना छोड़ा हुआ गीत गाया–

'राजा ईशू आया...राजा ईशू आया। शैतान को जीतने के लिए, राजा ईशू आया. हैली लूइयूया...हैली लूइयूया'

पाँच फुटा दौजी जो थोड़ा हटकर दरवाजे के साथ बैठा था फुसफुसाकर अपने आपसे ही बोला, "अरी मेरी मैया, यू कैसौ हलुआ लइयूया।"

चतरे ने फुसफुसाकर रतन के कान में कहा, "यार, कुछ समझ में बात ना आई. कौण से सैतान को जीतने की बात कर रहे हैं पतौ ना।"

"वा साळे, सौनू सराबी की बात कर रहे हैं मोय तौ ऐसौ लगै। गाँव-भर में और कौण सैतान है वा सू जादा।"

"रामे कौ भरता बी तौ हो सकै है, तू कहा समझै है, मौहल्ले में 'कूमल' (घरों के पिछवाड़े की दीवार को रात के अँधेरे में खोदकर घुस जाना) करकै जो चोरी हो रही हैं, उनैं कौण करै है?"

"ना, ऐसे छोटे मोटे 'कूमल' करने वाले कहा सैतान बणंगे। और सौनू? सैतान कौ बी बाप है, बाप।"

"मतबल यू, कै सौनू बेटा या बेर फंस गौ। अब बच कै कहाँ जावैगौ, बोल तौ।"

सुरजन जो सौनू का खासमखास था, और पहले दर्जे का लुच्चा था, ने जो दोनो की बातें सुनीं तो सीधा भागा सौनू के घर, और पहुँचते ही फुसफुसाकर उसके कान में बताया कि–"बेटा, भागले, आ गए तेरे पकड़नै वाले। हरदयाल के घर में गीतगा रए हैं, कह रए हैं के किसी राजा नै भेजे हैं, तोय पकड़नै कू।"

सौनू घर के आँगन में, पीकर नशे में टुन्न धरती पर ही पड़ा था।

बोला, "पागल हो गयौ है का, अरै, मैंने कौण सी उनकी भैंस खोल लीं? मैं क्यूँ भागूँ?"

"तौ मत भाग सुसरे, हरदयाल के घर में बैठे 'बतळा' (चर्चा) रहे हैं, पहले गीत गा

गा कै 'ढंढोरौ पीट रए है, कि सैतान को ना छोड़ैंगे। जब राजा के हुकम की तामील होवैगी तौ अपणे आप समझ जइयो।''

सौनू की समझ में बात आ गई कि बात सचमुच में गंभीर थी। समझदार के लिए इशारा ही काफी है ऐसा बड़े बूढ़ों ने कहा है। कठैड़ा गाँव में जो उसने चोरियाँ की थीं अवश्य राजा तक उसकी शिकायत हुई होगी। बस सिर पर पैर रखकर जो भागा सो भागा। भागते-भागते लेकिन सुरजन को बता गया, ''कोठे में, दो बोतल मालटा की भुस में दबी पड़ी हैं, ले लीजो।" उसके बाद महीनों तक वह गाँव में नजर नहीं आया।

भारत यद्यपि स्वतंत्र हो चुका था, लेकिन गँवई गँवार अब भी अंग्रेज बहादुर को राजा समझते थे। खास तौर पर पुलिस के थानेदार, हवलदार, दीवान, सिपाही सबके सब राजा थे उन दिनों गाँव वालों के लिए। सो सौनू बेचारे का भागना जायज़ था। महीनों तक सौनू के दर्शन उसके पश्चात गाँव को नसीब न हुए।

34

मुझे लग रहा है कि सौनू और ईसाइयों के किस्से में, मैं भागो को भूल रहा हूँ। इस लफंगे सौनू जैसे तो गाँव में-मुहल्ले में भरे पड़े हैं, किस-किस को बखानूँगा और फिलहाल वैसे भी सौनू सिर पर पैर रखकर गाँव से पलायन कर ही चुका है, सो बेचारी भागो की राजी-खुशी की खोज खबर ली जाए।

काका ने लगन भेज दी, 15 दिन तक बान तेल हुए। काका के आँगन में 'मंढा' स्थापित किया गया और रात-रात-भर घर परिवार की औरतों ने ढोलक और बिना ढोलक के मटक-मटक कर खूब नाच गाना किया। बरात आई और जब चढत पर द्वारचार हुआ तो दूल्हे को देख भागो की माँ एक बार फिर कोठरी में घुसकर चुपके-चुपके बेआवाज़ बेटी के कुभाग्य पर खूब रोयी।

फेरे पड़े, ज्योनार हुई, बरातियों को मुहल्ले की औरतों ने जी-भर गीतों के बहाने अश्लील गालियाँ परोसीं।

—'मेरौ हँसने कौ सुभाव, समधी गिल्ला गुजर मत करियों
या समधी की...में...
कल...परसों...नरसों...
समधन की...

और इस प्रकार हेतराम ने आखिरकार बेटी का बोझ अपने सिर से उतारकर महाशय डालचंद आर्य को दिखा दिया कि उसने उनकी बात रख ली और कितना शीघ्र बेटी का ब्याह कर दिखाया।

भागो निरभागन माँ, बहन, पिता और सखी-सहेलियों से गले मिल, रो-धोकर एक टूटे से 'ताँगे' में बैठ तपेदिक के मरीज अपने राजकुँवर दूल्हे के साथ 'सासरे' चली गई।

सावन के झूलों पर देखे उसके सपने बिसर गए। काका ने मानो कराहते हुए गहरी लंबी उसाँस छोड़ी—'हे,...रा...म पार लगाना।' बाकी की तीन बेटियों को देखकर गर्दन झुका ली, कि उनके भाग में तो कदाचित यह भी लिखा है कि नहीं।

35

भागो की इस व्यथा कथा का अंत लिखते मेरी छाती फटने को आ रही है। आज भी मैं सोचा करता हूँ कि उस दिन जो सावन के झूले पर बैठी जब वह अपने कल्पना के राजकुँवर से, गीतों में भर कर मान-मनौव्वल कर रही थी, तब उस दिन जो मैंने दुआ माँगी थी कि–'प्रभु, इस मेरी अभागन भागो बहन को उसके कल्पना का राजकुँवर दे देना दे देना दे देना', वह दुआ फली क्यों नहीं। इस निर्दय संसार में अपनी दुआओं का इच्छित फल प्राप्त करने के लिए, दुआ करने का क्या कोई और तरीका भी है, जो मुझे नहीं आता था। मैं सचमुच बार-बार अपने आप को कोसता हूँ कई बार, कि क्यों मेरी दुआएं फलीभूत नहीं हुईं, उनमें कोई कमी अवश्य थी, अन्यथा भागो का ऐसा दुर्भाग्य क्यों?

अपने आपको कोसने से कुछ हासिल न होगा, यह मैं जानता हूँ, भागो भी लौट न आएगी यह भी जानता हूँ। केवल शरीर नश्वर है, आत्मा अजर-अमर है इस पर मेरा तनिक सा भी विश्वास नहीं है, अन्यथा मन को तसल्ली देने का बहाना तो मिल जाता. मैं लेकिन बखूबी जानता हूँ कि उसका शरीर चिता में रखकर फूँक दिया गया है, माटी माटी से जा मिली है, और अब उस अभागिन का कहीं कोई नामोनिशान तक नहीं है, लेकिन फिर भी, मैं बुढ़ापे की दहलीज़ पर खड़ा, इस वय का हो कर भी, अपने घर के आँगन में अब भी विद्यमान उस बूढ़े नीम के वृक्ष को यदा-कदा 'कौली' (अंक) में भर कर रोने लगता हूँ। महसूस करता हूँ कि मेरी वह बॉस अचानक प्रकट हो कहेगी–'चल, दे झोटा'।

खैर! रहे अभी यह मेरा रोना-धोना। अगला सावन जब आया तो न जाने क्यों भागो के काका ने मेरी माँ के सामने यह प्रस्ताव रख दिया कि मंगल, माने भागो का

छोटा भाई, अभी बालक ही है इसलिए क्यों न उसे भागो को लिवाने 'सिंदारा' लेकर भेज दिया जाए। पैदल-पैदल सुबह ही निकल जाएगा तो दोपहर तक पहुँच रहेगा। माँ ने एक आध बार न नुकर की, कि है तो यह भी बच्चा ही लेकिन अंततः मान गई। और इस प्रकार सिर पर मीठी पूड़ियों से भरा 'सिंदारे' का टोकरा उठाए भागो की ससुराल पहुँच गया। भागो के जेठ ने आँगन में खाट बिछाकर बिठाया, आवभगत की, पानी पिलाया, घर की-गाँव की खैर खबर पूछी और 'सिंदारे' का टोकरा भीतर पहुँचवा दिया।

मैं ही कौन सा बुजुर्ग था, कोई तेरह-चौदह बरस की उम्र थी, लेकिन गाँव में देखता था कि 'सिंदारा' लेकर जब भाई-बहन के घर पहुँचता है, तब रिवाज के अनुसार भी और स्नेहवश भी, बहन भाई से गले मिल रोती है, माता-पिता भाई-बहनों के हाल पूछती है, भोजन परोसकर अपने हाथ से जिमाती है।

घर के भीतर से लेकिन मेरी कोई बुलाहट न हुई कि आकर बहन से मिल लो। भागो का जेठ जो एक बार खैर खबर पूछ कर जो गया तो फिर न पलटा। भागो का घरवाला भी न आया। उसका न आना लेकिन कुछ असामान्य न था, जानता था कि रोगी है। और यदि सच कहूँ तो उससे मिलने की मुझे तनिक भी उत्सुकता न थी। रिश्तेदारी थी, बहनोई था रिश्ते में, लेकिन भागो का जीवन बर्बाद करने के लिए मैं उसे ही उत्तरदायी मानता था।

दोपहर से संध्या हो गई लेकिन भीतर से कोई बुलावा न आया। कुनबा का, कि कौन जाने किस का, दसेक बरस का एक बच्चा आकर बता गया कि, 'रोटी जीम लेओ, भीतर लगा दी है।'

भीतर भी क्या और बाहर भी क्या, भागो का घर कच्ची दीवारों का छोटा-सा कोठा भर था, उसकी मुँडेर से टिकाकर घास के छप्पर का 'ओसारा' था। साँझ हो गई थी, हल्का-हल्का अँधेरा भी छा चुका था। बाहर से ही दिख रहा था कि ओसारे में ही मेरे लिए थाली में रोटियों का ऊँचा ढेर, कटोरा में कोई तीमन, तथा एक और कटोरा में शक्कर परोस कर रख दिया गया था। उम्र से बच्चा था मैं, लेकिन बहन ने न बुलाया था इसलिए अपमानित महसूस कर रहा था। जानता था कि ओसारे के पार करते ही जो कोठा है, और जिसमें ढिबरी का हल्का सा प्रकाश है उसी में भागो छुपकर बैठी है, भाई से या तो रुष्ट है अथवा कोई और बात है। परोसे गए भोजन को रास्ते में छोड़ता हुआ मैं सीधा कोठे के भीतर चला गया।

ढिबरी के ना काफी प्रकाश में एक झटोला हुई खाट पर जो कृशकाय सी काया पड़ी थी क्या वह भागो थी! एकदम से पहली दृष्टि में न पहचान पाया। कठिनता से पहचान पाया कि कोई पैंतीस एक सेर की, खाट पर पड़ी वह प्रेतछाया सी काया भागो ही थी। मुझे देखकर उसने झटके के साथ उठ बैठने का प्रयत्न तो किया लेकिन सफल न हुई। वह फिर खाँसने लगी, विचित्र सी बलगम भरी खाँसी। उस दिन अचानक जाना

कि स्वस्थ आदमी की खाँसी कितनी भिन्न होती है! खाट के सिरहाने के बगल में ही टूटे हुऐ मटके का एक बड़ा सा टुकड़ा रखा था, उसमें उसने ढेर सारा बलगम और खून थूक कर मेरी ओर निस्तेज आँखों से देखा, और संकेत में ही कोठरी से बाहर निकल जाने को कहा। मैं जैसे धरती में गड़ गया था, मुझे बाहर न जाते देख उसने फटी हुई सी अपनी ओढनी से नाक और मुँह को कसकर बाँध लिया, तब बोली–

"रब्बल, तू क्यूँ आयौ रे, घर में और ना हैं कोई का? जा बाहर जा जा बाहर जा, मैं यहीं सू तेरे सू बात करूँगी। जा बाहर जा।"

मैं लेकिन खड़ा रहा। भागो की हालत देखकर मेरे जैसे 'औसान' ही गुम हो गए थे, और सच कहूँ तो मुझे बहुत डर लग रहा था भागो को देखकर। मुझे अपने उस सपने की याद हो आई जिसमें मैंने बिस्तर गीला कर दिया था, भागो को सौनपाल की बदलती सूरत में देखकर। भागो मुझे जाता न देख चीखने लगी–

"अरे! 'उत्ते' (स्त्रियों द्वारा स्नेह के साथ दिया गया उलाहना, झिड़की तथा कभी-कभार गाली भी) जा भाग जा, गाँव चलौ जा, रोटी वोटी छोड़, जा जा जा।"

केवल आठ-दस महीनों में ही भागो की यह हालत हो गई थी। अंदेशा तो सभी को था, मुझे भी था कि देर-सबेर भागो को तपेदिक पकड़ ही लेगा, लेकिन इतनी जल्दी! और वह भागो का घर वाला कहाँ है? घृणा थी मुझे उसके घर वाले से, क्रोध के मारे मेरा शरीर काँपने लगा। कहाँ भाग गया है वह हरामजादा? मन ही मन एक बार तो मैंने अपने आपको दुत्कारा कि मैं क्यों बहनोई को गाली दे रहा हूँ। लेकिन अपने आप पर मेरा नियंत्रण न था, मन ही मन मैंने उसे गंदी से गंदी गालियाँ दीं। मेरी हठ को देख कि मैं बाहर न जा रहा था, भागो असहाय सी हो रोने लगी, "जा चलौ जा, रब्बल, तोय मेरे सिर की कसम, मेरौ मरौ मुँह देखैगौ जो न गयौ तौ।"

"भागो, तेरौ और का मरौ मुँह देखुंगौ, जो अब ना देख रहयौ हूँ।"

"अच्छौ तू बाहर ओसारे में बैठ जा, मैं तेरे सू यहीं सू बैठी-बैठी बात करूँगी।'

पालथी मारकर मैं ओसारे में बैठ गया। भागो ने कोठरी के भीतर पड़े-पड़े ही बहुत ही क्षीण आवाज़ में मेरी, मेरी माँ की, अपनी माँ की, काका की, बहन-भाइयों की राजी खुशी पूछी। बताया कि उसका घरवाला दिल्ली के किसी अस्पताल में भरती है तथा पहले से कुछ हालत और स्वास्थ्य अच्छा है।

उसे क्यों नहीं अस्पताल में भरती कराया? कुछ भी उत्तर न दिया।

मैंने उस दिन उससे पूछ ही लिया कि–'कब्र में पांव लटकाये इस आदमी से उसने ब्याह करना क्यों स्वीकार कर लिया था?' जो कुछ उसने उत्तर दिया उससे मैंने महसूस किया कि यह भागो तो उस दिन की वह विद्रोहिणी भागो न थी, जो आततायी नत्थन गूजर, जाटवों में फैले अंधविश्वास इत्यादि के विरुद्ध विद्रोह के बोल बोल रही थी, और तब मैं मन ही मन डर गया था, और उस विद्रोहिणी भागो को कत्तई पसंद न करता था,

और दुआ करता था कि मेरी वही पुरानी सीधी-साधी भागो लौट आये। लेकिन आज उसका उत्तर सुनकर मैंने सोचा भागो वही उस पुरानी विद्रोहिणी भागो में परिवर्तित हो जाती तो कदाचित...

कहा, उसने—"रब्बल, तू दुखी मत हो। मैं जब छोटी थी, गुड्डे गुड़ियों से खेलती थी, तब माँ प्रायः बताया करती थी कि शादी-ब्याह सब 'भाग' के हाथ है। 'बहमाता' ऊपर बैठी लड़की लड़कों के ब्याह की 'जूड़ी' (योग, संयोग, जोड़) बलती रहती है, किसके साथ किसकी 'जूड़ी' उसने बल दी उसे केवल वही जानती है। उसे बदला नहीं जा सकता है। तू दुःखी न हो, त्रुटि हुई भी है तो 'बहमाता' के द्वारा। इसमें किसी का कोई दोष नहीं है।"

आज एक बार फिर मुझे भागो तनिक भी अच्छी न लगी। अब दुआ करने का कोई लाभ न था। एक और अवसर, नियति यदि मुझे देने की कृपा करती तो अवश्य दुआ माँगता कि उस दिन की उस मेरी दुआ को फलित होने दो, हे निष्ठुर भाग्य। किस्मत लेकिन अपनी किताब में भागो का न केवल भाग्य लिख चुकी थी, बल्कि उस पर अमल भी कर चुकी थी। बहुत देर हो चुकी थी।

"रात हो गई है, लेकिन चाँदनी रात है, तू अब के अब ही वापस गाँव चला जा, यहाँ मत रुक।" उसने फिर से मुझे पकड़ा और उसके पश्चात् अपने छोटे भाई मंगल के बारे में पूछा कि 'सिंदारा' लेकर वह क्यों नहीं आया। मैंने बता दिया कि किस प्रकार उसके काका ने मेरी माँ को मुझे भेजने के लिए आग्रह कर राजी किया था।

उन दिनों आज के जैसे हालात न थे कि रात-बिरात घर से बाहर निकलने के बाद लौटकर आप वापस भी आएँगे कि नहीं, का कोई भरोसा ही न हो। इसलिए भागो ने मुझे अपने घर से रात में ही लगभग धकिया कर वापस गाँव विदा कर दिया। मैं आज भी उसके अंतिम शब्दों को ज्यों का त्यों याद रखे हूँ।

कोठरी के भीतर लेटे-लेटे ही उसने कहा, "रब्बल, काका सू कहियो, बेटी तो मौत की गैल ब्याह दी, पर तोय मेरे धोरै भेजते टैम का एक बेर बी ना सोची, कि मंगल की जान और रब्बल की जान एक बराबर हैं? मंगल कौ इतनौ ख्याल! दूसरे के बालक को, का रोग ना लगै? कहीयो बस इस बरस ही हूँ, अगले बरस 'सिंदारे' की आवश्यकता ना पड़ेगी। पड़े बी तो खतरा उठा कै सिंदारौ ना भेजै।"

जब मैं वापस गाँव के लिए चलने लगा तो उसने मुझे कुछ क्षण के लिए रोक लिया। बोली, "तोय भूत-परेतन सू डर तो ना लगै?"

"ना"

"रात-बिरात भूत परेत मिल बी जाएँ तो डरियो मत।"

"ठीक है" मैं जाने के लिए उठने लगा तो उसने पुनः रोक कर विचित्र सी बात कही।

"सच्ची, तू भूत-परेतन सू ना डरै!"

"बिलकुल बी ना"

"अच्छौ, तो जब मैं ना रहूँगी, तौ तोसू मिलने आऊँगी।"

भूत-प्रेतों में न तो मैंने कभी विश्वास किया न कभी डरा, लेकिन भागो की बात सुनकर सिहरन से मेरे रोयें खड़े हो गए। एक क्षण भी मैं अब भागो के पास न रुकना चाहता था।

मैं अच्छी प्रकार समझ गया था कि भागो से यह मेरा अंतिम मिलना था। कभी चलते, कभी भागते जब मैं आधी रात को घर पहुँचा तो एक बार फिर से मैं बुखार में तप रहा था, इस बार लेकिन मन और तन से दृढ़ बना रहा। माँ को पता न चलने दिया। आधी रात को यों अचानक वापस लौटने पर माँ के कई सारे सवाल झेले लेकिन कह दिया वहाँ मेरा मन न लगा था। भागो ने जो संदेश अपने काका के लिए भेजा था उसे भी मैं छुपा गया।

कोई दो महीने के भीतर ही भागो मर गई। काका और भागो की माँ सिर पीटते रिवाज़ निभाने भागो की माटी में शामिल होकर आ गए, उसके पश्चात् न 'तीजे' में गए न तेरहवीं में।

उस समय जब भागो ने कहा था कि जब वह न रहेगी तो मुझसे मिलने आएगी तो मैं बेतरह डर गया था, सोचा था कि ऐसा बिलकुल भी न हो।

आज लेकिन मैं तनहाई में बैठकर प्रायः सोचा करता हूँ कि वह अपने वायदे से मुकर क्यों गई? बरसों बीत गए उसे गए लेकिन वह तो सपने तक में भी नहीं आई आज तक। भूत-प्रेतों में मुझे आज भी विश्वास नहीं है, लेकिन न जाने क्यों मैं सोचा करता हूँ कि भागो मर कर भी अपने इस भाई से स्नेह नहीं तोड़ पायी, इसीलिए मिलने नहीं आई, कोई अहित न हो जाए भाई का।

साल दर साल सावन आते रहे, मैंने लेकिन फिर कभी अपने आँगन के नीम पर झूला न पड़ने दिया।

भागो का वह घरवाला भी कोई तीन एक बरस और जीता रहा, एक दिन जब धानो की माँ और पिता रोते धोते सारे गाँव को जताते, उसके तीजे में शामिल होने गए तब पता चला कि वह मर गया है।

36

काम क्रोध के बैल बने हैं, खेत चरन को आवै

—कबीर

दरियापुर गाँव अपने अंतस में कितनी दुखांत कथा-कहानियाँ सहेजे बैठा है, इसे न तो मैं जानता हूँ, और न दरियापुर के दुख को कुरेद कर उसके घावों को सप्रयास ताजा करने का मेरा इरादा ही है, लेकिन इन घटना-दुर्घटनाओं में कुछ ऐसा अवश्य है जो मनमस्तिष्क को झँझोड़ता और उद्वेलित करता है गाहे बगाहे। जीवनयात्रा में आए सुख के क्षणों को बिसरते देर नहीं लगती है, और सुख की कोई सीमा तो है नहीं! और-और की चाह में इंसान पिछले प्राप्त सुखों को बिसार आगे ही आगे बढ़ता चला जाता है। सुख न केवल मानव मस्तिष्क की उपज है, बल्कि कभी-कभार सुखों का उत्पाद भी मनुष्य स्वयं कर सकने की स्थिति में होता है। मनुष्य सुख की तलाश करता है, उसके लिए श्रम करता है। दुख और क्लेश जबकि उसके सम्मुख बिना किसी पूर्व चेतावनी के अनपेक्षित मेहमान से, न जाने का इरादा ले, आ खड़े होते हैं। और सुख! यह उस धन की भांति होता है जो न तो बुलाये सहज ही आता है, न देर तक ठहरता है, चिरस्थायी की कौन कहे। और-और की भूख में मनुष्य करनी-न करनी के ज्वार में तिनके सा बेबस बहता किस घाट जा लगता है, कई बार इसका भान भी उसे तब होता है जब बहुत देर हो चुकी होती है। दुख लेकिन इसके निपट विरुद्ध चाल से क्योंकि अचानक मनुष्य के सम्मुख आ खड़ा होता है, बिना किसी पूर्व चेतावनी के, बिना किसी समाधान और विकल्प के, इसलिए मनुष्य का सदैव इसकी कल्पना मात्र से डरते काँपते रहना असामान्य नहीं है।

अचानक आई विपत्ति और दुख का सामना लेकिन शांतचित्त मन से कदाचित

किया भी जा सकता है, लेकिन दुखांत कथा को कथना अपने आप में उस जीवन को भोगने जैसा ही है जिसके अंत का ज्ञान आपको पहले से ही है। इसलिए दुखांत को कथना बेहद दुखदायी और कष्टपूर्ण कार्य है।

इतनी लंबी-चौड़ी भूमिका बांधने का ध्येय यहाँ केवल इतना-भर नहीं है, बल्कि दुख कई बार जिस प्रकार मनुष्य के जीवन को गढ़ते हैं, अविश्वसनीय लगता है। मुंडा की कथा जब पिता ने मुझे बतायी थी तो मैं स्वयं उस पर विश्वास न कर सका था। मेरे पिता दल्ले न थे, अविश्वास का कारण न होना चाहिए था, लेकिन न केवल यह कथा अविश्वसनीय थी, अकल्पनीय भी थी। बरसों तक यह कथा मेरे अवचेतन मन में गहरे कहीं दबी रही। पिता को गुजरे हुए बरसों हो गए, लेकिन न जाने क्यों यह कथा जब तब स्मृतियों के जंजाल में से स्वयं ही उभर, मुझे विचलित और परेशान करती रही है। अब से बीसेक बरस पूर्व जब एक बार गाँव आया था तब मुहल्ले के दसियों बड़े-बूढ़ों के चरणों में बैठकर इस कथा को बहुत गहराई से खोदकर न केवल निकाला बल्कि इसकी सत्यता की जाँच का प्रयत्न भी किया। 'बड़े-बूढ़ों के चरणों में बैठकर' शब्दों का प्रयोग इसलिए कर रहा हूँ कि कई बड़े-बूढ़ों ने सचमुच ही मुझसे बड़ी खुशामदें और मिन्नतें करायी।

इस प्रकार–

37

अंग्रेजों के कालखंड का दरियापुर ऐसा न था। गाँव में जाटवों की स्थिति न केवल आज से भी गई गुजरी थी बल्कि दयनीय थी। गूजरों के सामने यदि जाटव रास्ते में जाने अनजाने पड़ जाता था तो गूजर-गूजरी वापस लौटकर स्नान करके अपने आपको शुद्ध करते थे।

यः कचित्कस्यचिद्‌धर्मो मनुना परिकीर्तितः।
सः सर्वोडभिहितो वेदे सर्वज्ञानमयो हि सः।।

मनुस्मृति 2-7

आचारः परमो धर्मः श्रुत्यक्तः स्मार्त एव च।
तस्मादस्मिन्सदायुक्तो नित्यं स्यादात्मवान्‌ द्विजः।।

मनुस्मृति 1-109

आषोडशादब्राह्मणस्य सावित्री नातिवर्तते।
आ द्वाविंशात्क्षत्रबन्धोराचतुर्विंशतेर्विशः।।

मनुस्मृति 2-40

गोरक्षकान्वाणिजिकांसतथा कारूकुशीलवान।
प्रैश्यान्वार्धिकांश्चैव विप्रान्‌ शूद्रवदाचरेत।।

मनुस्मृति 8-102

मनु के अनुसार—मनुस्मृति का कथन—'वेद-सम्मत है उपरोक्त, द्विजों अर्थात ब्राह्मण-क्षत्रिय-वैश्य को क्रमशः 16,22,24 की वय तक यज्ञोपवीत अवश्य हो जाना चाहिए। गोपालकों के साथ शूद्रों जैसा ही व्यवहार करें।

तथाकथित शास्त्रों के अनुसार यद्यपि स्वयं गूजर भी शूद्र थे, लेकिन धर्म के

ठेकेदारों ने ऐसे पुख्ता इंतजाम किए हुए थे कि शूद्र भी शूद्रों को शूद्र कह अनाचार, अत्याचार, प्रतिकार करते रहें। जहाँ शूद्रों को शूद्र कहकर गूजरों के अहम् की तुष्टि होती थी, वहीं बामणों का हित साध्य होता था। गूजरों के भीतर झूठे दंभ का उपार्जन होता था, जो गरीब जाटवों को जूती के नीचे कुचलकर रखे रखने के लिए आवश्यक था। गूजरों में किसी के पास दस बीघे तो किसी के पास पंदरह बीघे जमीन, बस यही उनकी जमींदारी-जागीरदारी थी। इतने पर ही इतराते गुर्राते थे। समझदारी का इतना काम अवश्य करते थे कि यह दस-बीस बीघे जमीन भी बँट कर दो-दो बीघे न रह जाए इसके लिए परिवार में अधिकांशतः एक बेटे का ही ब्याह करते थे।

अंग्रेजों के उस कालखंड में पुलिस भी आज के जैसी न थी। गाँव में पुलिस का निम्नतम मुलाजिम सिपाही भी अपनी लाल पगड़ी पहिनकर आ जाता तो भगदड़ मच जाती थी, गली-मुहल्ले सूने हो जाते थे, लोग घरों को छोड़ खेतों जंगलों में भाग जाते थे। सिपाही जी, दीवान जी, दरोगा जी इत्यादि जब भी गाँव में आते तो सीधे ग्राम प्रधान की बैठक, हवेली, दुकड़िया जो भी होता उसमें पहुँचकर पहले तो विश्राम करते, फिर खाना-पीना होता और उसके पश्चात् उन्हें चाहिए होते थे दो-चार आदमी जिन्हें कारण-अकारण डंडों से, जूतों से पीटकर उनके कार्यक्रम की पूर्ति होती थी। केवल इतने-भर हितसाधन के लिए कि अंग्रेज बहादुर का, थानेदार का रौब बना रहे और कि गाँव वालों को सबक रहे कि जुर्म करने पर उनकी क्या दुर्गति हो सकती है, इस कार्यक्रम का आयोजन होता था। गूजर स्वयं पहले दर्जे के चोर-उचक्के थे, किसी की भैंस चुराकर रातों-रात बीसियों कोस दूर पहुँचाना और भैंस मालिक के घर मुँह अँधेरे यह खबर भेजना भी कि भैंस की आधी कीमत में चाहो तो अमुक स्थान से छुड़ा लो, उनके सहज कर्मों में से था। चोरी डकैती से भी परहेज न करते थे। कई बार ऐसे मामलों की छानबीन के लिए पुलिस गाँव में आती तो आरोपित स्वयं, खानापूर्ति करने के लिए जटवाड़े में से किसी को पकड़ मँगवाकर पिटवा देते थे। खा-पीकर संतुष्टि की डकारें लेते, पुलिस लौट जाती।

उस कालखंड में न्यायालय, कोर्ट, कचहरी भी आज के जैसे न थे। चार-छह महीनों में ही केस की सुनवायी भी पूरी हो जाती थी और फैसला भी हो जाता था, अलबत्ता जमीन-जायदाद के मुकदमे कई बार बरसों चल जाते थे, लेकिन अधिकांशतः अपवाद स्वरूप ही। आज के समान उन दिनों केस न चलते थे कि मुकदमा दर्ज होने से फैसला होने तक वकीलों की दो-दो पीढ़ियाँ, दोनों फरीकों की दो-तीन पीढ़ियाँ मर-खप जाती हैं और बीसियों न्यायाधीश सेवानिवृत्त हो अपने पोते-पोतियों को बीते अतीत की कहानियाँ सुनाकर वक्त काटने लगते हैं, दोनों फरीकों के घर द्वार बिक जाते हैं और अ ।त में जीता हुआ भी हारा हुआ ही होता है। अच्छा-बुरा जैसा भी न्याय होना है, हो जाता था उन दिनों।

अंग्रेजी राज के उस कालखंड में मुंडा को अपढ़ और गँवार तो होना ही था, सो वह था। नया-नया जवानी की दहलीज पर कदम रखने-रखने को हुआ तो सारा-सारा दिन मुस्टंडों की भाँति आवारगी करता, मुहल्ले के अखाड़े में कुश्ती पहलवानी करता, मुहल्ले-भर की भाभियों से छेड़खानी करता, हम उम्र लड़कियों के साथ छेड़छाड़ कर बुराई और बदनामी का ठीकरा कुनबा के सिर पर फुड़वाता था। उसके दो बड़े भाई और पिता परेशान हैरान उसे समझाने के लाख प्रयत्न करते लेकिन उस चिकने घड़े पर कोई असर नहीं। मुंडा का मँझला भाई केवलसिंह तो दो ही बरस उससे बड़ा था लेकिन सबसे बड़ा भाई देबीचरन उससे पूरे पंदरह बरस बड़ा था। होराम की पत्नी के देबीचरन के बाद भी चार और बच्चे हुए लेकिन सारे 'छीज' (गर्भपात अथवा शैशव में ही मृत्यु) गए थे।

दो-चार बार देबीचरन ने उसे ठोक-पीट कर ठीक करने का भी प्रयत्न किया लेकिन पूर्णतः निरर्थक रहा उसका वह प्रयास। पहलवानी करता था इसलिए शरीर सौष्ठव उत्तम था, गाँव की कई लड़कियों के साथ उसके आपत्तिजनक संबंध थे, जाटवों से भी गूजरों से भी। आखिरकार पूर्णतः थक-हारकर तय किया गया कि उसका तुरंत ब्याह ही उपाय था। मुंडा के दोनों बड़े भाइयों, देबीचरन और केवलसिंह ने पिता होराम के सामने प्रस्ताव रख दिया कि इस छुट्टे साँड़ को अब और अधिक खुला छोड़ने से कुनबा को केवल बदनामी ही मिलेगी। कोई सत्तरह बरस की उम्र थी तब उसकी, गाँव बिरादरी के लिहाज से भी अब वह ब्याह जोग हो गया था।

बिरादरी में ब्याह जोग लड़की तलाश करने में देर ही क्या लगनी थी। उन दिनों आज के समान नौकरीपेशा समाज तो था नहीं जाटवों का, लगभग सभी मजदूर ही थे। इसलिए उन दिनों बेटी का पिता गाँव बिरादरी में वर तलाश करने जब निकलता था, तब उसके मस्तिष्क में केवल एक ऐसे लड़के की छवि होती थी जो स्वस्थ हो, साबुत और चलते हाथ-पैर का, आंख, कान और पैरों से सक्षम हो। उन दिनों बेटी का पिता जब मुहल्ले के चौधरियों को अपनी आमद दर्ज कराने के पश्चात् खा-पीकर लड़का देखने और परखने की कवायद करने किसी की बैठक में बैठता तो मुहल्ले-भर के दस से सोलह बरस के कुँवारे लड़कों को उसके सामने प्रस्तुत किया जाता। सोलह बरस से ऊपर का लड़का और कुंवारा? उन दिनों अनसुना था। 'दुहेजवां' अलबत्ता मिलते थे, लेकिन 'दुहेजू' वर समाज में वर्जना से कम न थे।

जिस प्रकार आज कल रैंप पर नामी गिरामी फ़ैशन डिजाइनरों के वस्त्र धारण कर, मॉडल आगे-पीछे, दायें बायें चलकर दिखाते हैं उससे मेलजोल खाती कवायद में कुँवारे लड़के पेश किए जाते थे। कोई चौधरी बहुत धीरे से फुसफुसाकर लड़के से वार्तालाप करके दिखाता, कि बेटी वाले 'चौस्साब' (चौधरी साहब) देख लें कि लड़का गूँगा-बहरा नहीं है। दो-चार बोल बुलवाकर भी दिखा देते। इस प्रकार दस से सोलह के बीच के कुँवारे लड़कों के घरों में मुहल्ले का कोई जब खबर करके आ जाता, चौधरी हुक्का लेकर बैठ जाते, तब।

"मंगलू, चल कै दिखा, बेटा।"

"पलटू, बोल कै दिखा"

"आँख देख ल्यो जी चौस्साब।"

चौस्साब माने बेटी का पिता फिर पूछगछ करता, "कौन-सी क्लास में पढ़ रहयौ है जी छोरा?"

तीसरी, चौथी, पाँचवीं या अधिक से अधिक छठी कक्षा, बस यहीं तक सीमा होती थी। न तो और अधिक पढ़ाने की औकात और कूव्वत थी माता-पिता में और ना ही गूजर जाटवों को आगे पढ़ने देते थे। युवा हो चुका एक मजदूर उनके हाथों से जाता प्रतीत तो होता ही था, अपने स्वयं के उनके अपढ़ समाज को जाटवों का पढ़ना तौहीन सा दीखता था उन्हें। साथ ही अधिक पढ़ाई का अर्थ था—अधिक उम्र जो शादी ब्याह के लिए निषिद्ध थी। स्पष्ट था कि लड़के में कमी थी जिस कारण से अब तक पढ़ रहा था और छड़ा छुट्टा घूम रहा था।

"कतेक उमर है जी छोरा की? सोलह साल! ना जी ना, म्हारी बेटी बारह की है। बूढ़े की गैल छोरी ना ब्याहवेंगे जी।"

"सारे ही ना पसंद हैं जी, चौस्साब? परेम के दलपत ऐ और देख ल्यो, चौस्साब। ऐसै तौ गाँव सू खाली खूली ना जाण देवैं जी।"

लगभग सभी दिखाये गए लड़के चूंकि इस परीक्षा में सफल घोषित हो जाते थे, इसलिए अब इस बात की छानबीन में मुहल्ले के चौधरी सिर जोड़कर बैठते कि बेटा वाले और बेटी वाले के बीच में कोई ऐसी रिश्तेदारी तो नहीं है जो वर्जनीय हो। सब कुछ ठीकठाक यदि पाया तो लड़के के पिता को बुलाकर आपसी रजामंदी की रस्म अदायगी होते ही लड़के के हाथ पर सवा रुपया रखकर रोक की रस्म भी पूरी हो जाती।

इस प्रकार चयनित लड़के की जब चौस्साब के सामने परेड हो चुकती, उम्र की पड़ताल हो चुकती, क्लास-कक्षा की पूछगछ हो चुकती और पिछले दो-तीन पीढ़ियों के रिश्तों के 'कुलाबे' जब मिला लिए जाते तब चौस्साब अपनी सहमति प्रकट करते। लड़के के पिता की बुलाहट अब जाकर होती। इस स्टेज तक नौनिहालों के पिताओं की कोई भूमिका न होती थी। मुहल्ले के बड़े-बूढ़े ही रिश्तों के मामलों में खुदमुख्तार होते थे, रिश्ता तय कर देते तब जाकर कहीं नौनिहाल के पिता को याद किया जाता था.

इस प्रकार मुंडा की भी चौस्साब के सम्मुख परेड हुई और मुंडा जो यद्यपि उम्र के लिहाज से ब्याह की उम्र को कब का पीछे छोड़ चुका था लेकिन अपने निखरते गेहुँए रंग, सुंदर देह-यष्टि और उत्तम शरीर सौष्ठव के बल पर चौस्साब की अग्नि परीक्षा पर खरा उतर गया। सवा रुपया मुंडा के हाथ पर रख कर चौस्साब ने लड़का रोकने की रस्म पूरी की। मुंडा के पिता ने गुड़ की एक 'भेली' फोड़ कर उपस्थित जनों में बांट कर खुशी प्रकट

की। उस सवा रुपया को मुंडा ने घर जाकर जब माँ के हाथ में थमाया तो माँ ने स्नेह और खुशियों भरा उलाहना बेटे को दिया–

"ब्याह के पाछे, बहू के प्रेम में पड़ कर माँ को मत भूल जइयो, बेटा! सेवा टहल करवइयो मेरी। करवायगौ कै ना?"

"हाँ" गर्दन झुकाए और पाँव के अँगूठे से ताजा ताजा लिपे आँगन की छाती को कुरेदते हुए मुंडा ने आदेशपालन का हुंकारा भरा।

"ना करै तो तोड़ियो हड्डी, सुसरी की" गहरी कुटिल मुस्कुराहट और संतोषभरी श्वास मुखाकृति पर छप गई मुंडा की माँ के।

और इस प्रकार मुंडा की माँ, प्रतिद्वंद्वी के प्रति आश्वस्त हो, बेटे को बहू की हड्डियाँ तोड़ने का आशीर्वाद दे ब्याह की तैयारियों में जुट गई।

उधर चौस्साब जाते-जाते चेता गए कि उनकी बेटी पंदरह की हो गई है इसलिए आते 'जेठ' महीने में ही ब्याह कर देंगे। 'जेठ' माने अगले दो माह में ही विवाह।

38

होराम-मुंडा का पिता, भर जेठ की गर्मी में बैलगाड़ी, रब्बभा, बहली में बरात सजाकर बेटा ब्याहने गया। मुंडा नई नवेली दुल्हन को ब्याहकर घर लौटा। सुंदर बहू को पा, सास ने मुहल्ले-भर की स्त्रियों को हुलस-हुलस कर दिखाया, माथे को चूम हजार-हजार बलाएँ लीं, चूल्हे में लाल मिर्च और 'सामर' (नमक) झोंक कर बुरी नज़र से बचाव का टोटका किया।

मुंडा की पत्नी कमलेश सचमुच में ही रूपवती थी। गौरवर्ण, चंद्रमा सी गोल मुखाकृति, नितंबों तक लटकती चोटी और मुंडा के कानों तक आती उसकी लंबाई। सर्वांग में संपूर्णता को छूती सुंदरता को समेटे वह रूपगर्विता दर्पण के सामने बैठ जब अपने आपको निहारती तो अप्सरा जैसी दिखती। प्रथम मिलन में ही मुंडा उसकी रूपराशि को निहार, निहाल हो गया। बिना 'लाली-पोडर' के उसके मुख की कांति से मानो कोठरी झिलमिलाने लगती। दो पतले होंठों को तनिक सा भींचकर जब वह मुस्कुराती तो यों भान होता कि जैसे रात-भर की ओस से भीगी दो सुर्ख लाल गुलाब की कलियाँ एक के ऊपर एक धरी हों। कदली स्तंभ सी उसकी जंघाओं, रेशमी केशराशि, बड़ी-बड़ी काजल पूरित आँखों और उसके चौड़े माथे पर सजी बिंदी का स्मरण मात्र ही उसकी शिराओं में गर्म खून का मानों बवंडर ही उठा देता। पूरे-पूरे दिन वह उसके इर्द-गिर्द भँवरा सा चकरघिन्नी काटता रहता। रातों में 'अली कली ही सों बिंध्यो, आगे कौन हवाल' को चरितार्थ करता वह उसके रूप जाल में बँधा मदहोशी के आलम में अगले दिन सूरज चढ़ने तक पड़ा रहता। बड़ी और मँझली भाभियों के लाड़ और प्यार भरे तानों कि—"लाला, बेसरमी की बी हद्द हो गई। ब्याह तो म्हारौ बी हुयौ। अब बऊ के पेटीकोट में सू बाहर बी लिकसयाओ।" का भी मुंडा बेशर्म पर कोई असर नहीं।

इधर-उधर मुँह मारने की लत भी वैसी की वैसी ही रही उसकी। नजदीकी यार दोस्तों ने भी कुछ ताने मार कर कुछ समझाने के भाव में कहा, "यार, तेरा क्य। दिल ही नहीं भरता है? और वे किरांती, सरबती, संतरा और रेसम! अब तू घरवाला हो गया है, तेरे घर में तेरी घरवाली है, हमेशा के लिए है। कहीं भाग थोड़े न जाएगी। अब जिम्मेदार मर्दों की तरह बर्ताव करना सीख।"

"मर्द हूँ तभी तो!" एक अर्थपूर्ण कुटिल मुस्कुराहट के साथ मुंडा ने कहा, "कितनी भी हों, 'चीं' (हार स्वीकार करना) बुलाकर, तब छोड़ता हूँ।" अपनी गज-भर की छाती को फुलाकर सवा गज की करते हुए उसने कहा, "इस छाती पर मरती हैं सब की सब। मेरे बाजुओं के डौलों पर हाथ फिरा कर निहाल हो जाती हैं। जवानी चार दिन की चाँदनी है! बुढ़ापा अभी दूर है, उसे स्वयं से न्योता देकर बुलाने की मुझे तो आवश्यकता नहीं है।"

"लेकिन तुम्हारे दोनों बड़े भाई जो हाड़ तोड़ कर कमाते हैं और तुम घर में पड़े रहते हो। तुम्हारी भाभियाँ दिन-भर खेतों में खटती रहती हैं और तुम्हारी घरवाली कोठरी में पड़ी सिंगार-पटार में ही दिन काटती है। सो तुम्हें क्या लेश मात्र भी असहज महसूस होता है कि नहीं। किसी न किसी दिन वे तुम्हें फटकारेंगे ही।"

"तब की तब देखी जाएगी।"

"बाकी सबसे तो आश्नाई छोड़ो।"

"बाकी के लिए किसके पास फुर्सत है।"

39

खुशियों और सुखों का कोई अंतिम माप तो है नहीं! जितना मिला है उतने-भर से यदि मनुष्य संतुष्ट हो रहे तो दुनियादारी के बहुतेरे कष्टों से वह पार पा सकता है, लेकिन फिर मनुष्य और पशु में अंतर ही क्या है! और और की चाह ने ही तो मानव को प्राणी मात्र का मालिक बनाया है। इस और और की चाह ने चाहे संसार को भयानक युद्धों की विभीषिका में झोंका है, लेकिन ज्ञान की और अधिक की प्यास ही तो बुद्ध बनने के कारक भी रहे हैं। इस और और की चाह ने ही मानव को समुंदर पार दौड़ाया है, रेगिस्तानों को जय करने की इच्छा शक्ति दी है। धन का सुख, ताकत का सुख, भोग विलास का सुख, राज्य विस्तार का सुख, मनुष्य का मनुष्य पर दमन और विजय का सुख, इतने सारे सुखों की इच्छा कि मनुष्य गिनते-गिनते स्वयं ही थक कर परास्त हो जाए। इस बेचारे मुंडा जैसे क्षुद्र प्राणी का देह सुख की कामना में करनी न करनी को भूलना तो बहुत ही इतर क्रिया है।

लेकिन समाज तो इस प्रकार की सोच और दर्शन के सहारे नहीं चलता है, उसने अपने हिसाब से नियम कायदों का सृजन कर छोड़ा है। आदिकाल में मनुष्य जब पशुओं से अलग हो अपनी बिरादरी बना कर बैठा होगा तभी से उसके अचेतन मन में रात-दिन यही भय समाया रहा है कि जिस वर्ग से अपने आप को काटकर उसने जो अलग कर लिया है अपनी श्रेष्ठता के बूते पर, उसके साथ कोई तार जुड़ा न रह जाए। प्रकृति मानव से युगों पुरानी है, मनुष्य का प्रादुर्भाव तो बस कल का ही है. प्रकृति के विधि-विधान से यह संसार अरबों खरबों वर्षों से निर्बाध और संपूर्णता में चलता रहा है। अपनी श्रेष्ठता को सिद्ध करने और उसे बनाये रखने के प्रयास में मानव न केवल प्रकृति के सिद्ध और त्रुटिविहीन मर्यादाओं और नियमों को तोड़ता रहा है बल्कि अपने ही नये

कानून-कायदों के जाल में स्वयं को बाँधता तो रहा है लेकिन इतना सब होकर भी मनुष्य अपने पशुपन से कभी भी पूर्णतः छुटकारा नहीं ले पाया। अंधेरा होते ही, अकेला होते ही, तीज त्योहारों के पर्दे में, औरों से अधिक शक्तिशाली होने का भान होते ही, कोई नहीं पकड़ पायेगा का गुमान होते ही उसका पशु विशुद्ध रूप में जाग उठता है तथा अपने नैसर्गिक आवश्यकता और अधिकार की माँग कर बैठता है। समाज के दुर्धर्ष कायदे कानूनों की मुश्क में जकड़ा मनुष्य कब उन्हें तोड़ बैठने की हिमाकत कर बैठता है, उसे वह तब समझ पाता है जब पलटकर देखने की हिम्मत भी उसमें नहीं रही होती है। मनुष्य की यही प्रवृत्ति महाशय रामपत आर्य को बुढ़ापे में बशीर सक्का की बहन अजीजन के प्रेम मे डालती है और मुंडा की परिणति भी तय करती है।

किरांती का बुलावा मुंडा के लिए आ गया, जो 'अलि कलि ही सों बिंध्यों' मुंडा के होश ठिकाने लाने के लिए पर्याप्त था। किरांती मुंडा का ब्याह हो जाने पर वैसे ही जल भुन कर खाक हो चुकी थी, मुंडा के पत्नी के पल्लू से बँधे होने ने उसके क्रोध में मानो 'माटी' का तेल छिड़क कर दियासलाई ही दिखा दी थी। उसने खूब सोच कर ही संदेश भिजवाया था। 'चमट्टा को अपनी औकात आज याद दिलानी ही होगी' मुंडा ने अपमान सूचक चमट्टा संबोधन को भूल, इसे भी अपनी मर्दानगी का ही द्योतक मानां छाती तनिक सी और चौड़ी हो गई।

हवस में अंधा मुंडा जब अघाकर लौटा तब तक कमलेश सो चुकी थी।

होराम के पास अविश्वसनीय रूप में दस बीघे जमीन थी खेती की। जाटवों में वह जमींदार था। सुबह जब जाटव 'दराँतियाँ उठाये गूजरों के खेतों में मजदूरी करने जाते, तब होराम अपने बेटों के साथ अपने स्वयं के खेतो में फसल कटाई करता। मुंडा को होश आ चुका था तथा ख़ुमार का वह मौसम यदि बीता न था तो उतार पर अवश्य था। बड़े भाई देबीचरन ने मुंडा को फसल कटाई में जोत दिया था।

पाँच बीघे में जो 'मटड़ा' था उसकी कटाई में पूरा कुनबा जुटा था। अपनी पहलवानी ताकत में मुंडा मटर की फसल को परास्त कर रहा था। न केवल होराम बेटे की शक्ति को देख सराह रहा था, बड़े दोनों भाई भी उसके इस कार्य को जी भर निहार, निहाल हो रहे थे। पिता और उसके दोनों भाई जब थक कर बैठ जाते, मुंडा उन्हें मुँह चिढ़ाता सा फसल को परास्त करता, लगा रहता। पिता के कलेजे में ठंडक सी उतर आती।

पिता पुत्रों का उस दिन संध्या तक खेत में फसल कटाई का इरादा था लेकिन सूरज ऐन सिर पर आकर जैसे थम गया था और बैसाख-जेठ की उस गर्मी में मानों आग के झोंके सिरों पर उलीच रहा था। फसल कटाई को तनिक सा विराम देते हुए होराम ने दुलार भरे शब्दों में और थोड़ा मीठापन उँडेलते हुए कहा, "जा, घर हो कै आ जा। बऊ रोटी ले कै आ रई होवैगी। वाऐ क्यूँ तंग करनौ! जा तू ई ले कै आ जा। थोड़ो सौ अराम

बी कर ली जों छाछ ल्याणी मत भूलियो!"

अँगड़ाई तोड़कर मुंडा घर को सिधारा। रास्ते में किरांती को आज रात का इशारा किया, सरबती से नजरें चुरायीं, बहुत निकट के यार रतन को इशारे में बताया—आज का 'पिरोगिराम' तय है।

सुनारों की गली पार कर बशीर सक्का के घर के सामने से जब वह गुजरा तो मन ही मन उसने उसकी पत्नी को देखकर कहा—"जालिम, है माशूक, कभी न कभी तो चढ़ेगी 'हत्थे' पै।" जगमोहन बनिया की दुकान पर उसकी बेटी को देख मन में सोचा—'गंडासा' है, बिलकुल गंडासा, फँसेगी कभी न कभी।'

घर पहुँचकर कमलेश को कैसे वह अपनी बाँहों में जकड़... कर 'चीं' बुलायेगा, कैसे उससे मिन्नतें कराएगा, सोच-सोचकर उसकी शिराओं में लावा जैसा उमड़ने लगा। घर पहुँचा तो कोठरी की कुंडी भीतर से बंद थी। कुछ अनहोनी न थी।

दरवाजा खटखटाया।

"खोल, कमलेश! खोल...दरवाजा खोल!"

न खुला दरवाजा।

खीजते हुए उसने हाँक लगाई, "अरै...! खोल, सो गई का? खोल, खोल...खोल ...खोल...दरवाजा।"

दरवाजा खुला, धनपत धोती की लांग सँभालता भाग गया मुंडा के घर से! मुंडा ने अपनी धोती उतार फेंकी। —देख...देख...देख..., क्या कमी है मेरे में! कमलेश! बता...बता... बता...

कमलेश ने लेकिन कुछ भी उत्तर न दिया। मुंडा ने आँगन में पड़े 'डोल' की रस्सी का कोड़ा बना, कमलेश को धुन दिया. मारते मारते उसके हाथ थक गए लेकिन कमलेश ने मुँह से सिसकारी तक न निकलने दी, दाँत पर दाँत भींचे वह पिटती रही।

'बोल...बोल...बोल'

वह लेकिन पिटती रही, एक बोल तक मुँह से न निकलने दिया उसने।

पीटते पीटते वह थक गया, थककर निढाल हो गया। उसने अपने पर ही शर्म का बोझ महसूस किया कि किरांती, सरबती, संतरा और रेसम क्या सब झूठ बोलती रहीं उससे? उनकी मुखाकृतियों पर जो संतुष्टि की छाप वह देखता रहा था, क्या झूठ थी?

40

कितना समय बीत गया उस अपमान को, उस मोहभंग को गुजरे, नहीं जानता. समय का आभास जैसे मिट गया है। किरांती, सरबती, संतरा और रेसम के बुलावे अब भी आते हैं, लेकिन वह इस एक ही झटके में जैसे नामर्द हो गया है।

मुंडा का पिता पिछले बरस ही गुजर गया था, माँ भी उसके कुछ ही महीनों बाद। कब और कैसे पुनः फसल कटाई का मौसम आ पहुँचा है, इसका भान भी जैसे उसे नहीं है. खेतों में सोने जैसी गेहूँ की बालियां बुलाने लगीं थीं।

उस दिन पहले तो मुंडा पागलों जैसा गेहूँ की फसल को परास्त करता रहा, फिर बड़े भाई को इंगित कर कहा–"बस, हो गई कटाई। जाऊँगा, अब मैं।"

उसके मन में अपनी मर्दानगी के अपमान की झंझाओं का बवंडर उसे पागल कर रहा था। उन्माद...उन्माद...धनपत...कमलेश...धनपत...कमलेश...धोती की लांग सँभालता धनपत...कमलेश और धनपत के आपस में गुँथे होंगे तन...उसी कमलेश से जिसकी सुंदरता के मोह जाल में 'अलि कलि ही सों बंध्यो' वह अपने भाग्य पर इतराता रहा है...किरांती, सरबती, संतरा और रेसम उसकी इस मर्दानगी को, जिसे कमलेश ने उपेक्षा-अवहेलना के साथ परित्यक्त कर धनपत को स्वीकार कर लिया, जान पाएँ तो ...? अभी तक तो किसी को कुछ भी ज्ञात नहीं है, लेकिन इस अज्ञात को ज्ञात होने में कितनी देर और लगेगी?

आज मुंडा ने तय कर लिया है, परिणति को खोज-खंगाल कर न्योंत दिया है। अब और नहीं, उसने सोचा। बहुत हुआ, अब और नहीं।

न जाने नियति ने तय कर रखा था कि होनी ने मुहरे बिछा रखे थे, कि धनपत और कमलेश की मौत ने उसे बुला भेजा था। हाथ में फसल काटने की दराँती लिए, दौड़ता, हाँफता, दनदनाता हुआ जब घर पहुँचा तो कोठरी का दरवाजा बंद था उस दिन भी!

बैसाख-जेठ की उस भीषण गर्मी में जब पखेरू और जंगली जीव तक वृक्षों-झाड़ियों की छाया में गर्मी से त्रस्त अर्धबेहोशी के आलम में पड़े थे, कमलेश संकुचित सी और बिना खिड़की की कोठरी में भीतर से साँकल बंद करके पड़ी थी! मुंडा की आँखों में कदली स्तंभ सी जंघाएँ, गुलाब की कलियों जैसे होंठ, सुर्ख टमाटर से गाल और उनपर तैरते फिसलते धनपत के हाथ उभरने लगे। इस बार उसने कमलेश कमलेश की पुकार न लगाई। साँड़ जैसे शरीर में जो शक्ति थी उसका पूरी तरह प्रयोग कर एक ही धक्के में उसने दरवाजे को तोड़ डाला। भरभरा कर दरवाजा, भीतर एक-दूसरे में गुँथे कमलेश और धनपत के ऊपर जा गिरा और उसके ऊपर अपने ही वेग में अर्राता मुंडा।

विशेषतः मर्द, वस्त्रविहीन हालत में निहायत ही असहाय और सुरक्षा में पूर्णतः अक्षम होता है, धनपत तो वैसे भी मुंडा का आधा था, शक्ति में, शरीर में, लंबाई में. बहुतेरा बच भागने का प्रयत्न किया उसने लेकिन मुंडा की दराँती उसके पेट को चीर आंतें बाहर ले आई। चीख भी न सका वह। फटी आँखों में अविश्वसनीयता के भाव उसकी अंतिम मुखाकृति पर छप गए। स्तंभित सी कमलेश उसे मरते देखती रही। बिलकुल ही निःस्पृह भाव से मुंडा ने स्तंभित खड़ी कमलेश का काम तमाम कर दिया। जैसे फसल काट रहा हो, एक ही झटके में उसकी गर्दन कटकर उसके कंधे पर लटक गई. रक्त का फव्वारा इतने वेग से प्रवाहित हुआ कि कोठरी की छत तक को छू गया। उसकी सिरविहीन काया धीरे धीरे झुकती हुई धरती पर टिककर छटपटाने लगी। हाथ-पैर पटकती, छटपटाती उस सिरविहीन काया को वह भावशून्य सा देखता रहा, जब तक शांत न हो गई। दो-दो लाशों से पटी कोठरी बहुत ही बीभत्स दृश्य उपस्थित कर रही थी, लेकिन मुंडा को जैसे उसकी परवाह ही न थी। उसने दरवाजे को पुनः किसी प्रकार 'चौखट' में फँसाकर ताला बंद किया। दराँती को उसने अपनी धोती की लांग से साफ किया और वापस, खेतों में उपस्थित, अपने भाइयों को इस कृत्य की सूचना देने निकल गया। रास्ते में उसने दराँती 'मुकन्ना' में फेंक दी।

सुनते ही केवलसिंह तो जैसे अपने होश हवास ही खो बैठा लेकिन देबीचरन ने स्थिति की गंभीरता को पहले तौला, अगले कुछ घंटों में आने वाले घटनाक्रम की कल्पना की और कुछ देर तक भावशून्य सा आकाश की ओर ताकता रहा यह सोच कर कि मुंडा ने यह क्या कर डाला था! देबीचरन ने कुछ ही क्षणों में जो कुछ सोचना था सोच लिया था। कहा—'चुपचाप घर चलो।'

"नहीं जाऊंगा।"

"पिट कर जाओगे।"

"नहीं जाऊँगा, मैं थाने में जाकर अपने आपको उनके हवाले करूँगा।"

मटर के कटे ढेरों को इकट्ठा करने के लिए देबीचरन के हाथ में 'जेली' थी, उसी से देबीचरन ने उसे धुन डाला। मुंडा ने भागने का प्रयत्न किया—"अरे, केवल!

पकड़... पकड़" केवलसिंह ने उसे गर्दन से पकड़कर जमीन पर पटक दिया और छाती पर बैठ कर घूंसों से धुन दिया। कहा—"चुपचाप चलैगौ, कै और जरूरत है, तो बोल!"

तीनों भाई जब गाँव पहुँचे और मुहल्ले में प्रवेश किया तो पाया कि भर दुपहरी में पूरा मुहल्ला सुनसान था, अधिकांशतः खेतों में 'मजूरी' करने के लिए बाहर थे। मुंडा को तो बंद किया देबीचरन ने अपने कोठे में और फिर देबीचरन ने कोठरी को खोल मुआयना किया जहाँ कमलेश और धनपत की कटी फटी लाशें पड़ी थीं। कोठरी का दृश्य बीभत्स था।

घृणा, विक्षोभ और दुख से देबीचरन की आँखें अंगार सी दहक रही थीं। मुंडा ने आखिरकार कुनबा के नाम को बट्टा लगा ही दिया था। उसके परिवार को अब लोग हत्यारों का कुनबा कहेंगे। पिता जीवित होता तो शर्म के मारे कदाचित कुआँ खाई में डूब मरता। ऐसा राक्षस बेटा और राक्षस भाई किसी को न दे भगवान! दरवाजे को फिर से बंद करके देबीचरन बाहर आया। केवलसिंह आशंकित-सा खड़ा पहरा दे रहा था कि अड़ोसी-पड़ोसी न आ फटके। इशारे-भर से उसने केवलसिंह को अपनी कोठरी में चलने को कहा।

भीतर कोठरी में उसने केवलसिंह से कहा, "केवल! ध्यान सै सुण। सुण कै मुंडा की तरीयों मत पगलइयो" उसने एक बार सिर झुकाये, दहशत के मारे पीले पड़े केवलसिंह को देखा और कहा, "डर के मारे बेहोश होणै की जरूरत ना है, मेरी ओड़ देख और ध्यान सू सुण। तुम दोणो छोटेन नै कदी मेरी बात ना सुणी, बौहत छोटे जाण कै मैंने बी ध्यान ना दियौ। मेरी गलती थी। तुम दोणोंन नै डाट डपट कै राखतौ तौ आज कौ दिन ना देखणौ पड़तो।" सिर झुकाए पैर के अंगूठे से धरती कुरेद रहे केवल को देखकर उसने डाँटते हुए पुनः कहा, "अरै! सुण रौ है कै सो रहयौ है?"

डाँट सुनकर केवलसिंह सिर उठाये और उल्लुओं की भाँति आँखें फाड़े देबीचरन की ओर देखने लगा।

"सुण, मेरी उमर तुम दोणोन सै कोई पंदरह बरस जादा है, मेरे बच्चों के उमर के हो। मैंने बौहत दुनिया देख ली, पर या उल्लू नै तो बस अबी जिंदगी सुरू ही करी है। कातल है, पर है तौ भाई, एक माँ के पेट सै जणौ हुयौ, एक पिता कौ बीज।" ध्यान से सुनते देख उसने केवलसिंह से कहा—"जा, 'गंडासौ ले कै आ।"

"मुंडा की 'नाड़' (गर्दन) काटोगे का!" डर से थरथराते हुए केवलसिंह ने पूछा। देबीचरन की बातें सुनकर और उसका यह आदेश सुनकर कि 'डर के मारे बेहोश होणै की आवश्यकता ना है', और अब उसकी 'गंडासे' की माँग से केवलसिंह को निश्चय हो गया कि मुंडा के अब बचने की कोई आशा न थी। देबीचरन की मुखाकृति पर घृणा और आक्षोभ के भाव बता रहे थे कि देबीचरन ने क्या तय कर लिया है. उसने सोचा 'गंडासा' लाने के बहाने वह आसानी से भाग सकता है। आँगन के एक कोने में ही

पशुओं के लिए कुट्टी कटी पड़ी थी तथा वहीं 'नह' के बगल में 'गंडासा' पड़ा था। सोचा भाग जाए। एक भाई पहले ही एक हत्या करके अपने लिए फाँसी का इंतजाम कर चुका था, दूसरा अपने ही भाई को मारने की तैयारी कर रहा है! इस अनहोनी को कैसे रोकेगा वह!

केवलसिंह खाली हाथ देबीचरन के पास लौट गया।

कहा। "मेरे बस की बात नही है। मुंडा को मार कै तुम कौण सौ पुन्न कमाओगे? उसै तौ कानून ही फाँसी पै चढ़ा देवैगौ।"

देबीचरन की आँखों में आँसू आ गए। अपने पास खींचकर और छाती से चिपटा कर उसने केवल से कहा, "अरे, पागल! तैनै समझी मैं वाहै कतल करूँगौ! अपणे माँ जाए भाई को? जिसै मैंने छोटे बच्चान की तरह गोद खिलायौ है, जिसै दुनिया-भर के लाड लडाये हैं मैंने, अरे पागल! उसै कतल करूँगौ मैं?"

"तो?"

"तौ का? कुछ बी ना, इसै ऐसै समझ तू कि मुंडा नै अपनी बहू ना मारी, बल्कि वा उल्लू तौ गाँव में ही ना है आज के दिन। मामा बीमार हैं वहीं गयौ हुयौ है।"

कानों में सनसनाहट सी गूँजने लगी केवलसिंह के। जो कुछ देबीचरन कह रहा था उसे समझने के लिए ज्ञानी ध्यानी होने की आवश्यकता न थी। केवलसिंह की बीस की उम्र है और जब देबीचरन के पहले बेटे का जन्म हुआ था तब वह मुश्किल से सात बरस का था। केवलसिंह को भतीजे के जन्म की बस हल्की सी याद है। उसकी स्मृतियों में देबीचरन चमरोंधी जूती पहने, घुटनों से थोड़ी नीची धोती, मोटे खद्दर का कुर्ता तथा हाथ में पाँच हाथ की लाठी थामे कड़ियल जवान की तस्वीर रही है। किस प्रकार देबीचरन उसे और मुंडा को कमर पर लादे गाँव गलियों में घुमाता था, ऊंट, गीदड़ और दड़े की कहानियाँ सुनाता था। किस प्रकार मुहल्ले के बालू ने जब मुंडा को मामूली सी बात पर पीट दिया था और मुंडा जब रोता हुआ घर में देबीचरन के सामने पड़ गया था तब वह लाठी लेकर बालू के पिता पर चढ़ दौड़ा था, फलस्वरूप दोनों मुहल्ले लाठियाँ लेकर आमने-सामने आ गए थे। असंख्य अतीत के बिसर गए चित्र उसकी आँखों में, एक ही क्षण में तैर गए।

"समझ लै मैंनै कतल करी है मुंडा की बहू और धनपत। और सुण अब जो तैनै चूं चपाड़ करी तो मारे 'जेवड़ान' की मार के खाल खेंच ल्यूंगौ।"

केवलसिंह की आँखों से आँसू गिरने लगे। इस प्रकार के सहोदर प्रेम का गवाह बनना उसे स्वीकार्य न था लेकिन जितना देबीचरन को उसने देखा है, जाना है उससे वह जानता है कि तीर कमान से निकल चुका है। इतना न तो साहस ही था केवलसिंह में और न इच्छा थी कि कहे 'हत्या का आरोप मैं ले लेता हूँ'।

देबीचरन ने कहा, "मुंडा को लेकर 'ताबड़तोड़' (शीघ्रातिशीघ्र) मामा के यहाँ चलौ

जा, और खबरदार! जो तुम दोनों नै मुँह खोलौ तो। मामा को ध्यान सै सब बात बता दीजो। उलट कै मत अइयो जब तक यहाँ सू इस कतल की खबर वहाँ ना पौंहचै। जा, लेजा इस होराम के कपूत को।"

केवलसिंह जब जाने को उठा तो देबीचरन ने अंतिम संशय दूर करने के लिए उसे अचानक रोककर कहा, "रुक! कसम खा अपने बड़े बूढ़ेन की और देवतान की, अपने पिता की, कि इस बात को जान जाए तौ जाए किसी के 'सामैंइ' ना खोलैगौ!"

केवलसिंह ने कसम खाली और जाने के लिए उठा तो देबीचरन ने उसे फिर रोक लिया। देबीचरन को अचानक कोठरी की दीवार पर टँगा काँच की बोतल में पिछले 'नहान' पर उसके द्वारा लाया हुआ गंगा जल दिख गया। बोतल को उतारकर उसने केवलसिंह से कहा, "गंगाजली उठा कि दुनिया में किसी के भी 'सामैंई' इस भेद को न खोलैगौ।"

बोतल से चुल्लू-भर गंगा जल केवलसिंह के दोनों हाथों से बनी अंजुरी में डाल कर उसने उससे गंगाजली उठवाई।

"जान जावे तो जावे लेकिन यह भेद ना खोलुँगौ, खोलूँ तौ नरक में जाऊँ।"

फिर अपने हाथों की अंजुरी बना कर गंगाजल लिया और स्वयं गंगाजली उठाई,

"कसम है गंगामाता की, इस भेद को खोलूँ तो नर्क में जाऊँ। कसम तोडूँ तो अपने पितर, माता-पिता, देवी-देवता मुझे क्षमा न करें।"

संतोष और जिम्मेदारी भरी एक दीर्घ निश्वास देबीचरन के मुँह से निकल गई। दोनों भाइयों ने एक बार और कोठरी में जाकर मुंडा को डराया-धमकाया कि जो मुँह खोला तो, यह राज़ किसी को बताया तो उसकी खैर नहीं! मुंडा की समझ में अब जो कुछ थोड़ा बहुत आया तो रोने लगा। देबीचरन के सामने बहुतेरा कहा कि उसने अपराध किया है, पाप किया है इसलिए जो कुछ होगा उसे भुगतेगा। उसके हाल पर उसे छोड़ दिया जाय। उसे किसी की दया माया की आवश्यकता नहीं है। लड़ने-मरने को तैयार हो गया। देबीचरन ने जो सलाह केवलसिंह को दी थी उसे लगभग सशब्द मुंडा के सामने भी दोहराया। जोर दे देकर समझाया कि किस प्रकार मुंडा का जीवित रहना अधिक आवश्यक था। उसके द्वारा पेश किए गए कारण बिलकुल थोथे थे। बेकार और बेसिर-पैर के तथ्यों से न मुंडा सहमत था और न केवलसिंह, और वे बखूबी जानते थे कि देबीचरन अपने भाइयों के प्रति अतीव प्रेम के कारण ही यह सब कर रहा था।

केवलसिंह की स्थिति विचित्र थी। देबीचरन को रोके तो मुंडा गया! न रोके तो देबीचरन गया!

देबीचरन ने एक और बार दोनों भाइयों को समझाने का प्रयत्न किया और मन में सोचा कि इस जुगत से वह उन्हें हरा देगा।

"तुम दोणों सोच रहे हो कि इस उल्लू का जुर्म अपने ऊपर लेकर मैं फाँसी पर चढ़ जाऊँगौ। अरे पागलो, थारी समझ बढ़ाने के लियों बता दूँ–दस बीघे जमीन में सू का तीन बीघे तुम मेरे मुकदमे में बी ना लगाओगे? अच्छौ सौ वकील कर कै मोय साफ बचा लीजो।"

देबीचरन की लचर और बेतुकी सलाह से वे कत्तई प्रभावित न थे लेकिन जानते थे अब देबीचरन किसी के कहने पर भी न मानेगा। देबीचरन भी इसे समझ गया था कि उसकी इस जुगत से वे दोनों प्रभावित न थे इसलिए मुंडा को भी उसने जबरन गंगाजली उठवाई।

समय गुजरता जा रहा था और अब किसी भी समय खेतों से मुहल्ले के लोगों की आमद होने में देर न थी, इसलिए केवलसिंह के साथ मुंडा को उसने लगभग धकिया कर मामा के गाँव भगा दिया और स्वयं तेजी के साथ सब कुछ सोचकर वह उस कोठरी में गया जहाँ दोनों लाशें पड़ी थीं। यंत्रवत, न कोई हड़बड़ाहट न कोई डर, उसने एक बार और कोठरी का जायजा लिया। बीभत्स दिख रही लाशें जैसे के तैसे वहीं पड़ी थीं। भीषण गर्मी की तपन से खून सूख गया था, कोठरी बंद होने पर भी लाशों पर मक्खियाँ भिनभिना रही थीं।

देबीचरन के मन के बहुत भीतर से उसके अपने बच्चों की, पत्नी की मुखाकृतियाँ उभरकर सामने खड़ी होने लगीं और उसके निश्चय को कच्चा करने लगीं। पुलिस की मार की उसे चिंता न थी। उसकी संतान को उसके इस कृत्य के पश्चात किन ज़लालतों का सामना करना पड़ेगा, इसे सोचकर मन डाँवाडोल होने को था। लेकिन फिर सोचा, गंगाजली से अकेले उसके दोनों छोटे भाई ही न बँधे थे, वह भी बँधा था। अब पलटना संभव न था।

उसने सोचा, यदि और देर की तो उसका निश्चय निश्चित ही डगमगा जाएगा! चेहरे पर पुनः दृढता ओढ़े उसने 'गंडासे' को एक बार हाथ में तौला और आँखें बंद करके मुंडा की पत्नी के शव पर अनुमान से चला दिया। थोड़े बहुत खून से 'गंडासा' सन गया, बाकी हाथ से लेकर 'गंडासे' को रक्तरंजित किया। उसे सहसा उबकाई आ गई। कमलेश के बीभत्स मुख को देख अचानक उसे मुंडा के ब्याह की बात याद हो आई। माँ ने बहू का मुख देख देबीचरन को कहा था–"साच्छात लच्छमी घर में आई है। जैसे सीता माता ने ही घर में पैर धरे हैं। म्हारे तो पुरखेन तक नै इतनी खूबसूरत बहू घर में ना देखी। मेरे मुंडा के भाग बड़े भारी हैं।" और आज इस लच्छमी ने ये दिन दिखाये! लेकिन मुंडा क्या कम पापी है? इस पापी को भी उसके कुकर्मों की सजा मिलेगी अवश्य। उसका मन फिर कच्चा कच्चा होने को आया।

नहीं, अब और देर नहीं। गंगाजली पर उठाये प्रण से बँधा है वह। हे भगवान मुझे क्षमा करना... राजकली मुझे क्षमा करना मेरे बच्चो मुझे क्षमा करना। मैं न अच्छा पिता

हूँ न अच्छा पति, दूसरे के पाप को ओढ़कर मैं कम पाप नहीं कर रहा हूँ अपनी पत्नी और बच्चों के प्रति!

खून सना 'गंडासा' उठाकर उसने सावधानी से अंगोछा में लपेट लिया, अंतिम एक दृष्टि लाशों पर डाली, कोठरी का दरवाजा बंद कर ताला डाला और सीधा दादरी थाने को चल दिया।

थाने पहुँचकर उसने खून सना 'गंडासा' थमा कर जिस सहज भाव से कमलेश और धनपत की हत्या करना स्वीकार किया उससे पचासों हत्याओं की विवेचना कर चुके थानेदार का मुँह आश्चर्य से खुला का खुला रह गया। स्थिति की गंभीरता का जब उसे भान हुआ तो चिल्लाकर आवाज लगाई—"पहरा! अरे, बाँधो इस हरामजादे को! कत्ल करके आया है। बाँधो स्साले को उल्टा लटकाओ हरामी को घोड़ा तैयार करो मेरा, मौके मुआयने पै हम खुद जावेंगे।"

"हजूर! मारने-पीटने की आवश्यकता नहीं है, मैं खुद ही जुरम कबूल करता हूँ जी।"

"अबे स्साले! तू हमें सिखावैगा कि क्या करना है। थाना तेरी सुसराल है कि तुझे बैठा कै जिमावेंगे।" धरती पर बैठे देबीचरन की कमर में एक लात जमा कर थानेदार ने कहा, "क्यों बे स्साले! थाने में आकर बिना पिटे कोई गया है!" पहरा को इंगित कर कहा, "जब तक घोड़ा तैयार होता है, लाना तो मेरा हंटर।"

"बोल... तू... सिखायेगा हमें।"

"ना हजूर कभी नहीं।"

थानेदार का घोड़ा अभी तक तैयार न हुआ था। पहरा को कहा, "जब तक घोड़ा आता है, स्साले को मुर्गा बनाकर रखो। मैं जरा हल्का होके आता हूँ।"

घोड़ा जब तैयार होकर आ गया, पेंट के बटन बंद करता थानेदार बाहर आ गया तब 'दीवान' को कहा, "दो सिपाही भी तैयार करो, चार-छह को तो बाँध कै लाना ही पड़ैगा। दो-दो कत्ल किए हैं इस हरामी के जने ने। और इस स्साले को भी ले के चलो निशानदेही के लिए।"

इस प्रकार दोनों हाथों में हथकड़ी से जकड़े होने के बावजूद देबीचरन को कमर में रस्से से बाँधे, घोड़े के पीछे घसीटते पुलिस उसे वापस गाँव ले आई। गाँव में इस हत्या का तब तक किसी को भान तक न था। देबीचरन को हथकड़ियो में जकड़े देख गाँव सन्न रह गया। देबीचरन जो न किसी के लेने में न देने में, स्वभाव में गऊ जैसा, ऐसे देबीचरन को पुलिस क्यों बाँधकर घसीटते हुए लेकर आई है! खेतों में देबीचरन की घरवाली और बेटों को भी खबर लगी, भागते गिरते पड़ते सब घर पहुँचे तो आँगन में कमलेश की और धनपत की कटी फटी लाश और हथकड़ी में जकड़े धरती पर बैठे पति को देख राजकली गश खाकर गिर पड़ी।

सारा गाँव इकट्ठा हो गया। फटी आंखें और अविश्वास के भाव लिए आसपड़ोस, गाँव मुहल्ला सिर झुकाये धरती पर बैठे देबीचरन को हैरत भरी नजरों से देख रहे थे। धनपत की पत्नी पति की हत्या की खबर पा गिरती पड़ती आई और आते ही सिर झुकाए देबीचरन के सिर पर 'दुहत्तड़' (दोनों हाथों का घूँसा बनाकर मारना) मार कर चिल्लाई—"तेरौ नास जाए रे! ...अरे कौन से जनम कौ बैर लिकासे रे तैने! ...अरे तो में कीड़ा पड़ैं रे।"

"चुप्प स्साली हरामजादी! यह तो बता, ये अपनी माँ का यार तेरा खसम धनपत, यहाँ मुंडा की घरवाली के साथ क्या कर रहा था?" और फिर एकत्रित भीड़ में बुजुर्गों को इंगित कर थानेदार ने कहा—"हटाओ इस मुसीबत को। समझा दो इसे, जब तक तहकीकात चल रही है तब तक चूं चपड़ की तो इसे भी थाने भेजना पड़ेगा।"

मुहल्ले की औरतें उसे घसीटकर बगल में इतवारी के घर ले गई।,

थानेदार ने अब देबीचरन को बूट की ठोकर मार कर पूछा, "बोल बे स्साले! क्यों किया था कत्ल?"

"हजूर! आप देख ही रहे हो, धनपत कमलेश के साथ अकेले में कोठरी में था. खून खौल गया जी मेरा।"

"अबे स्साले अपना पाप छुपाने के लिए तूने खून किया है। तू था इस स्साली के साथ अकेले में, धनपत अचानक आ गया तो तूने दोनों का खून कर दिया। बोल सच है कि नहीं।"

"नहीं हजूर, जेठ हूँ मैं कमलेश का, बेटी जैसी थी मेरे लिए।"

थ़ानेदार ने साथ आये सिपाही से कहा, "लगा स्साले को जूते, ऐसे नहीं कबूलेगा यह।"

"हजूर! मैं कतल करना कबूल कर रहा हूँ तब आपको इससे क्या कि क्यों कतल किया है!"

थानेदार और सिपाहियों ने देबीचरन को लाठियों से पीटना प्रारंभ कर दिया। सिर फट गया देबीचरन का। गाँव के एक चौधरी ने हिम्मत जुटाते हुए कहा—"हुजूर जब देबीचरन कत्ल करना कबूल कर रहा है तो मारपीट की क्या आवश्यकता है!"

"हमें हर दृष्टिकोण से केस को देखना पड़ता है। अपना मुँह बंद रखो तुम।" अलबत्ता उन्होंने देबीचरन को पीटना बंद कर दिया।

दोनों लाशों को उठवाकर थाने ले गया, देबीचरन को उसी हालत में घसीटते हुए ले गया। अगले दिन दोनों लाशों को चीरघर भेजा और देबीचरन का चालान कर बुलंदशहर जेल भेज दिया। चीरफाड़ के पश्चात् जब लाशें घर लौटीं तो एक बार फिर मुहल्ले में 'रोआंराट' मचा। धनपत के कुकर्मों से पूरा गाँव ही अवगत था इसलिए देबीचरन और धनपत के परिवारों में लाठियाँ चलने से बच गईं, और किसी को संशय न रहा कि देबीचरन ने हत्याएं क्यों की थीं।

मुंडा और केवलसिंह दोनों रोने, सिर धुनने का अभिनय करते दूसरे दिन ही पहुँच गए और कमलेश की 'अंजल मंजल' की।

अच्छा वकील करने के लिए दस में से तीन नहीं बल्कि पाँच बीघे जमीन सचमुच बेचनी पड़ी। वकील ने खूब चिल्ला-चिल्लाकर और गर्जन भरी आवाज में चाहे कितनी भी जिरह की लेकिन न्यायाधीश पर उसका कुछ भी असर न हुआ। कुल छह माह चले इस मुकदमे के अंत में न्यायाधीश ने कलम की एक ही लकीर से देबीचरन के जीवन की डोर को काट दिया—"जुर्म बिना शक ओ शुबह के साबित हो गया। ऐसे निर्दय, बेरहम, मानवेतर इंसान को समाज में जीने का कोई हक नहीं है! गर्दन से लटकाकर फाँसी दी जाए, जब तक प्राणांत न हो जाए।"

हाईकोर्ट में अपील भी की दोनों भाइयों ने लेकिन वहाँ तो महीने-भर में ही निचली अदालत के फैसले को सही ठहराया। बेहद ऊँचे दर्जे के वकील की सारी जिरहें बेकार गईं। दो बीघे जमीन और भेंट चढ़ गई। उच्चतम न्यायालय में अपील करने को स्वयं ऊँचे दर्जे के वकील ने ही खारिज कर दिया। कहा—'कोई लाभ नहीं। केस में कोई दम नहीं है। पुलिस ने जब देबीचरन को गिरफ्तार किया था तब ही उसने जज के सामने इकबालिया बयान दे कर हत्या करना स्वीकार कर लिया था। प्रयत्न अभी तक केवल इतना था कि फाँसी से बच जाए।'

41

बुलंदशहर जेल की कालकोठरी में बैठा देबीचरन पूरा-पूरा दिन सोच विचार में बिता देता। जिला कचहरी में जब उसे फाँसी की सजा सुनाई गई तब से उसे बाकी जेल की बैरकों से हटाकर 'डैथ रो' अर्थात कालकोठरी में स्थानांतरित कर दिया था। बैरक में अन्य कैदियों के साथ रहता था तब बहुत सोचने की फुरसत न मिलती थी। अन्य सामान्य और गंभीर अपराध के दोषी कैदियों के साथ जेल के छोटे-मोटे काम करने, सुबह-शाम बैरक के भोजनालय से कतार में लगकर लोहे के तसला में खाना प्राप्त करने, संतरियों की घुड़की खाने, साथी कैदियों के साथ फुसफुसाहट भरे शब्दों में थोड़ा-बहुत अपने भेद बताने और दूसरे के भेद जानने की जुगत में समय कट जाता था। उधर बैरकों में थोड़ी-बहुत हरियाली भी थी, नीम का एक वृक्ष भी था, भोजनालय के सामने बेहद छोटी-सी एक क्यारी में फूल-पौधे भी थे। खूब ऊँची दीवारों से घिरी जेल थी लेकिन भीतर ही भीतर विस्तृत एक मैदान था जिसमें कैदियों को संतरियों के घेरे में घूमने दिया जाता था।

ये कालकोठरियाँ लेकिन उन बैरकों से एक ऊँची दीवार से विभक्त होकर छोटे से एक द्वार से जुड़ी हैं। दस गुणा दस फुट की अपनी कोठरी से जब उसे प्रतिदिन प्रातः निकाला जाता है तब उसने अवलोकन किया है—कुल छह कोठरियाँ हैं एक जैसे आकार की। संकीर्ण-सा एक आँगन है कोई तीस गुणा साठ फुट चौड़ा। जो द्वार उसे बैरकों से जोड़ता है उसके ठीक विपरीत उलट दिशा में छोटा एक द्वार है जो फाँसी घर को भेजता है जिसमें से कोई फिर लौटकर वापस नहीं आता है। इस द्वार पर सदैव ताला पड़ा रहता है, उसके पीछे क्या है, कैसा है का भेद कोई नहीं जानता है। जेल वार्डन और संतरियों को उधर का कुछ भी न बताने की सख्त हिदायत है।

पूरे कालकोठरियों की कतार में अकेला वह है और बगल की कोठरी में एक और प्राणी है मौत से सामना करने के लिए। दोनों को जब प्रातः घुमाने के लिए सँकरे से इस आँगन में निकाला जाता है तब आधा पौना घंटे के लिए दोनों में बात हो जाती है। बुलंदशहर से लगते पतलापुर गाँव का है, चालीसेक की उम्र है और जितना उस ने बताया उसके अनुसार जमीन के बँटवारे को लेकर अपने छोटे भाई की हत्या का दोषी है। भाई की हत्या का उसे तनिक सा भी मलाल नहीं है, कहता है अब छोटे की जमीन उसके बच्चों को मिल जाएगी। छोटा शादीशुदा तो था नहीं, अवारागर्दी में पुरखों द्वारा अर्जित और खून-पसीने से सिंचित जमीन को जुआ और शराब में लुटा रहा था सो मार कर सुनिश्चित कर दिया कि घर की जमीन घर में ही रहे। मरने का डर लेकिन उसके मुख पर सदैव छपा दिखता है गो ऊपरी तौर पर बेफिक्र दिखने की तमाम कोशिश करते उसके दिन बीत रहे हैं।

पहली बार जब जिला कचहरी में देबीचरन ने न्यायाधीश से सुना—'गर्दन से लटकाकर फाँसी, जब तक प्राणांत न हो जाय।' तब उसको गश आने लगा था, टाँगें जैसे शक्तिहीन हो गई थीं, आँखों के सामने अँधेरा छा गया था। कई लंबे क्षणों तक उसकी सोच समझ गायब हो गई थी। कौन क्या कह रहा है, कुछ समझ न आ रहा था लेकिन धीरे-धीरे उसके होशोहवास फिर से काम करने लगे। बस, उस एक दिन देबीचरन घबराया था। मौत की सोचकर उसके दिल की धड़कन बढ़ जाती है अब भी, लेकिन बस इतना-भर। राजकली और अपने बच्चों की सोचकर अवश्य उसे चिंता होती है। हत्यारे की औलाद कहेंगे सब उसके बच्चों को।

पिछले दो दिन से जेल का डाक्टर उसकी जाँच करता है, आला लगाकर दिल की धड़कन सुनता है और संतुष्ट भाव से चला जाता है। दो दिनों से एक पंडत आकर कोठरी में ही उसे गीता सुनाता है कि—'आत्मा अजर अमर है। प्राणी नहीं मरता है केवल उसका यह शरीर मरता है तथा आत्मा इस पुराने हो गए शरीर को त्यागकर नये शरीर में प्रवेश करती है। आत्मा को न कोई मार सकता है, न जला सकता है। इत्यादि इत्यादि।' उसे अंदेशा हुआ कि अब अंत निकट है लेकिन जब जेल के डाक्टर ने आला लगाकर दिल की धड़कन की जाँच के पश्चात् उसका वजन भी लिया तो और किसी अंदेशे की गुंजाइश न रही।

उसकी कोठरी के द्वार पर संतरियों की गहमागहमी बढ़ गई और उनके मुख पर गंभीरता लक्षित होने लगी। उसकी हर आवश्यकता वे दौड़ कर पूरा करने लगे हैं।

दिन रविवार तीन अक्टूबर, प्रातः पाँच बजे ही जेलर स्वयं उसकी कोठरी तक आया और उसे नींद से जगाकर उसकी आँखों में झांकते हुए उसे बता गया कि कल प्रातः पाँच बजे उसे फाँसी होगी, विशेष कुछ खाना-पीना हो तो बताए। किसी से मिलना हो तो बताए।

किस विशेष भोजन की इच्छा करे देबीचरन? जब से डाक्टर उसका वजन माप कर गया है और पंडत जबसे उसे आत्मा के अजर-अमर होने का दिलासा दे रहा है तब से उसकी भूख मर गई है। प्रयत्न करने पर भी निवाला उसके गले के नीचे नहीं उतरता है। रात रात-भर जागते काटता है वह, नींद का नामोनिशान नहीं है। जब उससे दो दिन तक कुछ न खाया गया तब जेल के डाक्टर को लेकर जेलर आया और नाक में रबर की नली डालकर जबरदस्ती कोई सेर-भर दूध पिला गया था। सुबह-शाम डाक्टर उसकी जाँच करने लगा है।

सो क्या विशेष खाने की इच्छा करे देबीचरन? कुछ विशेष नहीं चाहिए।

फाँसी से पहली संध्या जब जेलर और डाक्टर उसकी कोठरी में आए और पूछने लगे कि क्यों वह भूखे पेट मरना चाहता है? देबीचरन ने तब भी खाने से इनकार किया तो डाक्टर ने नाक के द्वारा दूध और कुछ दवा उसे पिलाई। उसके शरीर की जाँच जब डाक्टर कर रहा था तब उसने पूछ लिया कि उसकी मर्जी के विरुद्ध क्यों उसे खिलाया जा रहा है?

''तुम्हें कुछ हो गया फाँसी से पूर्व तब न मेरी नौकरी बचेगी और न ही जेलर की।'' डाक्टर ने बताया।

देबीचरन को सहसा स्मरण हो आया कि कैसे दादरी के बाजार में लोग मरी मछली के ऊपर जीवित मछली को तरजीह देते हैं और जिंदा मछली के लिए दोगुने-तिगुने दाम चुकाते हैं। जिंदा मछली को मार कर पकाओ तो स्वाद दोगुना हो जाता है। डाक्टर और जेलर का कहना उचित है, जीवित मनुष्य को गर्दन से लटकाकर मारने से कानून को अधिक मजा आएगा। भूखे रहकर, आत्महत्या करके दोषी यदि स्वयं ही मर गया तो इसलिए फाँसी पाये को जीवित रखना है हर हाल में।

देबीचरन ने डाक्टर से अनुनय किया कि कल उसे मरना है इसे वह जानता है। कोई कितना भी बहादुर हो मरने से सबको डर लगता है लेकिन अब बचने का कोई उपाय भी नहीं है। दहशत में रात-भर नींद तो आने से रही इसलिए नींद की गोली उसे दी जाय।

डाक्टर और जेलर ने फुसफुसाहट में मंत्रणा की। नहीं, जेल नियमों के अनुसार नींद की गोली नहीं दी जा सकती है कैदी को। डाक्टर ने भी सहमति जताई कि ऐसे समय पर कैदी के साथ कोई लापरवाही नहीं की जा सकती। दवा की प्रतिक्रिया इत्यादि कुछ हो गई तो...

उस काल कोठरी से जब जेलर और डाक्टर निकलने लगे तब जेलर की आँख बचाकर चुपके से डाक्टर ने दो गोलियाँ जल्दी से देबीचरन की मुट्ठी में ठूँस दीं। रात में संतरी की आँख बचाकर जब देबीचरन ने नींद की वे गोली खाईं तो उसने सोचा

सहृदय डाक्टर पहले ही से जानता था कि इसकी आवश्यकता पड़ेगी।

किससे मिलना चाहेगा देबीचरन? सच का भेद तो किसी को है नहीं। सबकी नजरों में वह वहशी हत्यारा है। कैसे नजर मिला पाएगा वह उनसे, राजकली से, अपने बच्चों से। क्या वह केवलसिंह से मिल ले इस दुनिया से जाते जाते? नहीं, अपनी जान देकर जितनी बहादुरी वह करने जा रहा है कुनबा की भलाई के लिए, सत्य को अपने सीने में दबाये रहकर कम बहादुरी केवलसिंह ने भी नहीं की है। अब चलते समय सामना होने पर अपने पर नियंत्रण नहीं रख पाएगा केवलसिंह, इसे वह बखूबी जानता है। क्या मुंडा से? नहीं होराम के इस कपूत को उसका मुख देखने का अधिकार नहीं है, अपने किए पापों को वह भुगते और जीकर।

दिन सोमवार, चार अक्टूबर 1943 की भोर से भी पूर्व जेल अधिकारियों ने देबीचरन को उठाकर कहा—'चलो स्नान कर लो'। एक बार फिर से देबीचरन की टाँगों का मानो दम निकल गया, आँखों के सामने अंधकार छा गया। अंत आ गया था उस के अपने बुलाये। उसने लेकिन तय किया कि रोता रिरियाता वह मरने के लिए नहीं जाएगा।

कुछ ही दिन पूर्व जब बुलंदशहर से लगते पतलापुर गाँव के उस आदमी को जब फाँसी के लिए ले जाया जा रहा था, तब उसने अपनी कोठरी से उसे देखा था। पहले तो वह रो-रोकर जेलकर्मियों की खुशामद करता रहा कि उसे छोड़ दें और जब वे उसे घसीटने लगे तो बेहोश हो गया। स्ट्रेचर पर डालकर वे उसे ले गए फाँसी के लिए। उसे याद है, दोनों जब काल कोठरियों के आँगन में मिलते थे तो अपनी मूँछों पर हाथ फिरा कर कहा करता था, ''छत्री हूँ मैं। हम रजपूतों में मरने मारने का कोई डर नहीं है। शास्त्रों में कहा है कि राजपूत जो तीस से अधिक जिंदा रहे तो धिक्कार है। मरना और मारना हमारे खून में है। तुम देखना हँसते हुए जाऊँगा मैं फाँसी पर, जय श्रीराम का नारा लगाते हुए। हम भी रघुबंसी हैं जैसे सिरी राम थे।''

फाँसी के तख्त तक जाते देबीचरन के पाँव लड़खड़ाये, बेहोशी उस पर उतरने लगी लेकिन वह चलता रहा।

फाँसी के तख्त पर जब देबीचरन खड़ा हुआ तो उसकी आँखों में अपनी पत्नी और बच्चों की तस्वीर उभरी। सोचा, उसने जो अपनी प्राण से भी प्रिय जिस पत्नी को विधवा बना दिया, अपने बच्चों के सिर से पिता का साया छीन उन्हें अनाथ बना दिया सो क्या भगवान उसे क्षमा करेगा! होराम के इस कपूत के लिए अपनी जान देकर क्या उसने ठीक किया! उसे अपने पिता की याद आई, उस घर की याद आई जिसे उसके पिता ने अपने खून-पसीने से गढ़ा था। जब वह बहुत छोटा था तो कैसे उस घर के आँगन में

धमाचौकड़ी कर माँ को तंग करता था। माँ की याद आते ही उसकी आँखों में आँसू भर आए। कैसे वह तनिक सा सिरदर्द होने पर भी माँ की गोद में पड़ा रहता था। जवान होने तक भी उसकी यह आदत नहीं गई।

जल्लाद ने उसके दोनों हाथ कमर के पीछे बाँध दिए, दोनों पैरों को भी मोटी रस्सी से दोनों टखनों को मिलाकर बाँध दिया और सिर पर काले कपड़े का बना टोप जब पहिना दिया तब देबीचरन ने मन ही मन अपनी पत्नी को स्मरण कर कहा—'राजकली मुझे तू छिमा करना, मैं तेरा गुनहगार हूँ।'

खचाक की ध्वनि के साथ जल्लाद ने खटका दबा दिया। आधा घंटे-भर लटके रहने के पश्चात जेल के डाक्टर ने टँगे-टँगे ही मृत देबीचरन की छाती पर आला लगा कर जाँच की और कहा—'खत्म हो गया।'

42

दरियापुर की इस हृदयविदारक दुखांत घटना का लेकिन अभी अंत न हुआ था। घटना के पात्रों ने अभी इस नाटक के अंतिम अंक में अपना अभिनय न खेला था। जीवन की सच्चाइयाँ कई बार कल्पना से भी अविश्वसनीय होती हैं। जिस एक उद्देश्य के लिए देबीचरन ने अपने प्राण होम किए, अपनी पत्नी को जानबूझ कर विधवा का भेस धारण कराया, अपने बच्चों के सिर से पिता का साया छीन उन्हें अनाथ बनाया, वह भी पूर्ण न हुआ। क्या देबीचरन के ज़हन में जीवन के नितांत अंतिम क्षणों में ऐसा कुछ आया होगा!

देबीचरन की मृत देह लेकर केवलसिंह और मुंडा जब गाँव आये तो मुंडा पर दौरे पड़ने लगे। मुँह से झाग फेंकता वह हाथ-पैर पटकता बेहोश हो जाता। केवलसिंह बेहद कठिनाई से अपने आपको बेहोश होने से बचा रहा था। उस पर भी बेहोशी के दौरे मानो पड़ ही रहे थे लेकिन क्यों और कैसे वह अपने आपको सँभाले रहा। मुंडा की शक्ल से जैसे उसे घृणा हो गई। उसका दिल चाहा होराम के इस कपूत की हत्या कर दे, लेकिन गंगाजली से भी अधिक वह पिता तुल्य भाई को दिए वचन से बँधा था।

देबीचरन के अंतिम संस्कार के समय केवलसिंह भी अपने आपको न सँभाल सका, भइयूया...भइयूया की चीत्कार कर वह उसकी मृत देह से जब लिपटा तो चेतनाशून्य हो गिर पड़ा। कठिनाई से उसे होश में लाया गया। मुंडा की हालत तो पहले ही पागलों जैसी थी। गाँव मुहल्ले वालों ने कहा, 'भाइयों का प्यार हो तो मुंडा और केवलसिंह जैसा। देबीचरन के दुख में बेचारे पागल हो गए हैं।'

देबीचरन के तीजे और तेरहवीं के कार्य जब निबट गए और देबीचरन की थोड़ी बहुत भूल जब कुनबा को पड़ी तो घर के कामकाज फिर अपने पुराने ढ़र्रे पर आने लगे,

तब एक दिन अचानक मुंडा सिर घुटाकर और साधुओं का बाना धारण किए मुहल्ले में आ गया।

अपनी विधवा भाभी राजकली को संबोधित कर कहा—"माई! मैंने अपने कुकर्मों के पश्चात्ताप हेतु यह बाना धारण किया है। माई! मेरे सिर पर हाथ रखकर विदा देओ माता!"

पति को खोने के दुख से क्लांत और दुःखी राजकली भी देवर के कथन पर हँसे बिना न रह सकी। मन में सोचा न जाने कितनी लड़कियों का चरित्र बिगाड़ने का पश्चात्ताप उसे हुआ है।

कहा—"अपने आपको क्यों दोष देते हो मुंडा! उन छिनालों का क्या कोई दोष नहीं है? यह नौटंकी छोड़ो और अपना काम सँभालो। मेरे दोनों बच्चे अब तुम्हारे और केवलसिंह के सहारे ही हैं। तुम्हारे जैसा देवता देवर मुझे मिला है उसके लिए मैं अपने घरवाले को खोकर भी भाग्य की अहसानमंद हूँ। तुम जैसा देवर मुझे न मिला होता तो मेरी और मेरे बच्चों की न जाने क्या दुर्गति होती! तुम दोनों देवरों के रहते तो मैं दुनिया का हर दुख हँसकर सह सकूँगी। लाला, अब यह बाना उतार फेंको।"

"नहीं माता, मैं बस विदा लेने ही आया था।'

राजकली ने केवलसिंह को बुला भेजा, उसने भी समझाया, मुंडा को कोठरी में बंद करके काले भगत से भी झाड़ फूँक करायी। काले भगत ने बताया कि इसके सिर पर भूत नहीं, नौगजा पीर पर जो इसने पैर रखा था उसने 'छोय' में आकर जिन्न छोड़ दिये हैं। हजारेक रुपया लगेंगे उसे उतारने में।

मुंडा ने लेकिन न तो जिन्न को और न काले भगत को उतनी वक्त की मोहलत दी और किसी प्रकार अँधेरे में ही कोठरी से निकल भागा। उसके पश्चात् मुंडा की केवल खबरें भर आती रहीं कि किस प्रकार वह पहुँचा हुआ संन्यासी हो गया है। बरसों हो गए उसे दरियापुर से भागे हुए। बरसों गुजर गए। यहाँ-वहाँ से खबरें आती रहीं की मुंडा अब बहुत पहुँचा हुआ संत है। संतानहीन, निपूती स्त्रियों को उसके दर्शन मात्र से संतान हो जाती है। कई गाँवों में उसने श्रमदान से पाठशालाएँ बनवाई हैं, धर्मशालाओं की एक लंबी शृंखला उसके नाम पर बनी हैं। भंडारों का एक अनवरत क्रम उसने फूलपुर गाँव में चलाया है, जो कभी व्यवधानित नहीं होता है! अब वह मुंडा नहीं 'खडेसिरी' बाबा के नाम से जाना जाता है। बाबा 'खडेसिरी' ने महीनों तक एक पाँव पर खड़े रह कर जप किया है, इसमें उसके पाँव सूज कर हाथी के जैसे हो गए, पाँवों की खाल फट कर गिरने लगी, खून पाँवों से बहकर धरती को गीला करने लगा लेकिन खडेसिरी बाबा ने जप नहीं तोड़ा। सैकड़ों तो उसके चेले चांटे हैं, हजारों उसके भक्त हैं। उसके चरणों की धूल ले कृतार्थ होते हैं। खबर आती कि 'खडेसिरी' बाबा ने पूरे एक

सप्ताह तक छाती तक नदी के जल में खड़े होकर जप किया, मछलियाँ उसके तन को कुतर-कुतर कर खाती रहीं लेकिन खडेसिरी बाबा ने जप भंग न किया। तीन महीनों तक वृक्ष के ऊपर मचान बना कर जप किया, इन तीन महीनों तक न वह वृक्ष से उतरा न भोजन किया, उसकी काया सूख कर नीम के वृक्ष के छाल जैसी हो गई लेकिन बाबा ने जप न तोड़ा। उसके नाम पर उस वृक्ष के नीचे ही भक्तों ने मंदिर बना दिया है। नंगला गाँव में अपने आपको गर्दन तक धरती में गाढ़ कर वह तीन सप्ताह तक अन्न जल के बिना जप करता रहा, उसके भक्त इस पूरे समय अनवरत कीर्तन करते रहे। जेठ के महीने में अपने चारों ओर 'उपलों' की भीषण आग की धूनी रमा कर वह बैठ गया और पूरे एक सप्ताह तक न उठा और इस बीच उपलों के अंगार उसके चारों ओर धधकते रहे!

दरियापुर के लोग जाति भेद भुला अपने इस संत पर गर्व करते। उसके झूठे-सच्चे अदभुत कारनामों का जिक्र करते. दल्ले जैसे लोग उसके नाम पर झूठे करिश्मे गढ़ते कि कैसे उसने अपनी आँखों से खडेसिरी बाबा को पानी पर चलते देखा है, कैसे उसने बाबा को आकाश में उड़ते देखा है। थोड़े ही समय में गाँव देहात में खबर आग की तरह फैल गई कि खडेसिरी बाबा आकाश में उड़ते हैं, पानी पर चलते हैं और बिना किसी के देखे सबने विश्वास भी कर लिया।

लेकिन पता नहीं कैसे देबीचरन ने जो कुछ गंगाजली उठवाकर छुपाया था, अपने प्राणों की आहुति देकर छुपाया था, वह कुछ-कुछ उजागर हो गया। कदाचित देबीचरन का मामा उसे दबा ढँका नहीं रख पाया। घृणा और तिरस्कार क़ा जो सैलाब मुंडा उर्फ खडेसिरी बाबा के प्रति उमड़ा वह अवर्णनीय है. सबसे अधिक जो वज्रपात हुआ, वह राजकली के ऊपर हुआ, यद्यपि उसका मन उस कहानी को स्वीकारने को कत्तई तैयार न था। मुंडा को उसने अपने पुत्र के समान स्नेह दिया है। मुश्किल से पाँचेक बरस का था मुंडा जब वह ब्याह कर इस घर में आई थी। उसे उसने गोद खिलाया है। संतान जैसा स्नेह उसका रहा है मुंडा पर। केवल साधु बन जाने-भर से क्या सारे नाते रिश्ते समाप्त हो गए! उसकी स्मृतियों में अब भी वह उसका वही नटखट देवर था जो बचपन में अपनी शरारतों से उसके नाक में दम कर रखता था। अपने देबीचरन को याद कर वह प्रायः ही जी-भर रोती रही है, हत्यारा होने के बावजूद उसने कभी उसे खलनायक के रूप में नहीं देखा है। लेकिन अपने इस प्रिय देवर के साधु बन जाने को लेकर भी क्या कम रोती रही है। न जाने क्यों केवलसिंह से भी अधिक उसे अपने इस देवर पर स्नेह था। लेकिन इस अचानक प्रकट हो गए राक्षस से उसका स्नेही मन सामंजस्य करने को तैयार न था।

गाँव और मुहल्ला लेकिन उसकी इन भावनाओं से न चलता था। धीरे-धीरे गाँव मुहल्ले ने होराम के इस कुनबा से तिरस्कार का रिश्ता कब कायम कर लिया, स्वयं राजकली और केवलसिंह भी न जान पाये।

देबीचरन के दोनों पुत्र खूब कड़ियल जवान हो गए थे अपने पिता के समान। राजकली की भाँति उदार और स्नेही न थे वे इस अचानक खलनायक बन गए बाबा के प्रति। मुहल्ले-गाँव के तिरस्कार ने और घी का काम किया उनके क्रोध और घृणा को भड़काने में। मुंडा की हत्या करने की कसम जब माँ के सामने उठाने लगे तो राजकली ने बिफर कर कहा, "खबरदार! गाँव जो भी कहता है कहने दो। जब ब्याह कर इस घर में आई थी तब मुंडा बिलकुल बच्चा था, गोद खिलाया है उसे मैंने। इतना छोटा था कि कई बार पीछे पड़ जाता था—भाभी, दूध पिला और मैं ऐसे ही, उसका मन रखने को छाती से लगा कर दूध पिलाने का नाटक किया करती थी। मैंने सदैव ही उसे देवर नहीं तुम दोनों से भी पहले जन्मा बेटा समझकर स्नेह दिया है। माँ का हृदय तुम कभी नहीं समझ पाओगे, क्योंकि मेरे बेटे होकर भी तुम दोनो मर्द ही हो ना! उसने जो कुछ किया उसका फल वह भुगत रहा है। गाँव-गाँव, गली-गली साधु बन जो वह भटक रहा है और जिसे मैं आज तक न समझ पाई थी, आज कुछ-कुछ समझ पाई हूँ। उसके कारण मैंने अपना पति खोया है, इससे बड़ा दुःख दुनिया में कोई किसी को क्या देगा! इस पुत्र जैसे देवर को भी खो ही चुकी हूँ। कभी एक टाँग पर महीनों खड़े रहना, कभी कमर तक पानी में सप्ताहों तक खड़े रहकर मछलियों से तन नोचवाना, कभी जेठ की भीषण गर्मी में अंगारों के बीच बैठे रहना उसका कोई जप तप नहीं है। अब मैं खूब समझ पायी हूँ कि वह पश्चाताप और ग्लानि की आग में अपने आप को जलाता रहा है। उस अभागे को उसके हाल पर छोड़ दो मेरे बच्चो!"

43

देबीचरन ने जो सोचा था वह न हुआ। मुंडा पुनः अपना घर बसाएगा, सुख-चैन से रहेगा वह न हुआ। देबीचरन का बलिदान व्यर्थ गया। मुंडा 'खडेसिरी' बाबा बन न जाने कहाँ-कहाँ की खाक छानता, संतों-बैरागियों की टोलियों में न जाने क्या तलाशता, दर-दर, गाँवों जंगलों की खाक छानता, पश्चात्ताप की आग में झुलसता वह विक्षिप्त सा यहाँ से वहाँ भटकता रहा। सारे संसार में अलबत्ता केवल, केवलसिंह ही उसके दुख को जानता था। एक-दो बार उसने केवलसिंह से सम्बन्ध साधने का प्रयत्न किया लेकिन केवलसिंह ने उसे जता दिया कि उसके सामने अब मुंडा पड़ा तो उसकी हत्या करने से वह न हिचकेगा।

"दूर रह, कुल के कलंक! अपनी बाबागीरी अपने तक रख, और हम पर कृपा करना ठान ही लिया है तो इतनी कृपा कर कि फिर कभी अपनी सूरत हमें मत दिखा।"

भेद खुलने की खबर मुंडा को भी लग ही गई। चेले और भक्त जन लेकिन उन तक छन कर आती उसकी बदनामी पर विश्वास करने को तैयार न थे। संत-महात्माओं के प्रति अविश्वासी लोग इस प्रकार की झूठी अफवाहें उड़ाया ही करते हैं। खडेसिरी बाबा में उनकी भक्ति और बढ गई। उसकी कुटिया में उसका प्रवचन सुनने वाले भक्तों की भीड़ और बढ़ गई।

समाज के मान्य नियमों के अनुसार साधु संत का पढ़ा-लिखा होना अनिवार्य नहीं रहा है। साधु का आचरण और मृदु वाणी पर्याप्त थी। कई बार तो साधु का मैला-कुचैला रहना, अश्लील गंदी गालियाँ बकना, श्मशान में पड़े रहना, अभक्ष्य खाना-पीना इत्यादि भी पहुँचे हुए संत की निशानी माने जाते रहे हैं। अपढ़ मुंडा को

पहुँचे हुए संत की श्रेणी पाने में बहुत देर न लगी थी। उसके प्रवचनों में न तो शास्त्रों से उद्धरण होते थे और ना ही संस्कृत के दुरूह श्लोक होते थे। वह साधारण बोलचाल की भाषा में रोजाना काम धंधे के शब्दों को प्रयोग कर आत्मा-परमात्मा और सदाचार की बातें करता, जिसे जनसाधारण सहज ही आत्मसात करता था।

लेकिन गंगाजली के वचन के नीचे अंतस की गहराई में दबा रहस्य उजागर हो गया था। पश्चात्ताप और ग्लानि की आग में अभी तक केवल वह अकेला जल रहा था और जल कर खाक न हुआ था, अपने इस भ्रम में कि उसके पाप को गंगाजली ने अतल गहराइयों में छुपाकर रख दिया था और वह उसकी मृत्यु के साथ वहीं दबा रह कर समाप्त हो जाएगा। रातों में लेकिन अब वह सो न पाता। अपनी भाभी का सुहाग छीन कर जो वह जी रहा है, उसका कोई अर्थ अब रह गया है क्या! यह जो स्वर्ग और नर्क की परिकल्पना मनुष्य करके बैठ गया है कि सद्कर्म करके उसे वहाँ जाकर प्राप्त करेगा का ढोल कितना खोखला है उसे वह भली भाँति समझ चुका है। लोग उसके हर ऊलजलूल कार्य को स्वर्ग तक पहुँचने की एक और सीढ़ी मान उसका सम्मान करते हैं। नर्क की जिस आग में लेकिन वह जल रहा है उसे कौन समझ सका है! मन ही मन मुस्कुराकर वह स्वीकार करता है कि आखिर उन्हें समझने की आवश्यकता भी क्या है उसके स्वयं के रचे नर्क को। जब कमलेश की हत्या की थी, तब आसन्न नियति की कल्पना करके और उसे स्वीकार करके ही वह कृत्य किया था। मृत्यु का डर तब उसमें न था। जो किया था उसका फल भोगने को वह तैयार था, बड़े भाई ने ही उसमें स्वयं और सशर्त व्यधान डाला था जिसके कारण उसकी मातृ सदृश भाभी को दारुण वैधव्य का दुख भोगना पड़ा। उसके अब मर जाने से लेकिन देबीचरन तो वापस न आएगा लेकिन यह सोच-सोचकर ही वह प्रति दिन मर रहा है कि उसकी वह मातृ सदृश भाभी गोपनीय के उजागर होने पर कितनी मर-मर कर जी रही होगी! वह, जिसको उसने संतानसम स्नेह और दुलार दिया वही उसके पति को न केवल फाँसी के फंदे तक भेजने का कारण बना बल्कि संतों में सर्वोत्तम संत बना लोगों को सदाचार की राह भी दिखा रहा है! कितनी घृणा उसके मन में उपज गई होगी मुंडा के प्रति!

आज एक बार फिर उसने नियति से सौदा करने की ठान ली। पिछली बार चूक गया था, इस बार चूकने का उसका इरादा नहीं है। उसकी एक भूल ने न जाने कितनों के दिल दुखाये हैं, कितनों को दुख के गर्त में धकेला है। आज वह नियति को उसकी आँखों में आँखें डाल कर देखेगा और पूछेगा कि किसी के पापों का फल भोगने को, क्यों वह दूसरों को चुन लेती है। ऐसा न होता तो आज उसका देवता स्वरूप भाई जीवित होता। उसके उस समय अबोध भतीजे अनाथ न होते। उसकी भाभी आज भी माथे पर सिंदूर लगाकर होली-दीवाली पर पगलाती। उसे नियति का यह प्रबंधन बहुत बेतुका

लगा। आखिर इंसान के हाथ में भी कुछ होना चाहिए कि नहीं! सब कुछ नियति ही तय करेगी तो इंसान के जीने का कोई अर्थ है क्या! उसके प्रवचन के सहारे उसके भक्त जन अपने जीवन की धारा और गति तय करते हैं। उसके अपने इस अधम और निकृष्ट जीवन की गति उसे तय करने का हक है कि नहीं!

दिन सोमवार, 11 मार्च 1963, अचानक आग की भाँति खबर फैल गई गाँव देहात में कि बाबा खडेसिरी ने समाधि ले ली। चेलों ने खड़ी मुद्रा में बाबा को धरती के गर्भ में समाधि दी। उसके निकटस्थ चेले गरीबदास ने कुटिया पर कब्जा कर उसकी महंती का काम सँभाल लिया। गाँव देहात में यह भी खबर फैली कि गरीबदास ने ही खडेसिरी बाबा को महंत बनने के अपने रास्ते से हटाया था। सौ मुख और हजार बातें! बाबा के नाम पर अलबत्ता हर बरस कुटिया पर भंडारा होता है, उसके समाधि 'अस्थान' पर स्त्री पुरुष मन्नत मानते हैं। मन्नत पूरी होने पर बाबा के सम्मुख प्रस्तुत हो धन्यवाद स्वरूप भेंट और चढ़ावे चढ़ाते हैं।

44

दरियापुर की दबी ढँकी कहानियाँ और चावली

घर के आँगन में नीम का वृक्ष है जो आधे घर को अपनी शीतल और सघन छाया में समेटे है। जेठ की गर्मी में उसकी छाया सुकून भरे आलस्य में उसे उनींदा किए थी कि राजो का कमर पर टोकरा टिकाये आगमन हुआ। राजो वाल्मीकि मुहल्ले की सरमन की अभी परसों नरसों ब्याह कर आई बहू है। निकट ही गुलावठी कस्बे में पीहर है उसका और क्योंकि कस्बे में गंदगी, कूड़ा-कर्कट और मल को उठाकर ठिकाने लगाने का तरीका गाँव के तरीके से भिन्न है इसलिए राजो को यहाँ कूड़े और मल के प्रबंधन में बहुत कठिनाई आ रही है। एक प्रकार से वह नई नकोर प्रशिक्षु है। गाँव के वाल्मीकियों ने सातों जात को अपने-अपने अधिकार क्षेत्र में बांट रखा है। हर परिवार के अपने अपने जजमान हैं। कूड़ा उठावन से लेकर शादी-ब्याह के अवसरों पर उन्हें उनसे थोड़ा-बहुत से लेकर, बहुत कुछ मिलता है। थोड़ा-बहुत पढ़ी-लिखी भी है राजो, लिहाजा उसके कारण हिचक अलग से है। वह दो चक्करों में अपना काम निपटाती है, एक प्रातः सात बजे से दस बजे तक, दूसरा संध्या पाँच बजे से सात बजे तक। अपने बाएँ कूल्हे पर खाली टोकरा टिकाए, उसमें दो हाथ का एक झाड़ू और लोहे के तसला का एक चौथाई काटे गए टुकड़े का 'पंजा' लिए ओढ़नी का हल्का सा घूँघट निकाले, इतना-भर कि बस आँखें ढँकी रहें, वह घर से निकलती है। कूड़े का बोझ भारी हो जाने पर वह टोकरा कभी-कभार सिर पर भी उठा लेती है। हर घर से उसे रोटियाँ मिलती हैं, कभी-कभार सब्जी तीमन तरकारी भी, जिन्हें अपने आंचल के 'ठोक' में बाँध, वह एकत्रित करती जाती है।

संध्या की आहट-भर हुई थी कि राजो कूल्हे पर टोकरा टिकाए आ गई। दरियाव

एक पुस्तक को छाती पर टिकाए उनींदा हो नीम की छाया में पड़ा था कि उसने राजो के आने की आहट सुनी। वह जानता है कि वह अपना काम चुपचाप निबटाएगी और माँ से रोटी ले चली जाएगी।

"अजी, बाबूजी, रोटी दे देओ।"

आँखें खोलकर देखा, माँ घर में न थी। भीतर से चार रोटी लाकर उसे दे दीं और पुस्तक खोल ली।

"बाबूजी, किताब में अवश्य कोई दिलचस्प कहानी होवैगी!"

हैरानी हुई उसे! राजो किताब, कहानी और दिलचस्प शब्दों का प्रयोग कर रही थी!

गाँव के धुरपूरब में बसे हैं वाल्मीकि और धुरपश्चिम में बसे हैं जाटव! विचित्र रूप में, दलित होकर भी दोनों जातियों के बीच कोई विशेष मेल मुलाकात, संपर्क नहीं है. उनके रीति-रिवाज, रहन-सहन, खानपान कमोबेश बाकी गाँव जैसे ही हैं।

पूछ ही लिया, "राजो भाभी, सारे गाँव की खबर तुम रखती हो, घर-घर में तुम्हारा आना-जाना है, सो कथा-कहानियों से भी दिलचस्प और बढ़कर तो तुमको देखने-सुनने को मिलता होगा!"

"बाबूजी, कथा-कहानियों के नाम पर मैंने नल-दमयंती, सत्यवान-सावित्री, राम-सीता के किस्से पढ़े हैं। अब ऐसे किस्सों से बढ़कर गाँव में क्या होगा। और रात के अँधेरे में जो कुछ गाँव में होता है उसे सुनकर आप अपना ही चलन खराब करोगे! हमसे किसी का कुछ छुपा रह सकता है क्या? तुम्हारा भी नहीं! कहो तो बताऊँ कि पूरा गाँव क्या खाता है, किसे जनम देता है और किसे छिजवाता है, क्या हुलस कर दिखाता है और किसे सात तालों में छुपा कर रखता है। म्हारी जुबान खुल जावै तौ अच्छे-अच्छे चौधरियों की मूँछ नीची हो जावैगी, कुआँ-खाई ढूँढ़ते फिरैंगे मरनै कू।" राजो ने कुटिल मुस्कुराहट के साथ देखा और एक चुनौती भरी दृष्टि से एक आँख तनिक सी दबाई कि जैसे कह रही हो कि कहो तो तुम्हारी भी कलई खोलूँ!

दरियाव ने सोचा, उसका तो गाँव में ऐसा कुछ अवांछनीय आचरण था नहीं फिर उसे क्यों डराने का प्रयत्न कर रही थी वह!

"बताऊँ?"

"बताओ।"

"बाबू जी! तुम मुझे छुप कै देखो हो!"

दरियाव की बेतहाशा हँसी छूट गई। निश्चित ही वह उसे छुपकर नहीं देखता है लेकिन यदि राजो को यह भ्रम उत्पन्न हो ही चुका है अथवा केवल उसके साथ चुहल-भर करने के लिए कह रही है तब भी, उसे कुरेदकर गाँव की उस सात परतों में छुपाकर रखी तस्वीर को देखने का इससे अच्छा अवसर और क्या होगा!

"तुमसे कुछ छुप नहीं सकता इसे मैं जानता हूँ! मेरे मन में लेकिन कोई पाप नहीं

है, तुम भाभी हो इसलिए देवर होकर इतना हक तो बनता ही है कि भाभी को देख सकूँ, चाहे तो छुपकर चाहे खुलेआम।''

मन ही मन राजो भी समझ गई कि जो परिहास उसने किया था वह उलट वार होकर उसी को भुगतना पड़ा। इस भौंदू दरियाव में भी अलबत्ता, विनोदप्रियता है!

दरियाव ने उसे फिर कुरेदा, ''गाँव की वह सात परतों में दबी...!''

''बाबूजी, जुम्मा जुम्मा कल तो मैं ब्याह कर इस गाँव में आई हूँ, और गाँव की इस दबी छुपी को बताऊँ भी क्यों और जानकर तुम करोगे भी क्या! हमारी चचिया सास है, चावली, उसके पास तो जखीरा है दबी छुपी का। रोज रात में जब पी कै बर्राती है तो चाहे तो आधा मुहल्ला सुन लेवै। किसी दिन पौंहच जाओ।'' कुटिल मुस्कुराहट के साथ देखकर कहा, ''बड़ी शौकीन बुढ़िया है! सच्ची कहती हूँ।''

''मैं एक कहानी लिखने का प्रयत्न कर रहा हूँ, तुम कुछ बताओ तो शुरुआत तो हो ही सकती है।''

''आ जाओ आज संध्या, बुढ़िया को दो गिलसिया दारू पिलाने की जिम्मेदारी मेरी। आगे तुम जानो और तुम्हारा काम।'' कहकर राजो अपना टोकरा सिर पर धर कर चली गई।

राजो तो चली गई, लेकिन 'दाने' (दानव) की गुफा के जिस रहस्यमय और अगम्य द्वार की ओर जो संकेत कर गई थी उससे लगा कि कल्पना में रचा गया कथा साहित्य ही अधिक सहज और सुरक्षित था। पीकर बर्राती है... दरियाव तो इसके कोसों निकट भी जाने से दहशत खाता है। मांस मच्छी जिस दिन पड़ोस में भी बनती है तो पूरा दिन घर से बाहर यहाँ-वहाँ भटककर गुजारता है।

चावली के बारे में वह खूब सारी बातें जानता है। कभी कभार मुहल्ले में से गुजरते हुए उसने उसे देखा है। जिस घर में उसका गुजर हो जाता है उस घर के विषय में फिर महीनों तक सरगोशियों में बातें होती रहती हैं।

चावली रहस्य के पर्दों में छुपा कोई पात्र नहीं है। पचासेक की उम्र है, रंग गोरा है—गाँव में जिसे कहते हैं 'भूरा भक्क', वजन होगा कोई दो मन माने अस्सी किलो। स्वर्णाभूषणों से लदी फँदी जब चलती है तो धरती डोलती है, उसके भार से भी और जो भार उतारने के लिए उसे बुलाया जाता है उसके कारण भी। पचासों कोस तक उस के जैसी कुशल दाई नहीं है, विशेषतः उन अवांछित अजन्मे बच्चों से छुटकारे के लिए जिन्हें बेटी की करतूत के कारण माता-पिता नहीं चाहते!

साधारण प्रसव में चावली अब अपने इसी निपुणत्व के कारण हाथ नहीं लगाती है।

विधि का चावली के साथ निर्मम मज़ाक लेकिन देखिए कि जिस चावली दाई के हाथों में 'जनापे' की अद्भुत निपुणता और क्षमता विधाता ने दी है, उसी चावली की

अपनी कोई संतान नहीं हैं। एक समय था जब वह छरहरे तन की अलबेली नार थी। पति उस पर जान छिड़कता था, धीरे-धीरे लेकिन जब बरस पर बरस खिंचते चले गए और चावली की गोद हरी न हुई तब उसका पति बिना किसी पूर्व सूचना के नई नवेली एक उसकी सौत को ब्याह कर ले आया। प्रारंभ के एक दो बरस तो चावली ने जल भुन कर काटे। लेकिन जब दो स्त्रियों के बीच पिस कर सुरमा बने उसके पति को तब भी संतान लाभ नहीं हुआ तो चैन की साँस ले चावली ने उसे क्षमा कर दिया, लेकिन अपनी शर्तों पर। वह जब चाहे उसे निकट आने देती, जब चाहे दुत्कार देती। शराब पीना उसने उस समय पर ही प्रारंभ किया था। पहले अपना दुख-दर्द भुलाने के लिए उसका सहारा लिया था, उसके बाद तो उसकी क्रीत दासी ही बन गई। उसके पश्चात तो बस कुछ ही महीनों में उसकी छरहरी काया फूल कर दो मन की हो गई। अब वह अपने घर में अकेली ही पड़ी रहती है और दुखियारे, भय खाये पिताओं के आने की प्रतीक्षा अपनी माँद में करती है। 'दाने' की गुफा और चावली का संबंध ऐसे ही तो नहीं दरियाव के मानस में उपजा है।

खुशामद करता, झूठे लाड़ लड़ाता उसका पति जब तब उसकी कोठरी में घुस आता है। उसके पति का उसके समीप आने का प्रयत्न निःस्वार्थ नहीं है, दौलत के अंबार पर बैठी है चावली। गाँव से आधा कोस पर जो कस्बा दादरी है और जहाँ खरीददारी के लिए अच्छे-भले समृद्ध परिवार भी पैदल चल कर ही जाते हैं, चावली वहाँ हमेशा जाती है साइकिलरिक्शा से। अपने भारी भरकम तन के कारण भी और अपनी अकूत धन-दौलत के बल पर भी। रिक्शा चालक को प्रसन्न होकर बख़्शीश भी देती है जो इस गाँव देहात में अनसुना है! चावली का पीहर सिकंदराबाद शहर है, सो उसका भी असर है यह कदाचित! पचासों कोस तक उसके जैसी कुशल दाई नहीं है, विशेषतः उन अवांछित अजन्मे बच्चों से छुटकारे के लिए जिन्हें बेटी की करतूत के कारण माता-पिता नहीं चाहते! गांव-भर में चर्चा है कि उसके बराबर पैसे वाले तो कई बड़े जमींदार तक नहीं हैं। गाँव देहात ही नहीं, दूर-दराज के शहरों तक से कारों, टैक्सियों में अपनी बेटियों को लादे फांदे पिता आते हैं रात के अँधेरों में, उसके चरणों में नाक रगड़ने में कोई छूत-अछूत नहीं मानते हैं तब वे। उनकी यह सेवाभावना लेकिन निःस्वार्थ नहीं है। चावली के निपुण हाथों में आते ही उनकी बेटियाँ फिर से सच्चरित्र होने का लबादा ओढ़े, पिता की मूँछों पर आए खतरे को परे ढकेल, वे लौट जाती हैं, कौन जाने फिर से आने को। समझदार माता-पिता उन्हें ऐसा करने का अवसर लेकिन कम ही देते हैं। अगले दो-चार महीनों में ही वे अपनी ससुराल में नजर आती हैं। कई बार तो बेटी का ब्याह तय करने बाद जब उनके सिर पर बेटी की करतूत की गाज गिरती है, तब वे आते हैं चावली की शरण में। चावली ऐसे ग्राहकों को खूब समझती है, इसलिए तब उसके रेट

आकाश छूते हैं। ग्राहक भी जानते हैं कि ऐसे समय चावली के रेट गौण हैं, मूँछों पर आया आसन्न संकट विशेष हो जाता है। राजपाट भी यदि पास हो तो चावली के नाम लिखने को तैयार! चावली का समय अत्यंत बहुमूल्य होता है, उसे स्वयं नहीं ज्ञात होता है कि कब कौन लखपती रात के अँधेरे में उसकी चरणवंदना करता आ पहुँचेगा, इसलिए मीमा से अधिक मात्रा में दारू वह कभी-कभार ही पीती है। तीनों वक्त लेकिन उसे सामिष भोजन ही चाहिए। उसमें तनिक-सा भी व्यवधान उसे सहन नहीं है।

45

संध्या का झुटपुटा होते ही दरियाव ने वाल्मीकि मुहल्ले की राह पकड़ी, छुपते-छुपाते। कारण विशेष केवल इतना-भर कि जटवाड़ावासी वाल्मीकि मुहल्ले में तभी जाते हैं जब वहाँ शिकार हुआ होता है—माने सूअर का माँस बिक्री के लिए उपलब्ध होता है, या जटवाड़े समेत बाकी गाँव तब वाल्मीकि मुहल्ले की राह पकड़ता है जब घर की किसी बहन बेटी के कारण मूँछों पर संकट के घनघोर बादल कड़कती बिजलियों के साथ उमड़ आए हों। उसके घर में न तो कोई किशोरी बहन है, न बेटी है, इसलिए इस ओर से डर का कोई कारण नहीं है। डर उसे दूसरे कारण से है, देखा जाए तो डर भी नहीं बल्कि एक झिझक है, शिकार संबंधित! मांस वह खाता नहीं है, कोई देखेगा तो! इस से पूर्व वाल्मीकि मुहल्ले में कभी गया भी नहीं है, वह झिझक भी है। मुहल्ले-गाँव में जो आपसी जान-पहचान 'राम जय राम जी' की होती है वह भी वहाँ किसी से नहीं है।

मुहल्ले में पहुँचा तो वहाँ के कुत्तों ने ही खदेड़ा पहले तो, भौं भौं, भूं भूं कर के। पूरा मुहल्ला सिर पर उठा लिया, पूँछ दबाकर वह भागने ही वाला था कि राजो मानों कृष्ण का सुदर्शनचक्र लेकर प्रकट हो गई। हाथ में भारी सा एक झाड़ू लेकर गलियारे में आई जिसमें से सुरक्षित निकल भागने का रास्ता उसे सूझ नहीं पा रहा था। उसकी एक डाँट पड़ते ही सारे कुत्ते इधर-उधर छितर तो गए लेकिन दूर से ही इस दृष्टि से देखते रहे कि मुहल्ले में आ गए इस अवाछित आगंतुक से अवसर मिलने पर कैसे निपटा जाएगा। राजो को उसके छिपते-छुपाते आने का अंदेशा था, ऐसा उसके तुरंत झाड़ू लेकर निकल आने से स्पष्ट भासित हो रहा था। जिस प्रकार से वह तूफान की भांति प्रकट हुई थी उसी प्रकार दरियाव को घसीटती हुई 'भभूले' (चक्रवात) सी वह उसे लेकर अपने घर में प्रविष्ट हो गई।

छोटी-छोटी दो कोठरियां थीं, उनके सामने उतना ही छोटा-सा आँगन, कोई चारेक हाथ ऊँची कच्ची दीवार से घिरा हुआ। उस आँगन के दक्षिण-पूर्वी कोने में सूअरों का एक झुंड खुड्डी के सामने अलसाया सा बैठा था। स्पष्ट था कि वे भर पेट भोजन के पश्चात् सोने की प्रक्रिया में थे।

जिस कोठरी में दिये का हल्का प्रकाश था उसमें से राजो का पति निकलकर आया और बोला, "बाबूजी, आ जाओ।"

स्पष्ट था राजो ने अपने पति को सब कुछ बता दिया था।

"चाची, अब पीने बैठने ही वाली है।" उसने कहा, "तब तक म्हारी गैल चाय पी ल्यो।"

चाय वह पीता नहीं था इसलिए कहा, "नहीं, मेहरबानी।"

राजो ने खीज के भाव को किंचित छुपाते हुए कहा, "पहली बात तो यह कि हमारे घर, हमारे हाथ का ये खाएँगे नहीं, बहुत ऊँची जात के चमार जो ठहरे, दूसरे ये बखत क्या चाय पीने का है!" लेकिन अंततः राजो ने इसे अपना अपमान मान कर बेहद हिकारत भरी नजरों से उसे देखा और चावली के घर की ओर निकल गई। दरियाव को समझने में देर न लगी कि यदि स्थिति को तुरंत स्पष्ट न किया गया तो उसे घर का दरवाजा दिखाने में अब और देर न करेगी वह।

उसने सर्वप्रथम तो इसका स्पष्टीकरण दिया कि कैसे वह कभी भी चाय नहीं पीता है, उसके पश्चात पर्याप्त समय लेकर मनुस्मृति से उद्धरण देकर बताया कि कैसे न केवल जाटव-वाल्मीकियों को बल्कि अन्य पचासों दलित जातियों को मानवेतर जीवन जीने को इस मनुस्मृति नाम की पुस्तक ने विवश किया हुआ है, बल्कि यह भी इंतजाम कर दिया है कि ये दलित जातियाँ भी एक-दूसरे को नीचा सिद्ध करने में जीवन खपाती रहें, इसलिए ऊँच और नीच का प्रश्न यहाँ आ भी कैसे सकता है! इस चर्चा के मध्य ही राजो खोज खबर लेकर आ गई कि चावली चाची बोतल खोल कर बैठ चुकी है।

'दाने' की गुफा की ओर कूच करने का, सबसे कठिन कार्य पर कूच करने का समय आ गया था। अंतिम सुरक्षा कवच के रूप में उसने राजो और उसके पति से करबद्ध निवेदन करके वचन ले लिया कि वे इस बात को किसी पर प्रकट न करेंगे कि वह कोई किस्सा-कहानी इत्यादि लिख रहा है और यह भी कि चावली चाची ने गाँव के किसी के विषय में उसे कुछ बताया है।

ग्रामीण लोककथाएँ 'दानों' माने दानवों से पटी हैं। पर्वतों, कंदराओं, गुफाओं, अगम्य अरण्यों में वास करते 'दाने' किस प्रकार मानुष गंध-मानुष गंध की रट लगाते मनुष्यों को अपना ग्रास बनाते रहते हैं। ऐसी अनेक पुराकथाएँ किंवदंतियों की तरह जीवित हैं।

दरियाव का चावली और 'दाने' के मध्य समरूपता देखना यद्यपि उचित नहीं है,

लेकिन रहस्य की हल्की सी जिस झीनी चदरिया के पीछे से झाँकता चावली का जो चरित्र है, उससे दहशत खाना अकारण भी नहीं है। अँधेरी रातों में किस प्रकार उसके गुणग्राहक, छुपते छुपाते, छूत-अछूत को दरकिनार कर, धनी-निर्धन का भेद भूल, अपना कार्य करा, उसे भेंट पूजा अर्पण कर रातों-रात कब कहाँ और कैसे अदृश्य हो जाते हैं, उसकी तुलना महाबली 'दाने' के अलावा किससे की जाए।

उसके ग्राहक पहले ही से परास्त होकर आते हैं, पहेलियों का, प्रश्नों का जाल बुनने की आवश्यकता चावली को नहीं होती है। सो उसी चावली के सम्मुख प्रस्तुत होने-भर की कल्पना से दरियाव का हृदय कँपकँपा रहा है।

लगभग राजो की दो कोठरियों और ओसारे के मकान के समरूप ही चावली का घर देखकर बहुत आश्चर्य हुआ उसे! इस विचित्र विरोधाभास से, कि गाँव में जो प्रचलित है कि चावली तो गाँव के कई सारे जमींदारों से भी अमीर है और यहाँ उसके इस घर की विपन्नता! दोनों के बीच तो कोई सामंजस्य नहीं। राजो की सदाशयता के चलते, सुअवसर यदि मिला तो इस रहस्य के विषय में भी पूछताछ करेगा दरियाव ने यह सोचकर मन में गाँठ बाँध ली।

स्थापत्य की लगभग उसी दारिद्र्यमय शैली में निर्मित चावली के घर में भी छोटी दो कोठरियों और ओसारे के सामने चारेक हाथ ऊँची एक दीवार से घिरा आँगन था। उसके पूर्वोत्तर कोने में खा-पीकर अलसाए चार-पाँच सूअर पड़े थे। एक कोठरी में हल्का दिये का प्रकाश था, दूसरी कोठरी में अँधेरा था। दिये के हल्के प्रकाश से प्रकाशित उस कोठरी के द्वार से प्रकाश का एक टुकड़ा कटे शहतीर सा आड़ा होकर बाहर की ओर पड़ा था। भीतर बिछी चारपाई के सिरहाने का एक कोना दिखाई दे रहा था। न कोई आवाज़, न हलचल, निस्तब्ध सन्नाटा पसरा था। अंदेशा हुआ कि चावली कदाचित वहाँ नहीं थी। राजो ने लेकिन संकेत से बताया कि, 'चाची कोठरी में विद्यमान है, धीरज धरो'। कान के पास मुँह सटाकर कहा, "कई बार चाची जब जादे चढ़ा जाती है तो बुत सी बनी घंटों ऐसे ही बैठी रहती है, निश्चल! कहती है कि पापियों के पाप छीजवाने का जो पाप करती है उसका प्रायश्चित्त करने के लिए परमात्मा की बंदगी करती है। सो संभावना तो यही है कि आज आपका काम न होगा, फिर भी आये हो तो मिलने में हर्ज क्या है?"

नमस्ते करके जब भीतर प्रविष्ट हुआ तो पाया कि भीतर का दृश्य और भी विस्मयकारी था। बिना किसी बिछावन की और खुरदरे मूंज की बुनी खाट पर चावली दीवार से पीठ टिकाये अधलेटी सी अवस्था में हाथ में पीतल के फूल गिलास में दारू थामे छत की मानो कड़ियाँ गिन रही थी, सचमुच में ही—चार...पाँच...छह...सात

राजो ने डरते हकलाते कहा, "चाची, ये आए हैं।"

"आने दें"

''नमस्ते कर रहे है।''

''करने दे।'' और चावली छत की बाकी कड़ियों को गिनती रही।

आज सचमुच काम बनने वाला नहीं है इसे दरियाव सहज ही समझ गया। राजो की ओर देखकर आँखों आँखों में अनुमति माँगी कि अब उसका यहाँ से खिसक जाना ही उचित होगा। राजो ने लेकिन एक प्रयास और किया, चावली को संबोधित कर कहा, ''चाची! काम कराने नहीं आए हैं, तुम सू मिलने आए हैं। जटवाड़े के...के बेटा हैं।''

''गूजर, जाटव चमार..., बामण, नाई, चूहड़े सब साले एक जैसे ही हैं। पाप स्वयं करते हैं, बेटियों को जिम्मेदार ठहराते हैं! चोरी छुपे बेटियों बहनों को लेकर आते हैं यहाँ, उनकी मुश्क बाँध कर नहीं लाते जो उस कुकर्म के साझेदार हैं। औरतों, लड़कियों की बेहुरमती करते इन मर्दों को क्या तनिक सी भी लाज नहीं है। सूअर-सूअरी, गाय-बैल, भैंस-भैंसा की संतान को तो नहीं छिजवाते! क्योंकि उससे तो 'माल मताल' बढ़ता है, और औरत जब बच्चा जनती है तो शर्त तय कराकर! मर्द की औकात, शान, गरिमा, मूँछ, बिरादरी, रस्म, जाति, उप जाति, गोत्र के हिसाब के साथ जुगाड़ बैठाकर ही उसे कुदरत के इस अनमोल सृजन के वरदान को क्रियान्वित करने की सुविधा मर्दों ने दी हुई है! मर्दों द्वारा तय शर्तों और किलेबंदी से औरत तनिक भी इधर-उधर हुई कि इनकी मूँछों पर खतरा टूट पड़ता है फिर चाहे वह औरत इनकी माँ ही क्यों न हो, उसकी गर्दन उड़ाने में भी यह मर्द एक क्षण के लिए भी हिचकता नहीं है, स्वयं चाहे जहाँ चाहे मुँह मारता फिरे, जिस चाहे घाट का पानी पीता फिरे, इनकी इज्जत पर कोई आँच नहीं आती है!'' और पुनः चावली ने छत की बाकी कड़ियों को गिनना जारी रखा। नौ...दस...ग्यारह...

राजो ने दरियाव की ओर देखकर एक आँख दबाकर इशारा किया कि ठीक समय पर आये हो, आज अवश्य चाची अपने मन की अतल गहराइयों में छुपे किस्से- कहानी सुनाएगी, यदि कोई अन्य व्यवधान न हुआ तो! चाची आज पहले से ही दो पेग अधिक पीकर बैठी है। क्यों? उसे तो वही जाने लेकिन यह निश्चित है कि आज कुछ न कुछ ऐसा अवश्य घटा है जिसने चाची को बेहद उद्वेलित किया हुआ है।

राजो और दरियाव कई लंबे क्षणों तक निश्चल खड़े रहे तब स्वयं ही चावली ने छत में लगी काठ की कड़ियों को गिनना स्थगित किया और दोनों की ओर प्रश्नवाचक दृष्टि से देखा।

''अम्मां! देखो बिचारे तुम सू मिलने के लियों कब सू खड़े हैं, बड़े भले आदमी हैं। दो बात करनै के लियों आये हैं।''

राजो का चाची से आगे बढ़कर अम्मां संबोधन व्यर्थ नहीं गया, चावली की आँखों में तनिक सी मृदुता और तरलता प्रकट हुई, लेकिन कड़े शब्दों में और किंचित परिहास

और तनिक सी रुष्टता दिखाते हुए कहा, "उँह, भले आदमी! तेरे को ये भले आदमी दिखते हैं। अरी!, बच्चा है यह तो! कहाँ सै पकड़ के ल्या रही है तू छिनाल, इसै!"

कटुता थी लेकिन तिरस्कार लक्षित न था चावली के शब्दों में और उस तनिक से मिले तिनके के सहारे को पकड़ राजो ने दरियाव को उस 'दाने' के हवाले कर दिया।

"मेरे धोरै बिना मतलब के कोई ना आवै है। बहानों के पीछे छुप कै आने की आवश्यकता नहीं है! बोल बेटा, किसके घर की इज्जत खराब कर कै आये हो?" चावली ने कटुता को बरकरार रखते हुए कहा।

राजो ने कृपा कर एक बार पुनः उसको उबार लिया यह कह कर कि, "...का बेटा है, तुम क्या इस घर और घर वालों को जानती नहीं हो! सारे गाँव की खबर रखती हो तो क्या इतना भी नहीं मालूम कि यह बिचारा तो गऊ है! चाची, तुम भी लुच्चे-लफंगों को उबारते-उबारते सबको उन जैसा ही समझने लगी हो। खुश नहीं होना चाहिए तुम्हें कि कोई सीधा-सादा शरीफ भी तुमसे मिलने आया है, स्वयं से चल कर!" फिर दरियाव की ओर देखकर बोली, "दरियापुर को बख्श देओ, पेशगी बताये देती हूँ कि चाची का जीवन स्वयं अपने आपमें एक कहानी है, चाची सै ही सुरू करियों। मैं चली, मेरा वह खसम, मेरी प्रतीक्षा में अधमरा हो रहा होगा।" कहकर राजो वहाँ से खिसकने का जुगाड़ करने लगी।

चावली ने अब दरियाव की ओर देखा और कहा, "बैठ जाओ, बेटा! खड़े मत रहो"

उस संकुचित-सी कोठरी में उस एक चारपाई के सिवाय अन्य कुछ बैठने के लिए न था। कुर्सी, स्टूल, 'पीढा' तक भी नहीं। तीन चौथाई चारपाई पर तो चावली अपनी विराट देहयष्टि के साथ घुटनों तक पेटीकोट को खींचे, पसरी हुई थी, टिकने के लिए तनिक-सा छोर सिरहाने और तनिक-सा दामन की ओर बचा हुआ था। कोठरी में और बहुतेरा सामान तरतीब से रखा था, दो-तीन टीन के बक्स थे, दीवार में खुदे ताख में राम-सीता की छोटी-सी शीशे के फ्रेम में जड़ित तस्वीर रखी थी। एक दीवार पर हनुमान के चित्र वाला कलेंडर टँगा था, दरवाजे से सटा पानी का एक घड़ा लकड़ी के घंड़ोंची पर रखा था। चारपाई के सिरहाने धरती पर व्हिस्की की बोतल रखी थी, बगल में धरती पर ही एक पीतल के 'बेला' में मांस के खूब सारे, तेल में भुने हुए टुकड़े थे, उसी में हरी मिर्च और कटी प्याज के टुकड़े। चारपाई के दामन से सटी 'कली' माने गाँवों में औरतों के द्वारा प्रयुक्त किया जाने वाला हुक्के का लघु संस्करण रखा था. एक दीवार की खूँटी पर चावली की साड़ी बेतरतीब हो लटकी थी। चावली के घरवाले का कहीं कोई चिह्न न था। चावली की एक सौत भी है इसे सारा गाँव जानता है। अंदाजा यही सही हो सकता है कि उसका पति आज अपने रनिवास में अपनी पटरानी के सान्निध्य में न होकर उसकी सौत के घर में है, और कदाचित चावली के उखड़े मिजाज़ का कारण भी यही है।

राजो जो संकेत कर चुकी थी कि आज चाची स्वयं अपने से ही मूड में है और अलग से बिना उसके किसी प्रयत्न के ही किसी किस्से-कहानी के सुनने की पूरी संभावना है, उसे स्मरण कर और चावली के मिजाज़ और मनोदशा को देख उसने तय किया कि 'दाना' भी, महाबली होकर भी, कई बार कितना निरीह और असहाय हो सकता है! बेटा कहकर संबोधित करे तब तो और भी।

गाँवों में प्रचलन है कि अपने से उम्र में बड़ों को सम्मान देने के लिए सदैव चारपाई के दामन की ओर ही बैठना चाहिए। दामन की ओर लेकिन इतनी-भर जगह थी कि बैठने का नाटक-भर किया जा सके। नहीं बैठने पर चावली का मूड और बिगड़ सकता था, सो सकुचाता हुआ चारपाई के पाये से टिक कर किसी प्रकार बैठ गया।

पूछताछ का पहला दौर चावली की ओर से चला। किसके बेटे हो? ...के! माँ? . ..के! चाचा-ताऊ-भाई-भाभी सबके बारे में। 'दाने' के पहले दौर के प्रश्नोत्तरी में वह उत्तीर्ण हो गया।

राजो ने जब पुनः जाने की ठानी तब 'दाने' की उस भयावह गुफा में उसके साथ अकेले होने-भर की कल्पना से उसके औसान खफा होने लगे। संकेतों में ही राजो से अनुनय किया कि 'दाने' की इस गुफा में इस प्रकार उसका भोजन बना, उसे असहाय स्थिति में डाल वह खिसके ना। राजो उसकी रोनी सूरत पर तरस खा, रूक गई।

चावली ने अपने भारी भरकम तन को तनिक सा दीवार की ओर और उचकाकर राजो को आदेश दिया, "ढाल दे। अपने लिए भी ढाल।"

"चाची, आज नहीं।"

"अरे! खसमन खानी! स्साली, कुतिया की जनी। जबान चलाना बी सीख गई है, चार दिन के भीतर ही! हवा लग गई, दरियापुर की तेरे को! अपने खसम के साथ जो पीकर तू चलित्तर करै हैगी उसै मैं सब जानू हूँ!" और चावली अपने लिए पेग डालने लगी।

अवसर देख राजो ने शीघ्रता से दरियाव के कान में फुसफुसाकर कहा, "बुढ़िया पीकर सहरी भासा बोलती हैगी, चुपचाप देखते रहो, अगले पैग में अंगरेजी बी बोलेगी ! तुम तो बस हाँ में हाँ मिलाते चलो और मजा ल्यो! बुढ़िया के संग तुमने गैररजामंदी दिखायी कि!"

चावली ने पूरा पेग एक ही बार में हलक में उतार कर होंठ पोंछे और चारपाई पर ही रखे 'बेला' में से भुने माँस का बड़ा सा टुकड़ा उठाकर मुँह में रख लिया। उसे उदरस्थ कर राजो से बोली, "तेरा खसम क्या आज तेरी सौत के घाघरे में घुस कै बैठा हैगा जो तू आज फुरसत में है? तेरे को तो कभी खाली छोड़ता ना है, आज क्या बात है?"

"चाची, ऐसे बुरे बचन क्यों बोल रही हो कि मेरी भी सौत हो! खाली ना छोड़ी हूँ, कर रहा है प्रतीक्षा तुम्हारा लाडला, कोठे में बैठा। बचन दिया है इसलिए इन्हें अकेला

छोड के ना जा सकूँ।''

''भाग छिनाल! अपने खसम के धोरै भाग। इस लौंडे कू तू समझती है, मैं सटक जाऊँगी क्या? भाग स्साली इधर सै!''

अवसर गनीमत जान राजो कैद से छूटे कैदी सी वहाँ से खिसक गई।

दरियाव को संबोधित कर चावली बोली, ''आराम सै बैठो, बेटा! बाकी सब साले तो आते हैं डरते काँपते-चिरौरी करते अपनी गरज से, तू लेकिन क्यों आया है राजो ने मुझे बता दिया है। इस गाँव के बारे में तो मैं कत्तई ना बताऊँगी, बाकी जो कुछ ठीक समझूँगी उसे तो बताऊँगी और जो न समझूँगी उसे हरगिज न बताऊँगी। जो कुछ मेरे हिरदे में छुपा हैगा उस सै किसी का घर बिगड़ सकै है, बेटा! गाँव की ही क्या पूरे 'चौबीसी' इलाके की नस नाड़ी की खबर है मेरे को।''

परिहास भरे अंदाज में चावली आगे बोली, ''बेटा, लजाओ मत, चूहड़ों में आये हो तो चूहड़े बनकर बैठो। चमार ही कौन से पंडत-बामण हैं, जो चूहड़ी के संग बैठने की सोच-भर से मरे जा रहे हो। राजो ने तुम्हारे बारे में और कि तुम क्यों आओगे, मुझे सब पहले से ही बता कर रखा था। आज मेरे उस लुच्चे भरतार ने मेरा 'मूंड' खराब कर दिया है।'' कहकर चावली ने किसी प्रकार अपने विशाल तन को सिरहाने की ओर थोड़ा और खिसका लिया। बैठने लायक स्थान हो गया था, सो आराम से सुव्यवस्थित हो बैठ गया, लेकिन बात को कैसे और किस विषय पर प्रारंभ किया जाए समझ न पा रहा था।

दरियाव को अब थोड़ी तसल्ली हुई कि चावली के दरबार के अदब-ओ-आदाब को यदि ससम्मान निभाया जाए तो आगे कुछ दिक्कत न होगी, सो दरियाव ने डरते झिझकते हुए कहा, ''चाची, राजो भाभी ने तुम्हें कुछ कुछ बता ही दिया है. इससे और अधिक कुछ कहने की हिम्मत नहीं हो रही है तुमसे।''

''इतनी सी उमर में तुझे क्या पड़ी है किसी के गड़े मुर्दे उखाड़ने की! मैं यदि दबी छुपी को खुले आम उजागर करने लगूँ तो इतना समझ रख कि ये जो रात के अँधेरे में मेरे पाँव छूने में भी जो झिझकते नहीं हैं, वही मेरा गला दबाने में एक क्षण की भी देर न करेंगे। मेरी जान का दुश्मन बनकर क्यों प्रकट हो गया है तू, बोल तो?'' चावली ने स्पष्टतः अनमने मन से कहा। ''तेरे घर और माता-पिता को मैं खूब अच्छी तरह जानती हूँ, इस बेकार के पचड़े में मत पड़ रे 'उजबक'! भले घर का बच्चा है, भला ही बना रह।''

''चाची, तुमसे दो बात करने से मैं बुरा कैसे बन जाऊँगा?''

''मुझसे बात करने से तो बुरा बनेगा नहीं तू, इसे मैं भी जानती हूँ। बुरा बनेगा तू उसे जानकर जो इस गाँव में और आसपास के दसियों गाँवों में होता रहा है, हो रहा है। इस पाप के हमाम में सब नंगे है, सातों जात। अपनी इस नंगई को छुपाने को क्या क्या जतन करते हैं लोग, जान कर तू हैरान हो जाएगा। तेरे लगतों की भी कोई भली बुरी बात निकल आएगी मेरे मुँह से तब दुखी तो तू होगा ही। आज जो सम्मान के साथ मुझे

चाची कह रहा है—आगे से वह भी न कहेगा।''

''मैं सब कुछ अच्छी प्रकार सोचकर ही आया हूँ, मेरे अतिआत्मीय की भी बात निकल आए, तो आ जाए।''

चाची चावली ने पीतल के फूल गिलास में जो थोड़ी बहुत दारू बची थी उसे एक ही घूँट में हलक के नीचे उतारकर, बिना किसी विलंब के सिरहाने रखी व्हिस्की की बोतल उठा, गिलास में डालने लगी। खूब भारी सा एक पेग गिलास में डालकर दीवार पर न जाने कौन से अदृश्य दृश्यों को अपलक देखने लगी। कई लंबे क्षणों तक बिना घूँट लिए वह कुछ सोचती रही, फिर अचानक कहा, ''देख, उधर घड़ोंची पै जो मटका धरा है, उसके नीचे काँच का गिलास रक्खा हैगा। तनिक दे तो!''

दरियाव का मन बैठने लगा। हे भगवान! क्या पीनी भी पड़ेगी! डरते काँपते, लेकिन घड़ोंची के नीचे रखे एक नहीं बल्कि दो गिलासों में से एक को उठाकर चावली को दे दिया।

''चाची मैं तो इसको हाथ भी नहीं लगाता हूँ। पी नहीं पाऊँगा।''

हँसते-हँसते चावली दोहरी हो गई, सुनकर, बोली, ''तेरे को कौन दे रहा है रे, अहमक! बिना पैसा लिए तो मैं बात तक भी नहीं करती हूँ और तू समझ रहा है कि तुझे मैं बैठाऊँगी भी और मुफत में शराब भी पिलाऊँगी!'' एक गहरी दृष्टि दरियाव के ऊपर डालकर उसने देखा, ''राजो ने जब मुझे तेरे बारे में बताया था तभी मैं थोड़ा-बहुत समझ गई थी कि तू अवश्य पहले दर्जे का उजबक होगा। मेरा अनुमान गलत न था। एक तो तू बच्चा ठहरा दूसरे इस 'बिसकी' की बोतल की कीमत जानता है तू कितनी है? सबसे बैस्ट कुलाइटी की पीती है चावली।'' अंग्रेजी के शब्द क्वालिटी के उच्चारण की ऐसी की तैसी करते हुए उसने कहा।

''इसे तो मैं अपने उस लुच्चे भरतार तक को नहीं देती हूँ जो आज मुझे छोड़कर उस मेरी सौत के पास पड़ा है। दादरी के हरगोपाल बनिया की बेटी का पेट साफ किया था तब उसने पैसों के साथ-साथ इस बरांड की बोतल दई थी। समझ ले उस दिन सै जो मुँह को लगी है सो और कोई बरांड मेरे को अच्छी ना लगती हैगी। बलेक नैट है—बलेक नैट।'' कहकर उसने पीतल के फूल गिलास में जो उसने ढाली हुई थी उसे काँच के गिलास में उँडेल लिया। पीतल के फूल गिलास को संपूर्ण लापरवाही दिखाते हुए, चारपाई के नीचे फेंक दिया।

पहले से कितने पेग चढ़ाये हुए थी नहीं मालूम लेकिन काँच के उस गिलास की दारू को चावली ने एक ही झटके में खाली कर दिया। पहले से ही जो आंखें थोड़ी-बहुत लाल थीं वे और सुर्ख हो गईं।

दाने की गुफा में आने की जो कल्पना-भर से वह डर रहा था, लाल आँखों वाली दारू के नशे में टुन्न इस चावली को देखकर उसका साहस जवाब देने लगा। मन ही मन

निकल भागने की सोच रहा था, सो हकलाते हुए कहा, "चाची, मैं अब चलूं। फिर कभी आऊंगा।"

"तू सोचता है कि मैं तेरे को खा जाऊँगी, इसलिए चाची-चाची की रट लगाकर लछमन रेखा खींच रहा है! अबे! साले, तूने अपनी और मेरी उमर में फरक देखा है कि नहीं? अपनी महतारी सै पूछना, तेरे को भी मैंने ही जनाया था। वैसे तो मैं किसी के जनापे मैं नहीं जाती थी उन दिनों, ना अब जाती हूँ, लेकिन तेरी माँ की जचगी का केस बिगड़ गया था। बिना बुलाये ही मैं पहुँच गई थी। क्या है कि सारे मुहल्ले में खबर फैल गई थी कि ...के बचने की आशा नहीं है। एक तो तेरे घर की गरीबी, दूसरे बिगड़े केस के सुनतैइ मुझ सै रुका ना गया। जा कै देखा तो पाया कि... सच्ची में ही कुछ देर की मेहमान दिख रही थी। बार-बार बेहोश हो रही थी तेरी माँ। जब होश में आवै थी तो बस यू ही मुँह सै निकाल रही थी—'मेरे को मर जान देओ, इस बच्चा को बचा लेओ'। ऊपर वाले का नाम ले कै जो काम सुरू करा तो बस तू और तेरी माँ दोनों बच गए। समझा कुछ!"

चावली ने एक और गिलास व्हिस्की का भर लिया।

दरियाव ने गाँव में देखा है कि पीने के पश्चात् पियक्कड़ लोग कुछ न कुछ हंगामा अवश्य करते हैं। सोचा, हे भगवान! पी कर धौल धप्पा, शोर शराबा न करे कहीं, चावली। आज यहाँ न जाने क्या होने वाला है!

"चाची, मैं आज जाता हूँ, कल फिर आऊँगा।"

"देख दामन की ओर मेरी कली रखी है। चिलम भर सकता है कि नहीं? भर दे." चावली ने उसकी बात को तनिक सी तरजीह न देते हुए एकदम निःस्पृह भाव से कहा।

हुक्का में चिलम तो तब भरी जाए जब वहाँ चूल्हा हो, चूल्हे में आग हो। न वहाँ चूल्हा था न आग थी। चावली भी तुरंत ही इसे समझ गई, बोली, "बेटा, दारू पीकर मेरे को चिलम की हुड़क लगती हैगी। अम्मां अम्मां तो भौत पुकारती है यह राजो स्साली लेकिन यह ख्याल नहीं रखती कि कभी-कभार चिलम भर जाया करै। टैम कित्ता हो गया, जरा देख तो बेटा।"

"रात के दस बज रहे हैं, चाची।"

"फिर वोई चाची! अरे जालिम, मैं तेरे को इतनी बूढ़ी दिखती हूँ क्या? चाची चाची कह कै मुझै और क्यूँ बूढ़ी करे दे रया है? मेरे इस खसम ने जो एक आध बार तेरी यह चाची की रट सुन ली तो सचमुच में ही मेरे को बूढ़ी घोषित करके जो सप्ताह दस दिन में कभी-कभार आता है वह भी बंद कर देगा।"

"तो और क्या कहूँ?"

"हाँ, यह समसिया तो है, भई!"

कुछ देर तक सोचती रही उसके पश्चात कहा, "अनपढ़ गंवार ठहरी मैं, तेरी तरियों

पढ़ी-लिखी होती तो...'' वाक्य को अधूरा छोड़कर चावली ने एक और पेग लिया। यह तीसरा पेग था जो चावली ने लिया था उसकी उपस्थिति में, उससे पूर्व कितने ले चुकी थी, का अनुमान कठिन था। राजो कहती थी कि पीकर बर्राती है लेकिन यह 'दाना' तो पूरे होशोहवास में थां

अचानक जैसे नींद से जाग कर कहा ''कहानी सुनैगा? फिर उसै लिखैगा? तू गाँव के पचड़े में क्यूँ पड़ता है रे! तेरी माँ की कहानी सुनाऊं! सुनैगा?''

'हे भगवान!' दरियाव के पसीने छूट गए। मन ही मन सोचा, क्या सचमुच ऐसा कुछ है! क्या सचमुच! क्या उसकी माँ भी!

''डर गया? ऐसा ही होता है, उसके उजागर होने का अंदेशा होने पर, जिसको सौ तालों में छुपाकर रखने का इरादा हो! लेकिन डर मत, ...का ऐसा कोई किस्सा नहीं है। तेरे को बस यह दिखाने का मेरा इरादा था कि जब मेरे पास गिड़गिड़ाते-रिरियाते लोग आते हैं तब उनकी क्या हालत होती है। तेरे मन में तो बस संदेह की एक सूई भर चुभी थी, वे तो जब आते हैं तो संदेह नहीं उस पाप को पेट से बाँधे आते हैं।'' छोटा-सा एक विराम देकर कहना जारी रखते हुए कहा, ''मैं तेरे सै एक बात कहती हूँ, तू कहानी-फहानी मत लिखना। मुझसै आज तक किसी नै कुछ जानने के लिए कभी कुछ नहीं पूछा हैगा। आकर अपनी बिपता बखानते हैं सब। सब जानते हैं कि औरौं की तो तब पूछें जब अपने यहाँ लिपा पुता आँगन हो।'' फिर उनींदी सी आँखों से उसकी ओर देखकर कहा, ''आज जा, कभी किसी दिन फिर आना। इस टैम तो भौत नींद आ रही है, भई।''

दरियाव स्वयं ऐसे ही अवसर की तलाश में था। चावली बेहोशी भरी नींद के आगोश में जा चुकी थी।

'सिर पर पैर रख कर भाग दरियाव प्यारे' उसने सोचा। गली में उससे हिसाब बराबर करने के लिए तैयार, प्रतीक्षा में गश्त कर रहे कुत्तों की सेना का डर भी उसे रोक न पाया।

गली में बाहर आया तो कुत्तों को इस बार अनुपस्थित पाया। उसके जैसे क्षुद्र शत्रु की उपेक्षा कर न जाने किन आततायियों को खदेड़ने जा चुके थे वे।

जाटवों के उसके अपने मुहल्ले में भी कुत्तों की सेना गश्त पर मुस्तैद थी, लेकिन वह और उसकी गंध उनके लिए खूब जानी पहचानी थी, सो सेनापति सहित बाकी फौज ने उसे भौंककर, सूँघकर, पूँछ हिलाकर सलामी दी, जिसे स्वीकार कर वह अपने घर में घुसा।

चारपाई पर पड़ते ही और गहरी नींद के आगोश में जाने से पूर्व उसने सोचा कि घने कुहासे में छुपा, हल्की सी चदरिया के पीछे से झाँकता चावली का चरित्र अब भी वैसे का वैसा ही अगम्य और अबूझ था। आज के उसके इस जतन का कोई विशेष फल न प्राप्त हुआ था।

46

इस प्रकार अगले दिन और उसके भी अगले दिन और उसके भी अगले दिन करते करते तथा चावली के दरबार की दरबारी करते-करते अचानक जब चावली का हृदय पसीजा तो उस एक ऐसे स्त्री चरित्र का दुःख-दर्द से कराहता जीवनवृत उजागर हुआ कि दरियाव अगली कितनी ही रातों को चैन और सुख की नींद न सो पाया। उम्र का विराट अंतर होते भी चावली के साथ जो उसकी मित्रता बँधी तो चावली के जीते जी बँधी रही। चावली अपनी उस कथा में कभी तो उत्साह और उछाह से भरी एक छोटी-सी लड़की बनी नजर आती और कभी अपने ही समाज से लड़ती विद्रोहिणी एक तरूणी, कभी समय और हालात से समझौता करती थकी हारी एक युवती, कभी पति से मनुहार करती मानिनी नवयौवना, कभी बाँझपन के कलंक को ढोती एक बुझी बेबस और अपने पर ही आँसू बहाती स्त्री और अंततः औरों के गर्भ में किसलय से प्रस्फुटित नवागत के आगत से पूर्व नष्ट करती चौबीसी में मशहूर चावली दाई दिखाई देती। कभी उससे अटूट प्रेम करने को मन करता तो कभी असीम घृणा।

चावली : उसी के शब्दों में उसकी कथा कहने भर से काम न चलेगा इसे मैं जानता हूँ। इसलिए उसके शब्दों को माँजने पोंछने भर का काम करना ही होगा मुझे और अपनी सामर्थ्यानुसार विश्वास दिलाता हूँ कि चावली की आत्मा को ज्यों का त्यों आपके सम्मुख रखने का प्रयत्न करूँगा।

सिकंदराबाद, दरियापुर से कोई दसेक कोस पर बसा मँझोले कद का एक कस्बा। आसपास के गाँवों में उसे केवल 'सहर' कहकर संबोधित किया जाता है। सिकंदराबाद जा रहा गाँव का वासी, सिकंदराबाद जा रहा हूँ न कहकर कहता है 'सहर जा रयो हूँ'.

बस सहर भर कह देने से स्पष्ट भाषित हो जाता है कि बंदा सिकंदराबाद जा रहा है। रात बस झुक आने-भर को होती है कि सिकंदराबाद के बाजार में, गलियों में, मुहल्लों में कमेटी माने कि नगर पालिका के गुमाश्ते-कारिंदे बाएँ काँधे पर छोटी-सी एक सीढ़ी, दाएँ हाथ में मिट्टी के तेल का पीपा और बच गए दाएँ कंधे पर गंदे फटे कपड़े का एक 'नातना' लटकाये निकल पड़ते हैं लोहे के स्तंभों पर टंगे लैंपों की चिमनियों को माँजने, उनमें तेल भरने, लैंप की बत्ती को पहले तनिक सा ऊपर खिसकाने और अंत में कमर में खोंसे माचिस से उन्हें प्रकाशित करने। उन दिनों बिजली का प्रकाश केवल बुलंदशहर तक पहुँच पाया था, सिकंदराबाद 'सहर' अभी भी प्रतीक्षारत था। रात जब पसरने को होती, तब दुकानदार बनिये थड़े के पीछे ही रखी ढिबरी की बत्ती को तनिक सा उकसा कर, जलाकर वहीं कोने में रख ग्राहक की प्रतीक्षा करते। यद्यपि न तो खंभों पर टिके किरासन के लैंप ही और ना बनिये की दुकान में टिमटिमाती और कालिख फेंकती ढिबरी रात के पसराये अँधेरे की चादर को हटाते, बस किंचित सा सरका-भर देते थे लेकिन दिन-भर खेतों-खलिहानों में खटते किसान और भर दिन की मजदूरी में पिसते गरीब मजदूर संध्या पश्चात् ही सौदा सुलुफ के लिए समय निकाल पाते थे।

इकलौते इस बाजार में गुलावठी को जाती कंकड़ों से निर्मित, हजारों गढ़ों से सुसज्जित, घोड़ाताँगा चालकों के दुःस्वप्न को साकार करती सड़क पर चलते-चलते एकदम दाएँ मुड़कर सिकंदराबाद के बाजार में पश्चिम से यदि प्रविष्ट हों और नाक की सीध में चलते चले जाएँ तो बस कुछ ही देर में पूरा बाजार पार कर बुलंदशहर को जाती जी.टी. रोड पर निकल आएगे। और यदि हिम्मत जुटाकर अथवा इरादतन बिशंभर बनिये की दुकान तक पहुँचकर एक झटके में पूरा दाएँ मुड़ जाएँ तो अपने आपको सिकंदराबाद के कुख्यात काठ बाजार में स्त्री जाति को शर्मसार करने वाले निकृष्टतम धंधे में लिप्त वेश्याओं को हर आते जाते को अश्लील इशारों से आमंत्रण देते पाएंगे। कौन इन्हें इस पाप के गर्त में ढकेलने के लिए जिम्मेदार है, इसका फैसला करने का मंच यह कथा नहीं है।

खैर! फिलहाल काठबाजार में हैं, ऐसे में अचानक आमना-सामना होने पर, कई एक जान-पहचान वाले अथवा नाते-रिश्तेदारों को मुँह छुपाकर भागते भी देख पा सकते हैं, बदले में आपको इस धृष्टता की कीमत इस प्रकार चुकानी पड़ सकती है कि जब तक आप अपने घर लौटें उससे काफी पहले ही आपकी गुणगाथा कि किस प्रकार आपको काठ बाजार में बदफैली तथा बेशर्मी करते किस किस ने देखा है, गाँव-भर के गली गलियारों में फैली पाएँगे। इसके पश्चात अपनी पत्नी और बाकी परिवार के वार झेलना नितांत आपकी तन और मन की प्रहार झेलने की क्षमता पर निर्भर करेगा। और भी एक विशेष बात होगी कि आपके चाहने न चाहने की परवाह किए बगैर आपको उस एक समूह विशेष में शामिल कर लिया जाएगा जो छिप छुपा कर डाक्टरों की दुकानों के

चक्कर काटा करते हैं। ऐसे लोगों का रतिज रोगों के संक्रमण से अंगविशेष जब सड़ने लगता है और लँगड़ाकर चलते देख गाँव, मुहल्लावासी जब पूछ बैठते हैं तो बता-बताकर थक जाते हैं कि—"बेमारी हो गई है जी, गर्मी की। अजी, बस्स, एक बेर गलती सू चलौ गयौ जी काठ बजार।" डाक्टर के पास भी वही "अजी डांकदर साब, बाल-बच्चान की कसम, बस्स एक बेर।" डाक्टर खूब जानता है कि दर्जनों बार किए कुकर्म का फल है यह। डाक्टर का अपना रोज़गार और रोजी-रोटी का जुगाड़ इन जैसे रोगियों के सहारे ही चलता है जिनका इलाज लंबा चलता है इसलिए एक बार भी उसके मुँह से नहीं फूटता है कि आगे से काठ बाजार से परहेज रखो। बस औषधि देते हैं, पैसा ऐंठते हैं लेकिन औषधि भी क्या आसवित पानी के टीके लगा-लगाकर लंबे इलाज का इंतजाम करते रहते हैं।

सो, होशियार! खबरदार! बिशंभर बनिये की दुकान के बगल में अदृश्य जो एक लक्ष्मण रेखा खिंची है, अनजाने में, गलती से, जानकर भी उसका उलंघन न हो जाए

सुविधा के लिए बिशंभर बनिये की दुकान को संदर्भ और संकेतक मान लें तो उससे कोई पचासेक कदम पहले मोटा थुलथुल, खिचड़ी मूँछों, पेट की परिधि में अपने शरीर की चौड़ाई बराबर धरती को घेरे श्यामवर्ण के बदबू मारते एक मानुष जैसे जीव को खोमचे में चाट बेचते पाएँगे। क्षेत्र-भर में उसकी चाट की प्रसिद्धि है और यह भी प्रसिद्ध है कि वह चाट में अंडा डालता है। उन दिनों मांसाहार का चलन केवल कुछ ही जातियों तक सीमित था सो सभी इस पर नाक-भौं चढ़ाते, छी-छी करते और 'सहर' गए तो नज़र बचाकर, चुपके-चुपके, उसकी चाट खाकर आते अवश्य थे।

बिशंभर बनिये की दुकान से बस तनिक सा ही आगे संकरी सी एक गली में बाएँ हाथ को मुड़ें फिर बीसेक कदम सीधे चलकर पुनः बाएँ मुड़ें और दसेक कदम चलकर दाएँ मुड़ जाएँ तो मुसलमानों के मुहल्ले 'रानी मंडी' के एकदम पहले ही मकान से सटी 'मीठ' की दुकान से रूबरू हो जाएँगे। मांस को 'मीठ' पुकारने के पीछे अंग्रेजी मोह जैसा कोई कारण नहीं है, मांस को मांस कहते मांसाहारी शर्माते हकलाते हैं। अंग्रेजी का मीट शब्द भी उच्चारण नहीं करते हैं, बस 'मीठ' ही जुबान पर चढ़ गया है। सो मांसाहारी मांस को 'मीठ' उच्चारित कर, अपराधबोध से बचने का प्रयत्न करते हैं। मुसलमान लेकिन ऐसा कोई दुराग्रह नहीं पालते हैं। सीधे-साधे पुकारते हैं—गोश्त। जाटव भी उनकी देखादेखी पुकारते हैं 'गोस'। मांस की इस अकेली दुकान पर संध्या होते ही मुसलमान, कायस्थ, जाटव, खटीक, धोबी तथा कभी-कभार मेहतर ग्राहकों की भीड़ जुटती है। बाकी जातियों के माँसाहारी भी खूब आते हैं लेकिन डरते सहमते, छिपते छुपाते। इधर खरीदा, उधर गायब!

मुसलमानों के इस मुहल्ले से सटी मांस की दुकान से दो गलियारे दो विपरीत दिशाओं में जाते हैं, बाएँ हाथ को जाएँ तो मेहतरों का मुहल्ला—दिलबाग, दाएँ हाथ को

जाएँ तो कायस्थों का मुहल्ला—कैथवाड़ा। जाटवों का मुहल्ला सब्जीमंडी थोड़ा हटकर पूर्व दिशा में गुलावठी रोड पर।

इस प्रकार दरियापुर के समान सिकंदराबाद से आपकी जान पहचान की फर्ज़ अदायगी पूरी हुई। ओह! लेकिन एक चूक हो ही गई, सिकंदराबाद को बखानने में। ठीक बस अड्डे के सामने है देसी शराब की दुकान, बिना किसी दुराव छुपाव के, संस्कारों को मुँह चिढ़ाती। ठसके से खरीदते हैं लोग, ठसके से पीते हैं और उतने ही ठसके से ऊधम मचाते गाँव-मुहल्ले को धाते हैं और बाकी कसर घर में बीवी-बच्चों को पीटकर निकालते हैं।

तनिक याद करें कि गाँवों में भर बरसात के मौसम में जब आल्हा गायकी की बैठकें होती हैं तो आल्हा गायक बार-बार एक जुमला प्रयोग करता है—'यहाँ की बातें यहाँ पै छोड़ो अब आगे का सुनो हवाल'।

सो उसी तर्ज पर अब चावली के हाथों सौंपता हूँ आपको।

47

वह अंग्रेजों के शासन का कालखंड था। अंग्रेजों के विरुद्ध खिलाफत को विधिवत प्रारंभ हुए दसेक बरस बीते थे। दलितों में भी निम्नतमदलित मेहतरों के उद्धार का बीड़ा और उसे पूरे दमख़म से विज्ञापित करने का भी बीड़ा उठाए थे एक महापुरुष। आर्यसमाजी अलग से उसी पुनीत कार्य को निपटाने की शीघ्रता में थे लेकिन लगभग उसी समानांतर दिशा में दौड़ते-घिसटते से। उन दिनों आज के वाल्मीकि कहलाते थे मेहतर-भंगी। सिकंदराबाद कस्बे के कैथ मुहल्ले के बगल में मेहतरों का मुहल्ला–दिलबाग। बमुश्किल बीसेव: घर।

मुझे जो अपने जीवन की प्रथम स्मृति है, वह है भोर से भी पहले माँ के द्वारा झिंझोड़कर जगाया जाना। किसी पूजापाठ के लिए नहीं, घर के द्वार पर रंगोली आँकने के लिए नहीं! यह जो इस कोठरी में तू देखता है राम-सीताजी की तसबीर वो तो मेरे इस भरतार ने टाँगी है, वरना सिकंदराबाद में तो हम लोग आरियासमाजी थे।

सुबह-सवेरे की नींद कितनी गहरी और प्यारी होती है, विशेषतः बच्चों की, उसे अलग से बताने की आवश्यकता नहीं है तेरे को। सो माँ जब मुझे झकझोरकर उस नींद से उठाती तो बेहद अदबदा लगता, गुस्से के मारे मैं खूब रोती। माँ पर इस मेरे रोने-धोने का कोई असर नहीं। एक दो बार भागकर अपने पिता की गोद में घुस कर भी उने का प्रयत्न किया लेकिन जैसा आदेश और शासन माँ का मेरे ऊपर चलता था लगभग वैसा ही बाबा के ऊपर भी, उन दिनों। बेहद कड़क औरत थी मेरी माँ। सोचती हूँ, माँ के आधे भी लच्छन मेरे में होते तो आज इस कोठरी में यूँ अकेले तनहाई में न पड़ी होती। लेकिन विधना की गढ़ी को कौन उलट सकता है, भाई! किस्मत ने भी तो मेरे साथ खूब खेल खेला है। दाई होना तो हमारी जात में सामान्य सी बात है, लेकिन

मैं हूँ इस सारे क्षेत्र की सबसे सर्वश्रेष्ठ दाई! बच्चे जनाते जनाते बुढ़ा गई। और देख, मेरा अपना बच्चा नहीं! कुदरत का मेरे साथ क्रूर मजाक है कि नहीं! बोल! अजन्मे बच्चों को छीजने का काम करती हूँ आजकल सो बदले की इस भावना से नहीं कि उस ऊपर वाले ने ये हँसते-खिलखिलाते, फूलों से भी कोमल, अबोध, निर्दोष, निष्कपट मुसकुराहट से माँ की आँखों में झाँककर उसे निहाल करते बच्चे मैंने नहीं जनमे हैं! इसके पीछे मेरे जीवन में घटा, ऐसा कुछ भयावह अनुभव है जिसे तब तक नहीं समझा जा सकता है जब तक उसे स्वयं न भोगा हो।

कहते हैं कि औरत का दुख-दर्द औरत ही समझ सकती है लेकिन मैं तेरे को बताती हूँ कि कुछ दर्द ऐसे होते हैं जिन्हें केवल वही समझ सकती हैं जिन पर बीती है। यह औरत का औरत के दर्द को समझने की बात यहाँ थोथी पड़ जाती है।

खैर, माँ मुझे किसी पूजा पाठ के लिए तो जगाती नहीं थी। भोर से भी बहुत पहले माँ जग कर तैयार हो जाती, मुझे जगाती, 'तसला' के टुकड़े का एक 'पंजा', कट्ठा की संटियों से बना टोकरा और पुराना एक टीन का 'कनस्तर' उठाकर वह चल देती। मैं अभी उनींदी सी हालत में माँ के साथ घिसट रही होती थी। माँ के एक दो झांपड़ों से जब थोड़ी चैतन्य हो जाती तब माँ टोकरे को मुझे थमा देती थी। बहुत तेज़-तेज़ चलती थी माँ। उसके साथ लगे रहने के लिए प्रायः ही भागते रहना पड़ता था मुझे। माँ उतनी गलत भी नहीं थी। कैथवाड़े के बहुत सारे घर हमारे जजमान थे। माँ बखूबी एक एक घर की विशेषता को जानती थी, कब और कितना हगते हैं ये लोग। उसे इतनी गहन जानकारी थी उन जजमानों के मल विसर्जन की, कि माँ के इस विषय में प्रबंधन की प्रशंसा करनी होगी। उसे कैथवाड़े के जन-बच्चे का टाइम याद था कि कौन कितने सुबह उठकर शौच के लिए जाता है। माँ उनके इन मलविसर्जन समयों के अनुसार ही अपना फेरा नियत करती थी कि किस के घर पहले कमाना है और किस के घर सबसे अंत में जाना है। तनिक सा भी आगे पीछे होने पर माँ का टाइमटेबल गड़बड़ा जाता था। इसीलिए माँ तेज़-तेज़ चलती थी।

उन दिनों आज के समान 'फिलैस' की लैटरीन सिकंदराबाद में न थी। घर के एक कोने में ही पाखाना के लिए छोटी-सी एक घट्टी बना लेते थे। जजमान का पूरा कुनबा जब जी-भर हग कर उसे भर देता था तब मेहतरानी आकर उस गंदगी को जिसे पूरे रात पेट में सँजोये सोते रहे थे, टीन के कनस्तरों में भर कर शहर से बाहर फेंक आती थी। कनस्तर का चलन भी बस बहुत दिनों पुराना नहीं था, अंग्रेजों के आने पर आरंभ हुआ, उससे पहले तो बांस अथवा टहनियों के टोकरे में भर कर जब मेहतर चलता था तो गू उसमें से टपकता जाता था।

सुनकर ही तेरे को उबकाई आ रही है? मुझे भी आती थी। अब भी आती है। सच्ची कहती हूँ तेरे सै, यह गंदगी वाला काम मेरे सै ना तो तब हुआ ना यहाँ आकर

किया कभी। यह भी एक कारण बन गया इलाके की सुप्रसिद्ध चावली दाई बनने का। पेट तो भरना है, भाई! बनिया, रजपूतों की औरतों की तरियों पैरों में मेंहदी रचा कर खाट पै बैठकर राज करने की किस्मत तो लिखा के लाये नहीं!

मेरे इस भरतार की बस मेरे को एक ही बात पसंद है, कभी मेरे को गंदगी उठाने वाला काम करने को विवश नहीं किया।

माँ ने लेकिन मेरे को खूब मजबूर किया था उन दिनों, जजमानों की टट्टी कमाने को। भौत पिटती थी मैं, लेकिन अड़ी रही। वो तो समझ ले कि अचानक दो बातें ऐसी हो गईं कि मैं बच गई। बल्कि तीन बातें हुईं। अचानक एक तो मेरे बाबा को मुनसीपालटी ने गली महल्लों के 'लम्पों' में तेल डालने, उनकी 'चिमलीयों' को साफ करने के काम की नौकरी दे दी। दूसरे कोई एक 'महापुरस' अंग्रेजों सै लड़ गए, बोले 'देस हमारा है, सो तुम भागो' और भी एक बात कहते थे, 'भंगी-चमारों को ऊपर उठाना है।' तीसरे एक 'महापुरस' थे कोई, सिर पै 'साफा' बाँधते थे, कहते थे, 'आरिया समाज में सब बराबर हैं, हम भी भंगीयों का उद्धार करेंगे।'

बाबा ने 'लम्पों' का काम मिलते ही पहला काम तो यह किया कि माँ के साथ मेरा जाना बंद करा दिया और दूसरे आरियासमाजियों की सभा में जाना शुरू किया। हमारे घर की माली हालत थोड़ी ठीक होने लगी। बाबा रात में 'लम्पों' में तेल डालते, उन्हें प्रकाशित करते और दिन में सड़क और गलियों में झाडू देते, इस प्रकार बाबा और माँ की कमाई मिलाकर मेहतरों के लिहाज से अच्छी कमाई कही जा सकती थी। बाबा ने आरियासमाजियों के प्रभाव में आकर भी और कमाई में बढोतरी के कारण भी माँ को कैथों की जजमानी करने से बहुत मनाही की लेकिन माँ नहीं मानी। इस पर माँ और बाबा में दिन-रात झगड़े होने लगे। कई बार बाबा माँ को खूब पीटते लेकिन माँ ने कैथों की टट्टी कमाने का धंधा न छोड़ा।

विश्वास करेगा माँ क्या कहती थी!, "उमर गुजर गई गू मूत कमाते। इसकी बास मेरे जीवन में इतनी समा गई है कि सुबह उठते ही सूँघने को ना मिले तो बहुत बेचैनी होती है। एक दो घर कमा लेती हूँ तब जाकर चैन आता है।" कहकर चावली ने एक गहरी साँस लेकर तथा दरियाव की आँखों में आँखें डालकर पुनः कहा, 'तेरे को बिसवास नहीं हो रहा? मैं बहुत छोटी थी जब यह सब हुआ था। इतनी सी नन्ही उमर में भी मुझे बहुत आश्चर्य हुआ था माँ की उस हठधर्मी पर जिसमें वह मानवेतर जीवन जीने में ही खुश थी।'

माँ की उस अव्याख्येय लत को जो मैं तब समझ नहीं पाई थी अब यहाँ आकर समझ पाई हूँ कि मनुष्य को किसी भी चीज़ की लत लग सकती है। सिकंदराबाद में जब हम थे और मेरे बाबा आरियासमाजी हो गए थे तब घर-भर में ओम सांती-ओम सांती के जाप और हवन के धुँए में घुटकर बाबा ने शराब और माँस तक को छोड़ दिया था,

और देख अब, मैं शराब पीती हूँ, औरत होकर भी पीती हूँ, तेरे को भी बुरा लगता होगा! तेरी माँ अगर शराब पिये तो! कैसा लगेगा, बहुत बुरा! लेकिन कुदरत की अपने प्रति बेइंसाफी के प्रति अवज्ञा प्रदर्शन का मेरे पास और कोई विकल्प न था। यह भी कहा जा सकता है कि क्या सभी स्त्रियाँ कुदरत की बेइंसाफी के प्रति शराब का ही सहारा लेती हैं क्या? नहीं लेती हैं, इसे मैं भी जानती हूँ, लेकिन भई पसंद अपनी-अपनी। वैसे भी यदा-कदा मदिरा सेवन पहले भी करती ही थी। शराब अब सहारा बन गई है, इतना-भर ही तो अंतर आया है। इसे कोई बुरा भी समझे तो मेरी बला से। और भी एक बात जिसे मैं आगे के लिए बचाकर रखना चाहती थी, लेकिन संदर्भ आ ही गया है तो सुन ले। मेरे बाबा का आरियासमाज से भी जब मोहभंग हुआ तो कुछ समय के लिए में और बाबा क्रिस्तान भी रहे। उसका भी इस मेरी मयकशी में अवश्य कुछ न कुछ हाथ है ही। बाबा का आरियासमाज से मोहभंग क्यों हुआ उसे अभी न कहूँगी। फिर कभी वह किस्सा भी कहना ही होगा, सो तभी उसके बारे में पूछगछ करना।

सिकंदराबाद में थी तो घर के बिलकुल बगल में ही हलाल मीट की दुकान थी। कई बार तो कसाई ग्राहक के सामने ही बकरे को काटता था। कसाई बेदर्दी से बकरे की गर्दन को छुरे से बहुत हल्के से रेतता जाता, अपनी भाषा में न जाने क्या बुदबुदाता, फिर से रेतता, फिर फिर रेतता। हलाल होते बकरे की चीखें ग्राहकों पर तनिक सा प्रभाव न डालती थीं, वे बेरहम लोग उस समय हँसी-मजाक, हास-परिहास में लगे रहते, कसाई से पूछते रहते–'बहुत देर लगा रहे हो, जुम्मन मियाँ! तनिक जल्दी करो ना।' इस प्रकार कसाई एकदम ताजा मांस ग्राहक के सामने प्रस्तुत करता था। कई ग्राहक दो-चार घंटे पुराना मास भी खरीदने से परहेज़ रखते थे। हम घर में ही सूअर पालते थे इसलिए दुकान से मीट खरीदने की आवश्यकता न पड़ती थी। कभी-कभार मुँह का ज़ायका बदलने के लिए और कभी घर आये मेहमानों की फरमाइश पर बकरे का मीट खरीदना पड़ता था हमें।

यहाँ ब्याह कर आई तो अजब ही बात पता चली कि यहाँ गाँव के जाटव मुर्दार माँस खाते थे काफी पहले तक! बताते हैं कि उन दिनों गाँव में मरे पशु को जाटव जब ढोकर गाँव से बाहर ले जाते थे और उसकी खाल उतारने का काम जब पूरा हो जाता तब मरे पशु के शरीर से अच्छे मांस का टुकड़ा काटकर घर ले आते थे और उस दिन घर में भर पेट गोश्त की दावत उड़ाई जाती थी। सुनकर ही उलटी कर दी थी मैंने। लेकिन जाटवों को यह सब उसी प्रकार सहज लगता होगा जैसा मेरी माँ को टट्टी कमाना! जाटवों के मुर्दार खाने की लत बिल्कुल वैसी ही होगी जैसी मेरी माँ का टट्टी कमाना।

दरियाव ने कोई विरोध प्रस्तुत नहीं किया। जानता है कि तर्क-वितर्क में पड़ने से

चावली की कथा का तारतम्य तो टूट ही जाएगा, चावली के नाराज़ होने, मूड खराब होने की भी पूरी संभावना है। मुर्दार खाने की बातें उसने भी सुनी हैं लेकिन कहते हैं कि कोई पचासेक बरस पहले तक एकाध लोग उसे खाते थे, छिप-छुपाकर। यह कहना कठिन है कि यह केवल जुगुप्सा उत्पन्न करती अतिशयोक्ति थी अथवा सत्य पर आधारित तथ्य था। मरे पशुओं की खाल उतारने का धंधा भी जाटव पचासों बरस पहले छोड़ चुके हैं तथा पशुओं की खाल उतारने के लिए तो आज कल ग्राम पंचायत द्वारा ठेके छोड़े जाते हैं, इसलिए भी उस अभक्ष्य की गुंजाइश नहीं है। जाटवों की स्थिति और उनकी माली हालत भी पहले से बहुत-बहुत अच्छी है, सो कोई क्यों अभक्ष्य का भक्षण करेगा।

मानव मन और तन लेकिन विलक्षण और विचित्र है। चावली ने अपनी माँ का उदाहरण देकर इसे सुस्पष्ट किया है, तब यही कहाँ असंभव है कि ऐसा कोई गाँव भर में न बचा हो जो अभी भी अभक्ष्य का भक्षण करता हो। इसमें जात-कुजात की भी बात नहीं है। समाचार पत्रों में यदा-कदा पढ़ने को मिल जाता है कि अमुक स्थान पर अथवा अमुक देश में मनुष्य ने मनुष्य के माँस का भक्षण किया। श्मशानों में पड़े रहने वाले तांत्रिक आखिर क्या करते हैं? ऐसे तांत्रिकों के चरणों में यह समाज नाक भी रगड़ता है।

खैर, चावली ने अपनी कथा पुनः वहीं से प्रारंभ की–

इस प्रकार माँ और बाबा में रात-दिन झगड़े होने लगे। बाबा कहते, "मेहतरों में अब उनका स्तर अन्य मेहतरों से ऊँचा है। माँ का टट्टी कमाने जाना उनकी शान के खिलाफ़ है. वह अब आरियासमाजी है। अब और वह माँ को इस गंदे काम को न करने देंगे।"

बाबा आरियासमाज में शामिल हुए तो उसके कुछ ही दिन पश्चात माँ ने एक और संस्था में शामिल हो कर बाबा के जख्मों पर नमक छिड़क दिया। उस दिन जब बाबा ने अपना लगा-बँधा जिजमानी छोड़ने का राग अलापा तो माँ ने बिफरकर कहा, "मैं भी मैहतमा जी की सभा में सुनकर आ रही हूँ। मैहतमा जी तो कहते हैं कि परमात्मा ने चार बरन बनाये हैं। मेहतर उनमें सब से नीच जात हैं। मेहतरों का काम सेवा करना है। अपना काम किसी को न छोड़ना चाहिए। सब अपना-अपना काम करें, कोई अपना काम न छोड़े, बस साफ सफाई से सबको रहना चाहिए। परमातमा के बनाये बिधान में अड़चन डालने वाला पापी है, ऐसा मैहतमाजी कहते हैं। इतने ज्ञानी मैहतमा क्या कुछ झूठ कहते हैं?"

बाबा ने जब पूछा कि, "ऐसा महात्मा कौन है यह, जो हमारे लिए तो सेवा का कार्य बाँध रहा है और अपने और अपनी जात के लिए सेवा कराने का। आर्यसमाज कहता है कि सब मनुष्य समान हैं, बराबर हैं।"

तब माँ ने बताया था कि–"जो इस देस से अंग्रेजों को भगाने का मंसूबा बना रहे

हैं, वही मैहतमा जी हैं। उन्होंने कहा है कि यदि स्वच्छता है तो वे मेहतरों के घर में भी भोजन करने में कोई परहेज न करेंगे। दो-चार दिन में ही वे हमारे मुहल्ले में किसी घर में ठहरेंगे और भोजन भी करेंगे।''

दरियाव ने व्यवधान देकर पूछा, ''चाची, यह महात्मा क्या, महात्मा गाँधी थे?''

''पता नहीं, शायद वे नहीं थे और हो भी सकते थे। लेकिन यहाँ बात यह नहीं है कि महात्मा कौन थे, बात तो इन लोगों की सोच की है। यह सोच तो अब भी वैसे की वैसी ही इन लोगों ने अक्षुण्ण बनाये रखी है। मैं जो आज भंगन हूँ, गो कि मैला उठाने का काम नहीं करती हूँ, तू जो आज चमार है, गो कि चमड़े के किसी व्यवसाय में तू नहीं है, यह जो अपने तन से गंदगी और बदबू के तूफान उठाता, 'क' अक्षर से भी जिसका दूर का भी नाता नहीं है वह रामधन क्योंकि बामण है, उसे पूरा गाँव 'पालागी' कहकर सिर झुकाता है, ठेठ गँवार यह रामधन अच्छे-भले पढ़े-लिखों को आशीर्वाद भी देता है जिसे पाकर वे धन्य हो उठते हैं। सो यहाँ बात सोच की है, किसी महात्मा की नहीं है। यह सोच तब भी और अब भी वैसी ही है। महात्माओं की कमी है क्या इस देस में, इस समाज में? हर सड़क, मुहल्ले, बाजार में घुरघुराते फिरते हैं उसी एक बात को दोहराते जो बकौल मेरे बाबा 'वाहियात' महात्मा कहा करते थे कि चार बरन बनाये हैं उस परमात्मा ने, चमार-मेहतरों को केवल जी लगाकर सेवा करनी चाहिए। केवल इन तथाकथित महात्माओं को कोसने से कुछ न होगा, यह समझ ले! बाबा जब आरियासमाजी बने थे, तब हमारे ही मेहतर मुहल्ले ने बाबा को समाज से निष्कासित कर दिया था और स्वयं उन वहियात महात्माओं और उनके शास्त्रों का आदेश शिरोधार्य करके मानवेतर जीवन जीते रहे थे, अपने स्वयं की सहमति से. आज भी हो रहा है वही सब कुछ। रामायण की कथा कहने वाले और कारों में चलने वाले, चार-चार मंजिले कोठी बंगलों में वास करने वाले इन तथाकथित संतों से पूरा देस अटा पड़ा है। इनके प्रवचनों में जाकर देखेगा तो पाएगा कि पचास फीसद से भी अधिक श्रोता दलित भंगी, चमार, धोबी, खटीक, केवट, पासी इत्यादि जातियों से ही हैं जिनके विषय में तुलसीदास ने कहा है, ''ढोल गँवार शूद्र पशु नारी—ये सब ताड़न के अधिकारी'' और ये तथाकथित शूद्र अवमानित और अपमानित होकर भी इन प्रवचनों में तुलसीदास और उसके भगवानों के नारे लगा-लगाकर अपने आप को धन्य मानते हैं। अकेले इन तथाकथित महात्माओं को कोसने से भी क्या होगा?

यह धार्मिक प्रताड़ना के प्रति अंधता केवल यहीं तक सीमित नहीं है। आजकल एक फिल्म का गाना खूब बज रहा है—''है प्रीत जहाँ की रीत सदा, मैं गीत वहाँ के गाता हूँ...'' इस देस की स्वर्णिम संस्कृति का ढिंढोरा पीटने का ठीका उठाये एक मनोज कुमार नाम के नचनिये ने इस फिल्म में काम किया है। क्या कहता है यह फिल्म का गीत, जानता है? नहीं? कहानी-फहानी लिखने से पहले इसे जान लेगा तो कुछ अच्छा लिख

पाएगा और तब मेरे से कहानी सुनने के लिए तुझे गिड़गिड़ाना भी न पड़ेगा। तेरे स्वयं के भीतर से, एक चरित्र विशेष को बखानने के बदले, इन पददलित दर्द से कराहती दलित जातियों का दर्द बखानने को असीम अनंत एक सोता उमड़ पड़ेगा जो तेरे से रोके न रुकेगा।

आगे कहा—"महात्माओं की बात छोड़, आगे सुनना है तो बैठ अन्यथा भाग!"

दरियाव को अचानक महसूस हुआ जैसे उसकी वह बहन जिसे तपेदिक नाम का दानव लील गया था, अचानक उस लोक से अवकाश पा यहाँ प्रकट हो गई हो। यह तो सशरीर भागो ही उसके सम्मुख बैठी पंक्ति दर पंक्ति वही दोहरा रही थी जो वह जब तब उसे पकड़कर सुनाया करती थी। उसकी आँखें आँसुओं से भर आईं। भागमली से यों उसका मिलना होगा उसने कभी न सोचा था। भूत प्रेत जिन्न के रूप में न आ कर भागमली ने इस माँ जैसी चावली के रूप में उसके सम्मुख प्रस्तुत होकर उसे उपकृत कर दिया। उसका मन चाहा, इस भागमली के आँचल में मुँह छुपाकर पड़ जाए।

चावली ने लेकिन उसके इस दिवास्वप्न को, और एक दारू के पेग में एक ही झटके में तोड़ दिया, बोली, "ला, बड़ा सा एक पेग डाल दे मेरे लिए।" विचित्र रूप में लेकिन यह दारू के नशे में टुन्न भागमली भी दरियाव को उतनी ही ममतामयी दिखी।

व्हिस्की का एक खूब लंबा घूँट गले के नीचे उतार कर चाची ने बिना दरियाव के किसी अनुग्रह और मान मनौवल के आगे कहा, "फिल्म के इस गीत को दसियों अन्य देशभक्ति गीतों में शामिल करके हर स्वतंत्रता दिवस और गणतंत्र दिवस पर पूरा देस-भर सुनता है, ध्वजारोहण पर, पाठशालाओं कालेजों में इसको बजाया जाता है। 'मेरा रंग दे बंसंती चोला' के साथ इस पाप को भी बजाया जाता है। सरदार भगत सिंह आज जीवित होता तो ...! क्या कहता है यह गीत? इस गीत में कुछ भी गूढ़ नहीं है कि जानने के लिए बकौल कबीर 'गुरु बिन कौन बतावे बाट' किसी ज्ञानी ध्यानी गुरु की आवश्यकता पड़े!

"है प्रीत जहाँ की रीत सदा, मैं गीत वहाँ के गाता हूँ—भारत का रहने वाला हूँ भारत की बात सुनाता हूँ... कितनी ममता जहाँ नदियों को भी माता कहके बुलाते हैं—इतना आदर इंसान तो क्या, पत्थर भी पूजे जाते हैं।"

हे भगवान! इतना बड़ा झूठ! इतना बड़ा झूठ जिसे ये देशभक्ति गीत कहकर गाते हैं, जिस पर एक नचनिये ने लहक लहक कर गाया है, इंसान तो क्या पत्थर भी पूजे जाते हैं... इस नचनिये ने स्वर्णिम संस्कृति के विषय में यह गाकर बताया है कि इस देस की महानता यह है कि पत्थरों को पूजते हैं जिन्हें इनके अवधान की कोई आवश्यकता नहीं है। इन पत्थरों में न तो चेतना है, न इनको न भूख लगती है न प्यास, न इन्हें तन ढाँपने को वस्त्रों की आवश्यकता है न सिर छुपाने को छत की, लेकिन देख! किसी मंदिर में जाकर देख, हजारों लाखों, करोड़ों, अरबों के स्वर्णाभूषणों, हीरे मोती पन्नों से ये सजाते

हैं इन बेजान पत्थरों को! प्रतिदिन इन बेजान पत्थरों को स्नान करा कर रेशमी वस्त्रों से ढाँपते हैं। जिस बेजान को भोजन की आवश्यकता नहीं है उसे ये छत्तीस प्रकार के भोग लगाने का ढोंग कर के किस प्रकार अपने पेट की परिधि बढ़ाते हैं। उस पत्थर को जिसे न तो इस सबकी आवश्यकता है और ना ही वह यह जानता है कि ये उसके लिए क्या कर रहे हैं, उसमें चेतना कहाँ है! ये उस पत्थर को पूजते हैं और ढिंढोरा पीटकर बताते भी हैं कि 'इतना आदर इंसान तो क्या, पत्थर भी पूजे जाते हैं' और यह नहीं बताते कि इसी देस में पत्थर को तो पूजते हैं लेकिन इंसान को वर्णों में बांटकर, छू जाने-भर पर स्वच्छ होने के लिए स्नान करते हैं, गंगा नहाते हैं। ये जब कलेवा में मिठाई, दोपहर में भर पेट भोजन और संध्या में मुर्ग मुसल्लम के साथ अन्य कई सारे व्यंजनों से पेट भर कर जब ऐंड़ते हुए डकार

मार-मारकर अपने पेट में व्याप्त अम्लता से त्रस्त जब मुलायम बिस्तरों पर सुख स्वप्नों में गुजरने का प्रयास करते हैं तब इनके इसी देस में जिसमें ये पत्थर को भी पूज कर धन्य और गौरवान्वित महसूस करते हैं, जीते जागते, साँस लेते, बिना छत, तन से नंगे, भूख से अधमरे, इनके अत्याचारों से आहत दर्द से कराहते दलित भी जीते हैं। अपनी इस स्वर्णिम सभ्यता को, संस्कृति को, क्या ये नचनिये दुनिया को बताने का तनिक सा भी साहस रखते हैं? इनकी यह संस्कृति स्वर्णिम तो कतई नहीं है, हाँ, सवर्णिम अवश्य है। पत्थरों को पूजती और जीते जागते इंसानों को निर्दयता से कुचलती, उनकी बहन-बेटियों, पत्नियों, माताओं पर बलात्कार करती, उनके बसेरों को फूँकती, उन्हें सबल उम्रभर के लिए बँधुआ और दासत्व के जुए में जोतकर रखती इनकी इस सवर्णिम सभ्यता में तनिक सी भी लाज-लिहाज है तो किसी कुआँ-खाई में डूब क्यों नहीं मरती? पत्थरों के प्रति इतना प्रेम! और जीते-जागते इंसानों के प्रति इतनी घृणा कि परछाईं भी पड़ जाए तो स्नान करना पड़े! यह कैसी सभ्यता है जिस पर यह फिल्म का नचनिया एक्टर लहक-लहक कर गाता है, और दूसरों की संस्कृति का केवल इतने-भर पर उपहास करता है कि वहाँ की संस्कृति में स्त्रियाँ बराबरी का हक रखती हैं, बराबरी की शिक्षा प्राप्त करती हैं, प्रशासन, राजनीति, कला, साहित्य और विज्ञान में जिनकी बराबरी की भागीदारी है। यह नचनिया उस संस्कृति का मजाक उड़ाता है, यह दिखाकर कि उस संस्कृति में औरतें सिगरेट पीती हैं, स्त्री अस्मिता को शर्मसार करती घुटनों से भी ऊपर खिसकती स्कर्ट पहनती हैं और ये नचनिया अपनी संस्कृति में नाभिदर्शना साड़ियों में सजी स्त्री को भूल जाता है जो हजारों वर्षों से इस महान देश की सत्रियों की भूषा रही है। तंबू से भी अधिक लंबे और भारीभरकम घूँघट में घुटती नारी को भूलकर इतराता है जिसमें घुटकर नारी, जीवन गँवाकर चुक जाती है, जो अपढ़ है और अपने बूते पर तो नगर की भीड़ भरी सड़क भी पार करने में सक्षम नहीं है व्यवसाय में, कला में, विज्ञान में, राजनीति में बराबरी की कौन कहे! उस नारी पर यह इतराता है जो कौन जाने अपने

मन से कि विवशता में कि जोर जबरदस्ती से मरे पति की लाश के साथ जल मरती है कि कौन जाने जला दी जाती है और समाज उसे प्रतिफल रूप में सतीदेवी बना कर पूजता है। अजंता, ऐलोरा, खजुराहो, कोणार्क मंदिरों के स्थापत्य और मूर्तिकला में चित्रित स्त्री के दर्शन एक बार कर लेता जिसमें पशुओं के समान मैथुनरत माँसल मानव तनों को बेशर्मी से दर्शाया गया है, उससे इनकी अबला जो सबला तो है ही नहीं, का सम्मान-गौरव और स्मिता पाश्चात्य नारियों से बढ़कर है कि घट कर है जान पाता, तब इस नचनिया का न केवल ज्ञानवर्धन होता बल्कि तब वह केवल स्त्री वस्त्रों को लेकर दूसरों की संस्कृति और सभ्यता को इतर कहकर उपहास न करता बल्कि कोणार्क और खजुराहो में चित्रित वस्त्रविहीन नारी तन को देखकर इतराने को तर्क कर देता। दूसरों की सभ्यता के विषय में बच्चों से उधार लेकर इतिहास की पुस्तकें पढ़ लेता तो उनकी सभ्यताओं में मनुष्य और मनुष्य की समानता और बराबरी की भागीदारी को पढ़कर अपनी संस्कृति पर इतराने से पूर्व, सोचकर अपना मुँह फाड़ता। 'इस धरती पर मैंने जन्म लिया, यह सोच के मैं इतराता हूँ', इतराता है यह नचनिया इस बात पर कि पत्थरों को पूजकर यह जीते जागते, साँस लेते मनुष्यों को भूख से मरने देता है, उनकी बहू-बेटियों पर बलात्कार होते देखता है, कपड़े लत्ते से महरूम, छत से महरूम इंसानों को देखकर इसकी आत्मा पर न कोई बोझ है न ग्लानि। यह केवल पत्थरों का सम्मान करने, उन्हें सजाने-सँवारने, उन्हें छप्पन भोग लगाने में गर्व महसूस करता है यह नचनिया और समाज।

चावली ने यह सब कहाँ से जाना? कैसे जाना? बताया चावली ने कि जब बाबा का मोह भंग आरियासमाज से हुआ और वे उसे लेकर क्रिसतान हो गए तब अचानक...

केवल मोटी-मोटी पुस्तकों को पढ़ने-भर से, तो इंसान ज्ञानी नहीं हो जाता है! कबीर ने किस महाविद्यालय में अध्ययन किया था? चावली ने किस पाठशाला में पढाई की है? भागो ने किस गुरुकुल में अध्ययन किया था?

जर्मन, अमरीकन हमारे वेदों में से ज्ञान निकालकर वायुयान, राकेट, रेलगाड़ियाँ, परमाणु बम बना रहे हैं, कहकहकर जो अपना गला सुखा रहे हैं उनको इतना भी सोचने की फुर्सत नहीं है कि तुम स्वयं क्यों नहीं उस ज्ञान को खोदकर वेदों से निकाल लेते हो! प्रौद्योगिकी और विज्ञान के लिए पश्चिम का मुँह ताकते, कटोरा हाथ में थामे धनी देशों के सम्मुख...

परमाणु बम के अविष्कार पर कूद कर कहते हैं, यह तो हमारे वेदों में...वायुयान के अविष्कार पर, यह तो हमारे रामायण में...राकेट के अविष्कार पर, यह तो हमारे महाभारत में...कोई अंत और सीमा है इनकी मूढता की!

भागो पर जब इस प्रकार के प्रवचन का दौरा पड़ता था तब निकल भागने के अवसर तलाशता था दरियाव लेकिन आज जो यह नशे में टुन्न भागो चावली चाची के रूप में उसके सामने बैठी प्रवचन कर रही थी उसके सत्य भाषण ने जैसे उसकी चेतना को सुन्न कर दिया है, न हाथ हिलाये हिलते हैं, न पैर हटाये हटते हैं। कई सारे महात्मा, पीर-पैगंबरों और तथाकथित पुरुषोत्तमों से कहीं बहुत ऊँची दिखी चावली उसे। उसे चावली एक उस प्रेमिका सी लगी, कि मिल जाए तो जीवन सफल हो जाए, उस माँ जैसी लगी कि जिसकी कोख से जन्म मिले तो जन्म-जन्माँतरों की खोज सफल हो जाए और निर्वाण के लिए किसी बुद्ध की आवश्यकता न रहे, एक बहन जैसी लगी कि यदि तपेदिक उसे लील न जाए तो उसके हर दुख-दर्द को दूर करने में जीवन अर्पित करके जीवन सँवारा जाय, उस एक जीवनसंगिनी सी लगी कि मिल जाए तो जीवन की किसी भी अड़चन और कठिनाई को फूँक से उड़ाते हुऐ जीवन फूलों से आच्छादित डगर सा कट जाए।

लेकिन चावली चाची उसके हर दिवास्वप्न को निर्दयता से तोड़ने में तनिक सी भी कोताही न कर रही है आज। फिर से बोली, ''और ढाल दे। आज पीकर बेहोश होना चाहती हूँ, पहले ही बताये रखती हूँ। डर कर भागना मत।''

पचास वर्षीय उस चावली ने अचानक आँखों में शरारत के भरपूर भाव लाकर कहा, ''बेहोश औरत तेरा बिगाड़ेगी भी क्या? यह डर तो औरत के भाग में लिखा है।''

आगे कहा, ''खैर, जब बेहोश हो जाऊँ तब चादर मेरे ऊपर डालकर चुपके से खिसक जाना, मच्छर बहुत काटते हैं रात में आज कल।''

चावली को बेहोश होने में और एक आध पेग के सहयोग की आवश्यकता ही न पड़ी। उस माँ, बहन, प्रेमिका जैसी चावली को चादर ओढ़ा कर जब दरियाव चूहड़ेन के कुत्तों को दुआ-सलाम करता अपने स्वयं के मुहल्ले के कुत्तों की सलामी स्वीकारता अपने घर के ओसारे में प्रविष्ट हुआ जिसमें बँधी भैंस मानो उसकी प्रतीक्षा ही कर रही थी और जिसके सान्निध्य में उसे आज सोना था, ने व्यां...व्यां... करके माँ को जगा दिया। कई सारे पुराने और परीक्षित बहानों की ढाल की आड़ में अपने आप को बचाकर जब सोने लगा तो सोचा कि चावली चाची के भीतर सुलग रही आग की तुलना में समाज के, धर्म के प्रति उसकी अपनी अवधारणा तो कुछ भी बगावतपूर्ण नहीं थी! चावली को लेकर उस रात उसने कई सारे अवर्णनीय सुंदर सपने देखे।

48

अपनी आदरणीय चावली के प्रति सम्मान और स्नेह के उपरांत भी कथाकार की तत्काल की संटी से बार-बार कोंचे जाने के कारण, दरियाव को यह कहने में जरा सी भी झिझक नहीं है कि चावली रूपी लोहा गर्म था और रुकने, साँस लेने का समय न था। ठंडे पड़ गए लोहे पर चोट करने से स्वयं के आहत होने की पर्याप्त संभावनाएँ थी, इसलिए दरियाव अगले दिन रात होने से भी पूर्व चावली के दरबार में उपस्थित हो गया।

अनुष्ठान का सब कुछ जब अपने स्थान पर पहुँच गया तब चावली ने कथा को आगे बढ़ाया–

जबसे बाबा ने आरियासमाज में जाना प्रारंभ किया था तब से उनमें अप्रत्याशित और चरम बदलाव हो गए थे एक तो यही था कि माँ का अपने ऊपर प्रभाव को नकारना, इसके चलते ही अब वे माँ के ऊपर जब तब उग्र हो हाथ चला देते थे। दूसरा यह कि अति की साफसफाई, स्वच्छता उनके जीवन में घर कर गई।

बाबा ने उस दिन माँ को पीट दिया जब माँ ने मेहतरों के उद्धार की कसम उठाने वाले उन महात्मा के गुण गाने प्रारंभ कर दिये जो कहते थे कि मेहतर-चमार अपना मानवेतर काम करते रहें, अपना काम न छोड़ें और तथाकथित ऊँची जातियों की सेवा में ही अपना मानुष जीवन सफल हुआ समझा करें, उपकृत हो तथाकथित ऊँची जातियों की सेवा करते रहें।

सच कहूँ, उस दिन से मुझे अपनी माँ कभी अच्छी न लगी। यह मेरी नापसंदगी धीरे-धीरे माँ के प्रति घृणा में परिवर्तित होती चली गई। माँ के प्रति घृणा का एक और भी कारण उत्पन्न हो गया था। बाबा और माँ के झगड़ों का यह परिणाम हुआ कि माँ एक दिन बाबा को गाली बकते, घर छोड़ कर भाग गई। मैं कोई सात बरस की थी तब।

घर में, मैं और बाबा अकेले रह गए। कुछ दिन बाबा अपने हाथ से रोटी तीमन बनाते रहे। प्रातः उठते ही वे दिशा मैदान से फारिग होकर स्नान करते और रसोई में जुट जाते। आधे फीसद रोटियाँ तो इस कदर जली होतीं कि किसी प्रकार पेट के गर्त में सप्रयास उन्हें धकेलना पड़ता था। तीमन-तरकारी बाबा से कभी नहीं बनी सो बगल के एक खोमचे वाले से प्रायः कुछ ले आते थे। चार-पाँच जो सूअर थे हमारे, उनके भूखे मरने की नौबत तो न आई लेकिन कठिनाई अवश्य होने लगी। बाबा उन्हें सुबह सवेरे ही बाड़े से निकालकर हड़का देते थे। सारे दिन न जाने कहाँ-कहाँ भटक कर वे संध्या होते-होते घर लौट आते थे।

माँ के घर छोड़ कर भागने से उत्पन्न हुए शून्य के कारण हमारे मुहल्ले के मेहतरों में कैथवाड़े के उन निराश्रित हो गए कैथों के घरों के पाखाना कमाने को प्राप्त करने के लिए खूब जूतमपैजार हुई और अंततः मुहल्ले की पंचायत में उसका फैसला हो पाया। गंदगी कमाने के उस काम को पाने के लिए मेहतरों में होड़ लग गई थी। मेहतरों के उद्धार के प्रयत्नों में अधमरे हो रहे उन महात्मा को भी अपने आप को हलाकान करने की आवश्यकता न रह गई थी जो कहता था कि मेहतर अपना काम न छोड़ें, बस साफ सफाई से रहें। जो कुछ वे चाहते थे मेहतर स्वयं अपने से वही कर आनंद मना रहे थे, बस, केवल मेरे बाबा मेहतरों के इस अजब अहमकपने पर आहत और शर्मिंदगी महसूस कर रहे थे।

मानव मन और मस्तिष्क लेकिन बहुत जटिल प्रतिक्रिया प्रस्तुत करते हैं। इन्हीं मेरे बाबा ने जो कहते न थकते कि आरियासमाज में लड़कियों को शिक्षा प्राप्त करने का बराबर का पूरा अधिकार है तथा कि माता-पिता को बेटी को शिक्षित करने के लिए कुछ न उठा रखना चाहिए, मुझे एक जमात की भी शिक्षा न प्राप्त कराई। क्यों? इसे बताने के लिए अब वे इस दुनियां में तो हैं नहीं, सो कारण वे अपने साथ ही लेते चले गए। लेकिन भाई, जाटव तो उन दिनों फिर भी किसी प्रकार पढ़ लिख जाते थे, मेहतर बेचारों को तो उन दिनों कोई समीप भी न आने देता था, बाबा पढ़ाते भी तो किस पाठशाला में? जिनका सुबह सवेरे गू-मूत साफ करके आते थे, क्या उनके साथ?

खैर! माँ का हम लोगों को छोड़कर चले जाने का मुझे तनिक सा भी दुख न हुआ। मेरे जीवन में बल्कि आनंद और खुशी का उजास जैसे हुआ माँ के जाने से। कहाँ तो माँ मुझे भोर से भी पहले जगा कर उनींदी अवस्था में ही लगभग घसीटती सी कैथवाड़े के जजमानों के घरों में ले जाती थी और कहाँ अब मैं बाबा के साथ दिन चढ़े नहा-धोकर उनके पीछे-पीछे जब वे अपनी बड़ी-सी झाड़ू से सड़क बुहारते, तब उनके आस-पास रहकर कूदती फाँदती, कुत्ते के पिल्लों के पीछे भागती फिरती थी। इस उछलकूद में कई बार बड़ी सुंदर खाली माचिस की डिब्बियाँ, सिगरेट की डिब्बियाँ जिनमें चाँदी सी चमकती सुंदर सुंदर पन्नियां होतीं, सुंदर चित्रों वाले फटे हुए कैलेंडर इत्यादि मिल जाते

थे। इन्हें मैं जतन से सहेजती जाती थी और बाबा के पश्चात् उन दिनों यही मेरी सबसे अमूल्य धरोहर हुआ करते। बाबा जब तक सड़क बुहार कर घर लौटते तब तक सूरज सिर पर आ जाता था। बाबा इस के पश्चात् आर्यसमाज मंदिर चले जाते जहाँ वे अपने मन और मर्जी से एवं श्रद्धा से श्रमदान कर मंदिर और उसके आस-पास की सफाई करते थे और मैं अपने उस दिन के खजाने को घर में सहेज कर पड़ोस में अपनी सखी-सहेलियों के पास खेलने चली जाती थी।

बाबा की हालत पर तरस खाकर हमारी एक फूफी हमारे पास रहने आ गईं। बहुत ही ममतामयी थीं; लेकिन वे स्वयं अपने बच्चों और फूफा को छोड़कर हमारी सहायता करने आई थीं, सो फूफी की समस्या को जानकर बाबा ने ही उन्हें वापस भेज दिया। फूफी हमारे साथ कोई तीन महीने रहीं बाबा और मेरे लिए वह समय स्वर्गिक आनंद के समान था। लगभग प्रतिदिन ही घर में मीट बनता, अच्छी तरकारी बनती, खूब फूले फूले गेहूँ के आटे के गुब्बारे जैसे फुलके बनते और मीट के शोरबा में डुबा-डुबाकर, चटखारे ले-लेकर हम खाते। लेकिन एक बात थी जो मुझे मन ही मन अखरती थी। फूफी के हाथों से, उसके बदन से भी वही दुर्गन्ध उत्सर्जित होती थी जो माँ के तन में रची बसी हुआ करती थी। इशारों-इशारों में फूफी ने बाबा को अपनी समस्या बतायी कि उसके यहाँ रहने से बेचारे फूफा भोजन तो स्वयं बनाते ही होंगे, जजमानों के घरों में कमाने के लिए भी उन्हीं को जाना पड़ता होगा। उनकी बेटी इसमें फूफा की सहायता तो करती होगी लेकिन परेशानी तो थी ही।

उस दिन मुझे अपने पर और अपने बाबा पर बहुत अभिमान और गर्व हुआ। मेरे बाबा ने घर से माँ का जाना तो स्वीकार किया लेकिन न तो मुझे पढ़ने दिया और न स्वयं ही उस धंधे में पड़े।

विचित्र बात यह भी रही कि हमारे मेहतर मुहल्ले ने भी और हमारे सारे नाते-रिश्तेदारों ने भी बाबा का इस प्रकार पुश्तैनी धंधा छोड़ने के कारनामे को खास तवज्जो तो दी ही नहीं साथ ही इस सोच और कार्य को अहमकाना भी कहा। कहते, "अपनी जात का धंधा नहीं करेगी तो इस तुम्हारी लड़की को कौन अपने घर में ब्याह कर ले जाएगा? पराये घर जाकर क्या पैरों में मेहंदी लगा कर बैठेगी?"

फूफी बाबा के पीछे पड़ गईं, दूसरा ब्याह करो। बाबा आर्यसमाज में ऐसे रमे कि दूसरे ब्याह को साफ इनकार कर दिया। फूफी ने फिर से ऊँच-नीच समझाया, फूफा ने भी समझाने का प्रयत्न किया लेकिन सब निरर्थक रहा। फूफा ने भी अंततः वही कहा जो बाकी मुहल्ला कह रहा था, "पागल है!"

फूफा ने यह भी परामर्श दिया कि न हो तो, बाबा, माँ को मान-मनुहार करके वापस ले आये। मुझे तो इतना सुनने-भर से बेहोशी आने लगी। माँ आ गई तो अवश्य मुझे उस गंदगी में जोत देगी। मैं भगवान से मन ही मन प्रार्थना करती रही, माँ फिर से लौटकर न आए।

लेकिन उसकी आवश्यकता ही न रही, फूफा ने खोज खबर ली तो पता चला कि माँ ने घर छोड़ने के महीना भीतर ही दूसरा खसम कर लिया था। पता नहीं माँ ने मेरे नाना-नानी, मामा-मामी को क्या कुछ बताया था कि उन्होंने एक बार बाबा से मिलना तक उचित न समझा था माँ को दूसरे घर में बैठाने से पूर्व। निश्चित ही माँ ने कोई ऐसा झूठ गढ़ कर सुनाया होगा कि नाना तक ने जाँच पड़ताल करना ठीक न समझा था। मैं बहुत प्रसन्न हुई थी। माँ के प्रति मेरी घृणा और बढ गई।

अकेले में बैठकर मैं प्रायः सोचा करती हूँ कि अपनी सगी माँ के प्रति मेरे मन में इतनी घृणा क्यों थी? क्या मुझे और बाबा को छोड़कर माँ दूसरे एक मर्द के घर में जो अपनी गृहस्थी जमाकर बैठ गई थी इसलिए, कि, क्या केवल इतने-भर से कि वह मुझे मुँह अँधेरे ही उनींदी अवस्था में अपने पीछे-पीछे खींचती कैथवाड़े में ले जाती थी, अथवा इतने-भर से कि मुझे उसके तन बदन से उत्सर्जित होती गंध से घृणा थी! केवल इतने-भर से कोई अपनी जननी से घृणा नहीं कर सकता।

केवल एक और कारण मेरे ज़हन में आता है कि मेरी माँ और बाबा में प्रायः ही इस बात पर तू-तू, मैं-मैं होती थी जब बाबा माँ को इस बात पर फटकारते थे कि वह कैथों के घर के सामने उनके दरवाजे पर, सड़क पर गंदगी में अपनी हीनता, दीनता दर्शाती उनके द्वारा रोटी दिये जाने की प्रतीक्षा में न बैठा करे। बाबा का कहना था कि मैला साफ करके हमें अपनी मेहनत का प्रतिफल प्राप्त करने का अधिकार है, उसे हमें देकर कोई हमपर उपकार नहीं करता है। इसलिए गृहस्वामी का इस प्रकार हमें अपमानित करके और मानो हमारे ऊपर अहसान करके प्रतिदिन दो रोटी देने की आवश्यकता नहीं है और इस प्रकार यदि वे दें तो उसे स्वीकार नहीं करना चाहिए।

माँ पहले तो बाबा को यह समझाने में घंटों खपाती कि वे ऊँच जात हैं, परमात्मा ने उन्हें ऊँचा और मेहतरों को नीचा बनाया है, अथवा कि अवश्य हम लोगों ने पिछले जन्म में बुरे कर्म किए होंगे जिसके कारण यह भंगी की जून मिली, अथवा कि सासतर कहते हैं कि हमारा तो काम ही सेवा करना है।

बाबा कहते, 'ऐसे सासतरों पै मैं थूकता हूँ सालों पै। ऐसी ऊँची जातों पै मैं पिसाब करता हूँ।'

प्रायः ही बाबा के इस वाक्य पर पहुँचते ही दोनों में तू-तू, मैं-मैं प्रारंभ होती थी। हमेशा ही बाबा इस एक वाक्य के पश्चात आपा खो बैठते थे। वे कई सारी तथाकथित ऊँची जातियों को माँ-बहन की गालियों से नवाज़ते और अंत में माँ को आदेश देते कि अब आगे से कैथों के घरों में कमाने न जाए।

इस पर माँ भी अपनी सी पर उतर आती और पहले तो अपने ही माता-पिता को कोसती कि किस निकम्मे-बेअकल के संग उसे बाँध दिया और फिर बाबा के माता-पिता और उनके अगले पिछलों की खबर उसी तर्ज पर लेती, कि यदि मैला नहीं कमाएगी तो अपना, बेटी और इस निकम्मे खसम का पेट कैसे भरेगा। माँ की गालियाँ, जो वह इसके

पश्चात् बाबा को देती इतनी अश्लील, भद्दी और बेहूदा होती थी कि मैं, जो उस समय बिलकुल बच्ची थी, सुनकर धरती में गड़ जाने को मन करता था।

'तू, हरामी की औलाद, अपनी माँ की... अबे मुझै घर में बिठा कै रखनै का इत्ता ही सौक है तो स्वयं क्यूं नहीं कैथों के हियाँ कमाता है। जा कल से टोकरा-पंजा उठा कर। अस्सल बाप का बीज है तो कल सै ही ये काम सुरू कर दे।'

बाबा अपनी इस दुखती रग को दबा पाकर चुप्पी साध जाते। वे जानते थे कि मैला कमाने का काम मेहतरों में केवल स्त्रियाँ ही करती आ रही हैं। मर्दों के लिए यह काम निषिद्ध था। मर्द केवल सड़क पर, गलियों में झाड़ू लगाते थे लेकिन उसके लिए 'मुनसीपालटी' का कारिन्दा होने की आवश्यकता थी। नगरपालिका ऐसे ही जिस-तिस को झाड़ूबरदारी की नौकरी थोड़े ही न थमा देती थी।

इस प्रकार अतीत में हारे गए अन्य कई सारे युद्धों के समान ही उस दिन भी बाबा पूर्णतः परास्त होकर कसाइयों की दुकान से सटे दारू के अहाते में बैठ कर ग़म गलत करते। खूब पीकर और लड़खड़ाते पाँवों से आधी रात से कुछ पहले जब घर लौट कर आते तब तक माँ खा-पीकर सो जाती थी। बाबा खाने के लिए घर के बर्तनों की जामा तलाशी लेते लेकिन ऐसे युद्धों के पश्चात् माँ केवल अपने लिए ही भोजन पकाती थी। मुझसे भी खाने के लिए न पूछती थी। मैं चुपचाप माँ के साथ अपने मन से ही खाकर सो रहती थी। बर्तनों के खड़कने पर कई बार मेरी नींद खुल जाती थी। बाबा को भूख में बर्तनों को इधर-उधर झुँझलाहट में पटकते देख मुझे माँ पर बड़ा क्रोध आता था। माँ की भी नींद खुल जाती थी लेकिन वह मुँह बिचकाकर बाबा को पहले तो देखती रहती और फिर सो जाती।

मेरे बाबा में बड़ी खुद्दारी थी, वह भूखे होने के बावजूद भी माँ को खाना बनाने को न कहते थे और भूखे ही सो रहते थे। लेकिन जब भी दारू के नशे में लड़खड़ाते रात में घर लौटते तब इस आशा में कि कौन जाने आज खाना बनाकर रखा हो, बर्तनों की तलाशी अवश्य लेते थे। उनकी आशा लेकिन कभी भी फलीभूत न हुई। थोड़े दिनों तक तो बाबा का रातों में पीकर आना कभी-कभार का ही किस्सा रहा लेकिन माँ के साथ ज्यों-ज्यों उनके झगड़े बढ़ते गए उसी अनुपात में उनका पीना और उसकी मात्रा भी बढ़ती गई। बाबा और माँ के बीच कोई दिन ऐसा न जाता जब झगड़ा न होता था. क्या इससे मुझे अपनी माँ से घृणा थी! लेकिन इस प्रकार के झगड़े तो घर-घर में होते ही रहते हैं।

मेरा अंदाज़ा गलत भी हो सकता है क्योंकि अचेतन मन में मेरे भी कहीं एक फांस है इन तथाकथित ऊँची जातों के खिलाफ! बाबा से ही मेरे मन में इस फांस ने घर किया होगा। मेरे ऐसे निर्मल, सज्जन और सरल पिता को भी तो आखिरकार उन ऊँची जात वालों ने ही छला और घाव दिये। मेरे इस प्रख्यात दाई बनने के पीछे भी कदाचित वही एक दबी छुपी फांस ही तो प्रेरक रही है। मुझको भी तो एक ऊँच जात के एक...

"खैर! आज तू जा।"

49

चावली ने जहाँ बात को लाकर छोड़ा था उससे इस कथा के दारुणमय होने का अनुमान मैं लगा चुका था। मैं प्रतिदिन अपने अंदेशों को तर्क पर तौलता और एक-एक कर उन्हें निरस्त करता रहा। कौन...क्या चावली की माँ...कि चावली का सरल, सज्जन पिता, कि कौन...

चावली स्वयं तो दुखी और पीड़ित दिखती नहीं थी। गहने जेवरों में लदी फँदी खा-पीकर मुटाई, धन दौलत के अंबार पर बैठी ऐश कर रही थी। या कि इस दरियापुर की फिज़ा में व्याप्त हर गली कूचे में तैरती फिर रहीं दुखांत कथाएँ जिन्हें मैं अब तक कथ चुका हूँ, मेरी इस नकारात्मक और पलायनवादी सोच के पीछे उत्प्रेरक बन मुझे दारुण के अंदेशों की झंझाओं में ढकेल रहे हैं। लेकिन मैं तय कर चुका हूँ कि दुखांत के पचड़े में अब और न पड़ूँगा। इस खा-पीकर मुटा रही चावली की कथा में दुख का बखान हरगिज न करूँगा।

लेकिन...? चावली जब अपने मन के नितांत अतल गहराई में दबाकर, छुपाकर रखे गए अपने राज़ कहने को न केवल राजी ही है बल्कि आतुर है तो मुझे किस सीमा तक कथा को नियंत्रित करना चाहिए? मन ही मन मैं एक प्रार्थना करता हूँ कि मेरे सारे अंदेशे गलत साबित हों और चावली की कथा में रहस्य की पर्तें चाहे जितनी हों, प्रेम और अवैध प्रेम भी उसके चाहे जितने हों, उसका बाबा चाहे एक और ब्याह करके फिर से दुखी हो जाए लेकिन चावली का जीवन हँसता-खिलखिलाता ही लिखने को मिले। लेकिन अपनी प्रिय भागो के मामले में, मैं अपनी की गई प्रार्थना को निरस्त और विफल होते देख चुका हूँ, इसलिए मुझे कोई आशा विशेष नहीं है, लेकिन कहते हैं न कि 'जब तक साँस-तब तक आस'।

चावली ने लेकिन जिस प्रकार कथा के तार को एक ही झटके में तोड़कर उस दिन कहा था, 'आज तू जा।' उससे महसूस करता हूँ कि उस दिन कुछ ऐसा अवश्य था जिसे कहने की मनःस्थिति में वह उस दिन नहीं थी। चावली को समय चाहिए था यह तय करने के लिए कि उस भेद को इस अहमक दरियाव के सामने खोले कि न खोले। दोनों के बीच उम्र का एक भारी अंतर तो था ही।

उम्र के एक पड़ाव विशेष पर आकर मनुष्य, स्त्री हो कि पुरूष अपने से बरस-भर छोटे को भी अनाड़ी और नासमझ समझने लगता है और यहाँ तो पूरे बत्तीस लंबे बरसों की एक विराट खाई है। अपने जीवन पर्यन्त संचित अनुभवों के सामने अपने से तनिक से भी छोटे को मनुष्य कमतर कर के नापता है। वास्तविकता की छन्नी में से छन कर आते तथ्यों के आधार पर यदि देखें तो पाएँगे कि स्वयं समाज भी उनसे ऐसी ही अपेक्षा रखता है. सो चावली का कथा को विराम देकर, सोचने को कुछ समय लेना अनुचित न था।

अपने दुख-दर्द बांटने को यदि उचित और सहानुभूति रखने वाला कोई मिल जाए और मन इस पर आश्वस्त हो जाए कि मन के बहुत भीतर जतन से सहेज कर रखे गए दर्द को उजागर करने से न केवल मन का बोझ हल्का होगा बल्कि वह दर्द वैसे का वैसे ही सौ तालों की सीलबंद गुह्य कोठरी में सुरक्षित बंद रहेगा, तब मानव मन स्वयं से आगे बढ़कर उसे बाँटने को, उजागर करने को आतुर रहता है। अपने सुख और प्रसन्नता को तो आप राह चलते के साथ भी बांटने में एक क्षण की भी हिचक महसूस न करेंगे। अनजान व्यक्ति तक आपके सुख और प्रसन्नता में शामिल होकर स्वयं भी प्रसन्नता अनुभव करेगा, लेकिन भला कोई क्यों आपके दुख में सहभागी हो कर अपने आप को दुखी करेगा? इसलिए दुख को न कोई बाँटने, न उसमें सहभागी होने को ही उत्सुक होगा और न ही आप स्वयं आश्वस्त होंगे क्योंकि दुख के साथ निश्चित रूप में ऐसा कुछ अवश्य और अपरिहार्य रूप में जुड़ा होता है जो नितांत आपका अपना दुख है, जिसने आपके जीवन को न केवल छुआ है बल्कि आपके जीवन की गति और धारा को परिवर्तित कर एक दिशा विशेष में मोड़ा है जिससे निश्चित ही आज आप प्रसन्न नहीं हैं।

'रहिमन निज मन की व्यथा, मन ही राखो गोय'।

सो सावधान! मन की बात मन में ही रहे. इसलिए चावली के द्वारा यह कहे जाने पर कि 'आज, तू जा', मन में तनिक सा भी क्षोभ उत्पन्न न हुआ, बल्कि चावली के प्रति मेरी श्रद्धा और बढ़ गई। चावली के दर्द को जानने की उत्सुकता लेकिन मेरे मन में मर गई, इस अंदेशे में कि आँसुओं में आवृत न जाने कौन सा दर्द का सैलाब चावली के मन में तटबंध तोड़ने को आतुर है! उसे सुनकर मैं अपने इस निश्चय पर कि अब और दुख-दर्द को न कहूँगा, टिक भी पाऊँगा कि नहीं, अनिश्चय में हूँ।

50

चावली ने 'आज, तू जा' कहकर पुनः आने की कोई समय सीमा तो बाँधी नहीं थी फिर भी एक लंबे अंतराल तक भी जब राजो के द्वारा चावली का बुलावा न आया तो लगा कि चावली के दरबार के अदब-ओ-आदाब को निभाकर ही चावली की कृपा दृष्टि की कल्पना की जा सकती है।

राजो ने एक आध बार कुटिल मुस्कुराहट के साथ कहा कि, "चाची के संग थारा याराना क्या चार दिन का ही था!" लेकिन किसी बुरी नीयत से न कहा था।

दरियाव और चाची के बीच किस तरह का याराना था और दारू पीकर चाची क्या कुछ कथा के रूप में उसके सामने परोसती थी इसका उसे भान न था। इतना अवश्य जान गई थी कि कुछ दबी छुपी जानने के स्वार्थ में दरियाव ने मांस और शराब का स्वाद चाची के सान्निध्य में उसकी हुकुमबरदारी करते हुए चख लिया है। चावली ने लेकिन दरियाव को इसके लिए कभी बाध्य नहीं किया था, स्वयं दरियाव ही अधिक से अधिक और शीघ्र से शीघ्र जानने की उतावली में चाची के संग बहाव में अपनी मर्जी से ही बहा था। लेकिन शामिल होने की वह कथा भी खूब मजेदार रही। इसे भी कभी कहूँगा, फिलहाल तो चावली के दरबार में उपस्थित होने की उतावली के क्रम में दरियाव को पकड़ा जाए।

बहुत ही विचित्र रूप में पूरे गाँव में भंगियों के मुहल्ले का अपना कोई नाम न था। चमार जाटव बनने की प्रक्रिया में थे तथा अपने मुहल्ले को जाटव मुहल्ला अथवा जटवाड़ा कहते थे यद्यपि बाकी पूरा गाँव अब भी उसे चमरवाड़ा ही पुकारता था लेकिन जाटवों को इस की परवाह न थी।

गूजरों के चार-पाँच मुहल्ले थे और उनके अपने नाम थे. बस भंगीयों के मुहल्ले का कोई नाम न था। कहाँ जा रहे हो? चूहड़ेन में! बस इतना-भर पहचान थी उनके मुहल्ले की। वे भी बाल्मीकि बन चुके थे किंतु जाटवों के ही समान उन्हें भी बाकी गाँव अब भी चूहड़े ही पुकारता था।

खैर! दरियाव अगले दिन जब वाल्मीकि मुहल्ले में पहुँचा तो वहाँ के कुत्तों ने पुरानी जान पहिचान को ताजा करने के लिए उसका सस्नेह स्वागत बहुत ही नर्मी से भूंक कर, छाती पर चढ़ और मुँह चाट कर किया। दो-तीन छोटे पिल्ले प्रेम प्रदर्शन करने के परम उछाह में उसके पैरों में घुस गए, बहुत कठिनाई से उनको कुचलने से बचाता हुआ चावली के महल में प्रविष्ट हुआ।

पाया कि चावली भी थी और 'बलेक नैट' की बोतल भी। पीना अभी प्रारंभ न किया था चावली ने। कहावत है कि 'दिल को दिल से राह होती है'—सो लगता है कि चावली को अंदेशा था कि उसके दरबार में आज दरियाव की हाजिरी अवश्य होगी। कदाचित इसीलिए बोतल और चावली अभी तक खुले न थे। चावली के खुलने का अभिप्राय यहाँ इतना-भर है कि पीने बैठने से पूर्व चावली कई सारे अनुष्ठान करती है—उसकी साड़ी खूँटी पर लटक जाती है, कली माने कि उसका हुक्का खाट के सिरहाने से हटकर कोठरी के किसी कोने में यहाँ वहाँ पड़ा होता है, पानी का मटका जिस घड़ोची पर टिका है उसके नीचे से काँच का गिलास निकलकर चावली के हाथ में पहुँच जाता है। ये सारे अनुष्ठान अभी तक न किए गए थे।

चावली खाट पर बैठी थी लेकिन ऐसे कोई भाव मुख पर न थे कि तनाव अथवा दुख का आभास दें। मन को तसल्ली हुई। नमस्ते करके दामन की ओर खाट पर बैठ गया।

एकदम भड़क कर तथा मानों तानों का कोड़ा अचानक ही फटकारते हुए चावली ने कहा, "अबे! माशूक! कहाँ था इतने दिन तक? तेरे बिरह में देख मेरी क्या हालत है।"

हे भगवान! सनाका खा गया दरियाव। उसकी उम्र से चावली पूरे बत्तीस बरस बड़ी है! चाची-चाची की लछमन रेखा खींचने के प्रयास में बहुत पहले चाची की झिड़कियाँ खा चुका था जब चावली ने चेताया था कि, "फिर वोई चाची! अरे जालिम, मैं तेरे को इतनी बूढ़ी दिखती हूँ क्या? चाची-चाची कह कै मुझै और क्यूँ बूढ़ी करे दे रया है?" तो क्या इसीलिए अब चाची को...

लेकिन यह भी तो बताया था कि किस प्रकार इस अहमक दरियाव को भी उसी ने जनाया था, उस समय चावली ने कहा था, "तू सोचता है कि मैं तेरे को खा जाऊँगी, इसीलिए चाची-चाची की रट लगाकर लछमन रेखा खींच रहा है! तूने अपनी और मेरी उमर में फरक देखा है कि नहीं? अपनी महतारी सै पूछना, तेरे को भी मैंने ही जनाया था।" तब यह आज चाची चावली को क्या हो गया?

चावली ने कई लंबे क्षणों तक दरियाव की घबराहट का जी भर आनंद लिया। आत्मतृप्ति की एक लंबी साँस छोड़कर कहा, "तू निरा अहमक है। ऐसे घबरा रहा है जैसे 'न्यानी' 'स्यानी' लड़की के सामने किसी लुच्चे लफंगे ने प्रेम निवेदन कर दिया हो।"

लगभग वात्सल्य के भाव मुख पर लाकर पुनः कहना जारी रखा, "न तो कोई बाल बच्चा और न मेरा भरतार मेरे पास। अकेले पड़े-पड़े घबरा जाती हूँ, दरियाव। काम मैं कुछ करती नहीं, जो करती हूँ वह रात के अँधेरे में। चुपचाप आते हैं मेरे गुणग्राहक, फुसफुसाहट में बात करते हैं। रेट के बारे में भी सौदेबाजी की गुंजाइश नहीं, जो माँगती हूँ देते हैं। खसम मेरा पड़ा रहता है मेरी सौत के पास। दो प्यार के बोल सुनने को क्या दिल नहीं चाहता है मेरा? हँसी मजाक करने को क्या दिल नहीं करता है मेरा, बोल? पूरे दिन अच्छा-अच्छा खाने से, रात में 'बलेक नैट' पीने से क्या मन और तन संतुष्ट हो जाता है? तू तो मेरे अपने बच्चे जैसा है। कई दिन से आया न था सो भरी बैठी थी इसलिए तेरे से मजाक कर गई। मन की भड़ास निकल गई। इस 'बलेक नैट' की तरियों तेरी भी आदत होती जा रही है मेरे को। तय कर लिया है—अब बचना होगा तेरे सै। जा, फिर कभी आना।"

दरियाव ने चावली के पांव पकड़ लिए। चावली ने पसीज कर कहा, "अच्छा, चल, गिलास दे।"

व्हिस्की स्वयं ही ढ़ालती थी चावली इसलिए जब दोनों के लिए एक-एक पेग ढाल चुकी तो अचानक कुछ याद हो आया उसे। हड़बड़ाकर बोली, "पीना और तेरे को अपनी राम कहानी सुनाने का धंधा बाद में, भई। या तो आज रात में नहीं तो कल सुबह तक मेरी एक सूअरी बच्चा देने वाली है। तेरे को पता नहीं, सूअरी हरामजादी ऐसी माँ होती है कि उसके बच्चा जनते टैम पै नजर ना रखो तो समझ ले एक दो बच्चों को तो अवश्य खा जाती है, हरामजादी। वैसे तो हमारी बिरादरी में कहते हैं कि जितना चाहे पहरेदारी कर लो सूअरी हर हालत में एक दो बच्चे को खा जाती है, लेकिन भई, आज तक तो मैंने अपनी सूअरियों को ऐसा करने ना दिया है। तू बैठ एक नजर देख कर आती हूँ।" फिर मुस्कुराकर कहा, "पूरे इलाके की सबसे अच्छी और निपुण दाई हूँ। अपने घर में तो भई, ऐसा न होने दूँगी। पैदा होना न होना मेरी मरजी से होता है मेरे घर में।" और फिर अचानक ही चावली सिसकियाँ भर कर रोने लगी, बहुत धीरे-धीरे, बेआवाज। बिल्कुल वैसे जैसे सारा शरीर निःशब्द निचुड़कर आँसुओं में बह रहा हो।

आँखों में आ गए आँसुओं को साड़ी के पल्लू से पोंछ कर बोली, "कितना बड़ा झूठ बोल गई मैं, मेरी मर्जी से ही मेरे घर में सब कुछ होता तो क्या आज मैं निःसंतान होती। अधिक घमंड ठीक नहीं होता, कहावत है।" कहकर साड़ी के छोर से आँखें पोंछती सूअरों के बाड़े की ओर चली गई।

कुछ ही क्षणों में जब लौटकर आई तो संतोष के भाव लक्षित थे मुख पर।

"एक नजर देखने-भर से ही समझ लेती हूँ। आज रात तो कत्तई नहीं जनेगी।" चारपाई पर पसरकर कहा।

दारू के दोनों गिलास सिरहाने जमीन पर रखे थे, उठाकर एक स्वयं और दूसरा दरियाव को दिया। साड़ी उसके अनुष्ठान के क्रम में खूँटी पर न लटकी थी इसलिए आज चावली बहुत भली दिख रही थी। हाथ में थामे दारू के गिलास को यदि अनदेखा कर दिया जाए तो वह एक स्नेहमयी माँ की तरह लग रही थी जो दिन-भर के काम से फुर्सत पाकर क्लांत हो कुछ क्षणों के लिए अलस भाव से अगले संभावित काम के बीच आराम के कुछ क्षण चुराये बिस्तर पर लेटी हो।

तीन पेग तक चावली ने अपनी कथा के तारतम्य को पुनः जोड़कर आरंभ करने का कोई आग्रह न दिखाया। चावली कुछ कहे, इस प्रतीक्षा में वह कोठरी का जायजा लेने लगा तो अचानक कोठरी को कुछ बदला-बदला महसूस किया। मस्तिष्क पर बहुतेरा जोर दिया। क्या है, जो इस कोठरी में बदला हुआ है? पानी का मटका अपने स्थान पर है, 'कली' अब अपने स्थान पर पहुँच चुकी है, काँच के गिलास हाथों में आ कर अपने स्थान पर हैं। अचानक पाया कि राम-सीता की तस्वीर दीवार पर न थी। हनुमान जी भी गायब थे, दीवार से। क्यों...कैसे...कब...कहाँ...?

चौथे पेग को हाथ में लेकर बोली, "उस दिन मैं कहाँ थी, कुछ याद है तेरे को?"

चावली को दरियाव ने याद दिलाया कि बात को चावली ने कहाँ छोड़ा था। इस प्रकार—

राम-सीता और हनुमान जी की तस्वीर मैंने उतार दी है, तूने देखा कि नहीं देखा? क्यों उतार दी उसका मेरी इस कथा-व्यथा से बड़ा गहरा रिश्ता है।

बाबा पहले तो हिंदु रहे, हिंदू भी क्या रहे भंगी रहे। हिंदू धर्म में कोई इंसान थोड़े ही न जन्म लेता है, सब बामण, रजपूत, बनिया, कैथ, नाई, धोबी, खाती, चमार, चूहड़े इत्यादि जन्मते हैं। हिंदुओं में औरत के कोख से जब जीव जन्म लेता है तब वह मनुष्य नहीं होता है, या तो बामण होता है या चमार होता है, या नाई होता है इत्यादि इत्यादि, इंसान कोई नहीं पैदा होता है। सो इस प्रकार मेरे बाबा भी भंगी पैदा हुए थे लेकिन उनकी सोच भंगी जैसी न थी। हिंदुओं और उनके शास्त्रों ने तय करके सब जातियों को बता रखा है कि उनको क्या और किस हद तक सोचना है, न कम न अधिक, क्या करना है और क्या नहीं करना है। लेकिन मेरे बाबा को उनके आदेशों से न केवल असहमति थी बल्कि घृणा थी।

एक महात्मा ने जब अछूतों के उद्धार का बीड़ा उठाया तो बाबा को उनका तरीका कतई पसंद न आया क्योंकि महात्मा के अनुसार सब हिंदू भाई-भाई हैं लेकिन कोई अपना काम न छोड़े। भंगी मैला कमाते रहें, जाटव केवल बामन-बनिया, रजपूतों की

सेवा करते रहें, बामण-रजपूत-बनिये केवल सेवा कराते रहें, अपने महलों-घरों में पड़े जीवन के आनंद का उपभोग करते रहें। बस इतनी सी ही तो ऊँच-नीच उन्होंने बचा रखी है बाकी सब हिंदू भाई-भाई हैं। इनके शास्त्रों में ऐसा ही लिखा है।

मनुस्मृति नाम का इनका एक सासतर है, जानता है उसके अनुसार भंगी-चमारों के विषय में क्या नियम हैं? छूने की बात तो दूर परछाईं भी भंगी-चमार की बामण, रजपूत, बनिये पर पड़ जाय तो नहा धोकर शुद्ध होने के आदेश हैं इस सासतर में। तेरे को सरम आवै तो दूसरी ओर मुँह कर कै सुन ले—यही तथाकथित ऊँची जात जो भंगी-चमार की परछाईं पड़ जाने पर स्नान कर के शुद्ध होते हैं, तू जानता है क्या कहते हैं? काठ बाजार से गुप्तरोग लेकर जब यहाँ वहाँ डाकटरों के चक्कर काटकर थक जाते हैं तो, इनके अनुसार, अंतिम उपचार है, या तो किसी कुँवारी कन्या, जो रजस्वला भी न हुई हो अथवा किसी भंगन के साथ...

मेरे साथ भी तो...

खैर! यह भी एक कारण है मेरे चौबीसी की प्रख्यात दाई बनने का. जब ये रोते रिरियाते आते हैं मेरी शरण में तब कई बार तो मैं सच न होने पर भी केस को गंभीर बताकर, उनसे अपने पैर छुवाकर मानो जी-भर प्रतिशोध लेती हूँ।

मेरे बाबा इसीलिए चीख-चीखकर कहते थे कि, 'मैं इन सुसरे सासतरों को कुछ नहीं समझता जो बामण-बनियों के लिए अलग प्रकार के नियम बनाते हैं और हम भंगियों-चमारों के लिए अलग।'

खैर! यही महात्मा जो ज़िद किए बैठे थे कि अछूतों का उद्धार किए बिना न मरेंगे न जियेंगे, ने एक और बात भी ठानी हुई थी कि अंग्रेजों को भी भगाएंगे इस देश से। छूत-अछूत की भावना को भगाना उनकी कार्यसूची में दिखावे के लिए था तो सही लेकिन गौण और एक कोने में पड़ा, कभी-कभार प्रचारित होने के काम के लिए। अछूतों के साथ एक बर्तन में भोजन करना तो उन्हें स्वीकार्य था, लेकिन भंगी अपना धंधा छोड़ कुछ और करें यह उन्हें स्वीकार्य न था। भंगी भंगी ही रहें, चमार चमार ही रहें, नाई नाई ही रहें, धोबी धोबी ही रहें इत्यादि।

पूरे मेहतर मुहल्ले में से अकेले मेरे बाबा ही थे जिन्होंने न केवल इन तथाकथित सासतरों को छोड़ा और विरोध स्वरूप ही सही आरियासमाज में भी शामिल हुए, लेकिन बाकी मेहतर मुहल्ला तो उन्हीं महात्मा के जय-जयकार में चीख-चीख कर गला सुखा रहा था, जो कहते थे—'भंगी भंगी ही रहें, चमार-चमार ही रहें, और भंगी-चमारों, उन बेहयाओं को यह स्वीकार भी हो गया था।

खैर! लगभग उसी समय आर्यसमाजियों ने भी अचानक मानो नींद से जागकर बर्राना प्रारंभ किया कि हम भी अछूत उद्धार करेंगे हम भी अछूत उद्धार करेंगे। कहते थे कि इस देश का हर हिंदू नागरिक आर्य है, मूर्ति पूजा बकवास है, झूठे कर्मकांड

बकवास हैं। केवल वेद शाश्वत सत्य हैं। कि वेदों को लाखों वर्ष पूर्व किन्हीं ऋषियों ने लिखा, इसमें कितना सच कितना झूठ है इसे तो वही जानें क्योंकि बमुश्किल छह हज़ार वर्ष पूर्व तक तो इस महान देश की सिंधुघाटी सभ्यता में इस देश का वासी केवल लिखना-भर सीख रहा था, संस्कृत तथा वेदों की बात क्या करें, लेकिन बाबा को बात पसंद आई थी। सो बाबा ने आरियासमाजियों के मंदिर में जाना प्रारंभ किया। आरियासमाजियों ने उन्हें एक नई ही पहचान दी—'महाशय खचेड़ू आर्य'। इसमें सखचेड़ू बाबा का अपना नाम था, उनके अपने माता-पिता का दिया हुआ। बाबा को अपनखचेड़ू नाम से कोई गिला-शिकवा न था। उस नाम को खूब पसंद भी करते थे लेकिन विचित्र रूप में उन्हें आरियासमाजियों द्वारा दिया गया नाम बहुत अटपटा लगता था। लेकिन गनीमत इतनी थी कि 'महाशय खचेड़ू आर्य' नाम से केवल आरियासमाज ही उन्हें पुकारता था। मेहतर समाज उन्हें खचेड़ू ही कहकर पुकारता था। इसलिए बाबा जब इस 'महाशय खचेड़ू आर्य' से त्रस्त हो आरियासमाज मंदिर से घर लौटते तो अपनखचेड़ू नाम को पुनः पाने के लिए ही जैसे मुहल्ले के किसी वासी से कारण अकारण तर्क-वितर्क में अपने आप को लपेट लेते। सामने वाला जब एक आध बार उन्हें खचेड़ू कहकर संबोधित कर लेता तो मानो बाबा की जान में जान आती। इस झूठे महाशय से सामंजस्य बिठाने में वे अपने आपको पूर्णतः असफल और बेबस पाते क्योंकि जानते थे कि वे अपने मूल में खचेड़ू मेहतर थे। नगर का ख्यात व्यवसायी सुदर्शन अग्रवाल भी महाशय था, पाठशाला में शिक्षक देवेन्द्र कुमार भी महाशय था, लोहा-लक्कड़ का व्यवसायी धर्म सिंह भी महाशय है और खचेड़ू भी महाशय है, लेकिन बाबा समेत बाकी सभी जानते थे कि खचेड़ू मेहतर को दिया गया महाशय बेहद झूठा और खोखला था, कृपा कर दिया गया, दिखावे के लिए दिया गया, आर्य समाज के झूठे बंधुत्व के प्रचार के लिए दिया गया था। लेकिन इस झूठे मुलम्मे के बावजूद बाबा को वह पसंद था।

आज वेदों, वर्ण व्यवस्था, समाज में ऊँच-नीच के कारकों की बात चावली से सुन कर सहसा दरियाव को बेहिस भागो की याद हो आई. नितांत अनपढ़ होकर, वह भी अचंभित करने वाली गूढ़ ज्ञान की बातें कभी-कभी करती थी। चावली, जिसे दरियाव केवल मोटी मुटल्ली, दारू पीकर बर्राने वाली, रात के अँधेरे में हारे थके, घबराये, त्रस्त पिताओं को मुसीबत से उबारने वाली, गाँव के अमीरों से भी अमीर जमींदारों से भी बीस, बेरहमी से अपना श्रमफल उगाहती दाई-भर समझता रहा था उसने यह सब कहाँ से जाना था! निश्चित ही अपने आर्यसमाजी बाबा से। ऐसा ही अनुमान लगाया जा सकता है। लेकिन उसका यह कहना कि ऊँच-नीच, वर्ण व्यवस्था के जनक वेद ही थे...! कहीं कुछ था जो मेल नहीं खा रहा था। निश्चित ही आर्यसमाज से उसके बाबा का मोह भंग अवश्य हुआ होगा, तभी...

चावली ने वह पेग कब का समाप्त कर लिया था। अपनी भारी भरकम देह को

किसी प्रकार खिसकाकर उसने अपने दोनो पैर चारपाई से नीचे लटकाकर कहा—

"मूड बनाने के लिए जरा एक पेग और बना। ठीक-ठाक होशोहवास में मैं तेरे से खुलकर सुख और दुख अब और न कह पाऊँगी। कितनी ही सारी ऐसी बातें मेरे जीवन की आएँगी कि उम्र के इस फासले के कारण मैं तेरे से बेझिझक न हो पाऊँगी। इसलिए व्हिस्की के नशे में टुन्न होकर कुछ कह पाऊँ तो कह पाऊँ। लेकिन आज के मेरे मजाक की भाँति, तू उल्टा सुल्टा अंदाज मत लगाना, भई।"

चावली ने एक लंबा और गहरा घूँट व्हिस्की का गले के नीचे उतारकर कथाक्रम को गतिमान किया—

फूफी कोई तीन महीने हमारे साथ रहकर जा चुकी थी। बाबा को तवे पर हाथ जलाते देख-देखकर मैं उस छोटी सी उम्र में ही, बिंदी जैसी छोटी-छोटी रोटियाँ बनाने का अभ्यास करते-करते थोड़े ही समय में ठीक-ठाक मोटी-झोटी रोटियां बनाकर बाबा को परोसने लगी थी।

मेहतर मुहल्ले ने एक प्रकार से हमारा तिरस्कारपूर्ण बहिष्कार कर दिया था। हमें छोड़कर बाकी मेहतर मुहल्लावासी उन महात्मा के अनुगामी थे, जो कह रहे थे कि भंगी जी जान से मैला कमाते रहें और इस प्रकार हिंदू संस्कृति को अक्षुण्ण रखने का पुनीत कार्य मेहतरों के कंधों पर डाल दिया था। उनके अनुसार कोई भी काम नीचा नहीं है, लेकिन भंगियों का पुश्तैनी पेशा अख्तियार करने को उनसे कहा जाय तो वे बिदक जाते थे। प्रचार और फ़ैशन के तौर पर तो वे भंगी के घर पर भोजन तक करने को तैयार थे लेकिन बस यहीं तक। देश-भर में उन्होंने भंगियों के साथ भोजन करके दिखा भी दिया था लेकिन उससे पूर्व यह सुनिश्चित करा लेते थे कि देश-भर के अख़बारी ख़बरनवीसों, पत्रकारों की उपस्थिति वहाँ भरपूर हो। उससे भी अधिक इसको ध्यान में रखते थे कि चाहे संख्या में इकलौता ही सही कोई विदेशी समाचारपत्र संवाददाता वहाँ अवश्य उपस्थित हो जब वे दलितोद्धार के पावन कार्य को अंजाम देते हुए, उनके साथ भोजन करके, उनको कृतार्थ करें। बाबा उनके इन ढकोसलों को देख-देखकर जलते-भुनते रहते थे।

आर्यसमाजियों ने भी बाबा को केवल महाशय बनाया था, हम लोगों के साथ भोजन करने का उन्हें कोई आग्रह न था, लेकिन कम से कम वे झूठ के पुलिंदे बाँध-बाँधकर हम दलितों को ठगते तो न थे। बाबा को अपने साथ बिठाते थे, उन्हें मनुष्य के स्तर पर रखकर प्रेम से बात करते थे, शिक्षा प्रसार को प्रोत्साहित करते थे, स्वच्छता से रहने के लिए समझाते थे। बाबा के लिए इतना पर्याप्त था। आर्यसमाजियों में अपनी स्थिति से वे संतुष्ट थे।

आर्यसमाजियों की सोच यद्यपि हमारे समाज के लिए हितकर थी लेकिन बहुत ही विचित्र रूप में मेहतर मुहल्ले से मेरे बाबा को छोड़कर अन्य कोई उनकी ओर झाँकने तक भी न गया।

अंततः महात्मा जी ने एक दिन भंगियों के साथ भोजन करके उन्हें कृतार्थ कर ही दिया। उसके पश्चात् क्रमिक रूप में उनके कई चेले-चांटे अगले कई दिनों तक प्रतिदिन मेहतर मुहल्ले में भोजन करते रहे। उनके चमचे-चमचियाँ बोरों में भर कर दाल, चावल, सब्जी, आटा, मसाले, तेल इत्यादि लेकर मेहतर मुहल्ले में आकर सुबह-सवेरे ही जम जाते थे। लकड़ी तक ये चेले-चांटे साथ लेकर आते थे। तब किसी मेहतर के आँगन में धरती खोदकर चूल्हे बनाये जाते। भोजन तैयार करने, परोसने इत्यादि में सहयोग की ज़िद कोई अतिउत्साही मेहतर करने लगे तो हाथ जोड़कर उसके सामने खड़े हो जाते। कहते 'समाज में आपका स्थान हमसे भी ऊँचा है। आज के दिन हम आपकी सेवा करेंगे। हमें आज सेवा का अवसर दें, महाराज।' मेहतर मुहल्ले को इस पूरी नौटंकी से केवल इतना-भर लाभ हुआ कि उस दिन मुफ्त का तथा पूड़ी कचौड़ी, दाल चावल का भोजन वर्षों के बाद भरपेट खाने को मिला। तृप्ति की डकारें लेते मेहतर मुहल्ले ने जी-भर महात्मा जी की जय-जयकार से मुहल्ले को गुंजायमान किया।

देखसुन कर बाबा के जलने-भुनने की कोई सीमा ही नहीं! आरियासमाज मंदिर में जाकर इस ढोंग के विरुद्ध बात उठाई लेकिन कुछ भी न हुआ।

बाबा ने आरियासमाज मंदिर में रहकर गायत्री मंत्र को रटकर कंठस्थ कर लिया था। हवन, हवन-सामग्री, ओम स्वाहा-ओम स्वाहा करना भी सीख लिया. आरियासमाजी मेहतर मुहल्ले में तो आते न थे, सो बाबा ने स्वयं ही रटे-रटाये तरीके से हमारे घर में हवन का आयोजन किया और ओम स्वाहा-ओम स्वाहा का जाप किया तथा मुझे बताया कि हवन करने से वातावरण शुद्ध होता है।

अपनी उस कच्ची उम्र में भी यह बात मेरी समझ में अच्छी प्रकार से आ गई थी कि जिस मुहल्ले में मुँह अँधेरे ही टोकरा, कनस्तर, पंजा लेकर जो पूरे मुहल्ले की स्त्रियाँ, मुहल्लों-मुहल्लों बामण, बनिया, कैथ, रजपूतों के गू-मूत कमाने जाती हैं और टोकरों से रिस-रिसकर गू मूत उनके ऊपर टपकता रहता है, गू-मूत की बास जिनके तन मन में इस प्रकार बस जाती है कि दुनिया के किसी साबुन में वह क्षमता और सामर्थ्य नहीं है कि तन को त्यागकर जाने को तैयार करे, उस मुहल्ले के वातावरण को बाबा का यह हवन क्या शुद्ध करता!

बाबा के रहन-सहन में, कपड़े-लत्तों में, बोलचाल में बहुत परिवर्तन आ गया था। शराब पूर्णतः त्याग दी थी। दिन में वे सड़क, गली-गलियारों में झाड़ू लगाते, उसके पश्चात् स्नान कर, शुद्ध होकर आरियासमाज मंदिर में जाकर पहले वहाँ अपनी स्वयं की मर्जी से सफाई करते, लौटकर आकर एक बार और स्नान कर के शुद्ध हो पुनः आरियासमाज मंदिर चले जाते और प्रवचन सुनते। मैं तब तक रोटी 'पो' कर और थोड़ा बहुत तीमन-तरकारी बनाने का अभ्यास करने में, बाबा और अपने लिए भोजन तैयार

कर लेती। कहते हैं न कि आवश्यकता आविष्कार की जननी है, सो सच ही कहा है। बमुश्किल दस बरस की होते-होते मैंने न केवल खूब अच्छा भोजन बनाना सीख लिया बल्कि एक सुघड़ गृहिणी बन घर को भी सँभाल लिया।

अँधेरा उतरने से काफी पहले ही बाबा किरासिन लैंपों में तेल डालने निकल जाते थे, लौटकर संध्या का भोजन कर वे फिर से आरियासमाज मंदिर चले जाते थे और आधी रात से कुछ ही पूर्व घर में घुसते थे।

बाबा की आरियासमाज में निष्ठा, भक्ति और श्रद्धा उन्माद की सीमा को छूने लगी थी। बिना शुद्धिकरण के वे अब जल तक भी ग्रहण न करते थे। प्रतिदिन हमारे घर में हवन होते थे। रात-दिन ओम शांति, ओम शांति का जाप सुनते-सुनते मेरे कान पक गए थे।

इस प्रकार एक ओर तो मेरा बचपन ओम शांति, ओम शांति और हवन के धुएँ की पर्तों में घुटकर बीता, दूसरी ओर बचपन से जवानी की ओर धीरे-धीरे बढ़ रही बेटी को जो मार्गदर्शन और कठोर नियंत्रण, जिसे केवल एक माँ ही दे सकती है, के अभाव में जो कुछ भी अवगुण पनप सकते थे वे मुझमें पनपे, लेकिन चारित्रिक दोष नहीं. बाबा के पवित्र जीवनशैली की छाँव में या तो हिम्मत न जुटा सकी अथवा बाबा के त्याग के बोझ तले दबे रहकर तन और मन में उठती तटबंध तोड़ने को आतुर यौवन की बाढ़ कुंद हो गई थी।

इस प्रकार मेरा बचपन से जवानी तक का सफर यद्यपि न तो अभावों में बीता और न ही बंधनों में, मेहतर मुहल्ले द्वारा बहिष्कृत होकर भी सखी-सहेलियों का अभाव भी न झेला लेकिन मर्यादाओं और वर्जनाओं के बीच, नट जैसे दो छोरों पर बँधी रस्सी पर चलता है अब गिरा कि तब गिरा, वैसे ही दोनों के बीच से, रास्ता बनाते, नन्ही सी उम्र से ही बाबा की गृहस्थी का भार उठाते बीता।

बाबा ने मर्द होकर मेरे लिए, कि कौन जाने अपने लिए आजन्म पुनः विवाह न करके जो त्याग किया वह निश्चित ही अनुपम और अतुलनीय था लेकिन पुरुषों के संसार में पुरुष के द्वारा यह सहज और संभव था, अपने तईं लेकिन मैंने भी कम त्याग न किया था। लगभग दस बरस की वय से ही पूरी गृहस्थिन बनकर जो बाबा का घर सँभाला था, क्या त्याग न था?

ऐसी कच्ची वय में जब लड़कियाँ गुड्डे-गुड़ियों के ब्याह रचाकर, तन और मन में आ रहे बदलाव को सखी-सहेलियों के कानों में फुसफुसाकर, हम उम्र लड़कों के प्रति अचानक बढ़ती रुचि और आसक्ति से कुछ घबराकर कुछ रोमाँचित होकर, एक अजीब खुमार में तपते हुए, बचपन की दहलीज लाँघ जवानी से रूबरू होती हैं, तब मैं अपने घर में ओम शांति, ओम शांति और हवन के धुएँ में घुटती बाबा के लिए रोटी सेंकने में जुटी रहती थी।

कह ही चुकी हूँ कि सखी-सहेलियों के अभाव में मेरा बचपन न बीता था लेकिन सखी-सहेलियों का संग मुझे अजब भागमभाग में ही मिलता था। प्रातः उठते ही जहाँ पहले माँ सुबह की गहरी नींद से झिंझोड़कर जगाती थी वहीं अब बाबा स्नान करके पवित्र होने, गायत्री मंत्र का जाप करने, हवन में शामिल होने इत्यादि के लिए जगाते थे, अंतर केवल इतना था कि माँ जहाँ मेरा झोंटा खींचकर जगाती थी वहीं बाबा बहुत स्नेह से मान-मनुहार करके जगाते थे। उसके पश्चात् चूल्हा चौका, भोजन के पश्चात् जब बाबा या तो आरियासमाज चले जाते अथवा सड़क, गली-मुहल्लों में झाड़ूबरदारी करने, तब उस मिले अंतराल की अफरातफरी में सखी-सहेलियों से मिलने भागना होता था मुझे। रात पसरने को होती कि बाबा लैंपों में किरासिन तेल डाल उन्हें जला कर लौटते तब तक रात का भोजन मैं तैयार रखती। बाबा भोजन करते ही पुनः आरियासमाज मंदिर को चले जाते और फिर आधी रात से कुछ ही पहले लौटते। बाबा के उन्मादी आर्यसमाजी प्रेम के कारण एक 'स्यानी' हो आई बेटी को आधी-आधी रात तक अकेले घर में समय काटने की सजा को सहर्ष भोगना क्या त्याग न था?

मर्द होकर तू समझाने पर भी समझ न पाएगा कि बचपन को छोड़ जवानी की डोर थामते दौर में लड़की के मन और तन में क्या-क्या झकझोर देने वाले बदलाव आते हैं। लड़कों में भी ये परिवर्तन आते ही हैं लेकिन अधिकांश मामलों में लड़के अचानक उमड़ आई यौवन की बाढ़ को स्वयं से ही तटबंध तोड़ लेने देते हैं और संगी-साथियों को उस अंधड़ में बह जाने के किस्से रस ले लेकर तथा दो की चार बना कर, सुनाकर गौरवान्वित होते हैं। लड़की से वही सब निर्बोधता अथवा गलती से भी हो जाए तो कुआँ खाई तलाशते जीवन बीतता है, ग्लानि और अपराधबोध जीवनपर्यंत पीछा करते हैं।

खैर! कैसे और कब मैं जवान हुई उसे छोड़। बाबा और मेरे साथ जो छल हुआ और जिसके फलस्वरूप ही बाबा को और मुझे भी इन तथाकथित ऊँच जात वालों से घृणा हुई वही अधिक प्रासंगिक है।

एक और पेग की फरमाइश पर चावली ने उस रात प्रथम बार दरियाव को बोतल से गिलास में व्हिस्की ढ़ालने दिया। अंदेशा हुआ कि आज की चावली की कथा अपने विराम को आज के उसके इस नितांत स्त्रीजन्य प्रसंग के साथ ही पहुँचेगी। होशहवास गँवाकर चावली अब इस पेग के समाप्त होते न होते गहरी निद्रा में लुढ़क जाएगी। वही हुआ भी।

चावली के मुहल्ले के कुत्तों के रक्षक दल को धन्यवाद सहित पुचकारकर दरियाव ने घर की राह पकड़ी। आधी रात होने को थी। जिस प्रकार चावली ने यह कहकर कि 'कब और कैसे मैं जवान हुई उसे छोड़' दरियाव के कई सारे संदेहों पर पानी फेर दिया था। लगभग उसी तर्ज पर निवेदन है कि यह न पूछें कि क्रमवार कई-कई दिनों तक आधी-आधी रात को घर से गायब रहकर, शराब के भभके मुँह से उड़ाता यह, बकौल

चावली, उजबक दरियाव अपनी माँ तथा परिवार के अन्य सदस्यों से कैसे इस राज़ को छिपा पाता था। कहते हैं न कि जहाँ चाह-वहाँ राह। यत्न करने पर कोई न कोई हल निकल ही आता है। इन्हीं यत्न करने के जुगाड़ में दरियाव को कई सारे झूठ बोलने पड़े, कई सारे सच गढ़ने पड़े जिनका अस्तित्व ही न था। जाड़ों की ठिठुराती रातों में जब भैंसों को ओसारे के भीतर ठंड से बचाव के लिए बाँधा जाता है, उस ओसारे विशेष के भीतर गहन अध्ययन के नाम पर सोने से लेकर चुपचाप हमीरसिंग के कोठे की छत पर से होते हुए बेआवाज़ निकल जाना और आना भी उन्हीं में शामिल था। कभी-कभार मुहल्ले के कुत्ते पुरानी मित्रता का तनिक सा भी लिहाज न करते हुए मुहल्ले-भर को जगा देते थे, लेकिन तब भी कुछ न कुछ बहाना मिल ही जाता था।

51

दरियाव देख चुका है कि चावली अपने तईं तो उसे बुलावा भेजेगी नहीं, उसके दरबार के अपने कायदे कानून हैं जो उसके अपने स्वयं के रचे हुए हैं। सख्ती से उनपर न केवल स्वयं अमल करती है, बल्कि अपने गुणग्राहको से उन पर अमल भी कराती है।

वह जो एक कहावत है कि 'गर्म लोहे पर चोट करने से तुरंत कार्य की सिद्धी होती है' सो दरियाव का अब और देर करना उचित नहीं है। इसलिए चावली का मूड बदले, उससे पूर्व ही चावली को पकड़ना होगा।

चावली के मुहल्ले के कुत्तों से दुआ-सलाम करता हुआ दरियाव जब चावली के महल की ड्योढ़ी पर पहुँचा ही था कि चावली उसे एक सूअरी को कुछ खिलाते-पिलाते दिख गई। अर्थात उस सूअरी ने बच्चों को जन्म दे दिया था। नमस्ते करके वहीं खड़ा व्यस्त चावली को देखता रहा। पाँचेक मिनट में ही वह अपने काम से फारिग होकर अपनी कोठरी में थी, पीछे-पीछे मानो चावली के पल्लू में बँधा दरियाव भी...

सब कुछ क्रमवार अपने स्थान पर जब पहुँच गया—अर्थात बिना बिछावन की मूंज की खाट पर चावली घुटनों तक अपने पेटीकोट को समेटे पीठ दीवार से टिकाये अधलेटी सी अवस्था में विराजमान हो गई, खाट के दामन की ओर चावली के द्वारा संभावित पेग के प्रस्तुतीकरण की प्रतीक्षा में दरियाव भी सुस्थापित हो गया, चावली का हुक्का नगण्य स्थिति को प्राप्त हो कोठरी के कोने में लग चुका, व्हिस्की और गिलास चावली के ज़द में आकर प्रतीक्षारत थे। इस प्रकार सारे अनुष्ठानों से निबट और संतुष्ट होकर चावली ने कहा—"उस दिन कहाँ थी मैं, तेरे को याद है?"

दरियाव ने, जो अब चावली के अधिकृत साकी का दर्जा प्राप्त कर थोड़ी-बहुत धृष्टता और स्वेच्छाचार कर गुजरने की स्थिति में था, दोनो गिलासों में दारू ढाल चावली

को पेश करने के पश्चात् बताया कि चावली ने अपनी कथा को कहाँ विराम दिया था।

बाबा का सफाई, स्वच्छता, ओम शांति-ओम शांति, हवन और उसके धुएँ के द्वारा वातावरण शुद्धि का उन्माद बढ़ता ही जा रहा था। सूअरों को बेच दिया और घर में मांसाहार बंद हो गया। दिन में कामधंधे और सुबह-शाम घर में आकर भोजन करने के बाद जो समय बचता उसमें वे आरियासमाज मंदिर में पड़े रहते। सारा मेहतर मुहल्ला उनके इस उन्माद को लेकर उन पर उपहास भरे कटाक्ष करता, खिल्ली उड़ाता था। मुहल्ला-भर उनको मिले महाशय को लेकर भी उनका उपहास तो करता ही इस महाशय शब्द के अपने अनुसार बहुत ही बेहूदा और अश्लील अर्थ करके बताते। बाबा पर लेकिन इसका कोई असर न था। उनके दिनदूने-रातचौगुने बढते उन्माद की कालावधि में उन्होंने मुझे भी प्रतिदिन आरियासमाज मंदिर में जाकर अच्छे आचरण और आत्मशुद्धि प्राप्त करने के लिए आदेश पारित कर दिया।

उनका यह आदेश ही मेरी और बाबा की दुर्गति का कारक बना। इस सबके विस्तार में जाने की न तो मैं आवश्यकता ही समझती हूँ और इसलिए भी कि अपने स्वयं के जन्मे बच्चे सा जो तू मेरे सामने बैठा है, मैं इस चौबीसी की सुप्रसिद्ध और कार्यनिपुण दाई होकर भी, जो दिन-रात इससे भी बुरे किस्से देख-सुन कर बूढ़ी हुई जा रही हूँ और जिसके सीने में अनेक गुप्त राज़ छुपे हैं, कह न पाऊँगी, कहा तो फिर कभी तेरे साथ बैठकर आँख से आँख मिलाकर बात न कर पाऊँगी। इसलिए इतने-भर के लिए मुझे बख्श देना और कहानी-फहानी लिखे तो अपने कल्पना के घोड़े दौड़ाकर इस विस्तृत वर्णन के अभाव को भरने का प्रयत्न भी मत करना। कसम देती हूँ मैं तेरे को।

दरियाव के आश्वासन के पश्चात्...

मेरी उम्र उस समय लगभग तेरह-चौदह बरस थी। बाबा के साथ जब पहले पहल आरियासमाज मंदिर गई तो सच्ची में ही मुझे बहुत अच्छा लगा। पक्का और लाल लखौरी ईंटों से निर्मित मंदिर था जिसमें चार कमरे थे। जिस कक्ष में स्वामी दयानंद की हाथ से बनी तस्वीर टँगी थी ठीक उसके सामने खुले आँगन में हवन कुंड था जो गाय के गोबर से लिपा हुआ था। हवन कुंड के चारों ओर का आँगन भी ताजे गोबर से लीपा हुआ था। गोबर की मन को शीतलता प्रदान करती सीली-सीली गंध सारे वातावरण में तैर रही थी। कोई चारेक हाथ ऊँची दीवार से मंदिर घिरा था। दीवार के भीतर की ओर एकदम उससे सटकर फूलों की क्यारियाँ थीं और उनमें अधिकांशतः तो गेंदा के फूल खिले थे; लेकिन अन्य भी कई प्रकार के फूलों की उनमें कमी न थी। जिस कक्ष में स्वामी दयानंद की हाथ से बनी तस्वीर टँगी थी ठीक उसके ऊपर केसरिया एक पताका में 'ॐ' लिखा लहरा रहा था, उसके बगल का कक्ष मंदिर के मैनेजर का था जिसे आरियासमाजी

'ब्यौस्थापक' पुकारते थे। मंदिर और उसके वातावरण में व्याप्त एक अनोखी पवित्रता थी, शांति थी और उससे मैं अचानक रूबरू होने पर सहम गई। बाबा के ओम शांति-ओम शांति और हवन के धुएँ में घुटते रह कर और माँ के भाग जाने के उपरांत पुनः विवाह को नकारने के बाबा के बलिदान ने पहले ही मेरे तन-मन को मानो चेतनाशून्य कर छोड़ा था, वहाँ उस मंदिर के वातावरण ने उसमें और इजाफा किया। व्यवस्थापक जी जिनका नाम महाशय देशराजजी पाठक आर्य था, इतने धवल कुर्ता-धोती में थे कि हमारे मुहल्ले से सटे कसाई ने जो बगुला जैसे कबूतर पाल रखे थे। इनकी तुलना में रेत में नहाये से लगे। इन पाठक जी आर्य की कोई पचपन बरस उम्र होगी, खूब मोटे फ्रेम का चश्मा पहने थे जिसमें से झाँकती उनकी आँखे छोटी-छोटी और चुँधियाई सी दिखती थीं। बार-बार वे अपनी दोनों जाँघों में हाथ घुसाकर खुजाते थे और तब उनके मुख पर कुछ क्षण तो राहत सी दर्शित होती और अगले ही पल दर्द के भावों से मुखाकृति विकृत सी हो जाती।

उस दिन सवेरे के हवन में बाबा के साथ मैं भी सम्मिलित हुई। बीस-पच्चीस अन्य आरियासमाजी भी थे, सबके सब खूब धुले कपड़ों में थे। इतने सारे साफ-स्वच्छ लोगों के बीच बराबरी के स्थान पर बैठकर बहुत भला लगा। सब एक-दूसरे को महाशय जी कहकर पुकार रहे थे। कइयों ने सस्नेह मेरे सिर पर हाथ फिरा कर दुलारा, मुझे सुंदर बताया। जिनके गू-मूत कमाते थे उन जैसे ही व्यक्तियों के साथ बैठकर, उनसे स्नेह पाकर बहुत अच्छा लग रहा था।

इस प्रकार आरियासमाज मंदिर में मेरा प्रतिदिन का आना-जाना हो गया। बाबा जब सुबह सवेरे गली-मुहल्ले में झाड़ू मारने चले जाते तब मैं कभी-कभार अकेले भी आरियासमाज मंदिर चली जाने लगी। पाठक जी आर्य का अपनी जाँघों के मध्य हाथ डालते रहने को तब तो मैं कौतुक के साथ देखती थी, कई बार अन्य एकाध आरियासमाजियों को उनके इस कृत्य को इंगित करके मजाक-मखौल करते भी देखा था लेकिन...

बेटी-बेटी कहकर पुकारता था वह पाठक जी आर्य मुझे। मेरा हाथ पकड़कर मंदिर के बगीचे में घुमाता था। मुझे बहुत अच्छा लगता था वह, अन्य आरियासमाजियों की तुलना में।

इसके आगे की मेरी कथा बहुत छोटी-सी है और तेरे मुहल्ले के रामचंदर के समान, जो दो अंगुल की कथा को जब कथने खड़ा होता है तो उसे चार गज की बना कर परोसता है, मेरा न तो इरादा है और ना ही उन बीभत्स और दारुण क्षणों को फिर से स्मरण कर अपने आपको दुःख देने की मुझमें इच्छा है, न शक्ति है।

बाबा जब एक दिन शहर-भर की गली-मुहल्लों और सड़कों को अपनी पाँच-हाथ लंबी झाड़ू से साफ सफाई करके स्वच्छ कर रहे थे तब उस हरामी पाठक जी आर्य ने मुझे आरियासमाज के मंदिर में ही...

अपनी इज्जत गँवाकर और रक्तरंजित अपने वस्त्रों में मैं भागकर अपने घर में जाकर छुप गई। मेरी माँ यदि साथ होती तो उसके सामने अपना दुख रोती लेकिन पिता से यह सब कैसे कहूँ उसी को सोचती अपनी उस कोठरी में पड़ी रही। बाबा का शहर-भर को अपनी झाड़ू से स्वच्छ करके आने का समय हो गया था लेकिन नहीं जानते थे कि उनका अपना घर उस दिन कितना गंदा हो चुका था। भंगी होकर भी बेटी-बहन की लाज उतनी ही अमूल्य होती है जितनी बामण बनिये रजपूतों की होती है। बहुत कम उम्र थी मेरी लेकिन इतनी कम उम्र में भी जान गई थी कि मेरे साथ क्या कुछ हो गया था। कोई साढ़े तेरह बरस की थी और रजस्वला थी। तब उसका अर्थ न समझती थी अब जो पीछे मुड़कर देखती हूँ तो पाती हूँ कि...

बाबा के आने का समय बेशक हो गया था लेकिन उसका मुझे होश न था। क्या मुझे आज का हादसा बाबा को बताना चाहिए? कैसे बताऊँगी इस त्रासदी को? कौन से शब्दों में? किन वाक्यों में? क्या कसकर आँखें मींचे, लाज-लिहाज को भूलकर एक झटके में कह दूँ या नीचे सिर झुकाये इशारों-इशारों में बताऊँ बाबा को? क्या किसी चाची-ताई, बहन-फूफी को बताऊँ कि बाबा को बता दे कि मेरे साथ क्या हो चुका था। लेकिन जानती थी कि मेरी उस लुट चुकी लाज के साथ मेरे बाबा की अपनी लाज का अटूट संबंध था। इधर बात खुली नहीं कि मेहतर मुहल्ला जो बाबा का पहले ही तिरस्कारपूर्ण बहिष्कार कर चुका था, अब और बड़े घाव देने में कमी कोताही न करेगा। बाबा को उस दुख से बचाने के लिए, क्या मैं इस हादसे को छुपा जाऊँ? कहीं भाग जाऊँ? लेकिन इससे भी मेरे बाबा की इज्जत जुड़ी थी, तार-तार हो जाएगी मेरे भागने से, इसमें कोई संशय की संभावना न थी। मैं केवल साढ़े तेरह-चौदह बरस की थी लेकिन पिछले छह बरसों से, छुईमुई सी बित्ते-भर की बच्ची होकर भी बाबा के इस घर की गृहिणी थी।

आवश्यकता और जबरन गले पड़ी जिम्मेदारियाँ व्यक्ति को बहुत शीघ्र ऊँच-नीच की समझ दे देती हैं। इसलिए इतनी कम उम्र में ही मैं दुनिया की ऊँच-नीच को खूब समझती थी।

बाबा जब घर आए तो मेरा घंटों-भर का सोच विचार का किला भरभराकर ढह गया और बाबा को देखते ही मैं चीख मारकर रो पड़ी।

कुछ इशारों में कुछ सीधे-सीधे...

बाबा क्षणांश-भर में ही सब कुछ समझ गए, सुनते ही सिर पकड़कर धरती पर बैठ गए और पथराई आँखों से गाय के गोबर लिपे फर्श को निहारते मानो पत्थर हो गए। कितने ही लंबे क्षणों तक वैसे ही निस्तब्ध बैठे रहकर बाबा अचानक उठकर आँगन में बनी हवनवेदी तक गए और रेत मिट्टी से बने और गाय के शुद्ध गोबर से लिपी उस वेदी को लात मार-मारकर तोड़ने लगे। उनके मुँह से कोई बोल न निकल रहे थे। उस

वेदी को लात मारते वे मानो अपने आपको ही लात मार रहे थे, आहत कर रहे थे। उस वेदी को पूर्णतः मिस्मार करके बाबा घर से बाहर चले गए और कोई घंटे भीतर ही लौट आए।

न तो बाबा ही मुझसे आँख मिला पा रहे थे और न मैं उनसे. आते ही बाबा ने पोटली में मेरे एक दो कपड़े बाँधे और घर में ताला डालकर मुझे साथ ले फूफी के घर जाने को पैदल ही बुलंदशहर के लिए प्रस्थान कर गए।

आषाढ़ का महीना था और सूरज ने धरती को झुलसाने में कुछ कटौती की हुई थी इसलिए बाबा और मैं दस कोस के उस फासले को बीच राह पड़ी तीन प्याऊओं पर दो-चार घड़ी का विश्राम लेते संध्या से भी पूर्व फूफी के घर पहुँच गए। फूफा को बाबा हरगिज मेरे साथ घटी त्रासदी के विषय में बताकर साझेदार न बनाना चाहते थे, इसलिए फूफी से केवल इतना-भर कहा कि, "मेरे घर की लाज अब तुम्हारे हाथ है।" और जैसे आए थे वैसे ही लौट गए। फूफी को समझने में एक क्षण भी न लगा और मैंने भी जो कुछ घट गया था मेरे साथ सब ज्यों का त्यों उन्हें बता दिया।

इस प्रकार तन से स्वस्थ दिखती लेकिन आत्मा से आहत और क्षत-विक्षत मैं फूफी के घर रहने लगी। सोचा था बाबा मर्द थे लेकिन फूफी तो 'बैयरबानी' (स्त्री) है, औरत है, मेरे ऊपर क्या गुजरी थी उसे ठीक-ठीक समझ पाएगी।

सब कुछ सुनकर फूफी ने मुझी को भली बुरी सुनाई–"तेरे ही लच्छन खराब होंगे वर्ना किसी मर्द की क्या हिम्मत कि औरत को हाथ लगाये। बिना औरत की पहल के आदमी आगे नहीं बढ़ता है। मेरे को तो कोई ना आके पकड़ता, मुँह ना झौंस दऊँ ऐसे हरामी का! तेरे को ही क्यों पकड़ा उसने? तेरे घर में तो वह आया नहीं था तू ही वहाँ मंदिर में पड़ी रहती थी, क्यों? जुआन, धींगड़ी हो गई है तो सऊर से रहना भी तो सीख लेती। भैया से मैंने तब्बी कहा था कि दूसरी घर में रख ले, अब कटा दई ना नाक! घर में औरत होती तो चाहे विमाता ही सही, इस 'धींगड़ी' (भरपूर जवान लड़की) को काबू में तो रखती।"

मैंने फूफी को बार-बार दोहरा-दोहरा कर बताने का प्रयत्न किया कि कैसे बाबा ने ही मेरा जबरन उस मंदिर में आना जाना कराया था। फूफी लेकिन किसी प्रकार भी आश्वस्त न हुई। जितना मैं अपनी विपदा फूफी को सुनाती उतना ही उनका क्रोध मेरे ऊपर बढ़ता गया। थक हारकर चुप रहने में ही भलाई समझ, चुप हो गई।

फूफी ने अगले दौर की पूछताछ भी तुरंत ही शुरू कर दी–"पिछली बार कब हुई थी?...कब नहाई धोई थी...सबसे पहली बार कब हुई थी..."

पूरा एक माह गुजर गया और ऊपर पंदरह दिन और चढ़ गए और तब भी मेरे नहाने-धोने की हालत न हुई तब पहले तो फूफी ने अपने स्वयं के टोने-टोटके और इलाज आजमाए लेकिन इच्छित लक्ष्य की प्राप्ति जब न हुई तो हड़बड़ाकर फूफी ने बाबा

को बुलाने के लिए फूफा को सिकंदराबाद दौड़ा दिया। साँझ ढले तक फूफा बाबा को लेकर घर आते ही, मंत्रणा में कोठरी के किवाड़ बंद करके बैठ गए।

उस रात घर में बाबा ने फिर से बरसों से छोड़ी हुई शराब खूब सारी पी और अपने स्वभाव के विपरीत आधी रात तक हंगामा किया, बकते झकते रहे और अंततः आधी रात के भी काफी बाद बिना कुछ खाये-पिये आँगन-भर को अपने वमन और कै से भर कर बेहोशी जैसी हालत में सो गए।

बाबा की हालत देख फूफी मुझपर हाथ और जुबान दोनों चलाती रही, "अरी, छिनाल! तू मर क्यों न गई थी...न.क्र कटा दी कुनबा की...बेसरम बनी हियाँ आने से पहले किसी कुआँ, नहर, नद्दी में डूब क्यों न मरी। कुलच्छनी तेरे लच्छनों की नैंक सी भी भनक मेरे को होती तो...नाम डुबो दिया रे कुनबा का...मेरे भाई को जीने लायक ना छोड़ा रे।"

पूरी रात मेरी रोते और पिटते कटी। पीट-पीटकर फूफी जब थक गई और नींद से बोझल हो खटिया पर पड़ गई तब मुझे भी नींद आई।

सवेरा हुआ तो बाबा तो कोठरी का दरवाजा बंद करके पड़े रहे और मुझे फूफा और फूफी अपने साथ लेकर, उन दिनों ईसाई मिशनरियों का एक अस्पताल हुआ करता था, वहाँ ले गए। फूफा-फूफी ने फुसफुसाकर जो कुछ बताना था, साफ-सुथरी, गोरी चिट्टी, कबूतर के जैसे एकदम धौले भक्क कपड़े पहिने नर्स को बता दिया। बस, उसी पल से सब कुछ बदल गया।

फूफी ने जितना मेरे मन और तन को आहत किया था उतनी ही नर्मी, दयालुता, करुणा और स्नेह के साथ उन नर्स जी ने मुझसे बात की। जैसे मेरी अपनी माँ ही अपना कर्कशा और फूहड़ रूप उतार फेंककर उन नर्स जी के रूप में मुझे मिल गई थी। अपने ऊपर बीत चुकी त्रासदी को बताकर मैं उनकी छाती पर सिर रख कर बहुत देर तक रोती रही। उन नर्स जी ने मेरे ऊपर बहुत एहसान किया कि मुझे अपनी छाती से लगाकर खूब रो लेने दिया। मेरा मन, उनसे बतियाकर मानो रूई के फाहों जैसा हल्का हो गया। लगा फिर से इंसान हो गई थी मैं, अन्यथा फूफी ने कोंच कोंचकर मुझे केवल छिनाल-भर बना कर छोड़ दिया था।

चावली ने और एक पेग बनाकर एक ही घूँट में पूरा गले के नीचे उतार लिया। मानो आँखें चुरा रही थी चावली, दृष्टि नीचे झुकाये बिलकुल डरी हुई सी, आज भी वही तेरह-चौदह की अबोध बालिका हो जैसे। पचास वर्ष की एक स्त्री अपने बच्चे बराबर दरियाव से आँख न मिला पा रही थी। दारू के नशे में धुत्त यह चावली बेहद डरी हुई सी लग रही थी, कदाचित उस त्रासदी को अपने मानस में पुनः जी कर।

कई लंबे क्षणों तक कोई बोल उसके मुख से न निकला। मन ही मन दरियाव ने

सोचा कि अब आज कथाक्रम बस यहीं विराम को प्राप्त हो जाएगा। उठने के लिए जैसे ही उद्यम किया कि चावली ने लगभग झिड़कते हुए कहा, ''बैठ, भाग मत। सोच रही थी कि कितना कहूँ और कैसे कहूँ। कितना कुछ प्रासंगिक है और क्या अप्रासंगिक। क्या उन नर्स जी के, और उसके पश्चात् अंग्रेज एक डाक्टरनी के भी, माँ जैसे स्नेहसने ममतामयी हाथों में पड़कर जो मैंने दाँतों पर दाँत भींचकर उस कष्ट को सहा जिसके पश्चात मुझे उस पाप से छुटकारा मिला। घर लौटने पर जब फूफी ने कहा, ''तर गई मैं हे राम, वर्ना इस धींगड़ी छिनाल ने तो कुआँ खाई तलाशने के रास्ते पर डाल ही दिया था।'', प्रासंगिक है। लेकिन दरियाव, मैं सोचती हूँ कि इस औरत जात साली का भी कोई भरोसा नहीं है। एक ओर तो रोना रोती है कि कष्ट और प्रताड़ना में ही उसका जीवन बीतता है, पीहर हो कि सासरा और तनिक सा भी मस्तिष्क पर जोर देकर देखो तो पाओ कि उस पर जुल्म करने वाले ससुर, देवर, जेठ तो होते नहीं हैं, सारे जुल्म बहू पर तोड़े जाते हैं सास, ननद के द्वारा। स्त्री के ऊपर जुल्म एक स्त्री के द्वारा। किसी घर में तेरे को सास-बहू शांति और मेल-मिलाप के साथ रहती नहीं मिलेंगी। यह औरत ही तो औरत की दुश्मन है। इस देश में ही नहीं दुनिया-जहान में सास-बहू के संबंध ऐसे ही हैं। सास की क्या बात करें फूफी तक, मेरी इस त्रासद कथा में, देख सबसे बड़े कष्ट मुझे किसने दिए? उस हरामी पाठक ने तो मुझे अपवित्र-भर किया था। आज ये जो रात के अँधेरे में छिप-छुपाकर अपनी बहन-बेटियों को लेकर मेरे चरणों में नाक रगड़ते हैं, इनकी बेटी-बहनें भी तो उसी एक काम को करके यहाँ मेरी शरण में आती हैं, इतना-भर अंतर ही तो है कि अपनी मन और तन की सहमति तथा स्वीकृति से करके आती हैं और देख इनकी न तो आत्मा अपवित्र होती है और न तन! और मैं अपवित्र हो गई थी क्योंकि मेरे तन और मन की सहमति इसमें न थी। एक ऊँची जाति के एक गलीज़ व्यक्ति ने रोगी तन के उपचार का अंतिम साधन मान मुझसे बलात्कार किया था, एक अछूत और दलित की बेटी से बलात्कार किया था कि कोई उसका कर ही क्या लेगा! अपनी जाति और अपने जैसी अन्य जातियों में से उसने अपने शिकार का चयन न किया था। उसने मेरे तन और मन को क्षत-विक्षत किया था तथा बिलकुल ही प्राणीमात्र के स्तर पर उतरकर यदि तन की बात को अप्रासंगिक भी मान लें, तब भी लेकिन मेरे मन को, आत्मा को क्षत-विक्षत और विदीर्ण किसने किया? और उधर नर्स जी और अंग्रेज डाक्टरनी? नर्स जी और डाक्टरनी जी की इज्जत तो मेरे उस बलात्कार से जुड़ी न थी, सो वे सचमुच ही निःस्पृह रहकर मुझसे ममतामय व्यवहार कर सकती थीं लेकिन फूफी भी तो मन के भीतर आहत रहकर भी और मुझे प्रताड़ित करके भी तो माँ, फूफी बनी रहकर मुझे अपनी छाती पर सिर रखकर रो लेने दे सकती थीं।

खैर, बाबा ने उस रात भी खूब दारू पी, फूफा ने भी। मैं मन ही मन सोच-सोच कर मरने-मरने को हो रही थी कि आज बाबा जाने क्या कुछ करेंगे और फूफी के हाथों पूरी रात-भर का मेरा पिटना सुनिश्चित दिख रहा था मुझे।

बाबा ने लेकिन मुझे कभी भी मारने-पीटने की क्या बात जोर से डाँटा तक न था। जिस व्यक्ति ने आपको सदैव केवल स्नेह ही दिया हो जीवन-भर, उसके क्रोध से आपको सबसे अधिक डर लगता है। बाबा जिद करके और-और शराब की माँग फूफा के सामने करते रहे। फूफी भी बाबा के उस रात के रूप में कुछ अजीब पाकर और कुछ अनहोनी के अंदेशे में, डर के मारे कोठरी में छुपी बैठी थी।

अप्रत्याशित रूप में बाबा ने भोजन की फरमाइश जब कर दी तो जैसे फूफी ने नींद से जाग कर, फूफा और बाबा के सामने भोजन परोस दिया। फूफा बाबा के मन की पीड़ा को समझते थे इसलिए चुपचाप उनके साथ भोजन करते रहे। आधी रात जा चुकी थी। बाबा ने बहुत ही शांत भाव से फूफा और फूफी को इंगित कर कहा, "अब मैं हिंदू तो कत्तई न रहूँगा। मुसलमान भी बनना पड़े तो बनूँगा, हिंदू लेकिन न रहूँगा। ऐसी की तैसी, इस साले धर्म की। मेरी फूल जैसी अबोध बेटी के साथ जो हुआ, किसी और महाशय जी की बेटी के साथ हुआ होता तो क्या आरियासमाज तब भी चुप रहता? महाशय खचेड़ू की बेटी के साथ हुआ इसलिए कह दिया 'समाज की बात समाज में रहे तो अच्छा है अन्यथा बहुत बदनामी होगी समाज की'।"

फूफा ने बाबा को रोककर कहा, "खचेड़ू भैया, क्या बक रहे हो! कुछ होश भी है तुम्हें, धर्म छोड़कर नर्क में पड़ोगे क्या?"

बाबा ने अपनी लाल-लाल हो आई आँखों से फूफा को झाँकते हुए कहा, "यह भंगियों का जीवन जो जी रहे हो, नर्क है कि स्वर्ग? यह हमारी बेटियों पर बलात्कार हो और वे कहें कि समाज की इज्जत की बात है इसलिए चुप रह जाओ—यह स्वर्ग है कि नर्क? मेरी अबोध फूल जैसी बेटी ने जब चीत्कार मार कर रोते हुए अपने ऊपर बीत चुकी त्रासदी को मुझे बताया था तब मैं गया था आरियासमाज दौड़ा हुआ, फरियाद करने समाज के सामने। कुकर्म करने, एक बेटी की लाज को तार-तार करने के पश्चात् भी भागा नहीं था वह पाठक जी आर्य, वहीं मंदिर में उपस्थित था। हम लोगों की इज्जत का कोई मोल नहीं है इन लोगों की दृष्टि में। मामूली बात थी उस के लिए। आठ-दस आरियासमाजी तब तक एकत्रित हो गए थे अपनी दैनिक दिनचर्या के कारण। मैंने जब अपनी फरियाद उनको सुनाई तो उन्होंने उस पाठक जी आर्य को खूब खरी-खोटी तो सुनाई, यह भी कहा कि उसके विरुद्ध उचित कार्यवाही भी करेंगे लेकिन मुझे केवल इतना-भर कहा कि समाज की बात समाज में ही रहे इसलिए खबरदार यदि एक शब्द भी इस घटना का उजागर हुआ तो। क्या उचित कार्यवाही की जाएगी आततायी के विरुद्ध? इन्हें प्रायश्चित्त करना होगा। बस? हाँ, बस। मैं पहले भी जानता था कि मैं झूठ-मूठ का महाशय था, दया कर दिया गया, प्रचारित करने को दिया गया। मुझे दिया गया महाशय, केवल उन महात्मा के भंगियों के साथ भोजन करने और ठहरने की काट था। तुम भंगियों के साथ भोजन करके दिखा रहे हो कि उनके साथ तुम्हारा समभाव है,

भ्रातृभाव है तो देखो हमने एक भंगी को महाशय बना दिया, आर्य बना दिया, इसे कहते हैं भ्रातृभाव। सौ सुनार की एक लुहार की, महाशय नाम की एक ही चोट में बराबर कर दिया तुम्हारे महात्मा को!"

एक गहरी लंबी उसाँस भरते हुए आगे कहा, "आरियासमाज की इज्जत महाशय खचेडू की बेटी की इज्जत से कहीं बड़ी थी! आरियासमाज की इज्जत अक्षुण्ण रहे, भंगियों की इज्जत का क्या है आती जाती रहती है! आज देखा तुमने, कैसे ईसाई मिशनरी अस्पताल में दो घंटे के भीतर ही वापस आ गई!"

बाबा के ऊपर उसके पश्चात् चीखने का जैसे दौरा ही पड़ गया। "मैं मुसलमान बनूँगा, मैं ईसाई बनूँगा, और भी कोई धर्म होगा तो वह भी बनूँगा तुम देखते रहना। हिंदू और भंगी लेकिन न रहूँगा।

बाबा के उस चीख-चीखकर कहे जा रहे प्रलाप को सुनकर आसपड़ोस के लोग जगकर घर के दरवाजे और दीवारों के ऊपर से झाँकने लगे थे इसलिए फूफा ने झिड़क कर बाबा से कहा, "कुछ होश में हो भी कि क्या बक रहे हो? चुप हो जाओ अब। मेरे घर में यह नौटंकी करने की आवश्यकता नहीं है। खबरदार जो अब मुँह खोला तो।" दीवारों से झाँक रहे लोगों को भी झिड़ककर कहा, "हियाँ क्या रंडियों का नाच हो रहा है जो ताँक झाँक कर रहे हो।"

दर्शक तुरंत वहाँ से खिसक गए, बाबा ने भी चुप्पी साध ली। उसके पश्चात् पूरा घर एक-दूसरे को यह दर्शाता हुआ कि सब सो रहे हैं पूरी रात जागता रहा।

52

बेहद शांति के साथ सुबह होते ही बाबा ने दिशा मैदान से फारिग हो, नहा-धोकर चुपचाप कलेवा किया और उससे भी बेहद शांति से फूफा और फूफी से कहा, "मैं अपनी बेटी को लेकर जा रहा हूँ। अब फिर कभी न आऊँगा।"

फूफा-फूफी ने बाबा की गत रात की मनःस्थिति को ध्यान में रखते हुए कुछ दरियाफ्त करना उचित न समझा लेकिन विदा करते समय फूफी ने अपनी आँखों में आँसू भर कर जब मुझे गले लगाने के प्रयास में कहा, "मेरी बच्ची मेरी बच्ची" तो मैं छिटककर बाबा के पीछे छुप गई और फूफी को अपने शरीर तक को न छूने दिया।

वहाँ से विदा पाकर बाबा और मैं बुलंदशहर में ही उनके एक मित्र हैरीसन के घर गए। यह हैरीसन पहले हरीसिंह हुआ करते थे और हमारी अपनी ही बिरादरी के हुआ करते थे। काम तो अब भी सफाई का ही करते थे लेकिन अब वे भंगी न थे, आततायी धर्म को लात मारकर क्रिस्तान हो गए थे। रास्ते में बाबा ने जब बताया कि हैरीसन क्रिस्तान हैं तो मन ही मन मुझे बड़ा कौतूहल हुआ था यह सोचकर कि क्रिस्तान न जाने कैसे होते होंगे, लेकिन जब हैरीसन चाचा और लीला चाची को देखा तो पाया कि वे तो बिलकुल हम जैसे ही इंसान थे लेकिन बहुत भले।

बाबा और हैरीसन चाचा तो तुरंत ही जाने कहाँ चले गए और मैं चाची लीला और उसके दो छोटे बच्चों के साथ खूब सारी बातों में व्यस्त होकर भूल ही गई कि फूफी ने मेरे तन और मन को कितना आहत कर छोड़ा था। लीला चाची ने सब कुछ सहज और खुलकर बताया कि किस प्रकार वे लीलावती से लीला बनीं और कैसे चाचा हरीसिंह हैरीसन बने। यह भी बताया कि किस प्रकार चाचा को तो हरीसिंह से हैरीसन बनना पड़ा और इस नाम के रूपांतरण में कितनी असहजता को भोगना पड़ा लेकिन ईसाई

कलीसिया ने उन्हें लीलावती से केवल लीला भर बनाया और इस प्रकार उनका लीला नाम बचा रह गया। इस नाम के अक्षुण्ण बचे रहने की प्रसन्नता उनके मुख पर उस एक बच्चे की प्रसन्नता सी छाई थी जिसका खिलौना उससे छीनकर पुनः दे दिया गया हो। छह बरस का उनका बेटा जो पूरे घर में धमाचौकड़ी मचाये चाची के नाक में दम किए दे रहा था, का नाम था राबर्टसन और चार बरस की उनकी छुईमुई सी, साँवली रंगत की, जो निश्चित ही चाचा के ऊपर गई थी और चाची की गोद में सिमटी बैठी थी, का नाम था जेनी। बच्चों के साथ खेलते और चाची से उनके पीहर की, उनके सासरे की, ईसाई धर्म और चर्च की और यहाँ के ईसाई समाज की बातें सुनते-सुनते कब साँझ हो गई पता ही न चला।

बाबा और चाचा हैरीसन रात झुक आने पर घर लौटे। बाबा के मुख पर तनाव स्पष्ट लक्षित था लेकिन बस उतना-भर, बाबा ने न तो अपने बोलचाल से और ना ही अपने आचरण, हाव-भाव से कुछ प्रदर्शित होने दिया।

चाची और मैं दोनों ही भोजन बनाने में जुट गईं जिसमें बकरे का मीट, आलू बैगन की तरकारी और अरहर की दाल थी। जब तक हम दोनों ने भोजन तैयार किया बाबा और चाचा हैरीसन नहा-धोकर आँगन में बिछी चारपाई पर रम की बोतल खोल कर बैठ चुके थे. चाची ने उनके सामने प्लेट में भुनी कलेजी के टुकड़े रख दिए और स्वयं एक कुर्सी डालकर उनके सामने बैठ गई। बाबा के मुख पर तनाव अभी भी व्याप्त था। आशंका के विपरीत पीकर बाबा ने कोई तमाशा न किया और खा-पीकर सो रहे।

53

अगले दिन बाबा, मैं, चाचा-चाची, उनके बच्चे सब गिरजा गए और वहाँ मैं और बाबा ईसाई बन गए। बाबा का नया नामकरण हुआ खीस्तदास और मेरा मारथा।

हम सबके अलावा कोई आठ-दस और लोग थे चर्च में। पादरी ने पहले तो प्रार्थना की...

''पिता और पुत्र और पवित्र आत्मा के नाम पर-आमीन''

''प्रभु ईशू की कृपा और मुहब्बत हम सबके साथ हो''

''धन्य है प्रभु ईशू''

''आमीन''

फिर एक भजन गाया। अब ठीक से तो मुझे याद नहीं लेकिन ईसा मसीह की प्रशंसा में था। काफी लंबा चला आयोजन था, लगभग घंटे-भर चला होगा। कई बार हम सब उठकर खड़े हुए और कई बार बैठे। न जाने कितने ही बार आमीन-आमीन किया। अंत में–

''हे हमारे पिता, तू जो स्वर्ग में है, तेरा नाम बढ़े, तेरा राज्य आए, तेरी मर्जी जैसे स्वर्ग में पूरी होती है वैसे ही यहाँ भी पूरी हो, हमारा रोजाना का भोजन हमें आज दे, हमारी गलतियों को माफ कर जैसे हम भी अपने अपराधियों को माफ करते हैं, हमें आजमाइश में न डाल और हमारी हिफाजत कर। आमीन।''

यह मुझे इसलिए सशब्द याद है क्योंकि इस प्रार्थना के एक वाक्य पर मुझे बड़े जोरों की हँसी आ गई थी और पादरी ने मुझे बड़ी ही खूँखार नज़रों से देखा था, उस में क्रोध, उपहास, विद्रूप और प्रेम एक साथ लक्षित था। उस प्रार्थना में जब पादरी ने कहा, 'हमारा रोजाना का भोजन हमें आज दे' तो भई, मैं तो अपनी हँसी किसी प्रकार

न रोक पाई थी। हम गरीब तो अपनी गरीबी के कारण प्रतिदिन आज की ही रोटी का इंतजाम कर पाते हैं और कल की रोटी का कोई भरोसा कम ही रहता है, लेकिन खूब अच्छे वस्त्रों में सजे-धजे, खाये-पिये और अमीर दिख रहे ये लोग क्यों केवल आज के ही भोजन का आश्वासन परमात्मा से माँग रहे हैं!

हमारे सिरों पर हाथ रखकर पादरी ने और एक बार प्रार्थना की और कहा कि हमारा बपतिस्मा हो गया था और हम लोग अब ईसाई थे। कहा, ईसाई समाज में हमारा स्वागत था।

हम सब चाचा के घर लौट आए तो मैंने अपनी शंका, कि केवल आज का ही भोजन क्यों माँगते हैं, चाची के सम्मुख प्रकट कर दी। चाची बहुत ही गंभीर किस्म की ईसाई होते हुए भी इसे सुनकर फिक्क करके हँस पड़ी, दाँतों में साड़ी का छोर दबा कर और हँसी को दबाने के व्यर्थ प्रयास को रोकते हुए बोली, "अरी, कल का भोजन कल फिर माँगेंगे। इस प्रकार प्रभु से तार जुड़े रहते हैं। पूरे जन्म के भोजन का इंतजाम एक दिन की प्रार्थना में ही यदि हो गया तो कौन फिर उसके द्वार जाएगा। जिसको स्वयं बनाया है उस इंसान की फितरत को खुदा खूब समझता है, इसलिए आज के खाने-भर का इंतजाम करने को तैयार होता होगा, जोखिम क्यों लिया जाय!" चाची लीला ने कहकर मेरा कान खींचते हुए लेकिन पूरी ममता उँड़ेलते हुए मुझे समझाया, "अरी, पागल! अपने चाचा से यही सब मत पूछ बैठना।"

खैर, सिकंदराबाद लौटने से बाबा ने स्पष्ट इंकार कर दिया और चाचा हैरीसन से बुलंदशहर में ही कुछ काम का जुगाड़ करने की प्रार्थना की। चाचा ने बाबा को एक अंग्रेज अधिकारी के घर पर सफाई के काम पर लगा दिया और इस प्रकार बाबा जो धर्म की दमनकारी सोच को धकियाते हुए अपने भंगी के काम को त्याग कर आरियासमाजी बने थे वही ईसाई होकर भी आखिरकार फिर से उसी भंगी की 'जून' में जा पड़े।

युवा हो चुकी बेटी के साथ अलग से मकान लेकर रहने की बेतुकी बात को चाचा ने कठोरता से काट कर कहा, "मेरे ही घर में रहो, युवा हो रही बेटी को अन्य स्त्री के पथप्रदर्शन और साहचर्य की आवश्यकता होती है। अब तुम ईसाई हो, बेटी के लिए वर अब तुम्हें ईसाई समाज से ही खोजना होगा। सिकंदराबाद में भी ईसाई हैं और चर्च भी है लेकिन बहुत छोटा, तुम्हारा मुहल्ला भी कोई न कोई अड़ंगा लगा ही सकता है खीझ में।"

बाबा पुनः भंगी के भंगी तो अवश्य हो रहे थे लेकिन उनको इसका तनिक भी मलाल न था। विशेषतः मुझे समझाकर कहते, "ईसाई होकर भी भंगी अवश्य हूँ लेकिन अछूत नहीं हूँ। एडवर्ड साहब की टट्टी अवश्य कमाता हूँ लेकिन कैथवाड़े में जिस प्रकार दीनता-हीनता को दर्शाती और अपने आपको शर्मसार करती तुम्हारी माँ जिस प्रकार उनके गू-मूत साफ करके भी भीख याचना जैसी करती चार रोटियों की प्रतीक्षा में उनके

दरवाजे पर धरती पर बैठकर गुहार करती थी, वह यहाँ न करना पड़ता है। उनके और छह नौकर हैं, लान में साहब के बिस्तर से उठने से भी बहुत पूर्व वे कुर्सी डाल देते हैं लेकिन एडवर्ड साहब चाय हमेशा खड़े-खड़े ही पीते हैं। चाय पीते-पीते ही कहते हैं, "हेय, डैविड, गुडमार्निंग। हात डोकर इडर में आओ। हमको डिकाओ। तुम हिंदुसतानी आडमी बोत गंडा हाय। फस्ट में हाट साफ करो फिर बाकी सरवैंट के साठ में चाय पियो।" बाकी ईसाई कलीसिया और समाज तो मुझे पुकारता है 'खीस्तदास' लेकिन साहब हमेशा पुकारते हैं 'डैविड'। पहले मैं सोचता था मेरे प्रति उपहास भाव के कारण पुकारते होंगे लेकिन नहीं, सद्भाव से ही मुझे उन्होंने 'डैविड' नाम दे दिया है। कुछ अंतर तुम्हें दीखता है कि नहीं? इसीलिए कहता हूँ कि भंगी हूँ लेकिन अछूत नहीं हूँ। इसीलिए भंगी का काम करके भी मुझे तनिक सी भी घिन नहीं आती है।

खैर, बाबा के भाग्य में ईसाई होकर भी सुख लेकिन न लिखे थे। लेकिन बाबा के भाग्य को मेरा इस प्रकार परिभाषित करना कदाचित उचित नहीं है क्योंकि ईसाई बनकर बाबा के जीवन में सुख के क्षण यदि आने थे तब भी वे उन्हें भोगने के लिए अधिक दिनों तक जीवित न रहे। एडवर्ड साहब के पहले से ही उपस्थित छह नौकर साहब के घर से अंग्रेजी शराब चुराकर पीने के आदी थे, उनमें बाबा और एक शराबी जा जुटे थे। कई वर्षों के लंबे अंतराल के पश्चात् जो बाबा ने फिर से पीना प्रारंभ किया तो जैसे सारी सीमाएँ तोड़कर! प्रायः ही वे साहब के घर से कमाकर जब रात में आते तो पूरी तरह धुत्त होकर। हैरीसन चाचा समझाने का बहुतेरे जतन करते लेकिन सब व्यर्थ। कभी-कभार बहुत पीकर अर्धबेहोशी की हालत में बड़बड़ाते, "ओम... शांति..." और अपनी अर्धबेहोशी की हालत में भी अचानक जैसे जागकर अपने मुँह पर चांटों की बरसात करते चिल्लाने लगते।

चर्च भी श्रद्धा के साथ जाते थे, बढ़-चढ़कर ईसा मसीह के भजन भी गाते थे। घर में भी प्रतिदिन भोजन के दोनों समय पहले प्रार्थना करते, हमारे आज का भोजन हमें आज दे भी कहते, जिस पर मैं पहले दिन चर्च में हँस पड़ी थी। हर इतवार को हम सब सज-धजकर चर्च जाते थे। धर्म के प्रति और चर्च के प्रति बाबा की श्रद्धा दिनों-दिन बढ रही थी। लेकिन बहुत ही विचित्र रूप में बाबा शराब पीकर कभी भी ईसाइयत की कोई बात मुँह से न निकालते थे, अर्धबेहोशी की हालत में उनके मुख से केवल ओम...शांति ...ही निकलता था जिसके पश्चात् वे अपने आपको प्रताड़ित करते थे और उस धर्म को गालियों से नवाज़ते थे।

हमारे अच्छे दिन बीत रहे थे। लेकिन ईसाई होकर भी जाति भेद ने पीछा न छोड़ा था। ईसाइयों में भी ऊँच-नीच की दरार उतनी ही गहरी और अभेद्य थी। भाईचारा बस चर्च में, ईसाइयों के मेले-त्योहारों, साथ उठने-बैठने, खाने-पीने तक ही सीमित था। भंगी भंगी ही थे, बस अछूत न थे। रोटी बेटी का रिश्ता अन्य ईसाइयों के साथ हम भंगी बने

ईसाइयों का असंभव और अचिंत्य था। छूत-छात लेकिन तनिक सी भी न थी, सभी साथ उठते-बैठते, खाते-पीते, उस परमात्मा के द्वार पर एक साथ सिर झुकाते थे। हिंदुओं के समान अपने-अपने अलग मंदिर न थे, ना ही उनमें प्रवेश वर्जित था। लेकिन फिर भी इतना निश्चित था कि हम भी तथा बाकी का सारा का सारा ईसाई समाज भी एक सुखी और हँसी से खिलखिलाता समूह था। उसमें ऊँच-नीच तो थी लेकिन इस समाज में शोषित और शोषक कोई न था, न कोई अछूत था न कोई स्पर्श्य था। इस समाज में ऊँच-नीच तो थी लेकिन यह ऊँच-नीच इन देसी ईसाइयों तक सीमित थी जो ईसाई बनते समय हिंदू धर्म से इसे अपशिष्ट के रूप में साथ लेकर आ गए थे, जिस प्रकार गंदगी का कीड़ा गंदगी में ही सुखी रहता है। लेकिन फिर भी यह समाज इस हिंदुत्व के अपशिष्ट को लपेटे रहते रहने के उपरांत भी बेहद सुखी था। मैंने देखा मेरे बाबा के समान ही, जो भी उस धर्म के मानव मात्र को अस्पर्श्य और स्पर्श्य के वाहियात बंधनों को धकियाकर उस पाले से इस पाले में आ गए थे, सबके सब सुखी थे. सुख के वे दिन इस प्रकार कोई छह माह चले।

मेरा आहत तन और मन जैसे बिसरे अतीत की बातें हो गईं मेरे लिए। मानव तनवर्धन प्रकृति के विधि-विधान में बँधा, मन से लगभग निःस्पृह रहकर, अपने आप पल्लवित होता चलता है। चर्च में अपने ही भंगी समाज का एक लड़का अनायास भी और प्रयत्न करके मेरे समीप ही बैठता था। काले रंग की सीमा को छूता हुआ उसका गेहुआँ रंग था। किसी साहब के यहाँ वह सफाई करता था। सिर पर अंग्रेजी काट के लंबे-लंबे बाल रखता था और उन्हें गर्दन में हल्का सा खम देकर जब झटकता था तो मुझे बहुत अच्छा लगता था, मेरा दिल जोरों से धड़कने लगता था। बगल में बैठे बाबा, चाची-चाचा से नजरें बचाकर मैं उसे देख लेती थी। बस आपसी ताँक-झाँक तक का रिश्ता बन गया था हम दोनों में। अगले रविवार की प्रतीक्षा में मेरे दिन अजब व्याकुलता में कटने लगे थे. चर्च में न तो मेरा ध्यान आज की रोटी आज दें, में रमता था और ना ही पादरी के सारी कलीसिया को पाप न करने के आदेश से डरता था। उसका नाम तक मुझे पता न था।

54

मेरे सुख के वे दिन एक झटके में ही समाप्त हो गए, लगा जैसे मेरी माँ ने और एक बार आकर मुझे सुबह सवेरे की सुनहरे सपनों भरी नींद से झोंटा पकड़कर उठा दिया हो. उस दिन सनीचर का दिन था, मैं चाची के साथ पीतल के लोटे में अंगार भरकर इतवार के लिए कपड़ों पर इस्त्री कर रही थी। पिछला लगभग एक घंटा मैंने और चाची ने इस विचार-विमर्श में गँवाया था कि कल चर्च में कौन से वस्त्र पहने जाएँ। अभी केवल दोपहर ही ढली थी, बाबा के और चाचा हैरीसन के आने में बहुत देर थी। इतवार को चर्च जाना एक मेलेठेले जैसा ही आनंदमय आयोजन हुआ करता था, प्रार्थना के पश्चात् ईसाई समाज में खूब मेलजोल और गप्पबाजी होती थी। मैं पुलकित थी कि लंबी प्रतीक्षा के पश्चात् आखिरकार इतवार आ ही गया था, उसके समीप बैठने को मिलेगा, सोचकर ही मेरा रोआं-रोआं मानो प्रसन्नता से नाच रहा था।

भोजन में आज रात क्या कुछ बनाया जाए इस पर चाची मेरी राय ले ही रही थी कि हैरीसन चाचा ने हड़बड़ाए घर में प्रवेश किया। बिना एक भी क्षण गँवाए चाचा ने हम दोनों से कहा, "यह सब छोड़ो, अस्पताल चलो।" बिखरे पड़े घर के सामान को स्वयं ही बटोर कर चाची की सहायता करने लगे। चाची ने सामान सँभालना छोड़ पूछा, "हुआ क्या है?"

"तुम घर में ताला डालो और चलो।"

चाचा की हालत देखकर मेरे और चाची दोनो के ही होश उड़े हुए थे लेकिन और कुछ पूछना उचित न समझा। बाबा के विषय में तो हम दोनों को ही कोई आशंका न थी। भागे भागे जब अस्पताल पहुँचे तो कई सारे, हमारे ईसाई समाज के, लोग वहाँ उपस्थित थे। एक जैकब नाम के अधेड़ व्यक्ति जिन्हें मैं चाचा पुकारती थी, ने हैरीसन

चाचा को एक ओर ले जाकर कहा, "साहब के बंगले पर ही खत्म हो गए थे लेकिन साहब ने कहा लेकर जाओ तो ले आए हैं। धीरज से काम लो। यह सोचो कि इसकी बेटी को कैसे बताओगे?"

कहा तो कानाफूसी में था लेकिन मैंने उसे स्पष्ट सुना। बाबा का नाम तो न लिया था लेकिन मुझे पूरा-पूरा अंदेशा हो गया था इसलिए झपटकर उन दोनों के पास गई। हैरीसन चाचा ने मुझे लगभग खींचकर अपनी छाती से लगा लिया। सब कुछ क्षण-भर में ही मेरी समझ में आ गया। चाची लीला ने भी रोना शुरू कर दिया, मैं तो रो ही रही थीं चाची और मैं बार-बार पूछ रही थीं–'क्या हुआ...क्या हुआ...'

"वह सब बताने के लिए बहुत समय पड़ा है, पहले साहब को खबर करनी पड़ेगी।"

साहब का बंगला अस्पताल से कुछ खास दूरी पर न था। चाचा उन्हें बताकर मिनटों में ही लौट आए। उनके आते ही उपस्थित जनों में फुसफुसाहट में विचार-विमर्श हुआ।

बस घंटे-भर के भीतर ही बाबा को दफना दिया गया। घर जब तक लौटे तब तक रात हो गई थी। हैरीसन चाचा कभी-कभार ही पीते थे लेकिन घर पहुँचते ही उन्होंने बोतल खोल ली। मैं कभी रोती कभी रूलाई रोककर उन्हें पीते देखती। जब दो-तीन पेग उन्होंने पी लिए तब जाकर वे सहज हुए। उसके पश्चात् जो कुछ उन्होंने बताया–

एडवर्ड साहब के घर से चुराकर शराब पीना पुराने छहहों नौकरों की आदत थी और बरसों से निरंतर चल रहा था। मेरे बाबा पीते तो थे और आजकल तो मात्रा की कोई सीमा ही न रही थी लेकिन चोरी की नहीं। चोरी को वे पाप समझते थे ऊपर से हर इतवार को चर्च में जो उनकी श्रद्धा बढ़ती जा रही थी और पादरी जो बाइबिल से पढ़कर सुनाता कि किस प्रकार दस नियमों में कठोरता से कहा गया है कि चोरी करना पाप है, उसने और अधिक उन्हें साहब के घर में व्याप्त तथा नौकरों द्वारा किए जा रहे पाप के विरुद्ध कर दिया। पिछले कितने ही महीनों से वे साथी नौकरों को समझाने का प्रयत्न कर रहे थे लेकिन जब न केवल वे चोरी के इस पाप से विरत हुए बल्कि बाबा को उनकी जाति विशेष का नाम लेकर कौंचने भी लगे तो उन्होंने सारी खबर साहब को दे दी। उन दिनों अंग्रेज ही कानून थे हिंदुस्तानियों के लिए, सो साहब ने पहले तो स्वयं शराब पी और फिर एक-एक को बुलाकर हंटर से पीटा। इतना पीटा कि उनमें से एकाध तो अधमरा ही हो गया और साहब ने ही उसका इलाज कराया।

कोई महीना-भर सब कुछ शांत रहा। आज उन सबने बाबा को घेर कर सर्वेंट क्वार्टर में बहुत मारा। इरादा उनका चाहे जो भी रहा हो लेकिन उनकी मार से गश खाकर बाबा जो गिरे तो धरती पर पड़ी टेढ़ी-मेढी एक सरिया उनके छाती के आर-पार

हो गई। बस हल्की-सी एक हिचकी-भर आई उन्हें और तुरंत ही उनका प्राणांत हो गया। साहब को पता चलना ही था। उन्होंने आकर स्वयं भी देखा, अस्पताल भी उन्हीं ने भिजवाया।

अंग्रेजों का राज था, ज्ञात-अज्ञात सब कुछ दबा दिया गया। नौकरों का क्या हुआ यह प्रासंगिक नहीं है, मैं कैसे फिर से भंगियों में आ पड़ी वही प्रासंगिक है।

'जैसे उड़ि जहाज को पंछी, पुनि जहाज पै आवै' और कोई राह बाट दूर-दूर तक भी जब नज़र नहीं आती है, उड़-उड़ कर डैने थकान से जब टूटने को हों, नीचे गिर पड़ना जब अवश्यंभावी हो जाए तब बंधनों को स्वीकार कर जहाज पर लौटना ही पड़ता है। सारी साफ-सफाई और प्रयत्नों के पश्चात् भी ईसाई बिरादरी में यही खबर फैली कि मेरे बाबा को साहब ने चोरी करते पकड़ा था और साहब की पिटाई से वे मारे गए। हैरीसन चाचा ने साहब के सामने फरियाद की; लेकिन उन्होंने स्थिति को स्पष्ट करने में कोई रुचि न दिखाई। बात तो यहाँ तक फैली, कि क्योंकि बाबा हैरीसन के घर रहते थे इसलिए जिन साहब के घर वे काम करते थे वे हैरीसन चाचा को काम से बेदखल करने की सोच चुके थे।

किस प्रकार हैरीसन चाचा ने अपने मालिक साहब का विश्वास फिर से जीता ज्ञात नहीं, लेकिन एक दिन अचानक ही उन्होंने मेरी बिसर गई फूफी को बुला भेजा और मुझे हैरीसन चाचा ने फूफी को सहेज दिया। फिर से मैं फूफी के घर पहुँच गई। फूफी ने लेकिन इस बार मुझे भला बुरा न कहा। इतना फूफी ने अवश्य मुझसे कहा, "बेटी, सिकंदराबाद और ईसाइयों को भूल जा और खबरदार, जो तूने अपने ईसाई बनने की बात और सिकंदराबाद में घटी उस दुर्घटना को किसी के सामने उजागर किया तो।"

55

बाबा को याद करके मैं दिन-रात रोती थी। फूफा-फूफी ने बस कुछ ही महीनों में मुझे मेरे इस खसम से ब्याह दिया, चुपचाप। न किसी नजदीकी नाते-रिश्तेदारों को बुलाया न किसी मित्र को। ब्याह भी मेरा बुलंदशहर से ही हुआ। इस प्रकार दुर्गति करा कर, बाबा को खोकर, चाचा-चाची के उस अमोल स्नेह को खोकर बेहाल, अशक्त तथा असहाय जहाज में कैद उस पंछी सी पुनः उसी आततायी धर्म में भंगी की जून में आ पड़ी. मेरी सास बहुत भली और अच्छी औरत थी, बहुत लाड़ लड़ाती थी मेरे को. देख ही रहा है, गोरे रंग की हूँ, शक्ल सूरत भी ठीकठाक है, नाक-नक्श अच्छे हैं। शहर की बहू घर में आई थी सो सास ने मेरे इस खसम को धमकाकर कहा, “खबरदार जो तैने बहु सै गंदा काम कराया तो। जब तक जिंदा हूँ बहू के बदले मैं काम करूँगी। सहर की है मेरी बहू, बड़े घर की है और खपसूरत कितनी है! इतनी खपसूरत बहू पूरे दरियापुर में नहीं है म्हारे अपने मुहल्ले की कौन कहे।” मुझे भी समझाया, “तेरे को टोकरा पंजा उठाने की आवश्यकता नहीं है। घर से बाहर निकलना भी पड़े तो खूब लंबा घूँघट निकाल कै, बड़ी बुरी नजर होवै है मरदों की। भौत बनीयो सजियो मत, नजर लग जावैगी।”

मेरी सास मानी हुई दाई थी, सो उसने ही सारे गुर मुझे सिखाने शुरू किए। उनके जीते जी मैंने मानो राज रानी की समान राज किए। चाहे जमाने-भर की बुराई मेरे इस खसम में हैं लेकिन अपनी माँ को जो बचन दिया उससे कभी न डिगा यह बंदा, कभी मेरे हाथ में टोकरा पंजा न थमाया। लेकिन कभी-कभी दारू पीकर मैं सोचती हूँ कि मेरे इस मर्द ने मेरे साथ कोई बुरा सलूक तो किया नहीं है, मेरी एक सौत जो लाकर इस ने मेरी छाती पर बैठाई है उसमें भी उसका क्या दोष, भाई। जैसे मुझे बच्चों की किलकारी की चाह है वैसे ही उसे भी तो हो ही सकती है। लेकिन एक बात मैं तुझे

बताऊँ, क्षेत्र की सबसे दक्ष दाई हूँ इसलिए जानती हूँ कि मेरी सौत लाकर भी जो अब तक यह मेरा खसम पिता नहीं बन पाया है सो इसलिए कि कमी उसी में है। न कमी मेरे में थी और न ही कमी मेरी सौत में हैं। मर्द लेकिन इसे स्वीकारते डरते हैं, तथा, और एक प्रयोग के चक्कर में और एक स्त्री का जीवन बर्बाद करते हैं, लेकिन अपनी कमी स्वीकार तब भी नहीं करते हैं। लगभग अस्सी प्रतिशत मामलों में होता तो है मर्द बांझ लेकिन पूरा समाज बाँझ की गाली देता है औरत को।''

चावली को अचानक जैसे याद हो आया, ''अरे! आज तेरे को तो मैंने एक पेग भी नहीं दी। रात भौत हो गई अपने इस सुख दुख को बखानते। दुनिया को ही भूल गई मैं इसे कथते-कथते। फिर से जैसे मैं अपने बाबा की उँगली पकड़कर सिकंदराबाद के गली गलियारों को बुहार आई। चर्च में बैठकर उस अनजान लड़के से आँखों-आँखों में न जाने क्या कह आई, लीला चाची के साथ बिताए क्षणों को फिर से जी लिया मैंने। मैं तेरी बड़ी ही शुक्रगुज़ार हूँ भई, सच्ची में ही। तेरे बहाने ही में फिर से मैं वही छोटी-सी बच्ची बन गई जिसे उसकी माँ छोड़कर भाग गई थी। तू मुझे मिल गया, मेरे बड़े भाग, अन्यथा किससे कहकर मैं अपना मन हल्का करती। पहले ही दिन मुझे सहसा विश्वास हो गया था कि तू मेरे रहस्य का भागी हो सकेगा। तेरे से मेल बढ़ाने के पीछे मेरा अपना ही स्वार्थ था, तुझको आगे बढ़ाकर मैं ही अपनी कथा सुनना चाहती थी। कभी-कभी ऐसा होता है कि किसी के सामने मन के सारे रहस्य खोलने को मन करता है।''

कभी कभी मैं सोचा करती हूँ कि काश! चर्च में आँखों ही आँखों में बतियाने वाले उस लड़के के साथ ही बांध दी गई होती, बस यदि मेरे बाबा कुछ दिन और जी लेते तो, या मैं ही उसके साथ भाग गई होती तो कितना कुछ बदल गया होता। लेकिन भागती कैसे भाग्य में तो मेरे फिर से यह भंगीपना लिख छोड़ा था विधना ने।

अपनी विराट देहयष्टि को तनिक सा समेटते हुए कहा,'' मैं तो भई, आज बहुत पी चुकी तू एक पेग डाल ले अपने लिए, जल्दी-जल्दी खत्म कर और जा।''

चावली की ज़िद पर जब एक पेग अपने लिए ढाल लिया और पहला घूँट लिया तो चावली ने अपना विचार बदलकर कहा, ''अब अकेला-अकेला क्या पिएगा, मेरे लिए भी ढाल दे।''

चावली ने अपने पेग का आधा भाग गले में उतारकर कहा, ''तेरे साथ मेरा जैसे बड़े नजदीकी का रिश्ता हो गया है इन कुछ ही दिनों में। तू नहीं आता था तो मेरा मन बहुत अनमना रहता था। तू आता रहे इसके लिए कई बार मैंने अपनी इस कथा को व्यर्थ ही लंबा भी बढ़ाया है लेकिन मैं तेरे से कसम खाकर कहती हूँ कि झूठ मैंने इस में एक भी शब्द नहीं कहा है। जो जैसा था वैसे के वैसा ही मैंने अपने सुख और दुख में शामिल किया है तुझे। तूने जो कुछ सुना उसे अपने हृदय में ही रखना, खबरदार! जो तूने इसे किसी कहानी फहानी में लिखा तो। मैंने अपने अत्यंत गोपनीय और मन की

अतल गहराइयों में सहेजकर रखे भेद तेरे सामने उजागर किए हैं इसलिए मैं तेरे सामने अब कभी सहज अनुभव न कर पाऊँगी। अब जब तक मैं स्वयं अपने से न बुलाऊँ मत आना।''

जब नमस्ते करके चलने लगा तो चावली ने एक बार फिर अपना मन बदला, कहा, ''अच्छा है औरों को भी तो पता चले इस दोगले समाज के बारे में। तू कहानी अवश्य लिखना, लेकिन भई, मेरा नाम, मेरे बाबा का नाम इसमें मत अनावृत करना। तेरे मुहल्ले का रामचंदर जैसे पता नहीं कहाँ-कहाँ के कुलाबे मिलाकर और कहाँ की बात कहाँ जोड़कर जो कथता है वैसा ही करना। पढ़ी-लिखी नहीं हूँ इसलिए जब छपे तो मुझे तू स्वयं आकर सुनाना।'' माथे पर स्नेह भरा हाथ फिरा कर बोली, ''अब जा अपने घर।''

उसके बाद हिम्मत ही न हुई दरियाव की, कि कहे कि चाची वह दरियापुर की दबी-ढँकी दुनिया जिसे सात तालों मूँदकर सुख से सोता है यह दरियापुर गाँव।

56

आज चावली होती तो उसकी खाट पर बैठकर नहीं बल्कि नीचे धरती पर उसके चरणों में बैठकर अपनी उस श्रद्धेय को उसी की कथा सुनाता। अन्य कई सारे दुखांत के समान यद्यपि दरियापुर की दुखांत कथा यह नहीं है और चावली ने खूब और भरपूर जीवन जिया जब तक जीती रही लेकिन उसके दुख से कराहते हृदय को दुख से शमन का कोई फाहा कभी न मिला। उसके उस तथाकथित खसम ने उसे त्याज्य जैसी स्थिति में ही रखा जीते जी।

उसका पति अपने पिता न बन पाने की खिसियाहट को अजब तरीके से शमन करने लगा। चावली की आय हर जाते दिन के साथ असीमित ऊँचाइयों को छूने लगी, समाज में अवैध रिश्तों में मानो...चावली के धन को उसका वह खसम बेदर्दी से उड़ाने लगा। पैसे के गुरूर और घमंड में वह आदमी को आदमी समझने से परहेज करने लगा। प्रारंभ में तो अपने ही मुहल्लेवालों से झगड़ों में उलझा, बाद में जिस-तिस से उलझने को उसने अपना शगल बना लिया। खूब लंबी मूँछें रख लीं, पाँच हाथ की लाठी के बिना घर से बाहर निकलना अपनी तौहीन समझने लगा। शराब के नशे में धुत्त वह गिरता पड़ता जब दादरी से रिक्शे में लदा-फँदा गाँव पहुँचता तो न जाने किस अदृश्य को गालियाँ बकते-झकते सारे गाँव को सुनाता हुआ आता। उन गालियों में ऐसे-ऐसे संकेत होते कि अपनी दबी-छुपी वाले लोग सहमकर सोचते, उन्हीं के बारे में तो नहीं कह रहा है और अंदेशा होता उनके दबे-छुपे भेद को वह उजागर करने पर उतारू है। जिस-तिस से झगड़ने के कारण कई सारे मुकदमे उसके विरुद्ध हो गए।

कई बार पैसे का गुरूर जब चावली के मर्द जैसे व्यक्ति में घर कर जाता है तब शरीर बल के गुरूर से भी भारी होता है, जान लेकर अथवा देकर ही अंत कराता है।

चावली ने यद्यपि दरियापुर की उस दबी-छुपी का अंश-भर भी अनावृत्त नहीं किया था दरियाव के साथ लेकिन अपने स्वयं की खोज-खबर से गंदगी से खदबदाता जो दरियापुर का चरित्र उसके सामने प्रकट हुआ वह बेहूदा, भोंडा तथा जुगुप्सा उत्पन्न करने वाला था। चावली ने ठीक ही कहा था कि 'दरियापुर के विषय में कुछ न बताऊँगी' क्योंकि उसका न बताना ही उचित था। मांस खाकर हड्डियों को दूर घूरे पर फेंका जाता है, उनकी माला बनाकर गले में धारण नहीं किया जाता है। चावली के घरवाले का अंत भी घूरे पर फेंकी गई हड्डियों के पुनः गले में पड़ जाने के अंदेशे के कारण हुआ। दारू के नशे में लाठी घुमा-घुमाकर उसका एकालाप ही उसकी जान का दुश्मन हो गया। कहा नहीं जा सकता कि वह दरियापुर गाँव की दबी-छुपी को सचमुच ही जानता था या कि यूँ ही ऊटपटाँग बकते हुए अनजाने में ही ऐसा कुछ कह दिया था जो दरियापुर की उस सौ तालों में बंद पड़ी कथाओं से मेल खाता था. बलजीत का अपनी बेटी के..., धर्मे का सगी भतीजी..., बगल के गाँव रतेड़ा के सुनेहरा का सगी..., सुरिन्दर का..., भजन लाल का..., रूमाल..., हरदयाल का... एक जो कहावत है कि 'चोर की दाढ़ी में तिनका' जिसने भी इसे रचा, ठीक ही गढ़ा है, चोर की दाढी में नहीं उसके मन में अंदेशे का एक तिनका फँसा होता है। समय कुसमय जाने-अनजाने में तनिक-सा भी स्पर्श हो जाने-भर से ही पीड़ा की तीखी लहर से संपूर्ण मनोमस्तिष्क को कुंद कर देता है।

दादरी से लौटकर जब एक दिन वह अपने लगे बंधे एकालाप और प्रलाप को चिल्ला-चिल्लाकर गाँव-भर को सुना रहा था कि पहले से ही ताक में बैठे पाँच छह गूजरों के एक गिरोह ने लाठियों से पागल कुत्ते सा पीट-पीटकर ढेर कर दिया। पूरी रात उसका मृत शरीर दरियापुर को ठीक बीच से चीरती कोलतार पुती सड़क पर पड़ा रहा। दादरी थाने में नामज़दगी के साथ रिपोर्ट भी हुई, कोर्ट-कचहरी भी हुई, चावली के दौलत के ढेर में खूब सारी कमी भी आई और जाटव और वाल्मीकियों में मुर्दाबाद-जिंदाबाद के नारों के साथ तनिक सी नजदीकियां भी बढीं लेकिन न तो चावली का अकूत धन ही और न ही जाटव-वाल्मीकियों की नजदीकियाँ ही कुछ कर पाईं। इतना-भर हुआ कि दसेक गूजरों को पुलिस ने चालान करके जब कचहरी में पेश किया तो कोर्ट ने उन्हें पंदरह दिन की न्यायिक अभिरक्षा में जेल भेज दिया। उन पंदरह दिनों की जेल से जब जमानत पर छूट कर आए तो पहले से भी स्वस्थ, प्रसन्न, बेखौफ और खूँखार नजर आ रहे थे तथा आते ही छाती ठोंककर पूरे गाँव को बताया कि कैसे उन्होंने चावली के घरवाले उस भैन...चूहड़े को मारा था और कि अब वे चमट्टाओं को ठीक करेंगे।

जाटव मुहल्ले में इस पर दोनों ही प्रकार की प्रतिक्रियाएँ हुईं. जटवाड़े में पंचायतों का एक और दौर चला तथा अधिकांश जाटव, बूढ़े भी और युवा भी, इस एक विचार पर सहमत थे कि इस बार गूजरों से आर या पार की लड़ाई लड़ी जाए, या तो वे रहें या जाटव रहें। तुरत-फुरत में लाठियों की खरीददारी जाटव मुहल्ले में अचानक बढ़ गई।

गुप्ती और बल्लमों की धार तेज़ की जाने लगी। चावली की कथा से इस सबकी लेकिन कोई प्रासंगिकता नहीं है इसलिए इस चर्चा को जहाँ है जैसा है की तर्ज पर यहीं छोड़ दिया जाए।

कथा लेखन के अपने कर्तव्यनिर्वहन में चावली नाम के इस पात्र को आवश्यकता से अधिक फैलते देख और सिकंदराबाद जाकर वहीं उसके लंबे पसर जाने से चिंतित होकर मैंने दरियाव नाम के पात्र को उसके पीछे लगाया था कि चावली को दरियापुर लौटा कर लाए। इस कथा के अंतिम अनुच्छेद में वह ब्याह कर दरियापुर आ भी गई लेकिन उसके साथ दरियाव का सहारा लेकर जो मैं महीनों तक चावली से बतियाता रहा कि उससे स्नेह का रिश्ता और जुड़ाव कब उत्पन्न हो गया जान ही न पाया। चावली अपने उस प्रियतम खसम को खोने के पश्चात् काफी लंबे समय तक जीती रही और मेरा आना-जाना भी उसके पास कभी-कभार हुआ लेकिन वो पहले जैसी अंतरंगता हम दोनों के मध्य पुनः न लौटी। वह आधिकारिक साकी का मेरा अधिकार भी उसने छीन लिया और वे मयकशी की महफिलें भी चावली के संग फिर न जमीं. चावली फिर से पचास से ऊपर की बुढ़िया बन गई।

आज जब उसकी कथा को विराम देने बैठा हूँ तो अचानक पाता हूँ चावली से विदाई का यह कथाखंड मेरे लिए उतना ही दारुण हो उठा है कि अपनी अश्रुपूरित आँखों से उसे विदाई देते मुझे फिर से अपनी उस बिसर गई बहन भागो का स्मरण हो आया क्योंकि अनजाने में ही मैं चावली में भागो को देखने लगा था।

57

तुल्ले उर्फ तुलाराम उर्फ तुलाराम भगत

दरियापुर के जाटव मुहल्ले उर्फ जटवाड़े में आर्यसमाज, ईसाईयत, कबीरपंथ और बुद्ध धर्म की जो बदलाव की बयार दमनकारी धर्म के प्रतिरोध में बहने लगी थी उसके लिए उत्प्रेरक का कार्य चाहे हिंदू धर्मावलंबियों ने ही किया था, लेकिन विचित्र रूप में उन्हीं दलित जाटवों में से ही तुल्ले माने तुलाराम ने अपने स्तर पर और अपने विशेष अंदाज़ में जो कुछ किया वह भी इस जटवाड़े की उलट-कायापलट के लिए खूब सारा जिम्मेदार है। जटवाड़े की लड़कियों में प्रारंभिक और उच्च शिक्षा दोनों के लिए भी लगभग उसका यही कृत्य उत्प्रेरक है, और ठीक इसके उलट तुल्ले के परिवार को शर्मिंदगी के गर्त में ढकेलने के लिए भी वही जिम्मेदार है।

तुल्ले उर्फ तुलाराम का चरित्र और व्यक्तित्व मुंडा की भाँति जटिल और विरोधाभासी नहीं है। तुल्ले न तो ज्ञानी ध्यानी है और न ही किसी संत-फकीर, साधु-बाबा, पीर-पेगंबर का अनुयायी है। पूजापाठ, देवी की जात, मंदिरों में फेरे भी वह नहीं लगाता है, लेकिन फिर भी शास्त्रों और धर्म को नकारकर जो विद्रोह का बिगुल महाशय डालचंद आर्य, देशराज आर्य ने आर्यसमाज को अपनाकर किया, इतवारी, छदाम और हरचंद ने ईसाई धर्म को अपनाकर किया, जयचंद, धर्मपाल, ज्ञानचंद ने बुद्ध धर्म की शरण में जाकर किया उसके एकदम उलट तुल्ले ने उसी दमनकारी धर्म से उलटे चिपटकर सारे जटवाड़े को हतप्रभ और अचंभित कर दिया!

जटवाड़े के कुआँ के स्वामित्व को लेकर जब गूजरों-जाटवों में घमासान हो रहा था,

मुकदमेबाजी हो रही थी, प्रतिकारस्वरूप गूजरों ने जाटवों की अपने खेतों में टट्टी-पेशाब तक के लिए पाबंदी लगा दी, लाठी-बल्लमों के साथ दोनों समुदायों का महाभारत हुआ और दसोंदी की जान उसमें गई, उसकी विधवा जवान पत्नी के विलाप से जब जटवाड़े के जन-जन का कलेजा फट गया और पूरा जटवाड़ा उसके आँसुओं की धार के सैलाब में बह गया, गूजरों ने जाटवों को अपने खेतों में काम देने से परहेज कर लिया और जटवाड़े में भुखमरी के हालात पैदा हो गए, गंगा राम की बहू का दिन-दहाड़े बलात्कार किया गया, तब उस ऐसे दमनकारी समय में जब जटवाड़ा उस दमन के विरोध में एकजुट हो रहा था, तब अचानक तुल्ले ने भरी पंचायत में ऐलान कर दिया कि मुहल्ले के किसी चल रहे कार्यकलाप से न तो वह सहमत है और न ही उस से उसका अब कोई संबंध होगा।

छाती पर हाथ मारकर, भरी पंचायत में तुल्ले ने कहा, "किरसन जी नै कही है, जब जब धरम कौ नुकसान होवैगौ, मैं आऊँगौ। हमारी भगती में अवश्य कोई कमी है जो हमारे ऊपर कस्ट के तोफान टूट रहे हैं। गज कौ पाँव खैंच लियौ हौ गिराह नै जमना में, बचायौ कै ना बचायौ भगवान जी नै! अर, और सुण ल्यो, हरीचंद पै कितनी बिपता पड़ीं! बालक बिक गए, घरवाली बिक गई, आप बी बिक गयौ पर धरम छौडौ का उसनै? सुण ल्यो, हमें ना तौ थारौ डांगदर उम्मेदकर बचावैगौ, ना ईसू मसी बचावैगौ और ना ये थारे आरयासमाजी बचावैंगे। बचावैगौ तो सिरफ म्हारौ धरम और म्हारी भगती।" इसके पश्चात् वह नीचे धरती पर बैठकर मुहल्ले की प्रतिक्रिया की प्रतीक्षा करने लगा।

उलटवार में नए-नए बुद्धओं ने तुल्ले को खूब खरी-खोटी सुनायी। मुहल्ले में उन दिनों बुद्ध धर्म के प्रभाव में आए नवबाद्धों को परिहास में बुद्धु पुकारा जाता था, बौद्ध नाम न तो तब जुबान पर चढ़ पाया था और न अब तक। नए-नए बुद्धुओं के इस तर्क का भी तुल्ले पर कुछ असर न हुआ कि 'जो उनके ऊपर दलन की बेइंतहाई गूजरों ने की हुई है, तब, किरसन अपना सुदरसन चक्कर लेकर क्यों नहीं आए! क्या हम हिंदू नहीं हैं? क्या हम पर अत्याचार होने से हिंदू धर्म की हानि नहीं होती है? तब क्या केवल गूजरों का ही भगवान है वह? तब फिर हमें ऐसे भगवान की आवश्यकता ही क्यों हो?'

तुल्ले ने पुनः खड़े होकर और ज्ञानी-ध्यानियों की भाँति मुहल्ले-भर को समझाते हुए कहा, "हमारे पिछले जनम की करनी कौ फल है, हमें भुगतने ही पड़ेंगे। जब हमारी सजा पूरी हो जावैगी तो सब ठीक हो जावैगौ।"

जयचंद ने भड़ककर कहा, "शास्त्रों के अनुसार मनुष्य जन्म चौरासी लाख योनियों के बाद मिलता है! तब इसका अर्थ यह हुआ कि आज जो हम हैं उससे पूर्व हमारे मनुष्य जन्म का तो प्रश्न ही नहीं उठता है! चौरासी लाख योनियों अर्थात जन्मों में भ्रमण के पश्चात् ही तो आज हम मनुष्य हैं, इसका अर्थ यह भी है कि अब से पिछले जन्म में कछुआ, बंदर, कुत्ता, चूहा, मच्छर, कीड़े-मकोड़े इत्यादि रहे होंगे तब फिर कृपया बताएं

कि यदि पिछले जन्म में हम मच्छर थे, तब मच्छर रहकर कौन से और किस प्रकार अच्छे कर्म किए जा सकते थे जो हमने नहीं किए और जिनके कारण हमारे ऊपर गूजर मुसीबतों के पहाड़ तोड़ रहे हैं? यदि सूअर थे तब कौन से सुकर्म किए जा सकते थे और कैसे? मनुष्य जन्म के पश्चात् तो सीधे स्वर्ग अथवा नर्क को सिधारना पड़ता है शास्त्रों के अनुसार, अच्छे कर्म करने के लिए, त्रुटि सुधार के लिए कोई मोहलत ही कहाँ है तुम्हारे इस धर्म में! और न ही है दुनिया के किसी और धर्म में! एक और संभावना भी हो सकती है तुम्हारे इस महान धर्म में कि इस जन्म में पुण्य न कमाए, बुरे कर्म किए तो इस मानुष जून से छुटकारा नहीं होगा तथा इसका फल भुगतने के लिए फिर-फिर जन्म लेना होगा। इस प्रकार हो सकता है कि हमने पिछले जन्म में बुरे कर्म किए होंगे जिसके कारण यह जाटव की जून मिली। कहते हैं वेदों को हिंदुओं का सबसे पुरातन धर्मशास्त्र माना गया है हिंदुओं के द्वारा।

"लोकानान्तु विवृदध्यर्थ मुखबाहूरूपादतः।
ब्राह्मणं क्षत्रियं वैश्यं शूद्रं च निवर्तयत्ः।।"

अर्थ है कि जन कल्याण की अभिलाषा के लिए ब्रह्मा ने अपने मुख से ब्राह्मण, भुजाओं से क्षत्रिय, घुटनों से वैश्य तथा पैरों से शूद्रों को उत्पन्न किया। यह मनुस्मृति का कथन है तथा यह भी जान लें कि इस मनुस्मृति नाम की पुस्तक, जिसे हिंदू अपने लिए जीवन संविधान हज़ारों वर्षों से मानते रहे हैं तथा उसमें लिखे को आधार मान हज़ारों वर्षों से दलितों को पददलित और कुचलते रहे हैं, में लिखा कि मनुस्मृति में जो कुछ भी लिखा है सब वेद-सम्मत है–

"यः कश्चित्कस्यचिद्धर्मो मनुना परिकीर्तितः।
सः सर्वोडभिहितो वेदे सर्वज्ञानमयो हि सः।।"

तुल्ले ने भड़ककर जयचंद को बीच में ही रोकते हुए कहा, "तेरे जैसे पागल के मुँह लगना यूँ तो व्यर्थ है लेकिन बोल आगे।"

"उपरोक्त सारे तर्कों को भाड़ में झोंककर यदि मान भी लें कि हमने पूर्वजन्म में बुरे कर्म किए और यह जाटवों की जून पाई तब तो गूजरों ने निश्चित ही अच्छे कर्म किए होंगे पूर्वजन्म में कि हमें पददलित करके सानंद मजे लूट रहे हैं। तुल्ले भाई, क्या यहाँ तक ठीक है?"

"ठीक है।"

"तब यह भी तो बताओ कि तुम्हारे इस धर्म के अनुसार सत्कर्म करने वालों, पुण्य कमाने वालों को तो पुर्नजन्म की आवश्यकता ही न रहती है और ऐसे प्राणी सीधे बैकुंठ धाम को धाते हैं चिरकाल तक अनवरत अनंत सुख भोगने के लिए। तब पिछले जन्म में अच्छे कर्म करके ये गूजर यहाँ पुनः एक और जन्म का शाप क्यों भोग रहे हैं?"

तुल्ले ने सिर खुजाते हुए और उठकर जाने का उपक्रम करते हुए कहा, "हाँ, यह बात तो है।"

जयचंद लेकिन तुल्ले को यों सस्ते में छोड़ने को तैयार न था, सो भाषा में तनिक सा व्यंग का पुट लाकर कहा, "तुल्ले भैया, और एक विसंगति भी तो सुनते जाओ। जन्म और पुर्नजन्म, सुकर्म और कुकर्म, पुण्य और पापों के संचयन की बात कितनी थोथी है क्या उसे न सुनोगे? तुम्हारे इस धर्म के शास्त्रों के अनुसार, ब्रह्म ने इस तमाम चराचर विश्व की रचना की है और उसके मुख से बामण, भुजाओं से क्षत्रिय, पेट से वैश्य और पैरों से शूद्र उत्पन्न किए। जब उसने सुकर्म अथवा कुकर्म करने का अवसर दिए बिना ही पैरों से शूद्र उत्पन्न ही कर दिए कि वे बामणों, बनियों, क्षत्रियों की ताउम्र सेवा में अपने आपको खपाएं, उनके द्वारा पददलित हों, अपमानित हों, तब सुकर्म और कुकर्म की अवधारणा ही कहाँ से आ गई? सुकर्म और कुकर्म, पाप और पुण्य के फलस्वरूप अनेकानेक पुर्नजन्मों में भ्रमण का दंड पाने की बात तो तब उठे यदि ब्रह्मा ने समस्त मानवों को एक ही अंग से तथा एक जैसा उत्पन्न किया होता और विकल्प दिया होता कि सुकर्म करो जिससे पुर्नजन्म के पचड़े से बच सको। यदि अच्छे कर्म किए तब तो और एक जन्म की आवश्यकता ही न रहती, हाँ बुरे कर्म किए तो माप अनुसार भंगी-चमार इत्यादि बनो। यहाँ भी एक झोल होता कि क्षत्रिय-बनिया-कायस्थ इत्यादि फिर किस बुरे कर्म के कारण बनते इंसान!"

सुनकर पहले तो तुल्ले भोंचक सा जयचंद को तथा पंचायत में उपस्थित लोगों को देखता रहा। भरी पंचायत में अपने आपको जयचंद जैसे मुँहफट और बुद्धू की तुलना में कमअक्ल प्रमाणित होते देख उसने मन ही मन जयचंद के तर्कों से सहमत होते हुए भी अलग ही निर्णय ले लिया.

खड़े होकर तुल्ले ने पंचायत को संबोधित कर कहा, "सुण ल्यो सारे मोहल्ले वालो! तुम जिस चाहे कुआँ-खाई में गिरो मेरी बला से! ईसाई बणो चाहे समाजी और चाहे बणो बुद्धू! मैंने तय कर लिया है कि अपने 'घेर' (पशुओं का बाड़ा) में मंदर बनाऊँगौ। गरीब आदमी हूँ पर भगवान जी की कसम खायी है मैंने कि चाहे घर द्वार बिक जावें तो बिक जावें, भगवान जी का 'मंदर' अवश्य बणाऊँगौ, भगती करूँगौ और देख लीजों भगवान आवेंगे हमारे कस्ट हरनै। हरीचंद नै जो धरम के लिए करौ हौ, मैं बी करूँगौ।" और वह वहाँ से धड़धड़ाता हुआ पंचायत छोड़कर जब जाने लगा तब नवबुद्धुओं ने उसे न जाने दिया, जबरन खींचकर बैठा लिया, उनके और कई सारे अनुत्तरित प्रश्नों और शंकाओं का सामना करने के लिए।

"यह भी बताते जाओ कि यदि भगती ही करनी है हम सब को कष्टों से छुटकारा दिलाने के लिए, तब अपना घर-द्वार बेचकर, अपना स्वयं का 'मंदर' बनाकर क्यों? गाँव में एक 'मंदर' है तो सही पहले से ही, गूजरों के मुहल्ले में, उसी में बैठकर क्यों नहीं पूजा, जप तप कर लेते हो?" जयचंद ने पूछ लिया।

"गूजर और दूसरी जात मोहे 'बड़न' (प्रवेश) देवेंगे उसमें!"

"क्यों!, किरसन जी धरम की हानि होने पर सुदरसन चक्कर लेकर तो आ सकै है, भगत जब स्वयं चलकर उसके द्वार पर अपनी व्यथा सुनाने आना चाहे तो कुछ ना कर सकै उसके लिए? तुल्ले भाई! ध्यान देओ यहाँ इस बात पर कि हम लोग ईसाई, समाजी और बुद्धु बन उन धर्मों की शरण में इसलिए नहीं जा रहे हैं कि वे हमारा उद्धार कर देंगे! उन धर्मों में जाकर भी हम उत्पीड़न के शिकार दलित ही रहेंगे इसे हम जानते हैं और यह भी जानते हैं कि अपने हक की लड़ाई हमें स्वयं ही लड़नी होगी, लेकिन क्या उत्पीड़क का विरोध और प्रतिकार की लालसा जो हममें उत्पन्न हुई है वह निरर्थक है? वे हमें पैरों तले कुचलकर, हमारी बहू-बेटियों की इज्जत-आबरू की बेहुरमती करके, पशुओं की श्रेणी से भी नीचे हमें रखकर हमारा मानमर्दन करें और हम केवल नंबरदार-नंबरदार की गुहार लगाकर यह प्रतीक्षा करें कि भगती करने से हमारे कष्ट दूर हो जाएँगे, हमारी बहु-बेटियों की तार-तार की गई इज्जत भी वापस आ जाएगी? जिस मंदर में तुम्हें पाँव धरने की भी अनुमति नहीं है, घर-द्वार बेच कर, उसकी एक प्रतिकृति में तुम्हारे द्वारा भगती करने से प्रसन्न होकर किरसन तुम्हें और हम सबको हमारे कष्टों से उबार देगा! बुद्धु बनकर ही हमने क्या मुहल्ले में उनके मंदिर खड़े किए हैं?..."

मसखरे रौतास ने अचानक खड़े होकर जयचंद को नीचे बिठाते हुए, चीखते हुए कहा, "अजी, किरसन की भली चलाई तमने, आ गयौ थारौ किरसन अपनौ चक्कर ले कै! इस देस पै हजार साल मुसलमानों ने राज करौ, कोई डेढ़ सौ साल अंग्रेज ईसाइयों ने राज करौ और दोनों नै ही अत्याचार भी करे और जबरन मुसलमान और ईसाई भी बनाये। थारौ किरसन पतौ ना कहाँ बंसरी बजा रहयौ हौ कि वाहै इस बात की सुध ही नहीं आई कि हिंदू धर्म की हानि हो रही हैं जब मार मार कै मुसलमान बणाये जा रहे थे तभी अपणौ सुदरसन चक्कर लेके आ जातौ किरसन, तौ धरम की रकसा होती चाहे ना होती, पाकिस्तान तो जरूर ही नहीं बणतौ। और अब तुम समझ रहे हो जब तौ आयौ ना जब सारे हिंदुस्तान को हिंदूधर्म समेत मुसलमान भी और क्रिस्तान भी अपने पैरों तले कुचल रहे थे, अब थारे पिद्दी से चमरवाड़े अै बचानै आवैगौ!" क्रोध के अतिरेक में उसके मुँह से थूक उछटकर नीचे बैठे लोगों के ऊपर गिरने लगा।

दल्ले ने उसका बाजू पकड़कर नीचे खींच लिया यह कहते हुए, "किरसण की तौ ऐसी की तैसी और ऐसी की तैसी पाकिस्तान की पर भैया मेरे, हमारे ऊपर थूकै तौ मत।"

"तेरी भी ऐसी की तैसी।", फिर से उठ खड़े होकर फुंकारते हुए रौतास ने अपना प्रवचन पुनः जारी रखते हुए कहा, "आज ना चुप्प होऊँ मैं, इन सबके सब धर्मों ने ही म्हारी यह गत करी है. हिंदू हों चाहे मुसलमान सबमें हमारे जैसे ही दबे-कुचले दलित हैं, उनका नाम बेशक भिन्न हो, जाति बेशक भिन्न हो। कुछ भी बन जाओ हम लोगों की

हालत सुधरने वाली नहीं। नकारो इन सब धर्मों को! हर धरम कहवै है कि अच्छे करम करो, पुन्न कमाओ जिससे जनम-मरण सै मुकती मिलेगी, सुरग मिलैगौ। बुरे करम करोगे तो नरक में सड़ोगे। अब बताओ, है ना बावलेपने की बात! अरे, जब अच्छे और बुरे करम करके अपनी पसंद कौ नरक या सुरग मिलेगौ ही तो भगवान की इसमें कहाँ आवश्यकता रह गई। अच्छे करम करो सुरग में जाओ बुरे करम करो नरक में जाओ। मैं तो कहूँ कि हम जाटव हैं बस यही हमारा धर्म है। न कोई देबी-देवता, न कोई भगवान, न कोई धरम सास्तर। ऐसी की तैसी...'' उसके गले में बोल फँस गए हों जैसे। क्रोध में उससे बोला न जा रहा था।

दल्ले ने फिर से उसे नीचे खींचने का प्रयत्न किया तो सर्वसम्मानित और बुजुर्ग मुथरा ने कहा, ''रौतास को हम आज तक मसखरा ही समझते रहे लेकिन इतनी सत्य और कड़वी बातें भी यह कर सकता है नहीं जानते थे। मैं तो भाइयो सीस झुकाता हूँ रौतास के ज्ञान और हिम्मत के सामने। लेकिन कोई न कोई धर्म तो मानना ही पड़ेगा।''

''अजी बस, ताऊ तुम भी...'' कुछ खिसियाते कुछ शर्माते रौतास ने बैठते-बैठते हुए कहा।

''न बेटा, तेरे ज्ञान और हिम्मत के सामने मैं सिर झुका रहा हूँ। तुझे खिसियाने की आवश्यकता नहीं है. जीते रहो बेटा।''

''पर ताऊ, मैं तो साफ बता रहा हूँ भरी पंचायत में, मैं ना मानूँ थारे किसी धरम फरम अै। ना ईसा मसी, ना बुध भगवान, ना आरीया भगवान और ना हिंदुओं के सैकड़ों देवी-देवता। हमारी सारी मुसीबतों की जड़ में ये ही सब हैं।''

''अब तैने सारी हद पार कर दीं, रौतास! अपने भगवान और देवी-देवतान की तौहीन मेरे से और नहीं सुनी जाएगी। अब या तो मुँह में लगाम लगा नहीं तो...'' तुल्ले ने त्योरियाँ चढ़ाते हुए तथा कुर्ते के बाजू चढ़ाए।

रौतास को वैसे तो पूरा मुहल्ला मसखरा समझता था तथा उसकी बातों को केवल हास-परिहास के ही योग्य मानता था लेकिन आज की बात कुछ और थी तथा रौतास और तुल्ले के मध्य जंग न हो जाए तथा ताऊ मुथरा और रौतास के लंबे खिंचे जा रहे वार्तालाप में अपनी बात को खोते देख जयचंद फिर से अपनी बात लेकर कूद पड़ा, ''इतवारी ईसाई बन गया है तो क्या उसने गिरजा का निर्माण किया है कि देशराज महासे ने आर्यसमाजी मंदिर बनाया है! नहीं। सब अपने घर में बैठकर ही अपने इष्टदेव, भगवान की बंदगी कर लेते हैं। पूजा करके हमें कष्टों से उबारना ही है तो बिना घर-द्वार बेचे मन के भीतर प्रार्थना करके उबारो, तुल्ले भाई।''

लेकिन बात को जयचंद से सीधे मुहल्ले के दूसरे एक सम्मानित बुजुर्ग डल्लू ने लपक लिया जो नया-नया कबीरपंथी बना था तथा जिसे कबीरपंथ में दीक्षित होने से पहले भी कबीर के पचासों दोहे, भजन तथा उलटबांसियाँ याद थीं, काफी देर से कुछ

कहने के लिए बार-बार अपनी गर्दन उचका-उचकाकर जताने का प्रयत्न कर रहा था कि उसे भी कुछ कहना है लेकिन इस लंबे होते जा रहे शास्त्रार्थ में उसकी ओर किसी का ध्यान न था। उसका अपना सब्र टूट गया तो मिमियाती सी तथा जनानी सी आवाज़ में बोला, "सुनो भाइयो—सुनो। कबीर साहेब ने कहा है—

"भाई रे दुइ जगदीश कहाँ ते आया, कहु कौने..."

बलजीत जो अपने अकारण किसी भी वार्तालाप में कूद पड़ने के लिए जाना जाता था, हद दर्जे का अहमक लेकिन ज़बानदराज था. बेचारे डल्लू के ऊपर चढ़ दौड़ा, अकारण ही बस इतने-भर के लिए कि जयचंद जैसा बुद्धू यदि बोल रहा है तो उसे भी कुछ तो बोलना ही चाहिए, "इरै, डल्लू, जगदीश बड़गौ तेरी..."

ताऊ मुथरा ने लेकिन उसे झिड़ककर रोक दिया, "अरे बेकूप, बलजीता, टैम बेटैम का तो ध्यान धर के बोला कर। बोलने दे डल्लू कों" और क्षमा जैसी याचना करते हुए डल्लू से कहा, "हाँ भाई, कबीर जी की बाणी सुना रहे थे तुम, आगे बढ़ाओ।"

डल्लू ने बलजीते की बात का तनिक सा भी बुरा न मानते हुए अपनी बात आगे बढ़ाई—

"भाई रे दुइ जगदीश कहाँ ते आया, कहु कौने बौराया
अल्लाह राम करीमा केशव, हरि हजरत नाम धराया
गहना एक कनक ते गहना, यामें भाव न दूजा
कहन सुनन को दुइ कर थापे, एक निमाज एक पूजा
वोही महादेव वोही महम्मद, ब्रह्मा आदम कहिए
को हिंदू को तुरूक कहावे, एक जिमी पर रहिए
वेद कितेब पढे वै कुतबा, वै मौलाना वै पांडे
बेगर बेगर नाम धराये, एक मिट्टी के भांडे
कहहिं कबीर वे दूनों भूले, रामहिं किनहु न पाया
ये खस्सी वै गाय कटावैं, बादहि जन्म गमाया

साहेब ने साफ-साफ बताया है कि सब में वोही अगम-अगोचर समाया है। शील, दया, संयम और भक्ति इन्हें जीवन में उतारना चाहिए, किसी की हत्या न करनी चाहिए, किसी पर अत्याचार न करना चाहिए यही कबीर साहेब के बचन हैं...

कृष्ण करीमा एक हैं नाम धराया दोय।
कहें कबीरा दो सुनी भरम पड़े मत कोय।
साहेब ने कहा है..."

ताऊ मुथरा ने बीच में ही डल्लू को टोककर कहा, "डल्लू भाई, कबीर साहेब ने बात तो पते की कही है। सबमें वही एक समाया है। इसलिए जो जिसको पूजना चाहे उसे पूजे शील, दया, संयम की जो बात कही है वह भी सही है लेकिन भैया यह बात

तो तुम उन्हें पढ़ाओ जाकर जिनमें शील, दया, संयम नहीं है और अत्याचार-अनाचार हमारे विरुद्ध कर रहे हैं, जो समर्थ हैं, शक्तिशाली हैं। हम बेचारे जाटव गरीब, दलितों को तो दया, संयम और शील अनचाहे ही जन्म से ही मिली होती है तथा तमाम उम्र हमारे गले में बँधी रहती है। किसके ऊपर और कैसे अत्याचार हम करेंगे? कबीर साहेब की शंका हम दलितों के प्रति तो व्यर्थ है।"

अपनी बात को पुनः पानी में जाते देख जयचंद फिर से कूद पड़ा—"तुल्ले भाई, अपनी यह मंदर फंदर की ज़िद अब छोड़ दो।"

लेकिन इस बार हरचंद, जो बहुत देर से अपने दसियों थेगली (पैबंद—फट गए वस्त्र को पहनने योग्य बनाए रखने के लिए और एक फटे पुराने वस्त्र से टुकड़ा लेकर की गई मरम्मत) लगे तथा आज और एक बार फिर फट गए पजामे को अपने बाएँ हाथ से पकड़े बैठा था और अब अपने नितंबों को पर्दे में रखने के प्रयत्नों में असफल हो, परेम जो उसके पीछे बैठा था उसे नितंब दर्शन का संपूर्ण अवसर देते हुए, बीच में कूद पड़ा।

"डल्लू भैया, शीलसुभाव, दया, ध्यान, भगती, रहनी, पुण्य और सदाचार की बात आदमी को तब सूझती हैं जब पेट भरा हो, सिर पर छत हो, पहनने को कपड़े हों, गाँव में-मुहल्ले में-क्षेत्र में निर्भय और निश्शंक विचरण कर सकने का अधिकार हो, समाज में समानता के अधिकार का उपभोग कर सकें सतगुरु कबीर की निर्मल वाणी सिर आँखों पर, कभी हालात ठीक हुए तो कबीर साहेब की भी बात सुनेंगे, इस समय लेकिन कबीर साहेब से कहो हमें बख्श दें और अपने सद्वचन गूजरों को सुनाओ जाकर तुम। उन्हें ही शील, संयम और दयाभाव की आवश्यकता है। हम दबे-कुचले, सताए हुए चमार क्रोध करके किसी का क्या बिगाड़ लेंगे?"

मसखरा रौतास फिर से जोश में आ गया—

"हरचंद भैया, सारी ज़रूरत तौ तुमनै गिना दई जी, पर इसै भूल गए कि खा-पी के हगणे के लिए थोड़ी सी जगै भी चइयै। कबीर साहेब नै इस बिसै में कोई दोहा-सोहा कहयो है कि ना? गूजरों नै सारे खेतों में तौ पहरे बैठा राखे हैं। पूरे चमरवाड़े का जन-बच्चा कोस-भर दूर मुकन्ना में जंगल-पाणी के लिए जा रहा है महीना-भर से।"

"रौतास, अरे यार! कभी-कभी तो बातों में गंभीर हो जाया करो। इसे छोड़ो तुल्ले भाई से मैं कह..." जयचंद ने टोका। वह बहुत क्षुब्ध हो उठा कि जितनी बार भी उसने अपने तर्कों से तुल्ले की मंदर की ज़िद को हल्का करने का प्रयत्न किया, कोई ना कोई बीच में कूद पड़ता हैं

इस बार ताऊ मुथरा ने व्यवधान देकर कहा, "रौतास तो आज बहुत तर्कसंगत बातें कर रहा है। जयचंद बेटा, बात में दम है. लेकिन इस समय छोड़ो इसे, तुम तुल्ले को कुछ बता रहे थे।" ताऊ मथुरा ने पंचायत की ओर देखते हुए लेकिन जयचंद को संबोधित करते हुए कहा।

जयचंद ने और एक-आध ठोस तथ्य तुल्ले के सम्मुख प्रस्तुत किए लेकिन जयचंद के तर्कों का तनिक सा भी असर तुल्ले पर ना दिखा।

"थारी जो मरजी हो, सो समझो। जो मैंने ठानी है सो करूँगो। रामायण में रामचंदर भगवान जी नै कही है—रूगकल रीत सदा चली आई, पिराण जावैं पर रीत ना जावैं।"

जयचंद ने और तनिक सा उसे कोंचा, "लेकिन तुम तो रघुकुल वाले क्षत्रिय हो नहीं, दबे-कुचले जाटव हो। कौन-सी वह रीत है जिसे प्राण जाने पर भी तुम निभाने की बात कर रहे हो! इन शास्त्रों के अनुसार हमारे जिम्मे तो केवल एक ही रीत आई है, इन तथाकथित ऊँची जातियों की सेवा करना! सो करते रहो जब तक जीवित हो और मरने से पहले चार-छह सेवक और पैदा करते जाओ जिससे उनके सेवकों की फौज में कोई कमी न आ जाए!" कहकर जयचंद ने एक अंतिम प्रयास स्वरूप याचक भाव आँखों में लाकर और तुल्ले की आँखों में आंखें डालकर पुनः कहा, "तुल्ले भाई! जब सारा मुहल्ला एकजुट हो उत्पीड़न के खिलाफ उठ खड़ा है, तब ऐसे समय एक नया झोल उसमें मत डालो। सहयोग नहीं कर सकते तो न करो, उसमें रोड़ा तो न अटकाओ!" और पंचायत को संबोधित कर नारा जैसा लगा कर कहा।

"तुल्ले भाई की जय! हमारा भाई हमारे साथ है।"

पगहा तुड़ाये बैल की भाँति तुल्ले वहाँ से प्रस्थान कर गया यह कहकर कि 'ऐसी फालतू और वाहियात 'लंढेरन' की पंचायत में बैठेगी उसकी जूती।' उसके द्वारा पंचायत को अपमान सूचक संबोधन को सुन बहुत सारे मुहल्लेवासी क्रुद्ध हो गए। बुजुर्ग लीले ने कहा, "अरे! लौंडाओ, मारियो साळे में एक जूत, भरी पंचायत को 'लंढेरन' की पंचायत कहकर भाग रयौ है।'

'लंढेर' अर्थात गाँव की भाषा में उपहास, कटाक्ष और ताने मारने के लिए कहा जाता है, लुच्चे-लफंगे अवयस्कों को। तुल्ले ने जो जाटव मुहल्ले की भरी पंचायत को 'लंढेरन' की पंचायत कहकर बखेड़ा कर दिया था निश्चित ही इरादतन न था, गाँव देहात में कई बार नटखट और शरारती बच्चों को स्नेहवश भी 'लंढेर' कह दिया जाता है. तुल्ले ने लेकिन समय-कुसमय का ध्यान न रखा था। निश्चित ही यह 'लंढेरों' की पंचायत न जुटी थी उस दिन। लीले ताऊ का, जो सत्तर की उमर पार कर चुका था, का भी 'मारियो, साळे में एक जूत' भी इरादतन न था। गाँवों में कई बड़े-बूढ़ों की अकारण गाली गुफतार की आदत होती है जिसे वे तकिया कलाम के तौर पर प्रयोग करते रहते हैं और प्रायः ही इसका भी ध्यान न रखते हैं कि कोई बहन-बेटी बहू भी वहाँ उपस्थित हो सकती है! बेटी च...मादर च...बहन च...इत्यादि. ऐसे 'बुड़बक' बूढों को यद्यपि अच्छी दृष्टि से नहीं देखा जाता है लेकिन उतने-भर से उन्हें तिरस्कार की दृष्टि से भी नहीं देखा जाता है। गाँव समाज की आवश्यक बुराई मानकर सहन कर लिया जाता है।

यह भी केवल एक संयोग-भर था कि ताऊ लीले के उस अवांछित तात्कालिक टिप्पणी अथवा आदेश के जोश में जो लोग तुल्ले को पीटने के लिए झपटे वे विरोधी मुहल्ले सांवलीजौम के थे। केवल संयोग-भर से कई बातें और घटनाएँ एक साथ हो गईं, घट गईं। सांवलीजौम के दलपत, करण सिंह, सुमेरा और गोकल एक साथ ही तुल्ले पर पिल पड़े और इस धक्कम-धक्का में उसे घसीटकर वापस पंचायत में लेकर आ गए तथा उसे विवश करने लगे कि वह भरी पंचायत में क्षमा माँगे। पहले से ही उग्र तुल्ले ने जब धक्का देकर दलपत को धरती पर गिरा दिया और प्रति उत्तर में दलपत ने भी तुल्ले को एक घूँसा जड़ दिया तो बस उसके पश्चात अचानक वह धौल-धप्पल केवल अव्यवस्थित धक्का-मुक्का न रह पायी, दो मुहल्लों की जंग में परिवर्तित हो गई। तुल्ले को पिटते देख उसके मुहल्लेवासी बिलौटाजौम ने अचानक महसूस किया कि सांवलीजौम वाले तुल्ले को नहीं बिलौटाजौम को पीट रहे हैं। दोनों मुहल्लों के मध्य पूर्व में हो चुके कई महाभारत भी इस उकसाहट के मूल में थे, जिनके स्मरण-भर से उनकी भुजाएँ फड़कने लगीं। पिछले कितने ही झगड़ों की कसक लिए कितने ही मुहल्ला और गाँववासी प्रायः ही ऐसे अवसरों की तलाश में रहते हैं। जो कमी तब रह गई अथवा शक्तिशाली विरोधी को यदि आमने-सामने के युद्ध में चोट पहुँचाना यदि असंभव हो तब भी इस प्रकार की धौल-धप्पल में वे अपनी भड़ास निकालने का अवसर पा जाते हैं।

बस कुछ ही क्षणों में पहले तो लात घूँसे चले और कुछ ही देर में दोनों मुहल्ले लाठियाँ लेकर आमने-सामने हो गए। दोनों ओर के बीसियों योद्धाओं के सिर फट गए। एक-दूसरे की माँ, बहन, बेटीयों के साथ नाजायज रिश्ते तय करते वे बार-बार एक दूसरे पर घात-प्रतिघात कर रहे थे। अवयस्क बच्चे तक इस महाभारत में शामिल हो गए। दोनों मुहल्ले की स्त्रियों ने जब सुना कि महाभारत केवल दो मुहल्लों तक सीमित था तो अपने मुहल्ले की शान को खतरे में जान हाथ फैला-फैलाकर एक दूसरे की अगली-पिछली, दबी-छुपी को उखाड़ एक-दूसरे की चोटियाँ खींचने लगीं।

यह जान कि लड़ाई अब पंचायत के लिए न होकर दो मुहल्लों की हो गई, फटे में पैर न फँसाने की गरज से अधिकांश दूसरे मुहल्ले वाले भाग गए तथा कुछ इसलिए खिसक गए कि जो कसक वे कई सांवलीजौम और बिलौटाजौम वालों से भूत में पिट कर दबाये बैठे थे, उसकी प्रतिपूर्ति जब ये दोनों मुहल्ले स्वयं ही कर रहे हैं तो उनका अब यहाँ क्या काम!

सांवलीजौम और बिलौटाजौम मुहल्ले के इस महायुद्ध को रोकने के लिए किसी मध्यस्थ की आवश्यकता लेकिन न पड़ी। दोनों गुट कुछ देर तो जोश में बिना कुछ जाने सुने यूँ ही उन्माद में एक-दूसरे का सिर फोड़ते रहे, फिर जब होश आया की व्यर्थ की लड़ाई में आवृत्त थे तो इस आशा में उसे जारी रखे रहे कि कोई न कोई मध्यस्थता करने देर-सबेर अवश्य उनके बीच में कूदेगा ही।

बीच बिचाव, मध्यस्थता कराना कइयों का शौक और समय गुजारने का जरिया होता है गाँवों में, लेकिन जब इस पुनीत कार्य के लिए कोई प्रकट न हुआ तो लड़ना-झगड़ना बंद कर अपने घरों को लौट जाना ही अधिक हितकर जाना।

घरों में लौटकर भी लेकिन मामला शांत न हुआ। सिर फुड़वाकर लौटे बिलौटाजौम वासियों ने तुल्ले को पंचायत को 'लंढेरन' की पंचायत कहने पर खूब आड़े हाथों लिया और यह भी बता दिया कि मंदर-फंदर जो कुछ भी बनाना चाहे बनाये लेकिन इसमें वे उसके साथ नहीं हैं। लड़े वे केवल बिलौटाजौम की शान के लिए थे। यह भी बता दिया कि इस बुड़बक तुल्ले की वजह से व्यर्थ ही उनकी बाकी जटवाड़े से दुश्मनी बँध गई।

तुल्ले के दोनों बेटों मैहरचंद और खूबचंद ने अपने पिता के लिए जो बुड़बक अपमानसूचक संबोधन सुना तो फिर से लाठियाँ निकालने कोठे की ओर दौड़े, लेकिन काणे धरम सिंग ने समझा बुझाकर मामला शांत करा दिया।

इस प्रकार बिलौटाजौम में भी लेकिन उस दिन फाँस पड़ गई। अधिकांश बिलौटाजौम वाले कान पकड़ते हुए अपने घरों को धाये कि इन बुड़बकों के टंटों में आगे से टाँग न फँसाना ही अच्छा है। और इस प्रकार जटवाड़ा जो उस दिन तुल्ले और लीले की तनिक सी बात पर बँट गया था, तुल्ले के लड़कों की बचकानी प्रतिक्रिया पर बिलौटाजौम भी दोफाड़ हो गया। विभाजन और वैमनस्य के बीज फूटसिंचित उस उर्वरक भूमि में पड़ गए जो एकजुट हो कल तक गूजरों से लोहा ले रही थी।

गूजरों के मुहल्ले में जो यह सूचना पहुँची तो उनकी प्रसन्नता की कोई सीमा ही नहीं रही। लड़ने दो चमट्टाओं को आपस में ही!

58

दिमाग ठंडा होने पर तुल्ले के दोनों पुत्रों ने भी पिता को समझाया कि भरी पंचायत में तो कम से कम अकल से काम लेकर बात किया करो, लेकिन जो हुआ सो हुआ, पिता की इज्जत मुहल्ले और जटवाड़े से बड़ी थी। छाती ठोंककर दोनों ने पिता को आश्वस्त किया कि मंदर तो अब बनकर ही रहेगा।

तुल्ले ने अपने समधियाने खबर भेजकर अपने समधी, सालों और भतीजों को बुला भेजा आगे की तैयारी के लिए। तुल्ले की पत्नी दयाबती ने तुल्ले को बहुतेरा समझाया कि मुहल्ले कुनबा से 'राड़' ठीक नहीं है, इसलिए इस मंदर फंदर की बात को भुला दिया जाए तो ही अच्छा है। मंदर की जिद लेकिन अब अकेले तुल्ले ही नहीं, उसके दोनों कड़ियल बेटों के भी सिर चढ़कर बोल रही थी।

तुल्ले के घर के पिछवाड़े ही जो 'बिटौड़ा' (उपलों द्वारा चिनकर तैयार किया गया ऊँचा कमरानुमा चट्टा) वाली खाली जगह बेकार पड़ी थी, जिसमें दयाबती प्रतिदिन सुबह सवेरे अपने ढोरों-डंगरों का गोबर एकत्रित कर घर-भर के जलावन हेतु उपले पाथती थी, उसी में मंदर बनाना तय किया गया। 'हनक' की आग समयावकाश पा कर ठंडी न पड़ जाय इसलिए तुल्ले और उसके बेटों ने इतनी भी प्रतीक्षा करना उचित न समझा कि कितना बड़ा मंदर बनेगा, कितना खर्च उस पर आएगा, कहाँ से आएगा इत्यादि पर चर्चा कर ली जाए। 'बिटौड़ा' को 'मिस्मार' करके जगह साफ करने में कितनी देर लगनी थी! पूरा कुनबा तुल्ले का, जो इस कार्य में फावड़ा-खुरपी लेकर लगा तो पहले ही दिन में मैदान सफाचट्ट हो गया। तुल्ले के कई सारे रिश्तेदार भी आ जुटे और इस प्रकार मंदर निर्माणकार्य ने एक मेले-तमाशे का रूप ले लिया।

59

सारे गाँव में आग की तरह खबर फैल गई कि तुल्ले जाटव अपना स्वयं का एक मंदिर निर्माण करा रहा है। करना गूजर जो तपेदिक का पुराना रोगी था और ज्यादातर तो अपने घर में चारपाई पर पड़ा कफ और खून थूकता रहता था, इस समाचार से इतना उद्वेलित हुआ कि दूसरे दिन सूरज निकलते-निकलते तुल्ले के घर पर लाठी पटकता आ धमका। रास्ते-भर खाँसते-खाँसते उसका दम उखड़ रहा था। तुल्ले के घर पहुँचकर जब थोड़ी साँस में साँस आई तो बाहर से ही अपनी मरियल सी आवाज में तुल्ले को ललकार कर कहा, ''क्यूं रै! भैं...चमट्टा, भौत अणीती लग रही है का? रै! भैन चो...चमार हो कै मंदर में बैठैगौ! जप तप करैगौ!''

पाँव के पास पड़ी एक लाठी को गैरइरादतन उठाते हुए तुल्ले ने कहा ''नंबरदार, गाली मत बक, गाली देनी हमें बी आवै है। तू अपणे घर कौ काम देख। हमें अपणे घर कौ काम देख लैण दे।'' तुल्ले ने यद्यपि बहुत विनीत होकर इन शब्दों को कहा था लेकिन अचानक करना गूजर को मन ही मन भान हुआ कि जाटव अब कुआँ प्रकरण में गूजरों के साथ गुत्थमगुत्था और लाठी युद्ध में रत हो चुके हैं, पुलिस तक पहुँच चुके हैं सो उसी का असर है। बँट कर भी अब ये पहले वाले जाटव नहीं हैं। ज़बानदराजी जान गए हैं। उसे मन ही मन बहुत क्षोभ हुआ कि बस कुछ ही समय पूर्व तक जाटवों को कुचलना कितना सहज हुआ करता था, और उनके द्वारा पलट कर ज़बानदराजी अकल्पनीय थी। इस बदले वक्त के मिज़ाज से तो लगता है कि गूजरों को ही सामंजस्य बैठाना होगा।

करना गूजर के जाते ही तुल्ले की मंदर बनाने की हठ जैसे उभरकर और अधिक प्रज्जवलित हो उठी। दावानल सी उसके मनोमस्तिष्क को तपाने लगी।

मंदर...मंदर...मंदर... बनाऊँगा मैं अपना मंदर। घर-द्वार बिक जाएँ तो भी परवाह नहीं। मैं भी बिक जाऊं तो भी परवाह नहीं। मरने से पहले एक बार भी मैं अपने मंदर में बैठकर राम का नाम जप लूं तो जनम सफल हुआ समझूंगा। मेरे अपने मुहल्ले के भाई-बंद ठीक ही कहते हैं कि मंदर-फंदर की आवश्यकता नहीं है, लेकिन यह कफ के छींटे उड़ाता तपेदिक का रोगी जिससे शारीरिक कमजोरी के मारे ठीक से चला भी नहीं जाता है, मेरे ही घर में आकर कहता है—'चमट्टा! मंदर बाणावैगौ, वा में बैठ कै पूजा करैगौ'। मैं मंदर अवश्य ही बनाऊँगा, अब चाहे जो हो जाए. ...मेरा अपना मंदर होगा. ..उसमें रामजी की तसबीर होगी...हनुमानजी को मंदर के एकदम द्वार पर बैठाऊँगा... मंदर में गाँव के शिवाले की तरह गेंदा के फूल होंगे...बगुला सी धवल धोती पहिन कर मैं जाप करूँगा। ...बिलकुल बामणों के समान। धनदौलत का क्या है आनी जानी है, जमीन 'जैदात' का क्या है आनी जानी है...अच्छे करम ही साथ जावेंगे। मुहल्ले का क्या है बकने दो...ये सब बुद्धू, आरियासमाजी, क्रिस्तान, कबीरपंथी बेकार हैं, व्यर्थ हैं...मंदर बन जाएगा तो क्या इस जटवाड़े की शान न बढ़ेगी...अपने मंदर में सत्ता (सत्यनारायण की कथा) कराऊँगा तौ सारे जटवाड़े की आँखें खुली की खुली रह जावेंगी। गूजर ही क्या सातों जात मेरे मंदर में आएँगे। मंदर...मंदर...मंदर....

60

कल पूरी रात तुल्ले के घर में महाभारत मची रही है। सूक तारा निकलते-निकलते कहीं जाकर पति-पत्नी, पिता-पुत्रों में अनचाहा युद्धविराम हुआ कि कल दिनचढ़े फिर से एक बार तुल्ले को समझाने का प्रयत्न किया जाएगा। पूरी रात के इस वाक्‌युद्ध से थका कुनबा और इससे त्रस्त तुल्ले थक हार कर सोए हैं।

"इरै, बिरचो... कमस्सल (कम असल), गूजरों की मजूरी कर-कर कै, मुहल्ले-भर में झूठी भगताई कौ तमाशौ कर कै, भूखे रह कै, अपणौ अर बाळकन कौ पेट काट कै जो पाँच बीघे खेत मैंने खरीदे कि अपणी 'जून' भी सुधर जावैगी। थोड़ी भौत खेती, थोड़ी भौत मजदूरी कर कै कुछ इज्जत की जिंदगी हम भी दूसरी जातों की तरह गुजारने लायक हो जावैंगे। अरे, कमस्सल तू मेरे खेत बेचैगौ रे, कपूत! इज्जत की रोटी तोय पच ना रहीं रे, कमस्सल! समझ ले, तेरौ मंदर-फंदर सब ढहाय द्यूँगौ मैं।" इस के पश्चात् एक लट्ठ रामरतन ने तुल्ले के पिछाड़े पर धर दिया।

बिलबिलाते हुए तुल्ले की आँख नींद से एक झटके में खुल गईं और बिस्तर पर उछलकर इस प्रकार उठ बैठा जैसे बिच्छू ने डंक मार दिया हो। कुछ क्षणों तक तो वह भौंचक सा सोचता ही रह गया कि वह सपना था या कि उसका पिता सचमुच में ही उस लोक से फुर्सत पाकर यहाँ उसे सचेत करने आ गया है। लेकिन सपना तो सपना ही होता है, वास्तविकता और सपने में अंतर करने में मानव मस्तिष्क पलक झपकने के अंतराल में तय कर लेता है, इसलिए तुल्ले अगले ही क्षण समझ गया कि उसका पिता केवल सपने में ही उसे समझाने का प्रयत्न कर रहा था। उसने अपने दोनों हाथ जोड़कर माथे से लगाये। मन ही मन अपने पिता को उसने नमस्कार किया और तय किया कि

इस मंदर-फंदर के जाल में वह अब नहीं पड़ेगा। 'अपने पिता की खून पसीने की कमाई को वह यों मंदिर के नाम पर बलि न चढ़ायेगा। ऐसी की तैसी इस मंदर की, और ऐसी की तैसी गूजरों की, अपने भाई-बंदों और मुहल्ले के विरुद्ध जाकर जीना कितना कठिन हो जाएगा इसे भी वह बखूबी समझता है। पाँच बीघे खेत तो कई गूजरों तक के पास नहीं हैं, इतनी बड़ी जैदात को यूँ मंदर पर बर्बाद करना कोई अक्ल की बात नहीं है। कुनबा और घर में ठहरे रिश्तेदारों को वह बस कुछ देर पश्चात् बता देगा कि इस मंदर-फंदर को खत्म समझो। घंटा आधा घंटा की नींद ले ले, बस वह। उसने मन ही मन कहा। व्यर्थ के पागलपन में पड़कर उसने जो पूरे परिवार और संबंधियों को हैरान परेशान किया उसके लिए उनसे क्षमा माँग लेगा। उसे बेहद हैरानी हुई कि इस बेहूदा और वाहियात मंदर-फंदर के विचार पर उसने अपने पिता के खून-पसीने से अर्जित पाँच बीघे खेतों को बलि चढ़ाने की सोची तो कैसे? अवश्य भूत-प्रेतों का असर उसके मस्तिष्क पर रहा होगां उसे अपने आप पर बेहद शर्मिंदगी महसूस हुई।

'हत्तरे की, कैसी मूर्खता करने जा रहा था वह.' अपने को दुत्कारते हुए उसने करवट बदली और नींद से बोझिल आँखें बंद कर पुनः सो गया। दुःस्वप्नों ने उसका लेकिन पीछा न छोड़ा, बार-बार उसे वे जगाते रहे। रामरतन अपने लट्ठ से उसे बार-बार कौंचता रहा। लेकिन अंततः नींद ने दुःस्वप्नों को हराकर उसे गहन निद्रा की गोद में पहुँचा ही दिया। सोकर उठा तो पाया कि सूरज पूरब में बाँस-भर चढ़ आया था। रात-भर के दुःस्वप्नों को परे हटाकर वह एक आधी सी अँगड़ाई तोड़कर उठ खड़ा हुआ। उसने पिता रामरतन की सपने में दी गई लताड़ को भी याद किया तथा तय किया कि जंगल-पानी से निवृत्त होकर आते ही वह पूरे परिवार तथा रिश्तेदारों को एकत्रित करके बता देगा कि मंदर निर्माण के वाहियात इरादे को मूर्तरूप देने की अब कोई आवश्यकता नहीं है। अपना काम धंधा छोड़कर उसके एक बुलावे पर दौड़े आए रिश्तेदार बुरा तो अवश्य मानेंगे ही, थोड़ा-बहुत भला-बुरा भी उसे कहेंगे ही, लेकिन खेत तो बच जाएँगे।

नित्यक्रिया से निवृत्त हो जब वापस आया तब तक सूरज कुछ और ऊपर चढ़ चुका था। कुर्ता की जेब से निकालकर उसने कागज़ के उस पुर्जे को निकालकर पढ़ा जिसमें उसने मंदर निर्माण पर आने वाला अनुमानित खर्च का ब्योरा दर्ज किया हुआ था :

दो मंजिला मंदर	एक नग	ईंटें	20000
पुजारी का कक्ष	एक नग	ईंटें	6000
रसोई	एक नग	ईंटें	4000
चारदीवारी	एक नग	ईंटें	15000

मजदूरी चिनाई–मुफ्त (सारा परिवार और रिश्तेदार काम करेंगे)

सीमेट कुछ नहीं–गारे से चिनाई होगी

अन्य खर्च दरवाजे, खिड़कियां, पीतल का छतर, धजा, पीतल के बीस गिलास

ईंटों की अनुमानित लागत–150 रुपया प्रति हजार : कुल 6750 रुपया

अन्य खर्चे लगभग 1000 रुपया

इस प्रकार कुल संभावित लागत 650 रुपया

गाँठ में धन धेला भी नहीं

कहाँ से आएगा धन तीन बीघे खेत बेचने होंगे

अपने आप पर घिन हो आई उसे। पिता द्वारा अर्जित भूधन को बेचने जा रहा था वह! मंदर से कहीं अधिक आवश्यक है इज्जत की दो वक्त की रोटी। उसने उस कागज़ के पुर्जे को फाड़ कर चिंदी चिंदी कर दिया और फूँक मारकर हवा में उड़ा दिया. संतोष की एक गहरी साँस लेकर वह घर में घुसने जा ही रहा था कि...

''क्यूं रै चमट्टा, बण गौ तेरौ मंदर? रै, भैण...साळे...ढेड...कउआ को कितनौ बी धोले...हंस कदी ना बण सकै...रहवैगौ काळे कौ काळौ ही।''

आँखों के कोर से उसने करना गूजर को देखा जो उसके दरवाजे से लगा खड़ा था। देखते ही उसका खून खौल गया। दिल किया कि करना की गर्दन मरोड़ दे लेकिन ज़ब्त कर कहा, ''नंबरदार, मंदर भी बण जावैगौ, तू अपणौ काम देख।''

''ढेड...साळे...चमट्टा...जुआब देवै है.'' कहते हुए करना ने लाठी की एक हूल तुल्ले को दी।

''नंबरदार, तू अपणौ काम देख।'' अपमान को अनसुना, अनदेखा करते हुए तुल्ले घर में प्रवेश करने लगा।

प्रवेश करते तुल्ले के पैरों में करना ने लाठी अड़ा दी जिसके फलस्वरूप तुल्ले औंधे मुँह अपनी देहरी पर गिर गया। जब तक तुल्ले उठकर खड़ा होता करना लाठी ठकठकाता वहाँ से चला गया. तुल्ले ने उठकर जाते करना को देखा जो अब तक कोई दस कदम के लगभग जा चुका था। धीरे-धीरे जा रहा था वह तपेदिक का रोगी। घर के भीतर से तब तक उसकी पत्नी निकल आई थी। रेत में अंटे तुल्ले को वह हैरानी भरी दृष्टि से देख रही थी। गिरने से तुल्ले का होंठ फट गया था तथा उससे रिसकर खून उसके कुर्ता पर टपक रहा था। एक-दो रिश्तेदार भी घर से लगे 'घेर' से निकल आए थे। तुल्ले ने पुनः पीछे मुड़कर देखा। तपेदिक का रोगी करना हाँफता सा, घिसटता सा लाठी पटकता हुआ जा रहा था तथा अभी भी बमुश्किल कोई पचास कदम पर था। दयाबती देखते ही समझ गई कि क्या हुआ होगा इसलिए तुल्ले को सहारा देकर भीतर ले जाते हुए बोली, ''नासपीटे कै कीड़ा पड़ेंगे। कमजोर पै हाथ उठा कै कौन सौ जुद्ध जीत लियौ। किसी गूजर पै हाथ उठा कै देखतौ, तौ पतौ चलतौ।''

तीर के समान दयाबती के बोल छह फुट लंबे कड़ियल तुल्ले के हृदय को चीर गए। कमजोर...कमजोर...मैं कमजोर हूँ...तुल्ले कमजोर है... छह हाथ का तुल्ले कमजोर है... मरियल सा यह तपेदिक का रोगी...कमजोरी के मारे जिससे चला भी नहीं जा रहा है, वह

शक्तिशाली है। घर आए रिश्तेदारों ने भी देख लिया है कि मैं कितना कमजोर हूँ। उसके दाँत क्रोध के कारण किटकिटाने लगे। उसे भीतर खींच रही पत्नी भी तथा पहुँच चुके रिश्तेदार भी उसकी आँखों के सामने से अदृश्य हो गए, बस करना उसे दिख रहा था जो हाँफता हुआ अभी भी जा रहा था।

दयाबती को झटककर तुल्ले ने नीचे गिरा दिया। करना के पीछे दौड़ते हुए तुल्ले ने हुंकार लगाई, 'रै, भैं...करना। भाग कहाँ रहयौ है, रूक साळे... मैं देखूंगौ तेरी बहादुरी।" लंबे-लंबे डग भरकर उसने करना को जा पकड़ा। उसकी गर्दन पकड़ हल्के से जो धक्का दिया कि करना औंधे मुँह रेत भरी बाट में जाकर गिरा। उसके मुँह में, आँखों में रेत भर गया। उठा न जा रहा था उससे। पड़े-पड़े ही तुल्ले को गाली देकर बोला—

"इरै साळे, चमट्टा...पीछै सू वार करै है...अब कै मार कै देख...साळे।"

तुल्ले ने एक चाँटा उसके मुँह पर जमा दिया और कहा, "यह, लें"

"साळे चमट्टा, गूजर पै हाथ उठावै है, तेरे दिन खतम हो गए अब, समझ लै। साळे ढेड हिम्मत है तौ अब कै मार कै देख।"

"यह ले।", तुल्ले ने और एक हाथ जमा दिया।

"इरै साळे...अब कै मार कै देख।" पड़े-पड़े ही करना ने ललकारा।

तुल्ले ने उसे कमर से पकड़कर खड़ा कर दिया और कहा, "पहले अपने पैरन पै तो खडौ होजा, रजपूत, या पड़े-पड़े ही जुद्ध करैगौ।"

तब तक दयाबती तथा उसके रिश्तेदार भी भागकर वहाँ पहुँच गए तथा करना से क्षमा माँगने लगे—"नंबरदार, आप घर जाओ। इसका दिमाग फिर गया है। हम क्षमा माँगते हैं आपसे।" और करना के चरणों को छूकर वे उसकी चिरौरी करने लगे। एक दो तो डर के मारे काँप भी रहे थे क्योंकि जानते थे कि करना अकेला न था। गूजर अब गोल बाँधकर हमला करने आएँगें।

करना पुनः शेर हो चुका था। अपनी मिमियाती सी, कफ से खरखराती और फँसी हुई सी आवाज में ललकारकर चिंघाड़ा, "साळे चमट्टाओ, ठहरो मैं अभी आयौ। भागीयो मत जब तक मैं आऊँ।"

दयाबती और रिश्तेदार 'अजी नंबरदार...अजी नंबरदार' करते ही रह गए। करना लाठी टिकाता हुआ घिसटता सा चला गया।

तुल्ले को अब भान हुआ कि क्या हो गया है। आसन्न संकट का उसने तुरंत अनुमान लगा लिया। गूजर उसे तथा उसके परिवार को अब छोड़ने वाले न थे इसे वह समझ चुका था। मुहल्ले के जाटव यद्यपि गूजरों से दो हाथ कर चुके थे किंतु उनसे तो वह भरी पंचायत में वैर बाँध आया था। वे क्यों उसके फटे में अपना पैर फसाएँगे। उसने लंबी

एक उसाँस भरते हुए सोचा, 'मंदर तो गया भाड़ में, अब तो जान के लाले पड़े हैं. उसकी अकेले की जान चली जाए तो कोई बात नहीं, गूजर अब उसके परिवार को भी नहीं छोड़ेंगे। उसके घर आए रिश्तेदार भी मुसीबत में फँस गए हैं इस वाहियात मंदर के चक्कर में। इस गले पड़ गये मंदर से कैसे छुटकारा पाये इसके लिए रास्ता सोचना पड़ेगा लेकिन फिलहाल तो घर आ बैठे रिश्तेदारों को तो यहाँ से भगा ही दिया जाए।'

लेकिन उसे सोचने की आवश्यकता ही न रही, इतनी देर-भर में ही सारे के सारे रिश्तेदार अपने कपड़े लत्ते तक छोड़कर अपने-अपने गाँवों को भाग चुके थे। दयाबती डर के मारे खड़ी थर-थर काँप रही थी।

दोनों बेटे नहर से सटे ईंट भट्ठे पर ईंटों का भाव तथा उपलब्धता जानने गए हुए थे। उसे उनकी भी चिंता होने लगी। गूजरों के मुहल्ले के ठीक बीचों-बीच होकर उन्हें वापस आना था।

दयाबती अचानक ही दहाड़ें मार-मारकर रोने लगी, गाय सी डराने लगी, सारे मुहल्ले को सुना-सुनाकर, "अरे, मौहल्ले वारेओ...मर गए हम...अरे, जब हम मर जामेंगे का तबई आओगे...गूजरन ते दुसमनी ले लई या खसम नै...अरे, कोई तो निकसो बाहर... कन्ना गूजर मारवै के लइयां गूजरन की फौज लै कै आय रयो है...बचाओ रे कोई... बचाओ...रे।"

तुल्ले ने एक डाँट लगाकर उसे चुप कर दिया और उपाय सोचने लगा. कोई उपाय समझ नहीं आ रहा था, फिर भी उसने राहत भरी साँस ली कि कम से कम रिश्तेदार तो इस संकट से दूर भाग ही चुके थे। अब उसे अपने दोनों पुत्रों की चिंता थी।

करना गूजर ने अपने मुहल्ले में चाहे जो कुछ भी कहा हो वह निश्चित ही गौण है, क्योंकि कुछ ही देर में गूजर गोल बाँधकर कोई पचासेक की संख्या में लाठी-बल्लम लिए हुंकारते, जाटवों की माँ बहनों को गालियाँ बकते रमेसर गूजर के घर की दीवार फलांग कर तुल्ले के घर की ओर दौड़ पड़े। इसमें अब किसी संशय की गुंजाइश नहीं थी कि करना गूजर का तुल्ले के घर आकर गाली-गुफ्तार करना केवल संयोग-भर नहीं था। गूजरों द्वारा पूर्वनियोजित योजना के अंतर्गत ही वह तुल्ले को छेड़ने के लिए भेजा गया था। तुल्ले का बचना अब असंभव दिख रहा था, तीनों मुहल्लों से तुल्ले उस दिन भरी पंचायत में वैर बाँध ही आया था।

दयाबती और एक बार जिबह होती गाय सी डकराई—"आय गए...आय गए ...गूजर आय गए...मारिबै कू...आय गए। अरे मुहल्ले बारेओ...का हमें मरजान दे ओगे...रे..."

तुल्ले समझ चुका था, आज यदि मरना नहीं तो गूजरों के हाथों पिटना और अपमानित होना निश्चित था, सो दौड़कर घर के भीतर से लाठी उठा लाया. 'उस दिन मुहल्लों से वैर न बाँधा होता तो...' अपने सिर पर सुरक्षा के लिए साफा बाँधते हुए उसने सोचा। उसके अपने बेटे भी घर पर न थे।

उसने आँखों के कोर से दोनों ओर देखा, गूजर हुंकारते, गालियाँ बकते, लाठी-बल्लम लहराते आँधी समान आ रहे थे, अभी भी कोई दो सौ गज के फासले पर थे, दूसरे ओर उसके अपने मुहल्ले में कोई हलचल न थी। तो क्या उसके अपने मुहल्ले वाले उसे यों मर जाने देंगे। उसने दयाबती को देखा जो अब भी मुहल्ले को पुकार रही थी। अंत निकट समझ उसने दयाबती को गली के भीतर धक्का देते हुए कहा, "भाग जा, दयाबती...भाग...जा। इन साळेन नै मैं देख ल्यूँगौ।"

गूजर बढे आ रहे थे लेकिन दयाबती जैसे जड़ हो गई थी। जहाँ थी वहीं पत्थर जैसी स्थिर हो गई। उसने गाय के समान डकराना भी बंद कर दिया, बस फटी-फटी आँखों से गूजरों की उस बढ़ आती आँधी को देख रही थी।

अप्रत्याशित रूप से तुल्ले ने अचानक जयचंद की हुंकार सुनी जो अपने मुहल्ले से दौड़ता उसकी ओर आ रहा था तथा साथ ही पुकार रहा था,

"तुल्ले भैया, इकलौ मत समझियो अपणे आपको, हम आए।" और पीछे मुड़कर चिल्लाया, "दलपत...सूरज...लछमन..., तुल्ले घिर गयौ...रे...लिकड़ो बाहर...का मरवाओगे...उसे।"

गूजर जब तक तुल्ले तक पहुँचते तब तक जाटवों के चारों मुहल्ले वैर भुलाकर, लाठियाँ और बल्लम लिए खड़े थे। नंबरदार...नंबरदार... की चिरौरियाँ तो जाने कब की कुआँ के महाभारत में जाटवों ने उठा फेंकी थीं, गुत्थम-गुत्था, लाठी-बल्लम इससे पूर्व वे गूजरों से कर ही चुके थे, सो अबकी बार तनिक ढंग के युद्ध के लिए तुल्ले के पक्ष में सजकर आ गए थे।

गूजरों ने अपनी योजना में तुल्ले को अकेले खड़े पाया था, यहाँ लेकिन जाटवों के चारों मुहल्ले उनके सामने आ खड़े थे, सशस्त्र। बस वे जाटवों को गाली बकते हुए और धताते हुए कि अगली बार देखेंगे चमट्टाओं को, अपने मुहल्ले को लौट गए।
दलपत, जिसने तुल्ले को बस सप्ताह-भर पूर्व ही, उस दिन उसके भरी पंचायत को लंढ़रन की पंचायत कहने पर, एक घूँसा जड़ा था, तुल्ले से बोला—

"तुलाराम भाई, मंदर बनाओ चाहे मस्जिद, चर्च बनाओ चाहे बुद्धविहार, मुहल्ले के साथ रहो चाहे अलग हो जाओ, बस एक बात याद रखना कि हम सब जाटव हैं, दुख-सुख में एक साथ। तुम्हारे एक ललकार की आवश्यकता है बस, सारा जटवाड़ा तुम्हारे साथ खड़ा होगा। बस एक ही निवेदन है कि जो कुछ भी हम चारों मुहल्ले कर रहे हैं, करना चाह रहे हैं उसमें अपनी ओर से अड़चन न खड़ी करना। एक अकेले करना

से डरने की तो बात ही नहीं है, सारे गूजर भी आ जाएँ तो भी सम्हाल लेंगे। कुआँ के मुकदमेबाजी और महाभारत के बाद से गूजरों के न तो खेतों में हम मजदूरी करते हैं और न उनके घरों में। जटवाड़े के अधिकांश घरों में, गूजरों द्वारा बहिष्कार के फलस्वरूप, भुखमरी के हालात हैं। गूजरों ने न केवल दरियापुर में बल्कि आसपास के दसियों गाँवों में बाकायदा मुनादी कराकर दरियापुर के जाटवों को मजदूरी से बहिष्कृत कराया हुआ है। तुम्हारे पास तो फिर भी चार-छह बीघे जमीन है, मुहल्ले के बाकी वासी तो भूमिविहीन हैं. हरदास के घर में पिछले कई दिनों से बच्चों तक को रोटी का एक 'गस्सा' (टुकड़ा) तक नसीब नहीं हुआ है। हरदास मजदूरी की तलाश में सप्ताह-भर पूर्व दिल्ली गया था। जिसने कभी साइकिल तक नहीं चलाई, दिल्ली में साइकिल रिक्शा चलाने का प्रयत्न कर रहा था। इस प्रयत्न में रिक्शा तो उलटा ही लिया अपनी टाँग और तुड़वाकर लौट आया है और अब बिस्तर पर पड़ा है। बाबूराम ने मूंज से बान (मूंज की रस्सी) बटने की मशीन अपने घर में लगाई थी, और पूरे कुनबा को उसमें जोतकर जब दादरी में बनियाओं के पास विक्रय के लिए गया तो एक गुच्छी तक क्रय करने से उन्होंने इंकार कर दिया, यह कहकर कि–"अपनी कार करो यह बान बटना छोड़कर।" उस सौ किलो के लगभग बटे गए बान को लेकर बेचारा सिर पकड़कर बैठा है। जगसेन ने मोहनलाल, धरमसिंह, और बाबूलाल के साथ मिलकर चाँदी के वर्क बनाने का काम प्रारंभ किया, अपने सारे कुनबा को उस कार्य में जोत कर महीने-भर, चौबीस घंटों में से अठारह घंटे ठक-ठक, पट-पट मूसलों से, चाँदी के अँगूठे बराबर तथा रत्ती-भर वज़न के टुकड़ों को, हथेली बराबर आकार में लाकर उस उत्पाद को लेकर जब दादरी हलवाइयों के पास विक्रय के लिए गए तो हाथ-भर दूर से भी उसे छूने से उन्होंने इंकार कर दिया, बेचारे उस महीने-भर के उत्पाद को छिप-छुपाकर पंदरह कोस पर गाजियाबाद में औने-पौने भाव पर बेचकर आए हैं, लेकिन समझ लो कि गूजरों और बनियाओं के इस बहिष्कार ने हम भूखे मर रहे जाटवों को पूरी तरह तोड़ा नहीं है। जब बर्दाश्त से बाहर हो जाएगा तब का तब देखा जाएगा।"

दयाबती भावावेश के अतिरेक में हिचकियाँ भर-भर रोती जाती थी और मुहल्ले के लोगों के पाँव छू-छू कर अपना अहसान प्रकट कर रही थी।

तुल्ले ने दयाबती को झिड़ककर कहा–"ये सब अपने भाई हैं, देवी-देवता नहीं हैं। जा, भीतर जा और घर का काम धंधा देख।"

दयाबती खिसियाती सी घर में प्रवेश कर गई तब तुल्ले ने सहायता को दौड़ आए मुहल्लावासियों को धन्यवाद देते हुए कहा–

"आप लागों का कहना ठीक ही है कि मंदर-फंदर बनाना ठीक नहीं है। लेकिन करना गूजर ने आज जो ताने मारे हैं और धमकाकर गया है कि मंदर किसी हालत में भी बनने नहीं दिया जाएगा, इसमें सारे गूजर उसके साथ हैं इसमें अब कोई संदेह भी

नहीं रह गया है यह देखते हुए कि सारे गूजर कैसे एक हो मेरे ऊपर चढ़ आए थे। आप भी गूजरों से अपने तरीके से लड़ रहे हैं। मैं अब मंदर जरूर बनाऊँगा और गूजरों से लड़ने का मेरा तरीका यही है।'' कहते हुए तुल्ले भी घर में प्रवेश कर गया तथा आँगन में बिखरे उन कागज़ के टुकड़ों को बीनकर जोड़ने लगा जिसे उसने प्रातः ही फाड़कर फेंक दिया था तथा जिस पर मंदर बनाने का मदवार खर्च ब्योरे के साथ लिखा था। उसे एक बार सपने में अपने पिता की लताड़ भी याद हो आई लेकिन उसे उसने दूसरी ओर समेट दिया मन ही मन यह कहकर कि 'बाबा, तू जीवित होता और गूजरों की अनीति से दो-चार होता तो तू भी वही करता जो मैं कर रहा हूँ। तेरे खेत मैं अपनी मेहनत से पुनः खरीद दूँगा, तसल्ली रख।' लेकिन अगले ही क्षण उसने चिहुँक कर याद किया कि उसके दोनों पुत्र गाँव से सटे ईंट भट्ठे पर गए हुए थे तथा अकेले पड़कर खतरे में पड़ सकते थे। उसने अपनी लाठी उठाई और लगभग दौड़ते हुए गाँव के बाहर-बाहर, गूजरों के मुहल्ले से बचता हुआ ईंट भट्ठा की ओर चल पड़ा।

61

पंडत श्रीप्रकाश ने हुक्का में लंबा और गहरा कश लगाकर भट्ठा के उत्तरी कोने में ईंट थाप रहे मजदूरों को निहारा। मजदूरों का मेट रामहेत जाटव मुस्तैदी से अपने काम में जुटा भट्ठा मजदूरों को सूक तारे के उगते न उगते काम में जोते हुए था। उसने मन ही मन सोचा इन बेचारे मजदूरों को व्यर्थ ही रामहेत इतने सुबह-सुबह धंधे पर लगाता है। अधिक ईंटों के निर्माण का क्या लाभ यदि कोई ग्राहक ही न हो। पिछले लगभग एक माह से एक ग्राहक भी क्रय तो क्या जाँच पड़ताल करने, पूछगछ करने, मोलभाव तक करने उसके भट्ठा पर नहीं आया है। पथेरे ईंट पर ईंट पाथे जा रहे हैं, कोयला भी आया पड़ा है लेकिन अपने कड़वे अनुभव से वह जानता है कि ग्राहक की कमी के चलते ईंटें यदि तपाकर निकाल भी ली जाएँ तब भी उन्हें चट्टों में सुनियोजित कर के भट्ठे में सुरक्षित रखना एक समस्या होगी। दस दिन भी ईंटें भट्ठा में पड़ी रहीं, बस, इतना-भर इन चोट्टे गूजरों के लिए पर्याप्त है, आधी ईंटें उनके घरों में पहुँच जाती हैं। जाटव मजदूर बेचारे उन्हें रोक नहीं पाते हैं। उसने मन ही मन गूजरों को गाली निकाली चोट्टे, साले कहीं के' ईंट न तपाये तब भी मुसीबत से छुटकारा नहीं। मामूली सी भी बारिश आकर कच्ची ईंटों का सत्यानाश कर देती है। 'पंडित श्रीप्रकाश, तेरे से तो ये जाटव मजदूर अच्छे हैं', उसने सोचा, मजदूरी करो, अपना पैसा वसूलो और भाड़ में जाए भट्ठा और भाड़ में जाए पंडित श्रीप्रकाश। उसे याद हो आया कि कैसे उसके पिता ने उसे लताड़ा था यह जानने पर कि उसका सुपुत्र ईंट भट्ठा का कारोबार करने का इरादा रखता है। पिता ने बहुतेरा समझाया था उसे कि अपनी ही कार मनुष्य को करनी चाहिए, इसलिए अपना पुरखों का पंडिताई का ही काम आगे बढाए। पिता के सामने उसका यह तर्क भी व्यर्थ गया कि उसे संस्कृत तो क्या हिंदी भी ठीक से पढ़ना नहीं आता है। ''मुझे

ही कौन सा संसकिरित आती है," पिता ने समझाते हुए बताया था, "इन गाँव के गँवारों के सामने तो बस गले में अँगोछा डाल कर, माथे पर तनिक ढ़ंग का और बड़ा सा तिलक लगाकर और संसकिरित जैसी लगती बोली में कुछ भी अंडबंड बकते जाओ, ये हाथ जोड़े तुम्हारे सामने बैठे रहेंगे।"

उस समय की दी गई पिता की सीख मान लेता तो आज यों चोट्टे गूजरों की चोरी, कच्ची ईंटों पर बारिश की सीनाजोरी की दहशत, ग्राहकों के इंतजार में मुंशी सुमेरा जाटव के साथ हुक्के की चिलम की अदला बदली में दिन तो न काटने पड़ते। सच्चाई और आदर्श का आज के जमाने में कोई मोल नहीं है, उसने सोचा। झूठे मंतर और झूठी संस्कृत बोलकर मजे में जीवन कट जाता।

गहरी एक उसाँस भरकर उसने मुंशी सुमेरा जाटव से कहा, "मुंशी जी, लो, चिलम अपने हुक्का पर रखो, तुम्हारी बारी आ गई है।"

मुंशी सुमेरा ने पंडत श्रीप्रकाश के हुक्के पर से चिलम उतारकर अपने हुक्के पर जमाई तथा खूब लंबे तीन-चार कश एक के पश्चात् एक लेकर रेलगाड़ी के इंजन की तर्ज पर धुएँ की एक लंबी शृंखला आसमान की ओर छोड़ी तथा चिलम उतारकर पुनः पंडत श्रीप्रकाश के हुक्के पर रख दी।

अपनी बारी आने पर पंडत श्रीप्रकाश ने फिर से अपने हुक्के में दम लगाकर कहा, "मुंशी जी, ग्राहक एक भी नहीं आ रहा है, मजदूरों को पिछले महीने का भी भुगतान अभी तक नहीं कर पाए हैं। कोई जुगत लगाओ, यार। मैं बताए दे रहा हूँ कि और महीना-भर यदि कोई गाहक न आया तो बस आषाढ़ महीना तुम्हारी कच्ची ईंटों पर कहर बर्पा कर देगा।"

"क्या जुगत करूँ, पंडत जी।"

मुंशी को पेशगी आगाह करते हुए पंडत श्रीप्रकाश ने कहा, "सच है कि नहीं इसमें मत पड़ना, लेकिन मैंने सुना है कि चमरवाड़े का काले भगत अच्छी भगताई करता है, उससे मिलकर कुछ कराओ। अपने भट्ठा पर कोई अच्छा सा मंतर अथवा फूँक मरवाओ जिससे कुछ धंधा चले।"

"चमरवाड़ा नहीं पंडत जी—जटवाड़ा कहो," अपना विरोध दर्ज कराते हुए मुंशी ने आगे कहा, "पहली बात तो यही है कि काले भगत में इतनी ही करामात यदि है तो अपना मंतर गूजरों पर क्यों नहीं प्रयोग करता, पिछले महीने-भर से जाटवों की जो हालत गूजरों ने की हुई है! दूसरी बात यह है कि मंतर फंतर और भगताई सब बकवास है, आप इन फालतू की बातों में न पड़ो।"

"कैसे न पड़ूँ, तुम समझते हो कि गरीबी केवल चम...मतलब जाटवों में ही है। मेरे घर की जो हालत है उसका कैसे वर्णन करूँ? पंडतानी पिछले चार महीने से पीछे पड़ी है—'सोने के कंगन बनवा दो...सोने के कंगन बनवा दो।' कहाँ से बनवाऊँ, हाथ में तो

धेला भी नहीं है। छोटा बेटा साल-भर से साइकिल खरीदने के लिए पीछे पड़ा है, कहाँ से लाकर दूँ। क्या गूजरों के समान चोरी-डकैती करने लगूँ?"

"पंडत जी भी गरीब है, मुंशी सुमेरा भी गरीब है, पूरा जटवाड़ा भी गरीब है, लेकिन पंडत जी एक बात तो देखो तीनों की गरीबी कैसी है। पंडत जी में सामर्थ्य नहीं है कि पंडतानी को कंगन और बेटे को साइकिल दिला सकें, मुंशी सुमेरा जाटव में सामर्थ्य नहीं कि एक माह भी पंडत श्रीप्रकाश के भट्ठे पर काम करके वेतन न मिले तो दोनों वक्त की रोटी भी कुनबा को मिले, जटवाड़े में इतनी भुखमरी है कि गूजरों के बहिष्कार के चलते आधे घरों में बच्चों तक को रोटी के दो टुकड़ों के लाले पड़े हैं। और मुझे तो तनिक भी संशय नहीं है कि ये बिड़ला, टाटा सेठ भी अवश्य गरीबी भुगत रहे होंगे कि बच्चे और एक नई कार माँगते होंगे, पत्नियाँ हीरों के दसवें हार की फरमाइश करती होंगी, स्वयं एक और कारखाने को स्थापित करने अथवा हड़पने की इच्छा रखते होंगे और बेचारे मारे गरीबी के मन मसोसकर रह जाते होंगे, न दे पाते होंगे न ले पाते होंगे।" मुंशी सुमेरा ने उनके हुक्के से चिलम उतारने के लिए हाथ बढ़ाते हुए कहा।

पंडत श्रीप्रकाश भोंचक होकर अभी मुंशी जी की ओर देखने की प्रक्रिया में ही थे कि तुल्ले हाँफता हुआ आता दिखा तो हड़बड़ाकर मुंशी को संकेत से बताया कि दूर होकर बैठे तथा अपना हुक्का छिपा ले। दो हुक्कों के मध्य एक चिलम की साझेधारी उन दोनों के बीच अत्यंत निजी क्षणों का समायोजन था तथा ठोस आर्थिक कारणों पर टिका था, किन्हीं जातिगत समभाव अथवा सामाजिक सुधार भावना का फल नहीं था। एक बार हुक्के पर सुलगाकर चिलम रखी तो या तो पूरी पीकर उठो या अभी चिलम कच्ची ही है कि उसे त्यागो। पेट भरने के लिए तो हुक्का पिया नहीं जाता है, पिया जाता है आदतन, अपने आप को व्यस्त रखे रखने को, दिन-भर ग्राहक की प्रतीक्षा में समय काटने के लिए, जो कभी-कभार ही आता है। न तो पंडत श्रीप्रकाश ही धनी है और मुंशी सुमेरा तो निश्चित ही नहीं है। एक हुक्के से तो दोनों पी नहीं सकते, एक बामण है दूसरा चमार! पंडत श्रीप्रकाश संसकिरत नहीं जानता लेकिन बड़े बूढ़ों ने कहा है, शास्त्रों ने कहा है कि अग्नि सब को तपाकर शुद्ध कर देती है, बस यही आधार है—एक चिलम और दो हुक्कों का। एक ही चिलम दो हुक्कों पर बेझिझक बैठती है, आती है जाती है। जात बचाने की जुगत में पंडत श्रीप्रकाश बेचारे को लेकिन हर बार चिलम स्वयं ही तैयार करनी पड़ती है। तंबाकू को छूत से बचाना भी आवश्यक है। वैसे भी पंडत श्रीप्रकाश जात फात के टंटों में कम ही विश्वास करता है, समाज में रहने की विवशता के चलते लेकिन वर्णभेद को बनाये रखना उसकी विवशता है। इस प्रकार जात भी बचा ली है पंडत श्रीप्रकाश ने तथा हर चिलम के हिसाब से प्रतिदिन कोई एक पाव तमाखू भी। पंडत श्रीप्रकाश भी और मुंशी सुमेरा जाटव भी अपनी प्रतिदिन की बचत से संतुष्ट हैं। दोनों के मध्य का यह बेहद गुप्त आयोजन है।

"आ, भाई तुल्ले, आ। बैठ जा।" पंडत श्रीप्रकाश ने तुल्ले का स्वागत करते हुए कहा।

"राम राम पंडत जी।" कहकर तुल्ले ने पंडत श्रीप्रकाश का अभिवादन किया लेकिन खड़ा ही रहा। पंडत चारपाई डाले बैठा था तथा मुंशी इकलौते एक टूटे तीन टाँग के स्टूल पर बैठा था। अन्य कुछ बैठने के लिए न था। पंडत ने उससे धरती पर ही बैठने की अपेक्षा की थी। जब कई लंबे क्षणों तक तुल्ले खड़ा रहा और आगे कोई बात न की तब पंडत श्रीप्रकाश ने बात को समझा कि दरियापुर के जाटवों ने अकेले गूजरों के विरुद्ध ही बिगुल नहीं बजाया हुआ था। हालात में बेहद बदलाव इस माह के भीतर आ चुके थे पंडत श्रीप्रकाश ने इसे समझकर मुंशी को संकेत किया। मुंशी ने दौड़कर कोई दसेक ईंटों का चट्टा (चबूतरा) तुरंत खड़ा कर दिया और उस सिंहासन सदृश दिखते चट्टे पर तुल्ले विराजमान हो गया तब बोला, "पंडत जी ईंट चाहिए, भाव-ताव करने के लिए आया हूँ। दोनों बेटे मैंने आपके पास भेजे थे। क्या आपके पास आए नहीं?"

"न, वे दोनों तो आए नहीं।" तुल्ले के प्रश्न को परे सरकाते हुए आगे कहा, "क्या बना रहे हो? घर पक्का कर रहे होगे। भैया, बहुत अच्छी बात है। कच्चे घरों का जमाना अब नहीं रहा। कितने कमरे पक्के कर रहे हो? ईंट बिल्कुल तैयार हैं जितनी चाहे ले जाओ। नकद भुगतान करना होगा, भैया।" पंडत श्रीप्रकाश ने लगभग हाँफते हुए कहा। महीनों के बाद कोई ग्राहक आया है, उसने सोचा, तनिक सा भी हीला हवाला किया कि बिदक जाने की संभावना हो सकती है, लेकिन जब गूजरों तक की इतनी सामर्थ्य नहीं तब यह चमार मकान पक्का करने की हिम्मत कैसे जुटा पाया है, गूजर इसे मकान पक्का कर लेने देंगे इसमें भी संदेह की पर्याप्त गुंजाइश है, आखिरकार गूजरों की मूंछ का भी तो सवाल है। लेकिन उसे क्या। गूजर जाटव लड़ें-मरे उसमें उसका तो कुछ घटता-बढ़ता नहीं।

"लेकिन मैंने तो दोनों बेटों को बहुत सवेरे ही आपके भट्ठा पर भेजा था, यहाँ नहीं आए तो कहाँ गए होंगे?", उसके पश्चात् मुंशी को संबोधित करके कहा, "तुमने देखे क्या?"

"ना।"

तुल्ले ने संतोष की एक साँस लेते हुए सोचा अच्छा ही हुआ गूजरों के मुहल्ले से निकलते हुए इस ओर नहीं आए उसके बेटे। भट्ठा पर न आकर कहाँ चले गए हैं यह कोई विशेष चिंता की बात न थी।

"चौधरी तुलाराम, बोलो कितनी ईंटों का इंतजाम करूँ।" पंडत ने तुल्ले के लिए सम्मान का एक और रद्दा (परत) रखते हुए कि ग्राहक बिदक न जाए, कहा।

"मैं कुछ 'ब्योंत' (अनुमान) लगाकर लाया हूँ, बाकी आपकी सलाह और मेरे जुगत-जुगाड़ पर निर्भर करेगा।"

पंडत ने, मुंशी को संकेत करते हुए कि हिसाब लगाता जाए, तुल्ले से पूछा, "कितने कमरे?"

"पंडत जी कमरे नहीं, दो मंजिला मंदर।"

तुल्ले के द्वारा मंदर बनाने की बात पूरे दरियापुर में फैली हुई थी इसलिए पंडत को कोई विशेष आश्चर्य न हुआ इसलिए मुंशी को लिखवाया, "20000 ईंट।", पुनः तुल्ले को संबोधित कर कहा, "और?"

"पुजारी का कक्ष एक, रसोई एक तथा चारदीवारी लगभग 75 हाथ।"

मुंशी ने जल्दी-जल्दी कागज़ पर हिसाब लगाकर पंडत के सम्मुख प्रस्तुत कर दिया जिसे दो पल अवलोकन करने के पश्चात् पंडत श्रीप्रकाश ने गहरी नजरों से एक बार तुल्ले को देखा, अपना सिर खुजाया, आँखे दो-चार बार झपकाईं और जब विश्वास हो गया कि सचमुच ही तुल्ले मंदिर बनाने जा रहा है तब तुल्ले को हिसाब बताया :

"तुल्ले भाई 45000 ईंटों की आवश्यकता होगी तुम्हें।"

"रेट क्या चल रहा है?"

"दूसरों के लिए चाहे जो हो, तुम धर्म का काम करने जा रहे हो, इसलिए तुम से केवल 150 रुपया प्रति हजार।", यद्यपि भट्ठे पर ईंटों का मौजूदा रेट 140 चल रहा था, उसमें दस रूपया और बढ़ाकर तथा धर्म के कार्य में अपना सहयोग दर्शाते हुए पंडत ने बताया।

"यह तो कुछ अधिक रेट लग रहा है?"

"भगवान का मंदिर बना रहे हो इसलिए अव्वल दर्जे की ईंट का भाव बताया है. तुम ऐसा करो दोयम दर्जे की ईंट खरीद लो, गुणवत्ता में बस मामूली सा ही अंतर होगा। उसका भाव 125 चल रहा है। जुगत नहीं बैठ रही हो तो लाल पेटी खरीद लो 120 रुपया हजार, बस, मामूली सा ही गुणवत्ता में अंतर होगा और यदि बिल्कुल ही मीज़ान (जुगाड़) न बैठ रहा हो तो खंगर (ताप की अधिकता से टेढ़ी मेढ़ी हो गई) ईंट से भी काम चला सकते हो, 80 रुपया प्रति हजार। बोलो, तुल्ले भाई, किसका आर्डर दे रहे हो।"

तुल्ले ने मन ही मन कच्चा सा हिसाब लगाया कि इस प्रकार तो पूरे पाँच बीघे खेत ही बेचने पड़ जाएँगे। किसान से पूरा मजदूर बन जाएगा। 'इस, साले करना गूजर ने उसे कैसे हालात में फँसा दिया है।' उसने सोचा। 'मंदिर की जिद को अभी भी छोड़ा जा सकता है लेकिन घंटा-भर पूर्व ही तो चारों मुहल्लों को बताकर आया है कि हर हालत में वह मंदिर बनाकर रहेगा।'

पंडत तुल्ले के चेहरे पर आ-जा रहे भावों से तुरंत ताड़ गया कि ग्राहक खूँटा तुड़ा कर बस भागने ही वाला है, सो तुल्ले को समझाने के अंदाज़ में कहा, "तुलाराम भाई, भगती की जो जोत तुम में जागी वह अनमोल है। हज़ारों, लाखों, करोड़ों में से किसी एक भाग वाले को वह मुरलीवाला मुरारी चुनता है इसके लिए। हमारी फूटी किस्मत देखो, उस मुरलीवाले निर्मोही ने हमें न चुनकर तुम पर कृपा की है। पैसा, जमीन, जायदाद तो

विनष्ट होने वाले हैं, आज हैं कल नहीं हैं। खुशियाँ मनाओ, नाचो-गाओ भाई, कि तुम्हें ऐसा अवसर ईश्वर दे रहा है। तुम मंदिर बनाओ, कुछ कमीबेशी होगी तो हम तुम्हारे साथ हैं।'' पंडत श्रीप्रकाश जिसे ढंग की हिंदी भी लिखनी न आती थी, मन ही मन अपनी इस अचानक प्रवचन की प्रकट हो गई योग्यता पर हैरान हो रहा था। उसने मन ही मन उस मुरलीवाले को नमन किया। पिता के द्वारा कुछ भी अंडबंड इन गंवारों के सामने बकने की सलाह उसे स्मरण हो आई। उसके इस अनर्गल प्रवचन के प्रभाव तथा सम्मोहन में जकड़ा तुल्ले आंखें बंद किए उस मुरलीवाले के ध्यान में लीन था। क्योंकि इस केवल लीन होने भर से तो पंडत का काम बनने वाला न था इसलिए तुल्ले को जाग्रत अवस्था में लाने के लिए उसने तुल्ले को झकझोरते हुए कहा, ''भगत तुलाराम अब बोलो क्या सोचा है?''

''पंडतजी, अब सोचना क्या है, मंदर तो बनाना ही है। उस मुरलीवाले को खंगर, लालपेटी अथवा दोयम ईंटों की भेंट चढ़ाकर नाराज न करूँगा। आप तो अव्वल दर्जे की ईंट का ही जोड़ लगाकर बताओ। भगवानजी की किरपा जब मेरे ऊपर हो ही गई है तो मैं क्यों चिंता करूँ! अब तो जो कुछ भी भगवान करायेंगे, सो ही करूँगा।''

''तुल्ले भाई, तुम्हारी भगती देखकर तो दिल करता है कि ईंटें मैं मुफ्त सप्लाई करूँ लेकिन मुंशीजी गवाह हैं कि पिछले तीन महीने से पथेरों को भुगतान नहीं कर पाया हूँ. ..'' कहते-कहते पंडत ने अपनी जुबान काट ली। सच बात अनजाने में उस के मुख से निकल गई थी। ग्राहक उसकी मजबूरी को समझ कहीं मोल-भाव न करने बैठ जाय।

तुल्ले पर लेकिन प्रवचन का प्रचंड प्रभाव हो चुका था। आँखें मूँदे, हाथ माथे से लगाये कहा, ''आप तो जी हिसाब लगाओ। बस, मंदर जब बन जाए तो मूर्ति बैठाने के लिए मंतर पढ़ने आपको ही आना पड़ेगा।''

''हाँ, हाँ, अवश्य।'' लेकिन मन ही मन पंडत ने सोचा मुझे ईंटें बेचने से मतलब है, गूजर इसे मूर्ति बैठाने, प्राणप्रतिष्ठा करने देंगे इसमें खूब सारा संशय है, इसे वह जानता है। स्वयं उसकी अपनी जातिवाले भी उसे ऐसा कर लेने देंगे इसमें भी संशय है, लेकिन वह भविष्य की बात है, अभी से उसके बारे में क्यों सोचे। तुल्ले इस समय ग्राहक है, ग्राहक दुकानदार का भगवान होता है चाहे वह चमार के रूप में ही क्यों न आए।

उस मुरलीवाले ने पंडत श्रीप्रकाश को न चुनकर उस जैसे जाटव को चुन लिया है, इसे जान कर तुल्ले भावसमाधि में पहुँच गया था, भावविहोर हो उसकी आँखों से आँसू बस झरने झरने को हो रहे थे। उसने मन ही मन उस मुरली वाले को प्रणाम करते हुए, जिसने एक बामण के ऊपर उसे तरजीह दी थी, सोचा 'इतना सम्मान, इतना स्नेह उस मुरलीवाले ने इस अकिंचन भक्त को दिया है तो वह भी अब पीछे न हटेगा। सारा गाँव अब देखेगा कि रामरतन जाटव के सुपुत्र ने किस शान और भक्तिभाव से भगवान जी को अपने मंदर में स्थापित किया है। पूरे पाँच बीघे जमीन को तो वह भगवान को अर्पित

करेगा ही और भी आवश्यकता पड़ी तो रिश्तेदारों, मित्रों से कर्ज लेकर भी अपना प्रण पूरा करेगा। अब मंदर का निर्माण गारे-मिट्टी से नहीं सीमेंट से ही कराएगा। दोनों उसके बेटे अवश्य उसका विरोध करेंगे, कर भी चुके हैं, लेकिन दो चपेड़ (चांटे) लगते ही रास्ते पर आ जाएँगे, इससे भी काम न बना तो भूखहड़ताल पर बैठ जाएगा वह। इन मूर्खों को क्या ज्ञान कि एक बामण को बिसारकर उस मुरलीवाले ने उसे निमित्त बनाया है अपना मंदर बनाने को।'

प्रकट में तुल्ले ने, जो अब पंडत के बनाए तुलाराम भगत बन चुका था, कहा, "पंडत जी, भगवान जी ने जो भगती की भावना मेरे भीतर जगाई है उसे अकारथ न जाने दूँगा। आप खूब अच्छा मंदर बनाने के लिए ईंटों का जोड़ तो लगाओ ही मेरे पर इतनी दया और कर दो कि सीमेंट कितना और कहाँ से खरीदूँ इसका भी थोड़ा-बहुत हिसाब कर दो। मेरी जेब में तो धेला भी नहीं है, पाँच बीघे खेत हैं बस पूँजी के नाम पर, लेकिन प्रण कर लिया है भगवान के नाम पर, जमीन को ही भगवान जी के चरणों में अर्पित करूँगा। जिस प्रकार की दुश्मनी गूजरों तथा जाटवों की इन दिनों चल रही है उसके चलते गूजर मेरी जमीन खरीदने को तैयार भी होंगे तो औने-पौने दाम लगायेंगे, जटवाड़ा भी शायद ही मुझे जमीन गूजरों को बेचने देगा। आप ही कोई ग्राहक तलाश कर दो जो ठीक-ठाक दाम लगा दे।"

पंडत ने मन ही मन सोचा कि और अधिक मुरलीवाले-मुरलीवाले का रद्दा चढ़ाने की आवश्यकता अब न रह गई थी, सो दम भर में ही, मुंशी के साथ सिर जोड़कर जो बैठा तो सूची तो तैयार हो ही गई, उसने यह भी सोच लिया कि जब भगवान के नाम पर लूट हो ही रही है, लुटने को तुल्ले तैयार ही है तब वही क्यों न इस बहती गंगा में जी भर डुबकी लगाये? ईंट-भट्ठा तो व्यापार है ही, तुल्ले की जमीन को स्वयं औने-पौने में तुरंत खरीद कर बाद में ऊँचे दामों पर गूजरों को बेचना भी तो व्यवसाय ही है। सो तय कर लिया कि तुल्ले की ज़मीन वह स्वयं ही खरीदेगा, आखिरकार भगवान का मंदर बनने में उसका भी तो कुछ योगदान होना ही चाहिए। पंडतानी को सोने के कड़े तथा बेटे को साइकिल के पश्चात् भी काफी कुछ बच जाएगा। मुरलीवाले ने इस चमार को न चुन कर स्वयं उसी को चुना है अपनी कृपा के प्रसाद के लिए, इसे वह जान गया है अन्यथा तो तुल्ले जैसे बेअकल के सिर मंदिर बनाने का जुनून क्यों चढ़ाता मुरलीवाला। जय हो, प्रभु, आपकी लीला अपरंपार है, प्रभु, कृपा बनाए रखना इसी प्रकार।

62

इस प्रकार मंदर निर्माण के लिए जो सूची तैयार करके पंडत ने तुलाराम भगत को थमाई उसके अनुसार तुल्ले के पाँच बीघे खेत भी पूरे न पड़ते थे। पंडत ने तुल्ले के पाँच बीघे खेत क्रय करके उसे कृतार्थ भी कर दिया था। तुल्ले के पुत्रों ने बहुतेरा समझाया-बुझाया लेकिन तुल्ले अब भगत बन चुका था, पंडत श्रीप्रकाश के बनाये, सो किसी की भी बात सुनने को तैयार न था। तीन दिन के भीतर ही जमीन विक्रय की रजिस्ट्री भी हो गई तहसील में और पैसा सीधे पंडत श्रीप्रकाश के पास ही जमा रहा. जो नाते-रिश्तेदार उस दिन अपने कपड़े-लत्ते तक छोड़ कर भाग गए थे वे फिर से आ कर जुट गए। मरे हृदय से तुल्ले के अपने बेटे भी, पत्नी भी उस कार्य में जी जान से जुट गए। फिर से मंदर निर्माण के कार्य ने एक मेले-ठेले का रूप ले लिया। दिन भर पूरा कुनबा तथा नाते-रिश्तेदार मंदर निर्माण की उस स्वयं उपजाई, पोषित बेगारी में जुते रहते, रात में अच्छे से भी अच्छे भोजन नाते-रिश्तेदारों के लिए बनते। वे चटखारे लेते, संतुष्टि की लंबी-लंबी डकारें मारते खाट पर पड़ जाते सोने के लिए कि अगले दिन की मुरलीवाले की बेगारी में जी जान से जुत सकें। पूरे एक माह यह बेगारी आयोजन अपने पूरे शबाब पर चलता रहा। ईंटों की ढुलाई, सीमेंट की खरीददारी होती रही और पूरा जटवाड़ा इस अजब अहमकपने को आँखें फाड़े देखता रहा। जिस प्रकाश का इंतज़ाम तेल की एक ढिबरी से किया जा सकता था उसी की प्राप्ति के लिए अपने पूरे घर को फूँक कर तुल्ले और उसका परिवार नाच रहा था, खुशियां मना रहा था, पर्व मना रहा था, इस घर फूँक आयोजन पर अनुग्रहीत हो-कृतार्थ हो पंडत के चरण छू रहा था। इस आवश्यकता से अधिक फुला दिए गए गुब्बारे को अंततः फूटना ही था, सो वह तब जाकर फूटा जब वायदे से मुकर कर पंडत श्रीप्रकाश ने मूर्ति को बैठाने-प्राणप्रतिष्ठा करने से इनकार कर दिया।

मंदर बनकर तैयार था लेकिन मंदर की शुद्धि तथा मूर्ति की प्राणप्रतिष्ठा न हो पा रही थी। सोचा था पंडत श्रीप्रकाश क्योंकि दरियापुर का न था इसलिए गूजरों के दबाव में न आएगा। जो ग्राहक को भगवान मानता, तुल्ले को तुलाराम भगत बनाने वाला व्यवसायी वही पंडत श्रीप्रकाश लेकिन फिर से ब्राह्मण बन गया था। घिघियाने और डरने का अभिनय करते हुए पंडत श्रीप्रकाश ने तुल्ले के सामने हाथ जोड़कर कहा था, ''भगत जी, मेरी मजबूरी है, प्राणप्रतिष्ठा यदि उसने की तो जात-बिरादरी से बाहर कर दिया जाएगा वह.'' तुल्ले को समझाया कि भगत जी को लेकिन यूँ अकेले इस फँस गए हालत में न छोड़ेगा वह। भगत तुलाराम की भगती का कायल है वह, सो प्राणप्रतिष्ठा के लिए कुछ मंतर वह कागज़ पर लिखकर दे देगा। मूर्ति पर गंगाजल छिड़ककर इस मंतर को भगत जी स्वयं पढ़ देंगे तो प्राणप्रतिष्ठा हो जाएगी।''

वही हुआ। पूरे मुहल्ले को न्योता दिया तुलाराम भगत ने, प्राणप्रतिष्ठा के पश्चात् भोजन जीमने के लिए। धौले-भक्क धोती-कुर्ता में भगत तुलाराम तथा उसके बेटे, अच्छी साड़ी-घाघरों में उसकी पत्नी तथा रिश्तेदारियों से आईं स्त्रियाँ सजधज कर मंदर में बैठ गए। गंगाजल से अच्छी तरह राम-सीता और लक्ष्मण की मूर्ति को, यह भूल कर कि भगत तुलाराम पर कृपा तो मुरलीवाले ने की थी, स्नान कराया फिर उस कागज के टुकड़े को जिस पर पंडत श्रीप्रकाश ने मंत्र विशेष लिखकर दिया था माथे लगाया तथा अटकते-अटकते मंतर पढ़कर उस मूर्ति को प्रतिष्ठित कर दिया। मंदर-फंदर के विरुद्ध होते हुए भी, हलवा-पूड़ी, चावल-बूरा, देशी घी और दाल-चावल का स्वाद भारी पड़ गया. सारा जटवाड़ा उन पकवानों पर टूट पड़ा खाने को। तृप्ति की डकारें लेते जटवाड़े ने कहा, 'वाह, रामरतन का नाम रौशन कर दिया। शान बढ़ा दी जटवाड़े की।' मूँछें जो देशी घी से सन गई थीं, उन्हें हाथों की हथेलियों पर स्थानांतरित करते, पेट पर हाथ फिराते पूरा जटवाड़ा लौट गया अपनी एक पंचायत करने के लिए जिस में तुल्ले और उसके परिवार का हुक्कापानी (सामाजिक बहिष्कार) बंद किया जाना था।

63

इस प्रकार जटवाड़े में जाटव अपनी एक पंचायत में तुल्ले से अलग ही सोच में मुबतिला हो तुल्ले से भिन्न विचार रखकर उससे हुक्का-पानी के संबंध को तर्क करने पर विचार-विमर्श कर रहे थे।

फिर से वही छिद्दा का घेर, वही छोटी-बड़ी मूँछों वाले चौधरी, वही उनके हाथों में थमी हुक्का की नाल, वही वातावरण में तैरता तीखा कड़वा कसैला धुएँ का बादल, वही बात-बेबात पर बड़े-बूढ़ों की युवाओं पर पड़ती झिड़कियाँ और वही पंचायत। सब कुछ वैसे का वैसा ही लेकिन वातावरण में व्याप्त अदृश्य एक अंदेशा था जटवाड़े के एक और बार बँट जाने का, तुल्ले के हुक्का-पानी बंद करने के विषय में। तुल्ले का अपराध इतना बड़ा न था कि उसका सामाजिक बहिष्कार किया जाए। गाँव देहात में इससे बड़ा दंड और कोई नहीं है कि किसी का हुक्का-पानी बंद हो जाए। अभी पंचायत ठीक से प्रारंभ भी न हुई थी कि इस प्रस्तावित दंड के विरोध में खुसरफुसर होने लगी थी। तुल्ले के साथ सहानुभूति के साथ-साथ चटखारे लेकर खाये गए उस दिन के भोज का भी निश्चित ही असर था उसमें। खाये गए नमक को इतने सहज तरीके से नकारा नहीं जा सकता था। वही बोल रहा था बार-बार उसके समर्थन में आवाज़ बनकर। तुल्ले को यद्यपि इस बहिष्कार की चिंता न थी, भगत बन गया था अब वह, मुरलीवाले ने जो कृपादृष्टि उसके ऊपर की थी वह सिर चढ़कर बोल रही थी लेकिन उस तक भी यह खबर पहुँच गई थी। तुल्ले के बेटे इस आगत दंड के सिर आ पड़ने की संभावना से काफी रुष्ट थे। गाँव-मुहल्ले के बिना समाज में जीने का अर्थ वे भली भांति जानते थे। न किसी के साथ उठना-बैठना, न खाना-पीना, न रोटी बेटी का रिश्ता, न दुख-सुख में सहभागिता किसी के साथ। कैसी विकट स्थिति में उनका बाप उन्हें डालने जा रहा था।

ग्यारह और तेरह वर्ष की बहनें भी हैं उनकी, इस गले आ पड़े हुक्का-पानी बंद के दंड और बहिष्कार के पश्चात् उनके विवाह का क्या होगा? गाँवों में इस बहिष्कार को इतनी सख्ती से पालन किया और कराया जाता है कि ब्याह-शादियों के मामले में तो पूरे क्षेत्र-भर में इसे फैला दिया जाता है बिरादरी-भर में। इसके पश्चात् कोई बिरादरीभाई अपनी बेटी ऐसे परिवार में देने की हिम्मत नहीं करता है। बहिनों के विवाह के प्रति तुल्ले के बेटों की चिंता उचित ही थी। दोनों यद्यपि अभी छोटी ही थीं तथा मुहल्ले के ही ईसाई स्कूल में पाँचवीं कक्षा में पढ़ती थीं दोनों पर ही इस बहिष्कार का दूरगामी परिणाम तथा प्रभाव निश्चित था।

विधिवत पंचायत प्रारंभ हो गई। हुक्कों की नाल छोड़कर चौधरियों ने गर्दनें ऊँची करनी शुरू कर दीं थीं।

"सभी पंचो को राम-राम, आज की पंचायत तुल्ले के जात विरोधी, मुहल्ला विरोधी कारनामों के कारण बुलाई गई है। आप..." खड़े होकर ताऊ मुथरा ने बात को आगे बढ़ाने के निमित्त पंचायत को संबोधित किया लेकिन उसके राम-राम द्वारा पंचायत को संबोधित करने पर जयचंद बौद्ध अर्थात बुद्धू भड़क गया तथा ताऊ मुथरा के संबोधन में व्यवधान देते हुए चीखा, "ताऊ जिस नाम ने हमें आज इस जलालत में धकेला है उसे क्या अब भी न तिलांजलि दोगे? अब भी उसी की जय पुकारते रहोगे?"

"चुप्प बेकूप" ताऊ मुथरा ने लगभग प्यार भरे अंदाज़ में जयचंद को झिड़कते हुए कहा, "अरे, अहमक, यह राम-राम कहते हमें सदियों गुजर गए हैं, हमारे माँ-बाप भी तथा उनके भी माँ-बाप इस राम-राम को कहते हुए दुनिया से सिधार गए। अरे, उल्लू सोचकर देख, क्या दो दिन में ही यह आदत छूट जाएगी? और इसमें ऐसा बुरा भी क्या है। हाँ, यह तुम्हारी उम्र की लंढेर जो चाहे कहती फिरे हमें कोई एतराज नहीं है। इसलिए व्यर्थ में इतनी-सी बात पर बंदरों में डंडा मत डाल।"

जयचंद, लेकिन ताऊ...लेकिन ताऊ...लेकिन ताऊ ही कहता रह गया तथा ताऊ मुथरा ने उसे फिर से डाँटकर चुप कर दिया। ताऊ मुथरा का आदेश टाला नहीं जा सकता था अतः मन मसोसकर जयचंद भनुभुनाता बैठ गया।

मसखरा रौतास लेकिन बात को इस प्रकार पानी में नहीं जाने देना चाहता था इसलिए जयचंद को हथियार डालते देख, बीच में कूद पड़ा यह कहते हुए, "ताऊ, उमर-भर की आदत तो न्यूं छूटै है चुटकी में" हाथ से चुटकी बजाकर दिखाते हुए, जो उसके बार-बार बजाने के प्रयत्न पर भी बज न रही थी अंततः हार मानकर, आगे बोला, "अब देखो ताऊ, सारी उमर गुजर गई थी मुझे यह कहते हुए, तकिया कलाम के समान बात-बेबात, अवसर-कुअवसर पर, और आप सब भी जानते हैं कि यह अनजाने में ही, अपने आप ही मुँह से निकल जाता था दिन-भर में पचासों बार, "हे...भगवान.... ।" पूरी पंचायत के द्वारा अपनी बात के समर्थन तथा अनुमोदन के

लिए उसने बात को बीच में ही रोकते हुए पंचायत से कहा, ''बोलो जी, पंचो, गलत तो नहीं कह रहा हूँ?''

पूरी पंचायत ने जब हाँ में सहमति प्रदर्शित कर दी तब आगे बढ़ा, "तो जी, पंचो, मैं तो अब जब भी 'हे भगवान', कहने की हुड़क उठती है तो, कहने की आदत डाल ली है 'हे...पकवान...तोय खाये हुए कितने दिन हो गए।' ल्यो जी न खाये तो ना सही, नहीं औकात खाने की तो ना सही, दिन में पचासों बार 'हे पकवान...' कहकर चटखारे लेकर उस स्वाद को तो याद कर ही लेता हूँ और वह 'हे भगवान' की हुड़क भी पूरी हो जाती है। ईसाई मास्टर को देखते ही 'जय, मसीह की जी' कहते हो कि नहीं? तब तो राम-राम जी नहीं याद आता! बस वही बात है जैसी आदत डालो वैसी ही आदत पड़ जाती है।''

उसके 'हे पकवान...' के उदाहरण पर सारी पंचायत में खूब जोरों का ठहाका लगा। युवाओं ने इस विचित्र प्रस्ताव को बेहद पसंद किया तथा चटखारे ले-लेकर 'हे...पकवान...तोय खाये हुए कितने दिन हो गए।' का जाप वहीं के वहीं करने लगे। इस पर और कई सारे ठहाके लगे, लेकिन ताऊ मुथरा ने स्नेह भरी एक डाँट लगाकर सब को चुप करा दिया, ''ठीक है-ठीक है, जिसका जिसको जी चाहे याद करो, चाहे तो भगवान को, चाहे पकवान को।''

बेचारा रौतास भी भुनभुनाता हुआ चुप बैठ गया क्योंकि जानता था कि ताऊ मुथरा का 'वीटो' अंतिम आदेश था, सर्वमान्य था। कोई काट नहीं थी उसकी।

ताऊ मुथरा ने खँखारकर गला साफ करते हुए पंचायत को संबोधित कर कहा, ''बात तुल्ले के द्वारा मंदर बनाने अथवा न बनाने की नहीं है, सब स्वतंत्र हैं, चाहे तो मंदर बनाओ, चाहे 'महजद', चाहे गिरजा बनाओ, कुआँ में गिरो चाहे झेरे (गढ़े) में, मरो कहीं भी जाकर हमारी बला से। लेकिन जब सारा मुहल्ला एक होकर गूजरों और दूसरी जात, जो हमें कुचलने की हर कोशिस कर रहे हैं, के हाथों में खेलकर पूरे मुहल्ले, जात के खिलाफ काम किया है। इसके लिए दंड क्या दिया जाए, दिया जाय कि न दिया जाय इस पर ही चर्चा करनी है।'' ताऊ मुथरा ने मुद्दे को पंचायत के सामने रख दिया।

हलवा-पूड़ी, चावल-बूरा, देशी घी और दाल-चावल के चटखारे भरे स्वाद ने भी तथा आगामी भविष्य में और अनेकों ऐसे ही आयोजनों की संभावना ने, लेकिन उस प्रस्ताव को तुरंत उसके शैशव में ही औंधे मुँह गिरा दिया। सबने एकमत से सहमत होकर किसी भी प्रकार के दंड को नकार दिया। इस प्रकार उस दिन की वह पंचायत वहीं समाप्त हो गई।

64

भगत तुलाराम के लिए लेकिन बात अभी शुरू ही हुई थी। उसके लिए इतना-भर भी अपमान का बायस था कि उसके विरुद्ध मुहल्ले की पंचायत बहिष्कार करने के लिए बैठे। क्रोध की अग्नि में फुँकते हुए उसने अपने बच्चों, पत्नी और घर आए रिश्तेदारों को सुनाते हुए कहा, "ये सब मुझे क्या हुक्का-पानी बंद करके जात-बिरादर से बाहर करेंगे मैं खुद इनका हुक्का-पानी बंद करता हूँ। ये समझते हैं कि मैं इनके बिन मर जाऊँगा, मेरे बच्चों के शादी-ब्याह इनके बिना न होंगे? मैं इन्हें दिखा दूँगा कि मुझे इनकी आवश्यकता नहीं है। आज के बाद इस मुहल्ले के किसी भी घर में मैं जाऊँ, कुछ संबंध रखूँ तो असल औलाद नहीं मैं अपने बाप की।" और इसके पश्चात् दाँत किटकिटाते हुए उसने चिल्लाकर मुहल्ले-भर को सुनाते हुए कहा, "ऐसी की तैसी तुम सबकी। जाओ जो बने कर लेना।" इतने-भर से भी उसे संतोष न हुआ इसलिए पूरे बिलौटा जौम मुहल्ले को पार करता हुआ बाकी सारे मुहल्लों में चीख-चीखकर घोषणा करने लगा, "ऐ...., सुण ल्यो सारे मुहल्ले वाळो, तुमने मेरे खिलाप पंचात करी है, मोहै जात-बिरादर से बाहर करोगे! जाओ, मैं तुम्हें बाहर करता हूँ। आज के बाद खबरदार जो किसी सुसरे नै मेरे घर में पाँव धरे तो। आज से मैं थारौ हुक्का-पाणी बंद कर रहयो हूँ" इसके पश्चात् वह फुंकारता हुआ अपने घर आ गया। उसके रिश्तेदारों ने, बेटों ने थोड़ा-बहुत उसे इस बेअकली पर फटकारा लेकिन प्रकट में उसके पक्ष में खड़े होकर कहा, "बिलकुल फिकर न करो, हम तुम्हारे साथ हैं, बेटे-बेटियों के ब्याह की भी चिंता मत करो। ऐसी की तैसी जटवाड़े की।"

जो भरी पंचायत न कर पाई थी तुल्ले ने अपनी क्रोधाग्नि में स्वयं कर लिया था। बहिष्कृत न होकर भी उसका बहिष्कार हो गया था, हुक्का-पानी बंद न होकर भी उस

का हुक्का पानी बंद हो गया था। करना गूजर को पीटने पर जब गूजर उसके ऊपर चढ़ दौड़े थे तब यही मुहल्ले उसके पक्ष में सशस्त्र खड़े हो गए थे इसे वह बिल्कुल भूल गया। उसकी चीख पुकार का तो कोई विशेष नोटिस न लिया था मुहल्लों ने लेकिन उसकी इस अहसानफरामोशी को वे भी न पचा पा रहे थे जो कल के उसके द्वारा दिए भोज के चटखारों से बँधे पंचायत में उसके विरुद्ध प्रस्तावित दंड को 'वीटो' कर चुके थे। बिना बहिष्कार किए भी, बिना कोई प्रस्ताव पारित किए ही, बिना चर्चा किए ही, बिना शब्दों के उच्चारण के ही जटवाड़े के तीनों मुहल्लों ने अनौपचारिक रूप में उस का बहिष्कार कर दिया।

भगत तुलाराम के पतन का पहला अध्याय लिखा जा चुका था।

65

ईसाई स्कूल में पढ़ रहीं धरमबती बड़ी और करमबती छोटी ने स्कूल से आते ही बस्ता पटककर माँ को संबोधित करते हुए तथा लगभग समवेत स्वरों में चीखते हुए कहा, "अम्माँ, बाबा हमें ईसाई स्कूल से उठा रहे हैं क्या?"

"उठाएँगे क्यों? तुमसे किसने कहा?" प्रश्न दागते हुए दयाबती बेटियों के सामने थाली में रोटियों का ढेर लगाती हुई चिहुँक गई। दोनों के 'बेला' में आलू गोभी की तरकारी परोसते हुए पूछा, "तुम्हारे बाबा, तुम्हें स्कूल से चौं उठामिंगे? खेतीबाड़ी मंदर की भेंट चढ़ गए तो का भयो, का बच्चान के पालने पोसने लायक बी ना बचे हम अब। चुपचाप रोटी खाओ तुम दोनों।"

"अम्माँ, ईसाई मास्टर से लड़कर आए हैं आज स्कूल में। मास्टरजी ने तो भौत समझाने की कोशिस करी थी, लेकिन बाबा कह आए हैं कि उनकी बेटी अब अधर्मी क्रिस्तानों के स्कूल में नहीं पढ़ेंगी।" माँ के द्वारा दिए गए आश्वासन से तनिक सा भी आश्वस्त न होते हुए दोनों ने लगभग पुनः समवेत स्वरों में कहा।

दयाबती सिर पकड़कर बैठ गई। बेटियों के भोजन में पड़ते व्यवधान को देख वह कोठरी में भीतर जाकर बैठ गई लेकिन बेटियों को समझाने के पश्चात्, "दोनों चुपचाप रोटी खाओ। कुछ नहीं होगा मैं बात करूँगी तुम्हारे बाबा से।"

दयाबती कोठरी के अँधेरे में बैठी सोच-विचार में गुम हो, अपने फूटे करमों को कोसने लगी, उस 'नासपीटे' मंदर को कोसने लगी, उस 'मरे' करना गूजर को कोसने लगी जिसके कारण खेतीबाड़ी बेचकर पुनः मजदूर बने कुनबा की मुसीबतें रुकने का नाम न ले रही थीं। बेटियों को ईसाई स्कूल से हटाने की क्या तुक है भला! मुहल्ले के अन्य बच्चे भी तो ईसाई स्कूल में ही पढ़ते हैं, तब बेटियों को वहाँ से हटाने की क्या

तुक है। उसे अपने पति पर बेहद हैरानी हुई। क्या उसका यह खसम पूरे परिवार को पूर्णतः बर्बाद करके ही दम लेगा। अच्छी-भली, पढ़-लिख रही बेटियों को घर में बैठाने की ज़िद और किस रसातल में पहुँचाने की भूमिका है? ज़मीन चली गई, मुहल्ले से उठ-बैठ चली गई। अब और क्या-क्या जाएगा इस व्यर्थ की ज़िद में। किसके सामने सहायता के लिए पल्ला पसारे दयाबती अब? उसके अपने भाई-भतीजे तो इस मंदर के मेले-तमाशे में कोई महीना-भर उसके घर में पड़े रहकर, घी-बूरा, चावल, पूड़ी-कचौड़ी की तृप्ति की डकारें लेते उसके पीहर लौट गए हैं। और कौन उसके पति को समझाने का साहस रखता है, समझ नहीं पा रही थी। ओसारे में भोजन कर रही उसकी बेटियों की और तरकारी की पुकार ने उसके सोचने के क्रम को भंग कर दिया। बेटियों को और तरकारी परोसते-परोसते दयाबती ने तय कर लिया कि वह बच्चों के भविष्य को यों बिगड़ने न देगी। पतिरूपी इस बिगड़ैल सांड़ को 'नाथना' ही होगा उसे। उसे पुनः मजदूर बनाने वाले इस मंदर को देखते ही उसके तन-बदन में आग लग जाती है. उस आग में और अधिक प्रज्वलन कर देता है भगत तुलाराम बने उसके पति का 'राम...राम, हरे.. .हरे, राम...राम, हरे...हरे' का जाप जो वह सारे मुहल्ले को सुनाता हुआ भोर से भी बहुत पहले करना शुरू करता है। इस मंदर के बनने के बाद जो थोड़ा-बहुत पैसा बचा है उसे भगत तुलाराम प्रतिदिन की पूजा में फूँक रहा है। बाज के सामने कबूतर की नांई इस मंदर और पूजा-पाठ के ढेर में मुँह छुपाए सोच रहा है कि जीवन ऐसे ही कट जाएगा। इस एक तथ्य से मुँह चुरा रहा है कि बस महीना-बीस दिन में ही भगत तुलाराम को बीवी-बच्चों सहित अब मजदूरी करनी पड़ेगी। मजदूरी करने का डर दयाबती को नहीं है, इस घर में ब्याह कर आने से पहले भी मजदूरी करती थी, पिता के घर। पुनः करने लगेगी, उससे कोई अंतर नहीं पड़ेगा। उसे इस भगत बने खसम तुलाराम की चिंता है। उसके ये 'धौले' धोती कुरता कब तक बने रहेंगे? गाँव में गूजरों ने तो जाटवों को मजदूरी पर न बुलाने का बहिष्कार किया ही हुआ है, सो दादरी से खटाना गाँव तक बन रही कंकड़ की कच्ची सड़क पर मिट्टी ढ़ोएगा। इस रूपान्तरण को कैसे झेलेगा भगत तुलाराम? चारों मुहल्लों से बहिष्कार कराकर भगत तुलाराम अकेला ही दिन-रात पूजा में व्यस्त रहता है। बुलाने पर भी कोई नहीं आता उसके इस घरविनाशी मंदर में। संतोष की बात इतनी अवश्य है कि चारों मुहल्लों की अवमानना करने के पश्चात् भी कोई उसके परिवार से शत्रुता नहीं रख रहा है, सामने पड़ने पर कोई मुँह नहीं फिराता है, हालचाल भी पूछ लेते हैं। दयाबती ने मन ही मन चारों मुहल्लों को नमन किया कि उस दिन के उसके पति के अनर्गल प्रलाप—'ऐ..., सुण ल्यो सारे मुहल्ले वाळो, तुमने मेरे खिलाप पंचात करी है, मोहै जात-बिरादर से बाहर करोगे! जाओ, मैं तुम्हें बाहर करता हूँ। आज के बाद खबरदार जो किसी सुसरे नै मेरे घर में पाँव धरे तो। आज से मैं थारौ हुक्का-पाणी बंद कर रहयो हूँ' के उपरांत भी उन्होंने उसे अकेला नहीं छोड़ा है। दयाबती

को पूर्ण विश्वास है कि समय का मरहम अवश्य जात-बिरादर वालों को उसके साथ खड़ा कर देगा।

बेटियों ने भोजन समाप्त कर लिया होगा, सोचकर दयाबती अपने भाग्य को कोसती उठकर ओसारे में आ गई। बड़ी और छोटी दोनों ने भोजन समाप्त कर, बर्तनों को धो-माँज कर रसोई में रख दिया था तथा पिता के पास मंदर में चली गई थीं।

थोड़ी ही देर में तुल्ले दोनों बेटियों को डाँटता हुआ घर में आया और दयाबती को पुकारने लगा–' दयाबती...अइयो बाहर। देख तेरी बेटी क्या जिद कर रही हैं?'

दयाबती तुरंत ही समझ गई। बेटियाँ भोजन के बाद सीधे पिता के पास गई होंगी फरयाद लेकर कि ईसाई स्कूल से उन्हें न उठाया जाए। उसी के नतीजे में तुलाराम चिल्ला रहा है। तुलाराम के क्रोध को वह जानती है सो इस बिगड़े सांड़ को 'नाथने' की बात को भूल कर बेटियों को ही समझाना शुरू कर दिया–'ठीक तो कह रहे हैं तुम्हारे बाबा, पढ़-लिख कर क्या करोगी। घर के काम में हाथ बँटाओ जो पराये घर जाकर काम आएगा।''

तुल्ले ने लेकिन एकदम बिफरते हुए कहा, ''पढ़ाई क्यों छोड़ेंगी? पागल हो गई है क्या? सारे मुहल्ले की लौंडिया पढ़ रही हैं और अपनी बेटी घर में बैठी रहेंगी?''

आश्चर्य से दयाबती ने तुल्ले को प्रश्नवाचक होकर देखा।

''ईसाई स्कूल में अधरम पढ़ायौ जा रहयो है। 'जै मसी की-जै मसी की' के सिवाय वहाँ और ना कुछ पढ़ावैं। तुमें पतौ है कि ना, पर बता दयूँ, पोडर दूध और पनीर अस्ट्रेलिया सू आ रहयौ है जामें गायकौ माँस सुखा कै मिला राखौ है! बोल, दयाबती भेजेगी बेटीन नै वा स्कूल में?''

''बाकी मुहल्ले के बच्चा भी वायै खा-पी रहे हैं।'' दयाबती ने मन ही मन में तुल्ले से सहमत होते हुए अपनी शंका प्रकट की।

''वे खा-पी रहे हैं कि नहीं, यह मुद्दा नहीं है, दयाबती। मुझे पंडत श्रीप्रकाश ने बताया है कि जो भी हमारे सनातन धर्म के विरुद्ध हो, सिखाए, बताए वह सब अधर्म है। पंडत श्रीप्रकाश बहुत ज्ञानी आदमी है, उसकी बात झूठ नहीं हो सकती। मुरलीवाले सिरी किरसनजी ने उसे सपने में आकर यह बात बताई थी कि तुल्ले जाटव को मंदर बनाने में मदत करो। अब, देख ले तू, पंडत ने अपनी बात रखी कि नहीं रखी। सारे गाँव की खिलापत होते हुए भी उसने मंतर लिखकर मुझे दिया कि नहीं। पंडत मंतर लिखकर नहीं देता तो तू ही बता, मूरती कैसे बैठाई जाती मंदर में?''

दयाबती ने माथे पर हाथ लगाकर अनुपस्थित पंडत को नमस्कार करते हुए कहा, ''बेटियों को घर में बैठाकर रखोगे?''

''अरे, तू पागल हो गई है क्या? घर में क्यूँ बैठाकर रखूँगा। जो बात तैने कही है वही मैंने भी पंडत जी के सामने धरी थी। उनके पास तो हर मसले का हल है। हमारी

दोनों बेटियाँ दादरी के आरियासमाज कन्या पाठशाला में पढ़ेंगी। ईसाई स्कूल में शिक्षा केवल पाँचवीं कक्षा तक ही तो है। बेटियाँ पाँचवीं कक्षा में पढ़ रही हैं, बस छह महीने बाद ही तो उन्हें घर में बैठाना ही होगा। पूरे मुहल्ले में किसी की भी बेटी पाँचवीं कक्षा के बाद आगे की पढ़ाई के लिए गाँव से बाहर निकलकर पढ़ने नहीं जा रही है। लेकिन मैं बेटियों को आगे पढ़ाऊँगा। उन्हें उच्चशिक्षा दिलाऊँगा। जहाँ तक उनकी हिम्मत होगी वहाँ तक पढ़ने दूंगा।''

''दस-दस साल की तुम्हारी बेटियां कोस भर चल कर दादरी जाया करेंगी?'' दयाबती ने शंका प्रकट की।

''तू, चिंता छोड़। रोज दादरी पहुँचाने की जिम्मेदारी मेरी रही। किसी दिन मैं और किसी दिन तेरे बेटे पहुँचायेंगे।''

66

किस्सा-लुब्बोलुबाब यह कि सारे मुहल्लों से कटकर भगत तुलाराम ने अपने और अपने परिवार के लिए एक कोटर तैयार कर लिया जो उसके घर तथा उस तथाकथित मंदर के इर्द-गिर्द तक है, बस। अनपढ़-गँवार तुलाराम पंडत श्रीप्रकाश के ईंट-भट्ठा पर हाजिरी लगाता, उसके चरणों में बैठ 'ओम जै जगदीस हरे-भगतजनों के संकट पल में दूर करे...जो ध्यावे फल पावे कष्ट मिटे तन का...सुख संपत घर आवे कष्ट मिटे तन का... आरती कीजे हनुमान लला की...दुष्ट दलन रघुनाथ कला की...ओम जय शिव ओमकारा...ओम हर शिव ओमकारा...' भजनों का रट्टा मारता। उसके पश्चात् मंदर में बैठकर उन रटे गये भजनों की जुगाली करते दिन गँवाता है। बीच-बीच में उसके समधी, बहनोई, साले, भतीजे इत्यादि आ-आकर उसके साथ चार-छह दिन खंजरी बजा कर, भजन गा कर, खीर-बूरा-घी के चटखारे लेकर चले जाते हैं। न तो हनुमान लला ही और ना रघुनाथ लला ही दुष्ट दलन में उसकी तनिक सी भी सहायता कर रहे हैं। गाँठ में पैसों का अकाल पड़ गया है। खंजरी बजा-बजाकर भजनों की जुगाली करने से घर के खर्च तो चलने से रहे, इसलिए कुछ महीने तो रिश्तेदारों से कर्ज़ उठाकर घर में चूल्हे को जगाये रखा, अब वे संबंधी भी नज़र चुराने लगे हैं। माल-मसाले चाटने के लिए जो रिश्तेदार महीना-पंदरह दिनों में उसके घर में धरना दिए रहते थे उनके दर्शन दुर्लभ हो गये हैं। कब तक कर्ज़ देते रहेंगे वे? ऐसा एक कर्ज़ जिसके निकट क्या दूर भविष्य में भी वापसी के आसार न हों।

तुलाराम इसे समझ चुका है। दुष्ट दलन की एक भी शक्ति इन पत्थरों में नहीं है इसे भी वह जान चुका है। सुख-संपत्ति घर से बाहर जा रही, आ नहीं रही है। लेकिन वह क्या करे, अपने स्वयं की ज़िद और मूर्खता के चलते यह मंदिररूपी जो ढोल उसके

गले में पड़ गया है उसे बजाए बिना अन्य कोई राह-बाट नहीं दिख रही है उसे। जितना मंदिर बनाने में खर्च किया उससे अधिक तो कर्ज़ वह ले चुका है नाते-रिश्तेदारों से। धौले भक्क कुर्ता-धोती पहने जो वह भगत बन गया है, वह मजदूरी करने भी नहीं जाने दे रहा है। मन ही मन वह चाहता है कि कोई अब उससे इस मंदर-फंदर की ज़िद को छोड़ने को कहे, लेकिन मुहल्ले का कोई उससे इस विषय में बात ही नहीं करता है अब। एक बार भी कोई उससे कहे कि इस मंदर का राग छोड़कर मुहल्ले के साथ आ जाओ तो वह एक-दो बार की ना नुकर के बाद उनके साथ हो जाएगा। प्रतिदिन वह अपने भजनों की आवाज़ को ऊँचा किए जाता है कि कोई तो विरोध करे जिससे तर्क-वितर्क, चर्चा, झगड़े के लिए रास्ता खुले। कोई विरोध नहीं करता है। उसने देखा है, मकड़ी के जाल में फँसा कीट जितना अधिक निकल भागने का प्रयत्न करता है उतना ही और अधिक फँसता जाता है उस जाल में। वह उस बुरी घड़ी को कोसता है जब उस दुष्ट गूजर करना ने उसे झगड़े में उलझाया था। उस दिन पंचायत में मुहल्ले के जयचंद ने ठीक ही समझाया था कि मंदिर न बनाकर मन के भीतर ही क्यों न पूजा की जाय। उसके मुहल्ले के बाकी लोग नास्तिक तो हैं नहीं, सभी किसी न किसी की पूजा करते ही हैं। ताऊ मुथरा ने भी ठीक ही समझाया था कि सब स्वतंत्र हैं अपने मनपसंद इष्ट-देवता को पूजने के लिए, जो जिसको ठीक समझे उसे माने। तुलाराम बार-बार मन ही मन यह स्वीकार करता है कि पाँच बीघे खेत बेचकर जिस मंदिर में वह भजन गाकर उस परमात्मा की कृपा माँगता है उसे अपने घर के आँगन में बैठ कर भी तो कर सकता था। व्यर्थ ही पिता के खून-पसीने की कमाई से अर्जित पाँच बीघे खेतों को कुर्बान कर दिया। भुखमरी के हालात आ पहुँचे हैं। क्या दयाबती भी अंततः गूजरों के खेतों में मजदूरी करेगी? क्या वह स्वयं भी मजदूरी करेगा? मजदूरी करना कोई शर्म की बात नहीं है, जाटवों के चारों मुहल्ले मजदूरी ही तो करते हैं, गूजरों के खेतों में न सही दादरी, गाजियाबाद, सिकंदराबाद के बाजारों में मजदूरी-पल्लेदारी करते फिर रहे हैं। लेकिन भगत बनने के बाद, महलों जैसा एक मंदर बनाकर मजदूरी?

अपने ही ऊपर क्रोध में जलता-भुनता तुलाराम भगत ईंट-भट्ठा पर पहुँचा तो पंडत श्रीप्रकाश धरती पर बैठा मुंशी सुमेरा जाटव के साथ अठारह-खड़ी खेल रहा था। अठारह खानों में कंकड़ की गोट बनाये जमीन पर उकेरे गये खाँचों में उनकी ढेरियाँ बना रहे थे, दोनों। काफी देर तक वह उनके समीप खड़ा देखता रहा। अंततः पंडत ने खेल को हाथ से रेत में मिटाते हुए भगत तुलाराम की ओर देखा।

"पंडत जी, राम राम, कुछ बात करनी है आपसे।"

"आओ भगत जी।" पंडत ने तुलाराम को एक स्टूल पर बैठने का संकेत करते हुए कहा। स्वयं अपनी खाट पर जमने के पश्चात् उसने पुनः तुलाराम से कहा, "बोलो, भगत जी।"

तुलाराम ने मुंशी सुमेरा जाटव की ओर कनखियों से देखते हुए तथा झिझकते हुए कहा, "आपसे अकेले में कुछ कहना है।"

मुंशी सुमेरा जाटव इसे सुनकर चिढ़ गया। तुलाराम से बोला, "तुल्ले भैया, आप दोनों अपनी 'मिसकोट' (गुप्त मंत्रणा) कर ल्यो तो बुला लेना।" कहकर वह, जिधर पथेरे ईंट पाथ रहे थे उधर चला गया।

"मुंशी जी की बात का बुरा मत मानो, जरा-सी बात पर उखड़ जाता है। अभी पलटकर आ जाएगा पंडत जी-पंडत जी करता हुआ। बहुत ही सीधा आदमी है। तुम अपनी बात कहो।"

67

कुछ भी छुपाने जैसी बात नहीं थी जिसे कहते तुलाराम भगत हकला रहा था मुंशी सुमेरा जाटव के सामने। दूसरे दिन पूरे दरियापुरवासियों ने देखा, चारों जाटव मुहल्लों ने देखा भगत तुलाराम को पंडत श्रीप्रकाश के ईंट-भट्ठा पर घुटने-घुटने गारे को खूँदते-ईंट पाथते। भगत तुलाराम अपने धौले भक्क कुर्ता-धोती को त्याग एकदम खांटी मजदूर बन गया था पंडत श्रीप्रकाश के ईंट-भट्ठा में। पिता रामरतन, जिसने उस दिन उसके पिछाड़े पर लट्ठ जमाया था सपने में आकर, प्रसन्न हो आकाश से पुष्प वर्षा कर रहा था। भगत तुलाराम के सारे पुरखे स्वर्ग से विशेष अवकाश लेकर आ गए थे और आशीर्वाद दे रहे थे। शर्म के मारे तुल्ले से सिर ऊपर न उठाया जा रहा था।

68

सुख के ये मजदूरी भरे दिन आते गए-जाते गए। नाते-रिश्तेदारों से लिया गया कर्ज़ वैसे का वैसा ही सिर पर बोझ बना तुल्ले की गर्दन ऐंड़ाता रहा। दरियापुर का जटवाड़ा गूजरों से अपनी अस्मिता की जंग में एकजुट हो संघर्षरत था। तुल्ले की अवमानना को भी जटवाड़ा धीरे-धीरे भूलकर पुनः तुल्ले के साथ जुड़ गया। गूजरों की प्रताड़ना बिसरे अतीत की बातें होती गई। भगत तुलाराम ठेठ मजदूर बनकर परिवार सहित मजदूरी के जुए में जुता अपने पुरखों का नाम रौशन करता रहा। मंदर भी जटवाड़े के चारों मुहल्लों का ऐसा केंद्र बन गया है कि लुच्चे-लफंगे वयस्क-अवयस्कों के पिता उन्हें तलाशने डंडा लेकर सबसे पहले वहीं पहुँचते हैं। गरीब मजदूर तुल्ले बेचारा मुरलीवाले की विशेष कृपा के उपरांत भी अर्थाभाव में उसकी सेवा नहीं कर पाता है। सारे दिन की मजदूरी में खट कर जब घर लौटता है तब शरीर टूट चुका होता है। सीधे खाट पर ही पड़ने से मन और तन को शांति मिलती है। अँधेरा होते ही जटवाड़े के धाकड़ जुआरी उसके मंदर में जुटने लगते हैं। कई बार तो दो-दो, तीन-तीन समूह मंदर के भीतर यहाँ-वहाँ जुटे होते हैं। जब एकदम शुरू-शुरू में जुआरियों ने उसके खाली पड़े मंदर में अड्डा जमाना शुरू किया था तब तुल्ले ने खूब उनके साथ माँ-बहन किया था। लेकिन तुल्ले की वह पहले वाली अकड़ तो बची नहीं है इसलिए अवश हो अब तो तुल्ले ने उनसे कमीशन ही बाँध लिया है। प्रतिदिन की एक बैठक का बीस रुपया तथा प्रत्येक बाजी में जीतनेवाले से 10 प्रतिशत। जो कुछ थोड़ा-बहुत इस जुआ के कमीशन से प्राप्त होता है उससे घर के खर्च में सहारा हो जाता है। अकेले तुल्ले की मेहनत-मजदूरी से घर का खर्च चलना अब असंभव हो गया है क्योंकि दोनों बेटे भी मंदर के इस पागलपन के चलते घर छोड़कर दिल्ली भाग गए हैं, इसलिए मुरलीवाले के क्रोध की संभावना के होते हुए भी और कोई चारा नहीं बचा हैं

अपने भुतहा जैसे दिखते घर में वह है और दयाबती बच गई है। तुलाराम भगत का दुनिया के ऊपर से विश्वास अब उठ गया है। न बेटे अपने रहे, न रिश्तेदार अपने रहे। सबने साथ छोड़ दिया है। जो पहले हफ्तों उसके घर में पड़े रहकर घी-बूरा, दाल-चावल के चटखारे लेते हुए उसका गुण गाते थे, अब अपनी छाया तक भी उसके घर में नहीं डालते हैं। अक्सर ही वह तनहाई में सोचा करता है—वे अब उसके पास आएँ भी क्यों! इस मंदर के चक्कर में सब कुछ तो स्वाहा हो गया। पूरे छह वर्ष लगे उसे रिश्तेदारों का कर्ज उतारने में। इन छह वर्षों में कितना कुछ बदल गया है। उस दिन को भी वह कोसता है जब...लेकिन इसमें किसी का क्या दोष जब अपना ही सिक्का खोटा हो। कोई अच्छे कर्म करके भी क्या करे। आज तो जटवाड़े के घर-घर से लड़कियाँ दादरी पढ़ने जाती हैं, उसने अपनी बेटियों को दादरी के स्कूल में दाखिला दिलाकर क्या कुछ गलत किया था? बहुत बार यह सोचते-सोचते उसके सिर में दर्द हो जाता है कि उसने कहाँ गलती की थी। अंगुल-भर की दिखती उसकी बेटियाँ कब उसके कंधे से उतरकर युवा हो गईं पता ही नहीं चला उसे। ईसाई स्कूल से उठाकर जब दादरी के आरियासमाज कन्या पाठशाला में डाला था तब इतनी छोटी थीं कि दोनों उँगली पकड़कर उसके दाहिने-बाएँ चला करती थीं दादरी के स्कूल जाते समय। बेटियों को कुप्रभाव से बचाने के लिए मजदूरी में खटकर भी प्रतिदिन स्कूल जाने के लिए कभी स्वयं साइकिल पर बैठाकर स्कूल छोड़ आता था कभी उसके बेटे। वह भी न हो तो उनके हाथ में पैसे देकर रखता था कि दादरी-दरियापुर के मध्य चलने वाले रिक्शों में आएँ-जाएँ। स्कूल आती-जाती गाँव की 'लंढ़ेर ('लंढेर' अर्थात गाँव की भाषा में उपहास, कटाक्ष और ताने मारने के लिए कहा जाता है, लुच्चे-लफंगे अवयस्कों को, कभी-कभार स्नेहवश भी) कई बार लड़कियों को छेड़ते थे। गाँव के छंगा बनिया की बेटी का किस्सा उसे याद है कि कैसे उस बेचारी का नाम सड़क पर चॉक से मील-भर दूर तक पोत दिया था, लुच्चे-लफंगों ने। अपनी बेटियों को इस सबसे बचाने के लिए ही वह उनकी जेब में पैसे रखकर भेजता था, सख्त आदेश के साथ कि वह उन्हें लेने स्कूल न पहुँच पाये तो रिक्शा से स्कूल आएँ-जाएँ। बस, संतान के प्रति उसका यही अतीव प्रेम-स्नेह, संरक्षा ही ले डूबी उसके परिवार को। इन छह वर्षों में ही क्या से क्या हो गया! कितनी आशाएं उसने बांध रखी थीं अपनी बेटियों से। उच्चशिक्षा दिलाएगा उन्हें। सोचा था जब दरियापुर के इस जटवाड़े में लड़के तक शिक्षित नहीं हैं तब बेटियों को उच्चशिक्षित करके पूरे मुहल्ले को कायल कर देगा अपने उच्चविचारों और सोच से। जब बेटियाँ पढ़-लिखकर अंग्रेजी में गिटपिट बोला करेंगी तो कैसे आँखें फाड़े यह जटवाड़ा देखेगा। उनकी शादियों के लिए दूर-दूर से रिश्ते स्वयं दौड़े आएँगे।

नाम तक उसने धरमबती बड़ी और करमबती छोटी के बदल दिए थे—बड़ी धरमबती का नाम पंडत श्रीप्रकाश ने सुझाया था सुमनलता और छोटी करमबती का

सुधालता। दादरी स्कूल में यही दोनों नाम चढ़वाकर आया था। बेटियों को इन नए नाम से पुकारता तो दिल में ठंडक सी उतर आती थी। गाँव-मुहल्ले की अन्य लड़कियों—संतरा, जागो, भागो, सरबती इत्यादि नामों के साथ अपनी बेटियों के नाम की तुलना करता तो सोचता कि नाम में भी कितना जाहिलपना हो सकता है! सुमनलता-सुधालता, नाम नहीं मिश्री हो जैसे, कितने मीठे-कितने मृदुल। उसे अच्छी तरह याद है क्या कहकर उसने बेटियों को ईसाई स्कूल से हटाया था—"ईसाई स्कूल में अधरम पढ़ायौ जा रहयो है।" सोचा था आर्यसमाज कन्यापाठशाला में पढ़कर मिश्री जैसे ही संस्कार और गुण भी आएँगे बेटियों में। अब तो उन दोनों के नए क्या पुराने नाम भी घर में कोई ले लेता है तो दयाबती पर दौरे पड़ने लगते हैं। नाम तक सहन नहीं कर पाती है दयाबती बेटियों के. कहती है—"मर गईं दोनों। कभी पैदा ही नहीं हुई थीं मेरी कोख से।" दयाबती ठीक ही कहती है, माँ-बाप की इज्जत इस तरह भी उतारता है क्या कोई? क्या मैं उनका ब्याह करने की औकात नहीं रखता था? अच्छे से अच्छा वर तलाश करता मैं उनके लिए। बेटों ने तो पहले ही मुँह मोड़ लिया था घर से अब इसके बाद तो...उनकी भी गलती नहीं है, कहाँ तो ईसाई स्कूल से यह कहकर उठाया था कि अधर्मी स्कूल में अधर्म की शिक्षा देता था ईसाई मास्टर और कहाँ मुसलमानों के साथ भाग गईं दोनो। अपना मुँह काला कराया ही माँ-बाप को, भाइयों को कहीं मुँह दिखाने लायक न छोड़ा। अपनी जात-बिरादरी के होते तो चाहे अपनी मर्जी से ही शादी करतीं, दुनिया दिखावे को मन मारकर ही सही वह सारे गाँव को दिखाता कि बेटियों की शादी कैसे धूमधाम से की जाती है। अपना सिर पीटते हुए तुलाराम भगत ने मन ही मन कहा, 'पढ़-लिखकर, आर्यसमाज के उच्च आदर्श ग्रहण करके, भागीं भी तो रिक्शा खींचने वाले अनपढ़-गँवार मुसलमानों के साथ! सत्तरह और उन्नीस की उम्र में! इस उम्र में तो अच्छे-बुरे की समझ लड़कियों को भी आ जाती है।'

69

बस, समाप्त हो गई, भगत तुलाराम की कथा। पूरे जटवाड़े ने अगले दिन अविश्वास से आँखें फाड़े देखा--तुलाराम भगत का घर खुला पड़ा था, दरवाजे खुले पड़े थे, घर का सामान इधर-उधर बिखरा पड़ा था। तुलाराम और उसकी पत्नी वहाँ न थी। चोरी-डकैती के अंदेशे में लूटपाट के चिह्न तलाशने में जुट गए चारों मुहल्ले लेकिन कुछ न मिला। गाँव से लगते कोस-भर तक के खेत-खलिहान छान मारे जटवाड़े ने, कहीं कुछ न मिला। और कोई रास्ता ही न बचा था, दादरी थाने में गुमशुदगी की रिपोर्ट दर्ज कराई गई। पुलिस भी पहुँच गई। गूजरों के साथ कुआँ की उस महाभारत में दादरी की पुलिस भी खूब समझ गई थी कि अकेले गूजरों के विरुद्ध ही विद्रोह और प्रतिकार का बिगुल न बजाया था जाटवों ने। पूरे घर की जब तलाशी ले रही थी पुलिस तब घर में 'टांड' के ऊपर कागज़ का एक मुड़ा-तुड़ा लिफाफा मिला तथा उसके भीतर दो पंक्तियों का पत्र--'सब मुहल्ले वालों को राम-राम। बस, अपना दाना-पानी अपनी औलाद ने ही उठा दिया इस गाँव से। घर का जो चाहे करना। मंदर का भी जो चाहे करना। हमें तलाश मत करना। मरेंगे नहीं इतना तय है।'

70

लौटना दरियापुर तक और फिर से पलायन

दरियाव आखिरकार कोई पंदरह एक बरस के बाद एक बार फिर गाँव लौट रहा है। इसे लौटना नहीं भी कहा जा सकता है, क्योंकि महानगरों के जिस मकड़जाल में फँस कर वह वहाँ बस गया है, वह अफीमची के नशे में देखे दिवास्वप्न जैसा है, छूटे नहीं छूटता है। उससे छुटकारा बहुत दूर की सोच है।

सैकड़ों बार उसने सोचा है कि गाँव में जहाँ उसकी जड़ें हैं, जिसके अन्न-पानी से उसका पोषण हुआ है, जहाँ के बड़े-बूढ़ों ने उसे संस्कार दिए हैं, वहाँ लौट चले, लेकिन महानगरीय तहजीब के अफीम का वह 'अंटा' उससे छोड़े न छूटता है। आज वह केंद्रीय सरकार का उच्चअधिकारी है, कोठियों-बंगलों में रहता है, गंदगी से जिसे एलर्जी है, इसी गाँव की गंदगी में उपजा है, इन्हीं गंदी गलियों में खेलकर बड़ा हुआ है। वह उसे नकारता नहीं है, गर्व से गाहे बगाहे अवसर पाते ही बताता फिरता है कि, किस प्रकार दरियापुर गाँव ने उसे गढ़ा है, सँवारा है और यहाँ तक पहुँचाया है। इस गाँव के उत्थान, विशेष तौर से जाटवों के उत्थान के किस्से वह बिना किसी लाग लपेट और शर्मिंदगी के छाती ठोंककर लोगों को बताता रहा है। लेकिन बिलकुल विचित्र रूप से उसी से आँख मिलाने से घबराता भी रहा है। क्यों? क्यों? क्यों?

नहीं जानता। लेकिन कदाचित जानता भी है क्योंकि दरियापुर के उस संघर्षपूर्ण कालखंड का कुछ हिस्सा उसने स्वयं भी जिया है। कही सुनी कथाओं के द्वारा उसने दरियापुर को आत्मसात नहीं किया है, दरियापुर उसके रग-रूह में रचा बसा है। उसके संगी-साथी सब यहीं हैं, भाई-बंद सब यहीं हैं। दरियापुर से वह भाग कहाँ सकता है?

अड़चन लेकिन है एक, न तो दरियापुर ही वह पहले वाला दरियापुर रहा और न ही वे लोग अब वो रहे हैं। ऊपर से सब कुछ वही दिखता है। 'मुकन्ना' भी वही है, 'सिया की' भी वही है, वही सड़क है जो अब भी उसे वैसे ही बीचोंबीच से चीरती गुजरती है, मुहल्ले में अब भी वही लोग बसते हैं। 'गूहली' अलबत्ता नहीं रही है गाँव में। वह एकजुटता, बंधुत्वता, प्रेम, स्नेह, भाईचारा भी अब नहीं है। ऐसा लगता है कि महानगरों की निःस्पृहता स्वयं से चलकर यहाँ के माहौल में घर कर गई है।

खैर, रहे यह अभी। इस प्रलाप का कोई न तो लाभ है न अर्थ है अब। दरियापुर जैसा है वैसा रहे, कोई अंतर नहीं पड़ता अब इस गाँव को।

विश्वास करेंगे आप कि जिस कुआँ के स्वामित्व को लेकर जाटव एकजुट हो लड़ मरे थे, और प्रत्यक्ष और अप्रत्यक्ष रूप में जो जाटवों के उत्थान का कारण बना, अब तो उसका भी नामोनिशान गाँव में नहीं है। 'गूहली' को भराव करके उसके ऊपर पूरी एक कालोनी की बसापत हो गई है, और कुआँ को पाटकर एकसार कर दिया है और उसके ऊपर अब ढोर बँधते हैं। अपनी विरासत को सहेजने का इस नाशुकरे जाटव मुहल्ले को कोई आग्रह नहीं है। अब न वह गूहली रही, न वह कुआँ रहा जिसने जाटवों का संघर्ष और उत्थान कालखंड देखा है। आज तो घर-घर में और मुहल्ले-मुहल्ले में जूतमपैजार रोजाना की बात है। दरियाव का मोह भंग क्या अनुचित है इस गाँव से?

फिलहाल तो वह एक बार फिर वापस लौटने की प्रक्रिया में है। दादरी आते ही वह बस अड्डे पर उतर पड़ा। बस से उतरते ही जो दादरी कस्बे को देखा तो सहसा विश्वास ही न हुआ कि यही दादरी है। सोचा गलत बस ठहराव पर उतर पड़ा है, लेकिन ऐसा होना संभव नहीं था। बस कंडक्टर ने गला फाड़कर, चिल्लाकर सबको आगाह किया था—'दादरी...दादरी...दादरी, उतरने वाले दरवाजे पै पौंहच जाओ जी।'

बस अड्डा भी वह पुराना बस अड्डा न था, बल्कि बस अड्डे का अस्तित्व ही न था। सड़क के बाएँ किनारे पर टिककर ही बसें यात्री उतारती-चढ़ाती हैं। उस पुराने बस अड्डे की इमारत अलबत्ता अभी वहाँ है, लेकिन वहाँ अब कार्यालयों जैसी कुछ हलचल दिख रही है। न वो खोमचेवालों की भीड़ वहाँ है। बस अड्डे का वह पुराना पेशाबघर अवश्य वहीं का वहीं अभी भी है और पेशाब की वह आँखों को जलाती तीक्ष्ण दुर्गंध वैसी की वैसी है, जो यहाँ तक आ रही है। उसने सोचा दादरी तो वही की वही है, कहाँ है बदलाव? तसल्ली हुई।

बहुत अपनापन महसूस हुआ दरियाव को। मोटरगाड़ियों का धुआँ और उनसे उठे गर्दोगुबार का ज़हर छाया हुआ था वातावरण में, लेकिन उसने एक गहरी लंबी साँस लेकर छाती में हवा भरी और महसूस किया कि यह तो वही उसकी पुरानी दादरी थी। दरियाव ने उस पुराने दादरी से मुलाकात का निश्चय कर अपने चारों ओर नजरें घुमाईं कि उसे पहचान ले, या कि वह दरियाव को पहचान ले।

उसने अपनी स्मृतियों के जख़ीरे में से झाड़ फूँककर अपनी यादों को ताजा किया। बस अड्डे से सटा हुआ उसके पूर्वदिशा में होता था डाकघर। उत्साह से भर उसने उसे तलाशा लेकिन वह वहाँ न था, एक तिमंजिला इमारत उस स्थान पर अवश्य थी, किसी कार्यालय का बोर्ड वहाँ टँगा था। होता है, ऐसा भी होता है उसने सोचा। परिवर्तन अपरिहार्य है। डाकघर से सटा दादरी का अस्पताल होता था और वहाँ से गुजरने वालों को उसकी दुर्गंध विशेष से दो चार होना पड़ता था, जो केवल अस्पतालों से ही उत्सर्जित होती है। उस पुरानी दादरी से सामंजस्य और पुनः रिश्ता कायम करने के लिए वह अस्पताल की दिशा में पैदल ही बढ़ गया, लेकिन अस्पताल भी वहाँ न था। होता है, ऐसा भी होता है उसने सोचा। परिवर्तन अपरिहार्य है। कहीं और स्थानांतरित कर दिया होगा उसे। बस अड्डे से सटा सद्दू नाई का खोखा होता था, वह भी वहाँ न था। उसे अपनी सोच पर बेहद हँसी आई, पंदरह बरसों के बाद भी वहाँ खोखा ही बना रहेगा? उसने महसूस किया कि केवल अहसास-भर वही पुराने दादरी का था, अन्यथा वह पुरानी दादरी वहाँ न थी। अचानक उसने अपने आपको बहुत अजनबी सा महसूस किया। मन किया कि भाग जाए, पलट जाए वापस अपने उसी महानगर के मकड़जाल में। लेकिन वह आगे बढ गया। इस प्रकार बिना मुलाकात तो वह न जाएगा।

दादरी बदल गई, इसमें उसे आश्चर्य क्यों होना चाहिए। परिवर्तन अपरिहार्य है। उसने ऐसा सोचा ही क्योंकि केवल उसके दृष्टिसुख के लिए दादरी को वैसे का वैसा ही बने रहना चाहिए, कि वह आए और अपने आपको उस पुरानी दादरी से जोड़कर देखे, उस जुड़ाव का सुख आत्मसात करे। एक बार और वह दादरी से मुलाकात ताजा करने का प्रयत्न करेगा।

पुनः उसने पुराने और नये दादरी से सामंजस्य के जोड़ बिठाने के लिए अपने चारों ओर नजर डाली।

बस अड्डे से दक्षिणदिशा को जाती थी एक सड़क, रेलवे स्टेशन तक, उसने संतुष्टि की गहरी साँस ली, कि वो वहीं थी। उस पर उन दिनों आठ-दस दुकानें होती थीं सब्जियों की और उसे पुकारा जाता था सब्जी मंडी, लेकिन अब वहाँ सड़क तो थी, सब्जिबयाँ न थीं। सड़क के दोनों ओर कपड़े लत्ते, बर्तन भांडे, मिष्टान्न भंडार और जूतों की दुकानें थीं, और थीं सैकड़ों हज़ारों लोगों की भीड़ जो रिक्शों, साइकिलों, स्कूटरों पर और पैदल न जाने कहाँ की जल्दी में एक-दूसरे को धकियाते हुए, रास्ता बनाते हुए जाने कहाँ जा रहे थे। सोचकर हँसी आई। अपने घरों को जा रहे होंगे, और कहाँ? लेकिन इतने लोग, इतनी दुकानें?

रिक्शा से उसे याद आया कि थाने से लगभग सटा हुआ उसके पश्चिम में होता था रिक्शा स्टैंड जहाँ बमुश्किल चार या पाँच रिक्शा होते थे और सवारी की प्रतीक्षा में उनके चालक घंटों बीड़ियाँ फूँकते बैठे रहते थे, पाँच-छह सवारियों का इंतजाम होते ही

उन्हें न जाने कितने कोने कोर्निस से रिक्शा में बैठाये—लटकाए गंतव्य को प्रस्थान करते थे। रिक्शास्टैंड अभी भी वहाँ था, लेकिन कोई तीसेक रिक्शा वहाँ खड़े थे। सवारियों को बैठाने के प्रयत्न में वे उन्हें छीन झपट रहे थे। क्या यह दादरी की प्रगति का संकेतक था, उसने सोचा?

इस प्रकार यहाँ खड़े-खड़े तो उस दादरी से मुलाकात होने से रही, सोचकर उसने बाजार में घूमने का मन बना लिया। पुराने परिचित चिह्न पूर्णतः मिट तो न गए होंगे, कुछ तो होंगे जो अभी भी बच रहे होंगे। बाजार की संकीर्ण गलियों में घुसते ही उसने महसूस किया कि वे गलियाँ अभी भी वैसी की वैसी ही संकुचित और गंदी थी, उनमें दुकानें यद्यपि नए चलन की थीं। ग्राहकों को अब दुकानों के बाहर बने काउंटर पर खड़े होकर क्रय करना पड़ रहा था। उसने सोचा, उस समय की दादरी में तो बनिया दुकान में पालथी मारे बैठता था, और ग्राहक भी जूते-चप्पल उतार दुकान में भीतर ही बैठता था। बनिया पहले ग्राहक के घर का हालचाल पूछता था, उसके पश्चात् दुकानदारी करता था।

बाटा के जूतों की एक दुकान पर वह ठिठक गया। पहले उसने सोचा, रबर की चप्पलें ही खरीद ले, लेकिन ठंडे दिमाग से उसने पुनः सोचा तो पाया कि दरअस्ल वह ठिठका था एक पहचानी मुखाकृति देखकर। दरियाव ने उसे पहचान लिया, दुकानदार तो सुरेश था, जनता कालिज में उसके साथ दसवीं तक सहपाठी था, सूर्य को सूररै उच्चारित करता था।

अब सुरेश उसे पहिचान लेगा उसने सोचा। मन ही मन उसने हिंदी फिल्मों के वे डायलाग टटोलने शुरू कर दिए जिन्हें फिल्मों में पुराने मित्र लंबे समय के बाद मिलने पर बोलते हैं, और जिन्हें वह उसके साथ गले मिलने पर बोलेगा। उसने कई डायलॉग में से एक को छाँट लिया। ग्राहक यहाँ दुकान के भीतर ही लंबी बेंचों पर बैठे जूतों को ट्राई कर रहे थे। दुकान में वह घुसा तो सुरेश ने उसे देखा और अपने काम में लगा रहा। दरियाव ने सोचा, बनियाबच्चा अब पूरा बनिया बन गया है, लगता है कि अब यह ग्राहक को निबटाकर उससे मुखातिब होगा, और पहचान लेगा। उसने लेकिन न पहचाना। बेंच पर उसे बैठा देख कहा, "क्या?" अर्थात् क्या खरीदना है?

हद हो गई, दरियाव ने सोचा लेकिन फिर केवल, अपने पैर का साइज़ बता, पैसे थमा, चप्पल सँभाल बाहर आ गया। उसने एक बार पुनः अपने आपसे कहा—'हद हो गई'। दादरी सचमुच में बदल गई है। होने दो उसने सोचा। बड़े महानगर में रहता है वह, उसे स्वयं इस टुच्चे दादरी की आवश्यकता ही क्या है।

गाँव जाने के लिए अब उसे रिक्शा की ज़रूरत थी। रिक्शा स्टैंड से लगती कपड़े की दुकान पर उसे और एक पहचानी शक्ल दिख गई, रतन लाल उर्फ छन्नू कक्षा दस तक का उसका सहपाठी था, बनिया था। उसने सोचा यह तो निश्चित ही उसे पहचानेगा।

उसकी दुकान पर जाकर खड़ा हुआ तो सोचा अब इसकी आँखों में पुरानी पहचान की चमक बस उभरने ही वाली है।

"क्या?"

उसे बेहद हैरत हुई,—यहाँ भी?

हद हो गई. मन ही मन उसने सोचा, कितनी बार वह और दोहराएगा—'हद हो गई।'

उसकी बहुत इच्छा थी कि दादी के भीतरी भाग में बह्मपुरी, जटवाड़ा, बुद्धविहार, ईसाई मुहल्लों को एक नज़र देख ले लेकिन दादरी से और मुलाकात की उसकी इच्छा मर गई। रिक्शा स्टैंड पर जो भी सामने पड़ा उसी पर पसरते हुए उसने तल्ख शब्दों में कहा,"चलो भाई! दरियापुर चलो।"

"पाँच रुपया अकेले के, रिक्शा भरने का इंतजार कर सकते हो तो दो रुपया सवारी।"

"चलो" उसने पुनः और अधिक तल्खी के साथ कहा।

बूढ़ा-सा दीखता, हल्की खिचड़ी मूँछों और मुस्कुराते मोटे होठों वाले चालक ने 'गद्दी' पर बैठकर पैडल मार कर रिक्शा आगे बढ़ा दिया।

गुर्जर कालिज के सामने से जब रिक्शा गुजरा तो उसने पुनः उस पुराने दादरी को पहचानने का एक और प्रयास किया। कालिज वहीं था लेकिन वहाँ अब लंबी-चौड़ी विस्तृत इमारत के साथ नए नाम का बोर्ड था। होने दो, उसे क्या, उसने सोचा। उसका मन लेकिन उसके नियंत्रण में न था। उसने पुरानी हो चुकी स्मृतियों के झोले में से झाड़-पोंछकर एक अंदाजा निकाला कि गुर्जर कालिज के बाद अब सड़क के दाएँ ओर लंबा चौड़ा तालाब आएगा, जिसके किनारे छोटी-सी एक मस्जिद और उससे लगा विशाल कब्रिस्तान।

सड़क के दायीं ओर उसे ऐसा कोई चिह्न न दिखाई दिया। तालाब को पाटकर अब वहाँ एक विस्तृत कालोनी नजर आई। कब्रिस्तान और मस्जिद अवश्य इस इमारतों के जंगल में कहीं छुपे होंगे, उसने सोचा।

स्मृतियों के इस झोले को उठाये फिरना अक्लमंदी की बात न थी, उसने सोचा। अब वह अपने आपको और हलाकान न करेगा।

पहले तो दादरी और दरियापुर के बीच केवल हरीतिमा का राज हुआ करता था, खेत ही खेत और 'मुकन्ना' तालाब हुआ करता था। उसने अचानक राहत-सी महसूस की, कि कम से कम यह सड़क तो वहीं की वहीं है, और इससे उसे याद आया कि गाँव से पहले और 'मुकन्ना' से लगता हुआ नाले के ऊपर का पुल तो अवश्य वहीं होगा। पुल वहीं था। रिक्शा वहाँ पहुँचकर रुक गया। उसने सोचा, झाड़ी में पेशाब करने जाएगा रिक्शा वाला, ये लोग प्रायः ऐसा करते हैं। लेकिन मोटे मुस्कुराते होठों में, मुस्कुराते हुए

वह सीट पर बैठा कई लंबे क्षणों तक जैसे कुछ याद करता रहा और फिर अचानक बोला, "तुम दरियाव हो ना?"

"हाँ, हूँ तो?"

"मुझे नहीं पैछानते?"

"नहीं," रिक्शा वाले का इस प्रकार मुँह लगना उसे कत्तई अच्छा न लगा।

उसके चेहरे पर अविश्वास के भाव उभर आए, और पुनः उसने चुपचाप रिक्शा खींचना शुरू कर दिया।

सुनारों की गली आने पर उसने रिक्शा रुकवाया, पाँच रुपया दिए और उतर गया।

रिक्शावाला फिर से उसकी ओर मोटे होठों में मुस्कुरा रहा था। उसकी इस धृष्टता पर उसे कोफ्त हुई। उतरकर जब वह गली में घुसने को ही था कि रिक्शेवाले ने हाँक लगाई—'चुस्की...ई...ई...बरफ'

अचानक वह उसे पहचान गया, महेश था, दादरी के ब्रह्मपुरी मुहल्ले का बामण। जनता कालिज में आठवीं तक उसका सहपाठी था, लेकिन कोई विशेष मित्रता न थी उससे। बेहद निर्धन परिवार का था, कक्षा से फारिग होते ही पिता की ठेली पर बर्फ घिस-घिसकर चुस्की बर्फ बेचता था। पढ़ने-लिखने में निखट्टू था, लेकिन था बहुत हँसोड़। चुटकुलों का तो जैसे उसके पास खजाना ही था। बाबा शोभाराम माने कि जनता कालिज का प्रिंसिपल जब हमें कालिज के साथ लगे खेतों में बथुआ तोड़ने में जोत देता था, तब उसके चुटकुलों की झड़ी में हम वह सहन कर लेते थे।

मुहल्ले के एक दो लोग तब तक अचानक आ गए, उनके सामने उसे यह स्वीकारने में असहजता हो रही थी कि वह उस महेश को जानता है जो रिक्शा चलाता है।

महेश पैसा न लेने पर तुल गया। पाँच रुपया का नोट पुनः उसके हाथ में ठूँसकर वह तेजी से गली में घुस गया। मन ही मन अपनी इस सोच पर उसे बहुत शरमिंदगी महसूस हुई कि अब जब दादरी ने उसे पहचान लिया है तो वह क्यों नहीं उसे पहचानता है। क्या इसलिए कि इस दीन-हीन महेश के मुकाबले में अब वह एक बड़ा आदमी है। क्या अपने बड़प्पन की गठरी को लादे-लादे ही वह दादरी से मुलाकात करना चाहता है. तब तो इस दरियापुर गाँव में भी दिक्कतें आएँगी ही उसे। दरियापुर गाँव तो लेकिन उसका जन्मस्थान है, उसका अपना गाँव है, यहाँ उसके अपने बसते हैं। इसकी हवा, पानी, अन्न से उसका पोषण हुआ है।

सुनारों की गली तय करते हुए उसे याद हो आया कि बस दो ही कदम और चलते ही, दाहिने हाथ पर आएगी सुनारों की तिमंजिली विशाल हवेली। उन दिनों हवेली के सबसे निचले खन में बड़ी-बड़ी झबरीली मूँछों और कंजी आँखों वाला बलदेव सुनार,

छोटी-सी हथौड़ी से गहनों को ठोंकता रहता था। उसके बाएँ हाथ पर साइकिल के पहिये के रिम पर पट्टा चढ़ी एक धोंकनी और दाहिने हाथ पर हुक्का, जिसमें सांप के जैसी बल खाती रबर की नली होती थी। गाँव में सुनार और बनिये शहर की बोली अबे-तबे में बात करते थे, गाँव की बोली न बोलते थे। बहुत धनी परिवार था सुनारों का। सैकड़ों एकड़ का फार्म था उनका खादर में, गाँव से कोई दसेक कोस दूर। गाँव में जब गूजरों के पास भी हर घर में खेती के लिए बैल तक न थे, उन दिनों भी सुनारों के पास ट्रेक्टर था। आसपास के दसियों गाँवों में तक उन दिनों ट्रेक्टर किसी के पास न था। सो ज़ाहिर है कि सुनार अपना पुश्तैनी धंधा केवल अपनी विरासत को बचाये रखने के लिए करते थे। बलदेव सुनार के पुत्र नथमल को लेकिन ऐसा कोई आग्रह न था। कोई सोलह-सत्तरह की उम्र से ही वह शराब और गांजे का लती हो गया था. बगल के शहर सिकंदराबाद के कुख्यात काठबजार अर्थात् वेश्याबाजार में उसका आना जाना लगा रहता था। दादरी के और एक कुख्यात जुए के ठेके-बादशाह गढ़ी का तो वह जैसे जरख़रीद गुलाम ही था। अकेला बेटा था वह बलदेव का, एक बेटी भी थी, पति को गँवा कर विधवा का जीवन जी रही थी बलदेव के धर।

बलदेव ने शुरू-शुरू में तो बेटे की कुटेवों को अमीरों की ऐशपरस्ती और मामूली व्यसन कह कर बर्दाश्त किया लेकिन शीघ्र ही समझ गया कि बेटा बर्बादी की डगर पर काफी आगे निकल चुका है, और काफी देर हो चुकी थी। नथमल ने जुए के लिए खादर के अपने पिता के फार्म को बेच दिया। बची खुची कसर प्रकृति ने पूरी कर दी, तपेदिक और रतिज रोग उसे साथ-साथ ही हुए। यदि इस सब को नज़रअंदाज़ किया जा सके तो, उसमें और कोई ऐब न था। गाँव की बहू-बेटियों पर वह कभी बुरी नज़र न डालता था। किसी गरीब को न सताता था। गाँव में कुआँ को लेकर जब गूजरों और जाटवों में घमासान हुआ और गूजरों ने जाटवों को अपने खेतों में काम देने से भी परहेज कर लिया, तब नथमल ने जाटवों को घरों से बुला-बुलाकर खादर के अपने फार्म पर काम दिया था, यद्यपि जाटवों को उसका 'हिल्ले' पर लगाना था केवल शुद्ध व्यावसायिक कारणों से। गूजरों ने जब उन्हें अपने खेतों में 'मजूरी' पर रखना पूर्णतः बंद कर दिया तब 'ठाली' बैठे जाटवों ने निहायत ही कम पैसों पर बलदेव के फार्म पर काम करना स्वीकार करना ही उचित समझा था।

बुरी आदतों, जुआ, वेश्यागमन, रतिज रोग और तपेदिक ने नथमल को अधिक दिनों तक जीने की मोहलत न दी। पिता की अपार संपत्ति को ठिकाने लगाकर वह अविवाहित रह तीस बरस की उमर में ही मर गया। बलदेव पहले ही बेटे की कुटेवों, अय्याशियों, बीमारियों से त्रस्त था ही, उसकी मौत ने उसे जो धक्का पहुँचाया, उसे वह न सह सका। पक्षाघात से वह चारपाई पर लग गया। दाहिनी ओर का मुँह का हिस्सा टेढ़ा हो गया था और मुँह से जो कुछ बोलता था, समझ से परे होता था। उसकी विधवा

बेटी भरसक उसकी सेवा में जुटी रहती थी। पिता को जंगल-पानी कराना, कभी-कभार स्नान कराना, कपड़े लत्ते पहिनाना वही करती थी। कई लंबे बरसों तक नर्क भोग कर बलदेव ने प्राण छोड़े।

विधि का विधान कहें कि कुछ और बलदेव की यह विधवा बेटी भी थोड़े दिनों बाद ही तपेदिक से ही मरी। उसकी भी एक बेटी थी, संतोस, बलदेव के कोई नाते-रिश्तेदार उसे लिवा ले गए। ईसाई स्कूल में उसके साथ पढ़ चुकी थी, अब कहाँ है नहीं जानता। बलदेव जब मरा तब दाने-दाने को मोहताज था। संपत्ति के नाम पर तब तक खँडहर हो चुकी यह हवेली छोड़ गया था। पूरी तरह खँडहर इस हवेली को उसके नाते-रिश्तेदारों तक ने मुफ्त में भी हाथ लगाने से इंकार कर दिया।

विचारों को झटककर उसने सोचा हवेली तो अवश्य वहीं होगी. हवेली वहीं थी। पूर्णतः जीर्णशीर्ण, उसके दरवाजे-खिड़कियों को या तो लोगों ने उखाड़ लिया था, या रिश्तेदारों ने बेचबाच दिया था, क्योंकि एक भी दरवाजा-खिड़की उसमें न था। दरवाजा-खिड़कीविहीन वह अब गिरी तब गिरी हवेली, ऐसी लग रही थी मानो अस्सी साल की बुढ़िया का दंतविहीन पोपला मुँह हो जैसे। निचले खन में चार-पाँच कुत्ते धमाचौकड़ी मचा रहे थे।

अब आएँगे खातियों के घर, पहले पड़ेगा इस्लाम खाती का घर, गली के बायीं ओर, उसने अंदाज लगाया। गाँव में उन दिनों सामने पड़ने पर आपसी संबोधन—'राम राम जी' हुआ करता था लेकिन गूजरों जाटवों के उस घमासान के बाद बुद्धधर्म का थोड़ा और प्रभाव जाटवों पर हुआ था, लड़के खास तौर पर 'राम राम जी' को छोड़ 'नमस्ते जी' कहने लगे थे। उसे याद है, वह जब भी मुसलमान खातियों के घरों के सामने से गुज़रता था तब इस्लाम, जिसने बढ़ईगीरी का धंधा त्याग दर्जी का पेशा अख़्तियार कर लिया था, नमस्ते के प्रतिउत्तर में 'सलाम वाले कुम' तो कहता ही था, इस बात पर भी जोर देता था कि लड़के भी उसे 'वाले कुम असलाम' कहकर संबोधित करें। ऐसा कुछ बुरा प्रस्ताव न था, लेकिन ज़ुबान पर चढ़ा नहीं। उसका घर वहीं था, जहाँ उसने सोचा था, वैसा ही टूटा-फूटा अभी भी। गरीबों को गरीबी जल्दी कहाँ छोड़ती है।

उसके बाद तो बशीर सक्का का घर आएगा, उसने याद किया। यादों के अंबार में से उसे बशीर सक्का को झाड़ फूँककर नहीं निकालना पड़ा। कोई पाँचेक हाथ का बशीर सक्का जब अपने से भी भारी पानी भरी मशक को अपने ऊपर लादे, बाएँ हाथ में ताँबे का पतीला बराबर कटोरा उठाये, आधा झुका, आधा बाएँ को मुड़ा गाँव-कस्बे के हर मेले ठेले में पानी पिलाता नजर आता था तो अपनी विचित्र त्रिभंगी मुद्रा में जोकर-सा दिखता था। बदले में जो कुछ थोड़ी-बहुत मजदूरी उसे मिलती, उसी में मस्त रहता था। बाद में जब दो बेटे भी हो गए और कुनबा बड़ा हो गया, तब जाकर उसने यह धंधा छोड़, बन

रही सड़क पर पानी छिड़कने की मजदूरी करनी शुरू की, लेकिन मशक ने उसका पीछा यहाँ भी न छोड़ा। सड़क की मजदूरी में भी वह कमर पर मशक लादे, रोडरोलर के पीछे, जिसे गाँव वाले कहते 'धरती धकेल अंझण', पानी छिड़कता चलता। बशीर सक्का ने घर में ही निहायत छोटी-सी, केवल नाम-भर के लिए परचून की दुकान खोल कर बीवी को उस पर बैठा दिया था। बशीर सक्का के लगभग पूर्णतः काले रंग की सीमा को छूते रंग के विपरीत उसकी बीवी गोरे रंग की थी। उसके अधिकांश ग्राहक जाटव ही होते थे और उसकी सुंदरता से अभिभूत और सम्मोहित, छोटी-मोटी खरीददारी का अवसर कारण-अकारण निकाल, उसके दरबार में हाजिरी बजाते थे। वह उसे चाची पुकारता था। यद्यपि जाटव मुहल्ले से एक रास्ता गाँव के पश्चिम सीमा से सटे 'मुकन्ना' के किनारे-किनारे दादरी तक जाता था जिसके कारण सुनारोंवाली गली से हम लोगों का कम ही वास्ता पड़ता था, लेकिन गूजरों ने जब अपने खेत और मेंड़ों पर जाटवों का चलना रोक दिया था, तब लंबा रास्ता होते हुए भी, सुनारों की गली का प्रयोग अपरिहार्य हो गया था। इस सुनारों वाली गली के रास्ते में अवश्यंभावी रूप से बशीर सक्का का घर पड़ता था। चाची का न जाने क्यों उसके ऊपर असीम स्नेह था। बस दिख जाने-भर की देर होती थी कि चाची उसे रोककर सस्नेह सिर पर हाथ फेर कर असीस दिऐ बिना आगे न बढ़ने देती थी। चाची का यह स्नेह संभरण तब तक चलता रहा जब तक वह नौकरी पाकर गाँव न छोड़ गया। बाद में भी, जब कभी भी वह गाँव आया और चाची के घर के सामने से गुजरा, चाची के स्नेह प्रसाद से वंचित न रहा।

सोचा, एक तो पंदरह लंबे बरसों के अंतराल के बाद वह लौट रहा है, साथ ही जब वह स्वयं भी बुढ़ापे की दहलीज़ पर खड़ा है तब बेचारी चाची क्या अब तक बची होगी। घर के सामने से गुजर ही जाने वाला था कि देखा कि सुखद आश्चर्य सी चाची दुकान में उपस्थित थी। बाल सारे सफेद अवश्य हो गए थे लेकिन चाची लगभग वैसी की वैसी ही थी। शरीर चाहे खँडहर अवश्य हो गया था लेकिन वे न केवल बता रहे थे कि इमारत अतीत में बुलंद थी बल्कि चाची ने उसे अब भी ठीकठाक हालत में सहेज रखा था।

हाँ, चाची की नज़र अवश्य कमज़ोर हो गई थी, क्योंकि उसने ही चाची को सलाम कहकर उसका ध्यान आकर्षित किया। आवाज़-भर से लेकिन चाची तुरंत पहचान गई। वह गिरती पड़ती, हाँफती दुकान से बाहर आई और सैकड़ों असीस देकर दुकान में भीतर खींच ले गई। दुकान का थड़ा वैसे का वैसा ही था, बस दुकान मामूली सी और बड़ी हो गई थी, दीवारें भी पक्की हो गई थीं। हाँफते-हाँफते उसके बालबच्चों की राजी-खुशी जब चाची ले चुकी तो उसने चाचा बशीर के बारे में, उसके बेटों बल्ली और रशीद के बारे में पूछा। उत्तर में चाची सिसकने लगी तो उसका और साहस न हुआ कुछ पूछने को। वह उठकर चलने ही वाला था जब चाची ने स्वयं ही बताया कि चाचा तो दस बरस हुए गुजर गए, बल्ली और रशीद दोनों अरब चले गए हैं। दोनों भाइयों नें माँ के लिए

यह दुकान और उसके पीछे एक कोठरी पक्की बनाकर दे दी है, महीने दो महीने पर कुछ पैसा भेज देते हैं, बस। उनकी बहुएँ? ब्याह भी किया है दोनों ने, लेकिन बहुएँ गाँव में रहने को तैयार नहीं हैं, सो पीहर में रहती हैं. अभी तक तो हाथ-पैर सलामत हैं, बाकी आगे खुदा ने क्या जाने कौन से दिन दिखाने के लिए जिंदा रख रखा है। बेटों ने कई बार ज़िद करके कहा है कि गाँव छोड़ो बहुओं को लेकर शहर में रहो, लेकिन उसने बच्चों से स्पष्ट कह दिया है कि गाँव तो न छोड़ूँगी।

चाची ने उससे पूछा, "अपनी बहू को न दिखाएगा रे, क्या? अब तो मैं बूढी हो गई हूँ, अल्ला के तरफ से कभी भी बुलावा आ जाएगा। अचानक ही जाना पड़ जाएगा रे!"

चाची को बताने की हिम्मत न हुई कि जो हाल उसकी बहुओं का है, वही उसकी पत्नी का भी है। वह चाची से बशीर की बहन अजीजन के बारे में भी जानना चाहता था, लेकिन रामपत महाशय और अजीजन के रिश्तों को लेकर हुई बदनामी की कड़वाहट को भाँपकर उसने अपना इरादा तर्क कर दिया।

चाची से रुखसत पाकर वह कूड़े तेली के घर के सामने से गुजरता हुआ जाटव मुहल्ले में दाखिल हुआ तो दल्ले से सामना हो गया। नमस्ते स्वीकारने के पश्चात् दल्ले यह कहकर गायब हो गया कि—"भैया, बस गयौ और आयौ। जुम्मा के यहाँ सिकार हुयौ है। पौंहचतै पौंहचतै खतम हो जावैगौ।"

दरियाव समझ गया कि वाल्मीकियों के ज़ुम्मा ने सूअर मारा होगा। गाँव के धुरपूर्व में लगभग नहर को छूते हुए, बसते थे चूहड़े और जाटवों के समान ही कब वे चूहड़ों से वाल्मीकियों में परिवर्तित हो गए उन्हें तक को नहीं पता चला था। बहुत ही विचित्र रूप में न जाने क्यों दलित होकर भी जाटवों और वाल्मीकियों में परस्पर व्यवहार नहीं था। गाँव के धुरपूर्व में वाल्मीकि बसते हैं और धुरपश्चिम में जाटव।

वाल्मीकियों के मुहल्ले में जब भी सूअर मारा जाता था, उसकी सूचना वे पहले जाटव मुहल्ले में भेजते थे, और इस प्रकार वाल्मीकियों के मुहल्ले में उस दिन अस्थाई गोश्त की दुकान खुल जाती थी। जाटव मुहल्ले के लिए वह दिन पर्व का दिन हो जाता था। मुहल्ले के कितने ही घर भुनते गोश्त की खुशबू से महकने लगते। गाँव-भर के कुत्ते भुनते गोश्त की खुशबू से पगलाए मुहल्ले के उन घरों के दरवाज़ों की घेराबंदी कर के बैठ जाते थे। प्रकृति के खाते में क्योंकि वर्णव्यवस्था नहीं है, इसलिए गूजरों के मुहल्लों तक से कुत्ते जाटव मुहल्ले पर धावा बोल तो देते लेकिन जाटव मुहल्ले के कुत्ते अपने राज्य की प्रभुसत्ता पर आक्रमण की बू को पहले ही सूँघ लेते। वैसे तो जाटव मुहल्ले के कुत्ते तक भी जाटवों की ही भांति मुहल्लों में बँटे हुए थे तथा दिन-रात एक दूसरे को भँभोड़ने में समय काटते थे, लेकिन अपने राज्य की संप्रभुता को खतरे में जान वे गूजरों के कुत्तों पर चढ़ दौड़ते। युद्ध लेकिन देर तक न चलता था, दोनों ओर के कुत्ते थोड़ी

देर खाँव खाँव-भौं भौं करने के पश्चात मिल बाँटकर खाने को राजी हो जाते।

रास्ते में पड़ने वाले घरों में दो-दो चार-चार मिनट लगाता हुआ जब तक वह अपने घर पहुँचा तब तक उसके पीछे-पीछे अच्छाखासा जुलूस हो गया था। रास्ते में हरदास से उसने नमस्ते की, बुद्धन को सिर झुकाया, चंदो ताई ने उसे असीस दी, बाबूराम से हाथ मिलाया, मोहरसिंह ने उसे देखकर मुँह बिचकाकर दूसरी ओर मुँह फेर लिया।

घर के दरवाजे पर पहुँचते ही जिस जीव ने उसका स्वागत किया, वह था, बड़े भाई का कुत्ता, बूढ़ा और पक्षाघात से लाचार, अगले दोनों पैरों के सहारे घिसटता हुआ। बड़े भाई अब जीवित न थे। यह कुत्ता उनका प्रिय था। जब जीवित थे तब सबसे पहले उसे खाना खिलाते थे अपने हाथ से। मोती भी और किसी के हाथ से भोजन स्वीकार न करता था। दोनों का अटूट जुड़ाव था। मोती पूरे दिन बड़े भाई के ड्यूटी से लौटने की प्रतीक्षा करता रहता। यह मोती जो जीवन के अपने अंतिम दिनों में घिसट-घिसटकर चलने का प्रयत्न-भर कर रहा है, जब मुश्किल से कोई तीनेक महीने का था, तब न जाने कहाँ से भटकता हुआ बड़े भाई के घर आ गया था। भाई ने उसके सिर पर, पीठ पर स्नेह से हाथ फिराकर उस दिन दयावश जो उसे खाना खिला दिया, कि फिर वह दुरदुराने पर भी घर को और भाई को छोड़कर नहीं गया। भाभी ने कितने ही बार उसे मार-पीटकर भगाया लेकिन वह बार-बार लौटकर आता रहा। बस उसके पश्चात् से ही भाई और मोती का जो आत्मीय और अटूट रिश्ता बना तो बस भाई की मृत्योपरांत ही टूटा। अपनी जवानी के दिनों में मोती किसी गैर आदमी को घर की दहलीज तक भी न फटकने देता था और उसकी छत्रछाया में पूरा कुनबा व्यवधानरहित और बेफिक्री की गहरी नींद सोता था। उसी मोती की दयनीय हालत देखकर उसकी आंखें भर आईं। घर के भीतर जब उसने प्रवेश किया तो मोती ने थोड़ी रुष्टता तो दिखाई, लेकिन अपनी स्थिति को स्वीकार कर अवश सा पड़ा-पड़ा पूंछ हिलाने लगा।

"आ गए! लाट साहब!" कहकर और बेहद नफरत भरी निगाहों से उसे देखती हुई भाभी घर से बाहर निकल, उसकी बुराई के कसीदे काढ़ने मुहल्ले के गली-गलियारों में चक्कर काटने चली गई। उसकी भाभी ने अपने विघटनकारी, रूक्ष, कटाक्षपूर्ण स्वभाव में इन पिछले पंदरह बरसों के अंतराल में भी कोई कमी न आने दी थी, यह स्पष्ट था। दोनों भतीजे भी अगले ही क्षणों में घर के बाहर चले गए। बहुत ही विचित्र स्थिति उत्पन्न हो गई थी। लगभग आधा मुहल्ला उसके घर में एकत्रित हो गया था, और उस अपने घर में वह अकेला था। ऐसी स्थिति में वह क्या करे समझ न पा रहा था। मुहल्ले के इकठ्ठे हो चुके पुराने संगी-साथी भी बात को समझ गए। माहौल बेहद बोझिल हो गया था। मुहल्ले के लोगों के गिले-शिकवे, शिकायतों का दौर, कि इतने-इतने बरसों तक गाँव की

ओर मुँह तक क्यों नहीं किया, जब समाप्ति पर था तब लेकिन अचानक उस स्थिति से उबारने हाँफता, गिरता पड़ता दल्ले प्रकट हो गया। राहत की साँस लेकर उसने सोचा कि दल्ले के रहते अब बाकी किसी को बोलने के लिए अवसर ही न रहेगा। उसने मन ही मन जीवन में पहली बार दल्ले को दुआएँ दीं और प्रार्थना की कि आज वह कुछ अधिक ही लंबी छोड़े, जिससे जब उसकी वह ज्वालामुखी सी धधकती भाभी लौटे, तब तक के लिए मुहल्ले वालों को उसके इस विचित्र बर्ताव की जाँच पड़ताल भूली रहे।

इस प्रकार दल्ले अचानक फिर से प्रकट हो गया था। शिकार को घर पहुँचाकर कदाचित सीधा यहाँ आया है। आते ही अपने आगत किस्सों की भूमिका बाँधने लगा।

दल्ले वैसे का वैसा ही था, मुँहफट, बुड़बक, एक की चार लगाने में माहिर, झूठी-सच्ची कहानियाँ गढने वाला। बूढ़ा बेशक हो चला है लेकिन उसके अपने मानस में उपजे काल्पनिक कथाओं के काल्पनिक पात्रों को बखानने का उसका जोश वैसे का वैसा ही है। उसकी खोपड़ी पर उगी खेती ऐन केंद्र से कानों की ओर जाती आधे रास्ते तक उजाड़ हो चुकी है तथा बाकी बची खुची भी इतनी छिदरी है कि उस पर अब स्वयं दल्ले को भी देखभाल का कोई आग्रह नहीं रह गया है। उसकी बिल्लौरी तथा चुँधियाई सी आँखें बेशक वैसी की वैसी हैं। उसकी वे बेतरतीब, अनुशासनहीन मूँछें भी वैसी की वैसी ही नीचे को लटकी हैं।

इस दरियापुर में बहुत कम बदलाव आया है, उसने मन ही मन सोचा, केवल वही बदल गया है। जाटव मुहल्ले की नई पौध लेकिन बदल गई है, इसमें किसी संदेह की कोई गुंजाइश नहीं है।

नौकरी के दौरान जम्मू-कश्मीर राज्य के नगर श्रीनगर में जब तैनात था तब अचानक भर दुपहरी में आवाज़ का ऐसा धमाका सुनकर कि जैसे मानों तोप का गोला छूटा हो, जब दहल गया था और स्थानीय निवासियों ने बिना भोंचक हुए समझाया था कि किस प्रकार वायुसेना के लड़ाकू विमान जब आकाश में ध्वनिगति को पार कर जाते हैं तब यह धमाके की आवाज़ होती है तथा उसे 'सोनिक बूम' कहते हैं तथा दिन-भर में दसियों बार यह सोनिक बूम नगर के आकाश में सुनाई पड़ती है। उसके पश्चात् तो स्वयं उसे भी उस बूम की आदत हो गई तथा रोजाना के जीवन का हिस्सा ही बन गई।

थोड़ी देर तक वह सोचता रहा कि श्रीनगर की वह बरसों पुरानी बात उसे दल्ले को देखकर क्यों याद हो आई। अगले ही क्षण समझ में भी आ गया।

एक गहरी साँस लेकर उसने सोचा, 'हाँ, सचमुच में ही बहुत कुछ बदल गया है' लेकिन सुखद और सकारात्मक बदलाव आया है इस दरियापुर के जाटव मुहल्ले में और उसकी नई पौध में, केवल इसमें निःस्पृहता यदि न आई होती तो कितना अच्छा होता तब। आज इस जाटव मुहल्ले में दसियों तो अधिकारी बन गए हैं, अध्यापक, प्रधान-अध्यापक, बैंकअधिकारी, डाक्टर, इंजीनियर, पुलिस और सेना में बीसियों थानेदार-

हवलदार, छोटे मोटे व्यवसायी तथा राजनीतिज्ञों और छुटभइय्ये नेताओं की पूरी फौज की भरमार है अब तो।

अपने आत्मसम्मान, अपनी बिरादरी के आत्मसम्मान की रक्षा और संरक्षण के लिए एकजुट हो मर मिटने वाले लेकिन नहीं रहे। बुजुर्गवार मुथरा जैसे भी अब नहीं रहे जो गूजरों की शक्ति को ठीक-ठीक आँककर भी उससे भिड़ गए थे।

जाटव मुहल्ला ही क्या, पूरे दरियापुर से वह पहला अधिकारी चुना गया था नौकरी के लिए, तब सोनिक बूम जैसा ही कुछ अचानक घट गया था इस दरियापुर में लेकिन उसके पश्चात् अब जब घर घर से...

सोनिक बूम की आदत हो जाती है एक दिन और फिर वह रोज़ाना के जीवन का हिस्सा हो जाता है।

कितना सुखद और सकारात्मक बदलाव आ गया है दरियापुर में, इसमें, बस, यह निःस्पृहता यदि न आई होती काश! बित्ता-भर अंश यदि ताऊ मुथरा का भी आ गया होता तो कितना अच्छा होता। एकता के प्रतीक उस भुला दिए गए बंजारों से मिले कुआँ को भी इन्होंने सम्मान देकर और अपना बुजुर्ग मानकर संरक्षित रख लिया होता, काश!

खैर! अब उसे चिंता न थी।

दल्ले आ गया था। दल्ले ने, जितने कम समय में हो सकता है उतने में उसकी, उसके बच्चों की कुशल पूछी।

अब उसकी बारी थी, पूछा—"और क्या हाल हैं, बाल-बच्चे कैसे हैं?"

"बस जी किरपा है थारी।"

वह मन ही मन डर गया कि इस ज़ालिम ने आज अपनी गप्प यदि न शुरू की तो...? उसकी ओर से कोई प्रतिक्रिया न देख उसने तय किया कि आज दल्ले को उत्प्रेरक की आवश्यकता है।

पूछा, "तुम्हारी तंदुरुस्ती कुछ ठीक नहीं दिखायी दे रही, क्या बात है?"

"अजी, बाबूजी, बस कुछ मत बूझो। पूरी गर्मी भागते भागते गुजर गईं, राजस्थान की ओर लिकड़ गयौ थौ जी" अपनी गाँव की बोली में थोड़ी बहुत शहर की बोलचाल का घालमेल कर के दल्ले ने अपनी लंबी गप्प की लंबी उड़ान के लिए पर तौले।

"राजस्थान? सैर-सपाटे के लिए गए होगे।" उसने दल्ले को कुरेदा कि किसी प्रकार दल्ले अपनी गप्प यात्रा पर निकले तो सही।

"अजी, कैसा सैर सपाटौ, ब्यौपार के लियों गयौ थौ, जी।"

उसने मन ही मन कुढ़ते हुए सोचा—आज ये ज़ालिम, लगता है हर वाक्य पर उस से 'हुंकारा' भरवायेगा ही।

अपने बचपन के दिनों की उसे याद है कि यद्यपि रामचंदर के किस्से एक रात से लेकर

कई-कई रातों तक फैल सकते थे, लेकिन तभी, जब उसके किस्सागोई के दौरान किस्से के लगभग हर अनुच्छेद के समाप्त होते ही कोई हुंकारा भरे—'हूँ', 'वाह जी वाह', 'फिर क्या हुआ जी', या केवल 'फिर'। उन दिनों आज की भाँति सैकड़ों मनोरंजन के साधन उपलब्ध न थे। निकटतम सिनेमाहाल पंदरह किलोमीटर पर गाजियाबाद में था। रामचंदर की इसलिए उन दिनों बड़ी पूछ थी, और किस्सा चलता रहे इसके लिए बाकायदा हुंकारा भरने वालों को नियत किया जाता था, इसलिए भी कि कई बार यदि हुंकारा भरने वाला चुप हो जाए, तब ऐसे में नींद से बोझिल रामचंदर सो भी जाता था। लोग उसे जगाकर जब किस्से को पुनः छोड़े स्थान से प्रारंभ करने को कहते तो रामचंदर को तारतम्य जोड़ने में कठिनाई होती थी। अधिकांशतः, रामचंदर के किस्से गर्मियों के मौसम में ही होते थे। किसी के 'घेर', 'खरक' (दोनों ही समानार्थी हैं तथा अर्थ है—गाँव की बाहरी सीमा से लगता ढोर-डंगरों के लिए खूब खुला, चौड़ा स्थान जिसमें अधिकांशतः गारे मिट्टी की चारदीवारी तथा एक ओसारा अथवा गारे मिट्टी की दीवारों का कमरा में वो किस्से-कहानियों की महफिलें जमती थीं। बीसियों-तीसियों चारपाइयाँ 'घेर' में बिछ जातीं, आठ-दस हुक्के ताजा किए जाते। ताजा भरी चिलम से जब 'लाट' मिश्रित तमाखू की खुशबू वातावरण में तैरने लगती, कई सारे चौधरी हुक्का की 'नह' थामे जब खाटों पर जम जाते, जवान जहान लड़के जहाँ-तहाँ, जहाँ स्थान मिले पसर जाते तब रामचंदर अपना किस्सा प्रारंभ करता। किस्सों के पिटारों में से 'किस्सा गुल सनोवर'—किस्सा गुल ए बकावली'—'किस्सा चार दर्वेश'—'किस्सा नल दमयंती' इत्यादि के संसार से बाहर आकर शहजादे-शहजादियाँ मुहब्बत का इज़हार करते, भूत-प्रेत-जिन्नातों से लड़ते, तलवारें निकालकर शहज़ादे निर्णायक युद्धों के घमासान में शत्रुओं के साथ भिड़ जाते। जादूगर-जादूगरनियाँ शहजादे-शहजादियों को 'छू-मंतर' कहकर कभी उन्हें तोते बनाते, कभी मक्खियाँ, तो कई बार 'दाने' के द्वारा घोड़े गधे इत्यादि बनाये जाते। पूरी-पूरी रात तिलिस्मी चरित्र लोगों को अपने तिलिस्म में बाँधे जगाए रहते, सोने न देते।

'फिर' 'उसके बाद' 'फिर क्या हुआ' के हुंकारे रामचंदर को न केवल जगाये रहते, बल्कि उसे अपनी कल्पना के घोड़े दौड़ाने को उकसाते रहते। हुंकारा भरने वाले की उकसाहट के कारण रामचंदर की कल्पना के घोड़े ऊँची उड़ान की खुराक पा, कितनी ही बार सुनी गई बासी पड़ गई कथा, नए रूप और कलेवर में ताजा और रोचक हो प्रस्तुत हो जाती।

सारी-सारी रात जवान लड़के बुजुर्गों के हुक्के भरते रहते, हुंकारे वाला व्यक्ति 'हूँ'—'हाँ'—'फिर' का जाप जपता रहता। हुक्के की गुड़गुड़ाहट और वातावरण में तैरते तीखे धुएँ के साथ जब सुबह होने को होती तब जाकर किस्सा ए महफिल अगली रात तक के लिए स्थगित की जाती।

दल्ले की गप्प कथा सारी रात तो खैर क्या चलनी थी लेकिन यदि उसकी गप्प को लंबा चलवाना था तो दरियाव को 'हुंकारे' की सजा भुगतनी ही होगी उसने सोचा।

"कौन से व्यापार में हाथ डाल दिया, ताऊ दल्ले?"

"भैया, बुढ़ापा आ गया है, या वजे सै सोचा कि बाल बच्चों के लिए कुछ माल मताल कमाकर दे जाऊँ"

"फिर?"

"अजी, फिर क्या, बड़े बेटा को लेकर लिकड़ गया जी, राजस्थान."

"हूँ, कैसा, कौन-सा व्यापार?"

"मैंने सोचा कि भई, दल सिंह, तैने सारी दुनिया घूमी, बड़े-बड़े खतरान सै तू खेला, लेकिन अपने बालकन के लिए तैने क्या करा। तो जी, सोचा कि जंगल सै शेर पकड़कर सरकस वालों को बेचूँगा।"

"हूँ।"

इस प्रकार उसके हुंकारों पर दल्ले ने जो विकट लंबी छोड़ी वह इस प्रकार थी—

अपने बीस वर्षीय बड़े बेटे के साथ दल्ले सैकड़ों कोस की पैदल यात्रा करके जब राजस्थान पहुँचा तो पाया कि चारों ओर रेगिस्तान ही रेगिस्तान, न कोई वृक्ष न झाड़ी। न कुआँ न तालाब। न सड़क न गाँव। रेत ही रेत, जहाँ तक दृष्टि जाए, रेत ही रेत। शेरों की तलाश में चलते-चलते पैरों में छाले पड़ गए, प्यास के मारे जुबान सूखकर लकड़ी जैसी हो गई। दस मटके पानी लेकर बाप बेटे गए थे वह समाप्त हो गया. प्यास के मारे जुबान ऐंठने लगी, पैर लड़खड़ाने लगे। बेटा अर्धबेहोश सा हो गर्म रेत पर 'पछाड़' खाकर गिर गया। पिता की ओर देखकर बड़ी कठिनाई से बोला—"बाबा, पानी।"

ऐसे में दल्ले क्या करे? दूर-दूर तक पानी का नामो निशान नहीं। प्यास से बच्चे की जान निकली जा रही थी। बस एक निश्चय कर दल्ले रेत के ढेर के पीछे गया, जूती निकालकर उसमें पेशाब किया और बेटे को पिला दिया। बेटे के जान में जान आई तो बाप बेटे निकल पड़े शेरों की तलाश में। कुछ ही दूर चले होंगे कि चारों ओर शेर ही शेर। घोड़ों से भी ऊँचे। बेटा तो डर के मारे बेहोश ही हो गया, लेकिन दल्ले ने न केवल औसान ठिकाने रखे, चार शेरों को पकड़कर उनके मुँह पर 'मछूका' (बैलों के मुँह पर लगाई जाने वाली जाली कि वे काम के समय इधर-उधर घास में मुँह ना मारें) भी लगाया और फिर गले में रस्सा बाँध बेटे को सँभालता एक सरकस में गया। शेरों को बेचकर धन कमाया और वापस गाँव आ गया। इसीलिए राजस्थान की गर्मी और पैदल चलने के कारण अब काफी कमजोर हो गया है।

आज जब रेलगाड़ियां, बसें तथा अन्य कई यातायात के साधन उपलब्ध हैं, तब सैकड़ों किलोमीटर की पैदल यात्रा राजस्थान के लिए दल्ले ने क्यों की? दस मटके पानी

को कैसे उठाकर बाप बेटे लेकर गए? राजस्थान में न सही, क्या पूरे रास्ते में भी कहीं पानी उपलब्ध न था कि गाँव से पानी लेकर जाना पड़ा? शेरों को गधों की भाँति हाँकते दल्ले सरकस तक ले तो आया, लेकिन रास्ते-भर के लोग तो दल्ले जैसे बहादुर और निडर नहीं थे, उन बेचारों का क्या हाल हुआ शेरों को बीच सड़क पर गधों की भाँति खींचे जाते देखकर। ये सब प्रश्न हैं तो प्रासंगिक, लेकिन इनकी परवाह वह करे तो उसका नाम दल्ले ही क्यों है भला? यह दल्ले की दुनिया है।

इस गप्प कथा में जब तक दल्ले शेरों को बेचकर गाँव आ ही रहा था कि दल्ले का वह सुपुत्र, जिसे साथ लेकर दल्ले ने वे पराक्रम किए थे, आ गया। समझते देर न लगी कि पिता कौन-सी लंबी हाँक रहा है.?। आते ही बिना किसी लाग लपेट के पिता से बोला, "हो गई तसल्ली? चलो, अब घर चलो।"

दल्ले की गप्प कथा से तृप्त होकर कि कौन जाने घबराकर मुहल्ले के लोग एक-एक कर खिसक गए। दरियाव फिर अकेला रह गया। घर में अकेलेपन के बीच उसने अचानक महसूस किया, जैसे वह फिर चालीसेक बरस पूर्व के घर में बैठा है. घर के आँगन में नीम का वह वयोवृद्ध भारी वृक्ष अभी भी मौजूद है। हल्की बयार में झूमती उसकी युवा और कच्ची डालियाँ मस्ती में वैसे ही हिलडुल रहीं थीं, जैसा उन दिनों में करती थीं। उम्र का इस वृक्ष पर जैसे असर ही न हुआ था। वृक्षों का जीवन और जीवनकाल दूसरे प्रकार का होता है, उसने सोचा! इस नीम के तो आज भी वैसे ही सुगठित और भारी भरकम 'गुद्दे' (मोटी शाखाएँ) हैं, छोटी टहनियाँ अवश्य इस कालांतर में प्रस्फुटित और विकसित होकर 'गुद्दे' बन गई हैं। उसने ऊपर की ओर दृष्टिपात कर देखा। जहाँ कभी हर वर्ष सावन के महीने में झूला डाला जाता था, वह 'गुद्दा' वहीं था और कई लंबे बरसों तक एक ही स्थान पर झूले के रस्से की रगड़ से बना निशान भी वहीं था।

अतीत ने जो निशान इस नीम पर छोड़े हैं वे दरियाव के पुराने घावों को निर्दयता से अचानक कुरेदने लगे हैं।

भागो इसी वृक्ष की डाल पर पड़े झूले पर बैठ अपने कल्पना के राजकुमार के गीत गाती थी। अपनी सुकोमल आंतरिक भावनाओं को व्यक्त करने के लिए वह इस नीम पर पड़े झूले को साधन बना साध्य को प्राप्त करने का प्रयत्न करती थी। बॉस बन, उसके ऊपर राज करती थी, सगी बहन से भी अधिक स्नेह के कलश उसके ऊपर उँडेलती थी। भावातिरेक और छलछलाती आँखों से, अनभिप्रेत वह नीम तक चला गया। उसने नीम के तने को बहुत ही कोमलता से छूकर महसूस किया। तने को अंक में भर वह उसकी खुरदरी छाल को अपने गालों पर रगड़ता रहा। गाँव छोड़ने के पश्चात् से आज इस क्षण तक इतना सुकून उसने कभी न महसूस किया था। देर तक वह नीम से

लिपटा खड़ा, उस सुख को आत्मसात करता रहा।

उसने अचानक महसूस किया जैसे भागो उसके बिलकुल समीप ही खड़ी है। झटके से पीछे मुड़कर देखा, बाकी दिशाओं में भी दृष्टिपात किया, वह कहीं नहीं थी। एक गहरे निश्वास को छोड़कर उसने सोचा, मनुष्य वृक्षों के समान क्यों नहीं हो सकते? हो सकते तो...

नीम के इन दो भारी-भरकम वृक्षों के साथ उसके परिवार का एक और भी रिश्ता था जिसे सोचकर भी वह भावावेश में रोने-रोने को हो रहा था। उसके पिता को सरकार ने अन्य के समान द्विवतीय विश्वयुद्ध की समाप्ति पर सेवानिवृत्त कर दिया था। पुरस्कारस्वरूप उनकी सेवा के बदले में उन्हें भी तथा जटवाड़े के अन्य सेवानिवृत्त सैनिकों को उन दिनों के मेरठ जिले में यहाँ-वहाँ खेती योग्य भूखंड अलाट किए थे। उसके पिता को मेरठ से लगते 'हथनापुर' (हस्तिनापुर) में पाँच एकड़ ज़मीन का टुकड़ा अलाट हुआ था। उस भूखंड का कब्जा लेने जब रेलगाड़ी से जा रहे थे तब जेबकतरा उनके सारे कागजात लेकर चंपत हो गया था। अपने दुर्भाग्य को कोसते वापस गाँव आ गये थे। उनकी सरलता-सीधापन-भोलापन अथवा बेवकूफी कहा जाय कि उन्होंने उन कागजातों की नकल जिला सोल्जर बोर्ड से बनवाने तक का प्रयत्न न किया। पूरा-पूरा दिन अपने दुर्भाग्य को कोसने से तो कुछ होना न था। लेकिन भाग्य भी कई बार व्यक्ति को खूब खेल खिलाता है कि बाद में वह दुर्भाग्य ही जीवन की नई डगर पर डालकर वहाँ पहुँचा देता है जहाँ आज सुख है—वैभव है—संतुष्टि है। उस दिन उसके पिता के ज़मीन अलाटमेंट के कागज़ात वह जेबकतरा लेकर चंपत न हुआ होता तो 'हथनापुर' के उस भूखंड में दरियाव हल चला रहा होता। खैर, पिता जिन्होंने पूरा जीवन सेना में काटा था, जहाँ सम्मान था, भर पेट भोजन था जो ठीक समय पर उनके सम्मुख प्रस्तुत हो जाता था, खरीददारी का झंझट न था, कहाँ से आएगा का प्रश्न दानव सा हर रोज़ न खड़ा होता था। सेवानिवृत्त होते ही वह सुंदर स्वप्न सा अचानक भंग हो गया था। अपनी मूर्खता में 'हथनापुर' का अलाटमेंट भी गँवा चुके थे। मजदूरी कभी की नहीं थी। अतः परिवार के सामने विकट स्थिति उत्पन्न हो गई थी। घर में पड़े रहकर माँ को गूजरों के खेतों में मजदूरी करने भी नहीं भेज सकते थे, इतनी इंसानियत थी उनमें। थोड़ा बहुत जो पैसा था समाप्ति पर था। तब उन हालात में घर में भुखमरी के हालात आ पहुँचे थे। दरियाव को खूब याद है जब घर में केवल एक बार खाना बनने लगा था। पिता नौकरी की तलाश में दिल्ली जब भटक रहे होते तब पिता द्वारा लगाई बंदिश के कारण माँ गूजरों के खेतों में क्योंकि मजदूरी करने न जा सकती थी इसलिए घर के चूल्हे को गर्म रखने को मुकन्ना के कमर तक आते पानी में से पानी की लता जिसे वह 'गाँठ' कहती थी ले आती थी तथा उसे नमक के साथ उबालकर हमें देती थी। हालात इतने बिगड़े कि दिन में एक बार भी चूल्हा जलने की हालत न रही थी। उधर पिता को नौकरी मिलने

के कोई आसार नज़र न आ रहे थे। दबी ज़ुबान से डरते-डरते माँ ने गूजरों के खेतों में मजदूरी करने की बात पिता से कही तो घर में तूफान आ गया, बेचारी माँ को अपने इस प्रस्ताव पर पिता के हाथों पिटना पड़ा था। पिता पूरे हिटलर थे। उनके आदेश की अवहेलना अचिंत्य थी। भुखमरी के उन दिनों में जब कुछ और कोई रास्ता न बचा तब उनके पिता अर्थात् हमारे दादाजी के हाथों रोपे गये नीम के दो वृक्षों को हमारे पिता ने दादरी के एक मुसलमान के हाथों बेच दिया। दूसरे ही दिन जब वह मुसलमान तीन मजदूरों को अपने उन दुस्वप्न से दिखते भयानक विशाल आरे के साथ लेकर आए तब माँ को पता चला। नीम के इन पेड़ों को उनके ससुर ने उनके इस घर में ब्याह कर आने के बरसों पहले लगाया था। ब्याह कर जब आई थी तब बमुश्किल कोई चौदह बरस की थीं। अपने साथ इन्हें भी उसने बढ़ते, युवा होते देखा था। बेचारी सिर पकड़कर रोने बैठ गईं। मुसलमान मजदूरों ने अपने आरे जैसे ही घर में लाकर पटके कि माँ दौड़ कर नीमों को 'कौली' (अंक में भरना) में भरकर खड़ी हो गई थीं यह कहते हुए कि–'काटना है तो मुझे काटो, नीमों को न काटने दूँगी।' दो नीम थे सो दौड़कर कभी इस नीम से चिपटतीं कभी उस नीम से। पिता उस दृश्य को देखकर रोने लगे थे। हाथ जोड़कर उस मुसलमान के सामने खड़े हो गए थे क्योंकि पेशगी पैसा उससे ले चुके थे। बहुत लानत-मलामत करने के बाद वह मुसलमान घर से टला था। दरियाव को इन नीम के वृक्षों में माँ और भागमली दोनों ही दिखती हैं। और एक बार उसने दोनो नीम के वृक्षों को कौली में भर कर माँ और भागमली को अनुभव किया।

वह फिर से वापस आकर बैठक में पसर गया। बैठक की एक दीवार पर बड़े भाई का फोटो टँगा था। उसे याद आया कि यह फोटो उनके नए-नए जवान हुए दिनों का था। उनकी वो गुफ़ेदार जुल्फें, गहरे सलेटी रंग के कोट पर धारियों वाली वह टाई और सबसे महत्त्वपूर्ण उनकी वह मोहक और निश्छल मुस्कुराहट वैसी की वैसी ही थी। इतना जीवंत चित्र था कि लगता, बस अब बोला। भाई का उस पर उतना ही अधिक स्नेह था जितना छोटे का उसके प्रति उपहास और अवमानना। भाई उससे पूरे दस बरस बड़े थे, इसलिए उनका स्नेह पिता के स्नेह जैसा था। उसकी आँखें भर आईं। अनभिप्रेत वह उठकर घर के दरवाजे से बाहर आकर खड़ा हो गया, गली में। वही पुरानी गली थी, खरंजा की वजह से कुछ और चौड़ी लग रही थी।

स्मृतियों के बवंडर में हिचकोले खाते हुए उसने सोचा, यह गली तब बेहद सँकरी सी होती थी, कि जाने सँकरी महसूस होती थी। तब घर के आँगन को पहरेदार सा रोकता यह दरवाजा भी न था, न यह बैठक थी। 'मुकन्ना' की कच्ची और 'पथी' हुई ईंटों का दो कोठों और उनकी मुंडेर पर टिका ओसारे वाला घर था। ओसारे के सामने गली तक खुला विस्तृत आँगन था। घर की पूर्वी सीमा पर चार हाथ ऊँची कच्ची दीवार थी, पश्चिमी छोर पर धनपत का घर था, पीछे की ओर पीठ से पीठ सटाये हमीर सिंग

का घर था। इस घर में माँ थी, बड़े भाई थे, छोटा था और थी परी कथाओं की खलनायिका सी एक विघटनकारी, रूक्ष, कटाक्षपूर्ण भाभी। पिता सेना में थे, इसलिए उनके दर्शन छठे चौमासे ही कभी होते थे।

गली में खड़े होते ही अतीत ने पुनः उगकर उसके मन के बहुत भीतर वर्षों से पपड़ाए घाव को पुनः न केवल हरा कर दिया बल्कि उसमें निर्दयता से, बीत गए वक्त के नमक को उन्मुक्त हाथों से उस पर मसल दिया। इसी गली में बड़े भाई को पाँच फुट के मरीयल से, काले कलूटे नंदू गूजर ने लाठियों से पीटा था। अपराध? केवल इतना-भर कि उस दिन जब नंदू ने घर के दरवाजे पर आकर आवाज लगाई, "अरै, छत्तर। चल, म्हारे बेलपत्थर वाले खेत में नळाई करनै। टैम ना है बिलकुल बी। तावळी लिकड़ लै घर सू।"

भाई ने इनकार कर दिया, यह कहकर कि, "किसी और को देख लेओ। मैं तो दिल्ली काम तलाश करने जा रहा हूँ।"

बस इतना कहना-भर था कि उस पाँच फुट के मरीयल से आदमी ने लगभग छह फुट के भाई पर लाठी से वार कर दिया था। भाई का सिर फट गया था लेकिन उस मरियल से आदमी ने भाई को पीटना जारी रखा। जब कई लाठी खा चुके तो भाई का भी हाथ छूट गया था और एक हाथ पड़ते ही नंदू धरती पर लंबा हो गया था। तब तक माँ घर के भीतर से निकल आई थी और नंदू को धरती पर पड़े देख अपने खून से तरबतर लहूलुहान घायल बेटे को भूल नंदू को ही उठाने में सहायता करने लगी थी और बड़े भाई के इस कृत्य पर प्रतिकार स्वरूप गूजरों की आगत प्रतिक्रिया को सोच कर काँप रही थी।

हाँफते काँपते नंदू ने खड़े होते ही फिर से लाठी उठा ली थी और बोला, "रै, भैन...चम...ट्टा...साळे...तैनै गूजर पै हाथ उठायौ है। जिंदौ ना जाडूंगौ तोय। अब देखूंगौ कूण तोहै बचावैगौ।"

भाई एक बार और दाँत किटकिटाकर जब नंदू की ओर लपके तो माँ नंदू और गूजरों के आगत प्रतिशोध की सोचकर भाई से जबरन नंदू के सामने माफी मँगवाकर ही रही। भाई को नंदू से कहना पड़ा था कि, 'नंबरदार माफ कर देओ, गलती हो गई।'

नंदू लेकिन बार-बार लाठी लेकर भाई के ऊपर दौड़ता रहा और माँ भाई को अपने सीने से लिपटा कर नंदू की खुशामद करती रही, "अजी, नंबरदार माफ कर देओ, थारे चमार...हैं हम। गलती हो गई, बच्चा है। अभी समझ की कमी है।"

"तौ, तू पौंहच तुरत, बेलपत्थर वाळे खेत पै, नळाई करनै कू।"

"नंबरदार, तुम चलो मैं पहुँची।"

नंदू और कई अश्लील गालियां बकता हुआ चला गया और माँ को अपने लहूलुहान आहत बेटे को छोड़कर नंदू के खेतों में निराई करने जाना पड़ा था।

भाई की वय उस समय कोई सत्तरह-अठारह बरस थी। खुरपी दराँती लेकर, माँ ने जाते-जाते भाई को रोते-रोते समझाया था, "ये गूजर हैं, किसान हैं, ताकतवर हैं. इनके खेतों में बिना काम किए भी हमारा काम चल रहा है लेकिन इनका काम हमारे बिन न चलेगा। हम कमजोर हैं इसलिए, अन्यथा ताकत में बराबर होते तो यह कहने कि स्थिति में होते कि स्वयं क्यों नहीं अपना काम करते हो अपने खेतों में?"

भाई ने लेकिन कहा, "माँ, अगली बार तुम देखना मैं इसका क्या हाल करूँगा। लाठी उठाने और हाथ छोड़ने की बात तो दूर गाली देकर ही देख ले अगली बार यह 'भुनगा' जैसा आदमी। हमारी मर्जी हम मजदूरी करें कि न करें, ये कौन होता है जोर जबरदस्ती करने वाला। केवल इसलिए कि यह मरियल-सा आदमी जिससे अपने बल पर ढंग से चला भी नहीं जाता है, गूजर है, हमारे ही घर में आकर न केवल पीटकर चला गया बल्कि पिटे हुए से माफी भी मँगवाकर गया। हम इनके खेतों में मजदूरी कर के पेट नहीं भर रहे हैं। मेरा पिता फौज में सिपाही रहा है तब भी इनकी इतनी धौंस! फौज में होकर भी हम इनके मजदूर जाटव ही रहे! इसे तो बदलना ही होगा। इन्हें जो 'अणीती' लग रही है उसका 'गुब्बार' इनके सिर से उतारना ही होगा। माँ, तुम कहीं मत जाओ मैं देख लूँगा।"

माँ लेकिन आगत की सोचकर काँप रही थी सो प्यार से एक बार और भाई को समझाया और कहा, "बस, यह अंतिम है, इसके पश्चात् फिर कभी गूजरों के खेतों में मजदूरी करने न जाऊँगी।"

दरियाव बमुश्किल सात बरस का था तब। भाई को लहूलुहान देख डर के मारे रोने लगा था। माँ जब चली गई तब भाई ने अपने सिर और मुँह से खून धोया और दरियाव और छोटे को गोद में लेकर समझाया था, "डरना मत, मैं इसलिए लाठी खाता रहा था कि एकआध लाठी मारकर चला जाएगा बक झककर। मैं एक ही वार में उसको तारे दिखा देता, जोर से मार देता तो मर मरा भी जा सकता था, इसीलिए जब मैंने मारा तो बहुत ध्यान से नापकर कम से कम मारा था।"

दरियाव जानता है, उस उतनी सी उम्र में भी उसे भाई की बातों पर तनिक सा भी संदेह न था। भाई पहलवानी करते थे, मुग्दर उठाने के लिए क्षेत्र-भर में जाने जाते थे। उन दिनों ब्याह बरातें जब बेटीवाले के घर तीन-तीन, चार-चार दिन रुकती थीं और मनोरंजन के आज के समान प्रचुर साधन न थे, मनोरंजनार्थ घराती बरातियों के सामने गाँव का सबसे भारी मुग्दर ला पटकते थे, चुनौती देते कि, "है कोई बली! इस बरात में जो उठाए इस मुग्दर को।" या घराती अपने गाँव की कबड्डी टीम लाकर 'जनवासे' में प्रस्तुत कर देते थे कि, "है दम तो आ जाओ लँगोट बाँधकर।"

मुग्दर के बारे में विशेष कि, "उठा दिया तो गाँव कि जिस चाहे कुंवारी छोरी को

माँग लेना मुग्दर उठाने वाले युवक के लिए यदि वह कुँवारा है तो।" निश्चित ही अपनी ही जाति की लड़कियों को लेकर ही यह ललकार दी जाती, गाँव की किसी भी छोरी से अर्थ बरातियों और घरातियों की अपनी ही जाति से था।

भाई का अपना ब्याह भी कोई बरस-भर पूर्व इसी प्रकार के मुग्दर की एक जीत में खुर्जा से लगते एक गाँव में गई बरात में तय हो गया था जब अजेय समझे जाने वाले उस एक मुग्दर को उन्होंने आसानी से उठा दिया था और इस प्रकार दरियाव की यह कर्कशा, विघटनकारी, रूक्ष, कटाक्षपूर्ण भाभी भाई को प्राप्त हुई जिसका भाई ने ही चयन किया था। इस प्रकार स्वयंवर जैसे एक आयोजन में से भाई अपने लिए जीवन-भर का क्लेश जीत लाए थे।

भाभी सचमुच ही सुंदर थी और माँ ने सुंदर बहू पाकर उसे सिर आँखों पर रखा। आते ही माँ ने चूल्हे में लाल मिर्च और नमक झोंककर टोटका किया कि इतनी सुंदर बहू को कहीं नजर न लग जाय। स्पष्ट बता दिया भाई, भाभी और अपने पति को कि चाहे जो हो जाय भाभी गूजरों के न खेतों में और ना ही उनके घरों में काम करने जाएगी।

भाभी ने लेकिन जल्दी ही अपने असली रंग दिखाए और सबसे पहले तो माँ को ही जब तब बात बेबात अपमानित करना प्रारंभ किया। बिना किसी बात के भी वह माँ से लड़ती, उन्हें अपमानित करती। माँ ने लेकिन तब भी अपनी आन निभाई और अपमानित होकर भी भाभी को किसी भी हालत में गूजरों के यहाँ काम न करने दिया। केवल माँ को अपमानित और मानसिक प्रताड़ना देने-भर के लिए भाभी दराँती-खुरपी लेकर किसी गूजर के खेतों की ओर चल देती तब माँ उसकी चिरौरी करके, घर की इज्जत का वास्ता देकर, खुशामद करके आधे रास्ते से वापस लातीं।

खैर, यह रहे अभी। भाई जो पहलवान थे, लगभग छह फुट के थे, मुग्दर उठाते थे और क्षेत्र में उनके जैसा कोई न था, केवल इसलिए एक पिद्दी जैसे नंदू से पिट गए थे कि वह गूजर था और वे जाटव थे और पिटकर भी उन्हीं को उससे माफी माँगनी पड़ी थी। इससे भी अधिक आहत वे इससे थे कि माँ को मजबूरन उस नंदू के खेत में मजूरी करने जाना पड़ा था। पिता द्विवतीय विश्वयुद्ध में फौज में रह चुके थे और युद्ध समाप्ति के कोई पाँचेक बरस भीतर ही सरकार ने छँटनी करके उन्हें तथा उनके जैसे अन्य हजारों को सेवानिवृत्त कर दिया था और इस प्रकार वे बेकार थे। मजदूरी कभी की नहीं थी सो अब काम की तलाश में दिल्ली के दफ्तरों के चक्कर काट रहे थे और पिछले कोई वर्ष-भर से वहीं रहते थे।

द्विवतीय विश्वयुद्ध में मिस्र, इटली, और फ्रांस में लड़ने के लिए कोई सेर-भर पक्के शुद्ध चाँदी के तमगे उन्हें ब्रिटिश सरकार से मिले थे जिन्हें दरियाव और छोटा कंचों के स्थान पर रखकर खेला करते थे। अपने शौर्य और उत्तम सेवा के लिए प्राप्त उन्हीं तगमों

को उन्होंने भाई के ब्याह में भाभी के लिए गहने बनवाने के लिए सुनार को देकर तुड़वा दिया था। वही भाभी उनका भी अपमान करने से न चूकती थी। बेटे की बहू पर, संस्कारों में बँधे न तो हाथ ही उठा सकते थे और न गाली गुफ्तार कर सकते थे, सो अपने क्रोध की आग में जब जल भुन कर अंगार होते तो बेचारी माँ को पीटकर भड़ास निकालते थे। माँ सब समझती थीं और चुपचाप पिट लेती थीं।

खैर, यह भी रहे अभी। माँ तो चली गई नंदू के यहाँ बेगारी करने और भाई ने दरियाव और छोटे से इतना-भर कहा, "मैं तो बस कक्षा छह तक की पढ़ाई कर पाया क्योंकि गूजरों की एक चौपाल में जहाँ पाठशाला थी वहाँ जब पढ़ने जाते थे तो जाटवों के बच्चों को कक्षा से बाहर नीम के वृक्ष के नीचे बैठाया जाता था। धूप हो कि छाँव जाटवों के बच्चों को कभी भी भीतर कक्षा में न बैठाया जाता था। वहीं आँगन में कुआँ भी था लेकिन जाटवों के बच्चों को पानी पीना हो तो वृक्ष के नीचे से ही आवाज लगा कर मास्टर को बताना पड़ता था। इस अपमान को सहने की शक्ति चुक गई तो 'बस्ता-बुदका-तख्ती' लाकर घर में पटक दिया कि अब और स्कूल न जाऊँगा। लेकिन तुम दोनों ध्यान से पढ़ना, पढ़ने में ध्यान न दिया तो बहुत कान खींचूँगा।" और वे चले गए। कहाँ? हमें कुछ मा़ूम न था।

बेगारी से छूटकर थकी-हारी माँ जब आईं और भाई को घर में न पाया तो कुछ अचरज की बात न थी। रात जब झुक आई तब भाभी से पूछगछ की, उन्हें भी पता न था। भाभी तब तक नई-नई थीं और अपना असली रूप उन्होंने तब तक न दिखाया था। जब और भर रात हो गई तो भाभी रोने लगी।

माँ भी होश हवास खोने लगी, "मेरे लाल को तो इतनी चोट लगी है। अरी! तूने बाहर जाने ही क्यों दिया? आधी रात होने को आई। अब मैं कहाँ ढूँढू अपने लाल को?"

भाभी ने भी रो-रोकर बुरा हाल कर लिया। दरियाव और छोटे से भी पूछताछ हुई लेकिन कुछ कहकर तो गए नहीं थे भाई।

अगले दिन भी जब भाई न आए और उसके अगले दिन भी तब माँ की चिंता का कोई ओर छोर नहीं। बार-बार भाभी से कहतीं, "बेटी, तूने जाने क्यों दिया?"

पिता के पास दिल्ली में खबर कराई गई कि काम धंधा तलाशना छोड़कर तुरंत आओ।

भाग्य तथा संयोग की बात कि पिता को उसी दिन सेना मुख्यालय में चपरासी की नौकरी सेवानिवृत्त सैनिकों के कोटे में मिली जिस दिन माँ का भेजा संदेशा कि, भाई का सप्ताह-भर से कोई अता-पता नहीं है, मिला। इस प्रकार और कोई सप्ताह-भर वे न आ पाए।

इस प्रकार दो सप्ताह हो गए और भाई का कोई अता-पता न था और माँ और

भाभी दोनों ही रो-रोकर बेहोश हो रही थीं। मुहल्ले और आस पड़ोसियों ने माँ को सलाह दी कि 'थाने में रपट लिखाओ। अवश्य नंदू गूजर का हाथ भाई के गायब होने में है।' तब अचानक पिता दो-तीन दिन की छुट्टी लेकर आ गए। उनके भी होश उड़े हुए थे। जवान बेटे का दो सप्ताह से कुछ अता-पता न था। थाने में रपट लिखाने के लिए जब घर से निकलने ही वाले थे कि गाँव का डाकिया एक पत्र थमा गया।

रिश्तेदारियों में आपसी राजी खुशी के लिए उन दिनों पत्र लिखने का कोई खास चलन न था। कोने कटे पोस्टकार्ड रिश्तेदारियों में तब पठाये जाते थे जब घर में कोई गगमी वगैरह हो जाय, इसलिए लिफाफा देखकर जान में जान आई कि कोने कटा पोस्टकार्ड न था। खोलकर पढ़ा, भाई का पत्र था नासिक महाराष्ट्र से कि सेना में भर्ती हो गए थे और वहाँ प्रशिक्षण प्राप्त कर रहे थे। माँ और भाभी का दुख बस तनिक सा ही कम हुआ। थोड़ी देर की सांत्वना के पश्चात् उन्होंने फिर से रोना-धोना प्रारंभ कर दिया। सेना की नौकरी अर्थात बरस-भर में एक बार दर्शन। पिता तो जब द्विवतीय विश्वयुद्ध में भरती होकर गए थे और इटली और फ्रांस में लड़ रहे थे तब पूरे दो बरस के पश्चात् घर लौटे थे लेकिन तब तो लगभग आधा जटवाड़ा उस युद्ध में भर्ती हो कर लड़ने गया था।

पिता ने लेकिन गुड़ की पूरी एक भेली मुहल्ले में बाँटी तथा खूब खुशी मनाई, "नाम रौशन कर दिया मेरे बेटे ने। मैं भी फौज में रहा और अब मेरा बेटा। फौज में शूरवीर जाते हैं।"

माँ से बोले, "रोकर असगुन मत कर। तेरा बेटा शेर है, शेरों को घर में बाँधकर नहीं रखा जाता है।"

लेकिन माँ का हृदय तो इस प्रकार नहीं सोचता है। खून से लथपथ जिस लाल को आगत और आसन्न संकट की आशंका से घर में छोड़कर बेगार करने चली गई थी वही उससे भी बड़े संकट से जा भिड़ा था।

जाने कितने ही बिसर गए क्षण चलचित्र के नांई उसकी आँखों में उतर आए। दरियाव ने आँखों में आए आँसुओं को बहने दिया रोकने अथवा पोंछने का कोई जतन न किया। खूब रो लेने से मन हल्का हो जाता है। इसकी भी तनिक सी भी परवाह न की कि बुढ़ाते इस व्यक्ति को यों बच्चों जैसे रोते कोई देखे तो क्या कहेगा।

मन जब भर गया और मस्तिष्क ने फिर से तन पर अपना नियंत्रण स्थापित कर मन को विवेक के रास्ते पर डाला तब सोचा कि वह यहाँ आया क्यों है? दरियापुर से उसकी इस प्रकार घर में बैठे-बैठे तो मुलाकात होगी नहीं। इस कृमिकोश से उसे बाहर निकलना ही होगा।

निकलना ही होगा इस कृमिकोश से उसे। दादरी की भाँति, रिक्शे को खींचता,

पसीने से लथपथ स्वयं अपने ओर से उसे पहचानता कोई न आएगा। यहाँ तो सूर्य को सूररै पुकारते सुरेश और छन्नू की भाँति 'क्या' के कोड़े से हाँकते जैसे जीवों से अटा यह दरियापुर हर गली-गलियारे से झाँक रहा है। उसके अपने अंतरमन में बसे दरियापुर के स्मृतिचिह्न ढूँढने में हलाकान होने, उनके पीछे भटकने से कुछ भी हासिल होने की संभावना नहीं है। दादरी की ही भाँति बच रहे स्मृतिचिह्नों से मुलाकात करने के लिए उसे ही सप्रयास यादों के झोले को लटकाये दर-दर कुंडी खटकानी होगी। जो मिल जाए उसका भी भला जो न मिले उसका भी भला। 'सोनिक बूम' की बौछारों में नहाये इस दरियापुर से और किस भाषा में बात की जा सकती है भला?

ज्वालामुखी सी धधकती उसकी भाभी के लौट आने का अंदेशा, उस घर में जहाँ बड़े भाई की सुखद तथा दुखद स्मृतियों के जखीरे का खुला और बिखरा पड़ा अंबार, उस अंबार में नितांत अकेले होने का अहसास इस सबने उस भुतहे दिखते से घर से निकल भागने का कारण उत्पन्न कर दिया था। दरियापुर उसे बाँहें पसारे बुला बेशक नहीं रहा था, बेरुखी से आँखें तरेरे तो देख ही रहा था। वह दरियापुर जहाँ उसने भाई को मरियल से नंदू गूजर के हाथों पिटते देखा था, लहूलुहान बेटे को अपने हाल पर छोड़कर नंदू गूजर के खेतों में बेगार के लिए जाती माँ को देखा था, तुल्ले को तुलाराम और उससे भी आगे बढ़कर तुलाराम भगत में परिवर्तित होते देखा था, तुलाराम भगत के परिवार का पतन देखा था, तुलाराम भगत का गाँव से मुँह छुपाकर भागना देखा था, प्रतिशोध में फुँकते गूजरों द्वारा जाटवों को अंतिम एक संदेश के रूप में गंगाराम की बहू का बलात्कार देखा था तथा उससे भी घोर प्रतिरोध में फुँकते जाटवों के द्वारा निरीह कीर्ती पर ज़ोरजबरदस्ती तथा उसका जयप्रकाश के साथ गाँव से भागना देखा था। उस दरियापुर से यद्यपि आज के इस दरियापुर का कोई मेल नहीं दिख रहा है फिर भी न जाने क्यों उसी पुराने गाँव से उसकी मिलने की इच्छा और भी उग्रता से बलवती हो उठी है।

उस दरियापुर के किस कोने को वह पकड़े? क्या जाटवों के उत्पीड़न और अपमान के चिह्नों को तलाशता आगे बढ़े कि जाटवों के प्रतिरोध तथा प्रतिशोध के बचे खुचे अंशों को तलाशने निकले। मुहल्ले के किस वासी को पतवार बना इस अथाह से दिखते दरियापुर में उतरे।

उसने सहसा महसूस किया कि इस बदल गए दरियापुर में खोज खंगाल का अब कोई अर्थ न रह गया है। बस दल्ले जैसे दो-चार बचे हैं जिन्होंने अभी भी कुछ अंश उस दरियापुर का बचाये रखा है, लेकिन उस गपोड़ी के इस बचाये रखने को भी क्या बचाये रखना कहा जा सकता है।

उसकी कुछ समझ में न आ रहा था इसलिए कराहता-सा उठकर घर से बाहर निकल आया। उन दिनों यह गली इतनी चौड़ी हुआ करती थी कि गूजरों की खेतों खलिहानों को आती-जाती बैलगाड़ियाँ तक इसमें आसानी से गुज़रती थीं, खेड़े वाले मोड़

से लेकर बुलाकी के घर तक तो इतनी खुली थी कि मुहल्ले-भर के अधभरिया लड़के मुकन्ना जाने का मूड न हो तो उसी में हूळ (कपड़े की गेंद तथा कोई चार हाथ लंबे डंडों के साथ हाकी जैसा खेल जिसमें गोलपोस्ट का प्रावधान न होता था, खिलाड़ियों की संख्या भी नियत न थी, तीन-चार से लेकर बीसियों तक हो सकते थे एक टीम में) खेल लेते थे, फूटे मटकों के ठीकरों से पाँचपत्तरी तो खेली ही वहीं जाती थी। यह पाँचपत्तरी भी अजब खेल था जो केवल गाँव की गलियों में ही खेला जा सकता था, खुले मैदान में इसे खेलना असंभव था क्योंकि पत्तरियों पर गेंद मारने के पश्चात् छुपने के लिए गलियों, दीवारों की आवश्यकता होती थी जिसमें छुपने की भागमभाग में गिरते पड़ते गलियों-घरों में जब तब मुहल्ले के बड़े बूढ़ों की झिड़कियाँ खाना भी पाँचपत्तरी का हिस्सा ही हो जाया करता था उन दिनों। उस भागम भाग में कई अधभरिये एकदम ताजातरीन ब्याह कर आई भाभियों से थोड़ी-बहुत छेड़छाड़ का मज़ा भी ले लेते थे, दाँव ठीक न पड़ा तो पिट भी जाते थे।

गली में वह यूँ ही निरुद्देश्य सा बेखयाली में चलता रहा। बेहद संकरी सी दिख रही गली के दोनों ओर दरवाज़े ही दरवाज़े। अंतहीन एक क्रम दरवाज़ों का। छोटे-छोटे, मुर्गी के दड़बों के दरवाज़े होते हैं, वैसे। उन दरवाज़ों के पीछे उतने ही छोटे एक-एक दो-दो कमरों के घर। उन घरों में से आती स्त्रियों, बच्चों की आवाज़ें लेकिन सब अजनबी सी। पहचान की गरमाहट का अंश-भर भी नहीं। दरवाज़ों से झाँकते अनजान चेहरे। कई घरों के सामने निरुद्देश्य ही रुककर उसने झाँका, कोई पुराना चेहरा दिखे शायद। नहीं, कोई नहीं। हैरानी के साथ उसने सोचा कि जटवाड़े ने अकेले उस बुजुर्ग कुआँ को ही पाटकर उसके निशान न मिटा दिए थे! वे लोग-मसखरा रौतास, परम उत्साही जयचंद, अपनी पत्नी को भी उसके देबी सिर आने पर माता जी पुकारने वाला हमीर सिंह, वह सुमरता जिसने घर पक्का करने के लिए जब भट्ठे वाले पंडत ने जब गूजरों के कहने पर उसे ईंट बेचने से इनकार कर दिया था तब दृढ़प्रतिज्ञ हो केवल मकान पक्का करने भर के लिए अपना ईंट-भट्ठा ही बना लिया था, सुरजन जिसने द्विवतीय विश्वयुद्ध में अंग्रेजी फौज में भरती होकर लड़ाई लड़ी थी तथा भारत स्वतंत्र होने पर जब छँटनी करके निकाल दिया गया था तब उसने अपना एक देहाती बैंडबाजा टोली तैयार कर ली थी तथा सैनिक की वर्दी के नाम पर केवल बची रह गई टोपी को सिर पर सजाए तथा दसियों तमगों को अपनी फटी कमीज पर टाँगे 'लिफ्ट-रैट, लिफ्ट-रैट, की रट लगाता ढोल बजाता था। वे सबके सब कहाँ चले गए, उसने सोचा।

और भुस्सी की अम्माँ, वह ताई ज्ञानो, जिसके अजब शौक के चलते मुहल्ले-भर की भर्त्सना के बावजूद वह मुहल्ले-भर के, रेख भी जिनकी न उठी थी ऐसे लड़कों को अकेले में पकड़ अश्लील पहेलियाँ बूझने की अपनी आदत को न छोड़ पाती थी। ताई ज्ञानो ताक में रहती कि दो चार लड़के उसे एकांत में पकड़ाई में मिलें कि मुस्कुराती हुई कहती,

"एक बात (पहेली) बूझूँगी रे लौंडाओ, बताओ तो जानूँ!" अधिकांश इतना सुनते ही सिर पर पैर रखकर भागते थे लेकिन ताई की चतुराई के चलते कम ही इसमें सफल हो पाते थे।

बताओ क्या है?–, "छाती सू छाती मिली, मिलौ पेट सू पेट

घिस्समघिस्सा होन लगी तो लिकड़ौ सफेद सफेद"

शर्म से लड़कों के गाल लाल हो जाते, नज़रें नीचे ज़मीन को कुरेदने लगतीं, तब खूब सारी देर उनकी घबराहट और लज्जा से धरती में मानों गड़ जाने के दृश्यों का जी-भर आनंद लेने के पश्चात् ताई ज्ञानो लगभग डाँटते-धमकाते हुए कहती, "अरे उत्तेओ, शरम ना आती तमें कैसे बेसरमन की तरह दीदे फाड़ कै मेरी ओड़ देख रहे हो! अरे सूदी सी तो पहेली है–चाखी, चाखी के दोनों पाट तो हुए छाती अर पेट, जब चलै हैं तौ सफेद सफेद चून लिकड़ै है कि ना। हट! बेसरमो, अपनी ताई सू भी गंदे मजाक करते तमैं सरम ना आवै, बताऊँगी तुम्हारे घरों में।"

लड़कों का बिना कुछ किए धरे ही इस धमकी को पाकर जी सूख जाता, बस इस खेल में इतनी घर-भर अवश्य थी कि ताई की धमकी केवल धमकी ही रह जाती थी। लड़के उसके पश्चात् पगहा टूटे बछड़े के समान जो भागते वह देखने योग्य दृश्य होता था। ताई लेकिन अगले दिन फिर किसी और को पकड़ लेती।

और जयचंद का अपने हम उम्र गूजर लड़के हरदयाल उर्फ हरू को पीटना तथा प्रतिकार स्वरूप हरू के बाप द्वारा बैलों को हाँकनेवाले 'सांटे' से पिटना! यह तब की बात थी जब गूजरों जाटवों के मध्य कुआँ को लेकर महाभारत भी न हुआ था। उस समय दरियाव की उम्र बस कोई दसेक बरस की थी, जयचंद की भी, हरू की भी। पाँचवीं कक्षा में पहुँचने की खुशी में पिता ने, जिन्हें सेना से छँटाई के उपरांत दिल्ली में चपरासी की नौकरी मिली थी, दरियाव को एक फाउन्टेनपेन इनाम में दिया था। मुहल्ले-भर में क्या गाँव-भर में तब किसी के पास फाउंटेनपेन न था, एक अजूबा था वह। चमत्कार था विज्ञान का, पेन का ढक्कन खोलो, फिर पीछे का हिस्सा खोलो, रबर की एक ट्यूब को पकड़ो, स्याही में डुबाओ, दो-तीन बार ट्यूब को दबाओ-छोड़ो, दबाओ-छोड़ो, बस भर जाती थी स्याही। देखने वाले का मुँह और आँखें फटे के फटे रह जाते थे इस होते आश्चर्य पर। रात में भी साथ लेकर ही सोता था दरियाव उस पेन को, ऐसी अनमोल वस्तु को यूँ असुरक्षित कहीं भी पड़े नहीं रहने दिया जा सकता था। केवल विशेष मित्रों तथा विशेष स्थान तथा अवसर पर ही वह उस पेन को दिखाता था। सो उसी अमूल्य तथा चमत्कारी पेन को एक दिन हरू ने अपने गूजर होने की धौंस में छीन लिया था दरियाव से, वैसे हरू बिल्कुल मरियल सा बहुत गोरे रंग का लड़का था तथा बहुत कमनीय सा लड़कियों जैसा दीखता था। गाँव के पश्चिम किनारे पर जो 'सिया की' जोहड़ है उससे लगती क्षुद्र सी नाली जिसमें खेतों की सिंचाई के लिए गाँव की पूर्वी सीमा

को सहलाती नहर से पानी आता था तथा उस नाली में बस हमारे घुटनों तक आता पानी प्रवाहित होता था तथा जेठ माह की झुलसाती गर्मी की ज्यादती जब बर्दाश्त से बाहर हो जाती तब उस नाली में कपड़े सपड़े उतारकर छाईछप्पा करते जा लोटते थे, उसके किनारे पर आम का एक मरियल सा पेड़ था जिस पर भर मौसम में भी गिनती के बीमार से दिखते दस बीस फल लग जाते थे, वही वृक्ष हरू के खेत में था। हरू के बाप की नज़रें बचाकर एकआध आम को तोड़ लेने की जुगत में हम दसेक लड़कों का गिरोह योजना बनाया करता था तथा हरू के कंजूस बाप की अभिरक्षा में सुरक्षित उस आम के पेड़ से आम चुराने को हमने नाक का सवाल बना रखा था, लेकिन हरू के खूँखार बाप के नाम-भर से कँपकँपी छूटती थी। हरू से भी कोई विशेष मित्रता न थी, बस, इतना-भर था कि उससे दुश्मनी न थी।

उस दिन भी जब दूर से ताँक-झाँक करने की प्रक्रिया में थे तथा आम के उस वृक्ष की सुरक्षा में सेंध लगाने की जुगत में दरियाव, जयचंद, बीरसिंह तथा करनसिंह उच्चस्तरीय एक बैठक में 'मिसकोट' (गुप्त मंत्रणा) कर रहे थे कि हरू का प्रादुर्भाव हुआ। वह यूँ ही टहलता सा तथा अकारण ही जटवाड़े में आ टपका था। उस आम के वृक्ष की सुरक्षा में सेंध लगाने की हमारी कमज़ोरी को वह जानता था। उसने अपनी ओर से ही प्रस्ताव रखा कि दरियाव अपना फाउंटेनपेन केवल घंटे आधे घंटे के लिए उसे देखने को दे दे तो बदले में उस अब तक के सुरक्षित तथा अजेय, आम के पेड़ में वह अपनी आँखों के सामने ही हमें सेंध लगा लेने देगा, लेकिन बस एक आम प्रत्येक के हिस्से में आए इतना-भर। जिस पेन को रात में भी साथ लेकर सोता था दरियाव, एक क्षण को भी जिसे अपने से अलग न होने देता था उसी को घंटे-भर के लिए हरू के हाथों में सौंप देना असहनीय था तथा उससे भी असहनीय था यह निर्णय लेना कि पेन को हरू के असुरक्षित तथा अविश्वसनीय हाथों में दिया जाय कि न दिया जाय। जयचंद ने लेकिन दरियाव को पेन की सुरक्षा तथा उसकी सुरक्षित वापसी के लिए आश्वस्त कर दिया तो दरियाव ने आँखों में लगभग आँसुओं के साथ पेन हरू को थमा दिया। पेन हाथ में आते ही हरू के साथ पूरा प्रतिनिधिमंडल वहाँ से मार्च करता हुआ आम के उस दरख्त तक गया, अभी वृक्ष के ऊपर चढ़ाई की तैयारी की ही जा रही थी कि हरू पेन को लेकर फुर्र हो गया यह चिल्लाता हुआ, "साळे चमट्टाओ आम में हाथ लगा के देखो, मैं अपने बाबा को बुलाकर बस अभी लौटूँगा।"

दरियाव ने उस वक्त रुआँसा होकर तथा मानो कराहते हुए पुकार लगाई थी, "हरू, मेरा पेन दे दे।"

"टीलीलीली...झर्र...साळे चमट्टा पेन को भूल जा अब।" हाथ के अँगूठे को चिढ़ाने वाले अंदाज़ में दिखाकर हरू अपने घर को भाग गया था।

अमूल्य उस पेन के शत्रु के हाथों में पड़ जाने से भी भयावह यह था कि पेन को

उसके पास न पाकर उसके पिता की प्रतिक्रिया क्या होगी। उसके पिता ने कभी उसे फूलों की संटी तक से भी न छुआ था पीटने की क्या कहे। अब क्या होगा? क्या हरू उसका पेन वापस करेगा? उसे तोड़फोड़ तो न देगा, ईर्ष्या का मारा हरू! उस अमूल्य तथा चमत्कारी पेन को जो रबर को दबाने-भर से स्याही अपने आप भर लेता था तथा सारे मुहल्ले में जिसका नाम था, उसी पेन को कैसे वापस प्राप्त करे, दरियाव!

जयचंद ने थोड़ी हिम्मत बँधाई कि कल उस साळे गूजर की औलाद से पेन वापस न दिलाया तो असल बाप की औलाद नहीं वह। दरियाव लेकिन घर लौटकर चुपके-चुपके छुपकर बेआवाज़ आधी रात तक रोता रहा। पेन वापस न मिलने के अंदेशे की झंझाएँ उसे रात-भर झकझोरती रहीं। पेन वापस न मिलने की आशंका के सत्य होने के ही अधिक आसार थे इसे वह समझ चुका था।

दूसरे दिन सुबह होते ही जयचंद तथा दरियाव ने हरू की खोज में गाँव को छानना शुरू कर दिया। अपने आम वाले खेत में? वह नहीं था। मुकन्ना के किनारे? नहीं था। उसके अपने घर तथा मुहल्ले में? नहीं था। दोपहर तक चली खोज खंगाल के पश्चात् हरू नहर के पुल पर बैठा मिला। दरियाव और जयचंद को देखते ही भागने का जतन किया पहले तो लेकिन जब दोनों ने दो तरफ से उसका रास्ता रोक लिया तो अपनी गूजरों वाली ऐंठ और अकड़ पर आकर गाली बकने लगा। दरियाव ने अपने अमूल्य पेन की वसूली तथा उद्धार के लिए हरू की खुशामद करनी शुरू की लेकिन जयचंद ने एकदम सीधा रास्ता अपनाते हुए हरू को धक्का देकर नीचे गिरा दिया तथा उसके मुँह पर चाँटों की बरसात कर दी। हरू ने स्थिति और बात को तुरंत समझने में अक्लमंदी दिखाते हुए पेन दरियाव को दे दिया। बात लेकिन इतने पर समाप्त न हुई थी। दरियाव तो अपने उस अमूल्य तथा चमत्कारी पेन को लेकर घर भागा तथा जयचंद अपने घर। जयचंद ने दूसरे दिन उसे बताया, "हरू साला भौत बेईमान निकला। घर जाकर अपने बाप को बुला लाया था। कुआँ के पास उसके बाप ने मुझे पकड़कर बैल हाँकने वाले सांटे से बहुत मारा। मेरे घर जाकर मेरे बाबा को भी माँ-बहन की खूब गालियाँ दी। इतना तक भी होता तब भी ठीक था लेकिन मेरे बाप ने भी खूब पीटा मुझे। लेकिन, छोड़, तेरा पेन तो मिल गया।"

दरियाव ने लंबी एक उसाँस छोड़ते हुए सोचा, क्या दिन थे वे भी। विद्रोह का बिगुल केवल कुआँ के द्वंद-भर से ही न बजा था, जाटवों के खून में था वह, अंकुर बन उपज चुका था।

उस करामाती कुआँ को, जिसने जाटवों को अपनी अस्मिता की रक्षा के लिए गूजरों के सामने, आमने-सामने के युद्ध के लिए खड़ा कर दिया था, पाट दिए गए, भुला दिए गए, उपेक्षित कर दिए गए उस ऐतिहासिक कुआँ को एक बार देख लेने की उसकी चाह को पूरा करने के लिए अवश्यंभावी रूप से दल्ले के घर के सामने से गुज़रना होगा।

लेकिन देख लेने की उत्कंठा ने ही विजय पाई अंततः, दल्ले के एक और महागप्प की आशंका के होते हुए भी वह दाहिने-बायें दरवाज़ों का अवलोकन करता हुआ आगे बढ़ गया। हुआ भी वही जो होना था। सामने से गुज़र जाने ही वाला था कि दल्ले ने अपने घर से निकलकर उसे पकड़ लिया।

"भैया, सारे मुहल्ले में घूम लिए, म्हारे घर में भी तो चरण गेरो।" और उसे खींचकर घर में ले गया। वही दारिद्र्य, वही झोंपड़े जैसा घर, बस, ताऊ दल्ले और ताई अगहनिया बूढ़े हो गए थे तथा उनके बच्चे युवा होकर मजदूरी करने लगे थे बगल के शहर की फैक्टरी में। लेकिन यह कोई अजूबा न था। दल्ले ने भी अपने बच्चों को पढ़ाया-लिखाया था बाकी जटवाड़े के समान। एक समय था जब 17 प्रतिशत आरक्षण था और पढ़े-लिखे थे पाँच प्रतिशत! दसवीं कक्षा भी पार कर ली तो अच्छी-बुरी, जैसी -तैसी नौकरी मिल ही जाती थी। अब आरक्षण तो है 17 प्रतिशत और शिक्षा, वह भी उच्च शिक्षा, 90 प्रतिशत! कहाँ से आएँ नौकरियाँ? बाबा साहेब का अंदाज़ा अवश्य... । शिक्षा का प्रसार इतनी तेज़ी से होगा, क्या उन्होंने सोचा था।

दल्ले की पकड़ में दरियाव आ चुका था, बच निकलने की उम्मीद तो थी ही नहीं इसलिए उसने दल्ले की अगली गप्प का खुलकर मज़ा लेने का मन ही मन निर्णय ले लिया।

दल्ले को और एक बार नमस्ते करने के पश्चात्, दल्ले को खाट के सिरहाने स्थापित करने के बाद, स्वयं दामन की ओर बैठने के पश्चात्, हिम्मत जुटाने के पश्चात् उसने दल्ले को उकसाया, "ताऊ, रगबीर भैया ना दिखाई दे रहा है। ताई भी नहीं दिखाई दे रही।"

"भैया, रगबीर तौ गयौ जी दादरी गेहूँ खरीदने। अब वे दिन तो रहे नहीं, भैया, कि गूजरों के खेतों में काम करके साल-भर के लिए नाज का इंतजाम हो जाया करता था। अब तो यह है कि चाहे बगल के शहर में फैक्टरी में सफाई का काम ही क्यूँ ना पड़ जाय गूजरों के खेतों में कोई मजदूरी नहीं करता। गूजर भी पूरी तरह बदल गए हैं, पहले की तरह जमींदार तो रहे नहीं। अब तो उनकी भी जमीन बँटकर बीघे-दो बीघे जमीन बची है, सो पहले तो दिल्ली, गाजियाबाद में छुप-छुपाकर मजदूरी करते थे, अब तो भैया, दादरी तक में मजदूरी करते हैं गूजर, खुले आम।"

"क्यों, सारी जमीन बँटकर भी तो उन्हीं के पास है! फिर ऐसी हालत उनकी?"

"भैया, हमारी हाय लगी है उन्हें, मैं तो कहूँ। तुम देख ही रहे हो दादरी तो क्या, दिल्ली से लेकर दादरी और उससे भी आगे सिकंदराबाद तक फैक्टरी से फैक्टरी सटी खड़ी है। सारी जमीन गूजरों की, सो बेचकर रातोंरात लखपती हो गए। उसके बाद शुरू हुआ गूजरों का पतन। ज़मीन बिकने के बाद किसान तो रहे नहीं, मजदूरी करने की आदत नहीं, नाक का भी सवाल, लाखों रुपया जेब में हों तो ज़रूरत भी क्यों हो, घर

पड़े-पड़े करें भी क्या सो जुआ, शराब, मीट, बदफैली ले डूबी। लाखों हों चाहे करोड़ों कुबेर का खज़ाना थोड़े ही है कि अनन्त तक खत्म ही न हो। बस, चार दिन की चाँदनी भुगतकर पहले मजदूर बने, अब सड़कों पर रात-बिरात लोगों से झपटमारी करते हैं।''

दरियाव के मन को बड़ी तसल्ली और राहत का अनुभव हुआ, शत्रु के पतन की सूचना यद्यपि दल्ले जैसे गपोड़ी से प्राप्त हुई थी किंतु वह इसे पेशगी पहले ही जानता था, पुष्टि का सुख कम नहीं था।

माथे का पसीना पोंछता हुआ, रगबीर, दल्ले का बेटा भी आ पहुँचा। दरियाव ने उसका भी हालचाल पूछा. उसके बाद तो फिर से आधा मुहल्ला वहाँ इकट्ठा हो गया। फिर से वही पूछगछ इतने-इतने दिनों तक दरियाव गाँव की ओर मुँह तक भी क्यों नहीं करता? मेरे बेटे ने एम. काम. कर लिया है, नौकरी नहीं मिलती, मिल तो जाय रिश्वत देने की औकात नहीं है, कहीं काम धंधे पर लगा दो, न हो तो दिल्ली में कहीं चौकीदारी पर ही रखवा दो। जैसे दरबार लगा हो किसी महाराजा का, ज़बानी प्रतिवेदनों की भीड़ लग गई—मेरा बेटा, मेरा भाई, मैं स्वयं बी.ए., बी.एस-सी., एम.एस-सी., एल.एल.बी इत्यादि हूँ, कहीं नौकरी लगवा दो, बाबू, चपरासी, पुलिस में सिपाही, सेना में सिपाही, कुछ न हो सेना में-पुलिस में नाई, धोबी ही लगवा दो, दिहाड़ी मजदूरी करता फिरता हूँ, जबरदस्ती ब्याह कर दिया है बाप ने और तीन बच्चे भी हो गए हैं इत्यादि इत्यादि! कई सारे तो नाई का धंधा भी करते हैं छुपछुपा कर। बगल के नोएडा शहर में फैक्टरियों में दिहाड़ी मजदूरी करने के लिए सुबह सवेरे सैकड़ों की संख्या में साइकिलों पर, रेलगाड़ी से, बसों में भर-भरकर कतार की कतार इस दरियापुर के जटवाड़े से केवल हज़ार-पंदरह सौ महीने के वेतन पर निकलते हैं और उस हज़ार-पंदरह सौ की कमाई को अवकाश के दिनों में ठाली पड़े रहकर जुआ में फूँकते हैं, निकम्मे, बेअकल खसम की कमाई में तो पाँच-पाँच, छह-छह बच्चों का गुजारा होने से रहा सो पत्नियाँ उस खालीपन को भरने के लिए यहाँ-वहाँ मजदूरी करती फिरती है, आज भी। तब गूजरों की धींगामस्ती, ज़ोरजबरदस्ती के चलते बेगारी करती थीं अब अपनी और पति की मूढ़ता, कूढ़मगज़ी के चलते। दरियाव को अभी भी स्मरण है कि कैसे जब कुआँ के उन द्वंद्व भरे दिनों में जब, ईसाई अध्यापक जो केवल उर्दू में ही बातें करते थे, की नकल करते जब दरियाव से 'तनखाय' को तनख्वाह कहते सुन ताऊ मुथरा ने अचानक कहा था, 'अब जब हमारे बच्चे 'तनखाय' को तनख्वाह कहने लगे हैं तो समझ लो कि अब इस मुहल्ले को, इस जात को आगे बढ़ने से कोई नहीं रोक सकता है।' ताऊ मुथरा आज जीवित होता तो सौ-सौ आँसू रोता इन पढ़े-लिखे, जुआ खेलते, मजदूरी करते, अपनी पत्नियों से अब भी मजदूरी कराते इस दरियापुर के इन जाटवों को देखकर। वह जाटवों का हितैषी रगबर गूजर उर्फ बाबूजी आज जीवित होता तो अपना सिर पीट लेता कि जिनकी बीड़ियाँ पीता हुआ, चमारों के साथ सुख दुख बाँटता हुआ, उनके बच्चों को शिक्षा का महत्त्व समझाता हुआ जो गली-मुहल्ले में घूमता था उसकी यह परिणति?

यह कौन से दरियापुर में आ गया है वह, दरियाव का दम घुटने लगा सोचकर। चारों ओर दयनीय दिखते चेहरे। सब जानते हैं, दरियाव के हाथ में नौकरी देना नहीं है फिर भी... । बाबासाहेब ने आदेश दिया था शिक्षित बनो, बन गए। अब! अब क्या करें ये लोग बस यही नहीं समझ पा रहे हैं। पूर्वी उत्तरप्रदेश में जाटवों में से भी चार-छह डकैत हो गए हैं अब तो, पुलिस ने कइयों को मारकर ढेर भी कर दिया है, तो क्या उनके बच्चे भी? यही सोचकर दहशत मे हैं बाबासाहेब ने यह तो नहीं ही सोचा होगा शिक्षित होने का आदेश देते हुए।

क्या करे दरियाव? कौन उबारेगा इन्हें? क्या कोई और भी रास्ता था जिसे बताना बाबासाहेब भूल गए थे।

लेकिन वे बीसियों-तीसियों पुलिस अधिकारी, बैंक अधिकारी, प्रधानाध्यरपक, शिक्षक, वकील, सेना में, पुलिस में भरे पड़े लोग जो इसी जाटवमुहल्ले से उपजे हैं? सब कुछ गया-गुज़रा ही नहीं है इस जटवाड़े में। लेकिन उन बीसियों-तीसियों पुलिस अधिकारी, बैंक अधिकारी, प्रधानाध्यापक, शिक्षक, वकील, सेना में, पुलिस में भरे पड़े लोगों ने पलटकर क्या दिया है इस मुहल्ले को, इस जाति को? पढ़े-लिखे, मरखने बने बेरोज़गार लोगों का हुजूम! इन्होंने केवल अपने झोपड़ों को घर बनाने को ही जीवन का चरम एवं परम उद्देश्य तथा इति समझ लिया है। जो पिछड़ गए हैं, छूट गए हैं उनके दर्द का कोई बोझ इनकी आत्मा पर नहीं है। संतुष्टि की एक गहरी साँस—हम बच गए उस ज़लालत भरी ज़िंदगी से, बस, इतना-भर इनका उद्देश्य! जयचंद से भी बड़े अपराधी इन लोगों को बाबा साहेब कभी क्षमा नहीं करेंगे।

उफ! इस दरियापुर को क्या हो गया है। उस दरियापुर को जिसे वह जानता है, उसमें तो लंबे-चौड़े गली-गलियारे थे, घर आँगन इतने विस्तृत कि आँगन में ही 'कुड़क कैं' खेला जा सके, आततायीधर्म के विरुद्ध अपढ़ लोगों से भरे जटवाड़े में बगावत, दासता से मुक्ति के लिए—अपनी अस्मिता की रक्षा के लिए सशस्त्र विद्रोह, दासता से छुटकारे के लिए गूजरों की बेगारी त्यागकर कई सारे व्यवसायों में हाथ आज़माइश, शिक्षा और उच्च शिक्षा के लिए दरियापुर से लेकर दादरी तथा उससे भी आगे बढ़कर गाजियाबाद और दिल्ली तक जाती विद्यार्थियों की कतारें, कबीरपंथ-आर्यसमाज-ईसाई धर्म-बुद्धधर्म में सम्मान ढूँढ़ते लोग थे। और आज? दरवाजे ही दरवाजे, साँप जैसी कुंडली मारे यहाँ से वहाँ तक पसरी संकुचित गलियां, बच्चों की रेलपेल, ऐसा लगता है जैसे रोज़गार के नाम पर बच्चे पैदा करने को ही अख्तियार कर लिया हो जैसे! विचित्र! जुगुप्सा उत्पन्न करता फलसफा इनका—"बालबच्चे? मौज है जी बालबच्चों की तो। पाँच बेटा हैं, तीन बेटी हैं, सात पोते-पोती भी हैं। बच्चों की नौकरी, कोई काम धंधा? कोई नौकरी नहीं मिली है जी। सुसरे रात-दिन आवारागर्दी करते फिरते हैं, बाप भी बेटे भी. सारे दिन यहाँ-वहाँ भटककर और न हो तो किसी के नीम तले

किसी के घर आँगन में जुआ खेलकर टैम बर्बाद करते हैं। बाबूजी, बस बूझो मत ऐसा कलजुग आ गया है कि जुआ की किसी पालटी में जाकर देख ल्यो चार-छह तो सगे बाप-बेटा ही खेलते मिल जाएँगे साथ साथ।" उफ, माथा दुखता है, सिर फटता है यह सब देखकर, सुनकर।

हे दल्ले ताऊ, अपनी गप्पों का सुदर्शन चक्र लेकर कूद पड़ो अब...हुंकारा भरने की सज़ा भुगतने को प्रस्तुत है यह त्रस्त दरियाव बेचारा...कुछ क्षणों की भूल तो पड़े इस दुःस्वप्न से...त्राहिमाम...त्राहिमाम–

दरियाव ने लोगों को कहते सुना हैं कि भगवान को सच्चे मन से पुकारो तो वह सुन लेता है, सो दल्ले महाप्रभु ने उसकी सुन ली।

"दरियाव भैया, ये सब तो बावले हो गए हैं। गरीबी से बावले हो गए हैं। अधिक पढ़-लिखकर बावले हो गए हैं। तुम अपनी सुनाओ, कैसी गुजर रही है?" बीच में कूद पड़ते हुए दल्ले ने कहा।

अपने बैठते हुए दिल को सँभालते हुए कि दल्ले क्यों नहीं अपनी गप्पों का पिटारा खोलता है, दरियाव ने उकसाया, "और कहाँ-कहाँ घूमे-फिरे, ताऊ?"

"अजी कहाँ का घूमना-फिरना, हालत देख रहे हो मेरी।" राजस्थान में शेर पकड़ते हुई हालत की ओर इशारा करते हुए उत्तर दिया।

दल्ले उसके जाल से बाहर निकला चाहता था, जानकर, फँसाने के लिए चारा फेंकते हुए कहा, "ताऊ..."

लेकिन दरियाव का काम हरिकेश, दौजी के बेटे ने कर दिया, बात को बीच में लपककर कहा, "दल्ले दादाजी, पिछले सप्ताह ही मरते-मरते बचे हैं, अन्यथा तो आप तो इन्हें देख भी न पाते।"

"अरे! ताऊ तुमने बताया तक नहीं, बस मेरी ही राज़ी खुशी पूछते रहे!"

"भैया, मजाक बनाते हैं जी मेरा, लेकिन मैं जो कुछ भी कहता हूँ एकदम सच कहता हूँ, झूठ बोलने की मेरी आदत नहीं है।"

दरियाव ने दल्ले को पसीजते न देख हरिकेश से ही पूछा, "क्या बात हुई थी कि ताऊ की जान पर बन आई थी?"

हरिकेश के बदले ताऊ ने उत्तर देते हुए कहा, "भैया, सच्च कहूँ तौ भी ये झूठ समझते हैं। पिछले जुम्मा की रात गलती सू भूतलान (भूतों) की बरात में फँस गयौ थौ जी। बस, उसै ही ले कै मजाक उडावैं हैं यें बड़े बूढ़े की उमर का भी लिहाज नहीं है जी आज कल के लौंडान में। देख ल्यो दरियाव भैया, कैसा जमाना आ गया है!"

"इन्हें झूठ समझने दो, मैं जानता हूँ कि तुम हमेशा सच कहते हो।" झूठी तारीफ का एक रद्दा जमाते हुए, दल्ले को उकसाया।

बस, उसके पश्चात् दल्ले की अफलातूनी किस्सागोई की रेलगाड़ी, जो धक्के से भी स्टार्ट होने का नाम न ले रही थी, तूफानमेल की रफ्तार से जो स्टेशन से छूटी तो बिना बीच के स्टेशनों का ख्याल रखे तभी रुकी जब इंजन का कोयला, चालक का दम तथा दल्ले का गप्पों का जख़ीरा पूर्णतः रीत न गया।

"भैया, ये आजकल की लंढ़ेर ('लंढेर' अर्थात गाँव की भाषा में उपहास, कटाक्ष और ताने मारने के लिए कहा जाता है, लुच्चे-लफंगे अवयस्कों को कभी-कभार स्नेहवश भी) तो बस 'सलीमा' को ही सच मानते हैं, बड़े-बूढ़ों की बात इन्हें सब झूठी ही दिखाई देती हैं। खैर भैया, पिछले जुम्मा, मतलब सुक्कर के दिन 'पैंठ' करनै के लियों दादरी गयौ थौ जी। हज़ारों रुपया कौ सौदा सुलफ लेकै उल्टौ फिर रहयौ थौ जी, कै घणी रात हो गई। अब तुम जाणो कि जुम्मा की रात ऐसी होती है कि उस दिन किसी की मौत हुई हो तो चिवाणेन (श्मशान) में उस रात भूतला बरात लिकाड़ते हैं, खुसी मनाते हैं, खाते-पीते हैं, मौज करते हैं। ये बरात, खाणौ पीणौ बस भूतलान तक ही है, माणसजात उसै देख लेवै तो जान ले लेते हैं जी भूतला। हाँ एक तरीका..."

मुहल्ले के एक नए-नए युवा हो रहे लड़के ने व्यवधान देते हुए दल्ले से कहा, "दादाजी, वो लड्डू पूड़ी वाली बात सुनाओ ना, बीच की बात छोड़कर।"

दल्ले ने लड़के को झिड़कते हुए कहा, "चुप्प बेकूप के बच्चा।" आगे दरियाव को संबोधित कर कहा, "तो जी मैं पैंठ करके आ रहा था जुम्मा के दिन और रात हो गई घणी। मैं भूल ही गया था कि गाँव में उस दिन छज्जू गूजर की मौत हुई थी। बस ये ही गलती हो गई। मेरी हिम्मत तो तुम जानते ही हो, सारी दुनिया में घूमा हूँ, कितने कितने खतरों का मैंने सामना किया है, सो डरने की तो बात ही नहीं थी। भूत परेतों की ऐसी की तैसी मैंने सोचा और चल पड़ा गाँव के लिए, लेकिन यह भूल गया कि गाँव में छज्जू गूजर की मौत हुई थी उस दिन। बस, यही गलती हो गई, जी। अब तुम जानो कि रात के कोई बारह बजे होंगे जब मैं चिवाणेन (शमशान) में पहुँचा। सन्नाटा...."

उसी लड़के ने एक बार और व्यवधान देकर पूछा, "दादाजी, दादरी की पैंठ तो गाँव के पश्चिम में है और चिवाणे है पूरब में गाँव से कोई कोस-भर दूर, तब दादरी के और गाँव के रास्ते में चिवाणे कहाँ से आ गए?"

दल्ले ने फिर से अपना ब्रह्मास्त्र चलाते हुए उसे झिड़का, "चुप्प, बेकूप का बच्चा।", दरियाव को संबोधित कर कहा, "अब ल्यो सुन ल्यो भैया, हम 'बुज़गरों' को ये आज की लंढ़ेर बताएगी कि दादरी कहाँ है और चिवाणे कहाँ हैं।" पैर की जूती निकालकर दल्ले ने चारपाई पर ही रखकर, लड़के को धमकाते हुए कहा, "अब कै जो तैने बीच में टाँग अड़ाई तो समझ ले, तेरी टांट और मेरी जूती होवैगी, बेकूप कहीं कौ,"

दरियाव को संबोधित कर बात आगे बढ़ाते हुए कहा, "भूल ही गया था कि गाँव में उस दिन मौत हुई थी, सो उस रात भूतों की बरात तो निकलनी ही थी, बस, धर-भर इतनी अवश्य हुई कि उसका तोड़ मुझे ज्ञात था, वर्ना भैया, आज मुझे यहाँ थोड़े ही ना देखते तुम। भूतों की बरात में फँस ही जाओ तो, बस, तोड़ यही है कि एक तो हिम्मत और दूसरा यह कि जो कुछ भी वे खिलायें चुपचाप खाते जाओ, जो कुछ भी वे कहें सुनते जाओ, कुछ पूछें तो चुप्प लगा जाओ, जो कुछ देखो उसे चुपचाप देखते जाओ। भूतों की बरात में यदि तुमने मुँह खोल दिया तो समझ लो कि तुम्हारी शर्तिया मौत है। तौ जी, चिवाणे में पहुँचा तो देखा बरात निकल रही थी, सबके पाँव उल्टे, सिर के स्थान पर खोपड़ी, खूबसूरत औरतें,। आगे-आगे बाजे बज रहे थे, घोड़े नाच रहे थे, आतिशबाजी छूट रही थी। मैं तो डर के मारे एक कोने में खड़ा कांप रहा था कि एक भूत ने मुझे खींचकर बरात में शामिल कर लिया। मरता क्या न करता, खेस की बुक्कल मार के घुस गया जी, बरात में। पूरे चिवाणे का चक्कर लगाकर बरात बीच चिवाणे में बैठ गई। अब 'सरू' हुआ जी खाना पीना। तरह-तरह के पकवान, जलेबी, लड्डू, इमरती, कलाकंद, चावल, बूरा, देसी घी। मैं पंगत में तो बैठा ही था, खूब जी भर कर खाया लेकिन मुँह नहीं खोला अपना। एक भूत ने अपनी नाक से बोलते हुए पूछा, 'कब मरे थे'. अब बोलो क्या बताऊँ, घिग्घी छूटने लगी मेरी, लेकिन जानता था कि मुँह से आवाज़ निकली कि जान गई मेरी। किसी प्रकार बरात खत्म हुई, चलती 'बेर' सब बरातियों को शाल-दुशाले दिए, मुझे भी दिए। बस जी जो वहाँ से भागा कि घर पर आकर दम लिया।" दरियाव को इंगित कर पूछा, "अब, बोलो भैया, कुछ झूठ बोला है मैंने?"

दल्ले का सुपुत्र रगबीर जिसकी सहनशीलता इस गप्प को सुनकर समाप्त हुई जा रही थी ने पिता से पूछा, "और वे शाल-दुशाले कहाँ गए?"

"भूतों के शाल-दुशाले बस चिवाणे तक ही रहते हैं, घर आकर देखा तो सब रेत-मिट्टी बन गए थे।"

"हे भगवान, बचइयो!", लंबी एक उच्छ्वास छोड़ते हुए रगबीर ने अपना सिर पकड़ लिया।

दरियाव जानता है इस भूतों की बरात का सच. गरीब-गुरबा जिन्हें दो वक्त की रोटी भी नसीब न होती हो, तन ढँकने को पर्याप्त कपड़े भी न हों तब कल्पना के लड्डू-पूड़ी, शाल-दुशालों का इंतज़ाम ऐसे कर के ही उन स्वर्गिक स्वादों के चटखारे लेता है, बस, कल्पना-शक्ति की दरकार होती है भरपूर, तथा निश्चित ही दल्ले के पास उसकी कमी नहीं है।

दरियाव ने दल्ले का दिल रखने को एक बार और दल्ले को आश्वस्त किया कि कोई कुछ भी कहता रहे लेकिन उसे विश्वास है कि भूतलाओं की बरात भी होती हैं और उनमें खाने को लड्डू-पूड़ी भी मिलते हैं। नमस्ते कर वह कुआँ की दिशा में चल पड़ा,

पीछे-पीछे आधा मुहल्ला। 'बावले गाँव में ऊँट आ गया हो जैसे' एक कहावत है यह गाँवों की अजूबे को बयान करने की। अंदाज़-भर से वह वहाँ रुक गया जहाँ वह ऐतिहासिक कुआँ होना चाहिए था। वहाँ कुछ भी न था। उसने कल्पना में एक ख़ाका खींचते हुए सोचा, 'सरनी का घर था, जिसमें उसके बेटा बहू तथा पूरे ग्यारह पोते-पोतियों की सेना रहती थी, उसके बगल में नरपत का घर, उसके सामने वह कुआँ तथा उसके पीछे की ओर धारासिंग का घर. बहुत कुछ बदलने के बावजूद वे सारे घर वहीं थे, बस, कुआँ न था। पीछा कर रहे आधे मुहल्ले ने अंततः उसका मार्ग दर्शन कर, बताया, कि जो ये तीन भैंसें बैठी जुगाली कर रही हैं वे ऐन उस भूत हो चुके कुआँ पर ही बैठी हैं। कुआँ को पाटकर सरनी की सेना ने उस पर कब्जा कर लिया है। आजकल मुहल्ले में उनकी लठैती चलती है।

"किसी ने रोका नहीं? कुआँ तो सबका साझा था, किसी की व्यक्तिगत संपत्ति तो था नहीं।"

"कौन रोकता भैया, सरनी की सेना में सरनी, उसका बेटा, दस पोते, पाँच पड़पोते! तनिक सी बात पर भी चींटों के समान चिपट जाते हैं लट्ठ लेकर। वैसे भी अब तो घर-घर में बर्मा माने हैंडपंप लगे हैं, न कोई कुआँ पर नहाने आता है न कपड़े धोने। ढोरों तक को नहलाने, पानी पिलाने तक के लिए अब नहीं लाते थे लोग। ऊधम मचाते बच्चों का उसमें गिर पड़ने का खतरा भी था। कोई दो बरस पूर्व जगसेन की भैंस रामपाल के घोड़ेतांगे का अचानक सामना होने पर जो बिदककर भागी कि सीधे धड़ाम से कुआँ में कूद गई थी। उसे निकालने में दिन-भर मेला तमाशा होता रहा। बस यह समझलो कि सरनी की सेना ने उस पर कब्जा करके उद्धार कर दिया उस कुआँ का।"

स्मरण हो आई बात को उसने उनके सामने झिझकते हुए रखा, "वह गूजरों का अपने खेतों में जाटवों का जंगल पानी के लिए न जाने देना! उसका क्या हुआ?"

"पहली बात तो गूजर अब वे पहले वाले गूजर नहीं रह गए हैं, बदले ज़माने के साथ वे भी बदल गए हैं। साथ ही जाटव भी अब पहले वाले जाटव नहीं हैं, आज कल की लंढ़ेर तो उनसे लड़ने के लिए जैसे खूँटा तुड़ाये ही घूमती फिरती है। मुहल्ले में तीन-चार तो वकील ही हैं अब तो, बस मौके की तलाश में ही रहते हैं सींग भिड़ाने को। सो, गूजर समझदार हो गए हैं। अब वह पहले वाली छूत-अछूत, व्यर्थ की हेकड़ी भी उनमें नहीं रह गई है, थोड़ा बहुत अनुसूचित जाति-जनजाति उत्पीड़न अधिनियम का डर भी कहीं न कहीं उनमें है हीं लेकिन सबसे बड़ा डर तो निश्चित ही जाटवों का मरखनापन (लड़ने के लिए जानवरों का अकारण ही सींग भिड़ाना) ही है।"

मरखने हो चुके जानवर हों कि जाटव हों, वैसे तो दूर ही रहना चाहिए लेकिन दरियाव का एक और महामरखने जयचंद से मिलना बाकी बचा था, सो ऐतिहासिक उस

कुआँ की बच गई अस्थियों को नज़रों से सहलाता दरियाव उसके घर की ओर प्रस्थान कर गया, उसका पीछा करते आधे मुहल्ले समेत। इस बावले गाँव में ऐसा बावला ऊँट भी दशकों के बाद आया था, सो सभी उसका भरपूर मज़ा लेना चाहते थे। उसके पीछे लगे अधिकांश को वह शक्ल से भी न पहचानता था, वे भी न पहचानते थे, सब युवा थे तथा कुआँ संग्राम से बाद की पीढ़ी के थे लेकिन मुफ्त के मिल गए मनोरंजन को छोड़ना न चाहते थे। उसे स्वयं भी उनके मार्गदर्शन की आवश्यकता थी क्योंकि मुहल्ले का कुछ भी उसका जाना-पहचाना सा न बचा था। गलियों के गिर्द दीवारें उठ गई थीं और उन दीवारों में अनगिनत दरवाज़े थे, भूलभुलैया बने उन दरवाज़ों में किसका घर कहाँ था उसके लिए जानना असंभव था। जयचंद का घर पूछते हुए वह जब उसके घर पहुँचा तो कुछ समझ ही न पाया। उन दिनों जयचंद का घर इतना लंबा-चौड़ा था कि हम बीसियों लड़कों का गिरोह उसमें मौजूद तीन नीम के वृक्षों पर चढ़ कर 'कुड़क कैं' (एक खेल जिसमें एक बच्चा धरती पर उकेरे गए एक वृत्ता में कोई दो हाथ का एक डंडा रखकर खड़ा होता था, बाकी बच्चे उसे छका कर, आंख बचाकर उस डंडे को उठाकर भागते थे तथा पेड़ों पर चढ़ते थे। इसमें पेड़ों पर चढ़ने से पूर्व यदि डंडे की रक्षा करते बच्चे ने किसी को छू दिया तो पकड़ाई में आया बच्चा उसका स्थान लेता था)। खेला करता था। कच्चा एक कोठा था, उसके ऊपर विशाल एक ओसारा था, उसके आगे विशाल एक आँगन था, उसके भी आगे भैंसों के लिए थान था तथा और भी बचा इतना स्थान था कि कुड़क कैं खेला जा सके। अब वहाँ एक दरवाज़ा था, उस दरवाज़े में से दिखते भीतर की ओर कई सारे और दरवाज़े थे, जहाँ इंगित करके बताया गया था उन दरवाज़ों में, एक में, से फूली साँस, खरखराती आवाज़ तथा बलगम भरी खाँसी की आवाज़ आ रही थी जो निश्चित ही जयचंद जैसे धाकड़ लड़ाकू की नहीं हो सकती थी। उस दरवाज़े पर पुकार लगाई उसने, "जयचंद भाई, किधर हो?"

उसी दरवाजे से बहुत ही महीन, कमज़ोर, कफ में फँसी, खरखराती सी आवाज़ आई, "दरियाव भैया आ जा, जाते-जाते तेरे भी दरसन हो जाएँ।"

प्रवेश करते ही जो देखा अविश्वसनीय सा था। उन दिनों का लाल सुर्ख़ गालों, ललछौंही मूँछों, कंजी बिल्ली जैसी आँखों, हर समय जिस-तिस से लड़ने को तैयार रहने वाला, शारीरिक शक्ति में भैंसे जैसा जयचंद हड्डियों का ढ़ाँचा बना मिमियाती सी आवाज़ में उसका स्वागत कर रहा था। मुहल्ले में घुसते ही जब उसने मुहल्ले-भर का हालचाल पूछा था तब बताया तो गया था कि जयचंद की तबीयत कुछ ठीक नहीं चल रही थी, लेकिन इतनी ठीक नहीं चल रही थी इसका उसे अनुमान न था! वही जयचंद जिसने हरूं गूजर को नीचे गिराकर घूँसों-चाँटों से रौंद दिया था! वही जिसने तुल्ले की मंदर की ज़िद को थामने के लिए उसे भरी पंचायत में अपने तर्कों से कायल कर दिया था, वही जयचंद जो तुल्ले के घिर जाने पर गूजरों के विरुद्ध लाठी लेकर आ खड़ा था।

इस जयचंद की आँखें अंदर कोटरों में धँसी थीं, तनिक सा बोलने पर भी उसकी साँस उखड़ रही थी। उसने महसूस किया अकेले कुआँ का ही दारुण अंत न हुआ था। दरियापुर के उस समय के जीवों की जिजीविषा का भी अंत हो रहा था आहिस्ता-आहिस्ता। सब बिछुड़ रहे थे, सब जा रहे थे आहिस्ता-आहिस्ता। बस, अब कुछ न बचेगा जाटवों के इस मुहल्ले में उस अचानक आ गए उबाल का। केवल मरखना-भर हो जाने से क्या होता है, वह जज्बा भी तो चाहिए।

जयचंद के पास बहुत देर तक न ठहरा गया उससे। बहुत सारी याचनाएँ, बहुत सारी प्रार्थनाएँ उसकी कहीं भीतर तक हिला गईं उसको।

"बच्चे क्या कर रहे हैं?"

"कुछ भी नहीं। आवारा फिरते हैं, कभी-कभार छोटी-मोटी मजदूरी, कुछ न हो तो यहाँ-वहाँ झपटमारी, और क्या।"

"पढ़ाया-लिखाया नहीं क्या उन्हें?"

"खूब प्रयत्न किया लेकिन हरामजादे पढ़े ही नहीं। सच कहूँ तो स्कूल में मिलनेवाली छात्रवृत्ति ने ही बरबाद किया उन्हें, उन्हें ही क्या मुहल्ले के और कितने ही बच्चों को। सरकार देती तो इसलिए है कि गरीबों के बच्चों की पढ़ाई में कुछ सहारा हो जाएगा लेकिन दोनों वक्त का खाना भी जहाँ न मिलता हो उनके हाथ में छात्रवृति का पैसा आते ही सीधे भागते हैं सिनेमा देखने, चाट पकौड़ी खाने। माता-पिता बेचारों को तो तब पता चलता है जब वर्ष-भर की छात्रवृत्ति को फूँक चुके होते हैं, पढ़ाई-लिखाई को गारत कर चुके होते हैं।"

"तुमने बच्चों पर नज़र क्यों न रखी?"

"बस, हो गई जी गलती। यही सोचकर दौंच (सख्ती से नियंत्रण में रखना) कर नहीं रखा था कि पढ़-लिख रहे हैं तो समझदारी भी सीखते होंगे। बाद में पता चला कि उनके आदरणीय गुरुजन ही इन छात्रवृत्ति पाने वालों को उकसाते थे कि जाओ फिल्म देखकर आओ, खाओ-पियो, मौज करो। सो खा-पीकर, मौज करके अब मजदूरी करते हैं।"

"कितने बच्चे हैं?"

"अजी, मौज है भगवान की, भरे पड़े हैं पाँच तो लड़के हैं, दो लड़कियाँ हैं।"

"ब्याह-शादी उनकी?"

"सबकी कर दी। सब बालबच्चेदार हैं, सात बच्चों का दादा हूँ मैं, तीन का नाना हूँ।"

दरियाव ने कमरे की दीवार पर टँगी, रंगबिरंगी और चमकीली पन्नियों से सज्जित काँवड़ को देखकर आश्चर्य से पूछा—"बाबासाहब के अनन्य-भक्त के घर में काँवड़!"

"भैया, बड़े बेटे को हिंदुत्व का शौक चढ़ा है। प्रतिवर्ष सावन के महीने में काँवड़

कंधे पर लटकाए गाँव से 'हरदुआर' तक जाता है। वहाँ से गंगाजल लाने के लिए काँवड़ियों के गिरोह में शामिल होकर पंद्रह दिन तक न जाने कहाँ-कहाँ भटकता है। उस पानी को शिवलिंग पर चढ़ाने के बाद काँवड़ को इस दीवार पर टाँग देता है।"

यह दरियापुर कैसा है? किसका है? दरियाव की साँस घुटती सी लगी। उसे लगा, यदि यहाँ से न भागा तो उसका दम घुट जाएगा। पाँच-पाँच बच्चे, सब अनपढ़-गँवार, काम के नाम पर मजदूरी, फिर भी सबके ब्याह, बाल-बच्चे, लगता तो यही है कि वे भी अनपढ़-गँवार ही रह जाएँगे और मजदूरी करेंगे, झपटमारी करेंगे। अकेले जयचंद के घर में ही ये हालात नहीं हैं! त्राहिमाम...हे...बाबा साहेब...त्राहिमाम। तुम इन्हें क्या बनाना चाहते थे...ये क्या बन रहे हैं...साहेब...

उसके शीघ्र स्वस्थ होने की कामना प्रस्तुत कर, जयचंद के घर से निकल भागा वह। वह अब एक और पल भी इस दरियापुर में न ठहरना चाहता था। उस गली में से निकल ही रहा था कि जयचंद के घर के पिछवाड़े से सटा उसे वह मंदर दिखाई दे गया जिसे अपनी ज़िद में बनाकर तुल्ले, तुलाराम बना फिर तुलाराम भगत बना और अंततः किसान से दिहाड़ी मजदूर बना। दिहाड़ी मजदूर बनकर भी उसका पतन पूर्ण न हुआ था, मुँह छुपाते हुए रातोंरात परिवार समेत गाँव छोड़कर भागना पड़ा था उसे।

खँडहर हो चुका वह मंदर बेहद मनहूस और भुतहा दिख रहा था। उसकी चारदीवार पूर्णतः गायब हो चुकी थी, शीर्ष पर बिठाए गए कलश का नामोनिशान तक नहीं था, आदमजात की कोई हलचल न थी। ज़िद में किए गए उस आत्मघाती कर्म का एक दिन यह हाल तो होना ही था लेकिन जो उसकी अपनी... उसे कहीं मुँह दिखाने लायक न छोड़ा था वह सचमुच दारुण था। भगत बनते-बनते जो भगोड़ा बना था वह सचमुच किसी को भी रुला देने के लिए पर्याप्त था।

ऐसे इस दरियापुर से और मिलने की उसकी इच्छा समाप्त हो गई।

कुछ ही देर में फिर वही दादरी का बस अड्डा, वही यात्रियों से भरी दादरी से दिल्ली को जाती हिचकोले खाती बस, वही अफीमची के दिवास्वप्न सा अफीमची के अंटे जैसा वह महानगर का मकड़जाल।

❑❑❑